清詩話全編

康熙期四

張寅彭 編纂
楊君 點校

上海古籍出版社

国家出版基金项目
NATIONAL PUBLICATION FOUNDATION

第五册目次

歷代詩話

歷代詩話提要

《歷代詩話》十集八十卷，據民國初吴興劉氏嘉業堂刊《吴興叢書》本點校。撰者吴景旭（一六一一——一六九〇後），字旦生，號仁山，浙江歸安人。明諸生。入清未仕。有《南山自訂詩》。吴氏卒年未能確考，其詩集中有《庚午元旦時年八十》一首，庚午爲康熙二十九年，其卒年自應在此年之後。而此書部帙鉅大，前後又無序跋，《四庫全書總目提要》據以推斷爲初定之稿，則當編寫至逝世之年。《提要》又謂其體例倣明人陳耀文《學林就正》，每則各立小目，先引原詩或舊説，然後以「吴旦生曰」雜採諸家之説，排比鈎貫，抉擇是非正變，旨在考訂名物，詮釋字句。其旨趣頗合稍後乾嘉學術崇尚考據之風氣，故被採入《四庫全書》，一改數十年傳抄無聞之景況。此書考釋之外，亦有詩史意識，自《詩三百》至前明，皆分集予以論列。又單列杜詩爲一集十二卷，其中一卷專論杜之律詩，兩卷録各家之評與箋；又作世系一卷、年譜一卷、正傳一卷，其完備如此。此數卷加上論楚辭有「評騷」一則，論樂府有「聲辭」一則，論元詩亦盡録舊題傅與礪等數種詩法之作，則其宗旨又及於詩評、詩法矣。論明詩九卷亦立有小目，似乎考釋之用，實多以存人存事爲主，豈以故國之身使然歟。如録七子之論，而有「覺他人之評七子，究不若七子中自評其儕偶爲大當」之歎，即近乎當事者口吻。至於《四庫提要》責其「借題曼衍，失於芟薙」，誠爲此類書所難免也。

歷代詩話總目

歷代詩話甲集目録

三百篇

卷上之上

卷上之下

卷中之上

卷中之下

卷下之上

卷下之下

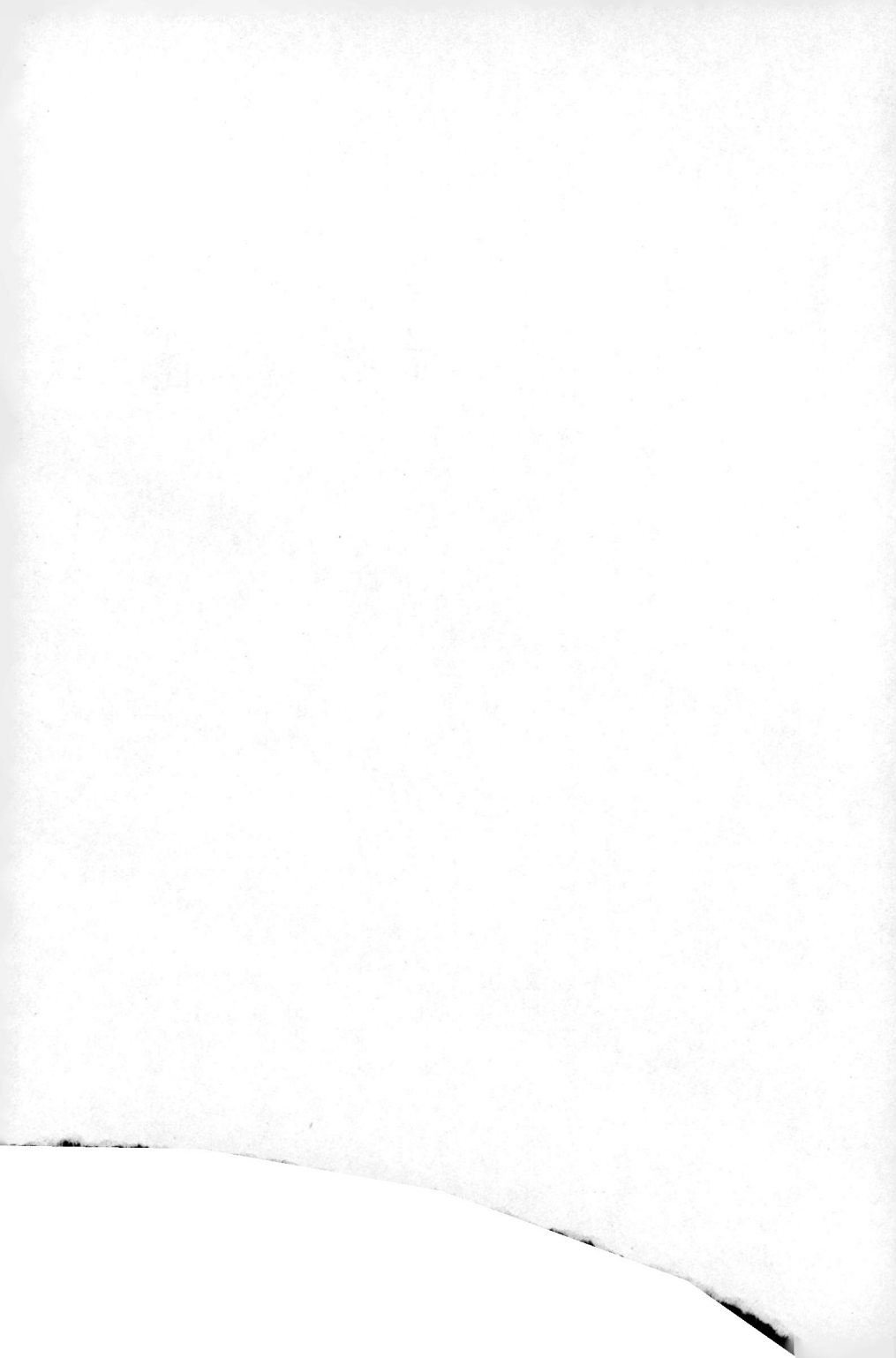

歷代詩話卷一　甲集一

壽谿　吳景旭旦生

三百篇　卷上之上

關雎

《小序》：「《關雎》，后妃之德也。」先儒議其詩雖若專美太姒，而實以深見文王之德。序者徒見其詞，而不察其意，遂壹以后妃爲主，而不復知有文王，失之矣。至於化行國中，三分天下，皆以爲后妃所致，則是禮樂征伐皆出於婦人之手，而文王徒擁虛器以爲之君也，其失甚矣。南豐曾氏曰：「先王之政，必自内始。故其閨門之治所以施之家人者，必爲之師傅保姆之助，詩書圖史之戒，珩璜琚瑀之節，威儀動作之度，其教之者有此具，然古之君子，未嘗不以身化也。故家人之義，歸於反身；二《南》之業，本於文王。豈自外至哉？世皆知文王之所以興，能得内助，而不知其所以然者，蓋本於文王之躬化。故内則后妃有《關雎》之行，外則群臣有二《南》之美，與之相成。其推而及遠，則商辛之昏俗，江漢之小國，兔罝之野人，莫不好善而不自知，此所謂身脩故國家天下治者也。」此說庶幾得之。

吴旦生曰：大中年間，博士沈朗表稱：「《關雎》，后妃之德，不可爲《三百篇》之首。今别撰二篇爲堯、舜詩，取《虞人之箴》爲禹詩，取《大雅・文王》之篇爲文王詩。請以此四詩置《關雎》之前，所以先帝王而後后妃，尊卑之義也。」其論雖甚狂悖，然亦據《序》「后妃之德」而不推原文王躬化之所由始，遂欲新添四篇，妄自上書，而不自知其謬也。又見漢儒之稱《詩》者，《漢書・杜欽傳》云：「佩玉晏鳴，《關雎》歎之。」李奇云：「后夫人雞鳴佩玉去君所，周康王后不然，故詩人歎而傷之。」臣瓚云：「此《魯詩》也。」《後漢紀》楊賜上書云：「昔周王承文王之盛，一朝晏起，夫人不鳴璜，宫門不擊柝。《關雎》之人，見幾而作。」注：「此事見《魯詩》，今亡失矣。」揚子云：「周康之時，《頌》聲作乎下，《關雎》作乎上，習治也。故習治則傷始亂也。」《史記》云：「周道缺，詩人本之衽席，而《關雎》作。」《列女傳》云：「康王晏出朝，《關雎》豫見。」《春秋説題辭》云：「人主不正，應門失守，故歌《關雎》以感之。」其他傅會無論，如《魯》、《齊》、《韓》皆以《關雎》爲康王政衰之
朱子惡其違夫子「不淫不傷」之訓，故辨之云：「《儀禮》以《關雎》爲鄉樂，又爲房中之樂，
公制作之時已有此詩矣。若如《魯》説，則《儀禮》不得爲周公之書；《儀禮》不得爲周
周之盛時乃無鄉射、燕飲、房中之樂，而必有待乎後世之刺詩也。其不然也明矣。
乃無故而播其先祖之失於天下，如此而尚可爲風化之首乎？」

《關雎》，畢公所作。《補傳》謂得之張超，或謂得之蔡邕，亦誤。

卷耳

「采采卷耳，不盈頃筐。」

吴旦生曰：《爾雅》謂之「蒼耳」，《廣雅》謂之「枲耳」。陸璣《草木疏》云：「葉青白，似胡荽。白華，細莖，蔓生。可煮爲茹，滑而少味。四月中生子。正如婦人耳中璫，今謂之耳璫草。鄭康成謂是白胡荽，幽州人呼爲『爵耳』。」一名「羊負來」，俗呼爲「道人頭」。蘇東坡云：「蒼耳，花、葉、根、實皆可食。食久使人骨髓滿，膚理如玉。長生藥也。雜療風痺癱痪、癃瘧瘡痒，尤治金瘡。」劉貢父詩：「蒼耳傳愈風，及秋始堪采。惟昔沙塞陰，偶從羊負來。」又云：「澡身得此道人頭，使我有意煙霞上。」

温飛卿善屬對。藥名有「白頭翁」，飛卿以「蒼耳子」爲對，人歎其工。元人成原常《寄周平叔求蒼耳》詩：「五月采來蒼耳子，幾時分送白頭人？」善用其意。李詩：「如何青草裏，亦有白頭翁？折取對明鏡，宛將衰鬢同。」

隔句韵

「肅肅兔罝，椓之丁丁。赳赳武夫，公侯干城。」

吴旦生曰：《古音略例》云：「『罝』與『夫』叶，『丁』與『城』叶，此隔句用韵叶音之變例也。與《魚麗》之詩『罶』與『酒』叶、『鯋』與『多』叶例同。朱晦翁云：『韓退之作《張徹墓銘》用此法〔一〕。』」因考其銘曰：「嗚呼徹也，世顧慕以行，子揭揭也。噎喑以爲生，子獨割也。爲彼不清，作玉雪也。仁義以爲兵，用不缺折也。知死不失名，得猛厲也。自申于闇明，莫之奪也。我銘以貞之，不肖者之呾也。」方崧卿云：「此銘以『徹』、『揭』、『割』、『雪』、『折』、『奪』、『呾』爲韵，而『行』、『生』、『清』、『兵』、『名』、『明』、『貞』自爲韵。」晚唐章碣好新，作一律云：「東南路盡吴江畔，正是窮愁暮雨天。鷗鷺不嫌斜雲岸，波濤欺得送風船。偶逢島寺停帆看，深羨漁翁下釣眠。古今若論英達算，鴟夷高興固無邊。」此亦上下句仄平各押韵，想亦戲效此法也。

【校勘記】

〔一〕「之」，原誤作「子」。按《張徹墓銘》全名《故幽州節度判官贈給事中清河張君墓誌銘》，爲韓愈所作。子、之音近而誤。因改。

芣苢

「采采芣苢，薄言采之。」

吴旦生曰：《説文》：「芣苢，其實如李，令人宜子。《周書》所説。」余因觀《周書・王會》云：

「康人以桴苡。桴苡者，其實如李，食之宜子。」此《説文》引之，以爲即此也。然按《隋書》：「康國，康居之後也。」《漢·西域傳》：「康居去長安萬二千三百里。」《山海經》：「芣苢，木也。」故王基云：「《王會》所記雜物奇獸，皆遠國各齎土地異物，以爲貢贄，非《周南》婦人所得采。是芣苢爲馬舄之草，非康居之木也。」陸璣《草木疏》云：「芣苢，一名馬舄，一名車前，一名當道。喜在牛迹中生，故曰車前、當道。今藥中車前子是也。幽州人謂之牛舌草。」《爾雅注》云：「江東呼爲蝦蟆衣。」

《詩傳》云：「文王之時，萬民和樂，童兒歌謡，賦《芣苢》。」《詩説》云：「《芣苢》，童兒鬭草嬉戲歌謡之詞賦也。」

勿拜

「蔽芾甘棠，勿翦勿拜。」

吴旦生曰：《唐語林》載劉禹錫與韓、柳詣施士匄，聽説《詩》云：「《甘棠》『勿拜』，如人身之拜，小低屈也。勿拜則不止勿翦。」按：士匄通毛、鄭《詩》，朝之賢士大夫從而執經考疑者繼於門。《讀詩記》亦引此説，可補毛《注》之缺。

《廣韵》作「勿翦勿扒」。

委蛇

楊升庵曰：「『委蛇委蛇』，陸農師云：『魚屬連行，蛇屬紆行，「委蛇」義蓋取此。』司馬彪《莊子注》：『委蛇，泥鰌也。』《管子注》：『委蛇，澤鬼名，紫衣朱冠。』《楚辭》『白蜺嬰茀』，注：『白雲委蛇若蛇。』《左傳》：『衡而委蛇必折。』《蘇秦傳》『委蛇蒲伏』，《索隱》曰：『面掩地而進，若蛇行也。』按：《漢書·郊祀歌》：『旗委蛇。』《西京賦》『聲清暢而蜲蛇』，注：『聲餘詰曲也。』《韓詩》作『逶迤』，引《石經》作『遏迆』，又作『禕陀』。韓退之詩：『委陀結糾。』《後漢書·邳彤贊》：『委陀還旅。』李鉉《字辨》作『倭俺』。」

吴旦生曰：升庵以《韵會》引而未盡，特爲廣之。然猶未盡，不若洪容齋詳考之云：「此二字凡十二變。一曰『委蛇』。《詩》『退食自公，委蛇委蛇』，毛公《注》：『行可從迹也。』鄭《箋》：『委曲自得之貌。委，於危反。蛇，音移。』《左傳》引此句，杜《注》云：『順貌。』《莊子》載齊威公澤中所見，其名亦同。二曰『委佗』。《詩》『君子偕老，委委佗佗』，毛《注》：『委委者，行可委曲從迹也。佗者，德平易也。』三曰『逶迤』。《韓詩》釋上文云：『公正貌。』《説文》：『逶迤，斜去貌。』四曰『倭遲』。《詩》『四牡騑騑，周道倭遲』，《注》：『歷遠之貌。』五曰『倭夷』。《韓詩》之文也。六曰『威夷』。潘岳詩：『迴谿縈曲阻，峻阪路威夷。』孫綽《天台山賦》『既克隮於九折，路威夷而脩通』，李善《注》引《韓詩》：『周道威夷。』薛君曰：『威夷，險也。』七曰『委移』。《離騷經》：『載雲旗之委蛇。』一本作『逶迤』，一本作『委移』，《注》：『雲旗委移，長也。』八曰『逶移』。劉向《九歎》：『遵江曲之逶移。』九曰『逶蛇』。後漢《費鳳碑》：『君有逶蛇之節。』十曰『螾蛇』。張衡《西京賦》『女娥坐而長歌，聲清暢而螾蛇』，李善《注》：『螾蛇，聲餘詰曲也。』十一曰『遙池』。漢《逢盛碑》：『當遂遙池，立號建基。』十二曰『威遲』。劉夢得詩：『柳動御溝清，威遲隄上行。』余又觀王伯厚《詩考》作「禕褘」，《衡方碑》云「禕褘在公」；又《隸釋・偕老篇》「禕禕它它」，《爾雅音義》同；又《地理志・右扶風郁夷縣》注引《四牡》篇「周道郁夷」，顏氏云：「《韓詩》『郁夷』，言使臣乘馬于此道。」則是容齋又未備矣。

裯

「抱衾與裯。」

吴旦生曰：楊升庵謂：「『裯』當音『條』，今關中亦呼寢褥爲『條子』。」余按《箋》：「裯，牀帳也。」《疏》：「漢世名帳爲裯，蓋因於古。」《鄭志》：「今人名帳爲裯。」然觀《容齋三筆》云：「鄭《箋》：『裯者，牀帳也。謂諸妾夜行，抱被與牀帳，待進御。』蓋諸侯有一國，其宫中嬪妾，雖云至下，固非閭閻賤微之比，何至于抱衾而行？其説可謂陋矣。此詩本是詠使者遠適，夙夜征行，不敢慢君命之意。」

汜

「江有汜」。《説文》引作「洍」，徐鉉曰：「『洍』蓋『汜』之别體也。」

吴旦生曰：製字之義，可以見五行衰絶。蓋水土絶於巳，故「汜」字之訓爲窮瀆，「圯」字之訓爲岸圮及覆。《逸雅》云：「水決復入爲汜。汜，已也。如出有所爲，畢已而還入也。」此語最合製字微意。謝惠連詩：「憩榭面曲汜。」《注》亦引「水決復入」之訓。按：河水決而復入者爲灘，河之有灘，猶江之有汜也。

《楚辭》：「遵江夏以流亡。」江，大江也。夏，水也。或以爲自江而别，以通於漢，還復入江，冬竭夏流，故謂之夏。其入江處今名夏口，即《詩》所謂「江有汜」也。洪氏云：「《水經》：『夏水出江，流於江陵縣東南。』《注》謂江津。豫章口東有中夏口，是夏水之首，江之汜也。」

平王

楊升庵曰：「『平王之孫，齊侯之子』，『平王』非周平王，『齊侯』非姜氏之後也，猶書稱『寧王』、『格王』，《易》稱『康侯』，《禮》曰『寧侯』之類也。《汲冢周書》云：『明王奉法以明幽，幽王奉幽以廢法。』《國語》云：『興王賞諫臣，逸王法之。』其稱謂皆類後世之謚耳。」

吴旦生曰：毛氏《注》：「武王女，文王孫，適齊侯之子。」鄭氏不立説，其意以「平王」爲平正之王，「齊侯」爲齊一之侯，若所謂「武王載旆，成王之孚」，非指武與成者。此升庵之説所自出也。按：《容齋五筆》云：「《春秋》魯莊公元年，當周莊王之四年、齊襄公之五年。《書》曰：『單伯送王姬，繼之以築王姬之館于外，又繼之以王姬歸于齊。』杜預《注》云：『王將嫁女于齊，命魯爲主。莊公在諒闇，慮齊侯當親迎，不忍便以禮接於廟，故築舍于外。末書「歸于齊」者，終此一事也。』十一年又書：『王姬歸于齊。』《傳》言：『齊侯來逆共姬，乃威公也。』莊王爲平王之孫，則所嫁王姬當是姊妹。齊侯之子，即襄公、威公也，二者必居一於此矣。」

鄭漁仲云：「《何彼穠矣》之詩，平王以後之詩也。《注》以爲武王之詩，而謂『平王』爲平正之王，『齊侯』爲齊一之侯。蓋毛、鄭以《頌》皆成王時作，不應得稱成王、康王，故《昊天有成命》云：『成王不敢康。』爲成此王功，不自安逸。《執競》之『不顯成康』，謂成大功而安之。《噫嘻》之『成王』，謂成是王事。惟以《召南》爲文、武之詩，故不得不以『平王』爲平正之王；惟以《周頌》爲成王時作，故不得不以『成王』爲成此王功也。不知《召南》中《甘棠》、《行露》之美召公既殁之後，在康王世也。《何彼穠矣》作於平王以後，亦猶是也，不必謂武王詩。《大雅》中《大明》之『維此文王』、《靈臺》之『王在靈沼』，皆後世詩人追詠之辭，何嘗作於文王之世。《周頌》之美成王，亦猶是也，不必謂成王時作。」

騶虞

賈誼《新書》曰：「騶者，天子之囿也；虞者，囿之司獸者也。虞人翼五豝以待一發，所以復中也。人臣於是所尊敬者，不敢以節待，敬之至也。甚尊其主，敬慎其所掌職，而忠厚盡矣。」戴埴云：「天子田獵七。騶虞，虞人也。言文王田獵，雖騶從虞人之賤，皆有仁心，故歎美之。」

吴旦生曰：歐陽《詩義》引賈誼以證毛、鄭之失，謂當《毛詩》未出之前，説者不聞以「騶虞」爲獸。漢儒多言鳥獸之祥，然猶不以爲言，是初無此義。余觀《魯詩傳》曰：「梁騶，天子之田。」《齊詩章句》：「騶虞，爲天子掌鳥獸官。」此與賈誼同義矣。然按王勉夫云：「相如《封禪書》：『囿騶虞之珍群，徼麋鹿之怪獸。』又曰：『般般之獸，樂我君囿。白質黑章，其儀可喜。』師古《注》：『騶虞也。』則是騶虞之獸果見於武帝之時矣。」《太公六韜》、《淮南子》皆曰：「文王拘於羑里，散宜生得騶虞獻紂。」張平子《東都賦》：「圉林氏之騶虞。」何平叔《景福殿賦》：「騶虞承獻，素質仁形。」晉安帝時，新野有騶虞見。以「騶虞」爲獸者，似此之類甚多，不可謂無是獸也。太公在毛、鄭之前，相如、淮南王與毛公同時，在鄭之前，其言亦爾。則是毛、鄭之釋，不爲無據。又按：《埤雅》云：「騶虞，尾參於身，白虎黑文，西方之獸也。王者有至信之德則應。」《山海經》云：「林氏國有珍獸，大若虎，五彩畢具，尾長於身，名曰騶吾。」《詩義疏》亦作「騶吾」。嚴氏作「騶御」，《東方朔傳》作「騶牙」，《廣韻》作「騶虞」，《琴操》作「鄒虞」。

《墨子》云：「成王因先王之樂，命曰《騶虞》。」

吴才老以「虞」字音「牙」，叶「葭」與「豝」；又音「五紅反」，叶「蓬」與「豵」。焦弱侯謂「葭」與「豝」爲一韵，「蓬」與「豵」爲一韵，「吁」、「嗟」、「乎」、「騶」、「虞」自爲餘音，不必叶也。如「麟之趾」，「趾」與「子」爲韵；「麟之定」，「定」與「姓」爲韵；「于嗟麟兮」，亦不必叶也。《殷其靁》、《黍離》、《北門》章末語不入韵，皆此例。

柏舟

楊升庵曰：「『汎彼柏舟』，其《疏》云：『舟，載渡物者，今不用而與衆物汎汎然俱流水中，喻仁人之不見用。』韋蘇州詩『春潮帶雨晚來急，野渡無人舟自横』本此。」

吴旦生曰：焦弱侯謂：「古注『汎汎然流水中』，蓋言寡婦無夫可依，故汎汎然如河中不繫之舟，無所倚恃，誠嫠居之善自況者也。」按《列女傳》以柏舟之堅自比；孔子讀《柏舟》，見匹夫執志之不可奪，亦自取堅之義。

嚏

「寤言不寐，願言則嚏。」

吴旦生曰：鄭氏《箋》：「今俗人嚏，云人道我，此古之遺語也。」洪容齋因謂：「今人噴嚏不止者，必噀唾祝云：『有人説我。』」李濟翁云：「《注》：『願，猶思也；言，猶我也。蓋他人思我，我則嚏之也。』《箋》稱每嚏云『人道我』，以爲他人説我，我則嚏。此正得其願言者，非『呪願』之願，非『語言』之言。今則自祝，乃由誤解詩句爾。」余按：《逸雅》：「嚏，踕也，聲作踕而出也。」《月令》：「秋季行夏令，則民多鼽嚏。音求地。」鼽者，氣至於鼻；嚏者，聲發於口，皆肺疾。則嚏亦人身所自致者耳。然觀《漢・藝文志》「雜占十八家三百一十卷」内「《嚏耳鳴雜占》十六卷」，《注》云：「嚏，丁計反。」漢世實有此法，宜漢儒以之入箋也。

蘇東坡詩：「白髮蒼頭誰肯記，曉來頻嚏爲何人？」萬曆中王遂東詩：「荷静香催嚏。」錢牧齋詩：「曉來頻嚏緣何事？應爲衰遲綴此編。」

鷕　雊

《匏有苦葉》篇云：「有鷕雉鳴。」又云：「雉鳴求其牡。」

吴旦生曰：《顔氏家訓》謂：「毛萇云：『鷕，雌雉聲。』又云：『雉之朝雊，尚求其雌。』鄭玄注《月令》云：『雊，雄雉鳴。』潘岳賦曰：『雉鷕鷕以朝雊。』是則混雜其雄雌矣。」五臣注謂：「有鷕雉鳴，則云求牡。及其朝雊，則云求雌。今曰鷕鷕朝雊者，互文以舉雄雌皆鳴也。」余觀《説文》：「雊，雄雉鳴也。雷始動，雉鳴而雊其頸。从隹，从句。」《長箋》亦云：「雌雄相答，故从句。」謝靈運詩：「鷕鷕翬方雊。」殆與安仁同此意耶？雉有十四種：盧諸雉、喬雉、鳪雉、鷩雉、秩秩海雉、翟山雉、翰雉、卓雉、伊洛而南曰翬、江淮而南曰摇、南方曰𠃬、東方曰甾、北方曰稀、西方曰蹲。

奠雁

「雝雝鳴雁，旭日始旦。士如歸妻，迨冰未泮。」《焦氏筆乘》曰：「親迎執雁，先儒謂取不再偶之義。竊恐未然，蓋古人重冠、昏，皆以士而用大夫車服，不以爲僭。大夫相見執雁，昏禮既以士而服大夫之公服，乘大夫之墨車，則見婦翁不得不用大夫之贄禮矣。士宜執鳧，奚執大夫之雁？取其攝盛也。若謂親迎之始，遂期其將來如孤雁失不再偶，可謂祥乎？冠禮三加幞頭、服公服、革帶、納鞾、執笏，與此同意。」

吴旦生曰：《説文》徐鉉云：「雁，知時鳥。大夫以爲贄，昏禮用之。故从人，五晏切。」後漢昏禮，首元纁、羊、雁。解云：「雁則隨陽。」鄭玄云：「取順陰陽來往也。」《白虎通》云：「取其隨時南北，不失其節，明不奪女子之時也。」《鹽鐵論》云：「『嗈嗈鳴鴈，朝日始旦。登則前利，無蹈後害』，此言婚姻以禮，則有利而無害也。」據此則古禮所取者，自有義在，而「不再偶」誠贅説矣。

按：《周官》以禽作六贄，大夫執雁，以知保身，又欲有去就之義，而不失其序，故執雁也。《春秋繁露》云：「大夫用雁。雁有類長者，在民上，必有先後。雁有行列，故以爲贄。」劉明錫《明贄論》云：「在人之上而有先後行列者，雁也。故大夫執焉。」則是奠雁同于執雁，或亦有謹身别序之意乎？當不止取其攝盛，以若後世讚美之虚文也。

荼苦

車若水曰：「《詩》：『誰謂荼苦，其甘如薺。』荼，苦菜也。《周禮》：『掌荼以供喪事，取其苦也。』東坡詩：『《周詩》記苦荼，茗飲出近世。』乃以今之茶爲荼。荼，今人以清頭目。自唐以來，上下好之，細民亦日數椀，豈是荼也？」

吴旦生曰：《本草》：「茗，苦荼。」《爾雅》「檟，苦荼」，《注》云：「樹小似梔子，今呼早采者爲荼，晚采者爲茗。一名荈，蜀人名之苦荼。」《説文》：「荼，苦荼也。」徐鉉云：「此即今之『茶』字。」趙凡夫云：「木而從草，短同於草也。茗，茶芽也。古不食其芽，故九經無『茶』字。凡茶皆苦荼也。」嚴氏《詩緝》云：「《詩》有三荼：一曰苦荼，『誰謂荼苦』、『堇荼如飴』是也；二曰穢草，『以薅荼蓼』是也；三曰英荼，『有女如荼』是也。」王勉夫則言：「荼有數種，非一端也。《詩》曰『誰謂荼苦，其甘如薺』者，乃苦菜之荼，如今苦苣之類。《周禮》『掌荼』、《毛詩》『有女如荼』者，乃苕荼之荼也，正萑葦之屬。惟『荼櫝』之荼乃今之茶也。」據此則荼之種類有異，而苦荼之爲茶，自古爲然矣。東坡謂「《周詩》記」，則不辨其種。而若水以爲荼不可言茶，只是不多讀書耳。

不瑕

「遄征于衛，不瑕有害。」

吴旦生曰：《注》言「瑕」、「何」古音相近通用，故今之解者以「不瑕」爲「得無」二字口氣，反費周折。不若作「瑕瑜」之瑕，言縱曰不瑕，亦有害矣，其義更順。乃知本文自有正解，何必支離。

彤管

「貽我彤管，彤管有煒。」

吴旦生曰：王介甫言：「『俟我于城隅』，靜女之俟我以禮也；『貽我彤管』，靜女之貽我以樂也。」徐安道《注音辯》云：「彤，赤漆也；管，謂笙簫之屬。」按：《古今注》云：「彤管，赤漆耳，史官載筆以志心事也。」「彤管有煒」，注：「煒，赤貌。」箋云：「彤管，赤管也。」疏：「必以赤者，欲使女史以赤心正人，謂赤心事夫人，正妃妾之次序也。」鄭注：「古者后夫人必有女史彤管之法，女史不記過，其罪殺之。」《後漢・皇后妃序》云：「女史彤管，記過書過。」《左傳》定公九年：「《静女》之三章，取彤管焉。」杜預云：「《静女》三章之詩，雖説美女，義在彤管。彤管，赤筆，女史記事規誨之所執。」以此考之，不聞謂之樂也。《漢官儀注》云：「尚書令僕丞郎，月給赤管大筆一雙。」《搜神記》云：「王祐病，有鬼至其家，留赤筆十餘薦下，曰：『簪之，出入辟惡，凡舉事皆無恙。』」則彤管又若祓不祥者。

相鼠

《白虎通・諫諍》篇曰：「妻得諫夫者，夫婦榮恥共之。《詩》云：『相鼠有體，人而無禮。人而無禮，胡不遄死。』此妻諫夫之詩也。」

吴旦生曰：陸璣《詩義疏》：「河東有大鼠，能人立，交前兩脚於頭上跳舞，善鳴。」孫奕云：「相，地名。」按《地志》：「相州與河東相鄰。」則知相州有此鼠，詩人蓋取譬焉。若毛氏以「相」爲視，則視物之有體與皮者，皆可以喻禮，何必取鼠哉？《録異記》云：「拱鼠見人即拱手而立，人近欲捕之，即躍而去。」《文子》云：「聖人師拱鼠制禮。」韓退之《城南聯句》云：「禮鼠拱爲立。」

五馬

《珊瑚鉤詩話》曰：「五馬之事，不見于《書》。以《詩》言之，『孑孑干旟，在浚之都。素絲組之，良馬五之。』《周禮注》云：『州長建旟，太守視之。漢御五馬。』或云：『古乘駟馬車，至漢太守出，則加一馬，《漢官儀注》云。』」〔一〕

【校勘記】

〔一〕「云」，原作「法」，據宋張表臣《珊瑚鉤詩話》改。

吴旦生曰：《潘子真詩話》：「禮：天子六馬，左右驂；三公九卿駟馬，左驂。漢制：九卿則二千石以右驂，太守駟馬而已。其有加秩中二千石者，乃右驂，故以五馬爲太守美稱。」余喜此説最當，因考《漢書》：「郡守，秦官，掌理其郡，秩二千石。景帝二年，更名太守。」《東方朔傳》：「太守駟馬駕車，一馬行春。」衛宏《輿服志》：「諸侯駟馬，附以一馬。」《南史》：「柳元策兄弟亦五人，並爲太守，時人語曰：『柳氏門庭，五馬逶迤。』」謝靈運爲永嘉太守，以五馬自隨，立五馬亭。《丹陽集》云：「昔人用五馬事，多因遊遨動出處方用之。如老杜《賦王閬州餞蕭遂州》云：『二天開寵餞，五馬爛生花。』其賓主出住分矣。又《送李梓州》：『五馬何時到。』《贈嚴武》：『五馬舊曾諳小徑。』《送賈閣老出汝州》：『人生五馬貴。』太白云：『五馬莫留連。』岑參云：『門外不須催五馬。』戎昱：『五馬幾時朝魏闕。』子厚：『五馬助征騑。』樂天：『五馬無由入酒家。』東坡：『鼓吹未容迎五馬。』介甫：『尚得使君驅五馬。』近人於太守安居閉閣，例稱五馬，此理恐未安也。」《學林新編》云：「按《陌上桑》曰：『使君從南來，五馬立踟躕。』亦用五馬爲使君事者也。」

緑竹

《資暇録》曰：「『緑竹猗猗』，陸璣《草木疏》稱郭璞云：緑竹，王芻也，今呼爲『白腳蘋』。或云即鹿蓐草。又云扁竹，似小藜，赤莖，節高。《韓詩》作『薄』，音篤。亦云薄扁竹。則知非筍竹矣。今辭賦引『猗猗』入竹事，誤也。謝莊《竹贊》云：『瞻彼中唐，緑竹猗猗。』便襲其謬，所以昭明不豫《文選》。」

吴旦生曰：毛《注》：「菉，王芻也；竹，扁竹也。」陸璣《疏》：「菉竹，一草名。其莖葉似竹，青緑色，高數尺。」然觀《陸疏廣要》引《竹譜》云：「淇園，衛地，殷紂竹箭園也。」《淮南子》云：「烏號之弓，貫淇衛之箭。」《傳》云：「淇衛箘簬。」又云：「下淇園之竹以爲楗。」又云：「伐淇園之竹以爲矢。」蓋淇之産竹，土地所宜。《詩》曰「緑竹猗猗」、「緑竹青青」。竹之初生其色緑，長則緑轉而青矣。卒章曰「如簀」，言盛也，則又明其爲竹矣。洪容齋向主此論，謂北人不見竹，故毛氏分緑、竹爲二物，以緑爲王芻也。

「猗重較兮。」

重較

吴旦生曰：應劭《漢官儀》引里語云：「仕宦不止車生耳。」馬縞《古今注》云：「文武車耳，古重較也。文官青耳，武官赤耳。或曰：在車藩上，重起如牛角，故曰『重較』。」按《周禮·輿人》云：「較，兩輢上出軾者。」輢是兩邊植木，較横輢上，若兩耳然，故謂較爲車耳。

濊濊

楊升庵曰：「濊濊，呼活反。《説文》云：『凝流也，水平則流凝。』杜詩『江平不肯流』、李端詩『水深難急流』是也。李賀詩：『空山凝雲頹不流。』」

吴旦生曰：升庵此等論，驟看之，極有風趣。然按《説文》：「濊，水多貌。呼會切。」《箋》作「濶薉」。《廣韵》：「薉、穢同。」余以《史記·相如傳》「湛恩汪濊」，此即水多之義。《漢書·李尋傳》「盪滌濁濊」，此即濶薉之義。而升庵所言《説文》「濊，凝流也」，引《詩》「施罛濊濊」，呼括切，今行本作「濊濊」，不从艸。後見王伯厚《詩考》作「濊濊」，又作「泧」。

帷裳

「漸車帷裳。」

吴旦生曰：《箋》：「帷裳，童容也。」《疏》：「巾車，云重翟猒翟安車，皆有容蓋。」鄭司農云：「容謂襜車，山東謂之裳帷，或曰童容，以幃障車之旁如裳，以爲容飾。故或謂之幃裳，或謂之童容。其上有蓋，四旁垂而下，謂之襜。故《雜記》曰：『其輤有裧。』《注》云：『裧，謂鼈甲邊緣是也。』」然則童容與襜别。司農云：「謂襜車者，以有童容，上必有襜，故謂之爲襜車也。」

佩觿

「芄蘭之支，童子佩觿。」

吴旦生曰：《説文》：「觿，佩角鋭耑，可以解結。户圭切。」《曲禮》鄭《注》云：「漢玉佩觿，皆卧蠶文。自首至尾，稍曲而鋭。」《夢谿筆談》云：「觿，解結錐也。芄蘭生莢，支出于葉間，垂之正如解結錐。」所謂「佩韘」者，疑古人爲韘之制，亦當與芄蘭之葉相似，但今不復見耳。

膏沐

「豈無膏沐，誰適爲容？」

吴旦生曰：老杜《新婚别》云：「羅襦不復施，對君洗紅妝。」正祖此意。説到「對君洗」，爲更慘耳。按《輟耕録》云：「婦人髮有時爲膏澤所黏，必沐乃解者，謂之膱。」《考工記·弓人》注：「膱，亦黏也，音職。」「髮膱」之「膱」當用此字。《閱耕餘録》云：「今俗謂髮相糾不可理曰『織』，不知字當爲『膱』。然髮之膱，或以久病，或以嬾不時理則然。陶謂『膏澤所黏』，亦非也。膏澤潤髮，安得反黏？」《留青日札》云：「古人俱用芳澤，以香潤其髮。」魏瓘《擣衣賦》：「黄金釵兮碧雲髮。」杜牧《阿房宫賦》：「緑雲繞繞，梳曉鬟也。」

《兩鈔摘腴》云：「膏，所以膏面；沐，蓋瀋也，米汁可以沐頭。魯遣展喜以膏沐勞齊師，則非專婦人用也。今之賜面脂是也。」唐制：臘日于内殿宣賜口臘脂。杜詩：「口脂面藥隨恩澤。」「首如飛蓬」，明明見於此詩，《能改齋漫録》乃以左思賦爲始，誤矣。

忘憂

《西谿叢語》曰：「《毛詩·伯兮》篇云：『焉得諼草，言樹之背。』《注》云：『諼草，令人忘憂；背，北堂也。」今人多用『北堂』、『萱堂』于鰥居之人。然伯之暫出，未嘗死也；但其花未嘗雙開，故有北堂之義。《説文》『藼』、『萱』、『蘐』、『萲』皆一字也。令人忘憂，通作『諼』，據《爾雅》『諼』訓『忘』也。因其忘，故古用「諼草」字。嵇康《養生論》云：『合歡蠲忿，萱草忘憂。』《本草》云：『利心志，令人歡喜忘憂。』《風土記》云：『婦人有妊，佩之生男子，謂之宜男。』陸士衡詩云：『焉得忘歸草，言樹背與襟。』忘歸之義未詳。」

吴旦生曰：《古今注》：「欲忘人之憂，則贈之丹棘。丹棘，一名忘憂。欲蠲人之忿，則贈之青堂。「棠」字古作「堂」，《本草》作「唐」。青堂，一名合歡。」《神農經》云：「中藥養性，合歡蠲忿，萱草忘憂。」王朗《與魏太子書》云：「皋蘇什勞，萱草忘憂。」束晳《發蒙記》云：「甘棗令人不惑，萱草可以忘憂。」王融詩：「思君如萱草，一見乃忘憂。」江淹《雜體詩》：「銷憂非萱草，永懷寄夢寐。」此皆得其本義，烺烺可誦者也。獨士衡《贈從兄士光》詩誤改「憂」作「歸」，而《注》乃云：「不言忘憂，而曰忘歸，因思歸也。」注書不能正訛，而反爲之説耶？《代醉編》謂[一]：「士衡加一『歸』字，正得詩人之意。俱作虚字看，而以『歸』別于『憂』耳。」此余所不信也。謝氏《詩源》云：「堂北曰背，堂南曰襟。言前後皆樹，冀其忘也。」

【校勘記】

〔一〕代醉編，原作「代醉篇」，誤。此爲明人張鼎思所撰《瑯琊代醉編》之省稱，所引文見於該書卷四〇「諼草」條，因據改。

《述異記》：「萱草，一名紫萱，又呼爲忘憂草。吴中書生呼爲『療愁花』。」《續博物志》名「鹿葱花」，《風土記》名「宜男草」，傅玄賦作「令草」。

木瓜

《西谿叢語》曰：「『投我以木瓜，報之以瓊琚。投我以木桃，報之以瓊瑶。投我以木李，報之以瓊玖。』《傳》曰：『木瓜，楙木，可食之木也。』按《詩》之意，乃以木爲瓜、爲桃、爲李，俗謂之『假果』者，蓋不可食、不適用之物也。投我以不可食、不適用之物，而我報之以瓊玉可貴之物，則投我之物雖薄，而我報之實厚。衛國既敗，出處于漕。齊威公救而封之，遺之車馬器服。衛人思之，欲厚報之。則投我雖薄，而我思報之實欲其厚。此作《詩》者之意也。鄭《箋》以木瓜爲楙木，則是果實之木瓜也。誤矣。」

吴旦生曰：風人借果、玉以喻投、報之厚薄，乃見愛慕之誠，非必實有此物耳。《孔叢子》載孔子曰：「於木瓜見苞苴之禮行也。」已失其旨。至謂以木爲之，有如假果，此乃稚語，而猥議鄭氏邪？按《草木考》云：「江左故老視其實如小瓜而有鼻，食之津潤不木者，謂之木瓜。木桃圓而小于木瓜，食之酢而澀而木者，謂之木桃。《述異記》：『桃之大者謂之木桃。』非也。木李大于木桃，似木瓜而無鼻，其品又下。木桃亦或謂之木梨，梨蓋聲之誤也。鼻即瓜之脱華處，里俗呼之爲咮，其著華處乃臍也。《魚龍河圖》云：『瓜有兩蔕兩鼻者殺人。』則鼻與蔕異矣。」

《續博物志》云：「木瓜味酢，善療轉筋。陶隱居云：如轉筋時，但呼楙名及書上木瓜字，輒愈。」《埤雅》云：「梅望之而蠲渴，楙書之而緩筋。理有相感，不可得而詳也。」諺云：「梨百損一益，楙百益一損。」投人之道，宜有以益之，而報人則欲其堅久，故《詩》曰「投我以木瓜，報之以玖」也。「琚」字乃作「玖」。《唐詩紀事》載王冷然《上燕公書》云：「《詩》：『投我以木瓜，報之以瓊琚。』此言雖小，可以喻大。」「瑶」字又作「琚」。

子嗟子國

「丘中有麻，彼留子嗟。」「丘中有麥，彼留子國。」

吴旦生曰：何元朗引《小序》：「爲思賢也。莊公不明，賢人放逐。國人思之，作是詩。」「留，大夫氏；子嗟，字也。子嗟教民農桑，故人思之。施施，難進而易退。子嗟在朝，則能助教行政，隱遁則使墝埆生物。第二章『子國』，毛云：『子嗟之父。』《箋》云：『言子國，著其世賢也。』夫漢世傳經有序，書籍尚多，必有所據。而朱子以爲婦人望其所與私者而作。蓋夫子删《詩》以垂後世，其有不善，或存一二以備法鑒可也，豈有連篇累牘盡淫蕩之語邪？」余觀朱子以「子嗟」、「子國」皆爲男子之字，至謂復有與私而留之，則狹邪極矣！誤認「留」字，流極至此。

歷代詩話卷二　甲集二

壽谿　吴景旭旦生氏著

三百篇　卷上之下

勺藥

《堯山堂外記》曰：「熙寧始尚經術，説《詩》者競爲穿鑿。如『伊其相謔，贈之以勺藥』，謂此爲淫泆之會，必求其爲士贈女乎？女贈士乎？劉貢父曰：『勺藥能行血、破胎氣，此蓋士贈女也。「視爾如荍，貽我握椒」，則女之贈士也。《本草》：「椒性温，明目，暖水臟。」故耳。』聞者絶倒。」

吴旦生曰：陸農師亦有「勺藥破血，欲其不成子姓」之説。豈以溱洧之間，男女亟聚會，遂相謔至此乎？《本草》言其辟邪氣。韋昭云：「食馬肝者，合勺藥煮之。馬肝至毒，或誤食至死。則制食之毒者，莫良于勺藥，故獨得藥之名耳。」相如《子虚賦》：「勺藥之和具，而後御之。」《注》云：「勺藥根主和五臟，辟毒氣。故合之于蘭桂五味，以助諸食。因呼五味之和爲勺藥。」張衡《南都賦》：「歸雁鳴鵽，黄稻鱻魚，以爲勺藥。」是乃以魚肉等物爲醢食物也。《七發》云：「勺藥之醬。」王維詩：「勺藥和金鼎。」韓愈詩：「五鼎調勺藥。」

《埤雅》：「牛亨問曰：『將離，相贈以勺藥，何也？』董子答曰：『勺藥一名可離，將別故贈之。亦猶相招贈之以文無，故文無一名當歸。』」江淹《别賦》「下有《勺藥》之詩」，正用此義。張景陽《七命》云：「和兼勺藥。」《五臣注》：「勺音酌，藥音略。」《廣韵》亦有二音。

晞

「東方未晞。」

吴旦生曰：《説文》：「晞，乾也。」「乾，上出也。」有光明意，故通「天」。然積陽爲天，故轉訓「乾溼」之「乾」耳。若《詩》之「晞」訓「乾」，正用「上出」本訓。今人誤讀「乾」，轉音「干」，遠矣。《九歌》：「晞爾髮兮陽之阿。」

豈弟

楊升庵曰：「『魯道有蕩，齊子豈弟。』鄭玄《箋》曰：『豈弟當作闓圛。』闓，開也；圛，明也。蓋與旁章『發夕』爲對。發夕，侵夜而行；闓圛，將明而行也。『圛』字一作『瞾』，《三蒼解詁》云：『日明曰瞾。』《字諟》云：『雲覆暫見日曰瞾。』《古文尚書》：『雨霽雺圛克。』許氏《説文》：『圛圛升雲，半有半無。」《史記》相如《封禪文》：『昆蟲闓澤。』《文穎》曰：『闓澤，皆樂也。闓音愷。〔一〕』據此，『闓澤』即『闓圛』也，字不同爾。今文作『豈弟』，恐非。焉有淫亂之人而目之爲豈弟乎？」

吳旦生曰：升庵《經説》此條殊可録。余考《困學紀聞》云：「《周禮·太卜》注引《洪範》曰雨，曰濟，曰圛，曰蟊，曰尅。」《詩》：『齊子豈弟。』《箋》：『《古文尚書》以「弟」爲「圛」。』《正義》云：『《洪範》稽疑論卜兆有五曰圛，注云：「圛者，色澤光明。」』蓋古文作『悌』，今文作『圛』。賈逵以今文校之，定以爲『圛』。鄭依賈氏所奏《古文尚書》，曰涕，曰圛，與《周禮注》同。」

【校勘記】

〔一〕「愷」下原誤衍「澤」，據《四庫全書》本删。

名

「猗嗟名兮，美目清兮」。

吳旦生曰：《集韵》作「猗嗟顯兮」，謂眉目之間也。《西京賦》「眳藐流眄，一顧傾城」，《注》：「眳，眉睫之間。皆言美人眉目流眄，使人冥迷，所謂『一顧傾城』也。『名』、『顯』、『冥』三字古通用。」按《爾雅·釋訓》云：「『猗嗟名兮』，目上爲名。」《毛傳》云：「目上爲名，目下爲清。」皆有妙義。丘光庭謂：「清者，目中黑白分明，如水之清。」亦非。

苓

「采苓采苓」。

吴旦生曰：觀傳者言「大苦之草」，想下章「采苦」因之耳。然當是「蘦」，誤作「苓」。《説文》：「苓，卷耳艸也。郎丁切。」「蘦，大苦也。亦郎丁切。」《箋》云：「香艸曰苓蘦。」《楚辭解》：「蕙者，苓蘦香也。」二字連用。

别按：草曰零，木曰落，一作蘦。《楚辭》：「悼芳草之先蘦。」亦作「苓」。《漢書》：「失時者苓。」《管子》：「奮盛苓落。」

梅

「終南何有，有條有梅。」毛氏：「梅，枏也。」許氏《説文》：「枏也，可食。」陸璣《疏》云：「梅樹皮葉似豫章。枏木理細于豫章，荆州人曰梅。江南及新城、上庸皆多樟枏。終南與上庸、新城通，故亦有枏也。」《爾雅》：「梅枏。」郭璞云：「似杏，實酢。」《埤雅》云：「梅至北方，多變而成杏。故人有不識梅者，地氣使然也。」

吴旦生曰：《爾雅翼》：「枏，大木，可以爲舟。陳文帝出枏材造戰艦，即此。張華云：『交讓木。』宋子京云：『讓木即枏也。』」若《爾雅》之梅枏，乃陸云似豫章者。今之所謂梅，乃古和羹之梅，以梅實薦饋食之籩，所謂乾藤是也。《蜀志》云：「蜀名梅爲藤，大如雁子。」《禮記疏》云：「藤爲乾梅。」此則郭云「似杏實酢」者也，豈得以釋《爾雅》之「梅枏」邪？草木同名異種者甚多，不可合二梅爲一也。

句始

《古今詩話》曰：「三字句，若『鼓咽咽，醉言歸』之類；四字句，若『關關雎鳩，在河之洲』之類；五字句，若『誰謂雀無角，何以穿我屋』之類；七字句，若『交交黄鳥止于棘』之類，其句法皆起於《三百五篇》也。」

吴旦生曰：唐劉存以「交交黄鳥止于棘」爲七言之始，宋王得臣議其合兩句以言，誤也。余觀諸家論七言，當以「始於《垓下》而《柏梁》祖之」之説爲正。亦如四言之始韋孟，五言之始蘇、李。是要其全體而言，其或推原經史，乃間出一二語耳。近文太青云：「《三百篇》往往有俳偶語，《葛覃》則『是刈是濩，爲絺爲綌』，《草蟲》則『喓喓草蟲，趯趯阜螽』，《柏舟》則『覯閔既多，受侮不少』，《碩人》則『鱣鮪發發，葭菼揭揭』，《氓》則『言笑晏晏，信誓旦旦』，《黍離》則『行邁靡靡，中心揺揺』，《吉日》則『發彼小豝，殪此大兕』，後世律詩之祖。」余以風人何意，此乃後人意智所及，偶一拈示，要非有礙。若夫傅長虞之取而爲集句，王弇州之又取而爲摘句，難乎其爲風雅矣！

夏屋

楊升庵曰：「『夏屋渠渠』，古《注》：『屋，具也。』《字書》：『夏屋，大俎也。』今以爲屋居，非矣。《禮》：『周人房俎。』《魯頌》：『籩豆大房。』《注》：『大房，玉飾俎也。其制足間有横，下有跗，似乎堂後有房然，故曰房俎也。』以『夏屋』爲『居』，以『房俎』爲『房室』，可乎？又《禮》：『童子幘無屋。』亦謂童子戴屋而行，可乎？」

吴旦生曰：鄭《箋》言：「於我設禮食，大具以食我，其意勤勤。」升庵蓋本此意而爲言也。按崔駰《七依》説宫室之美云：「夏屋渠渠。」《文選・靈光殿賦》注引《七依》作「蘧蘧」。《檀弓》：「見若覆夏屋者矣。」《注》：「夏屋，今之門廡，其形旁廣而卑。」《正義》：「殷人以來，始屋四阿。夏家之屋，唯兩下而已，無四阿，如漢之門廡。」據此，又與毛氏「夏」訓「大」之義異矣。

《燕禮疏》：「四向流水曰『東霤』，《考工記》之『四阿』，《上林賦》之『四注』也。兩下屋曰『東榮』，《檀弓》之『夏屋』也。」《士冠禮注》：「周制：自卿大夫以下，其室爲夏屋。」

月日

「一之日觱發，二之日栗烈。」

吴旦生曰：其所以變月而言日，毛氏未明指其故。張氏《集傳》云：「《七月》言月皆夏時，而以周正爲一之日，可見兼存之法。」則又穿鑿矣。後見王荆公《詩説》云：「彼曰『七月』、『九月』，此曰『一之日』、『二之日』，何也？陽生矣，則言日；陰生矣，則言月。四月，正陽也。秀葽言月，何也？以言陰生也。陰始於四月，生於五月。而於四月言陰生者，氣之先至者也。」解最精當。《大易》：「臨，至于八月有凶。復，七日來復。」程氏云：「陽極于九，而少陰生于八。陰之義配月，陰極于六。而少陽復于七，陽之義配日。」與《詩》同意。

鵙

「七月鳴鵙。」

吴旦生曰：《爾雅》作「博勞」，《易通卦驗》作「搏勞」，《左傳》作「伯趙」，樂府作「百勞」。《孟子》：「鴃舌之聲。」《離騷》：「鵜鴂先鳴。」王逸注：「一名買鶬。」《字書》有「鶗鴂」，蘇林音「殄絹」，師古音「弟桂」。《月令·仲夏》曰：「鵙始鳴。」王肅云：「『七月』之『七』當爲『五』，古文『五』字似『七』，故誤。」楊升庵謂合於《月令》。《吕氏春秋注》：「博勞，夏至日磔蛇於樹，然後食。」王充《論衡》：「博勞食蛇。」《物理論》：「鵙飛則蜮沈，鵙鳴則蛇結，信惡鳥也。以夏至來，冬至去。似鸜鵒，五更輒鳴。江南謂之『鳥舅』，蜀中名『駕鵞』，滇中名『鐵鸚哥』，又名『榨油郎』。好掠人冠巾，俟鷹飛輒擊，百鳥亦畏之。俗又呼爲『鳳皇皁隸。』」《禽經》云：「伯勞飛不能翱翔，直刺而已。性好單棲，其飛也翪，其聲嗅嗅。」《易緯》云：「鸝必匹飛，鵙必單棲。」故古樂府以「東飛伯勞」爲興。

蟋蟀

「十月蟋蟀入我牀下。」

吴旦生曰：張文潛言：「《三百篇》雖云婦人女子小夫賤隸所爲，要之非深於文章者不能作。如『七月在野』以下皆不道破，至『十月入我牀下』方言是蟋蟀，非深於文章者能之乎？」余觀阮嗣宗《詠懷》詩：「開秋兆涼氣，蟋蟀出牀幃。」是又以秋初開即鳴牀幃，不待十月。蓋傷時變之急矣。

改歲

「曰爲改歲，入此室處。」

吴旦生曰：十月而言「改歲」。一云：「曆元始于冬至，卦氣起于《中孚》，周以十一月爲正，蓋本此。」則是舉周正而鑿説也。後見《困學紀聞》云：「《豳風》于十月云『曰爲改歲』，言農事之畢也。《祭義》於三月云『歲既單矣』，言蠶事之畢也。農桑一歲之大務，故皆以歲言之。」此論極佳。

鬱薁

「六月食鬱及薁。」

吴旦生曰：《注》云：「鬱，棣屬，即白栘也。以其似棣，故曰棣屬。又謂之車下李，又謂之唐棣。」「薁」，即郁李也。「郁」、「薁」同音。注謂之「薁蘡」，蓋其實似蘡。蘡即含桃也。《晉宮閣銘》曰：「華林園中有車下李三百一十四株，薁李一株。」車下李即鬱也，白栘也，唐棣也，即《論語》所謂「唐棣之華，偏其反而」也。《埤雅》云：「其華反而後合。凡木之華，皆先合而後開，惟此華先開而後合也。」薁李即郁李也，薁也，常棣也，即《小雅》所謂「常棣之華，鄂不韡韡」也。《埤雅》云：「此華上承下覆，甚相親爾者，常而已矣，故曰常棣也。」「常棣」字或作「棠棣」，亦誤。今小木中卻有棣棠，黄花緑莖而無實，其葉似棣。

剥棗

「八月剥棗。」毛氏本《注》：「剥，擊也。」陸德明音「普卜反」。

吴旦生曰：收棗擊而落之，《齊民要術》所謂「全赤即收，收法撼而落之爲上」是也。《字書》：「剥，擊也。與撲同。」「撲」亦音普卜切。杜子美詩：「堂前撲棗任西鄰。」得《豳風》之遺意。王荆公《新經》不依注釋，乃作解云：「剥者，剥其皮而進之，所以養老也。」後從蔣山郊步至民家，問其翁安在，曰：「去撲棗。」始悟前非。即具奏乞除去十三字，故今本無之。然荆公從村野之口以證經解，獨不記有杜詩，何也？

八穀

《隨隱漫録》曰：「《書》稱：『后稷播時百穀。』《周禮》：『農貢九穀。』《晉志》有『八穀』。《孟子》

云：『樹藝五穀。』百穀繁，莫克知。九穀：黍、稷、稻、粱、菰、大、小豆、麥、麻。八穀即《詩》之黍、稷、稻、粱、禾、麻、菽、麥。獨五穀，鄭《注》云黍、稷、菽、麥、麻，趙岐云黍、稷、菽、麥、稻，日用所急莫如稻。岐説爲是。黄帝用黍制律，積六十四黍爲圭。準之黍類，苜蓿差小，宜釀酒。杜預謂菽爲豆。《唐本草》舊注云：「稷即穄也。」

吴旦生曰：陳隨隱謂：「百穀繁，莫克知。」余觀楊泉《物理論》云：「粱者，黍稷之總名；稻者，既種之總名；菽者，衆豆之總名。三穀各二十種，爲六十。蔬果之實，助穀各二十。凡爲百穀。故《詩》曰：『播厥百穀。』」

《周禮》又以稌、一作稻。黍、稷、粱、麥、苽爲六穀。

《列星圖》有八穀八星之説：一主稻，二主黍，三主大麥，四主大豆，五主小豆，六主小麥，七主粟，八主麻子。一星亡，一穀不登。

陳隨隱引「八穀稻粱」，《詩》乃作「重穋」字，《注》謂先種後熟曰「重」，後種先熟曰「穋」。按：「種稑」，《石經》作「重穋」。《説文長箋》云：「因俗讀『種』爲『穜』，故去『禾』避之。」能避而不能正，亦爲不善避矣。《左傳》：「余髮如此種種。」猶言比晚禾之短也。俗讀若穜，無義。因而二字交互通誤，如潘岳《籍田賦》：「后妃獻種稑之穜。」謬書「穜稑之種」。楊升庵亦引《説文》云：「禾从重者，是種穋之種；禾从童者，是穜植之穜。今人混之久矣。」

綢繆

「綢繆牖户。」

吴旦生曰：「綢繆」，《注》云：「纏緜也。」王仲宣詩：「綢繆清燕娱。」《五臣注》曰：「綢繆，親重貌。」吴季重《答東阿書》：「是何慰喻之綢繆乎？」《注》云：「綢繆，殷勤之意也。」楊升庵謂：「古婦人長帶結者，名曰綢繆。」

垤

「鸛鳴于垤。」

吴旦生曰：毛《注》以「垤」爲螘冢：「將陰雨，則穴處者先知之。」丘光庭云：「此垤不得爲蟻冢，蓋土之隆聳近水者，若坻沚之類也。」鸛，水鳥，天將雨，則鳴于隆土之上。若以垤是蟻上于冢，則鸛鳴竟于何處？

歷代詩話卷三　甲集三

莾谿　吴景旭旦生氏著

三百篇　卷中之上

鹿鳴

鄭漁仲曰：「當漢之初，去三代未遠，雖經生學者不識《詩》，而太樂氏以聲歌肄業。往往仲尼《三百篇》，瞽史之徒，例能歌也。東漢之末，禮樂蕭條，雖東觀、石渠議論紛紜，無補於事。曹孟德平劉表，得漢雅樂郎杜夔。夔老矣，久不肄習，所得惟《鹿鳴》、《騶虞》、《伐檀》、《文王》四篇而已。太和末，又失其三。左延年所得惟《鹿鳴》一笙，每正旦大會，太尉奉璧，群臣行禮，東廂雅樂常作者是也。古者歌《鹿鳴》，必歌《四牡》、《皇皇者華》，三詩同節，故曰：『工歌《鹿鳴》之三。』而用《南陔》、《白華》、《華黍》三笙以贊之。然後首尾相承，節奏有屬。今得一詩而如此用，可乎？至晉室，《鹿鳴》一篇又無傳矣。自《鹿鳴》一篇絶，後世不復聞《詩》矣。」

吴旦生曰：《漢書》：「王遵爲益州刺史，命王褒作中和樂職。選好事者，依《鹿鳴》習而歌之。時氾鄉侯何武爲童子，選在歌中。」觀此則漢世聲歌之道尚能傳肄，使齊、魯、韓、毛四家不尚訓義，而相習以聲，則《三百篇》當至今可歌也。

盬

「王事靡盬。」

吴旦生曰：「盬」亦鹽也，出於河東之解池。引池水灌畦，自結成者，不經久而易壞，故訓不堅固。按《周禮》：「鹽人共其苦。」「鹽」讀爲「盬」，謂鹽不鍊治也。《鴇羽》注：「鹽不攻緻曰盬。」蓋海鹽鍊治後成，其鹽難壞。池鹽出水即成，而易壞，即所謂「不攻緻」、「不堅固」也。《漢書・倉貨志》云：「猗頓用盬鹽。」注：「盬，鹽池也。於盬造鹽，故盬音古。」《水經注》云：「本司鹽都尉治，領兵一千餘人守之。周穆王、漢章帝並幸安邑而觀鹽池。後罷尉司，分猗氏、安邑，置縣以守之。」

鄂不

「棠棣之華，鄂不韡韡。」楊升庵曰：「『不』，風無切。鄭玄云：『承華者鄂，「不」當作「柎」。「鄂」，足也；「不」，古與「柎」同，又作「跗」。』曹憲曰：『鄂，花苞也。今作「萼」。』《詩疏》云：『花下有萼，萼下有跗。華萼相承覆，故得韡韡而光明也。』由花以覆萼，萼以承華，華萼相覆而光明，猶兄弟相順而榮顯。唐明皇宴會兄弟之處曰花萼樓，取此也。注云：『鄂然而外見，豈不韡韡乎？』非惟背詩義，亦且背字義矣。按束皙詩：『白華朱萼，被於幽薄。白華絳趺，在陵之陬。白華玄足，在陵之曲。』其曰『萼』、『趺』、『足』，皆可證《詩疏》意。其字作『柎』、『跗』、『趺』，又作『足』者，花之足猶人之足也。」

吴旦生曰：《周易》震爲旉，旉之爲言布也。震於東方爲春，草木之萌始布也。古文作「旉」，今文作「華」，蓋花之蒂也。陸機《文賦》：「彼瓊敷與玉藻。」「瓊敷」即瓊華。鄒潤甫《游仙》詩：「紫芝列紅敷。」「敷」，《字書》作「跗」。古詩：「紅萼青跗定滿枝。」字又作「荂」。《莊子》：「折揚皇荂。」通作「華」。《易》：「枯楊生華，老婦得其士夫。」「夫」與「華」爲韵也。《左傳》「華不注山」讀作入聲，甚誤。古「不」字讀作缶音，或俯音，并無作逋骨切者。今讀如卜，乃俗音耳。惟伏琛言：「此山孤秀，如花跗之注於水矣。」李太白詩：「昔我游齊都，登華不注峰。兹山何峻秀，彩翠如芙蓉。」即我郡有餘英谿、餘不谿，蓋因梅谿、苕谿其流相通，故曰餘英、餘不，義可見矣。若作方鳩切，則本注《説文》：「不，鳥飛上翔，不下來也。」與谿水全不相涉。

嚶嚶

「伐木丁丁，鳥鳴嚶嚶。」

吴旦生曰：《古今注》謂：「《禽經》稱：『鶯鳴嚶嚶。』要是後人附會，非《詩》本意。」《東皋雜録》云：「鄭《箋》：『嚶嚶，兩鳥聲。』正文與注皆未嘗及黄鳥。自白樂天作《六帖》，始類入鶯門中。又作詩如『谷幽鶯暫遷』之類，後人多祖述用之也。」《野客叢書》云：「觀張平子《東京賦》『雎鳩麗黄，關關嚶嚶』，然則以『嚶嚶』爲黄麗用，自漢已然，不可謂自樂天始也。」《嘉話録》云：「今謂進士登第爲『遷鶯』者久矣，蓋《毛詩・伐木》篇並無『鶯』字，頃歲省試《早鶯求友》詩，又《鶯出谷》詩，别書固無證據，斯大誤也。」《緗素雜記》云：「宋景文詩：『曉執谷鶯朋友動，杏園初日待鶯遷。』王荆公詩：『鶯猶尋舊友。』又曲名『喜遷鶯』者，皆循習唐人之誤也。惟漢梁鴻《思友人》詩：『鳥嚶嚶，友之期。念高子，僕懷思。』《南史》劉孝標《廣絶交論》：『嚶嚶相召，星流電激。』是真得《毛詩》之意。」余觀袁海叟《答江漸》詩：「谷鳥嚶其鳴，求友聲亦屢。況生蒸民間，豈不念朋助。」此直是《毛詩疏》語。如鄭愔《詠黄鶯》詩：「高風不借便，何處得遷喬？」李昉詩：「憶昔詞場共著鞭，當時鶯谷喜同遷。」黄山谷詩：「千秋風月鶯求友，萬里雲山雁斷行。」楊仲弘詩：「出谷鶯聲滑，摩空鶴勢張。」姚仲純詩：「煙暖鶯遷谷，雲低雁度關。」洪武中謝子蘭詩：「樹繫浮江馬，枝遷出谷鶯。」永樂中李昌期《至正妓人行》云：「嬌疑睍睆鶯求友，嫩訝呢喃燕哺兒。」何古今承謬，而絶不爲考也？

笙詩

江鄰幾《雜志》曰：「《南陔》、《白華》六篇有聲無詩，故云笙，不云歌也。有其義，亡其辭。非失亡之亡，乃無也。」

吴旦生曰：古文「無」字類作「亡」。鄭康成以爲及秦之世而亡之，束廣微爲作《補亡》，皆是誤讀「亡」字耳。《儀禮疏》云：「堂上歌者不亡，堂下笙者即亡。」蓋所謂歌者，有其辭所以可歌，如《魚麗》、《嘉魚》、《關雎》以下是也；無其辭者不可歌，故以笙吹之，《南陔》至于《由儀》是也。按：《儀禮·鄉飲酒》及《燕禮》：「笙入於縣中，奏《南陔》、《白華》、《華黍》。」又曰：「間歌《魚麗》，笙《由庚》；歌《南有嘉魚》，笙《崇丘》；歌《南山有臺》，笙《由儀》。」此六詩皆主于笙奏之，雖有其聲，舉無辭句，不若《魚麗》、《南有嘉魚》、《南山有臺》于歌奏之。歌，人聲也，故有辭爾。此則笙與歌之異也。《字書》云：「《漢·律曆志》『亡射』、《列子》『亡所不爲』、相如賦『亡是公』，並音『無』。秦時始以『蕃橆』之『橆』爲『有无』之『无』。」《説文》：「橆，文甫切。今借爲有無字。」古經書皆篆文，秦變篆爲隸者改之。字形，《詩》、《書》、《周禮》、《春秋》、《禮記》、《論語》本皆用「无」字，乃變篆爲隸者改之。惟《周易》首尾盡用「无」字，蓋變隸時不曾改，《易》不在焚之數，亦不得而改。至于「亡」字，亦有存而不改者。《論語》「有若亡」、「亡而爲有」、「人皆有兄弟，我獨亡」、「不如諸夏之亡也」，以上數「亡」字獨不改者，蓋變隸時誤讀爲「存亡」之「亡」，故存而不改也。

如晉侯享叔孫豹，「金奏三夏，工歌六詩」。「三夏」者，樂曲名，擊鐘而奏，亦以無辭，故金奏之。若文王六詩，則工歌之矣。故《南陔》以下，亦謂之奏。然則反襲美之補《肆夏》，與束廣微之補六亡詩同一詿誤，不知《肆夏》乃金奏，六亡乃笙奏，有何辭之可補哉？

南陔

序曰：「《南陔》，孝子相戒以養也。」釋曰：「陔，隴也；言南者，南方養萬物也。」吴旦生曰：束廣微《補亡》云：「循彼南陔，言采其蘭。」又云：「循彼南陔，厥草油油。」其語意皆從「隴」字而生也。按《困學紀聞》云：「『陔』當訓戒。《鄉飲酒》、《燕禮》：『賓醉而出，奏《陔夏》』。」鄭氏注：『陔之言戒也，以陔爲節，明無失禮。』」又《泊宅編》云：「陔何以有戒意？據《周官》『械夏』，《儀禮》作『陔』字，則『陔』通于『械』，且辰窮于亥，是戒之時也。」《漢制考》云：「鍾師械夏。」《注》：「杜子春云：『械讀爲陔鼓之陔。』」《疏》：「漢有陔鼓之法。」據此，則「陔」字別自有義，廣微不契勘耳。

栲杻

「南山有栲，北山有杻。」

吴旦生曰：栲，去九切。《説文》作「杘」，从尻爲聲。《草木疏》云：「許慎讀『栲』爲『稾』，今人言『栲』，失其聲也。」《爾雅》：「栲，山樗。」《疏》亦云：「許讀爲稾。」徐鉉注《説文》作若浩切，不考之罪也。況「栲」與「杻」合韻，乃正讀，非叶也。舊叶音口。

杻，檍也。《字書》云：「檍，梓屬。此木枝葉可愛，二月花白，子似杏。今官園種之，取萬億之義，改名萬歲樹。」謝朓詩「風動萬年枝」，正指此也。何晏《景福殿賦》：「綴以萬年。」《注》云：「晉武帝華林園有萬年樹二十四株，江左謂之冬青樹。」唐詩：「青松忽似萬年枝。」《三體詩注》以爲冬青。韓子蒼《冬青》詩：「無人識是萬年枝。」凡此皆謬。

元老

「方叔元老，克壯其猶。」

吴旦生曰：《鹽鐵論》引此詩而云：「商師若烏，周師若荼。」蓋謂商用少而周用老也。

甫草

「東有甫草。」

吴旦生曰：《吕氏春秋》「九藪」：「梁之圃田。」《爾雅》「十藪」：「鄭有圃田。」《穆天子傳》：「天子里甫田之路，東至於房。」《水經注》云：「渠水自河與沛亂流，東滎澤北，東南分沛，歷中牟縣之圃田澤，北與陽武分水。澤多麻黄草。故《述征記》曰：『踐縣境，便覩斯卉。窮則知踰界。』《詩》所謂『東有甫草』也。皇武子曰：『鄭之有原圃，猶秦之有具圃也。』」按：澤在中牟縣西，西限長城，東極官渡，北佩渠水。東西四十許里，南北二百許里。中有沙岡，上下二十四浦，津流逕通，淵潭相接，各有名焉。水盛則北注，渠溢則南播。故《竹書紀年》梁惠成王十年「入河水於甫田，又爲大溝而引甫水」者也。

鄭氏《箋》云：「鄭有甫田，謂圃田鄭藪也。」止齋《周禮説》云：「《詩》不以圃田繫鄭。」王伯厚謂：「宣王封弟友於鄭，在畿内咸林今華州鄭縣。圃田澤，《左氏》謂之『原圃』。今在開封之中牟。宣王時非鄭地，《小雅》安得繫於鄭乎？」《爾雅》「鄭有圃田」，蓋指東遷後鄭言之。

動静

《隨隱漫録》曰：「『蕭蕭馬鳴』，静中有動也；『悠悠旆旌』，動中有静也。」

吴旦生曰：舒王以「風定花猶落」對「鳥鳴山更幽」，謂上句静中有動，下句動中有静，猶不失《三百篇》意。至於杜子美詩「風含翠篠娟娟浄，雨裛紅蕖冉冉香」，上句風中有雨，下句雨中有風；楊誠齋詩「緑光風動麥，白碎日翻池」，上句風中有日，下句日中有風，方斯蔑矣。《梁書》王籍《入若邪谿》詩：「蟬噪林逾静，鳥鳴山更幽。」顔之推云：「『蕭蕭馬鳴，悠悠旆旌』，《毛傳》：『言不諠譁也。』每歎此解有情致，籍詩生於此意耳。」《何氏語林》：「謝貞八歲爲《春日閑居》詩，從舅王筠云：『如「風定花猶落」，乃追步惠連矣。』」則荆公取二梁時句以作對。

諧聲

《夢谿筆談》曰：「古人諧聲，有不可解者，如『玖』字、『有』字多與『李』字協用，『慶』字、『正』字多與『章』字、『平』字協用。如《詩》『或群或友，以燕天子』、『彼留之子，貽我佩玖』、『投我以木李，報之以瓊玖』、『終三十里，十千維耦』、『自今以始，歲其有，君子有穀，貽孫子』、『陟降左右，令聞不已』、『膳夫左右，無不能止』、『魚麗于罶，鰋鯉。君子有酒，旨且有』，如此極多。又如『孝孫有慶，萬壽無疆』、『黍稷稻粱，農夫之慶』、『唯其有章矣，是以有慶矣』、『則篤其慶，載錫之光』、『我田既臧，農夫之慶』、『萬舞洋洋，孝孫有慶』，《易》曰『西南得朋，乃與類行。東北喪朋，乃終有慶』、『積善之家，必有餘慶。積不善之家，必有餘殃』，班固《東都賦》『彰皇德兮侔周成，永延長兮膺天慶』，如此亦多。今《廣韵》中『慶』一音『卿』。然如《詩》之『未見君子，憂心怲怲；既見君子，庶幾式臧』、『誰秉國成，卒勞百姓，我王不寧，覆怨其正』，亦是『怲』、『正』與『寧』、『平』協用，不止『慶』而已。」《野客叢書》曰：「古人諧聲，似此甚多，如『野』字音多與『羽』字音協，『家』字音多與『居』字音協。如《詩》曰：『吉日庚午，既差我馬。獸之所同，麀鹿麌麌。』曰：『鶴鳴于九皋，聲聞于野。魚潛于淵，或在于渚。』曰：『鴻雁于飛，肅肅其羽。之子于征，劬勞于野。』曰：『燕燕于飛，差池其羽。之子于歸，遠送于野。』是『野』字與『羽』字音協之例也。曰：『山有扶蘇，隰有荷華。不見子都，乃見狂且。』曰：『祈父，予王之爪牙。胡轉予于恤，靡所止居。』曰：『婚姻之故，言就爾居。爾不我育，復我邦家。』是『家』字與『居』字音叶之例也。」《蔡寬夫詩話》曰：「秦漢以來，字書未備，既多假借，而音無反切，平側皆通用。如『慶雲』『卿雲』、『皋陶』『咎繇』之類，大率如此。《詩》『瞻彼日月，悠悠我思』、『道之云遠，曷云能來』、『燕燕于飛，下上其音』、『之子于歸，遠送于南』，皆以爲協聲。」《野客叢書》曰：「『來』字協『思』字者，非『來』字，是『釐』字耳。如匡衡詩曰：『莫學《詩》，匡鼎來。匡説《詩》，解人頤。』是亦以『來』字協『詩』字。今吴人呼『來』爲『釐』，猶有此音。『南』字協『音』字者，非『南』字，是『吟』字耳。如《文選》賈謐詩曰『昔與二三子，游息承華南。拊翼同枝條，翻然各異尋』是也。因考《毛詩》以『下』字協『苦』字者，是『户』字耳；『家』字協『蒲』字者，是『孤』字耳；『慶』字協『陽』字者，是『羌』字與『卿』字耳。如《詩》『爰有寒泉，在浚之下』、『有子七人，母氏勞苦』、曰『予所蓄租，予口卒瘏』、曰『予未有室家』、曰『先祖是皇，神保是饗』、『孝孫有慶，萬壽無疆』之類是也。」洪景伯《隸釋》曰：「《周官注》：『莪』、『儀』二字皆音俄。《詩》以『實維我儀』協『在彼中河』，『樂且有儀』協『在彼中阿』。《太玄》亦以『各遵其儀』協『不偏不頗』。《左傳》音『蛾』作『蟻』，徐廣音『檥』船作『俄』。漢碑凡『蓼莪』皆作『蓼儀』，而《司隸魯峻碑》又作『蓼義』。」《野客叢書》曰：「此猶商之『阿衡』，或爲『倚衡』、『猗衡』之例也。蓋古者率多以『阿』『猗』、『莪』『義』等字同爲一音。」賈誼《鵩賦》：「請問于服，予去何之？吉乎告我，凶言其菑。淹速之度兮，語予其期。」岑彭傳《輿人歌》：「我有枳棘，岑君伐之。我有蟊賊，岑君遏之。狗吠不驚，足下生氂。含哺鼓腹，焉知凶災。」是以「災」字協「時」字音，則「災」字合讀爲「緇」。漢人書「災」爲「菑」，正此音也。觀「菑」、「災」字協「時」字，則知古人不獨以「來」字協「釐」字，其二音亦本通用如此。

吴旦生曰：觀沈存中、蔡寬夫、洪景伯三人之言，而王勉夫諄諄皆有以推衍之，可見古人協字，當時必有其音，自別有理。況《三百》爲詩祖，即爲韻祖乎？《詩家直說》云：「古之詩韻，如《三百篇》協用者，『西北有高樓，上與浮雲齊』是也；如《洪武韻》互用者，『灼灼園中葵，朝露待日晞』是也。漢人用韻參差，沈韻始爲嚴整，《早發定山》尚用『山』、『先』二韻。及唐取士，遂爲定式。」楊誠齋云：「今之《禮部韻》，乃是限制士子成文，不許出韻，因難以見工爾。至於吟詠性情，當以《國風》、《離騷》爲法，又奚《禮部韻》拘之哉？」

未渠央

《古音略》曰：「『夜未央』，《注》：『未渠央也。』『渠』本作『詎』。《說文》：『詎，猶豈也[一]。』《字林》：『未知詞也，言未便至夜分也。』《張儀傳》云：『且蘇君在儀寧渠能乎？』《注》：『音詎。古字少，假借用之也。又作巨。』《漢書》：『公巨能入乎？』」

吴旦生曰：升庵引「渠」作「詎」，則「未詎」二字連用何義？余按左思《魏都賦》：「其夜未遽，庭燎晰晰。」《南史》高爽《題鼓》詩：「面皮如許大，受打未遽央。」《野客叢書》云：「今『渠』字多作平聲用，然《庭燎》詩注：『渠，其遽切。』當呼遽。謂夜未遽盡也。古樂府王融《三婦豔》詩曰：『丈人且安坐，調絃未遽央。』《長安狹斜行》曰：『丈夫且徐徐，調絃詎未央。』淵明詩：『壽考豈渠央。』魯直詩：『木穿石槃未渠透。』並合呼遽。《史記》尉陀曰：『使我居中國，何渠不若漢。』班史作『何遽不若漢』，益可驗也。」

【校勘記】

〔一〕「猶」，原作「有」，據楊慎《轉注古音略》卷四「六御」條改。

聰

「祈父亶不聰。」

吴旦生曰：宋時黄安中爲神宗講《詩》，至《祈父》之卒章，上問曰：「獨言『聰』而不言『明』，何也？」黄曰：「臣未之思。」上曰：「豈非軍事尚謀，聰作謀，故邪？」此則從來説家所未及。一日講《詩》至《噫嘻》、《振鷺》、《豐年》，又問曰：「有祈則有報，間之以《振鷺》何？」黄對曰：「得四海之驩心，以奉先王，是以獲豐年之應。」其睿學英問類如此。

歷代詩話卷四　甲集四

壽谿　吴景旭旦生氏著

三百篇　卷中之下

蜾　蠃

楊升庵曰：「説者謂蜾蠃取桑蟲負之，七日化爲其子。雖揚雄亦有『類我類我，久則肖之』之説。近人取蜾蠃之巢，毁而視之，乃自有卵，細如粟，寄螟蛉之身以養之。其螟蛉不生不死，蠢然在穴中。久則螟蛉盡枯，其卵日益長，乃爲蜾蠃之形，穴竅而出。」又曰：「古人名物，多取其形色之似。瓠之細腰者曰『蒲蘆』，故蜂之細腰者亦名『蒲蘆』，正如綬草、綬鳥皆名以鷊，青黑之茨、青黑之鳩皆名以雖也。《中庸》曰：『政也者，蒲蘆也。』即蜾蠃也。謂當以善養而成之，如蒲蘆然。乃與《詩》義合。」

吴旦生曰：蜾蠃，《説文》作「蠣蠃」，一曰「虒蝓」。陶隱居謂：「蜾蠃自生子，如粟粒，捕取螟蛉，以飼其子，非以螟蛉爲子也。」彭乘亦謂：「其類有三：銜泥營巢於室壁間者，名蜾蠃；穴地爲巢者，名蠮螉；窠於書卷或筆管中者，名蒲蘆。名既不同，其質狀小大亦異。蜾蠃、蒲蘆，即捕桑蠖及小蜘蛛之類。蠮螉惟捕蠨蛸與蟋蟀耳。捕得皆螫殺，去其足，置穴中。生子其上，以泥隔之。旬日，子大能飛，而諸蟲盡矣。」此升庵之説所自出。而車若水亦有「蜾蠃大，螟蛉枯，非變化」之語。然而子非己出，呼爲「螟蛉」，其來尚矣。董仲舒斷甲無子，養非所生，即引「螟蛉有子，蜾蠃負之」之義。《南史》宋明帝負螟之慶，言廢帝非所生也。《北史》胡叟養子字螟蛉。

《博物志》云：「大腰無雄，龜鼉類也，與蛇通氣則孕；細腰無雌，蜂類也，取桑蟲呪而成子。」

按：《中庸》「蒲蘆」即蒲葦耳，若以爲蜾蠃，如何説「地道敏樹」？升庵以爲即蜾蠃，誤矣。然余觀《埤雅》云：「《中庸》『蒲蘆』，亦或謂之蜾蠃。今蒲其根著在土，而浮蔓常緣於木，故亦或謂之蜾蠃也。」據此，特借其名稱之，而非即蜾蠃之謂。唐敬括《蒲蘆賦》云：「究政化之所歸，於蒲蘆而可見。」全篇以爲蟲屬，恐非。《大戴禮》：「雉入淮爲蜃。」曰「蜃」，蒲蘆也，謂蚌也，亦借稱耳。

鸒斯

「弁彼鸒斯。」

吴旦生曰：鸒，《説文》：「楚烏，秦謂之鴉。」《食物本草》云：「慈鵶又名孝烏，《詩》謂鸒也。」《野客叢書》云：「鸒，烏名也。斯者，衍辭，如曰『螽斯』、『鷺斯』之類。而劉孝標乃謂烏名『鸒斯』，失矣。」《古雋考略》云：「猶『蕭斯』、『柳斯』之類。後不察，而又作『鸒鵛』，則以斯从鳥矣。若然，則『螽斯』之『斯』當从虫，『鹿斯』之『斯』當从鹿，有是理乎？」余因觀《釋鳥》云：「鸒斯鵯鶋。」《法言》云：「頻頻之黨，甚于鸒斯。」《埤雅〔一〕》云：「鸒斯，烏之不能反哺者。」阮嗣宗詩云：「鸒斯蒿下飛。」此皆沿襲之謌邪？而董氏以爲《禽經》有「鸒斯」，非爲語辭，則又何也？

【校勘記】

〔一〕「雅」，原誤作「鴉」，據《四庫》本改。

桑梓

《漫叟詩話》曰：「《詩》三百篇各有其旨，傳注之學，每失其本意。而流俗狃習，不知變通尚多。若『維桑與梓，必恭敬止』，則以桑梓人賴其用，故養而成之，莫肯陵踐，有恭敬之道。父子相與，豈特如人之視桑梓？今乃言父母之邦者必稱桑梓，非也。」

吴旦生曰：李賛皇《平泉記》：「『維桑與梓，必恭敬止』，言其父所植也。」此本毛氏言桑梓父母所植，尚且必加恭敬。自添出父母所植，便不止爲蠶食器用之物，後人因以「桑梓」爲鄉里耳。王勉夫亦證其非。然自東漢以來，乃以「桑梓」爲鄉里用矣。

《古雋考略》云：「桑者，母之所事；梓者，父之所植。」

維夏

「四月維夏，六月徂暑。」

吴旦生曰：先儒謂周正建子，以十一月斗指於子，故周正取此也。今觀四月而稱夏，六月而稱暑往，則是周之建寅也。「六月棲棲」，謂當夏興師，非《司馬法》，亦足證也。如《采薇》諸什，乃遣役勞還之詩。今年春暮行，而曰：「昔我往矣，楊柳依依。」又曰：「采薇采薇，薇亦剛止。」此合建寅之春暮也。明年夏代者，至復留備秋，故曰：「有杕之杜，有睆其實。」「日月陽止。」至過十一月而歸，又明年中春至，故曰：「今我來思，雨雪霏霏。」「今我來思，雨雪載塗。」又曰：「卉木萋止，女心悲止，征夫歸止。」此合建寅之秋春與十一月也。他如七月而流火，十月而震電，種種皆與建寅相合。則知周正非建子，而諸儒多承譌矣。《禮經》之《月令》、《書經》之《洪範》、《春秋》之「春王正月」，無一不與建寅相合也。

魏了翁《正朔考》云：「商正建丑，周正建子者，改正朔不改月次也。正朔之改，示一代之興各有所尚也。月次之不可改，四時之序不可紊也。紊之則時命乖張，民聽疑惑，雖耕耘斂藏亦失其候。《堯典》所謂『敬授人時』，萬世不可易也。夫正朔迭尚，不過新民視聽，如大朝會、大典禮尊用此日，名曰歲首。太史公所謂『朝以十月』者，是其例也。世儒謂商、周既改正朔，併其月次亦應遞改，此臆度之過也。《易・臨卦》所謂『八月』者，指《觀》而言也。《觀》之爲卦，其畫四陰，其辰在酉，曉然夏之八月也。《書・伊訓》：『元祀十有二月，奉嗣王祇見厥祖。太甲三祀十有二月，伊尹以冕服，奉嗣王歸于亳。』夫初見厥祖，重事也，故以改元之歲首。歸亳，亦重事也，故以三祀之歲首。然而仍稱十有二月，則殷人未嘗改十二月爲正月也。《詩》『正月繁霜』、『四月維夏』、『六月棲棲』，此爲夏正無疑。至『十月之交』，則十一月矣，是周人朔月也。正朔日食，古人所忌，故曰『亦孔之醜』。則周人以十一月爲朔月，未嘗改爲正月也。又《七月》之五章，自五月數至十月，而繼之『曰爲改歲』，是以十一月爲歲首，未嘗改爲正月也。《周官・凌人》『十有二月斬冰』，與《月令》『季冬之月命取冰』相合。不惟時皆夏正，而月亦夏正矣。正月之吉，始和，縣法觀象。夫以夏正言之，建寅之月也。三陽既交，斯謂之和。又《黨正》：『四時之孟月吉日，則屬民而讀法。』夫言孟月，則夏正建寅之月非周正建子之月明矣。《左傳》：『夏四月，鄭祭足帥師取周之麥。秋，又取周之禾。』其爲夏正明白如此。六經之外，先秦他古書及秦漢以後正史，凡所書月，皆夏正也。《吕氏・月令》所言時令，則夏時也。岐伯《素問》所言月候，則夏月也。《竹書紀年》言三代之正月，則皆建寅也。秦正建亥，漢仍秦舊。太史公作《史記》，書十月於每年之首。班固作《漢紀》，書秋九月於每年之終。所謂春正月者，自在年中，不改稱謂。至武帝太初元年正曆法，以正月爲歲首。明年，所書始以春正月起之，而冬十二月終之。魏明帝以建丑爲正，并改三月爲孟夏，餘皆遞改。而郊祀蒐狩，頒宣時命，則以寅爲正。二者交互，徒惑民聽。行之未幾，復用夏正。唐武氏以十一月爲正月，以十二月爲臘月，然復以正月爲春，一月自二月以後，不能易其次也。」

鼓鐘淮上

「鼓鐘將將，淮水湯湯。」

吴旦生曰：朱子謂此詩之義未詳，而引王氏以釋之。按《小序》：「刺幽王也。幽王鼓鐘淮上，失禮之甚，賢者爲之憂傷。」鄭《箋》云：「孔子云：『嘉樂不野合，犧象不出門。』」鼓鐘淮上，正是嘉樂野合，見其失禮處。故末章盛言瑟琴笙磬，可見金和玉節，調音協舞。此何等嘉樂，而陳之淮上邪？朱子言詩，有意變易《序》、《箋》故耳。

田祖

「以御田祖。」

吴旦生曰：《毛傳》謂「田祖」即神農。按《山海經》：「蚩尤作兵伐黄帝，黄帝乃令應龍攻之冀州之野。應龍畜水，蚩尤請風伯、雨師縱大風雨。黄帝乃下天女曰魃。雨止，遂殺蚩尤。魃不得復上，所居不雨。叔均言之帝，後置之赤水之北。叔均乃爲田祖。」《注》云：「主田之官。」即引《詩》曰：「田祖有神。」據此，則叔均亦得稱田祖也。

《山海經》又云：「后稷之孫曰叔均，是始作牛耕。」《注》：「用牛犁也。」則耕之用牛，亦自叔均始矣。賈勰《齊民要術》云：「趙過始爲牛耕，實勝耒耜之利。」崔實《政論》云：「漢武帝以趙過爲搜粟都尉，教民耕植。其法三犁共一牛，一人將之。」王伯厚《漢制考》云：「周時未有牛耦耕。至漢時，搜粟都尉趙過始教民牛耕。」周益公云：「竊疑耕犁起於春秋之間，故孔子有犁牛之言，而弟子冉耕亦字伯牛。」《月令》：「季冬出土牛，示農耕早晚。」賈誼《新書》、劉向《新序》俱載鄒穆公曰：「百姓飽牛而耕，暴背而耘，何待趙過？過特教人耦犁，費省而功倍爾。」余初見此言，竊意伯厚亦未考及叔均邪，及觀《困學紀聞》，亦伯厚所著，則且首引之矣。

興雨

《野客叢書》曰：「《顏氏家訓》引班固《靈臺》詩『祈祈甘雨』之句，以爲『有渰萋萋，興雲祈祈』當是興雨，俗寫誤耳。趙明誠又據漢《無極山碑》『興雲祈祈』之語〔一〕，謂《毛詩》本作『雲』字，後來作『雨』，因顏而改。洪氏又引《左雄傳》『興雨祈祈』，以證此語非起於顏氏。僕觀雄之先，《鹽鐵論》亦有是語。然《前漢・食貨志》作『興雲祈祈』。要之，『雨』、『雲』無定論。孔穎達《正義》謂定本作『興雨』，或作

『興雲』，誤也。」

吴旦生曰：《吕氏春秋》作「有晻凄凄，興雲祈祈」，則其來更在數書前矣。王荆公詩：「雲之祈祈，或雨于淵。雲之祈祈，或雨于野。」亦本前人語耳。按《毛傳》云：「渰，陰雲貌。」張協《雜詩》：「有渰興南岑。」故文通《擬黄門苦雨》詩：「有渰興春節。」皆言雲興之意。五臣注以「有渰」爲雨師，大謬。余最愛《埤雅》云：「渰，水氣之雲也。」爲得雲族而雨景象。

【校勘記】

〔一〕「語」，原誤作「雨」，據《野客叢書》改。

雙聲疊韻

《升庵外集》載：「皮日休云：『《毛詩》「鴛鴦在梁」，又「蝃蝀在東」，即後人疊韻之始。』予謂此乃偶合之妙，詩人初無意也。若《文選》宋玉《風賦》『炫焕燦爛』、張衡《西京賦》之『睚眦蠆芥』、《上林賦》之『玢豳文鱗』、左思《吴都賦》之『檀欒嬋娟』，則詞人好奇之始耳。《南史》有『積日失適』，亦疊韻。」

吴旦生曰：皮日休《雜體詩序》：「《詩》云：『蝃蝀在東。』又曰：『鴛鴦在梁。』雙聲起於此也。」《潘子真詩話》亦載皮日休云：「『蝃蝀在東』、『鴛鴦在梁』，雙聲興焉。」而升庵引爲疊韻之始，何也？雙聲與疊韻，蓋自有别，古人辨之詳矣。《蔡寬夫詩話》云：「聲韻之興，自謝莊、沈約以來，其變日多。四聲中又別其清濁以爲雙聲，一韵者以爲疊韵。蓋以輕重爲清濁爾，所謂『前有浮聲，則後須切響』是也。」《珊瑚鉤詩話》云：「皮日休謂『疏杉低通灘，泠鷺立亂浪』，此雙聲也；陸龜蒙謂『膚愉吴都姝，眷戀便殿宴』，此疊韵也。」《韵語陽秋》云：「如王融所謂『園蘅炫紅蘤，湖荇燡黄蕚』，温庭筠所謂『棲息銷心象，檐楹溢艷陽』，皆效雙聲而爲之也。陸龜蒙所謂『瓊英輕明生，竹石滴瀝碧』，皮日休所謂『康莊傷荒涼，坐虜部伍苦』，皆效疊韵而爲之也。」《學林新編》云：「《南史·謝莊傳》：王元謨問莊：『何者爲雙聲？何者爲疊韵？』答曰：『「互」、「護」爲雙聲，「磝」、「碻」爲疊韵。』」某按：古人以四聲爲切韵紐，以雙聲、疊韵必以五音爲定。蓋謂東方喉聲爲木音，西方舌聲爲金音，南方齒聲爲火音，北方脣聲爲水音，中央牙聲爲土音也。雙聲者，同音而不同韵也；疊韵者，同音而又同韵也。「互」、「護」同爲脣音，而二字不同韵，故謂之雙聲；「磝」、「碻」同爲牙音，而二字又同韵，故謂之疊韵。若「彷彿」、「熠燿」、「騏驥」、「慷慨」、「咿喔」、「霢霂」，皆雙聲也；若「侏儒」、「童蒙」、「崆峒」、「巃嵸」、「螳螂」、「滴瀝」，皆疊韵也。《廣韵》曰：「章灼、良略是雙聲，灼略、章良是疊韵。」又曰：「斤劚、靈歷是雙聲，劚歷、斤靈是疊韵。」舉此例則諸音皆依此而紐之，可以定矣。沈存中論詩之用字曰：「『幾家郫草裏，吹笛隔江聞』，『幾家』、『郫草』、『吹笛』、『隔江』皆雙聲也。」某按：「郫」字是脣音，「草」字是齒音，「吹」字是脣音，「笛」字是齒音，此非同音字，不可謂之雙聲也。存中又曰：「『月影侵簪冷，江光逼履清』，『侵簪』、『逼履』，皆疊韵也。」某按：「侵」字是脣音，「簪」字是齒音，「逼」字是脣音，「履」字是舌音，既非同音字，而「逼」、「履」二字又不同韵，不可謂之疊韵也。某按：李群玉詩曰：「方穿詰曲崎嶇路，又聽鉤輈格磔聲。」「詰曲」、「崎嶇」乃雙聲也，「鉤輈」、「格磔」乃疊韵也。

景行

《西谿叢語》曰：「『高山仰止，景行行止』，言人有景行，當效而行之，如山之高當仰之。今人書簡有使『景仰』者，疏矣。魏文帝書云『高山景行，深所慕仰』爲是。任彦昇《太宰碑》云：『瞻彼景山，肅然望慕。』雖引《詩》『陟彼景山』，然不出『景行』『高山』之意也。」

吴旦生曰：黄山谷謂：「俞清老作景陶軒，名爲未當。景，明也。高山則仰之，明行則行之。自魏晉間所謂『景莊』、『景儉』等，從一人差誤，遂相承謬。」王勉夫云：「此謬自漢已然，非始於魏晉也。東漢《劉愷傳》曰：『今愷景仰前修。』《注》：『景，慕也。』則知此謬其來尚矣。近東坡亦承此謬。孫巨源作景疏樓，坡有詩曰：『不獨二疏爲可慕，他時當有景孫樓。』」

青蠅

《埤雅》曰：「青蠅善亂色，蒼蠅善亂聲。故《詩》以《青蠅》刺讒，而《雞鳴》曰『匪雞則鳴，蒼蠅之聲』也。蒼蠅其大者，今俗謂之麻蠅。」

吴旦生曰：《説文》：「蠅，蟲之大腹者。」趙凡夫《箋》云：「奚即鼃類。訓大腹，同類也。从黽，从虫。近於黽鼃黽也。鼃之類，謂之田雞，亦曰水雞。猶秋蛩曰沙雞，酸蟲曰醯雞。」俗因但以呼蛸蟱、蛆蠅之蠅，或曰青蠅，或曰蒼蠅。於是説《詩》者誤解「匪雞則鳴，蒼蠅之聲」，與《小雅》「營營青蠅」爲一物，謬甚。不然，不惟其鳴不類，亦非其時。是故鳥獸草木之名，未可以細而忽之也。「蒼蠅」之「蠅」，乃「黽」字加「虫」，轉注無疑。

《墅談》云：「《圖經》：『蠅似蝦蟆，背青緑色，俗謂之青蛙。亦有背作黄文者，謂之金綫蠅。』陶隱居云：『大腹而脊青者，俗名土鴨，其鳴甚壯，即《爾雅》所謂「在水曰黽」是也。』」《漢書》：「武帝欲除上林苑，東方朔諫曰：『土宜薑芋，水多蠅魚。貧者得以人給家足，無飢寒之憂。』」師古《注》：「蠅即蛙，人取食之。」霍山曰：「丞相擅減宗廟羔菟蠅。」師古《注》：「羔菟蠅，所以供祭也。古時祭宗廟，給食貨，皆用蠅矣。」《本草》：「蠅無毒，蝦蟆有毒，即今所謂賴黑麻。」陳晦伯云：「蛙與蝦蟆二物，《本草》分條載之，是矣。《御覽》、《孔帖》、《爾雅翼》、《通志略》混而一之，俱誤。」

臺笠

「臺笠緇撮。」

吴旦生曰：《毛傳》：「臺所以禦暑，笠所以禦雨。」鄭《箋》：「臺，夫須也，以臺皮爲笠。」王勉夫引謝玄暉詩「臺笠聚東菑」，《注》：「臺禦日，笠禦雨。」是爲二事，本毛説。麴信陵詩：「臺笠冒山雨，渚田耕荇花。」以「臺笠」對「渚田」，是爲一事，本鄭説。考孔穎達《正義》：「臺可爲笠。」則一也。余按《草木考》云：「臺，莎草也，一名夫須。蓋匹夫所須，可爲衣以禦雨，今人謂之蓑衣是也。」嚴粲云：「以莎草爲衣，則謂之蓑。莎爲草名，蓑爲衣名。」《山海經》云：「三危之山有獸，其豪如被蓑。」郭氏亦謂：「蓑，被雨草衣。」則蓑又可爲衣。所稱「臺笠」，自謂臺與笠爾，不必合爲一物。

滮池

「滮池北流，浸彼稻田。」

吴旦生曰：毛《注》：「滮，流貌。」《選詩》「滮池溉稻粳」，全用其意。左思《魏都賦》：「時梗概於滮池〔一〕。」《注》又訓「滮池，渟水處，言大概落于滮池也」。《水經注》云：「鄗水又北流，西北注，與滮池合。水出鄗池西，而北流入于鄗。世傳以爲水名。」《寰宇記》云：「渭水西自京兆鄠縣流入長安。漢建元三年，造便橋跨渭，斯滮池之别名。西北合渭水。」按：《説文》作「滮池」，音呼沱。《漢書》作「虖沱」，《史記》作「嘑池」，《周禮》作「虖池」，《禮記》作「呼池」，注作「惡池」，音烏沱。

《秦詛楚文》作「亞駝」，亞與惡通，漢章有「周惡夫印」，乃周亞夫也。駝，徒何切。《山海經》作「灌池」。

【校勘記】

〔一〕「時」，原誤作「詩」，據《魏都賦》改。

歷代詩話卷五　甲集五

靑谿　吴景旭旦生氏著

三百篇　卷下之上

藎臣

「王之藎臣。」

吴旦生曰：《爾雅》：「藎，進也。」楊子《太玄》云：「雉之不祿，而雞藎穀。」亦訓「進」。余按：藎，草名，所以染朱者。則「藎臣」亦取其忠赤之義。元稹詩：「顧我無衣搜藎篋。」亦是一朱篋云耳。今本妄改作「畫篋」，可笑。

《本草》唐《注》云：「藎草生平澤谿澗之側，荆襄人纛以染黄，色極鮮好。」

業

「虡業維樅。」

吴旦生曰：《逸雅》：「簴上之版曰業。刻爲牙，捷業如鋸齒也。」《説文》：「業，大版也，所以飾縣鐘鼓。捷業如鋸齒，以白畫之，象其鉏鋙相承也。」其説皆與毛氏同。趙凡夫云：「《詩》有『兢兢業業』，借戒慎貌。又『四牡業業』，漢《傳》解『高大也』。『業』當是古承簡册之器，故藏書曰『業架』。韓氏謂鄴侯家多藏書，故得名，未必也。」

辟廱

胡氏《管見》曰：「《靈臺》詩所謂『於樂辟廱』，言鳥獸昆蟲各得其所，鼓鐘簴業莫不均調。于此所論之事，惟鼓鐘而已；于此所樂之德，惟辟廱而已。辟，君也；雍，和也。《文王有聲》所謂『鎬京辟廱』，義亦若此而已。且《靈臺》之詩敘臺池苑囿，與民同樂，故以『矇瞍奏公』終之。何爲勦入學校之可樂，與鐘鼓諧韵而成文哉？《文王有聲》止于繼武功，作豐邑，築城池，建垣翰，以成京師，亦無緣遽及學校之役。上章曰『皇王維辟』，下章曰『鎬京辟廱』，則知『辟』之爲君無疑也。」

吴旦生曰：説者皆言「辟」與「璧」通；廱，澤也；水旋丘如璧，以節觀者，故曰「璧廱」。然古無「辟廱」之名，其説見於《王制》云：「辟廱爲天子學名，泮宫爲諸侯學名。」《王制》乃漢文帝時儒家所作。至今猶以「辟」作「璧」，爲圓水之形，皆漢儒爲之也。後之識者，起而駮之，謂與學校無預，其見最超。按《莊子》言歷代樂名曰：「文王有辟雍。」《書大傳》：「樂云：舟張辟雍。」《説文》

云：「廦，牆也。廱，天子享宴廦廱也。」鄭氏云：「辟雍及三靈謂靈臺、靈囿、靈沼。皆同處在郊。」《魯詩解》云：「辟雍，太王宮名也。」各有可據，尤不若胡致堂以「辟」爲君。蓋人君有和德，則天地之和應之，而天下之心服之也。詞義正大，當令漢儒語塞。

鼉鼓

「鼉鼓逢逢。」《侯鯖録》曰：「《集韵》：『鱓，音鮀。魚也。皮可冒鼓。』今多以『鼉鼓』使『鼉』字，非也。此水蟲耳。」

吴旦生曰：《説文長箋》「鱓」訓：「皮可冒鼓，而古今但言『鼉鼓』，不言『鱓鼓』，當是二字。本一而二蟲，大小强弱判别，古今異用矣。」然余觀《周禮・王會》：「江鱓大龜。」《王會》又云：「會稽以鼉。」乃作「鼉」字。《夏小正》：「二月剥鱓，以之爲鼓。」句踐歸國，求得古皇之驥、湘沅之鱓。李斯《上始皇書》：「樹靈鼉之鼓。」太史公《敘傳》：「斷髮文身，黿鱓與處。」王褒《九懷》：「鯨鱓兮幽潛。」《蜀都賦》：「感鱓魚，動陽侯。」則似二字通用，故「鱓」字直作「鼉」字也。《埤雅》：「鼉鼓非特有取于皮，亦其鼓聲逢逢然象鼉之鳴，故謂之鼉鼓也。」《晉安海物記》曰：「鼉宵鳴如桴鼓，今江淮之間謂鼉鳴爲鼉鼓。亦或謂『鼉更』，『更』則以善夜鳴，其數應更故也。一名鱓。吴越謂之『鱓更』，蓋如初更輒一鳴而止，二即再鳴也。」《長箋》又云：「今鰌鱓之類，稱鱓魚，其脩握尺，無可鼓之義，蓋借名也。」《方言》改作「鱔」，或謂就烹時母鱓匊躬護子，其慈仁足感人爲善，故从善。會意兼聲，寓教也。《抱朴子》云：「苻莖苓根土龍之屬，化而爲鱓，有黄、白二種。白鱓出交趾，亦音善。」《山海經》云：「求如之山，滑水出焉。其中多滑魚，其狀如鱓。」《注》：「鱓魚似蛇，音善。」

《本草》作「鮀」，陶隱居云：「鮀即今鼉也，皮可以冒鼓。」

抌　舀

「或舂或揄，或簸或蹂。」

吴旦生曰：王伯厚謂：「董氏引《韓詩》『或舂或抌』，《説文》作『或簸或舀』。」姚令威謂：「《注》云：『揄，抒米以出臼也。』《箋》云：『舂而抒出之。』《周官・舂人》：『女舂二人。』鄭《注》云：『抌，抒臼也。』《詩》曰：『或舂或抌。』音由，又音揄，或羊笑反。揄，時女反。」據許叔重《説文》：揄，引也，羊朱切；抒，把也，神與切；舀，抒臼也，从爪、臼。引《詩》曰：「或簸或舀。」又作「抌」、「䑏」，音以沼切。又《集韵》：「抌」、「舀」、「揄」並音由。又「抗舀」，音以紹切，緣《詩》「揄」與「舀」並音由，義亦同，故後人改「舀」爲「蹂」也。音以沼者，乃今人以手舀物之舀也。

藴隆

「藴隆蟲蟲。」

吴旦生曰：《荀子・富國》篇：「夏不宛暍，冬不凍寒。」《注》：「宛讀曰藴，暑氣也。」《家語》：「富有天下而無宛財。」《禮記》：「事大積焉而不宛。」古「藴」、「宛」通。《埤雅》云：「藴藴而暑，隆隆而雷，蟲蟲而熱也。」説者以爲「隆隆而雷」，非雨而雷也。王伯厚《詩考》：「鬱隆烔烔，徒東切，又作爞爞。」

申甫

「維申及甫，維周之翰。」

吴旦生曰：《書・吕刑》孔氏《注》：「吕侯後爲甫侯，故或稱甫刑。」朱氏曰：「甫即吕也。」《國語》：「史伯曰：『當成周者，南有申、吕。』」又「富辰曰：『齊許申、吕由大姜。』」《左傳》：「楚子重請取於申、吕，以爲賞田。申公巫臣曰：『不可，此申、吕所以邑也。於是爲賦，以御北方。若取之，是無申、吕也。』故平王以申近楚，遣畿内之民戍之。甫以申故，而并戍之。後竟爲楚所滅，而楚始强。」據此則申甫之地爲形勢控扼之要，所以爲周室之屏翰也。按《漢·地理志》：「南陽郡宛縣，故申伯國。」《括地志》云：「故申城在鄧州南陽縣北三十里，故吕城在鄧州南陽縣西四十里。」《吕氏春秋》：「吕在宛縣西，伯夷主四嶽之祀。」《水經注》亦謂：「宛西吕城，四嶽受封。」然則申、吕，漢之宛縣也。高帝與楚相持，常出武關，收兵宛、葉間。光武起南陽，以宛首事。其形勢可概見矣。李忠定曰：「天下形勢，關中爲上，襄、鄧次之。」《郡國志》：「汝南新蔡有大吕亭，故吕侯國。」《輿地廣記》：「蔡州新蔡縣，古吕國。」今以《左傳》考之，楚有申、吕，時新蔡屬蔡，非楚邑，子重不當請爲賞田。宜以在宛縣爲正。

仲山甫

「衮職有闕，維仲山甫補之。」

吴旦生曰：《國語》所載：「立魯公子戲，則仲山甫諫之；料民太原，則仲山甫諫之。」所以稱「補闕」也。當時惟虢文公諫不籍千畝，而他無聞焉。此詩人有愛莫助之歎。按《國語》云：「樊仲山父，是爲樊國之君也。父與甫同。」《權德輿集》云：「魯獻公仲子曰山甫，入輔于周，食采于樊。」王伯厚云：「仲山甫，猶《儀禮》所謂伯某甫也。」據此，則仲是其行，山甫其字也。觀《後漢志》「陽樊攢茅田」服虔《注》云：「仲山所居。」楊脩《答臨淄侯牋》云：「仲山、周旦之儔。」張無盡

《和山字詩》云：「安得將相似仲山。」蓋詩文亦有稱仲山者。

兹

「維昔之富不如時，維今之疚不如兹。」

吴旦生曰：一云「昔時之富」、「今年之疚」，此倒字句，蓋古人以「兹」爲「年」也。《吕氏春秋》：「今兹美禾，來兹美麥。」詳其語意，是謂今年熟，來年又熟。不與此詩適相反乎？《左傳》「今兹」《注》云：「此歲。」《古詩十九首》有云：「爲樂當及時，誰能待來兹。」亦謂來年。

歷代詩話卷六　甲集六

蒔谿　吴景旭旦生氏著

三百篇　卷下之下

丕

「不顯不承。」

吴旦生曰：《毛詩訓》：「文王之德，豈不顯乎？豈不承乎？」按：「不」字當作「丕」字讀，即《書》所謂「丕顯丕承」也。

來牟

「貽我來牟。」

吴旦生曰：歐陽《詩論》：「來牟爲麥，始出于毛、鄭，而二家所據乃臆度之言。」然按劉向《封事》引「『貽我釐麰』，麥也」，《文選注》引《韓詩》「貽我嘉麰」，薛君曰：「麰，大麥也」，毛、鄭之説，未可以爲非。王伯厚謂：「毛《傳》：『牟，麥也。』鄭《箋》：『赤烏以牟麥俱來。』《廣雅》始以爲：『來，小麥；牟，大麥。』」以劉向説參考，當從古注。

趙凡夫云：「石經『貽我來牟』，後人尚茂密，合二字而成『𪎊』，後復尚簡，改『屮』而爲『芉』。趨煩趨簡，人心之無常也。」《癸辛雜識》云：「今人呼麥麪爲來牟，或曰牟粉，皆非也。來、牟自是兩物。周之所以受瑞麥，即今之大麥。按：小麥生於桃後二百四十日，秀之後六十日成。秋種冬長，春秀夏實。具四時之氣，兼有寒温熱冷。故小麥性微寒，以爲麯則温，麪則熱，麩則冷。」

酺

王伯厚《漢制考》曰：「『以開百室』，《箋》：『百室者，出必共洫間而耕，入必共族中而居，又有祭酺合醵之歡。』《疏》：『族師職云：「春秋祭酺。」《注》：「酺者，爲人物災害之神也。」因此祭酺，聚錢飲酒。故後世聽民聚飲，皆謂之酺。《漢書》「每有嘉慶，令民大酺五日」，是其事也。』」

吴旦生曰：《説文》：「酺，王德廣布，大歓酒也。」《箋》云：「古今多酒禁，賜酺乃飲。甫，大也，故从甫。」蓋四閭爲族，一族共計百家，故族師可以證百室也。按：酺爲人物災害之神，田有蝝螟，厩有馬瘟，皆祭之。校人職又有「冬祭馬步」，杜子春云：「步即酺也。」《釋文》：「酺音蒲。」

又云步。」王伯厚又言：「漢時有蝝螟之酺神，又有人鬼之步神，未知其所祭何神。蓋亦爲壇位如雩禜云。」

《趙世家》載武靈王行賞大赦，置酒酺五日。漢律：三人以上無故聚飲，罰金四兩。故漢以賜酺爲惠澤，令得群飲酒也。唐無酺禁，亦賜酺者，蓋聚作伎樂，高年賜酒。宋祥符元年正月三日，天書降，大赦改元，東都賜酺三日。

駉

《魯頌·駉》之篇：「駉駉牡馬，在坰之野。」

吴旦生曰：《説文》：「駉，牧馬苑也。从馬、冋。《詩》曰：『在駉之野。』古熒切。」《箋》云：「傳者謂：駉駉，肥澤也；坰，郊野也。《説文》不取篇名首句，而取次句，又以『坰』爲『駉』，初疑傳寫之誤，正不然也。因漢鄭氏解『駉駉』爲『腹幹肥張』，遂生異議。如用本訓『牧苑』爲解，則知所引不謬矣。不則『坰』、『野』同作一句，何説乎？」

《郡縣志》：「坰澤，俗名連泉澤，在兖州曲阜縣東九里，僖公牧馬之地。」劉楨《魯都賦》：「放戎馬于巨野之坰。」《寰宇記》：「大野在濟州鉅野縣東五里，一名鉅野澤。」《爾雅》「十藪」：「魯有大野。」《注》：「今高平鉅野縣東北大澤。」

作

「思無斁，思馬斯作。」

吴旦生曰：「斁」音度，「作」音做。《小雅》：「采薇采薇，薇亦作止。曰歸曰歸，歲亦莫止。」《荀子》：「肉腐出蟲，魚枯生蠹。貪利忘身，禍災乃作。」《漢書》：「金可作，世可度。」樂府《安東平》云：「微物雖輕，拙手可作。餘有三丈，爲郎别厝。」梁元帝詩：「芙蓉作船絲作索。」齊武帝臨終執鬱林王手曰：「若憶翁，當好作。」此皆「作」讀爲「做」也。《西清詩話》載韓退之詩：「非閣亦非船，可居兼可過。君欲問方橋，方橋如此作。」乃從其方言爲之者。《漁隱叢話》引杜詩「主人送客何所作」，謂此語已先退之用矣。兩家曾不知自古已然邪？白樂天詩：「作底歡娱過此夜。」唐人習用之。洪武中，謝子蘭詩：「傷哉脊令原，黄蒿走狐兔。别墅破垣在，郵亭乃新作。」亦叶此音。祝枝山詩：「祝郎三百歲，爲作挽春工。」錢牧齋詩：「小户權爲衝酒客，大家挨作别花人。」程孟陽詩：「衙齋天與閒人作，好辦飢飡和困眠。」皆自注：「作」去聲。

《野客叢書》云：「《廣韻》『作』字有三音：一則洛切，二臧路切，三則邏切。退之詩韻正叶則邏切，音佐耳。又《後漢·廉范傳》云：『廉叔度，來何莫。不禁火，民安作？昔無襦，今五袴。』此『作』字臧路切，音措耳。」據此，則楊升庵《古音略》所引《廉傳》「作」字音「做」，誤。而諸書概作

「做」讀，亦不無議矣。

泮宮

戴仲培《鼠璞》曰：「魯泮宮，漢儒以爲學。予觀《菁菁者莪序》謂樂育人才，而《詩序》『教養之盛，中阿中陵』，孰不知爲育才之地。惟《泮水序》止曰『頌僖公能修泮宮』，而《詩》言『無小無大，從公于邁』，則征伐之事；言『順彼長道，屈此群醜』，則克敵之功；言『攸服』、言『卒獲』，則頌淮夷之服。借曰受成于學，獻馘獻囚可也。于此受琛，『元龜象齒，大賂南金』之畢集，何也？或曰：『濟濟多士，克廣德心』，此在泮之士，然不言教養之功；而繼以『桓桓于征，狄彼東南』，不過從邁之多賢，何也？又曰：『載色載笑，匪怒伊教』，此公之設教，然不言教化及于群才，而先以『其馬蹻蹻，其音昭昭』，不過燕享之和樂，何也？合《序》與《詩》，初無養才之説，其可疑一也。《春秋》二百四十二年所書，莫大于復古。僖公登臺望氣，小事也，《左氏》猶詳書之。學校久廢而乍復，蓋關吾道之盛衰，何經傳略不一書？其可疑二也。《駉序》言『史克作頌，以修伯禽之法，足用愛民，務農重穀』數事，使果能興崇學校，克何不表而出之，以侈君之盛美？其可疑三也。上庠，虞制也；東序、西序，夏制也；左學、右學、東膠、虞庠，商周之制也。《孟子》言庠、校、序皆古之學，使諸侯之學果名『泮宮』，何他國略無聞焉？其可疑四也。記《禮》多出于漢儒，其言『頖宮』，蓋因《詩》而訛。鄭氏解

《詩》："泮，言半。諸侯之學，東西門以南通水，北無。"其解《禮記》："頖言班，以此班政教。"使鄭氏確信爲學，何隨字致穿鑿之辭？其可疑五也。有此五疑，予意僖公不過作宫于泮地，落成之際，詩人善禱，欲我公戾止于此，"永錫難老"，而服遠人。于此"昭假"孝享，而致"伊祜"于此，"獻囚"、"獻馘"，而受琛貢。此篇與"宣王考室"之詩相表裏，特宣爲居處之室，魯爲從游之宫，祝頌有不同。按：《通典》言魯郡乃古魯國，郡有泗水縣，泮水出焉。然後知泮乃魯水名，僖公建宫于上。《詩》言："翩彼飛鴞，集于泮林。"林者，林木所聚。以泮水爲半水，泮林亦爲半林乎？泮爲地名，與楚之渚宫、晉虒祁之宫無以異。"

吴旦生曰：魯水名泮，僖公作離宫于其上，故此水之宫曰泮宫，此水之林曰泮林，皆因水得名也。《左傳》："晉侯濟自泮。"正在此水，可爲魯水名泮之證。按《傳》："僖公五年，日南至。公既視朔，遂登臺以望而書。"故有書雲臺，亦曰泮宫臺。《水經注》云："靈光殿東南即泮宫也，有臺高八十尺。《詩》所謂'思樂泮水'是也。"《東遊記》云："臺有水，自西南而來，深丈餘而無源。"又可爲魯水證矣。漢儒附會，謂東西南皆有水，形如半璧，今作半月形。因有辟廱之辟，亦轉爲璧，解以圓水，何所本而云然哉？按：《周官》："國子教於大司樂。"魯孝公之爲公子，嘗入京師爲國子，人稱其孝，宣王命之導訓諸侯。然其時不聞有太學之名建于何所也。漢景帝時，文翁爲蜀守，首建學宫於成都市中〔一〕，設博士弟子員。至孝武，詔郡縣皆立學。此特因蜀中而推廣之於他郡縣，其實自文翁創始也，烏在其魯僖時已有學校哉！

【校勘記】

〔一〕「成」，原誤作「城」，徑改。

《筠軒釋略》云：「胡氏謂：『魯人將有事于上帝，必先有事于頖宮。』而鄭氏謂：『泮宮，郊之學也。有事于此，告后稷也。』考諸《禮記》，頖宮是廟之類也。若非廟之類，欲祀上帝而以始祖祭于學宮，何義也哉？以此可見頖宮之非學矣。」

三壽

「三壽作朋。」

吴旦生曰：鄭氏以爲三卿。或謂公壽與岡、陵等而爲三，以其下有「如岡如陵」句也。皆屬强解。按：上壽百，中壽八十，下壽六十，所謂「三壽」，蓋指此也。晉《姜鼎銘》云：「保其孫子，三壽是利。」王禹玉詩云：「簪纓三壽客，筆削兩朝書。」張衡《東京賦》：「送迎拜乎三壽。」《注》：「三壽，三老也。」蔡邕《獨斷》云：「天子父事三老，兄事五更。」班固《辟雍》詩：「皤皤國老，乃父乃兄。」「三老」者，謂久也，舊也，壽也。孫子荆詩：「三命皆有極。」劉履《補注》云：「三命謂上壽、中壽、下壽也。」鄭玄《禮記注》云：「司命主督察三命。」據此則「三壽」、「三老」、「三命」，其義一也。

亂曰

閔馬父曰：「正考甫校商之名頌十二篇於周大師，以《那》爲首。其輯之亂曰：『自古在昔，先民有作。温恭朝夕，執事有恪。』」

吴旦生曰：「『亂』者，樂之卒章。自此而《離騷》，而賦，而樂府，其後有『亂曰』云云，蓋昉此也。

洪興祖云：『《離騷》有「亂」有「重」。「亂」者，終理一賦之終；「重」者，情志未申，更作賦也。』」

九圍

「帝命式于九圍。」

吴旦生曰：《王制注》：「殷湯更制中國，方三千里之界，分爲九州，而建千七百七十三國。」

孔氏云：「九分天下，各爲九處規圍然，故謂之九圍。」易氏云：「殷人九州之制，不見於經傳，是以後世莫詳焉。《爾雅》云：『兩河間曰冀州，河南曰豫州，河西曰雝州，漢南曰荆州，江南曰陽州，濟河間曰兖州，濟東曰徐州，燕曰幽州，齊曰營州。』其九州之名，與夫疆域所至，與《舜典》異，又與《禹貢》異。孫炎故疑爲殷制耳，亦無明文言殷改夏。由今考之，有舜之幽、營、徐，而無舜之青、梁、并，是青入于徐，梁入于雍，并入于冀也。既分《禹貢》冀州之境，而復舜之幽州；又併青于徐，而復舜之營州。殷之九州，粲然可考。而其山川道里，亦以類舉。至周人則又分冀爲并，而併營于幽，復禹之青州，而省徐以入于青。」

畷郵

「爲下國綴旒。」

吴旦生曰：《禮記注》：「爲下國畷郵。」《正義》云：「引《齊》、《魯》、《韓詩》也。」王伯厚《詩考》：「郵，謂民之郵舍。言成湯施布仁政，爲下國諸侯，在畷民之處所，使不離散。」「爲下國駿厖。」《荀子》作「駿蒙」，《大戴禮》作「恂蒙」。

歷代詩話乙集目錄

楚辭

卷上之上

卷上之下

南浦
媵
薜荔
宜笑
葩

卷中之上

天問
夜光
羿
鑠金
欸
舲
橘頌
黄棘

卷中之下

九陽
營魄
衛
卜居
宋玉宅
漁父
三閭

卷下之上

送將
朅
恢台
衙衙

卷下之下

歷代詩話卷七　乙集一

靑谿　吴景旭旦生氏著

楚　辭　卷上之上

評　騷

劉勰曰：「自《風》《雅》寢聲，莫或抽緒。奇文蔚起，其《離騷》哉！固已軒翥詩人之後，奮飛辭家之前，豈去聖之未遠，而楚人之多才乎！昔漢武愛《騷》，而淮南作《傳》，以爲《國風》好色而不淫，《小雅》怨誹而不亂，若《離騷》者，可謂兼之。蟬蜕穢濁之中，浮游塵埃之外，皭然涅而不緇，雖與日月爭光可也。班固以爲露才揚己，忿懟沈江。羿澆二姚，與《左氏》不合；崑崙懸圃，非經義所載。然而文辭麗雅，爲詞賦之宗。雖非明哲，可謂妙才。王逸以爲詩人提耳，屈原婉順。《離騷》之文，依經立義。駟虯乘鷖，則時乘六龍；崑崙流沙，則《禹貢》敷土。名儒詞賦，莫不擬其儀表。所謂金相玉質，百世無匹者也。及漢宣嗟歎，以爲皆合經術；揚雄諷詠，亦言體同《詩·雅》。四家舉以方經，而孟堅謂不合傳。褒貶任聲，抑揚過實，可謂鑒而弗精，翫而未覈者也。將覈其論，必徵言焉。故其陳堯舜之耿介，稱禹湯之祗敬，典誥之體也；譏桀紂之猖披，傷羿澆之顛隕，規諷之旨也；虬龍以喻君子，雲蜺以譬讒邪，比興之義也；每一顧而淹涕，歎君門之九重，忠怨之辭也。觀茲四事，同於《風》《雅》者也。至於託雲龍，説迂怪，豐隆求宓妃，鴆鳥媒娀女，詭異之辭也；康回傾地，夷羿蔽日，一夫九首，土伯三目，譎怪之談也；依彭咸之遺則，從子胥以自適，狷狹之志也；士女雜座，亂而不分，指以爲樂，娛酒不廢，沈湎日夜，舉以爲懽，荒淫之意也。摘此四事，異乎經典者也。故論其典誥則如彼，語其夸誕則如此。固知《楚辭》者，體憲於三代而風雅於戰國，乃《雅》《頌》之博徒，而辭賦之英傑也。觀其骨鯁所樹，肌膚所附，雖取鎔經意，亦自鑄偉辭。故《騷經》、《九章》，朗麗以哀志；《九歌》、《九辯》，綺靡以傷情；《遠遊》、《天問》，瓌詭而惠巧；《招魂》、《招隱》，耀艷而深華；《卜居》標放言之致，《漁父》寄獨往之才。故能氣往轢古，辭來切今，驚采絶艷，難與並能矣！自《九懷》以下，遽躡其迹，而屈、宋逸步，莫之能追。故其敘情怨則鬱伊而易感，述離居則愴怏而難懷，論山水則循聲而得貌，言節候則披文而見時。枚、賈追風以入麗，馬、楊沿波而得奇。其衣被詞人，非一代也。故才高者菀其鴻裁，中巧者獵其艷詞，吟諷者銜其山水，童蒙者拾其香草。若能憑軾以倚《雅》《頌》，懸轡以馭楚篇，酌奇而不失其貞，翫華而不墜其實，則顧盼可以驅辭力，欬唾可以窮文致，亦不復乞靈於長卿，假寵於子淵矣。」

洪興祖曰：「《藝文志》云：『屈原賦二十五篇。』然則自《騷經》至《漁父》，皆賦也。後之作者，苟得其一體，可以名家矣。而梁蕭統作《文選》，自《騷經》、《卜居》、《漁父》之外，《九歌》去其五，《九章》去其八。然司馬相如《大人賦》率用《遠遊》之語，《史記・屈原傳》獨載《懷沙》之賦，揚雄作《畔牢愁》

亦旁《惜誦》至《懷沙》。統所去取，未必當也。自漢以來，靡麗之賦，勸百而諷一，無復惻隱古詩之義。故子雲有『曲終奏雅』之譏。而統乃以屈子與後世詞人同日而論，其識如此，則其文可知矣。」

高似孫曰：「《離騷》不可學，可學者章句也，不可學者志也。楚山川奇，草木奇，原更奇。原人物高，志高，文又高。一發乎辭，與《詩三百》伍，文同志同。後之人沿規襲武，摹倣制作，言卑氣嫚，志鬱弗舒，無復古人萬一。武帝詔漢文章士修《楚辭》，大山、小山，竟不一企，況《騷》乎！嗚呼，《詩》亡矣，《春秋》不作矣，《騷》亦不可再矣！獨不能忘情於《騷》者，非以原可悲也，獨恨夫《騷》不及一遇夫子耳。使《騷》在删《詩》時，聖人能遺之乎？」

朱熹曰：「《楚辭》寓情草木，託意男女，以極游觀之適者，《變風》之流也。其敘事陳情，感今懷古，以不忘乎君臣之義者，《變雅》之類也。至於語冥昏而越禮，攄怨憤而失中，則又《風》《雅》之再變矣。其語祀神歌舞之盛，則幾乎《頌》。而其變也，又有甚焉。其爲賦，則如《騷經》首章之云也；比，則香草惡物之類也；興，則託物興詞，初不取義，如《九歌》『沅芷澧蘭』以興思公子而未敢言之屬也。然《詩》之興多而比、賦少，《騷》則興少而比、賦多。要必辨此，而後詞義可尋。讀者不可以不察也。」

祝堯曰：「《騷》者，《詩》之變也。《詩》無楚風，楚乃有《騷》，何邪？愚按：屈原爲《騷》時，江漢皆楚地。蓋自文王之化行乎南國，《漢廣》、《江有汜》諸詩已列於二《南》、十五國風之先，其民被先王之澤也深。《風》《雅》既變，而楚狂『鳳兮』之歌、滄浪孺子『清兮』『濁兮』之歌，莫不發乎情，止乎禮義，而猶有詩人之六義，故動吾夫子之聽。但其歌稍變於《詩》之本體，又以『兮』爲讀，楚聲萌蘖久矣。原最後出，本《詩》之義以爲《騷》。但世號《楚辭》，初不正名曰『賦』，然賦之義實居多焉。自漢以來，賦家體製大抵皆祖原意。故能賦者，要當熟復於此，以求古詩所賦之本義。則情形於辭，而其意思高遠；辭合於理，而其旨趣深長。成周先王二《南》之遺風，可以復見於今矣。」

王世貞曰：「太史公悲屈子之忠而大其志，以爲可與日月争光，至取其『好色不淫，怨誹不亂，足以兼《國風》、《小雅》』。而班固氏乃擬其論之過，而謂原『露才揚己，競乎危國群小之閒，以離讒賊，强非其人，忿懟不容，沈江而死』。自太史公與班固氏之論狎出，而後世中庸之士，垂裾拖紳，以談性命者，意不能盡滿於原。而志士仁人，發於性而束於事，其感慨不平之衷無所之，則益悲原之值而深乎其味。故其人而楚則楚之，或其人非楚而辭則楚，其辭非楚而旨則楚，如劉氏集而王氏故者，比比也。夫以班固之自異於太史公，大要欲求是其見所爲屈信龍蛇而已，卒不敢低昂其文，而美之曰：『宏博麗雅，爲辭賦宗。』然中庸之士相率而疑其所謂『經』者，蓋其言曰：『孔子删諸《國風》，比於《雅》《頌》，析兩曜之精而五之。』此何以稱哉？是不然也。孔子嘗欲放鄭聲矣，又曰：『桑間濮上之音，亡國之音也。』至删《詩》而不能盡黜《鄭》、《衛》。今學士大夫童習而頒，重不敢廢，以爲孔子獨廢楚。夫孔子而廢楚，欲斥其僭王則可，然何至脂轍方城之内哉？夫亦以筵篿妖淫之俗，嬋緩其文而侏訣其音，爲不足被金石也。藉令屈原及孔子時，所謂《離騷》者，縱不敢方響清廟，亦何遽出《齊》、《秦》二風下哉？孔子不云乎：『《詩》可以興，可以怨。邇之事父，遠之事君，多識乎鳥獸草木之名。』以此而等屈氏，何忝也。是故孔子而不遇屈氏則已，孔子而遇屈氏，則必采而列之『楚風』。夫庶幾屈氏者，宋玉也。蓋不佞之言曰：班固，得屈氏之顯者也，而迷於隱，故輕詆；中壘、王逸，得屈氏之隱者也，而略於顯，故輕擬。夫輕擬之與輕詆，其失等也。然則爲屈氏宗者，太史公而已矣。」

陳第曰：「予觀注《離騷》者多矣，率搜索於句字，而忽略其大體。故但見其汪洋浩瀚，而不能究其託興寓言之指歸。則其惓惓故國之思，欲去而終不忍去，抑鬱無聊，不欲死而終不能以不死者，無以發洩於千載之下矣。善乎太史公之傳之也，曰：『其志潔，故其稱物芳；其行廉，故死而不容自疏。』又曰：『其存君興國，而欲反覆之，一篇之中三致志焉。』此真得《離騷》之意於文章蹊徑之外，而不徒以文詞視之也。予於是隱約《離騷》，分爲七節：自『帝高陽之苗裔』至『予不忍爲此態也』爲第一節，言己之不得於君也；自『鷙鳥之不群』至『豈予心之可懲』爲第二節，言己之不遇，而不改其素也；自『女嬃之嬋媛』至『霑予襟之浪浪』爲第三節，蓋託敷詞於重華，言己於善敗之跡，嘗三復於王所也；自『跪敷衽以陳詞』至『高丘之無女』爲第四節，言欲輕舉遠去，忽哀故國之無人也；自『溘吾游此春宮』至『焉能忍與此終古』爲第五節，言黨人衆多，賢人不可見，難與之久處也；自『索瓊茅以筳篿』至『吾將遠逝以自疏』爲第六節，言筮卜皆勉其遠遯，將從之以遠適四方也；自『邅吾道夫崑崙兮』至『蜷局顧而不行』爲第七節，言逍遥娱樂，庶幾藉以自遣，然睠顧楚國，終不能忘而自離也。『亂』則總結前意，謂義無可往，惟以死自誓而已矣。蓋其悲思慷慨之懷，溯洊出之，若江河之流，原無間斷。乃其脈理之聯絡關鎖，亦自璀燦而不可亂。所謂『一篇之中三致志』者，是耶？非耶？嗟夫！予讀『哀高丘之無女』與『忽臨睨夫舊邦』則悽然，欲無涕下，不可得矣。愚按《離騷》：『駟玉虬以乘鷖兮，溘埃風予上征。』又曰：『飲予馬於咸池兮，總予轡於扶桑。』又曰：『路不周以左轉兮，指西海以爲期。』固皆《遠遊》之意，原猶以爲未盡也，乃作此篇，汪洋超脱，以布寫其無聊不得已之懷。彼其舍故都、離儕人、餐六氣、專精神，逍遥於丹丘，役使夫百靈，内欣欣而婾樂，直至出宇宙而與太初者鄰，可謂遊之至矣。乃其所神游者至遠，而其顧懷者至近。區區楚國，非清都帝鄉也；汎汎汨羅，非南疑寒門也；憔悴澤畔，非軒鸞鳥而駕八龍也；負石自沈，非召黔嬴而貫列缺也。何行背其言，而事反其見耶？蓋其懷舊眷故之念，迫切於真誠，反側於夢寐，故寧死而不忍自疏，其天性爾也。猶之箕子囚、比干死，豈必效微子之行遯耶？嗟夫！士各有志，所謂『漠虚静以恬愉，澹無爲而自得』者，竟付之空談而已。賈誼之《弔》曰：『歷九州而相其君兮，何必懷此都也。』揚雄之《反》曰：『聖哲之不遭兮，固時命之所有。』噫！原之見此早矣，其如天性何哉！」

吴旦生曰：比於《乾》卦、《禹貢》，方之南董、比興，猶云似也。中壘尊之爲經，而世直稱《騷經》。謂招字以錫號，或作志以程篇，猶云始也。荆谿言：「《昭明文選》不併歸賦門，而别名爲『騷』，後人沿以『騷』稱，不知題義。」以余論之，此正所謂揚之過實，抑之損真者矣。經之後，賦之先，天地間忽出此一種文字，自是别具一體，以「騷」命之可也。而牽文之見，必起而問曰：「《史記》：『離騷者，猶離憂也。』言憂愁幽思，冀幸君之一悟也。』王逸《序》：『離，别也；騷，愁也。言已放逐離别，中心愁思，以諷諫君也。』《説文》：『騷，擾也，言憂煩擾也。』解者紛更，奚以名篇？」余以所釋雖殊，總覽斯文，風格鑿空，不經人道，自應别名一體，以「騷」命之可也。經者，常也；

賦者，鋪也。夫既命之矣，即後之擬騷，騷也；反騷，亦騷也。皆以「騷」命之可也，一體也。《困學紀聞》云：「《楚語》：伍舉曰：『德義不行，則邇者騷離，而遠者距違。』《注》：『騷，愁也；離，畔也。』伍舉所謂『騷離』，屈平所謂『離騷』，皆楚語也。揚雄爲『畔牢愁』，與《楚語注》合。」

庚寅

《離騷》：「帝高陽之苗裔兮，朕皇考曰伯庸。攝提貞於孟陬兮，惟庚寅吾以降。」王逸《注》：「皇，美也。言我父體有美德，以忠輔楚，世有令名，以及於己。寅爲陽正，故男始生而立於寅；庚爲陰正，故女始生而立於庚。言己以太歲在寅、正月始春、庚寅之日下母之體而生，得陰陽之正中也。」

吴旦生曰：《癸辛雜識》：「『皇祖』、『皇考』者，按《詩》：『思皇多士。』《詩記》引顔注《漢書》云：『美也。』『皇』，《急就章》爲顔注，云：『正也，大也。』《泰誓》：『我皇多有之。』孔《傳》訓『皇』爲前。」趙南塘云：「此訓爲是，皇不仕者，乃故不仕也。」《嬾真子》云：「『皇覽揆予』，所謂『皇』者，三閭稱其父也。後人遂以『皇覽』爲進御之書，誤矣。」

正月始春，厥日庚寅，蓋木德。王於春令，稟氣之正，因名「正則」，此所謂「揆予」而「錫予」也。

名字

《離騷》：「皇覽揆予於初度兮，肇錫予以嘉名。名予曰正則兮，字予曰靈均。」王逸《注》：「言正平可法則者，莫過於天；養物均調者，莫神於地。高平曰原，故名爲平以法天，字爲原以法地。」

吴旦生曰：《五臣注》：「正則，猶云原也；靈均，猶云平也。」舊注以「平」爲名，「原」爲字，與前引自抵誤。然則王叔師謂「名平法天，字原法地」，誤矣。《聽雨紀談》云：「古之人有小名，有小字。蓋屈原字平，而正則、靈均，則其小名、小字也。」理差勝。

戈莊樂《參疑》云：「『名』在庚韵，『均』在真韵，舊本皆不注叶音。考之真、庚韵，又無古叶。按《道藏》歌云：『元廷自嘉會，金書東華名。賢安密所戒，相期陽洛汧。』『名』，彌延切；『汧』，苦堅切。韓愈《東野失子》詩：『問天主下人，薄厚胡不均？天曰天地人，由來不相關。』『均』，居員切；『關』，圭玄切。俱入先韵。」

江離秋蘭

《離騷》：「扈江離與辟芷兮，紉秋蘭以爲佩。」

吴旦生曰：宋板作「離」，今作「蘺」。王逸《注》但謂「江離」、「辟芷」香草名。《困學紀聞》云：「江離，《吴録》謂臨海水中生，正青，似亂髮。」《廣志》爲「赤葉紅花」。今芎藭苗曰江離，緑葉白花，又不同。《藥對》以爲麋蕪，一名江離。按：芎藭、藁本、江離、麋蕪並相似，非是一物也。《淮南子》云：「亂人者，若芎藭與藁本。」顔師古云：「江離似水薺，今無識之者。」然非麋蕪也，《藥對》誤耳。」《古今注》謂：「芍藥，可離。」《唐本草》：「可離，江離。」然則芍藥，江離也。

《傳》曰：「德芬芳者佩蘭。古之佩者，各象其德，故芬芳者佩蘭也。」邵伯温云：「細葉者春花，花少；闊葉者秋花，花多。」周益公云：「予問園丁，則曰：『春蘭夏芷，秋蕙冬蓀，葉莖花色，往往多寡不同。』予以古書考之，屈原《離騷》『紉秋蘭以爲佩』，張衡《東京賦》『秋蘭被涯』，又《思玄賦》『幽蘭可喻』，潘尼《贈河陽》詩『流聲秋蘭』之類，言蘭以秋而花也；屈原《九歌》『春蘭秋菊』，《隋煬煙花録》用此句。陸機《庭中奇樹》詩『勸友蘭時往』《注》『春時也』，梁元帝詩『春蘭本無絶』，唐太宗詩『春暉開紫苑，淑氣媚蘭湯』之類，此言蘭以春而花也。宋玉《招魂》『光風轉蕙汜崇蘭』，《抱朴子》『春蕙秋蘭』，陸機《悲歌行》『春芳傷客心，蕙草饒淑景』，是蕙亦可言春矣；《本草圖經》『蕙七月中旬開花至香』，是蕙亦可言秋矣。故《離騷》曰：『蘭芷變而不芳，荃蕙化而爲茅。』《説文》荃、蓀同音，《文選》以『蓀壁』爲『荃壁』。蓋合四者而言之。《湘君》歌亦云：『薜荔柏兮蕙綢，荃橈兮蘭旌。』《湘夫人》則並言『蓀壁』、『蘭橑』、『蕙櫋』、『芷葺』。司馬相如《長門賦》：『摶芬若以爲枕兮，席荃蘭而茝香。』乃知四時香草同出異名，葉常青而花隨時。自屈、宋至漢、唐，皆於蘭蕙互言春秋，園丁未爲無據。」

《離騷》有「春蘭」、「秋蘭」、「石蘭」，王逸《注》皆曰「香草」，不分别也。《本草》又有「澤蘭」，如薄荷，微香。荆、湘、嶺南家多種之，與蘭草大抵相類。師古以「蘭」爲澤蘭，非也。

劉次莊云：「《九歌》：『秋蘭兮青青，緑葉兮紫莖。』今沅澧所生，花在春則黄，在秋則紫，然春黄不若秋紫之芬馥也。」楊升庵云：「人家盆植如蒲萱者，乃蘭之别種，曰蓀與芷耳。惟緑葉紫莖，春華秋馥，則《楚騷》所稱紉佩之蘭也。」

宿莽

《離騷》：「朝搴阰之木蘭兮，夕攬中洲之宿莽。」

吴旦生曰：王叔師《注》：「宿莽遇冬不枯，屈原以喻讒人雖欲困己，己受天性，終不可變易也。」余按《南越志》云：「寧鄉縣草名卷施，拔心不死，江淮間謂之宿莽。」郭璞《贊》云：「卷施之草，拔心不死。屈平嘉之，諷詠以比。取類雖邇，興有遠旨。」李詩云：「長短春草緑，緣階如有情。卷施心獨苦，抽卻死還生。睹物知妾意，希君種後庭。」

蘭蕙

《離騷》：「予既滋蘭之九畹兮，又樹蕙之百畝。」吴旦生曰：山谷謂蕙似士大夫，蘭似君子。蓋山林中十蕙而一蘭也。觀《楚辭》，知不獨今爲然，楚人賤蕙而貴蘭亦久矣。蘭、蕙叢生，初不殊也。至其發花，一幹一花而香有餘者，蘭也；一幹五七花而香不足者，蕙也。蕙雖不若蘭，其視椒榝則遠矣。

《困學紀聞》云：「夾漈《草木略》以蘭、蕙爲一物，皆今之零陵香也。然《離騷》『滋蘭樹蕙』、《招魂》『轉蕙汜蘭』，是爲二草，不可合爲一。」

《北夢瑣言》云：「凡地十二畝曰畹。九畹，一百零八畝也。」

蘭皋椒丘

《離騷》：「步余馬於蘭皋兮，馳椒丘且焉止息。」吴旦生曰：朱子《集注》：「澤曲曰皋，其中有蘭，故曰蘭皋。」余觀《蜀都賦》：「蘭皋，皋澤也。」故知澤曲爲皋。所謂「蘭」者，特美言之也。曹植《應詔》詩：「夕宿蘭渚。」顔延之《曲水》

詩：「幓帷蘭甸。」又「蘭野茂荑英」，其義同。

朱子《集注》：「丘上有椒，故曰椒丘。」余觀《廣雅》云：「土高四墮曰椒。」《字學集要》云：「山顛曰椒。」《淮南注》云：「山頂曰冢，亦曰顛，亦曰椒。」一作「嶕」。「椒」乃「嶕」字之假借。漢武帝《李夫人賦》：「釋輿馬於山椒。」謝靈運《北固》詩：「稅鑾登山椒。」謝惠連《泛湖》詩：「悲猨響山椒。」

海氓呼海中石亦曰「椒」。

先路

《離騷》：「來吾道夫先路。」

吴旦生曰：王逸《注》：「路，道也。爲君導入聖王之道也。」此屬强解。按：「先路」，車名。《郊特牲》：「先路三就。」《左傳》：「鄭賜子展先路，子産次路。」

初服

《離騷》：「進不入以離尤兮，退將復修吾初服。」

吴旦生曰：昔人謂《離騷》構法全亂，不可謂似亂非亂。王弇州亦謂：「《騷辭》所以總雜重複，興寄不一者，大抵忠臣怨夫惻怛深至，不暇致詮。亦故亂其敍，使同聲者自尋，修卻者難摘耳。」余獨謂其構法極整，如一「服」字，該下衣裳冠佩諸項；而「佩繽紛其繁飾兮」，一「佩」字，又總上衣裳冠佩而言。此極有結構文字，何曾亂也。

「初服」，未仕之時。李太白詩：「久辭榮禄遂初衣。」即「初服」也。

女嬃

《離騷》：「女嬃之嬋媛兮，申申其詈予。」注云：「女嬃，屈原之姊。」

吴旦生曰：賈侍中説楚人謂姊爲「嬃」，非也。彼以「高陽之苗裔」、「伯庸之皇考」，其家世何等也；名曰「正則」、字曰「靈均」，蓋其肇錫誠嘉。而女嬃之所詈者，乃以判獨離爲其病，豈賢姊哉？《水經注》：「原有賢姊，聞原放逐，來歸，諭令自寬。」夫「諭令自寬」之人，而反「申申詈之」邪？則女嬃之決非原姊矣。按《易經》：「歸妹以須。」《本義》云：「須，女之賤者。」《天官書》：「須女四星。」陸震云：「織女三星貴，須女賤。」蓋「須」即「嬃」字。《集解》亦云：「嬃者，賤妾之稱，比黨人也。彼『賫菉葹』，即其朋耳。今秭歸縣有女嬃廟。」又《荆州圖經》云：「南北岸者，屈原之鄉里。原忽然歸，因名南岸曰『歸鄉岸』。姊聞原還亦來歸，又名北岸曰『姊歸岸』。」皆曲説也。至於《九歌》：「女嬋媛兮，爲余太息。」王逸《注》亦云：「女，謂女嬃，屈原姊，使其易行隨俗也。」更誤。

相羊

《離騷》：「折若木以拂日兮，聊須臾以相羊。」

吴旦生曰：「須臾」一作「逍遥」，而「相羊」即「徜徉」之義。《遠遊》云：「聊仿佯而逍遥。」同此意也。《選注》謂：「『相羊』猶『徘徊』，即上下求索之意，非行樂也。」恐非。《悼李夫人賦》：「惟幼眇之相羊。」馮衍賦：「乘翠雲而相羊。」一作「相徉」。《玉篇》作「穰徉」，《周禮》作「相翔」，《吴王濞傳》作「方洋」，《郊祀歌》作「常羊」，《老子指歸》作「常翔」，張衡賦作「儴徉」，王勃賦作「尚羊」。

御

《離騷》：「吾令鳳皇飛騰兮，又繼之以日夜。飄風屯其相離兮，帥雲霓而來御。」

吴旦生曰：王逸《注》：「御，迎也。當音迓。」《儀禮》：「媵御沃盥交。」《公羊傳》：「眇者御眇者，跛者御跛者。」《列子》：「御而擊之。」《大雅》：「刑于寡妻，至于兄弟，以御于家邦。」

閶闔

《離騷》：「吾令帝閽開關兮，倚閶闔而望予。」

吴旦生曰：《淮南子》：「排閶闔，淪天門。」《注》云：「閶闔，始升天之門也。天門，上帝所居紫微宫門也。」張淵《觀象賦》：「儼閶闔以洞開。」《注》云：「宫牆兩藩，正南開如門象者，名閶闔門。」張衡賦：「叫帝閽使闢扉兮，覿天皇於瓊宫。」《漢郊祀歌》：「天門開，詄蕩蕩。」《天馬歌》：「游閶闔，觀玉臺。」《注》云：「上帝所居。」

《天中記》云：「楚人名門皆曰閶闔。」潘岳賦：「夢良人兮來遊，若閶闔兮洞開。」《爾雅》：「闔謂之扉。」《左傳》：「以枚數闔。」《公羊傳》：「齒著於門闔。」《荀子》：「外闔不閉。」《月令》：「乃脩闔扇。」注云：「治門户用木曰闔，用竹葦曰扇。或謂雙曰闔，闔，門也；單曰扇，扇，户也。」又《月令》：「仲春脩闔扇，孟冬脩鍵閉。」服虔云：「闔扇所以閉，鍵閉所以塞。」

「閶闔」一作「閶廬」，《儀禮》又作「㞐」。

筳篿

《離騷》：「索瓊茅以筳篿兮，命靈氛爲余占之。」

吴旦生曰：王逸《注》：「瓊茅，靈草；筳，小折竹也。楚人名結草折竹以卜曰『篿』。」因考趙古則云：「束草折竹，達厶於神曰『叀』。从屮、厶，中象纏束之形。古作『』，但象束艸形。通用『專』作『篿』，非『篿』俗字也。叀音專。」《説文》：「小謹也，从幺省，屮，財。」《夢谿筆談》云：「審方面勢，覆量高深遠近，算家謂之叀術。叀文象形，如繩木所用墨斗也。」《方技傳》：「梃專須臾孤虛之術。」

蘭椒

朱子《辯證》曰：「此辭之例，以香草比君子。王逸之言是矣。然屈子以世亂俗衰，人多變節，故自前章『蘭芷不芳』之後，乃更歎其化爲惡物。至於此章，遂深責『椒』、『蘭』之不可恃，以爲誅首，而『揭車』、『江離』亦以次而書罪焉。蓋其所感益以深矣。初非以爲實有是人，而以『椒』、『蘭』爲名字者也。而史遷作《屈原傳》，乃有令尹子蘭之説。班氏《古今人物表》又有『令尹子椒』之名。既因此章之語而失之，使此詞首尾橫斷，意思不活。王逸因之，又訛以爲『司馬子蘭』、『大夫子椒』，而不復記其香草臭物之論。流誤千載，遂無一人覺其非者，甚可歎也。使其果然，則又當有『子車』、『子離』、『子椴』，不知其幾人矣。」

吴旦生曰：蘭棄美以從俗，蓋指楚懷王之弟司馬子蘭也；椒專佞以干進，蓋指楚大夫子椒也。王逸《注》有此意，而朱子非之，何邪？按韓退之《遊湘西寺》詩：「静思屈原沈，遠憶賈誼貶。椒蘭争妬忌，絳灌共讒諂。」則「蘭」、「椒」之指二人明矣。近張伯起謂：「『蘭』、『椒』指二人，則『揭車』、『江離』誰指？」此祖朱子之説也。余竊謂此其自況，故下云「兹佩可貴」。而前言「委厥美」，乃其自棄；後言「委厥美」，乃王棄之耳。

歷代詩話卷八　乙集二

冉谿　吴景旭旦生氏著

楚辭 卷上之下

九歌

《西谿叢語》曰：「《九歌》章句名曰『九』，而載十一篇，何也？曰：『九』以數名之，如『七啓』、『七發』，非以其章名。」

吴旦生曰：舊注：「楚國南郢之邑，沅湘之間，其俗信鬼而好祀，作歌樂鼓舞，以樂諸神。原以其詞鄙陋，爲作《九歌》之曲。」王逸謂：「屈子特修祭以宴天神。」二説皆非。詳其旨趣，直是楚國祀典，如漢人樂府之類，而原更定之也。

其篇目有《東皇太乙》、《雲中君》、《湘君》、《湘夫人》、《大司命》、《少司命》、《東君》、《河伯》、《山鬼》、《國殤》、《禮魂》，共十一篇。梁昭明以《大司命》、《東君》、《河伯》、《國殤》、《禮魂》不入《選》。或云：《國殤》、《禮魂》不在數，故曰「九歌」；或云：《大司命》與《少司命》合爲一體，《禮魂》則諸篇之亂辭，故曰「九歌」。洪興祖云：「《九歌》十一首，《九章》九首，皆以『九』爲名者，取

『簫韶九成』、『啓《九辯》《九歌》』之義。《騷經》曰：『奏《九歌》而舞韶兮，聊假日以媮樂。』即其義也。宋玉《九辯》以下，皆出於此。」張銑云：「九者，陽數之極，自謂否極，取爲歌名也。」《九辯》舊注云：「九者，陽之數，道之綱紀也。故天有九星以正機衡，地有九州以成萬邦，人有九竅以通精明。」諸説紛紛，余獨喜楊升庵之言云：「《九歌》乃十一篇，《九辯》亦十篇。宋人不曉古人虚用『九』字之義，强合《九辯》二章爲一章，以協九數，兹大可笑。如《公羊傳》云：『葵丘之會，桓公震而矜之，叛者九國。』『九國』謂叛者多，非實有九國也，猶《漢紀》云『叛者九起』云爾。古人言數之多，止於九。《逸周書》云：『左儒九諫於王。』《孫武子》：『善攻者，動於九天之上。』」

蹉對

《九歌》：「蕙肴蒸兮蘭藉，奠桂酒兮椒漿。」

吴旦生曰：當以「蒸蕙肴」對「奠桂酒」，今倒用之，謂之蹉千古反。對。按《史記·封禪書》：「率邇迯聽。」《漢書》嚴安書：「馳車轂擊。」韓退之《羅池神碑》：「春與猨吟兮，秋鶴與飛。」此皆《楚辭》「吉日辰良」句法。蓋欲錯綜成文，則語勢矯健耳。然觀《論語》「迅雷風烈必變」，已有此格，非始於《楚辭》也。

《藝苑雌黄》云：「《冷齋夜話》載王介甫詩：『春殘葉密花枝少，睡起茶多酒盞疏。』『多』字當作『親』。蓋欲以『少』對『密』，以『疏』對『親』。殊不曉古人詩格，蓋以『密』字對『疏』字，以『多』字對『少』字，正交股用之，所謂蹉對法也。」

偃蹇

《九歌》：「靈偃蹇兮姣服。」

吴旦生曰：王逸《注》：「偃蹇，舞貌，言巫之舉足奮袂而舞也。」按《離騷》：「望瑶臺之偃蹇兮。」《注》：「高貌。」「何瓊佩之偃蹇兮。」《注》：「衆盛貌。」則一《楚辭》中而二字異義如此。又觀《左傳・哀公二年》：「彼皆偃蹇，將棄子之命。」《注》：「偃蹇，驕慢貌。」則又一義矣。

猋

《九歌》：「猋遠舉兮雲中。」

吴旦生曰：朱子《辯證》：「猋，《説文》從三犬，而釋爲群犬走貌。然《大人賦》有『猋風涌而雲浮』者，其字從三大，蓋别一字也。此類皆當從三火，余觀世本皆作『焱』。」諸《注》：「焱，卑遥反，去疾貌。」王逸《注》：「言神之往來急疾，焱然遠舉，復還其處也。」按：「焱」，讀爲艷，火燄也。

恐非。既音卑遥反，而訓去疾，當從「猋」字爲是。《爾雅》：「焚輪謂之頹。穨同〔一〕。扶摇謂之猋。標。」《注》云：「穨，暴風從上下也；猋，暴風從下上也。」

【校勘記】

〔一〕「穨同」，原作「頹同」，據下注文改。

杜若

《九歌》：「采芳洲兮杜若。」

吴旦生曰：謝玄暉詩「芳洲采杜若」，蓋用此語，而勝韵不減本辭，乃古人筆妙也。《本草經》云：「杜若，一名杜蘅。」《范子計然》云：「杜若生南郡漢中。」按：唐貞觀中，尚藥求杜若，敕下度支省，郎判送坊州貢之。本州曹官判云：「坊州不出杜若，應讀謝朓詩誤。」郎官如此判事，豈不畏二十八宿笑人邪？《晉書·天文志》：「郎位十五星，在帝座東北，依烏郎府是也。」州曹徒知郎官上應列宿，而不知非二十八宿也。

朱子《注》：「杜若，葉似薑而有文理，味辛，按即今之高良薑也。」《本草圖經》云：「杜若，苗似山薑，花黄赤。子赤色，大如棘子，中似豆蔻。出峽山嶺南北。」正是高良薑，其子乃紅蔻也。

《本草經》：「杜若，一名杜蘅，一名土鹵。」按：杜蘅，《爾雅》所謂「土鹵」也；杜若，《廣雅》所謂「楚蘅」也，其類自别。

瑶華

《九歌》：「折疏麻兮瑶華，將以遺兮離居。」

吴旦生曰：《韵語陽秋》：「瑶華，謂麻之華白也。」《詩》載「木桃」、「木李」、「握椒」、「芍藥」之類，皆相贈問之物。所謂「疏麻」者，所以贈問離居也。謝靈運《南樓遲客》詩云：「瑶華未堪折，蘭苕已屢摘。路阻莫贈問，何以慰離析？」《越嶺谿行》云：「握蘭徒勤摘，折麻心莫展。」駱賓王《思家》詩云：「旅行悲泛梗，離恨斷疏麻。」錢起《題輞川》詩云：「折麻定延竚，乘月期相尋。」皆用《楚辭》意，用於離居。至錢起《贈趙給事》詩乃云：「不惜瑶華報木桃。」則是以「瑶華」爲玉，誤矣。楊升庵云：「《楚辭注》以『疏麻』即麻也。近見《南越志》載：疏麻大二圍，高數丈，四時結實，無衰落。則自有此一種木也。」

幼艾

《九歌》：「竦長劍兮擁幼艾。」

吴旦生曰：王逸《注》：「幼，少也；艾，長也。言執長劍以誅凶惡，擁護萬民，少長各得其命也。」《文選五臣注》亦主此解。又見昔人謂：「《孟子》『人少則慕父母，知好色則慕少艾』，當讀『多少』之少，謂人既知好色，則慕父母之心少艾。艾，言息也。」按：此二説皆作「耆艾」之義。然余意擁少艾者，總是託巫者之口，以寓神靈忽怳之辭，當作「少美」二字看。《戰國策》：「不以予工，乃與幼艾。」《注》引《孟子》「慕少艾」之語。「齊王有七孺子」，《注》云：「孺子，謂幼艾美女也。」《説文》：「竦，敬也。从立，从束。束，自申束也。」《箋》云：「《九歌》『竦』字當用立部『竦』。」義稍近之，通作「慫」，非是。

簫鐘

《九歌》：「緪瑟兮交鼓，簫鐘兮瑶簴。」

吴旦生曰：朱子《集注》謂：「《周禮》有『鐘笙之樂』，《注》云：『與鐘聲相應之笙。』則『簫鐘』與簫聲相應之鐘歟？」然昔洪慶善注《楚辭》至此篇，引《儀禮·鄉飲酒》章「間歌《魚麗》，笙《由庚》，歌《南有嘉魚》，笙《崇丘》」爲比，云：「簫鐘者，取二樂聲之相應者互奏之。」既鏤版，置於墳庵。一蜀客過而見之，曰：「一本『簫』作『橚』。《廣韵》訓爲擊也。蓋是擊鐘，正與『緪瑟』爲對耳。」慶善謝而亟改之。

南浦

《九歌》：「子交手兮東行，送美人兮南浦。」吴旦生曰：《江夏記》：「南浦在江夏縣南三里，其源出京首山，流入大江。春冬涸竭，秋夏泛漲。商旅往來，皆於浦停泊。以其在郭之南，故稱南浦。」江淹《别賦》：「送君南浦，傷如之何。」李賀詩：「南浦芙蓉影，愁紅獨自垂。」洪興祖云：「屈原有以美人喻君者，『恐美人之遲暮』是也；有喻美人者，『滿堂兮美人』是也；有自喻者，『送美人兮南浦』是也。」又云：「屈原託江海之神送迎己者，言時人之不然也。」杜詩：「岸花飛送客，檣燕語留人。」亦此意。

媵

《九歌》：「魚鱗鱗兮媵予。」楊升庵曰：「江海間有魚，遊必三，如媵隨妻，先一後二，人號爲『婢妾魚』。唐詩：『江魚群從稱妻妾，塞雁聯行號弟兄。』古者一國嫁女，同姓二國媵之。《儀禮》有『媵爵』，謂先飲一爵，後二爵從之也。」

吴旦生曰：詞人率多影略字，升庵鑿鑿引據便多事。如比目曰「鰈」，比翼曰「鶼」，比肩曰「蟨」，義形配偶，取其意可也。「鱗鱗媵予」，魚之取象於人也；「貫魚以寵」，人之取象於魚也。其義一也，惡得泥迹以求之哉？按《焦氏筆乘》云：「媵，《説文》：『送也。』史載湯娶有莘，以伊尹爲媵送女，故稱有莘媵臣。《爾雅》亦云：『媵，將送也。』即不指爲妾。」今考魯共姬嫁於宋，而衛、齊、晉三國來媵。《傳》云：「媵，賤事也。諸侯有三婦，嫡夫人行，則姪娣從。二國來媵，亦姪娣從。凡一娶九女，所以廣繼嗣。」三國來媵，非禮也，遂以爲從嫁之女。夫共姬雖賢，其肯以姪娣爲妾乎？如《傳》之言，則伊尹爲媵，亦謂之妾，可乎？《江有汜》詩《注》因以爲美媵。《釋名》又以姪娣曰「媵」，謂：「媵，承也，承事適也。」今二品曰「姬」，五品曰「媵」，三國之於共姬，可若是擬乎？《容齋三筆》云：「《周易・咸卦・象》曰：『咸其輔頰舌，滕口説也。』《釋文》云：『滕，達也。九家皆作「乘」，而鄭康成、虞翻作「媵」，而亦訓爲送。』」《鼠璞》云：「媵特送婚之名，猶喪之賵與賻。」《野客叢書》云：「《詩》：『求爾新特。』由不以禮嫁，故父母之家，男子婦女，皆無肯媵之。獨自而來，故謂之新特。」

元吴立夫詩：「一雙赤鯉媵來多。」正得其義。

《述異記》云：「和州歷陽淪爲湖，中有奴魚、婢魚。」《緑珠傳》云：「大荒山上有池，池中有婢妾魚。」《爾雅》：「魚婢，小魚也，亦曰妾魚。」《古今注》云：「江東呼青衣魚爲婢䲦。」朱少章詩：「穴邊酣戰君臣蟻，波上群嬉婢妾魚。」皆不可强據以證「媵」字。

薜荔

《山鬼》篇：「被薜荔兮帶女蘿。」

吴旦生曰：《字學》：「薜荔，香草也。」王逸《注》：「薜荔無根，緣物而生。」按《思美人》云：「令薜荔以爲理兮，憚舉趾而緣木。」是屈子自下注腳矣。《山海經》：「小華之山，其草多萆荔。」即薜荔也。楊升庵謂：「據《本草》，絡石也。在石曰『石鱗』，在地曰『地錦』，繞叢木曰『長春藤』，又曰『龍鱗薜荔』，又曰『扶芳藤』。今京師人家假山上種巴山虎是也。」又曰：「凡木蔓生皆曰薜荔。」《齊書・隱逸傳》：「該討芝桂，借訪薜蘿。」

宜笑

《山鬼》篇：「既含睇兮又宜笑，子慕予兮善窈窕。」

吴旦生曰：《莊子》：「西施捧心而嚬，鄰人效之，皆棄而走。」宋玉《神女賦》：「頩薄怒以自持兮，曾不可乎犯干。」按：「頩」，音疋零反，斂容怒色也。則美人之容，不獨宜笑，而又宜嚬，又宜怒邪？美人之容，與文人之筆，固無所不可。

葩

《九歌》：「傳葩兮代舞。」

吴旦生曰：王逸解香草而改作「芭」，讀作「巴」，音義全乖。「葩」，華也，从艸、皅，普巴切，亦作「苩」。按：草華之白曰「葩」，鳥羽之白曰「皠」，《詩》：「白鳥皠皠。」《景福殿賦》：「皠皠白鳥。」音義同。日光之白曰「皜」，白光之白曰「皎」，霜雪之白曰「皚」，男子之白曰「皙」，女子之白曰「皉」，《詩》：「皉兮皉兮。」老人之白曰「皤」。

歷代詩話卷九　乙集三

茾谿　吴景旭旦生氏著

楚辭　卷中之上

天問

朱子《辨證》曰：「古今説《天問》者，皆本《山海經》、《淮南子》。今以文意考之，疑此二書皆緣《天問》而作。」

吴旦生曰：《離騷》：「啓《九辨》與《九歌》兮，夏康娱以自縱。」《九辨》、《九歌》，皆禹樂也。《天問》：「啓棘賓商，《九辨》、《九歌》。」《注》：「『棘』當作『夢』，『商』當作『天』，以篆文相似而誤是也。」據《天問》之意，但謂啓夢賓於天，得二樂。而《山海經》以爲上三嬪於天，得《九辨》、《九歌》；又以西南海之外有人曰夏后開，珥蛇乘龍。胡元瑞謂此本《離騷》、《天問》二章之説而譌者，乃信朱子爲不誣矣。

《史記》云：「禹乃興《九招》之樂。」《帝王世紀》云：「啓升后十年，舞《九韶》。」《竹書》云：「夏后開舞《九招》。」艾軒謂：「勸之以《九歌》，即《九招》之樂。」按《吕氏春秋》：「帝嚳作《九招》，而帝舜修《九招》也。」

《焦氏筆乘》云：「《離騷》『啓《九辨》與《九歌》兮』，即後之《九歌》、《九辨》，皆原自作無疑。王逸因『夏康娱以自縱』之句，遂解『九歌』爲禹，不知時事難於顯言，乃託之古人，此詩人依倣形似之語耳。不然，則上所謂『就重華而陳詞』，豈真有重華可就邪？」

陳深云：「《天問》發難至千五百言，書契以來，未有此體，原創爲之。先儒謂其文義不次，乃原雜書其壁，而楚人輯之。今讀其文，章句之短長、聲勢之詰崛，皆有法度，似作也，非輯也。屈子以文自聖，且在無聊，何之焉而不爲作也？嘗愛《曾子問》五十餘難，亦至奇之文。説者乃曰：『非曾不能問，非孔不能答。』非也，禮家託於曾、孔，以盡禮之變耳，抑獨出於曾氏之門乎？何文之辯而理也。」

夜光

《天問》有云：「夜光何德，死則又育。厥利維何，而顧菟在腹。」

吴旦生曰：皇甫謐《年曆》云：「月，群陰之宗，光内日影，以宵曜，名曰夜光。」《廣雅》云：「夜光謂之月。」王逸《注》：「言月中有菟，何所貪利，居月之腹，而顧望乎？」朱晦庵云：「『菟』與『兔』同，世俗桂樹蟾菟之傳，其惑久矣。或以爲日月在天，如兩鏡相照；而地居其中，四旁皆空水也。故月中微黑之處，乃鏡中大地之影，略有形似，而非真有是物也。」按：晦庵所引，乃沈存中之言也。存中又言：「月本無光，日耀之乃光。光之初生，日在其旁，故光側而所見纔如鉤耳。日漸遠，則斜照而光稍滿，對照則正圓也。」

《酉陽雜俎》云：「佛言須彌山南面有閻扶樹，月過，樹影入月中。或言：月中蟾桂，地影也；空處，水影也。」王荆公云：「月中彷彿有物，乃山河影也。」東坡《鑒空閣》詩：「明月本自明，無心孰爲境？挂空如水鑑，寫此山河影。妄云桂菟蟇，俗説皆可屏。」據此則晦庵之辨爲有理，《楚辭》作此説何邪？

按《晉志》云：「羲和占日，常儀音蛾。占月，區車占星。」《登真隱訣》云：「上真之道七，鬱儀奔日文爲最，結鄰奔月文爲次。」「鬱儀」者，羲和也；「結鄰」者，常蛾也。唐麟德殿東有鬱儀、結鄰樓，李肇、韋執誼所記皆書「鄰」爲「麟」，程太之曰：「當作『鄰』。」《上清紫文黄庭經》又作「結璘」。張平子云：「羿請無死之藥於西王母，羿妻姮娥竊之以奔月。」是謂蟾蜍。《搜神記》作「蟾蠩。」緯書云：「嫦娥小字純狐。」小説家又謂廣寒清虚之府，皆可笑。

羿

《天問》云：「帝降后羿，革孽夏民。」

吴旦生曰：羿稱善射，弑夏后相。此《書》所謂「有窮后羿」是也。然按《説文》：「羿，帝嚳時射官。」又《山海經》：「堯時十日並出，堯命羿射其九。」合觀數代，若不一其人者，則知羿乃射官，故世有其稱也。

朱晦翁云：「按：此『十日』本是自甲至癸耳，而傳者誤爲十日並出之説。」楊升庵云：「古傳言：羿射日，落九烏。烏最難射，一日落九烏，言射之捷也。而後世不得其説者，遂以爲射九日矣。」

鑠金

《惜誦》云：「故衆口其鑠金兮，初若是而逢殆。」

吴旦生曰：王勉夫謂：「《補》引鄒陽『衆口鑠金，積毁銷骨』之語在後，豈應引證？不知在楚人之前嘗有此語矣。觀《鄧析子》曰：『古人有言：衆口鑠金，三人成虎。』鄧析，春秋魯定公時人。鄧謂『古人有言』，則此語又見於鄧之先矣。《補》引漢人語，是未見《鄧析子》書耳。且在鄒陽之前，張儀亦嘗有此語。其後李善注《文選》鄒陽語，引《國語》『伶州鳩』：『衆心成城，衆口鑠金。』要未爲廣。《論衡》曰：『衆口鑠金。口者，火也。在五行，二曰火；五事，二曰言。言與火直，故云鑠金。』」

《風俗通》云：「俗説有美金在此，衆人咸共詆訿，言其不純。賣金者欲其售，因取鍛燒以見真。此謂衆口鑠金。」

欸

《九章・涉江》云：「乘鄂渚而反顧兮，欸秋冬之緒風。步余馬兮山皋，低余車兮方林。」

吴旦生曰：楊升庵謂：「『欸』即『唉』，从欠，从口。如『歎』與『嘆』、『欬』與『咳』、『歗』與『嘯』，實一字耳。《尸子》：『禹有進善之鼓，備訊唉也。』韋孟詩：『勤唉厥生。』《史記》：『范增撞破玉斗，曰：「唉」。』《方言》：『南楚謂然曰唉。』」余謂此朱晦庵之語，誤看《説文》而强合之也。按《説文》：「唉，譍也。亞改切，又焉開切。」「欸，訾也。烏開切，又凶戒切。」解作「唉」，非是。蓋《説文》業早辨之矣，安得謂《説文》二字音義並同，以誤後人哉？《方言》：「欸、醫，然也。南楚凡言然者曰欸，或曰醫。」則《方言》亦作「欸」字。《楚辭注》：「欸，歎聲。」

《注》：「緒風，餘風也。」顧迴瀾云：「緒風，相續不斷風也。謝靈運詩『初景革緒風』，用《楚辭》語。」按：「風」，孚金切。古每與「心」、「林」、「淫」、「音」爲韵，如今之侵韵。《毛詩》「淒其以風」與「實獲我心」叶，「鴥彼晨風」與「鬱彼北林」叶，「其爲飄風」與「祇攪我心」叶，「如彼遡風」與「民有肅心」叶。《莊子》：「蚿憐蛇，蛇憐風，風憐目，目憐心。」枚乘《七發》：「梧桐并閭，極望成林。衆芳紛鬱，亂於五風。」相如《長風賦》「天飄飄而疾風」與「神怳怳而外淫」叶。蔡邕詩：「君子博文，貽我德音。辭之集矣，穆如清風。」據此則古韵皆作孚金切，而無作方中切者。惟賈誼《惜誓》「右大夏之遺風」與「天地之圜方」叶，乃是孚光切。意至漢去古音漸遠，轉而爲孚光切之音，漸復轉而爲方中切之音，如今之讀邪？

舲

《涉江》篇：「乘舲船余上沅兮，齊吴榜而擊汰。」

吴旦生曰：「舲」音零，船有窗牖曰「舲」。《字學集要》云：「艫，舟有窗者，亦作舲、艫、艕。」當亦取窗櫺之義邪？王維詩：「擊汰復揚舲。」全用其語。

橘頌

《橘頌》云：「受命不遷，生南國兮。深固難徙，更壹志兮。」

吴旦生曰：《考工記》：「鸜鵒不踰濟，橘踰淮而北爲枳，地氣然也。」《晏子》：「橘生於淮北爲枳，水土異也。」《説文》：「橘，果名，出江南，諸處在在有之，南中尤勝。」《長箋》云：「橘踰淮而化爲枳，故曰江南，因其不可移。故屈平有《橘頌》以自況。」余按：屈雖頌橘之根葉華實，而義兼比賦，故篇内以「不遷」、「難徙」爲言耳。朱子編《楚辭後語》，坡公他詞皆不取，惟録《服胡麻賦》，以爲近於《橘頌》。

黄棘

《悲回風》云：「借光景以往來兮，施黄棘之枉策。」

吴旦生曰：解者謂以棘爲策，取其芒刺，則馬傷深而行愈遠。余以棘刺豈堪鞭騎，其説不通。薛符谿云：「秦、楚嘗盟於黄棘。後懷王再會武關，遂被執。」是黄棘之盟，楚禍所始。朱子以黄麈荆棘解之，謬矣。

歷代詩話卷十　乙集四

靑谿　吴景旭旦生氏著

楚　辭　卷中之下

九　陽

《困學紀聞》曰：「《吕氏春秋》：『禹南至九陽之山，羽人裸民之處，不死之鄉。』此屈子《遠遊》所謂『仍羽人於丹丘兮，留不死之舊鄉。朝濯髮於暘谷兮，夕晞余身於九陽』。」

吴旦生曰：王伯厚引此以證不死之鄉則可，蓋「九陽」謂日也。《山海經》：「墨齒之北曰暘谷，上有扶桑，十日所浴。水中有大木，九日居下枝，一日居上枝。」仲長統詩云：「沆瀣當餐，九陽代燭。」《春秋元命苞》云：「陽成於三，故日中有三足烏。」

營　魄

《遠遊》篇：「載營魄而登霞兮，掩浮雲而上征。」「霞」，古「遐」字，借用。

吴旦生曰：按《王莽傳》：「人民正營。」「正」音征。《漢書》：「鍾離意上疏曰：『不勝愚戆征營，皐當萬死。』」「征營」，不自安也。江淹《倡婦自悲賦》：「傷營魄之已盡。」陸機詩：「營魄懷兹土。」謝靈運詩：「得以慰營魂。」此與屈子《遠遊》所云「魂營營而至曙」同一義也。陸倕《思田賦》作「魂煢煢以至曙」。又按王粲《大暑賦》：「起屏營而東西，欲避之而無方。」陸機詩：「營道無烈心。」《注》云：「營營道路也。」石崇詩：「佇立以屏營。」《古雋考略》云：「『屏營』，音平盈。作『丙榮』誤。」《注》云：「迴行貌。」此與屈子《九章》所云「魂識路之營營」同一義也。《注》云：「精靈主行，往來數也。」

焦弱侯云：「《老子》：『營魄抱一，能無離乎？』『營』如經營、屏營、怔營，皆不安之意。猶云魂魄不安也。意云以不安之魄，而欲抱守真一，能保其不離乎？」

朱晦翁云：「屈子『載營魄』之言本於老氏，而揚雄又因其語，以明月之盈闕。其所指之事雖殊，而立文之意則一。顧爲三書之解者，皆不能通其説。今合而論之，庶乎其足相明也。蓋以車承人謂之『載』，古今之通言也。以人登車亦謂之『載』，如《漢紀》云：『劉章從謁者與載。』《韓集》云：『婦人以孺子載。』皆此意。而三子之言，其字義亦如此也。但老子、屈子以人之精神言之，則其所謂『營』者，字與『榮』同，而爲晶明光炯之意；其所謂『魄』，則若予所論於《九歌》者耳。楊子以日月之光明論之，則固以月之體質爲『魄』而日之光耀爲『魂』也。以人之精神言者，蓋以魂陽動而魄陰静，魂火二而魄水一，故曰：『載營魄抱一，能勿離乎？』言以魂加魄，以動守静，以火迫水，以二守一，而不相離。如人登車而常載於其上，則魂安静而魄精明，火不燥而水不溢，固長生久視之要訣也。以屈子『無滑而魄，虛以待之』之語推之，則其意當出此矣。其以日月言者，謂日以其光加於月魄而爲之明，如人登車而載於其上也。故曰：『月未望而載魄於西，既望則終魄於東。』其遡於日乎？言月之方生，則以日之光加被於魄之西，而漸滿其東，以至於望而後圜。及既望矣，則以日之光終守其魄之東，而漸虧其西，以至其晦而後盡。蓋月遡日以爲明，未望則日在其右，既望則日在其左。故各向其所在而受光，如民向君之化而承俗也。三子之言雖爲兩事，而所言『載魄』則其義同。故丹經曆術皆有納甲之法，互相資取以發明，蓋其理不異也。」

衛

《遠遊》云：「左雨師使徑待兮，右雷公而爲衛。」

吳旦生曰：「衛」音越。范氏《靈帝贊》：「徽亡備兆〔一〕，《小雅》盡缺。麇鹿霜露，遂栖宫衛。」曹嘉《贈石崇》詩：「入仕於皇閣，出則登九列。疇昔謬同位，情至過魯衛。」皆音越。又按：「衛」亦讀意，張華《尚書令箴》：「法制不脩，不長厥裔。尚臣司臺，敢告侍衛。」如此音讀，則上句「路曼曼其脩遠兮，徐弭節而高厲」，亦可如字叶。

【校勘記】

〔一〕「徽」原誤作「微」，據《後漢書》卷九《孝靈帝紀》改。

卜居

朱文公曰：「屈原哀憫當世之人習安邪佞，違背正直，故陽爲不知二者之是非可否，而將假蓍龜以決之。遂爲此辭，發其取舍之端，以警世俗。説者乃謂原實未能無疑於此，而始將問諸卜人，則亦誤矣。」

吴旦生曰：陳第言：「舊説原憫世之違正習邪，故假卜以警俗，非真有疑而問也。按《離騷》：『索瓊茅以筳篿兮，命靈氛爲予占之。』又曰：『巫咸將夕降兮，懷椒糈而要之。』皆《卜居》之意。原猶以爲未盡也，故八設條目，以行之必不能兼，事之必致相反者，決去就，定從違。且以見己之廉貞，不以見棄而悔改也。」余竊以原《卜居》之意，又不止於此。蓋原之所謂「居」，非宫室之搆造也，亦非世塗之栖息也，直是其安身立命處。故《離騷》凡二千四百九十二言，而以一「居」字結之。「吾從彭咸」，早已自卜。余知其居久在香蘺芳桂叢中矣。

宋玉宅

《李君翁詩話》曰：「『寧誅鋤草茅以力耕乎』，詩人皆以爲宋玉事。豈《卜居》亦宋玉擬屈原作邪?」庾信《哀江南賦》云:「誅茅宋玉之宅。」

吴旦生曰:晁無咎謂:「《大招》古奥,疑是原作。」焦弱侯謂:「《九辯》皆自爲悲憤之言,絶無哀悼其師之意,即原自作。」余殊服此二言。因考班固《漢志》曰:「屈原賦二十五篇。」韓愈詩曰:「《離騷》二十五。」王逸序《天問》曰:「屈原凡二十五篇。」洪興祖之論《遠遊》曰:「《離騷》二十五篇。今《楚辭》所載止二十三篇,是并《大招》、《九辨》而爲二十五也。」君翁反以《卜居》爲玉作,何邪?

按范石湖《吴船録》云:「秭歸縣傳爲宋玉宅。杜子美詩『宋玉悲秋宅』,謂此縣旁有酒爐,或爲題作『宋玉東家』。」又唐余知古《渚宫故事》云[一]:「庾信因侯景之亂,自建康遁歸江陵,居宋玉故宅。宅在城北三里。故其賦曰:『誅茅宋玉之宅,穿徑臨江之府。』老杜《送李功曹歸荆南》云『曾聞宋玉宅,每欲到荆州』是也。李義山亦云:『卻將宋玉臨江宅,異代仍教庾信居。』」

【校勘記】

〔一〕「余知古」原脱「知」字,據《新唐書·藝文志》及《渚宫故事》題名補。

漁父

《韵語陽秋》曰:「予觀漁父告屈原之語曰:『聖人不凝滯於物,而能與世推移。』又云:『衆人皆濁，何不掘其泥而揚其波？衆人皆醉，何不哺其糟而啜其醨？』此與孔子『和而不同』之言何異？使屈原能聽其説，安時處順，寘得喪於度外，安知不在聖賢之域？而仕不得志，狷急褊躁，甘葬江魚之腹，知命者肯如是乎？故班固謂：『露才揚己，忿懟沈江。』劉勰謂：『依彭咸之遺則者，狷狹之志也。』揚雄謂：『遇不遇，命也，何必沈身哉？』孟郊云：『三黜有愠色，即非賢哲模。』孫郃曰：『道廢固命也，何事葬江魚？』皆貶之也。而張文潛獨謂：『楚國茫茫盡醉人，獨醒惟有一靈均。哺糟更使同流俗，漁父由來亦不仁。』此詩可謂得靈均之心矣。」

吴旦生曰：古來三漁父，一出《莊子》，一出屈子，一出《桃花源記》。皆其洸洋迷幻，感憤膠葛，因託爲其辭，以寄意焉，豈必真有其人哉？岳州屈子立廟，以漁父配享，余竊笑之。迺葛常之以不聽其説督責屈子，張文潛又轉而督責漁父，把一漁父黏作實實地。而太史公《屈原傳》、劉向《新序》、嵇康《高士傳》各采屈子、《莊子》漁父之言，以爲實録，又一漁父黏作實實地。王維、韓愈、劉夢得之詩，競以神仙有無推勘桃源。而《三洞群仙録》漁人乃黄道真，《廣川畫跋》以爲即黄聞道人，蓋李衛公所謂「黄尊師」者，又一漁父黏作實實地。

洪景盧云：「自屈原辭賦假爲漁父、日者問答之後，作者悉相規倣。司馬相如《子虚》、《上林賦》以子虚、烏有先生、亡是公，楊子雲《長楊賦》以翰林主人、子墨客卿，班孟堅《兩都賦》以西都賓、東都主人，張平子《西都賦》以憑虚公子、安處先生，左太沖《三都賦》以西蜀公子、東吴王孫、魏國先生，皆改名换字，蹈襲一律，無復超然新意。」

祝堯云：「賦也，格轍與前篇同。篇中句末用『乎』字疑辭，亦與前篇義同，其即荀卿諸賦句末『者邪』、『者歟』等字之體也。古今賦中或爲『歌曰』，莫非以《騷》爲祖。他有『誶曰』、『重曰』之類，即是亂辭。中間作歌，如《前赤壁》之類，用『倡曰』、『少歌曰』體。賦尾作歌，如齊梁以來諸人所作，用此篇體。」

三閭

《漁父》：「見而問之曰：『子非三閭大夫與？』」

吴旦生曰：三閭之職，掌王族三姓，曰：昭、屈、景。屈原序其譜屬，率其賢良，以厲國士。漢興，徙楚昭、屈、景於長陵，以强幹弱支，則三姓至漢初猶盛也。《莊子》曰：「昭景也，著戴也；甲氏也，著封也。非一也。」説云：昭、景、甲三者，皆楚同宗也。甲氏其即屈氏歟？秦欲與楚懷王會武關，昭睢、屈平皆諫王無行。襄王自齊歸，齊求東地五百里。昭常請守之，景鯉請西索救於秦，東地復全。三閭之賢者忠於宗國，所以長久。詳《困學紀聞》。

歷代詩話卷十一　乙集五

蒔谿　吴景旭旦生氏著

楚辭　卷下之上

送將

《藝苑雌黄》曰：「《九辨》：『憭慄兮若在遠行，登山臨水兮送將歸。』潘安仁《秋興賦》引此語，而曰：『送歸懷慕徒之戀兮，遠行有羈旅之憤。臨川感流以歎逝兮，登山懷遠以悼近。彼四慼之疾心兮，遭一途其難忍。』安仁以登山、臨水、遠行、送歸爲四慼。予見張扶云：『「若在遠行，登山臨水送將歸」是七件事，謂遠也，行也，登山也，臨水也，送也，將也，歸也。』前輩詩中惟王介甫有一聯云：『一水護田將緑繞，兩山排闥送青來。』下得『將』、『送』二字，與《楚辭》合。嘗考《詩》之《燕燕》篇云：『之子于歸，遠送于野。』『之子于歸，遠予將之。』一篇之中，亦用此『將』、『送』、『歸』三字，則《楚辭》之言亦有所本也。安仁謂之四慼，何也？蓋略而言之耳。」

吴旦生曰：借遠行送歸，以摹寫憭慄之情。蓋「若在」二字一氣趕下，何得分爲七件？支離牽扯，莫此爲甚。況《毛詩》「將」，迎也，迎亦送之意。而《九辨》「將」字乃屬虚下，何嘗本此？觀梁簡文《秋興賦》：「復有登山望別，臨水送歸。」則知昔人於秋率多此語，何必畫而爲四哉？

唐高駢自渚宮移鎮揚州，別晏口占楚辭云：「悲莫悲兮生別離，登山臨水送將歸。」使幕客續之。有一妓進曰：「賤妾感相公之恩，續貂可乎？」即收淚吟曰：「武昌無限新栽柳，不見楊花似雪飛。」合座賞歎，駢厚贈之。亦可證一氣爲句矣。

朅

宋玉《九辨》：「車既駕兮朅而歸，不得見兮心悲。」《詩話》謂：「車既駕矣，盍而歸乎？以不得見而心悲也。按《吕氏春秋》：『膠鬲見武王於鮪水，曰：「西伯朅來，無欺我也。」』《注》：『朅，何也。』則『朅』之爲言，盍也。今文所用『朅來』者，亦謂『盍來』，非作發語之辭。劉向云：『朅來歸耕永自疏。』顔延年云：『朅來空復辭。』皆謂『盍來』。」

吴旦生曰：《文選注》：「朅，去也。」初疑「去」字當是「盍」字，傳寫之譌脱耳。後見《字學集要》云：「朅，去也，健也，卻也。朅來，猶聿來也。又，朅來言歸去來也。」則「朅」訓「去」亦得。顔延年《秋胡》詩：「朅來空復辭。」《補注》云：「朅，去也。」陳子昂《感遇》詩：「朅來豪遊子。」「朅來高堂觀。」《注》亦云：「朅，去也。」

恢台

宋玉《九辨》云：「收恢台之孟夏兮。」吴旦生曰：舊注：「恢台，廣大貌。」王逸《章句》本「台」字作「炱」，徒來切。黄魯直云：「恢，大；台，即胎也。言夏氣大而育物也。徐季海詩：『高閣無恢台。』直言無暑氣耳，似不合古語。《爾雅》『夏』爲『長嬴』，『長嬴』即『恢台』也。若言『高閣無長嬴』，可乎？」余觀魯直此論，因考其詩「遣悶悶不離眼前，避愁愁亦知人處」，乃出庾子山《愁賦》云：「深藏欲避愁，愁亦知人處。」此雖直用其語，自饒蒼勁。若世之傳奇家，往往以昔人詩句寫入詞曲，見之徒欲嘔耳。

衙衙

宋玉《九辨》：「屬雷師之闐闐兮，通飛廉之衙衙。」吴旦生曰：升庵言：「衙音魚。韓退之《元和聖德》詩〔一〕：『魚魚雅雅。』『魚魚』亦『衙衙』也。」按《説文》：「衙，行貌。从行、吾。魚舉切。」《箋》云：「本訓□。惟姚合詩：『縱出多攜枕，因衙始裹頭。』又『可曾衙小吏，恐謂蹋青苔。』北人謂街巷爲衙衕，讀若互字，平聲，改作衚。」

【校勘記】

〔一〕「之」，原誤作「子」，徑改。

《古雋考略》云：「衙衙，行貌。又疏遠貌。」

些

《夢谿筆談》曰：「《招魂》尾句皆曰『些』。蘇箇反。夔峽湖湘及南北江獠人，凡禁呪句尾皆稱些。此乃楚人舊俗，即梵語『薩縛訶』也。薩，音桑葛反；縛，無可反；訶，從去聲。三字合言之，即『些』字也。」

吴旦生曰：《古雋考略》云：「些，音梭，去聲。誤作『些小』之『些』。」《嘯餘譜》云：「『些』、『些』二字形體不甚相遠，而音聲意義懸殊。上蘇箇切，下乃『些小』之『些』耳。」余觀《中州集》載密公詩：「始露雄文陵楚些，又登長陌佩吴鉤。」《元音補遺》載宋道詩：「今日悲秋哦楚些，他年著論辨吴亡。」則其从去聲可證。李周卿詩：「長谿霜練静，修嶺蒼龍卧。魂夢吾已安，不勞歌楚些。」高季迪詩：「歸來又辱寄新詩，錦水湔腸珠落唾。豪吟自欲寄燕歌，悲調豈將同楚些。」此真得蘇箇切音韵也。

穱

宋玉《招魂》："稻粢穱麥，挐黄粱些。"《詞林海錯》曰："穱，麥也。"韓愈詩："納涼吸冷漬香穱。"《南都賦》："夏穱冬稌。"

吴旦生曰：王逸《注》："穱，音捉。訓擇也。擇麥中先熟者。"言飯則以秔稻糅穱，擇新麥糅以黄粱，和而柔嬬，且香滑也。若竟訓作麥，則《楚辭》不當説"麥"復説"穱"矣。如《南都賦》所云"夏穱"，與左思《吴都賦》"穱秀菰穗"當訓作麥。

臛蠵

宋玉《招魂》："露雞臛蠵，厲而不爽些。"

吴旦生曰：臛，羹也。有菜曰羹，無菜曰臛。《説文》："臛，肉羹。"《釋名》："臛者，蒿也。香氣蒿高也。""蠵，大龜也。"李賀詩："臛蠵臛熊何足云。"

王逸《注》："楚人名羹敗曰爽，言其清烈不敗也。"

歷代詩話卷十二　乙集六

壽谿　吳景旭旦生氏著

楚辭 卷下之下

靃靡

淮南《招隱士》篇：「青莎雜樹兮，薠草靃靡。」

吳旦生曰：「靃」音髓，《注》：「華敷貌。」楊升庵謂：「草弱隨風貌。」陸倕《思田賦》：「雜青莎之靃靡。」江總詩：「銜花弄靃靡。」李嶠詩：「靃靡寒潭側。」皇甫曾詩：「靃靡汀草碧。」胡文公《賞花釣魚》詩：「春暖仙蓂初靃靡，日斜芝蓋尚徘徊。」朱少章詩：「藏蔬飽三冬，媚盤無靃靡。」《天問》：「咸播秬黍，莆雚是營。」舊本作「蘿」，音髓；今本皆作「雚」，音霍。一本作「萑」。朱《注》：「同『萑』，音完。」

眂眂

嚴忌《哀時命》云：「魂眂眂以寄獨兮，汨徂往而不歸。」

吴旦生曰：朱子《集注》：「瞔音征，从目。瞔，獨視也。一作聇，从耳，獨行也。」余按：「瞔瞔」當作「眄眄」。左太沖詩有「左眄右盼」之語。《説文》：「眄，目偏合也。一曰衺視也。莫甸切。」「盼，美目貌。匹莧切。」趙凡夫謂：「俗溷『眄』、『盼』爲一字，何以讀左詩？」

吾子行云：「宋儒不識『顧眄』字，眄音湎。讀爲『美目盼兮』之盼。又不識『盼』字，而寫『使民盻盻然』之盻。音異。又不識此『盻』字，而讀爲盼。今詳之曰〔一〕：从丐者，音湎；从分者，音攀；去聲。从兮者，音異。」何燕泉云：「按：《朱子語録》張以道曰：『盼庭柯以怡顔。』『盼』讀如俛，讀作眄者非。」

【校勘記】

〔一〕「曰」原作「耳」，據吾丘衍《閒居録》改。

阡眠

楊升庵曰：「《九懷》：『遠望兮阡眠。』陸機詩：『林薄杳阡眠。』吕延濟《注》：『阡眠，原野之色。』按《説文》：『谸，山谷青谸谸也。』則『阡眠』字當作『谸眠』。又《列子》云：『鬱鬱芊芊。』《注》：『芊芊，茂盛之貌。』李白賦：『彩翠兮芊眠。』『谸眠』作『芊眠』，亦通。《文選》别作『盰眠』，字皆从目。」

吴旦生曰：按《説文》：「谸，望山谷谸谸青也。」趙凡夫《箋》云：「陸機賦：『青麗谸瞑。』改作『芊草盛。眠』，非是。溷『茜』，茅蒐也。又溷『靚』，召也。並非是。本借千加谷，加艸，並轉注也。」則《説文》「望」字，正得王褒所云「遠望」之義。升庵引之而遺此一字，便無意態。況升庵喜泛引，而少斷據之識，又不若《箋》之確見也。

駭雞犀

劉向《九歎》云：「淹芳芷於腐井兮，棄雞駭於筐簏。」吴旦生曰：《抱朴子》：「通天犀有白理如綫者，以盛米，置群雞中。雞欲往啄米，至輒驚卻。故南人名爲駭雞也。得其角一尺以上，刻爲魚而銜以入水，水常爲開。」傅咸《犀鉤序》云：「犀之美者有光，雞見影而驚，故曰駭雞。」《韓詩外傳》：「南宫适至義渠，得駭雞犀以獻紂。」《戰國策》：「張儀破從連横，楚王獻駭雞之犀爲上瑞。」黄香《九宫賦》：「剥駭雞以爲釵。」左思《吴都賦》：「駭雞之珍。」

《淮南子》：「犀角駭狐。」蓋云犀角置狐穴中，狐不歸。

九魁

劉向《九歎》云：「訊九魁與六神。」

吴旦生曰：今本作「九魁」，當從《困學紀聞》作「九魁」音祈。爲是。王逸《注》：「謂北斗九星也。」按：《黄帝素問》有「九星」之言，王冰《注》云：「上古世質人淳，九星垂明。中古道德稍衰，標星藏曜，故星之見者七焉。所謂『九星』者，天蓬、天内、天衝、天輔、天禽、天心、天任、天柱、天英，此蓋從標而爲始也。」《楚辭補注》謂：「北斗七星，輔一星在第六星旁。又招摇一星，在北斗杓端。」《北斗經疏》云：「不止於七而全於九，加輔、弼二星故也。」與《素問注》不同。《曲禮》：「招摇在上。」《注》：「招摇在北斗杓端，主指者。」《正義》引《春秋運斗樞》云：「北斗七星：第一天樞，第二旋，第三機，第四權，第五衡，第六開陽，第七摇光。」「摇光」則「招摇」也。《淮南・時則訓》注：「招摇，斗建也。」《補注》以招摇在七星之外，恐誤。

徐整《長曆》云：「北斗七星間，相去九千里，皆在日月下。其二陰星不見者，相去八千里。」《玄門寶海經》云：「北斗九星，七見二隱。其第八、第九是帝皇太尊精神也。漢霍光家有典衣奴子，名還車，忽見二星在斗中，光明非常，乃拜而還，遂得增年六百。」

淟涊

劉向《九歎》云：「切淟涊之流俗。」

吴旦生曰：淟，吐典反；涊，乃典反。《博雅》：「淟涊，垢濁也。」揚雄《反離騷》：「紛纍以其澒溶。」張衡《思玄賦》：「澄澒溶而爲清。」陸機《文賦》：「故澒溶而不鮮。」《唐書・贊》：「澒汨於隋，光明於唐。」枚乘《七發》：「溶然汗出。」

蚻

王逸《九思》云：「蚻緣兮我裳。」

吴旦生曰：王叔師作此以悲屈子，言獨處山野，與衆蟲爲伍。所謂「蚻」者，喻讒人也。《稗談》云：「蚻，螫人蟲也。常在林間花葉背，不知者輒爲所刺，故名林蚻。老則吐汁自裹，就其中作蛹，謂之呫嘶。」《説文》：「蚻，毛蟲也。千志切。」

鼻祖

揚雄《反離騷》云：「有周氏之蟬嫣兮，或鼻祖於汾隅。」

吴旦生曰：汾隅，揚邑也。雄自言系出於周，而食采於揚。故揚雄之揚字，偏旁从才不从木。《圖畫寶鑑》云：「宋高宗朝，揚補之字無咎，祖漢子雲，其書从才不从木。」《資暇集》云：「揚州者，以風俗輕揚，故號其州。今作『楊柳』之楊，謬也。」《復齋漫録》云：「《注》：『鼻，始也。』未盡其義。揚雄

《方言》：『獸之初生謂之鼻，人之初生謂之首。梁益之間謂鼻爲初，或謂之祖。』故鼻祖之義如此。」《野客叢書》云：「考《方言》，則鼻與祖皆始之别名。以鼻祖爲始祖，未是。」余按：人受形於胎，必自鼻始，故寫照先畫鼻，此其義也。《説文》：「今俗以始生子爲鼻子。」即始祖爲鼻祖亦可。蘇東坡詩：「千年鼻祖守關門。」黄山谷詩：「鼻祖以來傳父兄。」金人劉無黨詩：「晚喜宗盟同鼻祖。」閻子秀詩：「衣冠鼻祖傳。」嘉靖中王元美《錦雞賦》：「有鳥於此，鼻祖鸑鷟。」天啓中尹子求詩：「鬼實鑾鼻祖。」《説文》：「皇从自。自，始也。始皇者，三皇大君也。自讀若鼻。」又云：「辠从辛，从自，言辠人蹙鼻若辛也。秦以辠字似皇字，故特改爲罪字。」昔人以「鼻祖」對「耳孫」。按《惠帝紀》應劭《注》云：「耳孫，玄孫之子也。言去高、曾益遠，但耳聞之爾。」然觀晉灼云：「耳孫，玄孫之曾孫也。諸侯王表在八世。」師古云：「耳音仍。」《爾雅》：「曾孫之子爲玄孫，玄孫之子爲來孫，來孫之子爲晜孫，晜孫之子爲仍孫。從己而數，是爲八葉。」則與晉説相同。「仍」、「耳」聲相近，蓋一號也。又考之《釋名》云：「子，孳也，相生蕃孳也。孫，遜也，遜遁在後生也。曾孫義如曾祖也。前云曾祖，從下推上，祖位轉增益也。玄孫，玄，懸也。上懸於高祖，最在下也。玄孫之子曰來孫，此在無服之外，其意疏遠，呼之乃來也。來孫之子曰昆孫。昆，貫也。恩情轉遠，以禮貫連之也。昆孫之子曰仍孫，以禮仍有之耳，恩意實遠也。仍孫之子曰雲孫，言去已遠，如浮雲也。」

歷代詩話丙集目録

賦

卷上之上

卷上之中

卷上之下

卷中之上

卷中之中

卷中之下

卷下之上

卷下之中

卷下之下

歷代詩話卷十三　丙集一

壽谿　吴景旭旦生氏著

賦　卷上之上

神女

《西谿叢語》曰：「昔楚襄王與宋玉遊高唐之上，見雲氣之異，問宋玉。玉曰：『昔先王夢遊高唐，與神女遇，玉爲《高唐》之賦。』『先王』，謂懷王也。宋玉是夜夢見神女，寤而白王。王令玉言其狀，使爲《神女賦》。後人遂云襄王夢神女，非也。古樂府有之：『本自巫山來，無人覩容色。惟有楚懷王，曾言夢相識。』李義山亦云：『襄王枕上元無夢，莫枉陽臺一片雲。』今《文選》本『玉』、『王』字差誤。」

吴旦生曰：姚令威以「玉」、「王」兩字誤在一點。余取《神女賦》本再四讀過，深服其言。後又得沈存中而暢明之，喜躍欲狂。《筆談》云：「《神女賦序》曰：『楚襄王與宋玉遊於雲夢之浦，使玉賦高唐之事。其夜王寢，夢與神女遇，王異之。明日以白玉。玉曰：「其夢若何？」對曰：「晡夕之後，精神怳惚，若有所憙。見一婦人，狀甚奇異。」玉曰：「狀何如也？」王曰：「茂矣美矣，諸好備矣；盛矣麗矣，難測究矣。瓌姿瑋態，不可勝讚。」王曰：「若此盛矣，試爲寡人賦之。」』以文考之，所云『茂矣』至『不可勝讚』云云，皆王之言也。宋玉稱歎之可也，不當卻云『王曰：「若此盛矣，試爲寡人賦之。」』又曰『明日以白玉』。人君與其臣語，不當稱『白』。又其賦曰：『他人莫覩，玉覽其狀。望余帷而延視兮，若流波之將瀾。』若宋玉代王賦之。若玉之自言者，則不當自云『他人莫覩，玉覽其狀』；既稱『玉覽其狀』，即是宋玉之言也，又不知稱『余』者誰也。以此考之，則『其夜王寢，夢與神女遇』者，『王』字乃『玉』字耳；『明日以白玉』者，以白『王』也。『王』與『玉』字，誤書之耳。前日夢神女者，懷王也；其夜夢神女者，宋玉也。襄王無與焉，從來枉受其名耳。」據姚與沈之言，則唐人詩「傾國傾城漢武帝，爲雲爲雨楚襄王」、「雲雨無情難管領，任他別嫁楚襄王」、「料得也應憐宋玉，只因無柰楚襄王」、「今來雲雨知何處，重上襄王玳瑁筵」，皆是囈語矣。詞家能正其譌，盡如古樂府作楚懷王，而以爲不成佳話，我不信也。

《漫叟詩話》云：「濠州西有高唐館，俗以爲楚之高唐也。閻欽愛題詩曰：『借問襄王安在哉，山川此地勝陽臺。』李和風亦題云：『若向此中求薦枕，參差笑殺楚襄王。』蓋并其地而誤稱之，流俗真可笑。」

露　葵

宋玉《諷賦》：「烹露葵之羹。」

吴旦生曰：《爾雅翼》云：「古者葵稱露葵。又，終葵一名繁露。今摘葵必待露解。語曰：『觸露不掐葵，日中不翦韭。』各有宜也。」曹植《七啓》：「霜蓄露葵。」潘岳《閒居賦》：「綠葵含露。」皆指此。《顔氏家訓》云：「梁世有蔡朗，父諱蒓，遂呼蓴菜爲露葵。」此真不涉學之故也。如王維詩：「松下清齋折露葵。」亦謂是帶露之葵。若指蓴菜，則豈輞川所有哉？

按《魯頌》：「薄采其茆。」《注》云：「茆，鳧葵也。葉大如手，赤圓而滑。江南人謂之蓴菜者也。」《馬融傳》云：「鳧葵，葉圓似蓴，生水中。一名水葵。」此别一種，不可引以證露葵。

唐詩：「幾日相離别，門前生穭葵。」《注》云：「穭葵，草名。」余按：「穭」字有義，《漢武帝紀》：「野穀旅生曰穭米。」《唐書》：「開元十九年，揚州奏穭生稻二百一十五頃。」唐代宗，「盩厔生穭麥。」楊升庵云：「野稻不種而生曰穭，刈稻明年復生曰秜。」

空穴

宋玉《風賦》：「臣聞於師：枳句來巢，空穴來風。其所託者然，則風氣殊焉。」

吴旦生曰：《莊子》：「空閲來風，桐乳致巢。」司馬彪《注》云：「門户孔空，風善從之。桐子似乳，著其葉而生。其葉似箕，鳥喜巢其中也。」一作「空門」，又作「空閤」，謂風自空生，今之危閣類然也。余以此皆由於「穴」通爲「閲」，而「閤」又「閲」之譌書。當從「空穴」，謂門户之穴也。枳木句曲，不若桐乳爲工。

土囊

宋玉《風賦》：「夫風生於地，起於青蘋之末，侵淫谿谷，盛怒於土囊之口。」

吴旦生曰：《博物志》：「風山之首，方高三百里。風穴如電突，深三十里，春風從此而出。」《荆州記》云：「宜都佷山縣山有風穴，口大數尺，名曰風井。夏則風出，冬則風入。暑月經之，凜然有衣裘想。」則是「土囊」，大穴也，當類此。杜子美詩：「曾宫憑風迴，岌嶪土囊口。」

湛方生《風賦》：「風母殞而復生。」按劉欣期《交州記》云：「風母出九德縣，似猨，見人若慚，屈頸。打殺，得風還活。」又《十洲記》云：「炎洲在南海中，上有風生獸，似豹，青色，狀如狸。以鐵椎鍛其頭，數十下乃死。張其口向風，須臾而起。」豈亦其類邪？

胥靡

賈誼《鵩鳥賦》：「傅説胥靡兮，乃相武丁。」

吴旦生曰：張晏《注》：「傅説被刑，築於傅巖，武丁以爲相。」余攷《楚元王傳》：「申公白生諫，不聽，胥靡之。」師古《注》云：「胥，相也；靡，隨也。聯繫使相隨而服役之也，猶今之役囚徒，以鎖聯綴耳。」然則如傳云「傅説胥靡」，又如「禰衡罪同胥靡，不能發明王之夢」，自昔相沿，皆以爲刑人矣。《西齋話記》云〔一〕：「孫僅詩：『刑人一旦起幽深，功業煌煌照古今。』此乃謬用。蓋當時有胥靡脩築巖道，而説在困約中，代之以假其資，是爲胥靡傭賃也〔二〕。」《楚辭》：「説操築於傅巖。」朱晦翁云：「傅氏之巖在虞虢之界，通道所經。澗水壞道，常使胥靡刑人築護此道。説賢而隱，代胥靡築，以供食也。」孔安國亦同此説。全三家之言，謂賢者必不至罹罪耳。吴氏《裨傳》、蔡氏《集傳》又謂：「説築傅巖之野，乃是以築爲居，猶今言卜築之意。」按：傅巖在陝州平陸縣北，宋元豐間，於陝建四公堂，謂傅公、召公、姚公、温公也。

【校勘記】

〔一〕「西齋話記」原作「西齋詩話」。按所引文實見宋祖士衡《西齋話記》，各目録書未見有《西齋詩話》者，蓋誤刻。因改。

〔二〕「傭賃」原作「傭資」，據《西齋話記》改。

按：傅説事，綜稽古語，傳謁非一。如《觀象賦》：「傅説登天而乘尾。」《注》云：「傅説一星在尾後，乘尾在龍駟之間。」《莊子》云：「乘東維，騎箕尾，而比於列星。」則是精之上託天文，因有此星，謬一。司馬彪《莊子音義》云：「傅説生無父母。」洪氏注《楚辭》云：「説一旦忽然從天而下，便爲成人，無少長之漸。」則是精之下降，無端而有此人，謬二。古賦有云：「傅説奉中闈之祠。」《注》云：「傅説一星在尾北後河中，蓋後宫女巫也。」則是以説之賢，乃爲後宫祈子而禱祠之，謬三。鄭樵《通志》云：「謂之傅説者，古有傅母，有保母。傅而説者，謂傅母喜之也。偶商之傅説，與此同音，諸家不審其義，則曰『傅騎箕尾』，殊不知箕尾專主後宫之事，故有傅説之稱焉。」則是辨説之非騎箕，反添出傅母支離之語，謬四。《拾遺記》云：「傅説賃爲赭衣，舂於深巖以自給，夢乘雲繞日而行。湯以玉帛聘爲阿衡。」則是以聘伊尹事而混二十世後之高宗，指以爲湯，謬五。

九淵

賈誼《弔屈原賦》：「襲九淵之神龍兮，沕淵潛以自珍。」

吴旦生曰：師古《注》：「九淵，九旋之川，言至深也。」按：《淮南子》有「九璇之淵」，許叔重云：「至深也。」

《列子・黄帝》篇云：「鯢旋之潘爲淵，止水之潘爲淵，流水之潘爲淵，濫水之潘爲淵，沃水之潘爲淵，氿水之潘爲淵，雍水之潘爲淵，汧水之潘爲淵，肥水之潘爲淵。是爲九淵。」

淹遲

《野客叢書》曰：「孫仲益謂：『司馬相如《上林賦》，蓋令尚書給筆札，一日而就，非《二京》、《三都》覃十年之思。其詩苑囿之大，固無荒怪不經之說。後世學者，往往讀之不通。尋繹師古音義，從老先生叩問，累數日而後曉焉。』僕謂相如此賦決非一日所能辨者，其運思緝工，亦已久矣。及是召見，因以發揮。不然，何以不俟上命，遽曰：『請爲天子游獵之賦。』是知此賦已平時製下，而非一日倉卒所能爲者。」

吴旦生曰：《漢書》：「枚皋爲文疾，受詔輒成，故所賦者多。相如善爲文而遲，故所作少，而善於皋。」《漢武故事》云：「上自作賦，初不留思。相如造文遲，彌時而後成。嘗謂相如曰：『以吾之速，易子之遲，可乎？』」觀此，則制作淹遲、首尾温麗，固有愈於疾行無善迹矣。聞其作賦時，把筆齧之，似魚含毫，故曰：「相如含筆而腐毫。」未聞有一日而就之說也。《西京雜記》云：「相如爲《上林》、《子虛賦》，意思蕭散，不復與外事相關，控引天地，錯綜古今，忽然如睡，躍然而興，幾百日而後成。」即考之本傳，但云：「武帝令尚書給筆札，乃成賦，奏之。」又豈云一日而就哉？焦弱侯云：「相如遊梁時，嘗著《子虛賦》，爲武帝所善。尋著《天子遊獵賦》，復借子虛三人之詞，以明天子之意，故亦名《子虛賦》。賦中敘上林，故一名《上林賦》。其實一也。《文選》截爲二篇，以前敘齊、楚者爲《子虛賦》，『亡是公听然而笑』以下爲《上林賦》，謬哉！」

程泰之論《上林賦》三條，其上篇曰：「亡是公者，明無是人也。既無此人，則凡所賦之語，何往不爲烏有也。知其烏有，而以實録之，故所向駁礙。上林本始皇隁隘先王之宫，而大加創治。開宫館二百七十，複甬相連，而又表南山以爲闕，立石朐山以爲東門。其意若曰：『闕不足爲也，南山吾闕也；門不足立也，朐山吾門也。』此固武帝之所師也。所師在是，諫無自而入，故相如始而置辭，包四海而入之苑内，夸張飛動，意若從諛，故揚雄指之爲勸也。夫既勸之以中帝欲，帝將欣欣樂聽，而後徐徐諷諭，以爲苑囿之樂有極，而宇宙之大無窮，則諷或可入也。夫諷既不爲正諫，凡其所勸，不容不出於寓言。此子虛、烏有、亡是所以立也。」其中篇曰：「『左蒼梧，右西極。日出東沼，入乎西陂』，此賦上林所抵也。數百里間，其能出没日月於東西乎？又曰：『其南則隆冬躍波，其北則盛夏含凍。』信斯言也，必縮地南北而始有此。讀者不思，故『主文譎諫』之義晦於不傳耳。其曰『八水分流』，則長安實有此水，不爲寓言。然而上林東境極乎宜春，下苑即曲江也。曲江僅得分滻爲派，而滻、灞合會之地，已在宜春之北，則其地出上林之外矣。然則雖實有之水，亦不能確。況紫淵丹水，欲傅會而强求乎？」其下篇曰：「古惟揚雄能知此意，故《校獵》之賦曰：『禦自汧渭，經營豐鎬。』此則命其實矣。至於出入日月，天與地沓，則關中豈能辦此也？又曰：『虎路三嵕，圍經百里。』此則可得而有也。至謂：『正南極海，邪界虞淵。』此又豈關境所能包絡哉？雄之意正倣相如，諷勸相參，不皆執實，兩賦一意也。説者不知出此，乃從地望土毛枚舉細較，是癡人説夢也。」楊升庵云：「觀《莊子》：『魏罃將伐齊，華子曰：「有國於蝸之左角者，曰觸氏；有國於右角，曰蠻氏。相與争地而戰，伏尸數萬，逐北旬有五日而後反。」君曰：「噫，其虚言與！」』東坡云：『淳于髠一斗亦醉，一石亦醉。至於州閭之會，男女雜坐，幾於勸矣，而何諷之有？』以吾觀之，蓋自託於放蕩之言，而可止荒主長夜之飲，世未有識其趣者。長卿《上林》之賦，意實若此。能通莊氏之寓言，兼戰國之游説，而後可得其旨也。長卿去戰國未遠，其談鋒與策士相似。孔子論五諫曰：『吾從其諷。』是或一道也。故戰國諷諫之妙，惟司馬相如得之。司馬《上林》之旨，惟揚子《校獵》得之。」

雲夢

司馬相如《子虛賦》：「臣聞楚有七澤，嘗見其一，未覩其餘也。臣之所見，蓋特其小小者耳，名曰雲夢。」

吴旦生曰：洪容齋謂：「雲也，夢也，各爲一處。《禹貢》『雲土夢作乂』，《注》云：『在江南。』《左傳》『邧夫人棄子文於夢中』，《注》云：『夢，澤名。在江夏安陸縣城東南。』『楚子田江南之夢』，《注》云：『楚之雲夢，跨江南北。』『楚子濟江，入於雲中』，《注》：『入雲澤中，所謂江南之夢。』然則雲在江之北，夢在其南也。」楊升庵謂：「有南夢，有北夢。五代孫光憲號北夢，本此。」

余觀《書疏正義》云：「昭三年《左傳》：『楚子與鄭伯田於江南之夢。』定四年《左傳》稱：『楚昭王寢於雲中。』」則此澤亦得單稱「雲」，單稱「夢」也。郭璞、杜預、錢希言以岳陽巴丘湖爲楚之雲夢，誤矣。容齋引據爲確。雖光憲所著有《北夢瑣言》，未足證。

葴薪薛蕡

相如《子虛賦》：「其高燥則生葴薪苞荔，薛莎青蕡。」

吴旦生曰：《爾雅》：「葴，音針。馬藍染草也，即今大葉冬藍爲澱者是。」《月令》：「仲夏，令民無艾藍以染。」鄭氏云：「爲傷長氣。」《夏小正》：「五月蓄蘭，灌沐藍蓼。」灌，澆灌也。沐，剥沐也。張揖《注》：「菥，音斯。似燕麥，即今所用作薦者。」《太平御覽》載古歌云：「田中兔絲，何嘗可絡。道邊燕麥，何嘗可穫。」《古樂府》又作「道旁兔絲，田中燕麥」。《北史・邢邵傳》云：「國子雖有學官之名，而無教授之實，何異兔絲燕麥？」唐劉夢得《再遊玄都觀》詩序云：「唯兔葵燕麥，動摇春風耳。」《爾雅》：「莃，兔葵。蘥，雀麥。」郭璞《注》云：「頗似葵而葉小，狀如藜。雀麥即燕麥，有毛。」《海録碎事》云：「兔葵，苗如龍芮，花白莖紫。燕麥草似麥，亦曰雀麥。」《説文》：「薛，草也。私列切。」《六韜》：「莎薛簦笠，謂以莎草爲雨衣也。」《荀子・王制》篇：「棲遲薛越之中野。」

「薠」音煩。《九歌》「登白薠兮騁望」，《注》云：「薠草秋生，今南方湖澤皆有之。似莎而大，鴈所食也。」《説文》：「青薠似莎者。」

菴

司馬相如《子虛賦》：「菴蕳軒于。」

吴旦生曰：《注》：「菴蕳，蒿也。」余觀《廣韵》云：「菴，菴蕳果。又，菴羅果也。」《楞嚴經》：「阿那律見閻浮提，如觀掌中菴摩羅果。」《維摩經》菴羅園闡義云：「菴羅是果樹之名，其果似桃，或云似柰。」沈炯詩：「鷲嶺三層塔，菴園一講堂。」《一統志》云：「真臘國出菴羅樹，花葉似棗，實似李。交趾出菴羅果，俗名香蓋，乃果中極品。實似北梨，四五月熟。」《食物本草》云：「菴羅果即餘甘子也。」則是「菴蕳」即「菴羅」，當是果類，非蒿也。

「菴」或作「庵」，一从艸，一从广。據黄山谷云：「今俗書『庵』字，既於篆文無有，又菴非屋，不當从广。」《三國志·焦先傳》：「居蝸牛廬中。」意是今菴也。後漢皇甫規爲中郎將，持節監關中兵，「會大疫，親入菴廬巡視」。即用此「菴」字。然按《廣雅》：「庵，�舍也。」《集韵》：「圜屋曰庵。」《釋名》：「草圓屋謂之庵。庵，奄也，所以自覆奄也。」則「菴」之作「庵」，當無二義。《漁隱叢話》云：「漢史從省文，借用爲字，故作『菴』字。」楊升菴云：「古篆有作『葊』者，又止借『弇』者。

石鼓文作『奄』。有元人止菴，印章作『盦』。」

萃蔡

司馬相如《子虛賦》：「翕呷萃蔡。」

吴旦生曰：《注》：「萃蔡，衣聲也。」《漢書》亦作「萃蔡」。「萃」音翠。嵇康《琴賦》：「新衣翠粲。」李周翰《注》：「翠粲，鮮色。」李善《注》引《子虛賦》作「翕呷翠粲」，則知古以鮮明爲翠。蘇東坡《牡丹》詩：「一朵妖紅翠欲流。」陸放翁不曉「翠欲流」爲何語，及過成都，有大署市肆曰「郭家鮮翠紅紫鋪」，問土人，乃知蜀語「鮮翠」猶言鮮明也。一作「綷縩」。潘岳《籍田賦》：「綃紈綷縩。」一作「綷縩」。班婕妤《自悼賦》：「紛綷縩兮紈素聲。」陸士衡《百年歌》：「羅衣綷粲金翠華。」李長吉《神絃曲》：「花裙綷縩步秋塵。」蘇子瞻《嶺下》詩：「牛馬汗淋漓，綺紈聲綷縩。」倪雲林詩：「貪看飛裙舞綷縩，遥憐風馭散繽紛。」劉伯温詩：「瓊佩綷縩雲軿幪。」又作「辭縩」。

太湖

司馬相如《上林賦》：「獨不聞天子之上林乎？左蒼梧，右西極。丹水更其南，紫淵徑其北。終始灞滻，出入涇渭。酆鎬潦潏，紆餘逶迆。經營乎其内，蕩蕩乎八川分流，相背而異態。」又云：「然後灝溔潢漾，安翔徐回。翯乎滈滈，東注太湖，衍溢陂池。」

吴旦生曰：李善《注》：「太湖，所謂震澤。」郭璞《江賦》云：「注五湖以漫漭，灌三江而湍沛。」《墨子》云：「禹治天下，南爲江漢淮汝，東流注之五湖。」孔安國云：「自彭蠡，江分爲三，入於震澤。後爲北江，而入於海。」沈存中謂：「此皆未詳考地理也。八川自入大河，大河去太湖數千里，中間隔泰山及淮、濟，大江何緣與太湖相涉？江、漢至五湖自隔山，其末乃繞出五湖之下流，徑入於海，何緣入於五湖？淮、汝徑自徐州入海，全無交涉。」《禹貢》云：「彭蠡既瀦，陽鳥攸居。三江既入，震澤底定。」以對言，則彭蠡，水之所瀦；三江，水之所入於震澤也。震澤上源，皆山環之，了無大川。震澤之委，乃多大川，亦莫知孰爲三江者。蓋三江之水無所入，則震澤壅而爲害；三江之水有所入，然後震澤底定，此水之理也。

張勃《吴録》：「五湖者，太湖之别名。以其周行五百里，三萬六千頃，故以五湖名。」《義興記》：「太湖、射湖、貴湖、陽湖、洮湖爲五湖。」酈道元《水經注》：「長塘湖、射貴湖、上湖、滆湖、太湖爲五湖。」韋昭謂：「胥湖、蠡湖、洮湖、陽湖、太湖爲五湖。」《史記正義》：「菱湖、游湖、莫湖、貢湖、胥湖，皆太湖。東岸五灣爲五湖。」虞翻云：「太湖東通長洲、松江，南通烏程、霅谿，西通宜興、荆谿，北通晉陵、滆湖，西南連嘉興、匪谿。凡五道，故謂之五湖。」當以虞説爲正。

魱鰽

司馬相如《上林賦》：「魱鰽漸離。」

吴旦生曰：「魱鰽」一作「䲚鱑」。李奇云：「周洛曰鮪，蜀曰魱鰽。音亘孟。出鞏山穴中，三月遡河上。能度龍門之限，則得爲龍矣。」《爾雅》：「鮪，鱣屬。大者名王鮪，小者名鮛鮪。」《詩義疏》云：「鱣，江東呼爲黄魚，亦曰王魚。」按：此一類皆得度龍門。

「漸離」，《注》未詳。楊升菴云：「《説文》有『螹胡』，『螹』字同。但此敘水族，彼言陸産，不同耳。或者水獸形似螹胡，名爲螹離也。」余以此説未安，考「漸離」亦魚名。

禺禺

司馬相如《上林賦》：「禺禺魼鰨。」

吴旦生曰：「禺」音隅，又音顒。郭璞云：「禺禺魚，皮有毛，黄地黑文。」《説文》：「鰅，魚名，皮有文。出樂浪東暆〔一〕。神爵四年，初捕收輸考工〔二〕。周成王時，揚州獻鰅。」

【校勘記】

〔一〕「東暆」，原脱「暆」字，據《説文解字》補。

〔二〕「考工」下原衍「記」字，據《説文解字》删。

《注》：「鰨，鯢魚也。」按《周書·王會》云：「前兒若獼猴，立行，聲似小兒。」《爾雅注》云：「鯢魚似鮎，四腳，前似獼猴，後似狗。聲如小兒嗁。大者長八九尺。」《水經注》云：「鯢魚聲如小兒，有四足，形如鱧。出伊水。《史記》謂之『人魚』。秦始皇葬驪山，以其膏爲燭。」

別隝

司馬相如《上林賦》：「皁陵別隝。」

吴旦生曰：「隝」與「島」同。《漢書》：「横雖雄才，伏於海隝。」張衡《西京賦》：「長風激於別隝。」古本作「隝」，《文選》俗本改作「島」字耳。

《釋名》：「海中可居者曰島。島，到也，人所奔到也。亦言鳥也，物所赴如鳥之下也。」

角觽

司馬相如《上林賦》：「其獸則麒麟角觽。」

吴旦生曰：《説文》：「角鰫狀似豕，善爲弓，出胡休多國。」郭璞云：「角鰫，音端。似豬，角在鼻上。」《詩疏》云：「角端有肉。」《漢書音義》云：「角端似牛，可爲弓。」李陵遺蘇武角端弓。《晉書》：「角端掩月。」《宋書》：「角端，鹿形馬尾，綠色，獨角。明君聖主在位，明達方外幽遠之事，則奉書而至。」《元史》：「太祖提兵回回國，追至印度國鐵門關。侍衛見一獸，高至數丈，鹿形馬尾，綠毛而角，能爲人言。謂之曰：『此非帝世界，宜早還。』耶律楚材曰：『此名角端，乃旄星之精，日行萬八千里。是惡殺之象，上天遣以告陛下。且此獸靈異如鬼神，不可犯也。』即日班師。」至正庚寅，江浙鄉試，出「角端」爲賦題。

盧橘

唐子西《李氏山園記》曰：「枇杷、盧橘，一物也。而《上林賦》『盧橘夏熟，黄甘橙楱。枇杷橪柿，亭柰厚朴』，則以一物爲二物矣。」

吴旦生曰：東坡《同劉景文賞枇杷》詩：「魏花非老伴，盧橘是鄉人。」又「客來茶罷空無有，盧橘微黄尚帶酸」。二詩與子西同失。故張嘉甫問盧橘是何種果類，坡曰：「枇杷是矣。事見《上林賦》。」嘉甫曰：「若盧橘果是枇杷，則賦中不應四句重用。」《輟耕録》亦言盧橘與枇杷並列，則盧橘非枇杷明矣。

《花木志》云：「給客橙出蜀土，似橘而非，若柚而香。冬夏花實相繼，或如彈圓，或如拳。通歲食之，名盧橘。」意橙橘惟熟於冬，而盧橘夏亦熟，故舉以爲重。《唐三體詩》裴庾《注》云：「《廣州記》：盧橘皮厚，大如柑，酢多，至夏熟。土人呼爲壺橘，又曰盧橘。」《説文》引《伊尹書》云：「箕山之東，青鳧之所，有盧橘，常夏熟。」然則稱之「盧」者，其義何居？按《藝苑雌黄》引山谷云：「夔、湘間有一種色黑而夏熟者，疑其爲盧橘。」《復齋漫録》引張勃《吴録》云：「建安郡中有橘，冬月於樹上覆裹之，至明年春夏，色變青黑，味尤絶美。」據此則所謂「盧」者，黑色也。

余因攷《説文》：「齊謂黑爲黸。」《字學》云：「盧，龍都切。黑也。」則凡「盧」爲黑之别名，又不止一端矣。如土黑曰盧，謂盧然解散也。又水黑曰盧，不流曰奴。蓋北方水多黑色，故有盧龍郡。北人謂水爲龍，盧龍即黑水也。又古劍有沈音湛。盧，謂湛湛然黑色也。

華

司馬相如《上林賦》：「華楓枰櫨。」

吴旦生曰：《漢書》師古《注》：「華即今之皮貼弓者也。」《大業拾遺記》：「汾州起汾陽宫，宫南多平林，率是大樺木，高百餘尺。從行文武皆剥取皮，覆庵舍。」《隋書》：「用樺皮蓋屋。」《本草》言堪爲燭，蓋以樺木皮卷之爲燭也。《國史補》云：「宋朝，京師每正旦曉漏以前，宰相三司使大金吾，皆以樺燭百炬擁馬，方布象城，謂之火城。」白樂天詩：「風燭樺煙香。」元微之詩：「樺燭餤高黄耳吠。」蘇東坡詩：「送客林間樺燭香。」陸放翁詩：「江月亭前樺燭香。」崇禎中錢牧齋詩：「樺燭燒殘覆舊棋。」

芔

司馬相如《上林賦》：「紛溶前蔘，猗狔從風，瀏莅芔歙。」

吴旦生曰：石鼓文作「𦾔」，今省寫作「芔」。《方言》：「芔，莽草也。東越、揚州之間曰芔，南楚曰莽。」郭璞解云：「芔，凶位反。」《上林賦》後又云：「芔然興道而遷義。」《注》：「芔，許屈切。猶勃然也。」《文選》五臣本改「芔歙」作「卉歙」。則相如數語皆言草木從風之狀，若云「卉歙」，復成何義？因見詩話云：「相如《長門賦》：『列丰茸之游樹。』謝靈運詩：『升長皆丰茸。』則『紛溶』、『丰茸』一也。杜子美詩：『巫山巫峽氣蕭森。』則『前蔘』、『蕭森』一也。《毛詩》：『猗儺其枝。』《楚辭》：『紛旖旎乎都房。』阮籍詩：『猗靡情歡愛。』則『猗狔』也，『猗儺』也，『旖旎』也，『猗靡』也，一也。陶弘景詩：『悽切嘹唳傷夜情。』趙彦昭詩：『流麗鳴春鳥。』則『瀏莅』與『嘹唳』及『流麗』一也。杜子美詩：『秋風歘吸吹南國。』則『芔歙』與『歘吸』一也。」

飛　蠝

司馬相如《上林賦》：「蛫玃飛蠝。」

吴旦生曰：《注》：「蛫與玃似猴。蠝，鼯鼠也。」《西谿叢語》云：「《史記》作『鸓』，《漢書》作『蠝』，郭璞音『誄』，《神農本草》作『鸓鼠』，音『羸』。飛鼠也，其狀如兔而鼠首，以其髯飛。《爾雅》：『鼯鼠，一名夷由。』郭璞云：『狀如小狐，似蝙蝠，肉翅。翅尾項脇毛紫赤色，背上蒼艾色，腹下黄，喙頷雜白。腳短，爪長，尾三尺許。飛且乳，亦謂之飛生。聲如人呼，食火煙。能從高赴下，不能從下上高。』陶隱居：『鸓是鼯鼠，一名飛生。産婦持之易生。』」

《埤雅》云：「鼯鼠，或謂之飛生，一名飛蠝。音雷。《荀子》『鼯鼠五技而窮』，即此是也。」《野客叢書》云：「此螻蛄，非鼠也。」按《本草》謂：「《荀子》『鼯鼠』爲螻蛄，一名碩鼠。」《易》「晉如碩鼠」，孔穎達《正義》引蔡邕《勸學篇》云：「碩鼠五能，不成一技。」《注》云：「能飛不能上屋，能緣不能窮木，能游不能度谷，能穴不能藏身，能走不能先人。」《荀子》「鼯鼠五技而窮」，並爲螻蛄也。而《魏詩·碩鼠》刺重斂，《傳》、《注》皆謂「大鼠」。則《爾雅》所謂「碩鼠」，關中呼爲「鼩鼠」。陸機云：「今河東有大鼠，能人立，交前兩腳於頸上。跳舞善鳴，食人禾苗。人逐則走木空中。亦有五技，或謂之雀鼠。」然則螻蛄與此鼠同名「碩鼠」，皆有五技。但螻蛄技窮，而此鼠技不窮故耳。

倦𠛮

司馬相如《上林賦》：「與其窮極倦𠛮。」

吴旦生曰：《釋》云：「倦𠛮，疲憊也。」《方言》云：「㱙，[一]倦也。」丁度謂：「字或作『𠛮』。」《集韵》二十陌有「𠛮」字，與「劇」同音。

《子虛賦》：「徼𠛮受詘。」謂以力相踦角，徼其極而受屈也。按《説文》：「从谷，从丮，作谻字。丮，己逆切，持也，象手也。」《集韵》云：「隸變爲丸。埶孰等丸，恐筑之丮，皆从丮。俗書與丸無别。」𠛮，渴極切；谻，極虐切，聲相近。

《司馬相如傳》「病稱疲谻」，《注》：「谻音極。」晉人帖中有「新沐甚極」，又「體中小極」，「極」一作「谻」，倦也。楊升庵云：「《爾雅》『𧮪』音劇，《説文》作『𠛮』，《春秋外傳》作『㱙』，又作『像』，音義並同。」余按《方言》：「㱙、㱙，倦也。」郭璞解云：「今江東呼極爲㱙，音劇。」又：「瘃，極也。」璞解云：「户畏反。江東呼極爲瘃，倦聲之轉也。」

【校勘記】

〔一〕「㱙」，原誤作「瓶」，據《方言》改。

䘏削

司馬相如《上林賦》：「曳獨繭之褕袘，眇閻易以䘏削。」

吴旦生曰：《注》：「眇閻，行貌；易，迴轉貌。䘏削，言伎人如刻畫作也。」此指人而言。余謂即上所云「靚妝刻飾」也，當指衣而言。蓋一繭之絲，製爲襜褕。而「閻易」者，衣長大貌。《漢書》、《文選》作「䘏削」，《史記》作「戌削」，言其衣如刻畫作之也。觀揚雄云：「裼衣戌削。」《注》：「言衣之美也。」其義益明。

歷代詩話卷十四　丙集二

靑谿　吴景旭旦生氏著

賦 卷上之中

鳧藻

班彪《冀州賦》："感鳧藻以進樂。"

吴旦生曰：光武時上疏云："將帥和睦，士卒鳧藻。"《注》："言其和睦歡悦，如鳧之戲於水藻也。"桓帝時上議云："靈臺有子來之人，武旅有鳧藻之士。"《注》："周武王之旅，鳧得水藻，言喜悦也。"則知漢時自有此語耳。梁簡文《玄圃頌序》云："鳧興藻抃，獨瑩心靈。"顔延年《秋胡詩》云："捨車遵往路，鳧藻馳目成。"

奚斯

班固《兩都賦序》云："皋陶歌虞，奚斯頌魯。同見采於孔氏，列於《詩》、《書》，其義一也。"

吴旦生曰：《魯頌·閟宫》之詩云：「新廟奕奕，奚斯所作。」毛《注》謂：「大夫公子奚斯者，作是廟也。」鄭《箋》謂：「奚斯者，教護屬功，課章程也。」則知作姜嫄之廟者，奚斯矣。子夏《序》云：「僖公能遵伯禽之法，季孫行父請命於周，而史克作《頌》。」則知作《閟宫》之頌者，史克矣。班氏誤以《魯頌》爲奚斯所作爾。如王延壽《魯靈光殿賦》，其首云：「恭王好治宫室，遂因魯僖基兆而營焉。」謂僖公使奚斯新姜嫄之廟於前，故恭王得因其基而立靈光殿，此語可通。至於下云：「奚斯頌僖，歌其路寢。而功績存乎辭，德音昭乎聲。」則亦與班氏所言同誤。

按：毛、鄭未行之前，揚子《法言》云：「正考甫嘗晞尹吉甫矣，公子奚斯嘗晞正考甫矣。」宋克《注》謂：「奚斯慕考甫而作《魯頌》。」司馬温公《注》謂：「正考甫作《商頌》，奚斯作《閟宫》之詩，故云。」又《史記·宋世家》：「襄公之時，脩仁行義，欲與盟主。其大夫正考甫美之，故追道契湯高宗，殷所以興，作《商頌》。」《注》云：「《韓詩章句》：美襄公。」《樂記》：「温良而能斷者，宜歌《商》。」鄭康成《注》謂：「《商》，宋詩。」蓋本《韓詩》之説也。然考之《世本》，正考甫生孔父嘉，爲宋司馬華督殺之，而絶其世。此非在襄公之前乎？《左傳》：「正考甫佐戴武宣。」曹氏曰：「自戴公至襄公，凡一百五十有一年。正考甫既佐戴公，而能至襄公之時作《頌》乎？」

後漢曹褒云：「奚斯頌魯，考甫詠商。」《注》引薛君《韓詩傳》曰：「是詩公子奚斯所作。正考甫，孔子之先也，作《商頌》十二篇。」宋鮑昭《河清頌》云：「藻彼歌頌，則奚斯之徒。」蓋其承謬已久。

墄平

班固《西都賦》：「於是左墄右平。」

吴旦生曰：《注》：「墄，階級也。右乘車上，故使平；左人上，故爲級。」摯虞《決疑要注》云：「凡大殿乃有陛，堂則有階無陛也。左墄右平。平者，以文甎相亞次；墄者，爲階級也。九錫之禮，納陛以登，謂受此陛以上。」然此僅釋其字，而不知左、右之别固有深義也。蓋古者以西爲尊，左，東也；右，西也。東則爲墄，若世所謂澀道，乃群臣所由登降之階；西則爲平，群臣不敢升自西階，故不爲墄，正所以尊西也。如王者之廟，太祖坐西，三昭坐北而面南，三穆坐南而面北，所以尊祖於西也。故謂正太祖東向之位也。又賓主之席，主東而賓西，所以尊賓於西也。故謂客降一等，則就主人之位。乃客不敢自西階，欲隨主而東，主人辭而客始西階升也。

觚稜金爵

班固《西都賦》：「設璧門之鳳闕，上觚稜而棲金爵。」

吴旦生曰：《儀禮》：「騰觚於賓。」又云：「小臣請騰爵。」蓋古者獻以爵，酬以觚也。《博古圖》：「觚口容一爵，足容二爵。」《説文》：「觴受二升者謂之觚。」按：腹之四稜，削之可以爲圓，故《漢書》曰：「破觚爲圜也。」足之四稜，漢宫鳳闕取其制，以爲角隅安獸處。然則觚、爵皆酒器，而其後借觚爲闕角之稱，蓋取其有四稜也。

《王直方詩話》載：「宋秦少游嘗晚出右掖門，有詩云：『金爵觚稜轉夕暉，飄飄宫葉望秋衣。出門塵漲如黄霧，始覺身從天上歸。』識者以爲少游作一黄門校勘，而衒耀如此，必不遠到。」余觀此後入詠者不一，如蘇子瞻《上元》詩：「璧月挂罘罳，珠星照觚稜。」王子端詩：「回首觚稜雲氣隔，六年侍從小臣心。」李長源詩：「長樂觚稜青似染，建章馳道直於絃。」元遺山詩：「但見觚稜上金爵，豈知荆棘卧銅駝。」又《過晉陽》詩：「東望蒼龍西白虎，金爵觚稜上雲雨。」迺易之《雪霽》詩：「風迴闕角瑶華亂，冰溜觚稜玉筯懸。」馬虚中《積雪》詩：「凍雲晴已散，濛密聚觚稜。」又《清遊》詩：「觚稜轉影日過午，鵾鳩不鳴春滿山。」貢仲章《元真宫》詩：「觚稜生曉煙，玄風淩紫虚。」杜瑛《弔故宫》詩：「月上觚稜椒壁濕，飢烏啄碎琅玕石。」劉彦昺《早朝》詩：「紫禁觚稜曙色微，五更三點聽朝雞。」揭孟同《登琉璃塔》詩：「罘罳映落花，觚稜卻飛鳥。」孫仲衍《南京行》云：「卻日觚稜駕寥廓，行空複道侵箕尾。」

注：「金爵，鳳也。」余觀《説文》：「飲器象爵者，取其鳴『節節足足』也。」《宋・符瑞志》：「鳳皇其鳴，雄曰『節節』，雌曰『足足』。」則愈知金爵之爲鳳矣。

白閒

班固《西都賦》：「招白閒，下雙鵠。投文竿，出比目。」

吴旦生曰：《太平御覽》引《風俗通》云：「白閒，古弓名也。」「白閒」與「文竿」作對，當是弓弩之屬。《文選》作「白鷴」，劉良《注》：「白鷴、雙鵠，皆鳥也。」甚誤。潘岳《射雉賦》：「捧黄閒以密彀。」《注》：「黄閒，弩名。」劉劭《賦》曰：「器用則六弓四弩，緑沈黄閒。」

予樂

班固《東都賦》：「揚世廟，正予樂。」

吴旦生曰：東漢明帝分樂爲四品：一曰《大予樂》，郊廟上陵用之；二曰《雅頌樂》，辟雍鄉射用之；三曰《黄門鼓吹樂》，天子宴群臣用之；四曰《短簫鐃歌樂》，軍中用之。按：是時依讖文，改樂爲「大予」，李善《注》亦謂「大予」。自五臣解爲「正樂」，妄改「予」字作「雅」，今行本遂作「正雅樂」，誤。

太牢

班固《東都賦》：「嘉珍御，太牢饗。」

吴旦生曰：《注》：「牛曰太牢；饗，享群臣也。」世多以牛爲太牢，羊爲少牢。故唐人戲以「太牢」呼牛僧孺，「少牢」呼楊虞卿，而不知其失攷也。按《禮記》：「郊特牲而社稷太牢。」又曰：「卿大夫少牢，士以特豕。」又曰：「特羊。」《周禮疏》曰：「齋必變食，故加牲體至三。太牢，謂牛、羊、豕具爲一牢。」《漢・禮儀志》：「皇后以中牢羊豕祭蠶神苑窳。」據此則所謂「太牢」者，迺牛、羊、豕具也；所謂「少牢」者，迺去牛，惟用羊、豕也。豈得以習俗傳譌之語漫爲注腳哉？《嘉祐雜志》載：「常禹錫判太僕，供祫祭太牢，祗供特牛，而不供羊、豕。」正徇俗之過。

鱻

班固《幽通賦》：「鱻生民之晦在。」

吴旦生曰：《説文》：「鱻，新魚精也。从三魚，不變魚。」徐鍇曰：「三，衆也。衆而不變，是鱻也。相然切。」《元包》：「䷍大有，燾宀宀，音綿。彡音衫。鱻鱻。音鮮。䀠音懼。鎣音瑩。于頁，音頡。晶灼于天。」《周禮》：「𩞄人，辨魚物爲鱻薧，以共王膳羞。」《注》云：「生肉曰鱻，乾肉曰薧。」張衡《南都賦》：「黄稻鱻魚。」郭璞《江賦》：「食惟蔬鱻。」余按：已上「鱻」字，音義皆作「新鮮」之「鮮」，叶平聲。孟堅《賦》「鱻」字，音義是作「鮮少」之「鮮」，叶上聲。今五臣本妄改「鱻」作「鮮」，則嚼蠟矣。當從古本「鱻」字爲正。

慶

班固《幽通賦》：「恐魍魎之責景兮，慶未得其云已。」

吴旦生曰：《漢書音義》云：「慶音羌。」班氏《漢書》有直作「羌」字者，故此賦《文選》本亦改「慶」作「羌」字矣。揚雄《反離騷》云：「慶夭顇而喪榮。」《注》：「慶，辭也。」屈原《離騷》云：「羌中道而改路。」《注》：「羌，楚人發語辭。」據此則二字音義皆同，蓋「慶」字即「羌」字也。《小雅》：「維其有章矣，是以有慶矣。」「慶」，虚羊反，與「章」叶。揚子《太玄》凡用「慶」字，皆與陽韵叶。又《甘泉賦》：「直嶢嶢以造天兮，厥高慶而不可乎彊度。」李長吉樂府「天高慶」，蓋用此。

黄震云：「《易經》：『必有餘慶。』『慶』當作平聲，與下文『殃』字協韵。上文『乃終有慶』，亦與『應地無疆』平聲相協。《睽卦》：『志行也，往有慶也。』亦協韵。《益卦》：『其道大光，中正有慶。』亦協韵。他如《井》、《困》、《豐》、《兑》，凡《易》中『慶』字，無不與平聲協韵者。」

夔魖獝狂

揚雄《甘泉賦》：「梢夔魖而扶獝狂。」

吴旦生曰：注「夔」，按《漢書注》及《文選注》皆云：「木石之怪曰夔，如龍，有角，人面。魖，耗鬼也。」《東京賦注》亦分注，似是二物。《詞林海錯》疑衍「魖」字。魖，耗鬼也；獝狂，亦惡鬼也。按《詞林海錯》云：「夔魖，木石之怪。」《埤蒼》云：「獝狂，無頭鬼。」因觀張衡《東京賦》：「捎魑魅，斮獝狂。斬蝼蛇，腦方良。囚耕父於清泠，溺女魃於神潢。殘夔魖與罔象，殪野仲而殲游光。八靈爲之震慴，況魃蜮與畢方。」此一段離奇光怪，才氣横溢。而陳氏謂「漫及大儺，無關鉅典」，亦拘虚之見也。魑魅，山澤之神；蝼蛇，大如車轂；方良，草澤之神；耕父、女魃，皆旱鬼；罔象，亦木石之怪；野仲、游光，兄弟八人，恒在人間作怪害者；魃蜮，小鬼；畢方，老鬼。

旄

揚雄《甘泉賦》：「流星旄以電爥兮，咸翠蓋而鸞旗。」

吴旦生曰：《周書·王會》：「星施者珥旄。」〔一〕鄭玄云：「可以爲旌旗也。」《補》曰：「旄以旄牛尾。」《山海經》：「潘侯山有獸，狀如牛而四節生毛，名曰旄牛。」《注》云：「背膝及胡尾，皆有長毛。」《爾雅》：「犣牛，旄牛也。」顔師古云：「今謂犏牛。」《一統志》：「臨洮出犛牛，尾爲旌旄。」《後漢書》：「旄牛無角，一名童牛，肉重千斤，其毛可以爲旄。」《荀子》：「西海文旄。」

【校勘記】

〔一〕「周書」原作「周禮」，「珥」原作「弭」，據《逸周書・王會》改。

新荑并閭

揚雄《甘泉賦》：「平原唐其壇漫兮，列新荑於林薄。攢并閭與茇葀兮，紛被麗其亡鄂。」吴旦生曰：《注》：「新荑，香草也。」按：古本作「新雉」，五臣本改作「新荑」。然「新雉」即「新荑」，一作「辛夷」。其爲樹甚大，非香草也。韓退之《感春》詩：「辛夷花高最先開。」洪慶善《注》云：「辛夷，高數丈。江南地煖，三月開；北方地寒，四月開。初發如筆，北人呼爲木筆。其花最早，江南人呼爲迎春。」《漁隱叢話》謂是兩種：「木筆色紫，迎春色白。木筆叢生，二月方開；迎春高樹，立春已開。」然則所云「辛夷」者，乃此花耳。又名女郎花。陸放翁有《辛夷花》詩：「粲粲女郎花，忽滿庭前枝。」

《注》：「并閭，其葉隨時改。政平則平，政不平則傾也。」師古云：「如所説，自是平慮耳。」

《白虎通》云：「王者使賢不肖位不相喻，則平露生庭，狀如蓋。政平則正，不平則傾。一名平慮。」按：吴歸命侯天紀三年，有蕢菜生吴平家，高四尺，厚三分，如枇杷形，上廣尺八寸，下莖廣五寸。兩邊生葉，緑色。」東觀按圖，名蕢菜作「平慮草」，以吴平爲「平慮郎」，銀章青綬。據此則爲嘉瑞矣。然余觀晉安帝義熙二年，有苦蕢菜生揚州營士陳蓋家，莖高四尺六寸，廣二尺二寸。是後歲多征伐，人民疾苦。故苦蕢者，蕢苦也。唐中宗景龍二年，岐州王上賓家有苦蕢菜，高三尺餘，上廣尺餘，厚二分。蓋蕢菜即苦蕢，今俗呼爲「苦蕒」者是也。然則此種豈是嘉生，而子雲以之頌禱甘泉邪？

玉樹

《野客叢書》曰：「揚雄《甘泉賦》：『玉樹青葱。』顔師古《注》：『玉樹，武帝所作，集衆寶爲之。』向注《文選》亦謂：『武帝植玉樹於此宫，以碧玉爲葉。』按《三輔黄圖》云：『甘泉宫北有槐樹，今謂玉樹，根幹盤峙，三二百年木也。』楊震《關輔古語記》云：『耆老相傳，咸謂此樹即揚雄《甘泉賦》「玉樹青葱」者也。』又觀《隋唐嘉話》、《國史纂異》、《長安記》、《聞見録》等雜書，皆言漢宫以槐爲玉樹。因知晉人所謂『芝蘭玉樹』者，指此物也。師古與向之《注》甚謬。」

吴旦生曰：王褒《雲陽宫記》：「甘泉宫北有槐樹，今爲玉槐樹。」與《三輔黄圖》所載同。紀少瑜詩：「玉樹起千層。」曹植詩：「緑蘿緣玉樹。」余以爲皆拘説也。按《漢武内傳》云：「上以琉璃珠玉、明月夜光雜錯天下珍寶爲甲帳，其次爲乙帳。甲以居神，乙上自御之。前庭植玉樹，珊瑚爲枝，碧玉爲葉。」此武帝事也。至成帝，爲趙飛燕無子，往祀甘泉宫。雄待詔承明之庭，奏此賦。因引武帝之所居神者，以形容成帝之祀事，亦無不可，而師古與向之《注》未爲失也。況賦云：「翠玉樹之青葱兮，璧馬犀之璘㻞。」《注》：「翠，碧也。」則以碧玉爲葉，與璧作馬犀爲飾者同，即觀下句可見。而「翠」與「璧」正是以實字作虚字用法。

伽

揚雄《蜀都賦》：「盛冬育筍，舊菜增伽。」

吴旦生曰：章樵《注》：「伽，古茄字。」《酉陽雜俎》云：「茄字革遐反，今呼伽，未知所自。因下食有茄子數蔕，問張周封故事。張云：『一名落蘇，事具《食療本草》。』」《湘煙録》載馮元成曰：「小菰，即茄名也。見《晉先蠶儀注》。」余按《晉先蠶儀注》云：「車駕住，吹小菰。發，吹大菰。菰即笳也。」蓋此之所謂「笳」者，乃「鳴笳疊鼓」之笳。羌人捲蘆葉吹之，以作樂也。詳於戊集謝詩中。故字首从竹不从艸，豈謂茄子哉？《酉陽》不審「茄」之爲「伽」，《湘煙》誤載「笳」之爲「茄」，皆欲噴飯。《大業拾遺録》云：「四年，改茄子爲崑崙紫苽。」《酉陽雜俎》云：「錢王有子跛足，以聲相近，故止呼落蘇。」

風簫

王褒《洞簫賦》：「風洪洞而不絶兮，優嬈嬈以婆娑。」吴旦生曰：李周翰《注》：「洪洞，相連貌。風吹，其聲相連不絶也。」按：范傳正省試《風過竹賦》，段柯古引《荀子》云：「如風過蕭，忽然已化。」義同「草上之風必偃。」及讀《淮南子》云：「若風之過簫也，忽然感之，可以清濁應矣。」高誘注云：「清商濁宫也。」乃知爲从竹之「簫」，非「蕭艾」之「蕭」也。援此證王賦，更佳。

李君實云：「洞簫即今短簫，獨管所裁者。若蕭史、弄玉吹以引鳳者，乃古編簫，形如鳳翼。」按《誠齋雜記》云：「宣王之末，史籍散亂。蕭仙能文，著本末，以備史之不及。人以『史』稱之，實無名也。」

首陽

杜篤《首陽山賦》：「厥胤孤竹，作藩北湄。少名叔齊，長曰伯夷。」

吴旦生曰：莊綽《雞肋編》謂：「太史公作《伯夷傳》，但云：『伯夷、叔齊，孤竹君之二子也。』而《論語音注》引《春秋少陽》篇謂：『伯夷，姓墨，名允，一名元，字公信；叔齊，名智，字公達。夷、齊，謚也。』」吾衍《閒居録》云：「孤竹君姓墨，音眉。名台，音怡。初見《孔叢子注》。中子名伯遼，見周曇《詠史詩注》，『伯』當作『仲』。」陶南村謂：「若如吾説，則伯夷、叔齊似又是名非謚矣。」按：今之盧龍，故孤竹也。城西有伯夷叔齊祠，嘉靖中，王世貞奉使過此，爲作《弔夷齊辭》。然《論語注》以蒲阪爲首陽。《統志》云：「首陽在蒲州，即《禹貢》『雷首山』也。」石曼卿詩：「恥生湯武干戈日，寧死唐虞揖讓區。」〔一〕蓋蒲阪，舜都也。又阮瑀《弔伯夷》云：「適彼洛師，瞻彼首陽，敬弔伯夷。」則首陽乃在洛陽矣。《河南志》云：「言首陽者五處，未知孰的。」

【校勘記】

〔一〕「寧」字原作空圍，據《宋文鑑》所引石延年（字曼卿）《首陽》詩補。

偃蓋

上官遜《松賦》：「莫不對偃蓋以瀟灑，仰仙雲而揺曳。」

吴旦生曰：《抱朴子》：「天陵偃蓋之松，大谷倒生之柏，凡此諸木，皆與天齊其長，與地齊其久。」《玉策》云：「千載松柏，樹枝葉上杪不長，望如偃蓋。其中有物，如青牛青羊。人服皆萬歲。」《廣博物志》云：「鶴千歲，棲於偃蓋松。」據此則偃蓋自是神異之品，杜詩所謂「欲存老蓋千年意」也。《廣志》云「松命根遇石則偃，所謂樓松也」，恐非。

鐘虡

張衡《西京賦》：「洪鐘萬鈞，猛虡趪趪。負筍業而餘怒，乃奮翅而騰驤。」

吴旦生曰：梓人爲簨虡。天下大獸五：脂者、膏者、臝者、羽者、鱗者。宗廟之事，脂者、膏者以爲牲，臝者、羽者、鱗者以爲筍簴。外骨、内骨，卻行、仄行，連行、紆行，以脰鳴者、以注鳴者、以旁鳴者、以翼鳴者、以股鳴者、以胸鳴者，謂之小蟲之屬。以爲雕琢，故擊其所懸，而由其虡鳴。小首而長，摶身而鴻，若是者謂之鱗屬，以爲簨。《初學記》云：「鐘磬各有筍虡，寫鳥獸之形。犬聲有力者，以爲鐘虡；清聲無力者，以爲磬虡。」《漢・郊祀志》師古《注》云：「虡，神獸名也。縣鐘之木，刻飾爲之，因名曰虡也。」平子蓋言虡力猛怒，能勝筍業，而如欲飛馳耳。

班固《東都賦》：「於是發鯨魚，鏗華鐘。」薛《注》云：「海中有大魚曰鯨，海邊又有獸名蒲牢。蒲牢素畏鯨，鯨魚擊，蒲牢輒大鳴。凡鐘欲令聲大者，故作蒲牢於上；所以撞之者，爲鯨魚之狀。」何晏《景福殿賦》：「華鐘杌其高懸，悍獸仡以儷陳。」

井幹

張衡《西京賦》：「井幹疊而百層。」

吴旦生曰：班固《西都賦》：「攀井幹而未半。」按《漢書》：「武帝立井幹樓，高五十丈。」又觀《鄴中記》：「魏武於鄴城西北立三臺，中名銅雀臺，南名金虎臺，北名冰井臺。」《水經注》云：「銅雀臺高十丈，有屋一百一間；金虎臺高八丈，有屋一百九間；冰井臺亦高八丈，有屋一百四十五間。」左思《魏都賦》曰：「三臺列峙而峥嶸者也。」謝朓詩：「繐帷飄井幹。」《注》云：「銅雀臺一名井幹樓。」余按：銀牀謂之井幹，其形四角或八角，蓋井上木欄也。其樓若井幹之形，故名。

賦中又云：「蔕倒茄於藻井。」《注》：「藻井，當棟中交木方爲之，如井幹也。」按：「山節藻棁」，蓋藻非特取其文，亦以禳火。今藻井取象於此。《風俗通》云：「殿堂宫室，象東井形，刻作荷菱。」荷菱，水草也，所以厭火，與此同義。左思《魏都賦》：「綺井列疏以懸蔕。」《注》：「以板爲井形，飾以丹青，如綺也。」《夢谿筆談》云：「屋上覆橑，古人謂之綺井，亦曰藻井，又謂之覆海。今謂之鬭八，吴人謂之罳頂。」楊升庵云：「今俗謂天花板也。」

四宮名

張衡《西京賦》：「駁娑駘盪，燾奡桔桀。枍詣承光，睽罛庨豁。」

吳旦生曰：《注》：「駁娑、駘盪、枍詣、承光，並臺名。」潘岳《西征賦》：「縈駁娑而款駘盪，轥枍詣而轢承光。」《注》：「皆臺名。」班固《西都賦》：「經駘盪而出駁娑，洞枍詣以與天梁。」《注》又云：「駁娑、駘盪、枍詣、承光，四殿名。天梁，宮名。」余以爲注家之皆妄，而未審四者皆宮名也。按《三輔黄圖》云：「駁娑宮，駁娑，馬行疾貌。馬行迅疾，一日之間徧宮中，言宮之大也。」《說文》：「駁，馬行相及也。」《方言》：「駁，馬馳也。」郭璞云：「駁，索荅反。」「娑」字有兩音：一叶素可反，徐陵云：「陪遊駁娑，騁纖腰於結風；長樂鴛鴦，奏新聲於度曲」是也；一叶先河反，揚雄《羽獵賦》「神明駁娑，漸臺太液」是也。

《三輔黄圖》云：「駘盪宮，春時景物駘蕩，滿宮中也。」江總詩：「春心既駘盪。」謝朓詩：「春物方駘盪。」《注》云：「駘盪，猶施散也。」李君實云：「駘蕩狀其緩行，以徇景物之華；騖駑狀其促轡，以週道里之廣。悉倚馬命名，奇甚。」《金壺字考》云：「駘音待。」

《三輔黄圖》云：「枍詣宮，枍詣，木名，宮中美木茂盛也。」《詞林海錯》：「一作『枍栺』，枍音翳。」楊升庵云：「枍詣殿，漢本榽橀殿。蓋二木所搆，因以爲名，如長楊、五柞之例。枍詣，《文選》假借字耳。《爾雅注》引齊諺：『上山斫檀，榽橀先彈。』二木與檀相似也。」《漢宮闕名》載：「長安有承光宮。」《漢書》本傳云：「順帝擢种暠，監太子於承光宮。」

邪贏

張衡《西京賦》：「何必昏於作勞，邪贏優而足恃。」吴旦生曰：言市販之人不必勉於作勞，其邪僞之利自饒而足恃也。杜子美《述古》云：「所務穀爲本，邪贏無乃勞。」蓋本此。一作「羸」，一作「嬴」，非是，殊不知贏之爲言利也。

九百

張衡《西京賦》：「匪惟翫好，迺有祕書。小説九百，本自虞初。」吴旦生曰：五臣《注》：「小説，醫巫厭祝之術，凡有九百四十三篇。言九百，舉大數也。」蘇東坡作《艾子》，有云：「彭祖八百歲，其婦哭之，以九百者尚在也。」李方叔謂：「俗以憨癡駱駝爲九百，豈可筆之文字間？」坡因舉《西京賦》及《注》語以告之。方叔後讀《文選》，見其《注》，始歎坡之精通。陳后山云：「世人以癡爲九百，謂其精神不足也。」朱彧云：「青州王大夫爲俚詞，獻其季父爲青椽者。他日，見其子謝之。其子曰：『大人九百亂道，玷瀆高明。』蓋精神不足爲九百，豈以一千即足數耶？」汪司業云：「九百，草書『喬』字也。」

虞初，洛陽人，明醫術，事漢武帝。時乘馬衣黄衣，號黄衣使者。其説亦號九百，以其能通小説家書也。方萬里《輓王防禦》云：「温飽逍遥八十餘，稗官原是漢虞初。世間怪事皆能説，天下鴻儒有不如。聳動九重三寸舌，貫穿千古五車書。《哀江南賦》箋成傳，從此韋編鎖蠹魚。」蓋防禦在宋，亦以説書供奉得官耳。

度曲

張衡《西京賦》：「度曲未終，雲起雪飛。」

吴旦生曰：李善《注》引《漢書》：「元帝自度曲。」臣瓚云：「歌終更授其次，謂之度曲。」此音義引以注《西京賦》極確，而瓚以此注《漢元帝贊》則失之矣。按：「度」之音義有二：其一，度，徒故切，乃「度次」之「度」，謂歌曲也，如宋玉《笛賦》「度曲羊腸」、杜甫《泛江詩「翠眉縈度曲」，與此「度」字同，故謂注《西京賦》極確；其一，度，大各切，乃「隱度」之「度」，非謂歌曲也，《漢元帝紀贊》云：「自度曲，被歌聲。」應劭《注》：「自隱度作新曲，因持曲以爲歌詩聲也。」師古以應説爲是。如《唐書》「段安節善樂律，能自度曲」，又與此「度」字同，故謂瓚之注《漢元帝贊》則失。

蠵

張衡《東京賦》：「淵游龜蠵。」

吳旦生曰：五臣《注》：「蠵，龜類。」郭璞謂：「靈蠵能鳴。」則此龜屬鳴者也。《説文》：「蠵以胸鳴，其音如鼓。」非是。按《考工記》：「梓人刻畫祭器，狀諸蟲，有以胸鳴者，有以胃鳴者。」蠵是胃鳴之蟲。《字林》云：「大龜，似蝟。」則知「似蝟」乃「以胃」二字寫誤。

謻門

張衡《東京賦》：「謻門曲榭。」

吳旦生曰：《注》：「謻門，冰室門也。」《夢谿筆談》云：「按《字訓》：『謻，别也。』《東京賦》但言别門耳，故以對『曲榭』，非有定處也。」余觀《劉曜傳》云：「未央朝寂，謻門旦開。」《石林燕語》云：「真宗時，内香藥庫在謻門外。」則是門名也。《説文》：「周景王作洛陽謻尺氏切。臺。」《帝王世紀》云：「洛陽南宫謻臺，周人名曰逃債臺。」則又臺名也。陸士龍《與兄書》云：「曹公所爲屋，折其謻堂，不可壞，直以斧折之。」則又堂名也。劉孝綽詩：「反景照謻塘。」則又塘名也。按：「謻臺」，一作「誃臺」，又作「簃臺」；「誃塘」，一作「誃唐」，又作「夷塘」。

《集韵》：「『誃』字或作『誃』，以爲宫室相連之稱。」

朱子《楚辭辯證》云：「無木謂之臺，有木謂之榭。」一云：「凡屋無室曰榭。」《説文》乃云：「臺，觀四方而高者。榭，臺有屋也。」《説文》與二説不同。然以《春秋》「宣榭火」觀之，則榭有屋明矣。

龍豧

張衡《東京賦》：「日月會於龍豧，恤民事之勞疚。」

吴旦生曰：「豧」，丁遘反。賈逵云：「豧，龍尾星也。」《國語》：「觀射父對楚昭王曰：『日月會於龍豧，土氣含收，天明昌作，百嘉備舍。國家於是乎蒸嘗。』」《月令》：「孟冬日在尾，蓋十月時也。民勞於歲事，故天子當此時愍卹勞來之。」

汃

張衡《南都賦》：「砏汃輣軋。」

吴旦生曰：《注》謂：「波相激之聲。」余按《爾雅》：「西至於邠國，謂之四極。」朱晦翁云：「邠國近在秦隴，非絶遠之地。」然《説文》引《爾雅》曰：「西至汃國，謂四極。汃，府巾切，西極之水也。」又「汃月之諺」，「汃」讀爲怕，平聲。《東方朔傳》：「隱語云：令壺齟老柏塗。」「塗」與「汃」同文加切。《解》云：「塗者，漸洳徑也。」魏文帝《愁霖賦》：「塗漸洳以沈滯，潦淫衍而横湍。」柳子厚詩：「善幻迷冰火，齊諧笑柏塗。」蓋用此。觀《禹貢》：「厥土惟塗泥。」《小雅》：「雨雪載塗。」乃雨濕泥濘之義。《爾雅》：「十二月爲涂月。」

折盤

張衡《南都賦》：「結九秋之增傷，怨西荆之折盤。」

吴旦生曰：陸機《日出東南隅行》：「丹脣含《九秋》，妍迹陵《七盤》。」按：「九秋」，曲名；「七盤」，楚舞。言歌舞兩絶也。衡賦二語，似與機同意。李善《注》亦謂：「西荆楚舞也。折盤，舞貌。」余按：衡賦所云「折盤」，乃取盤旋之義。然「盤」字古作「槃」，其義有二，蓋又有槃舞也。張衡《七槃舞賦》云：「歷七槃而縱躡。」卞蘭《許昌宫賦》云：「興七槃其迭奏。」王粲《七釋》云：「七槃陳於廣庭。」鮑照詩云：「七槃起長袖。」凡此皆謂用槃七枚而舞耳。梁、魏有舞槃伎，《宋書・樂志》曰：「槃舞，漢曲也。漢世惟有柈舞，而晉加之以杯。」言接杯槃於手上而反覆之，以不墮爲工也，非取盤旋之義。

仁里

張衡《思玄賦》：「匪仁里其焉宅兮，匪義迹其焉追。」

吴旦生曰：《論語》：「里仁爲美，擇不處仁。」本以爲「鄰里」之「里」、「簡擇」之「擇」也，乃賦《注》引之，作「里仁爲美，宅不處仁」，謂「里」、「宅」皆居也。葉石林云：「以擇爲宅，則里猶宅也，蓋古文云然。今以宅爲擇，而謂里爲所居，乃鄭氏訓解，而何晏從之。當以古文爲正。」胡致堂云：「里，居也。居仁如里，安仁者也。」

飛遯

張衡《思玄賦》：「文君爲我端蓍兮，利飛遯以保名。」

吴旦生曰：《周易·遯卦》：「肥遯無不利。」子夏曰：「肥，饒裕也。」「肥」字古作「巷」，與古「蜚」字相似，即今之「飛」字。後世遂改爲「飛」字。故本義作「肥遯」，而引用者多作「飛遯」。《九師道訓》云：「遯而能飛，吉孰大焉。」曹植《七啓》云：「飛遯離俗。」

平子善《易》解，故此段竟以著體作賦，亦奇。蓋内爲《艮》，外爲《巽》，故曰：「歷衆山以周流兮，翼迅風以揚聲。」上九變爲《咸》，咸，感也。巽，長女；兑，少女。故曰：「二女感於崇嶽兮。」三至五爲《乾》，乾爲冰，故曰：「或冰折而不營。」四至《乾》變爲《兑》，故曰：「天蓋高而爲澤兮。」高者可下，故「誰云路之不平。」乾爲玉，故曰：「勔自彊而不息兮，蹈玉階之嶢峥。」

郎　潛

張衡《思玄賦》：「尉龐眉而郎潛兮，逮三葉而遘武。」

吴旦生曰：顔駟老於郎署，歷漢文、景至武帝，擢會稽都尉，故謂三葉。今作馮唐用，由左太沖詩誤也。蓋「郎潛」字甚佳。宋周煇自郎遷卿，久阨，以咨投秦檜，有云：「郎久潛於省闥，卿尚少於朝班。」檜亟賞之。蘇東坡詩：「莫歎郎潛生白髮，聖朝求舊鄙鳶肩。」

咎　繇

張衡《思玄賦》：「咎繇邁而種德兮，樹德懋於英六。」

吴旦生曰：《史記·禹本紀》云：「臯陶卒，封臯陶之後於英六。」按《文選注》：「英六至楚末始滅。」然觀英布封九江王，復都於六，蓋以布自謂皋陶後也。漢高末年，布反始滅，亦見種德之餘慶矣。自《左傳》臧文仲聞六蓼滅，曰：「皋陶庭堅，不祀忽諸。」而後人誤以皋陶真不祀，遂爲「刑官無後」之説。得平子賦語，可破其疑。《抱朴子》謂：「伯益即皋陶子。」非是。按：伯益即伯翳，乃大業之子，其後爲秦。

「咎繇」即古「皋陶」字。《書經》作「皋陶」，《漢武帝本紀》作「咎繇」，他或作「皋繇」。按：《周禮·追師》注「步摇」作「步繇」。魏鍾繇字元常，取「咎繇陳謨，彰厥有常」之義。《世説》：「庾翼謂鍾會曰：『何以望君，遥遥不至？』」又司馬景王問鍾毓曰：「皋繇何如人？」皆舉其父諱戲之，可證。

蘤

張衡《思玄賦》：「歌曰：天地烟熅，百卉含蘤。」

吴旦生曰：「蘤」，古「花」字。五臣本妄改爲「含葩」，殊不知花者，草木之葩也，而非「葩」字即「花」字。按：蘤，呼瓜切，《班固傳》「摛藻如春蘤」是也。葩，披巴切，張衡《西京賦》「披紅葩之狎獵」是也。兩字自有别，五臣未辨。觀王勃《采蓮賦》：「紅葩絳蘤，電爍千里。」蓋其一句並用，最有分别。

豐隆列缺雲師涷雨

張衡《思玄賦》：「豐隆軯其震霆兮，列缺曄其照夜。雲師䨴以交集兮，涷雨沛其灑途。」郭璞《吴旦生曰：豐隆，雷師。《水經》作「封隆」。《穆天子傳》：「封豐隆之葬，以詔後世。」郭璞云：「豐隆筮師，御雲得《大壯卦》，遂爲雷師。」《淮南子》云：「季春三月，豐隆乃出，以將其雨。」《抱朴子》云：「故聾瞽在乎形器，則不信豐隆之與元象矣。」

列缺，電也。司馬相如《大人賦》：「貫列缺之倒景。」服虔云：「天閃也。」《元命苞》云：「唵嗑，列缺摶，礹磹灼。」《傳》曰：「列缺摶，電之動也；礹磹灼，電之耀也。」「礹」音線，「磹」音店。《太平廣記》：「月支獻猛獸，兩目如天礹磹之炎光。」

《文選注》云：「諸家皆以豐隆爲雲師，此賦别言雲師，明豐隆爲雷也。」余觀屈原《九章》云：「願寄言於浮雲兮，遇豐隆而不將。」王逸《注》：「雲師徑逝，不我聽也。」世以豐隆爲雲師，當亦由此邪？

《爾雅》：「暴雨謂之涷。」郭璞《注》云：「今江東呼夏月暴雨爲涷雨。涷同『東西』之『東』。」《離騷》云：「使涷雨兮灑塵。」杜子美《枯枏》詩：「涷雨落流膠。」

碌碌

馮衍《顯志賦》：「馮子以大人之德，不碌碌如玉，硌硌如石。」

吴旦生曰：《老子》：「不欲碌碌如玉，落落如石。」馮賦用此。王弼以爲「琭琭然」。《唐韵》以爲「娽娽」。王逸《九思》云：「哀世兮睩睩。」《莊子·漁父》云：「禄禄而受變於俗。」《史記》：「毛遂云：『公等録録。』」《漢書·蕭何贊》：「當時録録，未有奇節。」顔師古《注》云：「録録，猶鹿鹿，言在凡庶之中也。」《馬援傳》云：「今更共陸陸。」則是一字而八變其體。

丸

馬融《長笛賦》：「丸梃彫琢。」

吴旦生曰：《注》：「丸，折也。」按《韓詩外傳》：「松柏丸丸。」薛君《注》云：「丸，取也。蓋取而伐斲之，使其圓且澤，故曰丸丸。」則訓「折」者與「取」同義。楊升庵謂：「《山海經》『鳳卵』作『鳳丸』。又建木，其葉如羅，其實如欒。欒即卵也。古字『丸』、『卵』、『欒』皆通，何也？彈丸之形如雞之卵，故卵可借丸。梓人伐材，謂之欒削，其刻木爲鳥獸形者曰雕欒匠，謂欒削其木丸如卵也。」此升庵以訓《詩》「松柏丸丸」，謂毛氏解「丸丸」爲「直」恐非。然以訓賦之「丸梴」更切，蓋「丸梴彫琢，刻鏤鑽笮」，合言之，皆所以成器也。

篴

《夢谿筆談》曰：「馬融《長笛賦》：『裁以當篴便易持。』李善《注》：『篴，馬策也。裁笛以當馬篴，便易持。』此謬説也。笛安可爲馬策？篴，管也。古人謂樂之管爲篴，故潘岳《笙賦》云：『脩篴内辟，餘簫外逶。』『裁以當篴』者，餘器多裁衆篴以成音，此笛但裁一篴，五音皆具。當篴之工，不假繁猥，所以便而易持也。」《西谿叢語》曰：「據《説文》，『篴』、『撾』並音張瓜反，箠也。不聞以篴爲樂管。潘岳《笙賦》乃用『檛』字云：『脩檛内辟。』《注》云：『脩，長；檛，大；辟，開也。』自與『篴』字不同。言羌人裁之以當馬策，言易執持而復可吹也。牽强爲説，殊無義理。」

吴旦生曰：馬策之説固非。蓋本文「使易持」，《夢谿》作「便易持」，恐誤。然余觀《選注・笛賦》云：「篴，管也。古人謂樂之管爲篴。」又《選注・笙賦》云：「脩檛，長管也；餘簫，衆管也。」兩注自甚明確。况長管正所謂長笛也，字異而器同，又何支説之有。

按《周禮》：「笙師掌教龡竽、笙、塤、籥、簫、篪、篴、管。」鄭司農謂：「篪，七孔，音池。」杜子春謂：「讀『篴』爲『蕩滌』之『滌』，六孔，即『笛』之古字也。」馬融之所謂「長笛」者，本四孔，京房加一孔於下，爲商聲。沈約《宋書》所云：「京房備其五音也。」觀李善於賦題下注云：「七孔，長一尺四寸。」此乃今之横笛，在鼓吹曲謂之横吹。而以此注羌人截竹之笛，此真謬説，蓋羌笛與雅笛不同器也。《文獻通考》云：「唐之七星管，古之長笛也。其狀如篪而長，其數盈尋而七竅。」顧況《七星管歌》曰：「龍吟四澤欲興雨，鳳引九雛驚宿烏。」余以爲亦誤認耳。

荷

王延壽《魯靈光殿賦》：「荷天衢以元亨。」

吴旦生曰：《易經》：「何天之衢。」程子云：「『天之衢亨』，誤加『何』字。」朱子云：「『何天之衢』，何其通達之甚也，讚之也。」王晦叔云：「『何』當作『行』。惟梁武帝以『何』作『荷』，負也，乃與延壽同。」余深契其言。此與《詩·商頌》「何天之龍」作「荷天之寵」同一旨趣。又班婕妤《自悼賦》：「何性命之淑靈。」《注》云：「何，任也，負也。」

歷代詩話卷十五　丙集三

苒谿　吳景旭旦生氏著

賦　卷上之下

宓妃

曹植《洛神賦》：「臣聞河洛之神，名曰宓妃。」

吳旦生曰：屈子《天問》：「妻彼雒嬪。」蓋言羿夢與洛神宓女交也。子建改賦而名「洛神」，儻亦有託於此乎？「宓妃」，一作「虙妃」。《離騷》「求虙妃之所在」，《注》云：「虙妃，伏犧氏女。溺洛水而死，遂爲水神。」一作「密妃」。劉向《九歎》云：「迎密妃於伊雒。」按《説文》：「虙，房六反。虎行貌。」「宓，美畢反。安也。」《集韵》：「虙與伏同。虙犧氏，蓋姓也。」「宓與密同，亦姓也。俗作密，非是。」顔之推云：「宓字本从虍。虙子賤即伏犧之後，濟南伏生又子賤之後。」則知「虙」、「伏」古通用，俗書作「宓」，或加「山」而轉爲密音耳。

祓除

劉楨《魯都賦》：「素秋二七，天漢指隅。人胥祓除，國子水嬉。」

吴旦生曰：《野客叢書》云：「觀《漢書》：『八月祓於灞上。』劉楨賦又用七月十四日，因知漢人祓除亦有在秋間者，不必春暮。自漢以前，上巳不必三月三日，必取巳日。自魏以後，但用三月三日，不必巳也。」然余觀《漢·禮儀志》：「三月上巳，士流祓禊飲酒於東流。」則是漢仍於三月用巳日，但不拘三日。魏定於三日，不拘用巳爾。後見楊升庵云：「禊有春禊、秋禊。王右軍蘭亭脩禊，此春禊也。馬融《西第頌》云：『西北戌亥，夅石承輸。蝦蟇吐瀉，庚辛之域。』劉楨《魯都賦》：『素秋二七，天漢指隅，人胥祓禳，原本作「祓除」，升庵改爲「祓禳」，想以「除」與「隅」韵腳有妨也。然古韵正不拘此。《齊都賦》：「青陽季月，上除之良。無小無大，祓於水陽。」蓋取除不祥之義，謂上巳爲上除也。依原本作「祓除」爲是。國子水嬉。』此七月十四日，指秋禊也。」

登樓

王粲《登樓賦》：「挾清漳之通浦兮，倚曲沮之長洲。背墳衍之廣陸兮，臨皋隰之沃流。北彌陶牧，西接昭丘。華實蔽野，黍稷盈疇。」

吴旦生曰：王仲宣避難荆州，依劉表，作《登樓賦》，後人因稱爲仲宣樓。五臣《注》謂：「登江陵城樓而有此作。」王弇州《仲宣樓記》云：「江陵有仲宣樓，後襄陽有樓，亦曰仲宣。」而周紹稷修《楚乘》，斷以屬之襄陽。其旨以劉表始至宜城，討平諸賊，北據漢川，以臨中土，幾十五年。而其子琮，始降曹氏。蓋終始不離襄陽，而江陵特其支郡。仲宣之依表，爲幕下參佐，不應去襄陽而登江陵之郡樓也。盛弘之《荆州記》則直以爲當陽，其所稱「陶牧」、「昭丘」云：「江陵西有陶朱公冢，又當陽東南七十里有楚昭王墓，登樓則見之。」按張華《志》稱：「范蠡葬南郡之華容。」又云：「濟州平陰家陶公山，山有陶朱公塚。」則所謂「陶牧」者未必確。而楚昭王避吴去郢，北徙鄀，爲襄州之樂鄉。其所謂「昭丘」者，亦未必不在襄之近境也。賦云「曲沮」，《注》引《地理志》：「漢水房陵東山，沮水所出。」今房陵實爲襄壤邑，而沮水至郢入江，故不走江陵道。然酈道元謂：「沮水南逕麥城西，又南逕楚昭王墓，東對麥城。」而據此賦語爲證，則仲宣之所登者一，而後人之所擬者三。其在襄陽，去賦事辭稍遠，而於理爲近也。

玄的

王粲《神女賦》：「施玄的兮結羽釵。」

吴旦生曰：「的」，子藥切。《藝文類聚》作「華的」。按《釋名》：「以丹注面曰的。的，灼也。此本天子諸侯有群妾者，以次奉御。有月事者，止而不御。重以口説，故注此於面，灼然而識也。」張景陽《扇賦》：「皎質皦鮮，玄的點絳。」潘岳《芙蓉賦》：「丹輝拂紅，飛須垂的。」傅玄《鏡賦》：「點雙的以發姿。」繁欽《弭愁賦》：「點圜的之熒熒。」

《黄帝内經》云：「女子二七而天癸至，月事以時下。」《史記》云：「濟北王侍者韓女病，月事不下。」又《五王世家》：「程姬有所避，不願進。」《妝樓記》云：「紅潮，謂桃花癸水也。又名入月。」王建詩：「密奏君王知入月。」《堯山堂外紀》云：「陶穀奉使江南日，韓熙載遣家妓奉盥匜。及旦，以書謝曰：『巫山之麗質初臨，霞侵鳥道；洛浦之妖姿自至，月滿鴻溝。』舉朝不能會其辭。熙載召家妓訊之，云是夕忽當浣濯。」

《群碎録》云：「絆變，婦人有汙也。絆變，月事也。」《漢律》云：「見姅變不得侍祠。」田子藝云：「幼女未通，老媪當絶，故其字從半女。」

陽馬白間

何晏《景福殿賦》：「承以陽馬，接以圓方。」又云：「皎皎白間，離離列錢。」

吴旦生曰：吕向《注》：「陽馬，屋四角引出以承短椽者，相連接，或圓或方也。」此言誠是。

馬融《西第頌》：「騰極受檐，陽馬承限。」卞蘭《許昌宫賦》「覩陽馬之承阿」，亦謂此。

張銑《注》：「白間，窗也。以白塗之，畫以錢文，猶綺疏、青瑣之類。」此言有二失焉。按：白間即今菱花窗牖，音格。則其亮牖處自生虛白，非以白塗其上也。杜子美詩：「白間剥畫蟲。」《漫叟詩話》：「嘗以『白間』對『黄裏』。」蔡邕《獨斷》云：「黄屋者，蓋以黄爲裏也。」《雪浪齋日記》云：「退之《鐙花》詩所用『黄裏』事，見《前漢》『黄屋』注中。」又按：列錢，金釭音工，俗讀之音江，非。也。《雋言》云：「《趙后傳》：『壁帶往往爲黄金釭。』服虔《注》：『釭，壁中之横帶也。』晉灼《注》：『以金環飾之也。』師古《注》：『壁帶，壁之横木，露出如帶者也。於壁帶之中，以金爲釭，若車釭之形也。』」據此則「列錢」乃與「白間」對舉言之者，豈謂白塗之爲錢文哉？如班孟堅《西都賦》：「金釭銜璧，是爲列錢。」此其義益明。吕延濟《注》：「金釭，鐙盞也。錮璧於中，故言銜。行列於室，有似列錢。」蓋誤認「金釭」爲鐙，又譌「璧」字作「壁」，附會舛錯。此等注，有誤後人不淺矣。

歷代詩話卷十六　丙集四

荈谿　吴景旭旦生氏著

賦　卷中之上

金馬碧雞

左思《蜀都賦》："「金馬騁光而絶景，碧雞倏忽而曜儀。」

吴旦生曰：金馬山在雲南府城東，碧雞山在雲南府城西。漢宣帝時，方士言益州有金馬、碧雞，可祭禱而致，乃遣王褒入蜀求之。《滇略記》云：「古阿育王有龍馬，三子皆欲之。王意在季子，以轡私授之。縱馬逸，乃下令三子，捕得者以馬與之。長子意馬渴必飲滇池，仲子意馬必過甸中，伺而邀之，俱不獲。季子往東松林，以轡引馬，遂獲之。二子恥之，長没於碧雞山下爲神，仲没於巖頭，曰上甸景帝。季亦没於松林，即金馬景帝也。」

鈲摫

左思《蜀都賦》：「藏鏹巨萬，鈲摫兼呈。」

吴旦生曰：《方言》：「梁、益之間，裁木爲器曰鈲，劈歷反。裂帛爲衣曰摫。音規，皆折破之名也。蓋言卓、鄭之隆富也。」謝靈運《山居賦》：「銅陵之奥，卓氏充鈲摫之端。」

肸蠁

左思《蜀都賦》：「景福肸蠁而興作。」

吴旦生曰：肸蠁，蟲類，濕生蟲也，群望之如氣之布寫。言景福之興，有如此蟲，群飛而多也。《説文》：「蠁，知聲蟲也。」《爾雅》：「圓貉蟲蠁。」郭璞云：「蛹蟲。」《廣雅》：「土蛹也。」《金壺字考》云：「肸，黑乙切。蠁，音向。」毛晃云：「古『蠁』字作『向』。」晉大夫羊舌肸，字叔向。《左傳釋文》：「音香兩切，取肸向蠁布之義。」《漢書・天文志》作「鄉」。《莊子》作「嚮」。揚雄《甘泉賦》作「薌」。漢隸作「響」，又作「蠁」，又作「韾」。《吴都賦》：「芬馥肸蠁。」《上林賦》：「郁郁霏霏，衆香發越。肸蠁布寫，晻薆咇茀。」司馬彪云：「肸，過也。芬芳之過，若蠁之布寫也。」杜篤

《袚禊賦》：「蘭蘇肸蠁，感動情魂。」揚雄《羽獵賦》：「蠁曶如神。」

東風

左思《吴都賦》：「東風扶留。」

吴旦生曰：《注》：「東風，草名。」何燕泉云：「郴之桂陽，産風葉。充茗飲，能愈頭風。亦可浸酒，性微熱。」楊升庵云：「《玉篇》作『菄風』，即此也。郴桂在三國屬吴，則《吴都賦》『東風』爲此物無疑。」蓋既以爲草也。後觀《詞林海錯》云：「菄風，菜名，通作『東』字。」《天中記》云：「東風菜，陸生。置肥肉作羹，味如酪，香氣似馬蘭。」《統志》云：「肇慶府出斷續藤，一名東風菜。」《食物本草》云：「東風菜，味甘寒，無毒。此菜生平澤，莖高二三尺，葉似杏葉而長。先春而生，故有東風之號。」則又列於菜矣。元遺山詩：「流年又見東風菜，欒土空懷北斗城。」

《注》：「扶留，藤也。」余按《異物志》云：「古賁灰即牡蠣灰。與扶留、檳榔三物合食，乃善也。」俗曰：「檳榔、扶留，可以忘憂。」楊升庵云：「檳榔蔞子，名扶留藤。」《本草注》以蒟醬爲檳榔蔞子，非也。《一統志》作「浮留藤」，出雷州海康。

長洲

左思《吴都賦》：「佩長洲之茂苑。」

吴旦生曰：《元和郡縣志》謂：「苑在長洲縣西南七十里。」此誤認《吴都賦》之「長洲」，以爲蘇州之長洲縣矣。殊不知長洲以縣名，自唐武后時始，豈晉左思之所云邪？按《漢・郡國志》：「廣陵郡東陽縣有長洲澤，吴王濞都廣陵，其太倉在此。」東陽，今盱眙縣。故《漢書》：「枚乘説吴王云：『圈守禽獸，不如長洲之苑。』」服虔《注》謂：「吴苑。」韋昭《注》謂：「長洲，在吴東。」蓋指廣陵之吴也。隋虞綽撰《長洲玉鏡》，乃煬帝在江都所作。梁元帝《玄覽賦》：「已築長洲之苑，復實海陵之倉。」唐虞世南詩：「高臺臨茂苑，飛閣跨澄江。」亦可證。

升越

左思《吴都賦》：「焦葛升越，弱於羅紈。」

吴旦生曰：越，草名，蒲屬，可緝爲布。《越絶書》：「白越，細布也。」《後漢・馬后傳》：「白越三千端。」《潛夫論》：「葛子升越，筒中女布。」盛弘之《荆州記》：「秭歸縣室多幽閒，其女盡織布，至數十升，謂之升越。」

《荀子》：「貨財粟米者，彼將日月棲遲薛越之中野，我今將畜積并聚之於倉廩。」賈閏甫謂李密云：「民以食爲天，而有司曾無愛惜，屑越如此。」《通鑑注》：「屑越，猶言狼籍而棄之也。」「薛越」，《注》不解。今知皆草也，謂其棄於草間。

吴鉤

左思《吴都賦》：「吴鉤越棘。」

吴旦生曰：《吴越春秋》：「闔閭作金鉤。有人殺其二子，以血釁金，遂成二鉤，獻於王。王舉衆鉤示之：『何者是也？』鉤師呼二子之名曰：『吴鴻、扈稽，我在於此。』二鉤飛著父之胸。王大驚。」此所謂「吴鉤」也。《玉堂閒話》云：「吴鉤者，刀彎，故名。今南蠻名之曰『葛黨刀』。」此則以「吴鉤」爲刀矣。杜子美詩：「含笑看吴鉤。」《注》云：「吴王劍名。」鮑昭詩：「錦帶佩吴鉤。」《注》云：「劍類。」此又以「吴鉤」爲劍矣。然觀李益詩：「腰懸錦帶佩吴鉤。」全用鮑昭句。李涉詩：「腰佩吴鉤位飛將。」韓翃詩：「結束佩吴鉤。」李白詩：「吴鉤雙雪明。」按：此皆言佩環之類，非刀劍也。《吴越春秋》：「薛燭善相劍。越王取純鉤示之，燭曰：『觀其文，如列星之行，此純鉤也。』」然則作劍用者，宜舉純鉤，不宜舉吴鉤爾。

猩猩　蠻蠻

左思《吴都賦》：「猩猩啼而就擒，蠻蠻笑而被格。」吴旦生曰：《周書·王會》〔一〕：「狌狌若黄狗，人面能言。」一作「生生」。《山海經》：「狌狌知人名。其爲獸，如豕而人面。」《禮記》：「猩猩能言，不離禽獸。」《爾雅》：「猩猩小而好啼。」《廣志》云：「猩猩似狟，聲如小兒啼，不聞其言。出交趾封谿縣。」《水經注》云：「武平封谿縣有獸曰猩猩，猨形人面，容顏端正，善與人言。音聲妙麗，如婦人對語。聞之無不酸楚。」《孫卿子》云：「猩猩能言笑，亦二足，無尾。」《吕氏春秋》云：「肉之美者，猩猩之脣。」《淮南子》云：「歸終知來，猩猩知往。」郭璞《讚》云：「能言之獸，是謂猩猩。厥狀似猴，號音若嚶。」

【校勘記】

〔一〕「周書」原作「周禮」。按《王會》乃《逸周書》（即《周書》）篇名，此蓋誤刻，因改。本書多誤《周書》爲《周禮》，下徑改。

《周書·王會》：「費費，其形人身，反踵自笑，笑則上脣翕其目。食人。」《注》：「費費曰梟羊。」張衡《玄圖》云：「梟羊喜獲，先笑後愁。」《漢書注》云：「嘄陽，費費也。」揚雄《羽獵賦》：「蹈飛豹，羂嗚陽。」《山海經》：「梟陽國在北朐之西。其爲人，人面長脣，黑身，有毛，反踵，見人笑亦笑，左手操管。」《注》云：「《海内經》謂之『贛音感。巨人』。今交州南康郡深山中皆有此物也。南康有贛水，以有此人，因以名水。」郭璞《讚》云：「狒狒怪獸，被髮操竹。獲人則笑，脣蔽其目。終亦號咷，反爲我戮。」《物類相感志》云：「狒狒出西南蠻。」《本草》云：「宋建武中，安昌縣主簿韋文禮進萬萬，雌雄兩頭。帝曰：『聞萬萬能負千鈞，何能致之？』彼土人丁巒進曰：『萬萬見人喜笑，則上脣掩其目。人以釘釘著額上，任其奔馳，候死而取之。』」按：《廣韵》作「䴷」。《說文》作「禺」。周成王時，州靡國獻䴷。《爾雅》作「狒」。《玉篇》音扶沸反。李賀詩作「䴷」。許渾詩又作「䴷」。

巴蛇

左思《吴都賦》：「屠巴蛇，出象骼。」

吴旦生曰：《楚辭》：「一蛇吞象，厥大何如？」《山海經》：「巴蛇吞象，三歲而出其骨。君子服之，無心腹之疾。」《潯江記》：「羿屠巴蛇於洞庭，其骨若陵，故曰巴陵。」則知古人下筆，即一「屠」字，亦必有出也。

宿

左思《吴都賦》：「思假道於豐隆，披重霄而高狩。籠烏兔於日月，窮飛走之棲宿。」

吴旦生曰：此「宿」字音秀，與「狩」叶，乃是借韵耳。《搜采異聞録》云：「二十八宿，宿音秀。若考其義，則止當讀如本義。」《釋名》云：「宿，宿也，言星各止住其所也。」《説苑·辨物》篇云：「天之五星，運氣於五行。所謂宿者，日月五星之所宿也。」《避暑録話》云：「二十八星謂之舍，或謂之宿。宿者，止其所居也。」《論衡》云：「二十八宿爲日月舍，猶地有郵亭，爲長吏廨矣。」《晉·天文志》云：「四布於方各七，爲二十八舍。」據此則「宿」當音肅。按：《史記·律書注》亦作「秀」、「肅」二音。《陰符》：「天發殺機，移星易宿；地發殺機，龍蛇起陸。」又古語：「知星宿，衣不覆。」觀「宿」與「陸」、「覆」叶，則其音肅明矣。

三江

左思《吴都賦》：「觀魚乎三江。」

吴旦生曰：韋昭云：「吴松江、錢塘江、浦陽江。」郭璞云：「岷江、浙江、松江。」王安石云：

「一江自義興，一江自毗陵，一江自吴縣。」顔師古云：「北江、中江、南江。」蘇東坡云：「岷山之江爲中江，嶓冢之江爲北江，豫章之江爲南江。」曾氏云：「北江、中江皆禹所導，南江乃其故道，故經不志。」《吴地記》云：「松江東北行七十里，得三江口。東北入海爲婁江，東南入海爲東江，并松江爲三。」《史記正義》云：「三江者，在蘇州東南三十里，名三江口。一江西南上七十里至太湖，名曰松江，古笠澤江；一江東南上七十里白蜆湖，名曰上江，亦曰東江；一江東北下三百餘里入海，名曰下江，亦曰婁江。於其分處，號曰三江口。」蓋衆説紛紛，要當以此爲正。

緑醽

左思《吴都賦》：「飛輕軒而酌緑醽。」吴旦生曰：「緑醽」當作「渌酃」。《湘中記》云：「衡陽縣東有酃湖，周二十里，深八尺，湛然緑色。土人取以釀酒，其味醇美。晉武平吴，始薦酃酒於太廟。」《荆州記》：「杜佑云：『衡州衡陽縣，漢酃地。』」孟康云：「酃音零。」又云：「渌水出豫章郡康樂縣。其間有井官，取水爲酒。與湘東酃湖，年常獻之。世稱酃渌酒。」鄒陽《酒賦》云：「其品類則沙洛渌酃，程鄉若下。」《龍城録》云：「魏徵能治酒，有名曰醽渌、翠濤。常以大金罌内貯盛十年，飲不敗其味，即世所未有。太宗有詩賜公云：『醽渌勝蘭生，翠濤過玉薤。』公釀此酒，得大宛之法。司馬遷所謂

『富人藏萬石蒲萄酒，數十歲不敗』者乎？」

洗兵

左思《魏都賦》：「洗兵海島，刷馬江洲。」

吴旦生曰：《説苑》：「武王伐紂，風霽而乘以大雨。散宜生諫曰：『此非妖與？』王曰：『非也，此天洗兵也。』」《六韜》：「武王問太公：『雨輜車至軫，何也？』對云：『洗甲兵也。』」《魏武兵要》云：「大將將行，雨濡衣冠，是謂洗兵。」梁簡文詩：「洗兵逢驟雨，送陣出黄雲。」杜子美《洗兵馬行》：「安得壯士挽天河，淨洗甲兵長不用。」皆本周武語也。《裴行儉碑》云：「洗兵諸真之水，刷馬草心之山。」直是脱胎左賦矣。

二嬴

左思《魏都賦》：「億若大帝之所興作，二嬴之所曾聆。」

吴旦生曰：虞喜《志林》：「秦穆公夢之天帝所，奏鈞天廣樂，賜以金策祚世之業。當時有諺曰：天帝醉秦暴，金誤隕石墜。」張衡《西京賦》：「昔者大帝悦秦繆公而覲之，饗以鈞天廣樂。帝有醉焉，乃爲金策，錫用此土，而翦諸鶉首。」自井至柳謂之鶉首之次，秦之分野。庾信《哀江南賦》：「以鶉首而賜秦，天何爲而此醉？」李商隱詩：「自是當時天帝醉，不關秦地有山河。」此則秦事也。趙簡子亦曾夢天帝奏鈞天廣樂，而趙與秦同祖，故云「二嬴」。

餘糧

《野客叢書》曰：「晉左思賦：『餘糧棲畝而弗收。』後晉干寶、宋劉裕皆有是語。近時場屋中用《南史》劉裕所言出處，出『餘糧棲畝』省題詩，而不及左思，是失所先後矣。又考此語非始於思，在思之前蓋嘗有是言矣。觀蔡邕集中《胡公碑》云：『餘糧棲於畎畝。』知左思此語祖邕也。」

吴旦生曰：觀《子思子》云：「東户季子之時，道上雁行而不拾遺，餘糧宿諸畝首。」則知此語在漢以前有之，何止左思《魏都賦》也。

歐陽詹頌云：「賸音盛。蔬雲矗音搠。以委圃，餘糧岳峙而棲畝。」《注》：「言如鳥之棲宿也。」

房子

左思《魏都賦》：「緜纊房子。」

吴旦生曰：曹操夫人《與楊彪夫人書》：「送房子官緜百斤。」《古文苑》作「官錦」，誤。《晉陽秋》：「有司奏調房子睢陽緜，武帝不許。」《隋圖經》云：「常山高邑縣房子城出白土，細滑膏潤，可以塗飾。兼用之濯緜，可致鮮潔。一名赤石岡。」《水經注》云：「房子城西出白土，細滑如膏，可用濯緜，色奪霜雪，光彩鮮潔，異於常緜。俗以爲美談，言房子之纊也，抑亦蜀之濯錦江矣。歲貢其緜，以充御府。」梁元帝《玄覽賦》：「飛新梅於倡粉，拂輕絮於房緜。」

夥　够

左思《魏都賦》：「繁富夥够，非可單究。」

吴旦生曰：《方言》：「齊宋之郊、楚魏之際曰夥。音楇。」《陳涉世家》云：「涉故人嘗與庸耕者入宫，見宫殿帷帳，客曰：『夥頤，涉之爲王沈沈者！』」《注》：「楚謂多曰『夥頤』。」《廣雅》：「够，多也。」今人謂多曰「够」、少曰「不够」是也。「够」音遘，與「究」叶。五臣《注》作平聲讀，誤。

雲　罕

潘岳《籍田賦》：「雲罕晻藹。」

吴旦生曰：《注》：「雲罕，幡也。」司馬相如《上林賦》「載雲罕」，《注》云：「罕，畢也。前有九流雲畢之車。」按《齊》、《陳》、《梁書》：「儀衛有旄頭雲罕。」《宋志》：「魏命晉王建天子旌旗，置旄頭雲罕。」徐廣《注》：「『雲罕』，疑是『畢罕』。」《詩序》云：「齊侯田獵畢弋。」徐爰云：「天文，畢昴之中，謂之天街。故車駕以畢罕前引。畢方昴員，因其象。」《星經》：「昴一名旄頭，故使執之者冠皮毛之冠也。」沈約謂：「畢網旄頭，《周禮》不載，此非古制。然則所謂『畢網』即雲罕。」唐李乂詩：「麗日祥煙承罕畢，輕荑弱草藉衣簪。」

脱臏

潘岳《西征賦》：「筑聲厲而高奮，狙潛鉛以脱臏。」

吴旦生曰：史稱荆軻之客高漸離，變姓名，以擊筑事始皇，乃置鉛筑中擊之。王充《論衡》云：「漸離舉筑擊秦王，中臏，秦王病瘡死。」此秦史所諱，故《史記》不及載。潘賦乃用《論衡》故實也。狙，伺候也。脱臏，言脱去王之膝蓋也。

野蒲

潘岳《西征賦》：「野蒲變而成脯，苑鹿化以爲馬。」

吴旦生曰：銑《注》謂：「趙高欲爲亂，恐群臣不聽，乃先設驗。以蒲爲脯，以鹿爲馬，獻於二世。群臣言蒲言鹿者，皆陰誅之。」《困學紀聞》云：「指鹿束蒲，高欲愚其君，而不能愚子嬰。」《古今注》、《風俗通》皆載蒲、鹿二事，自《史記》但載指鹿爲馬，故今人知指鹿而不復知變蒲也。鄭玄《禮器注》云：「趙高欲作亂，或以青爲黑，黑爲黄。民言從之，至今語猶存也。」後漢崔琦對梁冀曰：「將使玄黄改色，馬鹿異形乎？」此語亦世罕知。

《野客叢書》云：「征有二義，有征行，有征伐。文字中有以『東征』、『西征』爲名者，不可不審。如曹植《東征賦》，崔駰、徐幹《西征賦》，班固、傅毅《北征頌》，此皆述征伐之征，非征行之謂也。如袁宏、班昭《東征賦》，潘岳《西征賦》，張纘《南征賦》，班彪《北征賦》，此正述征行之征，非征伐之謂也。」

彪

潘岳《秋興賦》：「斑鬢彪以承弁兮，素髮颯以垂領。」

吴旦生曰：五臣《注》：「彪，髮下垂貌。」李善《注》「彪」作「髟」，音方料切。庾信《竹杖賦》：「髮種種而愈短，眉髟髟而競長。」《説文》：「彪，白黑髮雜也。」此即岳《序》「春秋三十有二，始見二毛」邪？按蔡邕書：「邕早喪二親，年踰三十，已見二毛。」王獻之攬鏡曰：「村野之人，二毛俱催。」左思《白髮賦》：「雖有二毛，河清難俟。」

按《周易》：「巽爲寡髮。」《釋文》云：「本作『宣髮』。黑白雜爲宣。」《考工記》：「車人之事，半矩謂之宣。」《注》：「頭髮顥落曰宣。」孔氏云：「風落樹之華葉，如人之少髮。」

《輟耕録》云：「人之年壯而髮斑白者，俗曰算髮，以爲心多思慮所致。蓋髮乃血之餘，心主血，血爲心役，不能上蔭乎髮也。」《本草》云：「蕪菁子壓油，塗頭能變蒜髮。」亦作「蒜」。

棗李

潘岳《閒居賦》：「周文弱枝之棗，房陵朱仲之李。」

吴旦生曰：李善《注》：「周文、房陵未詳。」五臣《注》：「房陵縣有李甚美，仙人朱仲來竊食之。」其説皆不佳。按《西京雜記》云：「初修上林苑，群臣遠方各獻名果異樹，有弱枝棗。」《拾遺記》云：「穆王東巡大騎之谷，西王母與王共玉帳高會，進陰岐黑棗。北極有岐峰之陰，多棗樹，百尋，枝莖皆空。實長二尺，核細而柔，百年一實。」夫岐乃周文所居，當指此也。

《荆州記》云：「房陵有好李。」《廣志》云：「有房陵李。」《述異志》云：「房陵定山，有朱仲李園三十六所。李尤《果賦》『三十六園朱李』是也。」山中有縹李，大如拳者呼「仙李」。李尤《果賦》：「如拳之李。」陸機《果賦》：「中山之縹李。」又云：「仙李縹而神李紅。」傅玄《李賦》：「房陵縹青。」沈約《詠李》詩：「色潤房陵縹，味奪寒水朱。」按：「房陵」即今湖廣鄖陽府房縣。

萬壽

潘岳《閒居賦》：「昆弟斑白，兒童稚齒。稱萬壽以獻觴，咸一懼而一喜。」

吴旦生曰：岳言家居之時，奉其母以行樂。而得稱萬壽者，古人歡慶之際，上下通稱萬歲，初無避諱，不知何時始專爲君之祝也。馮驩燒債券，民稱萬歲。藺相如奉璧入秦，左右皆呼萬歲。《韓非子》：「巫覡之祝人，曰：『使君千秋萬歲之聲聒耳。』」陸賈奏《新語》，左右皆稱善，呼萬歲。趙臣將兵助馮異，軍中皆稱萬歲。馬援曰：「蒙被大恩，紆被青紫，吏士皆稱萬歲。」耿恭於戰圍中拜井得泉，衆皆稱萬歲。馮魴降群盜，赦其罪，皆稱萬歲。吴良歲旦，王望請上雅壽，掾吏皆稱萬歲。甘寧斬魏將還，作鼓吹，稱萬歲。《急就章》有名「鄧萬歲」，顔《注》云：「猶千秋耳。」

浪孟

《詞林海錯》曰：「潘岳賦：『罔浪孟以惆悵，若欲絶而復歸。』《注》：『浪孟，失志貌。』又，大聲也。」

吴旦生曰：《字學集要》云：「孟，莫更切。勉也，始也。」班固《幽通賦》：「盍孟晉以迨群兮，辰儵忽其不再。」《注》云：「孟，勉也。蓋勉其進而及時爲用。」則與失志之義反矣。《集韵》引向秀云：「孟浪，無取舍之謂。」則是「浪孟」即「孟浪」意耶？然「孟浪」之「孟」又音母朗切，因記《容齋三筆》云：「孟字數義，如孟侯、孟孫、孟春、孟夏，是最長、最先之稱。」《吕后本紀》注引《國語》：「主孟啗我。」《索隱》云：「孟者，且也。」蜀王衍幸徐延瓊第，於壁上戲書「孟」字，蓋蜀中以「孟」爲不佳也。余將以此條補容齋所未備矣。《禮緯》云：「嫡長曰伯，庶長曰孟。」《方言》：「娋，孟姊也。」郭璞《注》亦引《外傳》曰：「孟啖我是也。」《論衡》：「孟年，少年也。」

防露

陸機《文賦》：「寤防露與桑間，又雖悲而不雅。」

吴旦生曰：楊升庵謂：「《注》引東方朔《七諫》『楚客放而《防露》作』，此説謬矣。『楚客』即屈原，忠諫放逐，何得云不雅？」余觀《文選注》云：「《防露》、《桑間》皆淫曲。」又謝莊《月賦》：「徘徊《房露》。」《注》云：「《房露》，古曲也。」「房」與「防」古字通，則是二注未嘗謬也。「防露」者，即「畏行多露」之義。

歷代詩話卷十七　丙集五

苒谿　吴景旭旦生氏著

賦　卷中之中

鷦螟大鵬

張華《鷦鷯賦》：「鷦螟巢於蚊睫，大鵬彌乎天隅。」

吴旦生曰：《列子》：「江浦之間生麽蟲，其名曰焦螟。群飛而集於蚊睫，弗相觸也。棲宿去來，蚊弗覺也。離朱、子羽，方晝拭眥揚眉而望之，弗見其形；䶏俞、師曠，方夜垂耳俛首而聽之，弗聞其聲。惟黄帝與容成子居崆峒之上，同齋三月，心死形廢。徐以神視，塊然見之，若嵩山之阿；徐以氣聽，砰然聞之，若雷霆之聲。」觀此則知《詩》所謂「噦噦其冥」、賦所謂「蟭螟飛而風生」、「蚻蠖逦而成響」也。

按宋玉曰：「鳥有鳳而魚有鯤。」《莊子》：「北冥有魚，其名爲鯤。化而爲鳥，其名爲鵬。」崔譔云：「鵬音鳳。」又按《説文》云：「古文『鳳』，象形。鳳飛，群鳥從以萬數，故以爲朋黨字。」宋莒公云：「『朋』字象鳳羽之形，非兩月也。」余觀古字「朋」作「[illegible]」、「鳳」作

「[illegible]」，「朋」及「鵬」皆古文「鳳」字。張舜民不知此義，漫謂《白氏六帖》録禽遺大鵬。蓋白既録鳳，不復録鵬爾。

西

楊升庵曰：「嵇康《琴賦》：『春蘭被其東，沙棠植其西。音先，叶。涓子宅其陽，玉醴涌其前。』趙壹《窮鳥賦》：『幸賴大賢，我矜我憐。昔濟我東，今振我西。』魏明帝：『涼風夕起，悲彼秋蟬。變形易色，隨風東西。』曹子建《飛蓬篇》：『驚飆接我出，故歸彼中田。當南而更北，謂東而反西。』又《尚書大傳》：『西方者，遷方也，萬物遷落也。』《前漢志》：『少陰者，遷方。』漢樂府：『象載瑜，白集西。食甘露，飲榮泉。』《文選注》『西施』作『先施』。《史記》『先俞山』，即『西隃』也。」

吴旦生曰：賦中此四「其」字，指椅梧而言也。椅梧，桐也。下又云：「玄雲蔭其上，翔鸞集其巔。清露潤其膚，惠風流其間。」凡八「其」字，皆指桐。蓋經營其左右者，皆神麗之物，則桐之爲琴材，必善矣。按：「西」字與前「巔」、「間」叶，則「西」音先，蓋古音也。升庵箋釋此等處，固自不可泯滅。《禮記》：「日出於東，月出於西。陰陽長短，終始相巡，以致天下之和。」「西」音先，「巡」音沿，「和」音桓。

孫枝

嵇康《琴賦》：「乃斲孫枝，準量所任。至人攄思，制爲雅琴。」吴旦生曰：銑《注》：「孫枝，側生枝也。」按《周禮注》云：「孫，枝之根末生者也。」蓋桐孫亦然。《風俗通》云：「梧桐生於嶧山之陽，巖石之上。采東南孫枝爲琴，聲極清麗。」庾信《詠樹》詩：「楓子留爲式，桐孫待作琴。」陸龜蒙詩：「桂父舊歌飛絳雪，桐孫新韵倚玄雲。」東坡云：「凡木本實而末虚，惟桐反之。試取其小枝削之，皆堅實如蠟，而其本皆虚。世所以貴孫枝者，貴其實也。」然則李長吉《聽琴歌》云：「嶧陽老樹非桐孫。」此非知琴者矣。

水物

郭璞《江賦》：「玉珧海月，土肉石華。」

吴旦生曰：《海物異記》云：「江瑶柱，厥甲美，如瑶玉。玉音裕。三字一句，三句一韵。肉柱膚寸，名江瑶柱。」《侯鯖録》引此語，謂：「『瑶』當作『珧』。世人不用此『珧』字，是未知耳。」今按：此「珧」字乃自《江賦》中來也。張樞言云：「四明海物，江瑶柱第一。」王荆公曰：「『瑶』字當作『珧』，如蛤蜊之類，即韓文公所謂『馬甲柱』也。」蘇東坡謂：「魯直詩文如蝤蛑、江珧柱。」又言：

「荔枝可比江珧柱。」皆作此「珧」字。陸放翁云：「明州有二種，大者江瑶，小者沙瑶。然沙瑶可種，逾年則成江瑶矣。」王弇州云：「奉化四月間，南風乍起，江瑶尚一，再上可得三四百枚，或連歲不上。如蚌而稍大，中肉腥而肕，不中口。僅四肉牙佳耳，長可寸許，圓半之，白如珂雪。以嫩雞汁熱過之，一沸即起，稍久則味盡矣。甘鮮脃美，不可名狀，此所謂柱也。」

謝康樂詩：「揚帆采石華，挂席拾海月。」議者以二句終是合盤，而不知其用賦語也。《異魚圖贊》云：「海物正圓，名曰海月。指如搔頭，有緣無骨。」《臨海志》云：「海月大如鏡，白色。石華附石生，肉可啖。」

「土肉」，一作「吐納」，非是。《臨海志》云：「純黑，如小兒臂大，長五寸，重五六斤。有腹無口，目有三寸，足大如釵。脯堪炙食。」按：此即江鄰幾所稱「廬州河次得一小兒手，無指，懼而埋之。後以問人，人曰『《白澤圖》所謂封食之多力者』也」。

石蛣

郭璞《江賦》：「石蛣應節而揚葩。」

吴旦生曰：《荀子》：「東海有紫紶魚鹽。」「紫紶」即石蛣也。江淹《石蛣賦》又名「紫𧄍」。或作「蘬」，非。謝脁詩：「紫𧄍曄春流。」此蚌蛤類也。形如龜腳，得春雨則生花，故云「應節揚葩」。

王維《送元中丞江淮轉運》詩：「去問珠官俗，來經石砝春。」錢起集亦載此詩，改「石蛞」作「右刦」，誤。

一角九頭三足六眸

郭璞《江賦》：「若乃龍鯉一角，奇鶬九頭，有鼈三足，有龜六眸。」

吴旦生曰：《山海經》：「龍鯉陵居，其狀如鯉。」《異魚圖贊》云：「龍魚一角，似鯉居陵。候時而出，神聖攸乘。飛騖九域，騎龍上升。」嘉靖中，屠隆《溟海波恬賦》：「龍鯉一角而馴擾，天吴九首而婆娑。」

《海録碎事》云：「鶬音倉，九頭鳥也。《白澤圖》謂之蒼鸆，《帝嚳書》謂之逆鶬。」《韓詩外傳》云：「孔子見之曰：『鶬也。』嘗聞河上人歌云：『鶬兮鴰兮，逆毛衰兮。一身九尾長兮。』」則不言九頭而言九尾，何也？《嶺表録異》云：「鵋名鵂鶹，夜飛晝伏。又名夜遊女，又名鬼車，又名魚鳥。其頭有九，爲犬所噬，一首常下血，滴人家則凶。故聞其聲，則擊犬使吠以厭之。」《荆楚歲時記》云：「姑獲夜鳴，聞則捩狗。」陸長源《辨疑志》云：「名渠逸鳥，每脰各生兩翅。當飛時，十八翼霍霍競進，不相爲用，至有争拗折傷者。」

《山海經》：「陽狂水西南流，注於伊水中，有三足鼈。」《爾雅》：「鼈三足曰能。」張衡《東京賦》：「能鼈三趾。」按《左傳》：「堯殛鯀於羽山，其神化爲黄熊，以入羽淵。」《國語》作「黄能」。屈氏《天問注》云：「獸非入水之物，故是鼈也。東海人祭禹廟，不用熊白及鼈爲膳，豈鯀化爲二物乎？」東晳《發蒙記》：「鼈，三足能。」《史記正義》：「鯀之羽山，化爲黄熊。熊，乃來切，下三點爲三足也。」楊升庵云：「熊即《左傳》『黄能入寢』之能字，不知何據有三點之説。」余攷「能」有六音，蓋十灰韵中有「能」字，解云：「鼈三足也。」音囊來切。其下不必有點也。「黄能」，音奴登切。《説文》：「能屬，足似鹿。能獸堅中，故稱賢能，而彊壯稱能傑也。」則其下亦不必點也。若「熊羆」之「熊」在一東韵，據「紹興中，永嘉有熊至城下。倅謂熊於字爲能火，宜慎火燭」，則下乃「火」字，當从四點，非三點矣。《易》曰：「離爲鼈。」其亦昭象於火邪？

《爾雅注》云：「君山上有池，池中有六眼龜。」《詞林海錯》云：「嶺南欽州出六眼龜。」《潛確類書》云：「潮州府程鄉縣城西南有六目龜池。」按：南宋明帝泰始間，六眼龜見於東陽，太守劉勰得之以獻。唐睿宗先天間，江州獻靈龜，六眼，足下有玄文。宋太宗時，萬州獻六眸龜。東坡謔呂微仲久睡云：「唐莊宗同光中，林邑國進六眼龜。」庾闡《揚都賦》：「其中則有靈蛟白黿之族，種繁六眸，類豐三足。」劉禹錫《楚望賦》：「雖三趾與六眸，時或加乎一目。」

洞庭

郭璞《江賦》：「爰有包山洞庭，巴陵地道，潛達旁通，幽岫窈窕。」

吴旦生曰：《注》言：「洞庭，地穴也，在長沙巴陵。今吴縣南太湖中有包山，下有洞庭穴，潛行水底，無所不通，號爲地脈。」又觀《博物志》云：「君山有道，與吴包山潛通。上有美酒數斗，得飲者不死。」周洪道云：「洞庭山在吴，而洞庭湖乃在荆襄之閒，地形雖分，而未嘗斷也。」蘇東坡亦嘗有此説。張説《洞庭》詩：「地穴穿東武，江流下西蜀。」然余謂地脈之潛通有如此，而兩洞庭自是異地也。蓋在吴者，道書所謂「林屋洞天」是也；在楚者，《山海經注》所謂「江、湘、沅三水共會於巴陵之洞庭，故稱三湘」是也。《雲麓漫鈔》云：「洞庭有山水之分：吴中太湖内乃洞庭山；楚之洞庭乃大湖，連亘數州。洞庭名同，其判如此。」《麈史》云：「松江有洞庭山。」韋蘇州、皮、陸唱和所言「洞庭」，及蘇子美詩云「笠澤鱸肥人膾玉，洞庭橘熟客分金」，皆在吴矣。今岳州之南所謂「洞庭」者，即《水經注》云「洞庭之陂乃湘水，非江水」，蓋斥此湖耳。比見《岳州集古今題詠》：「刻石龕於岳陽樓，如韋、蘇、皮、陸之屬皆在焉。」乃知地志不可不攷也。

梢雲

郭璞《江賦》：「梢雲冠其嶸。」

吴旦生曰：孫氏《瑞應圖》云：「梢雲，瑞雲也。人君德至則出，若樹木梢梢然也。」《宋史》：「祥符元年，封泰山。十月壬辰，天文院言紫雲如蓋，黄雲如龍鳳，青雲如竹木，名梢雲。」左思《吴都賦》：「梢雲無以踰。」《注》引《漢書·天文志》曰：「梢雲，見梢如樹也。」

栫

郭璞《江賦》：「栫澱爲涔，夾漈羅筌。」

吴旦生曰：皆取魚之具。《説文》：「栫，以柴木壅水也。徂悶切。蜀中有魚栫之名。」《詩經》：「潛有多魚。」「潛」音涔。《小爾雅》：「魚之所息謂之潛。潛，槮也，水中魚舍也。」《爾雅》：「槮謂之涔。」李巡云：「今以木投水中養魚曰涔。」孫炎云：「積柴養魚曰槮。」則「栫」即「涔」也，「潛」、「槮」皆是物也。

奇相

郭璞《江賦》：「奇相得道而宅神。」

吴旦生曰：《廣雅》：「江神謂之奇相。」《江記》云：「帝女也，卒爲江神。」《蜀檮杌》云：「古史：震蒙氏之女，竊黄帝玄珠，汎江而死，化爲此神。即今江瀆廟是也。」《山海經》云：「江瀆神生於汶川。」

滮瀥

木華《海賦》：「滮瀥浩汗。」吴旦生曰：《注》：「滮瀥，廣大貌。」揚雄《羽獵賦》：「虓虎之陳，從横膠輵。」司馬相如《上林賦》：「張樂乎膠葛之寓。」按：「滮瀥」、「膠輵」、「膠葛」，其義同。而若作「樛嶱」，則誤矣。杜子美《自京赴奉化縣詠懷》詩：「君臣留歡娱，樂動殷樛嶱。」王荆公改刊爲「膠葛」字，亦意其用《上林賦》中語乎？

《八朝偶雋》云：「晉木玄虚、孫興公、齊張思光並作《海賦》：『噏波則洪連踧蹐，吹澇則百川倒流』，此玄虚之雄也；『舉翰則宇宙生風，抗鱗則四瀆起濤』，此興公之雄也；『湍轉則日月似驚，浪動則星河如覆』，此思光之雄也。三賦措語，無大懸絶。融後以其賦示徐凱之，凱之曰：『卿此賦實超玄虚，但恨不道鹽耳。』思光即求筆增曰：『漉沙搆白，熬波出素。積雪中春，飛霜暑路。』」

陰火

木華《海賦》：「陰火潛然。」

吴旦生曰：《易》：「澤中有火。」《素問》云：「澤中有陽燄。」《注》：「陽燄如火，煙騰騰而起於水面。蓋澤有陽燄，乃山氣通澤；山有陰靄，乃澤氣通山也。」《拾遺記》云：「西海之西有浮玉山，山下有穴，穴中有水，其色如火。雖波濤灌蕩，其光不滅，是謂陰火。」顧況詩：「陰火暝潛燒。」戴叔倫詩：「古戍陰傳火。」蘇東坡《遊金山》詩：「是時江月初生魄，二更月落天深黑。江心自有炬火明，飛燄照山棲鳥驚。悵然歸卧心莫識，非鬼非仙竟何物。」《注》引《物類相感志》云：「山林藪澤，晦明之夜，則野火生焉。散布如人秉燭，其色青，異乎人火。」

車渠

木華《海賦》：「車渠瑪瑙，全積如山。」

吴旦生曰：南海有車渠，蛤屬也。大者如箕，背有渠壟，如蚶殼。故以爲器，緻如白玉。《尚書大傳》曰：「文王囚羑里。散宜生輩之江淮之浦，取大貝如車渠，陳於紂庭。」鄭康成解之爲渠車。程大昌引此謂：「不知車渠何物。」車者，車也；渠者，轍迹也，《孟子》「城門之軌」是也。則二公不識海物耳。余觀郭璞《江賦》「紫蚢如渠」，乃謂大貝如車渠，正此物也。

鮑昭《白紵歌》：「象牀瑶席鎮犀渠。」徐陵詩：「雕鞍名鏤渠。」蕭統《將進酒》云：「宜城溢渠盌，中山浮羽卮。」皆言車渠也。一作「硨磲」。

疏寮

潘尼《桑樹賦》：「倚層城之飛觀，拂綺窗之疏寮。」吴旦生曰：寮，小窗也。《古詩》：「交疏結綺窗。」劉履《補注》云：「即《漢書》所謂『綺疏』，蓋今之亮格窗，刻鏤疏通，而於交綴之處，以丹青飾爲綺文也。」《蒼頡》云：「寮，小室也。」《説文》云：「寮，穿也。」《天中記》云：「僧寺茗所曰茶寮。」「寮」亦作「僚」。同官爲僚，則同僚即同窗之義。兩壻相謂曰「僚壻」，《釋名》又曰「友壻」，言相親友也。則亦朋僚之義。

琪樹

孫綽《遊天台山賦》：「琪樹璀璨而垂珠。」吴旦生曰：《山海經》：「崑崙之墟，北有珠樹、文玉樹、玗琪樹。」故詞人往往以此入詠。蕭防詩：「琪樹風清鸞去遲。」武伯奮詩：「琪樹年年玉蘂新。」蔡隱丘《詠琪樹》云：「山上天將近，人間路漸遥。誰當雲裏見，知欲度仙橋。」則皆以爲仙樹，非人世所有。然觀梅摯詩：「影借金田潤，香隨璧月流。遠疑玄帝植，近想誌公遊。」乃寶林寺法堂前有琪樹，而摯詠之，則是世亦有此樹矣。

勸農

束晳《勸農賦》：「惟百里之冥吏，各區別而異曹。考治民之賤職，美莫當乎勸農。」吴旦生曰：楊升庵謂：「『農』音猱，與『曹』叶韵。」余按《韓詩内傳》：「東西耕曰從，南北耕曰由。」《管子》：「堯使后稷爲大由。」《錢譜》：「神農幣文『農』作『由』，蓋《説文》無『由』字，『由』與『農』古通用也。」因攷揚雄著《畔牢愁》，「愁」音曹，憂也，與《楚辭》同。則知「勸農」字或古作「勸由」。而「愁」轉爲「曹」，亦可「由」轉爲「猱」耳。

轂

束晳《近遊賦》：「貫雞轂於歲首。」吴旦生曰：「轂」音確，卵孚也。又「毈」音段。《説文》：「卵，不孚也。」《廣韵注》：「卵，壞也。」楊子云：「雌之不才，其卵毈矣。」南北朝柳楷謂蕭寶寅云：「謡言：鸞生十子九子毈，一子不毈關中亂。亂，治也。大王當治關中，何所疑？」寶寅，鸞之子，遂舉兵。韓退之詩：「鵠轂攢環橙。」

牢丸

束晳《餅賦》：「其可以通冬達夏，終歲常施，四時從用，無所不宜，惟牢丸乎？」吴旦生曰：《注》：「曼頭之類。」《藝文類聚》謂：「《餅賦》有『牢丸』之目，蓋食具名也。」余觀盧諶《祭法》云：「春祠用曼頭、餳餅、牢丸，夏秋冬亦如之。」則牢丸洵四時皆宜矣。《酉陽雜俎》引《伊尹書》，有籠上牢丸、湯中牢丸，則是牢丸類曼頭，又類湯餅邪？東坡詩以「牢九具」對「真一酒」，誤以「丸」字作「九」字。陸放翁詩：「蟹供牢九美。」亦誤。

賦中又云：「春則曼頭宜設，夏則莫若薄夜，秋則起溲可施，冬則湯餅爲最。」余按荀氏《四時列饌傳》云：「春祠有曼頭餅，夏祠以薄夜代曼頭。」徐暘《祭記》云：「五月麥熟薦新，起漱白餅。」《世説》云：「何平叔噉熱湯餅，汗出自拭，色轉皎潔。」據此，則晉時自有此食具也。

日及

成公綏《日及賦》：「譬日及之在條，恒雖盡而弗悟。」

吴旦生曰：《説文》：「舜，木槿也。朝華暮落。」一名蕣華，蓋取一瞬之義。一名日及，見《廣記》。一名赤槿，見《羅浮記》。一名玉蒸。見顔延之頌。江總《南越木槿賦》：「日及多名，蕣賓肇生。東方記乎夕死，郭璞贊以朝榮。潘文體其夏盛，嵇賦憫其秋零。」潘尼《朝菌賦序》：「朝菌者，蓋朝華而暮落，世謂之木槿。或謂之日及。」劉禹錫《傷往賦》：「飄零日及之蕚，倏忽蜉蝣之衣。」施肩吾詩：「但看日及花，唯是朝可憐。」

《爾雅》：「椵，木槿。」「櫬，木槿。」《注》云：「别二名也。華朝生夕隕，或呼曰芨。」唐著作局有雙槿樹。盧照鄰作賦，一時競寫，因名著作爲雙槿署。

歷代詩話卷十八　丙集六

岕谿　吴景旭旦生氏著

賦　卷中之下

旦刷晝秣

顔延之《赭白馬賦》：「旦刷幽燕，晝秣荆越。」

吴旦生曰：旦北而晝南，形容馬之疾也。謝莊《舞馬賦》「朝送日於西阪，夕歸風於北都。尋瓊宫於倏瞬，望銀臺於須臾」，亦同此意。杜甫《驄馬行》云：「晝洗須騰涇渭深，夕趨可刷幽與并。」李白《天馬歌》云：「雞鳴刷燕晡秣越。」則直用延年語矣。

出　豕

顔延之《赭白馬賦》：「戒出豕之敗御，惕飛鳥之跱衡。」

吴旦生曰：王子期爲趙簡子御，彘突出溝中，馬驚敗駕。詩話以「出」字不如「突」字。一經道破，便覺「出家」二字眼乖口刺。蓋改本有勝於原本者，此等是也。

盈尺

謝惠連《雪賦》：「盈尺則呈瑞於豐年，袤丈則表沴於陰德。」

吴旦生曰：吕向《注》：「隱公之時，大雪平地一尺，是歲大熟，爲豐年。桓公之時，平地廣一丈，以爲陽傷陰盛之徵。」按《左傳》於隱公云：「平地尺爲大雪。」不言是歲大熟。桓公八年冬十月雨雪，未聞其廣一丈也。唐朱灣《雪》詩：「平地已霑盈尺潤，年豐須荷富人侯。」亦用謝賦意耳。

瓊樹

《詩話類編》曰：「瓊，赤玉也。謝惠連《雪賦》：『林挺瓊樹。』世豈有赤雪耶？李義山詩：『已隨江令誇瓊樹。』李長吉詩：『白天碎碎墮瓊芳。』相承誤用，皆不考之過。」

吴旦生曰：《塵史》亦言：「《説文》以瓊爲赤玉。比見人詠白物，多用之。韓愈《雪》詩：『若非燖鵠鷺，定是屑瓊瑰。』又『馬蹶蹋作瓊瑶跡，爲有詩從鳳沼來。』將别有所稽邪？豈用之不審也。」余觀楊升庵引《詩》「尚之以瓊華」、「尚之以瓊英」、「尚之以瓊黄」，則瓊爲玉之光彩，非赤玉也。又觀《天中記》云：「《詩》『報之以瓊琚』，《傳》：『瓊，玉之美者。琚，佩玉名。』《疏》言：『琚是玉名。』則瓊非玉名，故云『瓊，玉之美者』，言瓊是玉之美名，非玉之名也。」陳張正見詩：「睢陽生玉樹，雲夢起瓊田。」隋王衡詩：「璧臺如始搆，瓊樹似新栽。」據此，則「瓊」訓赤者非是，而謝賦與諸詩自有所出也。

碭突

梁簡文帝《箏賦》：「奔雷碭突而彌固。」

吳旦生曰：「碭」，徒郎切。以「唐」爲「碭」。馬融《長笛賦》：「犇遯碭突。」簡文蓋本此。按：「無鹽唐突西子」，此晉人語也。《孔融傳》：「唐突宮掖。」《魏志》：「豈宜唐突列侯。」劉禹錫《鏡》詩：「瓦礫來唐突。」李白《赤壁歌》：「鯨鯢唐突留餘迹。」《太平廣記》載曹植《牛鬭》詩：「行彼土山頭，欻起相搪突。」王勉夫謂：「『碭』、『唐』、『搪』三字不同，皆一意爾。」

燭銀

江總《貞女峽賦》：「含照曜之燭銀。」

吴旦生曰：《穆天子傳》：「天子之寶，璿珠燭銀。」《拾遺記》：「漢武帝元封元年，浮忻國貢蘭金之泥。此金百鑄，其色變白，有光如銀，即燭銀是也。」郭璞《江賦》：「雲精爞銀。」《注》云：「銀有精光如爞也。」「爞」即「燭」字。梁簡文詩：「燭銀踰漢女。」盧思道詩：「瑞銀光似燭。」蓋指此。至如陳子昂《春夜》詩：「銀燭吐清煙，金尊對綺筵。」賈至《早朝》詩：「銀燭朝天紫陌長，禁城春色曉蒼蒼。」則以「燭銀」作「銀燭」用耳。

雌霓

沈約《郊居賦》：「駕雌霓之連蜷，泛大江之悠永。」

吴旦生曰：郭璞謂：「虹爲霓，俗呼爲美人蜺。」《注》：「雌虹也。」劉敬叔謂：「古有夫妻，荒年菜食而死，俱化成青絳，故呼美人虹。」唐樓穎詩「枝交帝女樹，橋映美人虹」，本此。楊升庵謂：「水虹，屈霓也。滇人呼爲水椿。虹，蜺之短者，沈約所云『雌蜺』，《漢書》所謂『屈虹』也。」按《初學記》云：「凡虹雙出，色鮮盛者爲雄，雄曰虹；闇者爲雌，雌曰蜺。」東方朔《七諫》：「載雌霓而爲旌。」張衡《七辯》：「建雌霓以爲旗。」約語本此。然天文率多以雌雄言者。宋玉《風賦》：「此所謂大王之雄風也」，「此所謂庶人之雌風也。」師曠占云：「春雷初起，其音格格霹靂者，所謂雄雷，旱氣也；其鳴依依，不大霹靂者，所謂雌雷，水氣也。」虞喜《論漢太初曆》云：「歲雄在閼逢，雌在攝提格；月雄在畢，雌在觜；日雄在子。」又云：「甲歲，雄也；畢月，雄也；陬月，雌也。」大抵以十干爲歲陽，故謂之雄；十二支爲歲陰，故謂之雌。

「霓」讀作入聲。《南史》：沈約作《郊居賦》，以草示王筠。筠讀「雌霓」爲「雌鶃」，約撫掌曰：「『霓』字嘗恐人呼爲平聲。」范蜀公召試學士院，用「彩霓」作平聲。考試者判《郊居賦》「霓」五結切，范爲失韵。司馬温公曰：「約賦但取聲律便美，非『霓』不可讀爲平聲也。」然余考「霓」字有不讀平聲者，如張衡《西京賦》：「直墆霓以高居。」《注》：「霓，五結切。」《南都賦》：「或砦嶙而纚聯，或豁爾而中絶。鞠巍巍其隱天，俯而觀乎雲霓。」則「霓」與「絶」叶，皆入聲。又屈原《九章》云：「處雌蜺之標顛。」《注》：「蜺，五訖反。」《遠遊》云：「雌蜺便娟以增撓兮。」《注》：「蜺，五結反。」則約之不作平聲，亦有本也。

翠 茿

江淹《去故鄉賦》云：「北風枿兮絳花落，流水散兮翠茿疏。」

吴旦生曰：「翠茿」一作「�」，草名，蓂莢實也。田俅子云：「堯爲天子，蓂莢生於庭。爲帝成曆，故曰蓂曆。亦謂之曆草。」《帝王世紀》云：「堯有草夾階而生，每月朔生一莢，月半則生十五莢。自十六日一莢落，至月晦而盡。月小則餘一莢，厭而不落。以爲瑞草，名爲蓂莢。」《大戴·明堂》篇又謂：「朱草日生一葉，至十五日，生十五葉。十六日，一葉落。」唐律賦云：「朱草合朔。」

《螢雪叢説》云：「今人祝壽之詞，多用律呂體狀其月，又用蓂莢形容其日。然而誕辰若在月半以前，一日生長一葉，乃是增數，誠爲美事，儘好使也；若在月半以後，一日彫零一葉，乃是減數，實爲語忌，烏可使也？」

孺人稚子

江淹《恨賦》：「左對孺人，右顧稚子。」

吴旦生曰：儲光羲詩：「孺人善逢迎，稚子解趨走。」韓愈詩：「已呼孺人戛鳴瑟，更遣稚子傳清杯。」以此作對，皆自江賦中來。而杜甫詩云：「老妻畫紙爲棊局，稚子敲鍼作釣鉤。」便成韵事。

綸組

蕭子雲《玄圃賦》：「漂青綸之衰折，蕩碧組之髿髟。」

吴旦生曰：《爾雅》：「綸似綸，組似組，東海有之。」郭璞《注》云：「綸，今有秩嗇夫所帶糾青絲綸。組，綬也，海中草生彩理有象之者，因以名云。」左思《吴都賦》「綸組紫絳」，《注》云：「四者皆海中草。揚子所謂『五兩之綸』、仲長統所謂『半通之綬』者也。」

子雲賦：「長卿晚翠，箘子秋紅。」楊升庵謂：「『長卿』，則草中徐長卿，藥名是也。『箘子』，取《本草》偏檢之無有，近觀《齊民要術》云：『箘子，藤生，緣樹木。實如梨，赤如雞冠，核如魚鱗。取生食之，淡泊甘苦。』乃知子雲引用必此物也。」余按《南方草木狀》云：「箘子藤，正月、二月華，四月、五月熟。出交趾、合浦。」《廣志》云：「侯騷，蔓生。子如雞卵，既甘且冷，輕身消酒。又名箘子藤，所謂『箘子秋紅』也。」

蔓支

庾信《哀江南賦》：「章蔓支以轂走，宫之奇以族行。」

吴旦生曰：《吕氏春秋》：「中山之國有夙繇者，智伯欲攻之。鑄大鐘，方車二軌以遺之。夙繇之君將迎鐘，赤章蔓支諫不用。斷轂而行，至衛七日而夙繇亡。」其事與滅虞同，故與宫之奇並稱。

襲句

《困學紀聞》曰：「庾信《馬射賦》：『落霞與芝蓋齊飛，楊柳共春旗一色。』王勃倣其語，江左卑弱之風也。」

吴旦生曰：庾信所云，直是「雲霞」之霞矣。按吴獬《事始》云：「王勃《滕王閣序》：『落霞與孤鶩齊飛，秋水共長天一色。』『落霞』者，飛蛾也，土人呼爲霞蛾。至若『鶩』者，野鴨也。野鴨飛逐蛾蟲而欲食之，所以齊飛。若『雲霞』之霞，則不能飛也。蓋其時閻公高會，豈有宿搆，見此二語，媿匿而不復出，古今因以爲工。」

《野客叢書》云：「觀駱賓王集，亦曰：『斷雲將野鶴俱飛，竹響共雨聲相亂。』曰：『金飆將玉露俱清，柳黛與荷緗漸歇。』曰：『緇衣將素履同歸，廊廟與江湖齊致。』則知當時文人皆爲此等語。且勃此語不獨見於《滕王閣序》，如《山亭記》亦曰：『長江與斜漢争流，白雲將紅塵並落。』歐公《集古録》載《長壽寺碑》與《西清詩話》，如此等語不一。因觀《文選》及晉宋間集如劉孝標、王仲寶、陸士衡、任彦升、沈休文、江文通之流，往往多有此語，信知唐人句格皆有自也。李商隱曰：『青天與白水環流，紅日共長安俱遠。』陳子昂曰：『殘霞將落日交暉，遠樹與孤煙共色。』曰：『新交與舊識俱歡，林壑共煙霞對賞。』」

按：《隋長壽寺舍利碑》：「浮雲共嶺松張蓋，明月與巖桂分叢。」又《褚淵碑》：「風儀與秋月齊明，音徽共春雲等潤。」《玉臺集序》：「金星將婺女争華，麝月與常娥競爽。」薛逢云：「原花將晚照争紅，怪石與寒流共碧。」

古度平仲君遷

庾信《枯樹賦》：「若夫松子古度，平仲君遷。」

吴旦生曰：左思《吴都賦》：「平仲君遷，松梓古度。」劉成《注》云：「平仲之木，實白如銀。君遷之樹，子如瓠形。古度不花而實，子皆從皮中出。」余按：《交州記》云：「古度樹不花而實，實從皮中出。大如安石榴，色赤可食。其實中如有蒲藜者，取之爲糉。數日不煮，皆化成蟲，如蟻有翼，穿皮飛出，著屋正黑。」《廣州記》云：「熙安縣有古度樹。俗人無子，於祠炙其乳，則生男，以金帛報之。」庾信詩：「含風摇古度，防露動林於。」

「平」本作「枰」。司馬相如《上林賦》：「華楓枰櫨。」《注》云：「枰，平仲木。蓋其木理平，可爲棊局，故棊局曰枰。」沈佺期詩：「芳春平仲緑，清夜子規啼。」

「君遷」本作「桾櫏」，出交趾。《交州記》云：「有君遷樹，有朝臺，尉陀望漢所築也。」陸龜蒙《寄南海同年》詩：「庭中必有君遷樹，莫向空臺望漢朝。」魏王《花木志》云：「君遷樹細似甘蕉，子如馬乳。」司馬温公《名苑》云：「君遷子如馬妳，俗云牛妳柹是也。今之造扇，用此柹油。」《曲洧舊聞》云：「蘇東坡至儋耳，見野花如芍藥而小，鮮紅可愛。士人曰倒黏子花也，結子如馬乳。海南無柹，人取其皮，剥浸爛杵之，得膠以代柹漆，蓋愈於柹也。」此即温公所云邪？然觀焦弱侯云：「今《本草》有君遷，又言即梯漆，非也，别有椑梯。《閒居賦》『梁侯烏椑之梯』是也。」

歷代詩話卷十九　丙集七

苺谿　吴景旭旦生氏著

賦　卷下之上

歌扇舞衣

王勃《春思賦》:「斂態調歌扇,迴一作端。身正舞衣。」

吴旦生曰:洪武間,楊孟載《早春》詩:「近水欲迷歌扇緑,隔花偏襯舞衣紅。」詩話以爲「舞衣」、「歌扇」不脱元詩氣習。然見李義甫詩:「鏤月爲歌扇,裁雲作舞衣。」劉希夷詩:「池月憐歌扇,山雲愛舞衣。」儲光羲詩:「竹吹留歌扇,蓮香入舞衣。」老杜亦云:「江清歌扇底,野曠舞衣前。」則唐人已用之。余觀子安賦,則唐初已作此語。且考子安之前,陳陰鏗詩:「鶯嘅歌扇後,花落舞衣前。」李元操詩:「紅樹摇歌扇,緑珠飄舞衣。」徐陵《雜曲》云:「舞衫回袖勝春風,歌扇當窗似秋月。」北齊蕭放詩:「歌還團扇後,舞出妓行前。」周庾信詩:「緑珠歌扇薄,飛燕舞衫長。」則此語之起已久矣。若張懷慶竊義甫句,增二字云:「生情鏤月爲歌扇,出意裁雲作舞衣。」乃不免活剥生吞之誚。

鷁首

王勃《采蓮賦》：「鱗羽喧兮鷁首移。」

吴旦生曰：鷁，水鳥，能厭水神，故畫於舟首。《方言》：「或謂之艗艏。」郭璞解云：「今江東貴人船前作青雀，是其像也。」《韵集》云：「鷁首，天子船也。」《淮南子》云：「龍舟鷁首，浮吹以虞。」此遊於水也。陸機詩：「龍舟浮鷁首。」蓋用此語。司馬相如賦：「浮文鷁。」謝朓賦：「弭蘭鷁兮江潯。」又張協：「乘鷁舟爲水嬉。」

青琴絳樹

王勃《七夕賦》：「掩青琴而獨進，凌絳樹而輕迴。」

吴旦生曰：楊升庵以「青琴」對「絳樹」，謂皆美人。不知唐人早入賦中矣。司馬相如《上林賦》：「若夫青琴、宓妃之徒，絶殊離俗。」《注》云：「青琴，古神女也。」《抱朴子》：「南威、青琴，姣冶之極，而必俟盛飾以增麗。」

《志奇》云：「絳樹一聲能歌兩曲。二人細聽，各聞一曲，一字不亂。人疑其一聲在鼻，竟不測其何術。」魏文帝《答繁欽書》云：「今之妙舞莫巧於絳樹，清歌莫激於宋臈。」徐陵《雜曲》云：「碧玉宮妓自翩妍，絳樹新聲自可憐。」

花笑

駱賓王《蕩子從軍賦》云：「花有情而獨笑，鳥無事而恒啼。」

吴旦生曰：韓子蒼謂：「丁晉公《海外》詩：『草解忘憂憂底事，花名含笑笑何人？』世以爲工。及讀東坡詩：『花非識面常含笑，鳥不知名時自呼。』便覺才力相去如天淵。」余謂識面不識面，猶有人之見者存也，還不如獨笑爲幽。庾信《小園賦》：「草無忘憂之意，花無長樂之心。鳥何事而逐酒，魚何情而聽琴？」説到花鳥忘機處更深。施宜生《含笑花》詩：「百步清香透玉肌，滿堂皓齒轉明眉。褰帷彼客相迎處，射雉春風得意時。」

皇甫百泉云：「賓王《蕩子從軍賦》，賦中之詩；淵明《歸去來辭》，辭中之賦。」

浮漚

楊炯《浮漚賦》：「細而察之，若美人臨鏡開寶匳；大而望也，若馮夷剖蚌列明珠。」

吴旦生曰：「馮夷剖蚌」，唐賦多用之，而於「浮漚」較切。《金陵志》云：「陳後主泛舟於河，忽遇雨，浮漚生。宫人指浮漚曰：『滿河珍珠。』因名其河爲珍珠河。」《唐闕史》載任處士云：「漚珠槿艷，不必多懷。」亦用此也。賦中又云：「其生兮若浮，其居兮若旅。雲銷雨霽，寂無處所。」此《金剛經》所謂「泡影」也。左九嬪《涪漚賦》：「亡不長消，存不久寄。其成不欲難，其敗亦以易也。」蘇子瞻作《太白像贊》云：「天人幾何同一漚。」金人趙周臣詩：「況復秦宫與漢闕，飄然聚散風中漚。」

彳亍

宋璟《梅花賦》：「步前除以彳亍，倚藜杖於牆陰。」

吴旦生曰：《説文》：「彳，小步也。象人脛三屬相連也。」《元包》云：「跐彳亍，上音赤，下音畜。」潘安仁《射雉賦》：「彳亍中輟，馥焉中鏑。」銑《注》云：「彳亍，行貌。」爰《注》云：「止貌。」張平子《舞賦》：「蹇兮欲往，彳亍中輟。」楊廉夫《懷延陵賦》：「遵閶門以彳亍。」王元章詩：「老鶴彳亍如人行。」崇禎中，錢牧齋詩：「我衰困無徒，彳亍坎窞中。」

皮襲美謂：「宋廣平鐵腸石心，而《梅花賦》得徐庾體，殊不類其爲人。然無刻本，世亦罕傳。」宋史慶長以不得見爲惜。元鮮于伯機得國子監寫本，書之以贈莊恭甫。隆慶間，田子藝得此書，特爲刊出。

瓦松

崔融《瓦松賦序》云：「謂之木也，訪山客而未詳；謂之草也，驗農皇而罕記。」段成式難之曰：「崔公博學，無不該悉。豈不知瓦松在屋上曰『昔耶』，在牆曰『垣衣』，在石上曰『陟釐』。」梁簡文帝《詠薔薇》詩：「依檐映昔耶。」

吴旦生曰：古詩：「金鋪照昔耶。」王僧孺詩：「朝光照昔耶。」皆指苔也。沈存中謂：「昔耶乃是垣衣，瓦松自名昨葉。」則成式以「昔耶」爲瓦松，誤矣。蓋瓦衣之與垣衣，自是二種。按《本草》：「瓦衣謂之屋遊。」《本草注》：「垣衣，古牆青苔衣也。其生石上者名昔耶，一名烏韭。」余觀融賦中有云：「慚魏宫之烏韭，恧漢殿之紅蓮。」是既借「烏韭」爲映照語，遂不復及「昔耶」。本自不謬，而成式强欲難之爾。

《酉陽雜俎》云：「生於久屋之瓦。魏明帝好之，命長安西載其瓦於洛陽以覆屋。或言構木上多松栽，土木氣泄，則瓦生松。大曆中修含元殿，有一人投狀請瓦，且言瓦工唯我所能，祖父時嘗瓦此殿矣。衆工不能服，因曰：『若有能瓦畢不生瓦松乎？』衆方服焉。又有李阿黑者，亦能治屋，布瓦如齒，間不通綖，亦無瓦松。」

谺閜戢孴

杜甫《朝獻太清宫賦》云：「仡神光而谺閜，羅詭異以戢孴。」

吴旦生曰：「閜」，許下切。大開也，大裂也。司馬相如《上林賦》「谽呀豁閜」，即此義。今五臣本改「閜」作「閉」，則失之矣。「孴」音擬。盛貌。王延壽《魯靈光殿賦》：「芝栭攢羅以戢孴。」《注》云：「戢孴，聚貌。或作『𡥈』。」《集韵》羊入切。木華《海賦》：「瀖濼濩㵝。」《注》云：「濩㵝，沸聲。」

金雞

李華《含元殿賦》：「揭金雞於太清，炫晨光一作「陽」。於正色。慶忻之聲，不踰辰而靁四域。」

吴旦生曰：《海中星占》云：「天雞星動爲有赦，蓋王者以天雞爲度。」《隋書·刑法志》云：「北齊赦日，令武庫設金雞及鼓於闕門右，撾鼓千聲，宣赦，建金雞。」《唐·百官志》云：「赦日，立金雞於仗。汝南有雞，黄金飾首，銜絳幡，承以綵盤，維以絳繩。五坊小兒得雞者，官以錢贖之，或取絳幡而已。」按李庾《西都賦》：「建金雞於仗内，聳脩竿而揭起。」王建《宫詞》云：「樓前立仗看宣赦，萬歲聲長再拜齊。日照綵盤高百尺，飛仙争上取金雞。」蓋道有唐之典制也。

《楊公談苑》云：「起於西京。蓋西主兑，兑爲澤。雞者，巽之神，巽爲號令。合是二物製其形，揭爲長竿，使衆人覩之。」

麗譙坌入

劉禹錫《楚望賦序》曰：「城之麗譙，實鄰所舍。四垂無蔽，萬景坌入。」

吳旦生曰：《莊子》：「魏武侯欲偃兵，徐無鬼曰：『君亦必無盛鶴列於麗譙之間。』」《注》：「麗譙，戰樓名。一云魏城門名。」「譙」亦作「嶕」，謂華麗而嶕嶢也。《前漢書・陳勝傳》：「戰譙門中。」師古《注》：「門上爲高樓以望，故曰譙樓。」劉貢甫云：「譙，陳之旁邑。此適譙之門耳，猶宋門、鄭門之類。」楊升菴云：「城門名『麗譙』者，麗如『魚麗』之麗，力支切；譙即『譙呵』之譙，謂守門人成列而呼喝之也。」余觀劉賦中有云：「我卜我居，於城之隅。宛在藩落，麗譙渠渠。」是時謫武陵，謂以身居其中也，而全文皆居高望遠之詞。李喬亦作《楚望賦》傷劉也，序云：「思必深而深必怨，望必遠而遠必傷。」賦云：「生遠情於地表，起遥恨於天末。」則「麗譙」於「譙望」之義居多。

司馬相如《哀二世賦》：「坌入曾宮之嵯峨。」《注》云：「坌，並也。普頓、步頓二反。」劉賦「坌入」字出此。蘇子瞻《書臨皋亭》云：「重門洞開，林巒坌入。」亦用此也。按：左思《吳都賦》「儇佻坌並」，《注》云：「疾走貌。」李爲《日賦》：「夏日之烘彤坌勃。」《唐・儒學傳》：「坌集京師。」孔融表：「溢氣坌涌。」陸龜蒙《怪松圖讚》：「坌憤激訐。」韓退之詩：「坌藪畢原陋。」金人邊德舉詩：「窪尊塵坌寂無歡。」雷希顔詩：「塵坌恐驚黄鵠舉。」

濾　水

白行簡《濾水羅賦》：「焦螟之生必全，有以小爲貴者；江漢之流雖大，蓋可一以貫之。」吴旦生曰：欲全水蟲之命，凡取水必濾而後飲。蓋僧家戒律有此規也。僧靈一詩：「濾泉侵月起，掃徑避蟲行。」白樂天《送僧文暢》詩：「山宿馴谿虎，江行濾水蟲。」王建詩：「藕綃紋縷裁來滑，鏡水波濤濾得清。」楊廉夫樂府云：「水晶簾空濾明月，三十六宫白於水。」

桐華鳳

李德裕《畫桐華鳳賦序》云：「成都夾岷江，磯岸多植紫桐。每至春暮，有靈禽五色，小於玄鳥，來集桐華，以飲朝露。及華落則煙飛雨散，不知所往。有名工繢於素扇，予因作小賦於上者也。歌曰：東風晚兮芳節闌，敷紫華兮蔭碧湍。美斯鳥兮類鵷鸞，具體微兮容色丹。彼飛翔於霄漢，此藻繪於冰紈。雖清秋之已至，常愛翫而忘餐。」

吴旦生曰：《寰宇記》：「桐花色白。至春有小鳥，色焦紅翠碧相間，生花中。惟飲其汁，不食他物。花落遂死。人以蜜水飲之，或得三四日。性多跳擲，抵觸便死。土人畫桐花鳳扇，即此也。性馴，好集美人釵上。」喬子曠《寄女子黄觀》詩：「那能飛作桐花鳳，一集佳人白玉釵。」唐僧隱巒詩：「五色毛衣比鳳雛，深叢花裏只如無。美人買得偏憐惜，移向金釵重幾銖。」《統志》云：「廣西南寧出倒挂，毛緑。常倒挂於樹林，故名。」《日詢手鏡》云：「倒挂小巧可愛，形色如緑鸚鵡而小，略大於瓦雀。好香，故名收香倒挂。」鮮于伯機《退宫人引》云：「金蓮斜抱捧珠龍，玉釵倒挂收香鳥。」

蘇東坡《異鵲》詩：「家有五畝園，么鳳集桐花。」又《梅花》詩：「故山亦何有，桐花集么鳳。」劉言史詩：「腸斷錦城風日好，可憐桐鳥出花飛。」王原吉詩：「梨雲散盡千官影，獨見桐花小鳳棲。」王元章詩：「五更窗前博山冷，么鳳飛鳴酒初醒。」袁海叟詩：「緑毛么鳳無棲處，來往蘭房不厭頻。」高季迪《詠倒挂》詩：「緑衣小鳳嘑愁罷，瘦影翻懸桂枝下。」天順間樊時登詩：「梧桐音冷么鳳鳴，屏山暗結愁雲紫。」

華山

楊敬之《華山賦》：「見若咫尺，田千畝矣；見若還即「環」字。堵，城千雉矣；見若杯水，池百里矣；見若蟻垤，臺九層矣。醯雞往來，周東西矣；蠛蠓紛紜，一作「紛紛」。秦速亡矣。蜂巢一作「窠」。聯聯，起阿房矣。俄而復然，立建章矣。小星奕奕，焚咸陽矣。纍纍繭栗，祖龍藏矣。」

吴旦生曰：王勉夫謂：「杜牧《阿房宫賦》：『明星熒熒，開妝鏡也；緑雲擾擾，梳曉鬟也。渭流漲膩，棄脂水也；煙斜霧横，焚椒蘭也。雷霆乍驚，宫車過也。轆轆遠聽，杳不知其所之也。』杜、楊二文，同一機杼。」洪容齋謂：「敬之賦内數語，杜佑、李德裕常所誦念。牧之乃佑孫，則《阿房賦》實模倣楊作也。」《江行雜録》云：「牧之《阿房宫賦》：『六王畢，四海一。蜀山兀，阿房出。』陸傪《長城賦》：『千城絶，長城列。秦民竭，秦君滅。』輩行在牧之前，則《阿房》又祖《長城》句法矣。」余觀賦家不嫌相襲，如唐説齋《中興賦序》云：「雖詞有工拙，學有博陋，氣有强弱，思有淺深，要皆變化馳騖，不失古人之法度。」乃用班孟堅《兩都賦序》「道有夷隆，學有麤密」之語。司馬相如《大人賦》亦用屈原《遠遊》中語。自李尤有《德陽殿賦》，而王延壽之《靈光殿》，何晏、韋誕、夏侯玄之《景福殿》，宋武帝、劉義恭、何尚之之《華林》、《清暑殿》諸賦出矣。自揚雄有《蜀都賦》，而傅毅之《洛都》，班固之《西都》、《東都》，張衡之《南都》、《東京》、《西京》，左思之《蜀都》、《吴都》、《魏都》，徐幹之《齊都》，劉楨之《魯都》，劉邵之《趙都》，庾闡之《揚都》，周美成之《汴都》諸賦出矣。自馮衍有《顯志賦》，而劉楨之《遂志》，丁儀之《厲志》，韋誕之《叙志》，棗據之《表志》，曹攄之《述志》，陸機之《遂志》，梁元帝之《言志》諸賦出矣。自宋玉有《好色賦》，而司馬相如之《美人》，張衡之《定情》，蔡邕之《協初》，曹植之《静思》，陳琳、阮瑀之《止欲》，王粲之《閑邪》，應瑒之《正情》，張華之《永懷》，江淹之《麗色》，沈約之《麗人》諸賦出矣。

雲龍

杜牧《阿房宮賦》：「長橋卧波，未雩何龍？」

吴旦生曰：《隱居詩話》：「牧謂龍見而雩，故用龍以比橋。殊不知龍者，龍星也。」余以《隱居》此辨甚確。齊源師謂高阿那肱：「龍見當雩。」阿那肱曰：「何處龍見？其色如何？」師曰：「龍星初見，禮當雩祭，非真龍也。」豈牧之文人而亦有此失耶？後見《洪駒父詩話》載古本是「未雲何龍」，其義始安。乃知點畫之譌，相去懸絶至此。《百川學海》云：「蓋長橋之卧波上，如龍之未得雲而飛去。若加以『雩』字，則龍乃星名，何有於長橋之勢哉？」《潘子真詩話》云：「曾南豐言：《阿房宮賦》：『鼎鐺玉石，珠瑰金礫，棄擲邐迤。秦人視之，亦不甚惜。』『瑰』當作『塊』，蓋言秦人視珠玉如土塊瓦礫也。」觀此益知「雩」、「雲」之譌，有自來矣。

書帶草

陸龜蒙《書帶草賦》：「彼碧者草，云書帶名。先儒既没，後代還生。」

吴旦生曰：《三齊略記》：「不夜城東有黄山，鄭玄删注《詩》、《書》，棲於北山。上有古井石碣，旁生細草。葉如薤之葉，其長尺餘，堅韌異常。土人謂之康成書帶草。」梁元帝《玄覽賦》：「書帶新抽，屏風芽發。」劉夢得詩：「墨池半在頹垣下，書帶猶生蔓草中。」蘇子瞻詩：「庭下已生書帶草，使君疑是鄭康成。」金人劉無黨詩：「甎無書帶草，采采爲盈手。」汪彦章詩：「門外徧生書帶草，林間知是德星堂。」吴文可詩：「春暉早與萱花殞，書種誰傳帶草香？」

黄人

康僚《日中烏賦》：「俯黄人而更助金光。」

吴旦生曰：《符瑞圖》：「日，二黄人守者，異國人來降。」翟公巽詩：「青女霜如失，黄人日故遲。」宋景文詩：「青女回風還習習，黄人捧日故遲遲。」滕邁《二黄人守日賦》：「離立環乎兩耳，聯影繞於重輪。遂使慕有道之風，歸我一德；奉無私之照，惟予二人。昇扶桑孰云孑立，厠羲和乍若朋來。」

紙鳶

楊譽《紙鳶賦》：「望有塵埃，謂翻形而載旆；聽無音響，疑避影以銜蘆。」

吴旦生曰：紙鳶，童子戲。郭恕先畫小童放風鳶，引綫數丈，以滿匹素者，此也。今人誤以風箏名紙鳶，殊不知風箏風琴，乃施之屋角，觸風而鳴，自諧宫商，故名。在梵宫塔院爲多，老杜《謁玄元廟》詩「風箏吹玉柱」是也。高駢《風箏》詩：「依稀似曲纔堪聽，又被風吹别調中。」此豈詠紙鳶語邪？王荆公《風琴》詩：「風鐵相敲固可鳴，朔方行夜響行營。」此乃檐前鐵馬也。

歷代詩話卷二十　丙集八

茾谿　吳景旭旦生氏著

賦　卷下之中

試賦

《嬾真子》曰：「王禹玉年二十許，就揚州秋解。試《瑚璉賦》，官韻：『端木賜爲宗廟之器。』滿場中多於第二韻用『木』字，云：『唯彼聖人，粤有端木。』禹玉獨於第六韻用之：『上睎顏氏，願爲可鑄之金；下笑宰予，恥作不雕之木。』亦何奇巧。」

吳旦生曰：限字爲韵，自唐以律賦取士已有此體。如崔損《北斗賦》以「成象在天，維北有斗」爲韵，皇甫湜《履薄冰賦》以「戒慎之心，如履冰上」爲韵是也。然其韵數多寡、平側次敘，初無定格。至宋太平興國三年九月，始詔禮部試進士律賦，並以平側次用韵。其後亦有不依次者。

宋時試賦，最重破題警切，場屋間每於此定魁選。如《天之律數在舜躬賦》，暨陶破題云：「神聖相授，天人會同。何謳歌不之堯子，蓋曆數在於舜躬。」又《君人成天地之化賦》，熊節破題云：「物産於地，形鍾自天。賴君人之有作，成化功之未全。」又《大椿八千歲爲春秋賦》，滿場破題皆閣筆，時陳元裕主文衡，遂自作云：「物數有極，椿齡獨長。以歲歷八千之久，成春秋二序之常。」故有破題中一字未安，輒爲改易者。如《文帝前席賈生賦》，陳尹破題云：「文帝好問，賈生力陳。忘其勢之前席，重所言之過人。」吴郛改「勢」作「分」，陳大服。又《皇極統三德五事賦》，魁者破題云：「極有所會，理無或遺。統三德與五事，貫一中於百爲。」陳季陸考較，嫌第四句「貫百爲於一中」似乎倒置，改「貫」作「寓」，較有意思。又《圜丘象天賦》，滕甫破題云：「大禮必簡，圜丘自然。」鄭獬云：「禮大必簡，丘圜自然。」滕曰：「公在我先矣。」鄭果第一。按：唐時亦重破題，如李程試《日五色賦》，楊於陵詢其破題，曰：「德動天鑒，祥開日華。」於陵謂：「須作狀元。」翌日無名。於陵擕此賦詣主文，於是擢爲狀元。後浩虚舟應宏詞，復試此題。程慮浩愈於己，馳介取至，觀浩破題曰：「麗日焜煌，中含瑞光。」程喜曰：「李程在裹。」

中有「打花格」，如《前席賈生》有云：「金蓮燭焕煌煌，漢天子之儀；玉漏聲沈纚纚，洛陽人之語。」試官喜此一聯。

陳季陸用「高皇」對「小白」，則知賦亦有假對法也。又有假人名以體狀題意者，如武爲《救世砭劑賦》云：「唐制中興，賴藥師而克濟；漢家外患，藉去病以皆除。」又蘇東坡《贈趙德麟秋陽賦》云：「生於不土之里，而詠無言之詩。」蓋寓「時」字也。

秦少游云：「凡小賦，如人之元首，而破題二句乃其眉，惟貴氣貌有以動人。故先擇事之至精至當者先用之，使觀之便知妙用。然後第二韻探原題意之所從來，須便用議論。第三韻方立議論，明其旨趣。第四韻結斷其說，以明題意思全備。第五、六韻或引事，或反說。第七韻反說，或要終立義。第八韻卒章，尤要好意思爾。賦中工夫，不厭仔細。先尋事以押官韻，及先作諸隔句。凡押官韻，須是穩熟瀏亮，使人讀之，不覺牽强。賦中用事，唯要處置。才見題，便類聚事實，看緊慢，分布在八韻中。如事多者，須精擇其可用者用之，可不用者棄之。不必惑於多愛，留之徒爲累耳。如事少者，須於合用者先占下。別處要用，不可那輟。賦中用事，如天然全具、對屬親確者，固爲上；如長短不等、對屬不的者，須別自用其語而裁翦之，不可全務古語，而有疵病也。賦中用字，直須主客分明，當取一君二民之義。借如六字句中，兩字最緊，即須用四字爲客，兩字爲主。其爲客者，必須協順賓從，成就其主。使於句中煥然明白，不可使主客紛然也。賦中作用，與雜文不同。雜文則事詞在人意氣變化，若作賦則惟貴鍊句之功，鬬難，鬬巧，鬬新。借如一事，他人用之，不過如此；吾之所用，則雖與衆同，其語之巧，迥與衆别，然後爲工也。賦家句脈，自與雜文不同。雜文語句或長或短，一在於人；至於賦，則一言一字，必要聲律，凡所言語，須當用意屈折斲磨，須令協於調格，然後用之。不協律，義理雖是，無益也。凡賦句全藉牽合而成，其初兩事甚不相侔，以言貫穿之，便可爲吾所用，此鍊句之工也。今賦乃江左文章彫敝之餘風，非漢賦之比也。」

赤壁

蘇軾《前赤壁賦》:「西望夏口,東望武昌。山川相繆,鬱乎蒼蒼。此非曹孟德之困於周郎者乎?」

吴旦生曰:東坡所賦「赤壁」,乃黄州西下津江百步赤壁磯,土人譌爲「赤鼻」,非故地也。故東坡《赤壁記》云:「黄州守居之數百步爲赤壁,或言即周瑜破曹公處,不知果是否。」蓋亦疑之矣。按《江夏辨疑》云:「江漢之間,赤壁有三:一在漢水之側,竟陵之東;竟陵,今復州。一在齊安郡之步下;齊安,今黄州。一在江夏西南二百里許。今屬漢陽縣。」蓋郡之西南者,正曹公所敗之地也。《赤壁山考》云:「湖廣赤壁有五,漢陽、漢川、黄州、嘉魚、江夏皆有之。惟武昌嘉魚縣西南八十里大江濱,北岸烏林,南岸赤壁是也。」《韵語陽秋》云:「曹操入荆州,孫權遣周瑜與劉備併力逆曹公,遇於赤壁。曹公軍馬燒溺死者甚衆。蓋謂鄂州蒲圻縣赤壁也。」《詩話類編》云:「今岳陽之下,嘉魚之上,有烏林、赤壁。蓋周瑜自武昌列艦,風帆便順,泝流而上,遇戰於赤壁之間也。杜牧有《寄岳州李使君》詩:『烏林芳草遠,赤壁健帆開。』此真敗魏軍之地也。」《昵古録》云:「董玄宰晚泊祭風臺,即周郎赤壁,在嘉魚縣南七十里。雨過,有箭鏃於沙渚間出。里人拾鏃,試之火,能傷人。是當時毒藥所造耳。」

楊世昌

蘇軾《前赤壁賦》：「客有吹洞簫者，倚歌而和之。」

吴旦生曰：成化中吴原博詩：「西飛孤鶴記何詳，有客吹簫楊世昌。當日賦成誰與注，數行石刻舊曾藏。」按《圖繪寶鑑》云：「道士楊世昌，字子京，武都山人。與東坡遊，善畫山水。」則《赤壁》所謂「吹簫之客」，即其人也。微原博詩，誰復知世昌者？

棲鶻馮夷

蘇軾《後赤壁賦》：「攀棲鶻之危巢，俯馮夷之幽宫。」

吴旦生曰：東坡謫黄州五年，每遊赤壁，見巨鶻棲喬木之上，故云。靖康初，韓子蒼守黄，因遊赤壁，而鶻已亡。作詩示何次仲云：「豈有危巢尚棲鶻，亦無陳迹但飛鷗。」次仲和云：「二賦人間真吐鳳，五年江上不驚鷗。蟹當見水人猶怒，鶻有危巢孰敢留。」蓋鶻一微族，因人見重，遂流連歌詠如此。

按《山海經》：「從極之川，惟冰夷恒都焉。」《齊地記》作「水夷」，《穆天子傳》作「無夷」，《淮南子》作「馮遲」，《太公金匱》作「馮脩」。李善注《思玄賦》云：「河伯姓馮氏，名夷。浴於河中而溺死。」《抱朴子》云：「八月上庚日，溺河。」《龍魚河圖》云：「河伯姓吕，名公子。夫人姓馮，名夷。」唐有《河侯新祠頌》云：「河伯姓馮，名夷，字公子。」《清泠傳》云：「馮夷，華陰潼鄉堤畔人也。服八石，得水仙，是爲何伯。」《酉陽雜俎》云：「河伯人面，乘兩龍，一曰冰夷，一曰馮夷。」胡元瑞引《竹書紀年》：「洛伯用與河伯馮夷鬬，遂以河伯爲諸侯。」而馮夷非神鬼，恐誤，蓋洛伯亦洛水之神也。

楊升菴引《洛神賦》「屏翳收風」，謂即馮夷。余謂不然。觀植賦云：「屏翳收風。」又植《詰咎文》云：「屏翳司風。」似以爲風師邪。韋昭以爲雷師，《吕覽》以爲雲師。然按屈原《天問》「蓱號起雨」，《注》云：「蓱，蓱翳，雨師名。」「蓱」一作「苹」，一作「萍」，即「屏翳」也。《廣雅》：「雨師謂之屏翳。」《山海經》：「屏翳在海東，人謂之雨師。」虞喜《志林》：「雨師屏翳。」《大象賦》：「太白降神於屏翳。」《注》云：「其精降爲雨師之神。」據此則爲雨師無疑，其與河伯有異矣。況《洛神賦》云：「於是屏翳收風〔一〕，川后静波，馮夷鳴鼓，女媧清歌。」此之所謂「馮夷」者，余考漢《郊祀歌》「馮夷切和」，《注》云：「馮夷，水神，命靈嶋也。」《説文》：「嶋鳴如鼓。」則是鳴者嶋，而命之者馮夷，故曰「馮夷鳴鼓」也。杜子美詩「遂有馮夷來擊鼓」用此。然觀《洛神賦》中「屏翳」與「馮夷」並稱，即不得一視之爾。

【校勘記】

〔一〕「翳」，原作「醫」，據《文選・洛神賦》改。

孤鶴

蘇軾《後赤壁賦》：「適有孤鶴，橫江東來。翅如車輪，玄裳縞衣，戛然長鳴，掠予舟而西也。須臾客去，予亦就睡。夢二道士，羽衣翩躚，過臨皋之下。揖予而言曰：『赤壁之遊樂乎？』問其姓名，俛而不答。予曰：『嗚呼噫嘻，我知之矣。疇昔之夜，飛鳴而過我者，非子也耶？』道士顧笑，予亦驚悟。」

吴旦生曰：詞人下筆，最須照顧。雖才大如海，一指摘便覺礙眼。如東坡此賦，莽莽誦過，何異郄究？獨《漁隱叢話》云：「初言『適有孤鶴，橫江東來』，中言『夢二道士〔一〕，羽衣翩躚』，末言『疇昔之夜，飛鳴而過我者』，前後皆言孤鶴，則道士不應有二矣。」余喜此言讀古細心，宜陸遠爲之閣筆矣。

【校勘記】

〔一〕「二」，原作「一」，據文意改。

吾僕

蘇軾《濁醪有妙理賦》：「濁者以飲吾僕，清者以飲吾友。」

吴旦生曰：杜子美《晦日》詩：「濁醪有妙理，庶用慰沈浮。」東坡因以爲題。按：昔人自稱曰「僕」，謂飲己以濁，而飲友以清也。或作「奴僕」之「僕」，非。

無鄉

黄庭堅《畫枯木道士賦》：「懼夫子之獨立，而矢來無鄉。乃作女蘿，施於木末。婆娑成陰，與世晏息。」

吴旦生曰：《韓非子》：「矢來有鄉，鄉，方也。有從來之方。則積鐵以備一鄉。謂聚鐵於身，以備一處，即甲之不全者。矢來無鄉，則爲鐵室以盡備之。謂甲之全者。自首至足，無不有鐵，故曰鐵室。備之則體無傷。故彼以盡備之不傷，此以盡敵之無姦也。言君亦當盡備於臣，皆所防疑，則姦絶也。」按：此山谷用事誠僻，而非張子賢之達識，亦安能破從來之疑乎？

靈棊

晁補之《求志賦》：「訊黄石以吉凶兮，棊十二而星羅。」

吴旦生曰：此謂《靈棊經》也。《異苑》云：「十二棊卜，出自張文成，受法於黄石公。行師用兵，萬不失一。東方朔密以占衆事，此後祕而不傳。晉法味道人遇一老公，授此書，遂復流傳。」

瓜芋

洪邁《老圃賦》：「織女耀而瓜薦，大昴中而芋食。」

吴旦生曰：《續漢書》：「牽牛星主關梁，織女主瓜果。」因觀《荆楚歲時記》云：「七夕，婦人結綵樓，穿七孔針，陳瓜果於庭中，以乞巧。有喜子網於瓜上，則以爲得。」《天寶遺事》云：「宫女以錦結成樓殿，高百尺，陳以瓜果酒炙，設坐具以祀牛、女二星。」蓋以其主瓜果，故所陳亦必是物也。

《孝經援神契》云：「仲冬昴星中，收莒芋。」宋均云：「莒亦芋。」《説文》：「齊謂芋爲莒。」

豐城

陸游《豐城劍賦》：「吴亡而氣猶見，其應晉室之南遷。」

吴旦生曰：雷次宗《豫章記》云：「吴未亡，恒有紫氣見牛斗之閒。張華問之，雷孔章曰：『是寶物也，精在豫章豐城。』華遂以孔章爲豐城令。至縣，掘得玉匣，開之，得二劍。孔章留其一，以一進華。後華遇害，劍飛入襄城水中。孔章亡後，其子爲建安從事。經淺瀨，劍忽於腰間躍出，遂見二龍相隨焉。」按：孔章名焕，乃次宗之族。後來詞人往往用合劍故實，相沿而不察。《困學紀聞》引劉知幾所云：「莊子鮒魚之對，賈生鵩鳥之辭，施於寓言則可，求諸實録則否。」而唐史官之撰《晉史》者取之，後人因而言之，誤矣。顔師古注《漢書》，凡撰述方志新異穿鑿者皆不録。注史猶不取，況作史乎？

歷代詩話卷二十一　丙集九

荛谿　吴景旭旦生氏著

賦　卷下之下

金粉

唐寅《六朝金粉賦》：「一顧傾城兮再傾國，胡然而帝也胡然天。」

吴旦生曰：子畏僑居南都，嘗宴一通侯家。時文士雲集，即席同賦，子畏先成。讀至此二語，侯大稱賞，餘士俱閣筆。蓋子畏善作情語，如《自詠》云：「四更中酒半牀病，三月傷春滿鏡愁。」又《觀鐙》云：「沈香連理三珠樹，綵結分行四照花。」皆極雅麗。

金魚

王世貞《金魚賦》：「何水族之微淼，承金儀之熠熌。形表瑞乎帝符，色徵緣於灼日。冠鼈浪之瓊丙，抱含書之丹乙。鱗奕奕而垂錦，沫霏霏而布瑟。」

吴旦生曰：屠緯真《金魚品》云：「嘗怪金魚之色相變幻，徧考魚部，即《山海經》、《異物志》亦不載。讀《子虛賦》，有曰：『網玳瑁，鉤紫貝。』及『魚藻同置，五色文魚。』因知其色相自來本異，而金魚特總名也。」余按《述異記》：「關中有金魚神，云周平二年，十旬不雨。祭天神，金魚躍出而雨降。」又屈原《九歌》：「乘白黿兮逐文魚。」王逸《注》：「鯉魚也。」或即此種。則前此已有之，當不始於漢賦。《抱朴子》云：「丹水有丹魚。夏至十夜，伺魚浮出水，有赤光如火。」《博物志》云：「金魚出功婆塞江，腦中有金。」《述異志》云：「晉桓沖遊廬山，見湖中有赤鱗魚。」《洛神賦》：「騰文魚以警乘。」戴叔倫詩：「池塘養錦鱗。」于念東詩：「躍水朱光溜。」嘉靖中王元美詩：「猩紅數點媚清泠。」吴明卿詩：「水面文魚作隊行。」

《帝京景物略》云：「魚之種，深赤曰金，瑩白曰銀。其魚金，貴乎其銀周之；其魚銀，貴乎其金周之。而别以管若籠。管者，鬣下而尾上，周其身者也；籠者，不及鬣，周其尾者也。魚病二，曰蝨，曰瘟。瘦而白點，生蝨也，法以糞浸新甎投之。鱗張如脱者，瘟也，法以新藍布擦之。魚死三：吞肥皁水得一死，橄欖相得二死，核桃皮水得三死。天將雨，魚拍拍出水面，水底蒸如熱湯也。」

《韵語陽秋》云：「潮州精舍寺池有金鯽魚，數年一現。故白樂天詩：『唯有上强精舍寺，最堪游處未曾游。』蓋爲此也。臨安六和寺亦有金鯽池，蘇子美詩：『沿橋待金鯽，竟日爲遲留。』亦以其出有時，故竟日待之爾。自子美之後四十年，東坡始游兹寺，嘗投餅餌待之，乃略出不食。

坡謂此魚難進易退而不妄食，宜其壽若此。作詩云：『我識南屏金鯽魚，今亦貴鯽不售鯉。』」余按元馬虛中《訪西湖玉公》詩：「池中金鯽疑龍在，歸路殘雲帶雨回。」正指此。至崇禎初，譚服膺詩：「士女相呼看金鯽，歡盡趣竭餅餌擲。」乃用東坡六和故實，以詠燕都之金魚池也。《桯史》云：「今中都有豢魚者，能變魚以金色。鯽爲上，鯉次之。貴游多鑿石爲池，寘之檐牖間以供玩。或云：『以闤市洿渠之小紅蟲飼凡魚，百日皆然，初白如銀，次漸黄，久則金矣。』」

姓州

王世貞《登釣臺賦》：「夫一介之賤微，靈誠感而燭天，遂姓其州而貌其山者千五百年。」吴旦生曰：吕太史《釣臺記》云：「姓是州曰嚴。」丘瓊臺詩云：「祚終四百已無漢，州歷千年尚姓嚴。」王季重《嚴灘》詩云：「誰何一男子，舉州冒其姓。」自古及今，沿習之譌，不禁𩑶然欲笑。《螢雪叢説》有一絶云：「誰知避諱更嚴氏，灘與州名總誤稱。」余喜此絶爲有學識，因爲晰言之。按袁崧《後漢書》云：「皇帝諱陽，一名莊，字子麗。於是顯宗諱『莊』，悉改『莊』爲『嚴』。故『莊子陵』爲『嚴子陵』，『卞莊』爲『卞嚴』，『莊君平』爲『嚴君平』。」觀《華陽國志》：「莊遵字君平，成都人也。然而稱君平者，每云博覽亡不通，依老子、嚴周之旨，著書十萬餘言。」又《敘傳》云：「貴老、嚴之術。」「老」，老子也；「嚴」，莊周也。其他又以「辦裝」爲「辦嚴」、「治嚴」。或以爲稱人當曰「辦嚴」，自稱曰「辦裝」，不知「辦嚴」即「辦裝」，而避「莊」字，并同音之「裝」字亦避耳。據此則「嚴州」合名「莊州」，「嚴陵灘」合名「莊陵灘」。今漫然曰「姓其州」而不考之，可乎？況宣和間方臘寇江浙，始改睦州爲嚴州，則計其歲月幾何，而謂之千五百年乎？李西涯《寄莊孔暘》詩：「清時例有逃名客，見説嚴陵本姓莊。」最可證。

楊升庵云：「古人避諱改字，自有意義。明帝諱『莊』，改『莊助』爲『嚴助』、『莊子陵』爲『嚴子陵』，以『莊』與『嚴』古同音，《殷武》詩叶音，是其證也。」

《子陵碣略》云：「光本姓莊，字子陵。本新野人，避亂會稽。范史以爲會稽人，誤矣。其妻，梅福季女也。」胡元瑞云：「按徐道暉詩：『梅福神僊者，新知是婦翁。』最明可證。」

《老學庵筆記》云：「今人謂『貝州』爲『甘陵』，『吉州』爲『廬陵』，『常州』爲『毗陵』，『峽州』爲『夷陵』，皆自其地名也。惟嚴州有名『嚴陵灘』，『嚴陵』乃其姓字，『灘』是釣處。若謂之『嚴灘』尚可，今俗謂之『陵』，殊可笑也。」

熠燿

王世貞《二鳥賦》：「師名之曰丹鳥，而字以熠燿。」

吴旦生曰：《大戴傳》：「螢謂之鳥者，重其養也。凡有翼者爲鳥。」《困學紀聞》云：「《豳風》：『熠燿宵行。』《傳》云：『熠燿，燐也。』朱子謂：『熠燿，明不定貌。宵行，蟲名，如蠶，夜行有光如螢。』其説本董氏。而《説文》引《詩》『熠燿宵行』：『熠，盛光也。』末章云：『倉庚于飛，熠燿其羽。』其義一也。」楊升庵云：「熠燿之訓爲螢火久矣，今疑末章有『倉庚于飛，熠燿其羽』，遂以熠燿爲明貌，而以宵行爲螢火，固哉其爲詩也！古人用字，有虚有實。熠燿之爲螢火，實也；熠燿爲倉庚之羽，虚也。謂倉庚之羽如熠燿之明，非謂熠燿即倉庚也。」今元美賦云：「字以熠燿。」其意與升庵同。《古今注》：「螢火，一名耀夜，一名景天，一名熠燿，一名丹良，一名燐，一名丹鳥，一名夜光，一名宵燭。」

水母屋瓦

屠隆《溟海波恬賦》：「水母目蝦，屋瓦江珧。」

吴旦生曰：郭璞《江賦》注：「水母俗名海舌。」《食物本草》云：「水母即海鮔。鮔音涉，今人以蜇字當之，譌也。」《類編》云：「水母名曰蛇，形如覆笠。以蝦爲目，蝦動蛇沈，蓋常有蝦依之。以衆爲目，蝦見人則驚，此物亦隨之而没，故云目蝦。」《越絶書》云：「海鏡蟹爲腹，水母蝦爲目。」

蘇子由詩：「去住由人真水母，簞瓢蠃足似山雌。」

《嶺表録異》云：「南中舊呼爲蚶子。頃因盧鈞尚書作鎮，遂改爲瓦屋子，以其殼上有稜如瓦壠，故名焉。」《海物異名記》云：「天臠瓦壠，蚶子也。」《南州志贊》云：「海蛤魁陸，瓦壠鑛殼。外眉内渠，形摯渾朴。」《注》云：「眉高爲眉，渠疏爲渠。」

歷代詩話丁集目録

古樂府

卷上之上

卷上之下

卷中之上

卷中之下

卷下之上

卷下之下

歷代詩話卷二十二　丁集一

壽谿　吴景旭旦生氏著

古樂府 卷上之上

富媪

《郊祀歌》云：「后土富媪，昭明三光。」

吴旦生曰：張晏《注》：「坤爲母，故稱媪。」《郊祀歌》别章又云：「惟泰元尊，媪神蕃釐。」《注》：「泰元，天也；媪神，地也。」楊升庵謂：「氣曰煦，體曰嫗。天以氣煦之，地以形嫗之。『后土富媪』亦此義，凡此皆地作媪矣。」余觀吴斗南謂：「『媪』當作『煴』。」按賈誼《新書》云：「德渥澤洽，調和大暢，則天清徹，地富煴，物時熟。」是知漢時之語意。

籋

《天馬歌》云：「精權奇，籋浮雲。」

吴旦生曰：「籋」，古「躡」字。言天馬上躡浮雲也。《隴上歌》云：「隴上壯士有陳安，驌驄文馬銕鍛鞍。」按：「驌」亦古「躡」字〔一〕。蘇東坡《次韵趙伯充畫馬》云：「十駕均一至，何事籋雲風。」

【校勘記】

〔一〕「驌」，原作「躡」，據《四庫》本改。

象載

漢《郊祀歌》：「象載瑜，白集西。」

吴旦生曰：《容齋三筆》謂：「《象載瑜》章曰：『象載瑜，白集西。』顔師古云：『象載，象輿也。山出象輿，瑞應車也。』《赤蛟》章曰：『象輿轙。』即此也。而《景星》章曰：『象載昭庭。』師古云：『象，謂懸象也。懸象祕事，昭顯於庭也。』二字同出一處，而自爲兩説。按樂章詞意，正指瑞應車，言昭列於庭下耳。三劉《漢釋》之説亦得之，而謂『白集西』爲『西雍之麟』，此則不然。蓋歌詩凡十九章，皆書其名於後。《象載瑜》前一行云：『行幸雍，獲白麟作。』自爲前篇『朝隴首，覽西垠』之章，不應又於下篇贅出之也。」余觀《樂府》原題云：「漢武帝郊祀之歌，十九章。」《朝隴首》十七注：「元狩元年，行幸雍，獲白麟作。」《象載瑜》十八注：「太始元年，行幸東海，獲赤馬作。」

據此則《容齋》之言益信。

房中

《劉元城語録》曰：「西漢樂章，可齊三代。舊見《漢·禮樂志》『《房中樂》』十七章，格韵高嚴，規模簡古，騷騷乎商周之頌。噫！異哉，此高帝一時佐命功臣，下至叔孫通輩，皆不能爲此歌。尋推其源，乃唐山夫人所作。服虔曰：『高帝姬也。』韋昭云：『唐山，姓也。漢初乃有此人。縱使《竹竿》、《載馳》方之，陋矣。」

吴旦生曰：王弇州謂：「唐山夫人，雅歌之流調，短弱未舒耳。」余以「短弱未舒」非所以論樂章。樂章類多質奥，但《房中樂》亦自成漢初絶調耳。至謂賢於《竹竿》、《載馳》，不又擬之失倫乎？按《樂府原題》云：「《房中樂》者，婦人禱祠於房中也，故宫中用之。高祖好楚聲，故《房中樂》楚聲也。孝惠二年，使樂府令夏侯寬備其簫管，更名曰《安世樂》。」《困學紀聞》云：「周有《房中》之樂，《燕禮注》謂：『弦歌《周南》、《召南》之詩。』漢《安世房中樂》，唐山夫人所作。魏繆襲謂：《安世歌》『神來燕享』、『永受厥福』，無有二《南》后妃風化天下之言。謂《房中》爲后妃之歌，恐失其意。《通典》：『平調、清調、瑟調，皆周《房中》之遺聲。』」

秋

《安世房中歌》云：「飛龍秋，游上天。」

吴旦生曰：《漢書》蘇林《注》云：「秋，飛貌。」顔師古《注》云：「《莊子》有『秋駕之法』者，亦言駕馬騰驤秋秋然也。」

歷代詩話卷二十三　丁集二

蒋谿　吴景旭旦生氏著

古樂府　卷上之下

聲辭

楊升庵曰：「漢《鐃歌十八曲》，《古今樂録》謂：『其聲辭相雜，不復可分是也。大字是辭，細字是聲，聲辭合寫，故致然爾。』此説卓矣。近世有好奇者擬之，韵取不協，字用難訓，亦好古之弊。」胡元瑞曰：「《鐃歌》聲文相亂處誠有之，然如『妃呼豨』、『收中吾』之類，亦不多見。其他句字嵲屼，自是一時體格如此。觀繆襲、韋昭所擬，其時去漢不遠，其體格大率相同，即漢人本詞可知。」

吴旦生曰：漢時有《鼓吹曲》，而《短簫鐃歌》，其一章耳。諸曲調皆有聲有辭，故聲辭合寫，此不易之論也。按：《鐃歌》之「妃呼豨」、「收中吾」與他曲之「羊吾夷」、「伊那何」之類，乃遲其聲以送之耳。夫被於歌聲而又譜以辭者，殆所謂「聲依永」也。後人擬之，縱循厥本旨，酷肖體裁，而難協於律，終是「永依聲」矣。況復辭乖其旨，背離寖失邪？沈休文云：「樂人以音聲相傳，詁不復可解。」正謂聲辭相雜。而胡元瑞以嵲屼爲體格，非深於樂府者。尤笑王弇州謂：「《鐃歌十八》中有難解及迫詰屈曲者，『如絲如魚乎悲矣』、『堯羊蜚從王孫行』之類，或有缺文斷簡。」其誤處既不能曉，佳處又不能識，直以爲不足觀，曾解人而作是語也？

陸文裕公曰：「鄭漁仲謂：『樂以詩爲本，詩以聲爲用。』又謂：『古之詩，今之詞曲也。若不能歌之，但能誦其文而説其義，可乎？世儒義理之説日勝，而聲歌之學日微。』馬貴與則謂：『義理布在方策，聲則湮没無聞。』其言皆有見。而朱文公亦謂：『聲氣之和，有不可得聞者，此讀詩之所以難也。』夫樂之義理，詩詞是也；聲歌，猶後世之腔調也。兩者俱詣，乃爲大成。漁仲又謂：『樂之失，自漢武始。』蓋言亡其聲耳。漢世樂府如《朱鷺》、《君馬黄》、《雉子斑》等曲，其辭皆存而不可讀，想當時自有節拍短長高下，故可合於律吕。後來擬作者但詠其名物，詞雖有倫，恐非樂府之全也。且唐世之樂章，即今之律詩。而李太白立進《清平調》，與王維之《陽關曲》於今皆在，不知何以被之弦索？宋之小詞，今人亦不能歌矣。今人能歌元曲、南北詞，皆有腔拍，如《月兒高》、《黄鶯兒》之類，亦有律吕可按，一入於耳，即能辨之。恐後世一失其聲，亦但詠月詠鶯而已。此樂之所以難也。」

朱　鷺

《樂府原題》曰：「鷺惟白色，漢有朱鷺之祥，因而爲詩。」梁元帝《放生碑》云：「玄龜夜夢，終見取於宋王。朱鷺晨飛，尚張羅於漢后。」謂此也。《樂府解題》曰：「此蓋因飾鼓以鷺，而名曲焉。」吴旦生曰：朱鷺者，據《樂志》：「建鼓，殷所作。棲鷺於其上，取其聲揚。」或云：「鷺者，鼓之精。故吴王啓地門以厭越，越爲雷門，擊大鼓於下，而地門聞焉。後移鼓建康之端門，有雙鷺出鼓而飛乎雲末。」或云：「《詩》：『振振鷺，鷺于飛，鼓咽咽。』古之君子，悲周之衰，《頌》聲息，飾鼓以存鷺。」然此皆言鷺鳥也。至宋何承天作《朱路篇》云：「朱路揚和鑾，翠蓋耀金華。」直稱爲路車，與漢曲異矣。《禽經》云：「朱鳶不攫肉，朱鷺不吞鯉。」梁簡文《與劉孝儀令》云：「鷁舟乍動，朱鷺徐鳴。」《詩義疏》云：「楚威王時，有朱鷺合沓飛翔而來舞。」

雅荷

《朱鷺》：「魚以烏，鷺何食，食茄下。」

吴旦生曰：「烏」字與「雅」同，言朱鷺之威儀魚魚雅雅也。《説文》：「茄，芙蕖莖。」俗但借爲蔬菰名，非本訓也。《爾雅》：「荷，芙蕖。其莖茄，其葉蕸，其本蔤，其華菡萏，其實蓮，其根藕，其中菂，菂中薏。」郭璞云：「蜀人以藕爲茄。」張揖云：「茄音荷，《國風》『有蒲與荷』。」樊光注《爾雅》，引《詩》「有蒲與茄」。揚雄《反離騷》云：「衿芰茄之緑衣。」《注》：「茄，古荷字。」張衡《西京賦》：「蔕倒茄於藻井。」《注》：「茄，藕莖也。」李白詩：「胡爲啄我茄下之紫鱗。」金人蕭真卿《采蓮曲》云：「田田青茄荷，艷艷紅芙蕖。」

艾如張

《樂府原題》曰：「温子昇辭云：『誰在閑門外，羅家諸少年。張機蓬艾側，結網槿籬邊。若能飛自勉，豈爲繒所纏。黄雀儻爲戒，朱絲猶可延。』此『艾如張』之事也。觀李賀詩有『艾葉緑花誰翦刻，中藏禍機不可測』，似翦艾葉爲蔽張之具也。」

吴旦生曰：「艾」與「刈」同。《説文》：「芟草也。」「如」讀爲「而」，猶《春秋》「星隕如雨」也。故古辭「艾而張羅」，其意蓋謂「刈而張羅」也。按《穀梁傳》：「艾蘭以爲防，置旃以爲轅門。」謂因蒐狩以習武，芟草以爲田之大防是也。若云「張機蓬艾側」，是以「艾」爲蓬艾，恐失本意。

上之回

《樂府解題》曰：「漢武帝元封初，因至雍，遂通回中道，後數游幸焉。其歌稱帝遊石關，望諸國，皆美當時之事也。」

吴旦生曰：《三輔黄圖》云：「回中宫。」《史記》：「秦始皇二十七年，巡隴西北地，出笄頭，過回中。」《漢書》：「文帝十四年，十四萬騎入蕭關，殺都尉，燒回中宫，候騎至雍。」「武帝元封四年冬，行幸雍，祠五畤，通回中道，遂北出蕭關。歷獨鹿鳴澤，又有三良宫相近。」

上邪

漢《鐃歌·上邪》，其辭曰：「上邪，我欲與君相知。」

吴旦生曰：「邪」音移，故「邪」與「知」叶。何承天擬曲云：「上邪下難正。」誤作「邪正」之「邪」矣。按《尚書考靈耀》云：「虚爲秋候，昴爲冬期。陰氣相佐，德乃不邪。」又，星名「歸邪」。

梅花落

《復齋漫録》曰：「古曲有《梅花落》，非謂吹笛則梅落。詩人用事，不悟其失耳。」《漁隱叢話》曰：「詩人因笛中有《梅花落》曲，故言吹笛則梅落者甚衆。若以爲失，則《梅花落》之曲何爲笛中獨有之，決不虚設也。李白《觀吹笛》詩：『何人吹玉笛，一半是秦聲。十月吴山曉，梅花落敬亭。』戎昱《聞笛》詩：『平明獨惆悵，飛盡一庭梅。』崔魯《梅》詩：『初開已入雕梁畫，未落先愁玉笛吹。』黄庭堅《侍兒》詩：『催盡落梅春已半，更吹三弄乞風光。』泛觀古人用事一律，可見《復齋》之妄辯也。」

吴旦生曰：《梅花落》自是笛中曲，當以胡茗谿之説爲正。唐《大角曲》亦有《大梅花》、《小梅花》等曲是也。按鮑明遠《梅花落》曲中云：「念其霜中能作花，露中能作實。」蓋就二句中，上句「花」字與上之「嗟」字叶，下句「實」字忽復折入，與下之「日」、「質」字叶，奇變不測。

裲襠

《瑯琊王歌》：「陽春二三月，單衫繡裲襠。」

吴旦生曰：《釋名》：「衫，芟也。衫末無袖端也。裲襠，其一當胸，其一當背也。」《海篇》作「兩當」。王筠《詠裁衣》云：「裲襠雙心共一抹。」正謂此。《宋書》：「薛安都脱兜鍪，解所帶鎧，惟著絳納兩襠衫，馳入賊陣，所向無當其鋒者。」《齊書》：「文宣郊天，陽休之爲驍騎將軍，衣兩襠，用手持白梏，議者服其達曠。」

《企喻歌》云：「齊著鐵裲襠。」乃馬上飾鞍之具。

木蘭

《滄浪詩評》曰：「《木蘭歌》最古，然『朔氣傳金柝，寒光照鐵衣』之類，已似太白，必非漢魏人詩也。」《隱居詩話》曰：「《木蘭詩》有高致，世傳爲曹子建作，似矣。然其中云『可汗大點兵』，漢魏時未有『可汗』之名，不知果誰詞也。」

吴旦生曰：王弇州謂：「不必用『可汗』爲疑，『朔氣』、『寒光』致貶。要其本色，自是梁、陳及唐人手段。」余觀其敍事布辭，蒼拙近古，决非唐手所及。況魏太武時，柔然已號可汗，非始於唐也。解者謂：「木蘭，朱氏女。今黄州黄陂縣北七十里，即隋木蘭縣，有木蘭山、將軍冢、忠烈廟。」然據《湧幢小品》云：「隋煬帝時，姓魏氏，亳之譙人也。從軍一紀，閱十八戰。除尚書不受，歸而改妝。以事聞，帝奇之，欲納諸宫中。對曰：『臣無媲君之禮。』以死誓拒。迫不已，遂自盡。追贈將軍，謚孝烈。立廟，歲以四月八日致祭，蓋其生辰云。」

明駝

《酉陽雜俎》曰：「《木蘭篇》『明駝千里腳』，多誤作『鳴』字。駝卧腹不貼地，屈足，漏明則行千里。」

吴旦生曰：《太真外傳》：「上賜妃瑞龍腦十枚。妃私發明駝，使持三枚遺禄山。」「明駝」者，腹下有毛，夜能明，日馳三百里。楊升庵謂：「唐置驛，有明駝使，哥舒翰以白駝遞。」而《耕餘博覽》乃以明駝使爲異人也，恐誤。

《漢書》：「大月支出一封駝。」《注》：「脊上有一封。」李義山詩：「取酒一封駝。」

歷代詩話卷二十四　丁集三

垕谿　吴景旭旦生氏著

古樂府　卷中之上

箜篌引

唐子西曰：「古樂府命題，皆有主意。後人用樂府爲題者，當代其人而措辭。如《公無渡河》，須作妻止其夫之詞。太白輩或失之。」

吴旦生曰：《古今注》：「《箜篌引》，即《公無渡河》，霍里子高妻麗玉所作。子高晨起刺船，有白首狂夫，被髮提壺，亂流而渡。其妻隨止不及，遂溺死。於是援箜篌鼓之，作《公無渡河》之曲。曲終，亦投河死。子高還，以聲語麗玉。麗玉以箜篌寫其聲，曰《箜篌引》。」余觀曹植云：「置酒高殿上，親友從我遊。」似言及時行樂。又云：「久要不可忘，薄終義所尤。」似及交情，大非古辭之意。李白有二篇，一曰《公無渡河》，乃言渡河事；一曰《箜篌引》，亦言交情。此子西所謂「失之」也。吴正子謂：「歷觀前作，大抵以《箜篌引》命題者，不言叟溺；以《公無渡河》命題者，則及之。皆不足語樂府矣。」

《漢書》：「禱祀太乙、后土，作坎侯。」坎，聲也。使樂人侯調作之，取其坎坎應節也，因其姓命曰「坎侯」。

《古今韵會》云：「漢武令樂人侯暉依琴造𥳑。𥳑，空侯也。一名坎侯。『𥳑』即古『坎』字。」《野客叢書》云：「坎國之侯名暉也。」

楊升庵：「當作『空侯』。今作『箜篌』，加『竹』贅矣。其器只絲、木二物，與竹了不相干。大樂部，空侯二十三絃，在樂器中最大且高。凡琴、瑟、築、箏、琵琶、阮咸之屬，絲木相去皆未寸許，惟空侯絲與木相去遠，聲自空出，空侯之名或因此。」

《釋名》：「箜篌，師延所作。靡靡之音，空國之侯所好也。」《容齋隨筆》謂：「考侯國無名空者，余以此言大是憒憒。」按《樂府雜録》云：「箜篌乃鄭、衛之音權輿也，以其亡國之音，故號空國之侯。」

陌上桑

《樂府解題》曰：「古辭：『日出東南隅，照我秦氏樓。』舊説：邯鄲女子姓秦，名羅敷，爲邑人千乘王仁妻。仁後爲趙王家令。羅敷出，采桑於陌上。趙王登臺，見而悦之，置酒欲奪焉。羅敷善彈箏，作《陌上桑》以自明，不從。按其歌辭稱羅敷采桑陌上，爲使君所邀，羅敷盛誇其夫爲侍中郎以拒之。

與舊説不同。若陸士衡『扶桑昇朝暉』等，但歌佳人好會，與古調始同而末異。」

吴旦生曰：吴兢以「侍中郎」之詞與家令不合，遂病之。《樂府原題》云：「侍中郎，漢官也。恐仁爲趙王家令，後爲漢侍中郎也。」余最喜《樂府集》有云：「大抵詩人感詠，隨所命意，不必盡當其事，所謂『不以辭害意』也。且『發乎情，止乎禮義』，古《詩》之風也。今次是詩，益將體原其蹟，而以辨麗是逞，約之以義，殆有所未合。而盧思道、傅縡、張正見復不究明，更爲祖述。使若其夫不有『東方騎』，不爲『侍中郎』，不作『專城居』，乃得從使君之載歟？如劉邈、王筠之作，蠶不飢，日未莫，亦安得徬徨，爲使君留哉？蕭撝、殷謀，曾不足道。而沈君攸所謂『看金怯舉意，求心自可知』，亦庶幾焉。故秋胡婦曰：『婦人當采桑力作，以養舅姑，亦不願人之金。』此真烈婦之辭耳。」

王子喬

王弇州曰：「仙人有兩王喬，其一即太子晉，其一柏人令，天降玉棺者也。」楊升庵曰：「《史記·封禪書》注引裴秀《冀州記》云：『緱氏仙人廟者，昔有王僑，犍爲武陽人，爲柏人令，於此登仙。』非王子喬也。唐詩：『王子求仙月滿臺。』又云：『可憐緱嶺登仙子，猶自吹笙醉碧桃。』蓋世以王僑爲王子喬，誤也久矣。」胡元瑞曰：「《汲冢書》師曠稱晉爲王子。故樂府稱王子喬，非姓王氏也。喬當是晉别名。惟爲葉縣令而飛舄，與爲柏人令而食芝者，則名姓俱同，又同爲令，最易相亂。非精加考核，未易得之。」

吴旦生曰：劉向《列仙傳》云：「王子喬者，周靈王太子晉也。好吹笙作鳳鳴。浮丘公接以上升。三十餘年，見者，曰：『告我家，七月七日，待我緱氏山頭。』果乘白鶴翔山頭，舉手謝人而去。爲立祠於緱氏山下。」據此則緱氏仙人廟乃太子晉事，《封禪》注誤引入王伯僑之下，而升庵反誤認爲非王子喬也。元瑞指出晉爲王子，而葉縣、柏人又有兩人，極爲顯著。故弇州概稱「兩王喬」，亦未妥。按《海録碎事》云：「一王子晉王喬，二葉令王喬，三服肉芝王喬，皆神仙也。」

長歌行

《滄浪詩評》曰：「《文選·長歌行》只有一首『青青園中葵』者。郭茂倩《樂府》有兩篇，次一首乃『仙人騎白鹿』者。『仙人騎白鹿』之篇，予疑此詞『岧岧山上亭』以下，其義不同，當又别是一首，郭茂倩不能辨也。」

吴旦生曰：觀魏文帝所賦，似擬「仙人騎白鹿」一首；陸士衡所賦，似擬「青青園中葵」一首，其詞意各合古辭。而《解題》謂曹魏改奏，晉陸士衡不與古文合，何也？「岧岧山上亭」以下，細閲絶不相蒙，嚴氏駁之有見。

當

《藝苑卮言》曰：「古樂府：『悲歌可以當泣，遠望可以當歸。』二語妙絶。老杜『玉佩仍當歌』，『當』字出此。用脩引孟德『對酒當歌』，云：『子美一闡明之，不然，讀者以爲「該當」之「當」矣。』大瞶瞶可笑。孟德正謂遇酒即當歌也。下云『人生幾何』，可見矣。若以『對酒當歌』作去聲，有何趣味？」

吴旦生曰：焦弱侯謂：「元美此言，誤會用脩之意矣。用脩正讀『當』爲平聲，如『當時』之當。言人生對酒與當歌之時無幾耳，何嘗作去聲，如『當泣』、『當歸』之『當』哉？子美詩『當』亦作平聲，若如元美讀，不成詩矣。」

杜康

武帝《短歌行》：「何以解憂，唯有杜康。」

吴旦生曰：《選注》：「杜康，或云黄帝時宰人號。」大謬。蓋古之造酒者。武帝用東方生「銷憂唯酒」之意，故不言酒，直言杜康耳。束晳《勸農賦》：「蓋田熟啖紆其腹，而杜康咥其胃。」白樂天詩：「杜康能解悶。」潘佑詩：「直擬將心付杜康，亦如劉白墮工醲。」東坡乃云「獨對紅蕖傾白墮」也。《眉公筆記》：「杜康泉在舜祠東廡下，世傳杜康用斯泉釀酒。或以揚子江水并惠山泉稱之，一升重二十四銖，是泉重二十三銖。」

莊馗

王粲《從軍》詩：「館宇充鄽里，士女滿莊馗。自非聖賢國，誰能享兹休。」吴旦生曰：五臣作「馗」，音仇，協韵。李善《注》引「肅肅兔罝，施于中馗」。楊升庵謂：「作『馗』，音求，字从九、从酋爲是。又《説文》：『馗，音逵，九逵道也。似龜背，故曰馗。从九首。』一道爲一首，與『馗』同義而異音。今人不識『馗』字，皆从首，誤矣。」升庵此説最當。而《正楊》謂《韵會》支、尤二韵通作「馗」，恐未足以折升庵也。

豫章行

《樂府解題》曰：「古辭今闕誤不傳。陸士衡：『泛舟清川渚。』傷離别，言壽短景馳，容華不久。若曹植《擬豫章行》爲窮達。傅休奕《苦相篇》云：『苦相身爲女。』言盡力於人，終以華落見棄，亦題曰《豫章行》。」

吴旦生曰：《樂府集》謂：「豫章，邑名。漢南昌縣，隋爲豫章。有豫章江，江連九江。有釣磯，陶侃少時嘗宿此。夜聞人唱聲如量米者，訪之。吴時有度支於此亡。」今考傅玄、陸機輩所作，多敘别離怨恨思，即知豫章昔爲華艷盛麗之區耳。至唐杜牧詩，尚過稱其侈靡焉。

董逃行

古辭言神仙事。傅休奕《九奕》篇十六章，乃敘夫婦别離之思，非也。

吴旦生曰：《樂府原題》謂：「此辭作於漢武之時，蓋武帝有求仙之興。董逃者，古仙人也。後漢遊童競歌之，終有董卓作亂，卒以逃亡。此則謡讖之言，因其所尚之歌，故有是事實，非起於後漢也。」余觀别本，「逃」一作「桃」。梁簡文《行幸甘泉宫歌》云：「董桃律金紫，賢妻侍禁中。」似引董賢及子瑕殘桃事。終云：「不羨神仙侣，排煙逐駕鴻。」皆所未詳。詩話又引《漢武内傳》：「王母觴帝，索桃七枚。以四啗帝，自食其三。因命董雙成吹雲和笙侑觴。」作者取此。竊以樂府之題，亦如《關雎》、《葛覃》之類，只取篇中一二字以命詩，非有義也。若以「董」字、「桃」字泥其義，此與作《鐃歌·巫山高》雜以「陽臺神女」之事，《君馬黄》但言馬者，其荒陋一也。蔡寬夫所云「《烏生八九子》但詠烏，《雉朝飛》但詠雉，《雞鳴高樹巔》但詠雞」，大抵類此。而甚有「相府蓮」訛爲「想夫憐」，「楊婆兒」訛爲「楊叛兒」者矣。

七十二

《春渚紀聞》曰：「《玉臺》詩：『入門時左顧，但見雙鴛鴦。鴛鴦七十二，羅列自成行。』孟郊《薔薇歌》：『仙機軋軋飛鳳凰，花開七十有二行。』不知皆用『七十二』，取義何也？」吴旦生曰：田子藝言：「是美人之數也。古人多言三三美人。夫三三則六，而六六則爲三十六矣，左右各三十六，合之則爲七十二矣。蓋六者，陰數之極；而六六三十六者，又純陰之數，故用之婦人也。」余以此語未免穿鑿。後見《真率筆記》云：「霍光園中鑿大池，植五色睡蓮，養鴛鴦三十六對，望之爛若披錦。故《相逢行》云：『鴛鴦七十二，羅列自成行。』」按：《玉臺》詩乃樂府《相逢行》古辭也。知古辭確有所祖，可以釋陶南村之疑矣。梁簡文《箏賦》：「鴛鴦七十二，亂舞未成行。」李太白詩：「七十紫鴛鴦，雙雙戲庭幽。」皆取當時相對之義。《雞鳴》又云：「舍後有方池，池中雙鴛鴦。鴛鴦七十二，羅列自成行。」蓋言方池，正從園中大池入想也。此樂府亦用霍家事實。楊廉夫詩：「別院三千紅芍藥，洞房七十紫鴛鴦。」此亦影借句耳。若楊升庵詩「芳池七十二，寶帳三千重」，則是池有七十二邪？楊廉夫《金臺篇》云：「上有七十二鳳凰，金鼎玉食高頡頏。」

丈人

《顔氏家訓》曰：「古樂府歌辭，先述三子，次及三婦。婦是對舅姑之稱。其末章云：『丈人且安坐，調絃未遽央。』古者，子婦供事舅姑，旦夕在側，與兒女無異，故有此言。丈人亦長老之目。今世俗猶呼其祖考爲先亡丈人。又疑『丈』當爲『大』，北間風俗，婦呼舅爲大人公。『丈』之與『大』，易爲誤耳。近代文士頗作《三婦》詩，乃爲匹嫡並耦己之群妻之意，又加鄭衛之辭，何其謬乎？」

吴旦生曰：顔之推疑「大」誤爲「丈」，不知古有「丈人」之稱。唐翊仁《蛟人潛織》詩：「三日丈人嫌。」武則天怒魏玄同，賜死於家，監刑御史房濟曰：「丈人何不告密，可以自直。」《史記索隱》注：「韋昭云：古者名男子爲丈人，尊父嫗爲丈人。」故《漢書・宣元六王傳》所云「丈人」，謂淮陽憲王外王母，即張博母也。

黄震云：「《易經》『丈人』，程子謂尊嚴之稱，朱子謂長老之稱。丈者，黍龠尺引之積。《説文》云：『周制以八寸爲尺，十尺爲丈。人長八尺，故曰丈夫。』《論衡》云：『人形以一丈爲正，故名男子爲丈夫，尊翁嫗爲丈人。』《淮南子》云：『老者杖於人，爲丈人。』」

《野客叢書》云：「今人呼丈人爲泰山。或者謂泰山有丈人峰，故云。」《青城山記》云：「青城爲五嶽之長，名丈人山。俗呼人婦翁爲令嶽，妻之伯叔爲列嶽，因此。」歐陽永叔云：「呼妻夫爲嶽翁，以泰山有丈人峰。呼妻母爲泰水，不知出何書。」據《雜俎》載：「明皇東封，張説爲封禪使。三公以下，皆轉一品。説以壻鄭鎰官九品，用説遷五品。玄宗怪而問之，黄幡綽對曰：『泰山之力也。』」與前説不同。陳后山《送外舅》詩：「丈人東南英。」《注》謂：「丈人爲婦翁之稱。」《三國志》：「獻帝舅車騎將軍董承。」而裴松之《注》謂：「古無丈人之名，故謂之舅。」《晉書》：「王忱任達，婦父常有慘，忱乘醉弔之。」《舊唐書》：「獨孤郁以婦公辭内職，憲宗曰：『權德輿有此佳壻。』」按：裴松之，宋元嘉時人。呼婦翁爲「丈人」，已見此時。余因樂府「丈人」之語附入此條，竊以松之「古無丈人」之言未曾深考。而勉夫謂《南史》時已見，亦失之也。觀《史記》「漢天子，我丈人行」，則三國前早已有之。《漢書·郊祀志》：「大山川有嶽山，小山川有嶽壻。」豈以山嶽有壻，因謂婦翁爲嶽邪？

橉橉

甄后《塘上行》：「邊地多悲風，樹木何橉橉。」

吴旦生曰：「橉」音颼。古本《楚辭》「風颾颾兮木橉橉」，今本作「蕭」，而音亦叶「颼」。故樂府亦作「蕭蕭」，又作「翛翛」，總不若「橉橉」字之古也。

按：甄后，中山無極人，爲文帝后。其後爲郭貴嬪譖，賜死，臨終作此詩。而前志云：「晉樂奏魏武帝『蒲生我池中』。」至今題下刊「魏武帝」字，皆譌。

秋胡妻

劉子玄曰：「《列女傳》載秋胡妻者，尋其始末，了無才行可稱，直以怨懟厥夫，投川而死。輕生同於古治，徇節異於曹娥。此乃凶險之頑人，强梁之悍婦。輒與貞烈爲伍，有乖其實焉。」

吴旦生曰：按：秋胡宦歸，路見美婦，願奉以金。婦曰：「婦人當采桑力作，以養舅姑，不願人之金。」只此數語，節孝昭彰。此傳玄所謂「烈烈貞女忿，言辭厲秋霜」也。卒惡其行，投河而死，謂非烈女不可。自子玄之論一出，楊升庵謂當祠於妬婦津，以劉伯玉妻配享；胡元瑞謂當名秋胡妻所投水曰悍婦川。皆非允論，横污古烈。文人口業，一至於此。《西京雜記》云：「杜陵秋胡爲翟公所禮，欲以兄女妻之。或曰：『秋胡已經娶而失禮。』妻遂溺死，不可妻也。」馳象曰：「今之秋胡，非昔之秋胡也。豈得以昔之秋胡失禮，而絶婚今之秋胡哉？」

枯桑海水

《飲馬長城窟行》：「枯桑知天風，海水知天寒。入門各自媚，誰肯相爲言？」

吴旦生曰：翰《注》謂：「枯桑無葉，則不知天風；海水不凍，則不知天寒。喻婦人在家，不知夫之消息也。」善《注》謂：「枯桑無枝，尚知天風；海水廣大，尚知天寒。喻夫在遠，不知婦之憂戚也。」余意合下二句總看，乃云枯桑自知天風，海水自知天寒，以喻婦之自苦自知。而他家入門自愛，誰相爲問訊乎？

戰國趙、燕皆築長城以備邊，自陰山上遼東，謂之古長城。至秦始皇，西起臨洮，東入高麗，連亘萬里。按：酈道元《水經注》及《樂府廣題》謂：其南北皆有泉窟，漢時征戍之士飲馬於此，乃作是曲。王僧虔《伎録》以爲《相和歌辭》之《瑟調曲》也。凡婦人思遠者，亦借此題以寄情焉。此則其辭也。

雙鯉魚

《夷白齋詩話》曰：「『客從遠方來，遺我雙鯉魚。呼童烹鯉魚，中有尺素書。』魚腹中安得有書？古人以喻隱密也。魚，沈潛之物，故云。」

吴旦生曰：五臣《注》：「相思感通，夢寐之間若有使來遺者。」又云：「命家童殺而開之，中遂得書。」不知此乃想像之詞，借枯桑、海水以喻他鄉異縣，字字神境。若説殺魚，無乃癡騃。按：漢時書札相遺，或以絹素結成雙鯉之形，即緘也，非如今人用蠟。唐李氏季蘭結素魚貽人云：「尺素如殘雪，結爲雙鯉魚。欲知心裏事，看取腹中書。」蓋其遺制。

長城

陳琳《飲馬長城窟行》云：「生男慎莫舉，生女哺用脯。君獨不見長城下，死人骸骨相撑拄。」

吴旦生曰：秦築長城時，死者相屬。民歌云：「生男慎勿舉，生女哺用脯。不見長城下，尸骸相支柱。」則孔璋乃用其時之諺語也。

竹竿

卓文君《白頭吟》云：「竹竿何嫋嫋，魚尾何簁簁。」

吴旦生曰：漢《鐃歌》二十二曲，今所傳《朱鷺》等十八曲，而《務成》、《玄雲》、《黄雀》、《釣竿》四曲無傳焉。余嘗擬《朱鷺》等，因爲補四曲是也。其所謂《釣竿》者，《古今注》云：「伯常子避仇河濱，爲漁父。其妻思之，每至河側，作《釣竿》之歌。後司馬長卿作《釣竿》詩，今傳爲古曲也。」故文君言「竹竿」、「魚尾」，正引伯常子事以諷長卿耳。劉坦之《補注》云：「『嫋嫋』、『簁簁』，並摇動貌。以比相如之心不定，又將它圖也。」

梁父

《樂府》解題曰：「《梁甫吟》，蓋言人死葬此山，亦葬歌也。」

吴旦生曰：《西谿叢語》謂：「張衡《四愁詩》：『欲往從之梁父難。』《注》云：『泰山，東嶽也。君有德，則封此山。願輔佐君王，致於有德，而爲小人讒邪之所阻。』梁父，泰山下小山名。諸葛好爲《梁父吟》，恐取此意。」按《青州圖經》云：「三士冢在臨淄縣南一里，三墳周圍一里，高二丈六尺。」張朏《齊記》云：「是烈士公孫捷、田開疆、古冶子三士冢，所謂『二桃殺三士』者。」「遥望蕩陰里」，《解題》作「追望陰陽里。」嚴滄浪云：「青州有陰陽里。」

歷代詩話卷二十五　丁集四

靑谿　吴景旭旦生氏著

古樂府　卷中之下

匹

《子夜歌》：「理絲入殘機，何悟不成匹。」

吴旦生曰：《字書》：「匹，僻吉切。偶也，配也，合也。」歌中隱匹配之義，此借字寓意也。《周禮》：「媒氏入幣，純帛無過五兩。」《注》云：「必言兩者，欲得其配合之名。」《左傳》：「幣錦二兩。」杜預《注》云：「二丈爲一端，二端爲一兩，所謂匹也。」是每匹長四丈，中分之向裏，卷其末爲二端。二端，兩也。其實只一匹。《湘山野録》載：「胡旦致仕，遇恩賜束帛當十端。夏竦鎮襄陽，選縑十匹贈之。旦笑曰：『奉還五匹。請撿《韓詩外傳》及韓康伯等所解「束帛戔戔」之義，自可見證。』」據此則今之贈遺者，稱縑帛一匹爲「壹端」，誤矣。

「圍棋燒敗襖，著子故依然。」蓋《子夜四時歌》之類，每以前句比興引喻，而後句實言以證之。若此甚多。

棋

吴旦生曰：《西京雜記》：「漢元帝好蹴踘，以爲勞，求相類而不勞者，遂爲彈棋之戲。棋局方二尺，中心高如覆盂，其巔爲小壺，四角微隆起。」李商隱詩：「莫近彈棋局，中心最不平。」謂其中高也。白樂天詩：「彈棋局上事，最妙是長斜。」「長斜」謂抹角斜彈，一發過半局，今譜中具有此法。柳子厚敘棋用二十四棋者，即此戲也。《藝經》云：「彈棋，二人對局，白、黑棋各八枚。先列棋相當，下呼上擊之。」與子厚所記小異。如弈棋古局用十七道，合二百八十九道，黑、白棋各百五十，亦與後世法不同矣。

《世説》：「彈棋，魏宫中裝器戲也。魏文帝自負此技，以手巾角拂之，無不中。有客著葛巾，低頭拂棋，妙踰於帝。」

前谿

《漁隱叢話》曰：「于競《大唐傳》：『湖州德清縣南前谿村，則南朝集樂之處，今尚有數百家習音樂。江南聲伎多自此出，所謂舞出前谿者也。』《復齋漫録》言：『陳劉删詩：「山邊歌落日，池上舞前谿。」唐崔顥詩：「舞愛前谿妙，歌憐《子夜》長。」』按智匠《古今樂録》：『晉車騎將軍沈玩作《前谿歌》。』而非舞也。蓋復齋不曾見于競《大唐傳》，故不知舞出前谿耳。」

吴旦生曰：郗昂《樂府解題》亦言：「前谿，舞曲也。」《寰宇記》云：「前谿，烏程縣南，東流入太湖，謂之風渚。後谿在市北餘不亭。晉沈充家於前谿。」余嘗考前谿，一名餘英。谿水出銅峴山，東過武康縣前千秋橋，又東過縣學前，又自縣學前東過下渚湖，南與餘不谿水合。是則前谿屬武康縣，非屬德清縣也。況德清在唐時名武源、臨谿、德清，而武康自晉時已名之，漢則名餘不鄉，故于競遂誤認之邪？

破瓜

徐興公曰：「古辭：『碧玉破瓜時，郎爲情顛倒。芙蓉淩霜榮，秋容故尚好。』夫『破瓜時』，春也；『芙蓉淩霜』，秋也。春時色美，故使郎顛倒矣。而秋時亦不見其不美也。」

吴旦生曰：碧玉，晉汝南王妾名。孫綽爲作《碧玉歌》，一名《千金意》。按楊文公《談苑》云：「吕仙翁有詩與張洎，言將作鼎鼐之句。其句云：『功成當在破瓜年。』俗以爲『破瓜』爲『二八』字。洎六十四而卒，乃悟。」余因觀李群玉《贈馮姬》詩：「瓜字初分碧玉年。」亦謂以「瓜」字分之，則爲「二八」字也。則是古辭「破瓜」者，乃指碧玉十六妙年邪？

石闕

《讀曲歌》云：「石闕生口中，銜悲不得語。」

吴旦生曰：「石闕」，古漢時碑名，故取「悲」字之義。《子夜歌》作「石闕」。又《水經注》：「石的，石碑也。古名石桓、石闕。」

屈戌

《留青日札》曰：「梁簡文詩：『織成屏風金屈戌。』李商隱詩：『鎖香金屈戌。』一作『屈膝』。盧照鄰詩：『娼婦盤龍金屈膝。』李賀詩：『屈膝銅鋪鎖阿甄。』説者以爲即鋪首，非也。蓋既言屈膝，又言銅鋪，則非一物明矣。予謂即今之蝴蝶扇鉸也，可以屈申摺疊，故可用之屏風也。」

吴旦生曰：《鄴中記》：「石虎作金鈕屈膝屏風，衣以白縑，畫義士、仙人、禽獸之象。高施則八尺，下施則四尺，或施六尺，隨意所欲也。」故段成式詩：「屏開屈膝見吴娃。」正與簡文同用此。田子藝據長吉之句，遂以鋪首爲非。余觀《輟耕録》云：「今人家窗户設鉸具，或鐵或銅，名曰環紐，即古金鋪之遺意，北方謂之屈戌。」又《戲瑕》云：「曾見古金屈戌，長可尺餘，廣象楣棱小殺，鏤獸形若饕餮，狀絶細巧，銜雙環。意即古之金鋪耶？」據此則鋪首未爲非也。正德中薛蕙詩：「雙環金屈膝。」

《中州集》劉迎詩：「寶箱拂塵金鉳鉞。」

莫愁

《莫愁樂》云：「莫愁在何處，莫愁石城西。」

吴旦生曰：《唐書・樂志》：「石城有女子，名莫愁，善歌謡。蓋盧家女。一云爲妓，嘗召入楚宫，今郢州有莫愁邨是也。」顧太初《莫愁考》云：「莫愁村，今在承天府漢江西。石城在州西北，晉羊祜所建。」鄭谷詩：「石城昔爲莫愁鄉，莫愁魂散石城荒。」王横詩：「村近莫愁連竹隝，人歌楚些下蘋洲。」即此也。

梁武帝樂府云：「河中之水向東流，洛陽女兒名莫愁。莫愁十三能織綺，十四采桑南陌頭。十五嫁爲盧家婦，十六生兒字阿侯。盧家蘭室桂爲梁，中有鬱金蘇合香。」此蓋洛陽人。沈佺期詩：「盧家少婦鬱金堂。」李商隱詩：「如何四紀爲天子，不及盧家有莫愁。」即此也。則莫愁有兩人矣。

李本寧《莫愁湖記》云：「『還將盧女曲，夜夜奉君王』，則魏時宮人，故將軍陰升之姊。明帝崩，出嫁爲尹更生妻者也。」由此言之，古今有三莫愁。而盧氏多好女，令湖山争借以爲重乎？宋曾三異云：「曾見莫愁象，石本，衣冠甚古，乃古神仙者流，非女子。郢中倡女竊其名。」

估客樂

楊升庵曰：「《估客樂》，齊武帝所作，令釋寶月被之管絃。帝數乘龍舟遊江中，以紅越布爲帆，緑絲爲帆繂，鍮石爲篙足。篙榜者悉著鬱林布，作淡黄袴。舞此曲用十六人。按：史稱武帝節儉，常自言：『朕治天下十年，當使黄金與土同價。』然其從流忘返之奢如此，貽厥孫謀，何怪乎金蓮步地也。」

吴旦生曰：《古今樂録》：「帝布衣時，嘗遊樊鄧。登祚以後，追憶往事而作歌。敕歌者常重爲感憶之聲，故其辭曰：『昔經樊鄧役，阻潮梅根渚。感憶追往事，意滿辭不敘。』」考其情事，亦是漢太上新豐之意也。區區布帆絲繂，便足云奢，其視隋煬之龍舟鳳舸，殿脚女千人，更爲何如？胡元瑞云：「『當使黄金與土同價』，高帝語也。武帝繼高，亦有節儉之稱。《南史》、《齊書》並可考見。」釋寶月所上曲云：「有信數寄書，無信心相憶。」古謂使者曰信。按：越告糴於吴，使素忠爲信。晉武帝帖云：「故遣信還。」《南史》：「晨起出陌頭，屬與信會。」虞永興帖云：「事以信人口具。」

雙行纏

《墨莊漫録》曰：「婦人之纏足，前世無傳。齊東昏侯爲潘妃鑿金蓮帖地，曰：『此步步生蓮華。』然不言其弓小也。六朝詞人無一言稱纏足者，唐詩亦無及之。惟韓偓《詠屧子》詩：『六寸膚圍光緻緻。』唐尺短，校之亦小也，而不言其弓。」楊升庵曰：「弓足始於五代李後主，非也。六朝樂府有《雙行纏》，其辭云：『新羅繡行纏，足趺如春妍。他人不言好，獨我知可憐。』唐杜牧詩：『鈿尺裁量減四分，碧琉璃滑裹春雲。五陵年少欺它醉，笑把花前出畫裙。』段成式詩：『醉袂幾侵魚子纈，彯纓長戛鳳凰釵。知君欲作閒情賦，應願將身作錦鞋。』《花間集》詞云：『慢移弓底繡羅鞋。』則此飾不始於五代也。」

吴旦生曰：焦弱侯謂：「樂府有《雙行纏》，乃是行縢，即足衣也。」胡元瑞謂：「雙行纏，婦人以襯韈中者，即今俗談裹腳也。唐以前婦人未知札足，勢必用此，與男子同。男子以帛，婦人則羅爲之，加文繡爲美觀，以蔽於韈中。故『他人不言好，獨所歡知之』，語意明甚。楊妃馬嵬所遺，足徵唐世婦人皆著韈。今婦人纏足，其上亦有半韈罩之，謂之膝袴，恐古羅韈或此類。又《御覽》云：『昔製履，婦人圓頭，男子方頭，欲别男女也。太康婦人皆方頭履，男子無異。』則六朝前，婦人之履，斷可識矣。」車若水謂：「後漢戴良嫁女，練裳布裙，竹笥木屐。」據三氏之言，則札腳斷非古時之事。如《古今事物考》云：「起于妲己。」《留青日札》云：「起于西施。」皆非也。自李後主宮嬪窅孃以帛繞腳，屈上如新月狀，由是人皆效之。可謂弓足非始於後主乎？

婐 姬

梁武帝《遊女曲》云：「珠佩婐姬戲金闕。」

吴旦生曰：「婐姬」音「果火」。按：《説文》：「女待曰婐。讀若騧，或若委。」《孟子》曰：「舜爲天子，二女婐。」烏果切。姬，弱也。五果切。《字學集要》云：「婐，單作『果』，又身弱好貌。」《韵略》云：「姬，身弱貌。」韓退之《元和聖德》詩：「日君月妃，煥赫婐姬。」

歷代詩話卷二十六　丁集五

靑谿　吴景旭旦生氏著

古樂府　卷下之上

巴渝

《樂府原題》曰：「巴渝，本舞名，即鞞舞也。漢高自蜀漢將定三秦，閬中范因率賨人以從，爲前鋒，號板楯蠻，勇而善鬬。及定三秦，封因爲閬中侯，復賨人七姓。其俗善舞，高帝使樂人習之。閬中有渝水，因以爲名，故曰巴渝舞。」

吴旦生曰：《華陽國志》謂：「巴師勇鋭，歌舞以淩，殷人倒戈。故世稱之曰『武王伐紂，前歌後舞』也。」又謂：「閬中有渝水，賨民多居水左右，天性勁勇。初爲漢前鋒陷陣，鋭氣喜舞。帝善之曰：『此武王伐紂之歌也。』乃令樂人習學之。今所謂巴渝舞也。」按：舞曲四篇，一曰《矛渝》，二曰《弩渝》，三曰《安臺》，四曰《行辭》。其辭既古，莫能曉其句讀。《英雄記》云：「曹公破袁譚，馬上舞三巴。」曹植《鞞舞詩序》云：「故西園歌吹李堅者，能鞞舞。先帝下書召堅，堅年踰七十，中間廢而不爲。因考魏使王粲制其辭。粲問巴渝帥，而得歌之本意，改爲《予渝新福》、《弩渝新福》、《安臺新福》、《行辭新福》四曲，以述魏德。」李贊皇云：「巴渝末曲，猥蒙漢祖之知。」《西域傳》作「俞」。《蜀都賦》云：「奮之則賨旅，翫之則渝舞。」梁簡文《蜀道難》云：「若奏巴渝曲，時當君思中。」

濁

「獨漉獨漉，水深泥濁。」

吴旦生曰：「濁」音獨，「漉」、「濁」爲韵自叶。按《古音略》引《史記・律書》：「濁者，觸也。」《白虎通》：「瀆者，濁也。」《孺子之歌》：「滄浪之水濁兮，可以濯我足。」《漢書》：「《潁川歌》潁水濁，灌氏族。」陳張君祖詩：「風來詠愈清，鱗萃淵不濁。斯乃玄中子，所以矯逸足。」又俗謂不明曰「醬濁」，以酒爲喻也。或作「鶻突」，又作「黏塗」，並非。

白紵

《韵語陽秋》曰：「《樂府解題》譽白紵曰：『質如輕雲色如銀，製以爲袍餘作巾，袍以光軀巾拂塵。』王建云：『新縫白紵舞衣成，來遲邀得吴王迎。』元稹云：『西施自舞王自管，白紵翻翻鶴翎散。』

則白紵，舞衣也。王建云：『新換霓裳月色裙。』豈《霓裳羽衣舞》亦用白耶？」

吴旦生曰：《宋書・樂志》曰「白紵舞」。按：舞辭有「巾袍」之言，紵本吴地所出，宜是吴舞也。晉俳歌云：「皎皎白緒，節節爲雙。」吴音呼「緒」爲「紵」，疑「白緒」即「白紵」也。《南齊書・樂志》曰：「白紵歌。」周處《風土記》：「吴黄龍中童謡云：『行白者，君追汝，句驪馬。』後孫權征公孫淵，浮海乘舶。舶，白也。今歌和聲，猶云『行白紵』焉。」後見《樂府原題》云：「《白紵歌》有《白紵舞》，《白鳧歌》有《白鳧舞》，並吴人之歌舞也。吴地出紵，又江鄉水國，自多鳧鷖，故興其所見以寓意焉。始則田野之作，後乃大樂氏用焉。」此解最確。

歷代詩話卷二十七　丁集六

壽谿　吴景旭旦生氏著

古樂府 卷下之下

路旁兒

張率《走馬引》云："歛轡且歸去，吾畏路旁兒。"

吴旦生曰：《樂府集》載："張敞爲京兆尹，無威儀。時罷朝會，過走馬章臺街。風俗曰：『殺君馬者，路旁兒也。』言長吏馬肥，觀者快之。乘者喜其言，馳驅不止，至於死。故曰：『吾畏路旁兒。』"按崔豹《古今注》曰："《走馬引》，樗里牧恭所作也。爲父報怨殺人，而亡匿於山之下。有天馬夜降，圍其室而鳴。覺聞其聲，以爲追吏，奔而亡去。明旦視之，乃天馬跡也。因惕然大悟曰：『豈吾所處之將危乎？』遂荷糧而逃，入於沂澤中，援琴而鼓之，爲天馬之聲，曰《走馬引》。"《解題》："一曰《天馬引》。"

大風

《庚谿詩話》曰：「漢高帝《大風歌》，不事華藻，而氣概遠大，真英主也。至武帝《秋風辭》，言固雄偉，而終有感慨之語，故其末年幾至於變。魏武、魏文父子，横槊賦詩，雖遒壯抑揚，而乏帝王之度。六朝以後，人主言非不工，而纖麗不逞，無足言也。」

吴旦生曰：《大風歌》，《史記・樂書》謂之「三侯章」，「令沛得以四時歌舞宗廟，蓋欲使後之子孫知其祖創業之勤，不可怠於守成爾」。《索隱》曰：「侯，語辭也；兮，亦語辭也。歌有三『兮』，故曰三侯。」按：「兮」、「侯」古韻通。據此則高帝過沛時已有此歌。惠帝二年，命夏侯寬爲樂府令，而《漢書》云：「武帝立樂府。」後人遂謂樂府起於武帝，非也。

蘇潁濱云：「高帝豈以文字高世者哉？帝王之度固然，發於其中而不自知也。李白詩反之曰：『但歌大風雲飛揚，安用猛士守四方。』其不識理如此。」

《香宇外集》云：「《彈鋏歌》一句，《易水歌》二句，《大風歌》三句，《南風歌》四句，《夏人歌》五句，《扊扅歌》六句。夫歌以永言，今只此數篇，略略數句，而聖賢王霸、俠士婦人，氣象自别，又何必連篇累牘，以辭相侈哉？」

柏

《瓠子之歌》云：「魚弗鬱兮柏冬日。」吴旦生曰：「柏」與「迫」同。按：柏人城在順德府唐山縣，漢高過此欲宿，心動，問：「縣何名？」曰：「柏人。」高祖曰：「柏人者，迫於人也。」不宿而去。《瓠子注》云：「水長涌溢，穢濁不清，故魚不樂。又迫冬日，將甚困也。」

李夫人歌

《許彦周詩話》作「立而望之偏」，云：「此退之『走馬來看立不正』之所祖也。」吴旦生曰：齊人少翁有神術，能令武帝遥見好女，如李夫人之貌。還幄坐，而步不得就視。帝益悲，感而作歌，所以狀其髣髴也。據《樂府》古本作「翩」字，合下「姗姗」，仍得紗麗善舞之遺態。原非「偏而不正」之謂。況此歌乃「之」、「遲」叶韵，「翩」字應屬下句，若屬上則不成句。

《史記·武帝本紀》云：「上有所幸王夫人卒，少翁以方術，夜致王夫人貌。」又徐廣注《封禪書》謂：「《外戚傳》曰：『趙之王夫人。』」則與李夫人異矣。

香囊

繁欽《定情篇》：「香囊繫肘後。」《焦仲卿妻》古辭：「四角垂香囊。」

吴旦生曰：晉謝玄佩紫羅香囊。謝安患之，而不欲傷其意，因戲賭取焚之。按：婦人之幃謂之縭，即香囊也。《楚辭》：「蘇糞壤以充幃。」王逸《注》：「幃，謂之幐。幐，香囊也。」「椴又欲充其佩幃。」《注》：「幃，盛香之囊也。」《説文》：「幐本作幃。」《韵會》：「幐，囊可帶者。」《後漢・儒林傳》「制爲幐囊」，《注》：「即幐也。」《南史》「麝幐」，《注》：「今之香袋。」

雙鍼

繁欽《定情篇》云：「何以結中心，素縷連雙鍼。」

吴旦生曰：昔有姜氏，與鄰人文胄通殷勤。文胄以百鍊水晶鍼一函遺姜氏，姜氏啓履箱，取連理線貫雙鍼，結同心花以答之。見謝氏《詩源》。

長楸

曹植《名都篇》：「鬬雞東郊道，走馬長楸間。」吴旦生曰：《選注》：「古人種楸於道，故曰長楸。」沈炯《邊馬有歸心》詩：「彌憶長楸道，金鞍背落暉。」老杜《玉腕騮》詩：「頓驂飄赤汗，跼蹐顧長楸。」東坡《題牧馬圖》詩：「至今霜蹏蹋長楸。」山谷和詩：「長楸落日試天步。」皆原本陳思。

寒鼈

楊升庵曰：「曹子建《名都篇》：『寒鼈炙熊膰。』此舊本也。五臣妄改作『炰鼈』。蓋『炰鼈膾鯉』，《毛詩》舊句，淺識者孰不以爲『寒』字誤而從『炰』字邪？不思『寒』與『炰』字形相遠，音呼又别，何得誤至於此？《文選》李善《注》云：『今之時餉謂之寒，蓋韓國饌用此法。』《鹽鐵論》：『羊淹雞寒。』《崔駰傳》亦有『雞寒』。曹植文：『寒鵠蒸麑。』劉熙《釋名》：『韓雞爲正，古字「寒」與「韓」通也。』」

吴旦生曰：改「寒」作「炰」，五臣之陋，不足攻矣。第考《文選》宋板善本李善《注》，並無「今之時餉謂之寒」句。據曹子建《七啓》云：「寒芳連之巢龜。」《注》謂：「今之腪寒也。」《資暇集》李氏云：「今之臘肉謂之寒，今腪肉也。」《廣韻》云：「煮肉熟食曰腪。」或者「時餉」二字乃「臘肉」之譌，而升庵好異，一時誤録，不遑致詳耳。

何元朗云：「升庵不當謂韓國饌法，蓋膾臛炙皆言烹飪，不容寒獨稱地。當是鼈與雞皆性寒易凍，如今人言凍鼈、雞凍是也。若云『韓鼈』猶可通，以『雞寒』爲『雞韓』，可乎？」余以元朗通士，乃作此澀語。按：《逸雅》云：「韓羊、韓兔、韓雞，本法出韓國所爲也。猶酒言宜城醪、蒼梧清之屬也。」此證最確。以「寒」訓「凍」，可笑。

乘蹻

曹子建《升天行》：「乘蹻追術士，遠之蓬萊山。」

吴旦生曰：《抱朴子》：「乘蹻可以周流天下。蹻道有三法：一曰龍蹻，二曰氣蹻，三曰鹿盧蹻。」

《字學集要》云：「蹻有五音：音皎，舉足加高貌，彊直貌，武貌；又音喬，驕也，慢也；又音腳，舉足行高；又與屩同，履也；又音噱，驕甚。」

井公

王褒《輕舉篇》云：「誰能攬六博，還當訪井公。」

吴旦生曰：楊升庵謂：「古樂府：『井公能六博，玉女善投壺。』蓋因井星形如博局而附會之，亦詩人『北斗挹酒漿』之意也。」胡元瑞引《穆天子傳》第五卷「紀王與隱士井公博，三日不決」：「一卷中凡兩見。井公必當時有道之士，致周穆以萬乘之尊，屢從博戲，亦奇矣。」王褒二語，正用周穆訪隱士事。若天上井星，從何訪之？庾信詩：「藏書凡幾代，看博已千年。」《圖經》稱穆天子藏書於大西山、小西山，亦用周穆事也。余觀《神異經》亦載井公事，愈知元瑞之説較升庵爲確。樂府《登名山行》有「藏書凡幾代，看博已經年」，爲隋李巨仁作。又升庵謂：「六博即骰子。」元瑞謂：「其時未有也。」余觀《西京雜記》云：「許博昌善陸博，法用六箸，以竹爲之，長六分。」王逸注《楚辭》云：「投六箸，行六棊，故爲六博。以篦簬作箸，象牙爲棊，麗而且好也。」《説文》：「六箸，十二棋也。」鮑弘《博經》云：「六博用十二棊，分白、黑各半擲之。」據此則曹植所云「仙人攬六箸，對博太山隅」，與其旨義悉合，何得謂是骰子。

閶門樓

陸機《吴趨行》云：「閶門何峯峩，飛閣跨通波。重欒承游極，迴軒啓曲阿。」吴旦生曰：《吴地記》：「閶闔門者，吴王闔閭所作也。名爲閶闔門，高樓閣道。後從此出伐楚，改曰破楚門。」故士衡云爾。至宋淳熙間，其閶門之舊樓三間猶存。建炎兵火之後，不復有矣。蘇子美詩：「年華冉冉催人老，雲物蕭蕭又變秋。家在鳳凰山下住，江山何事苦相留。」子美猶及見此樓也。

香

《王直方詩話》曰：「古辭云：『博山鑪中百和香，鬱金蘇合及都梁。』又云：『氍毹毾㲪五水香，迷迭艾蒳及都梁。』按《廣志》：『都梁香出交廣，形如藿香。迷迭出西域。』魏文帝有《迷迭賦》。信乎不行一萬里，不讀萬卷書，不可看老杜詩也。」《漁隱叢話》曰：「王直方何鹵莽如此，方論古辭香事，初不論杜詩，遽有『不行一萬里，不讀萬卷書，不可看杜詩』之語。」《野客叢書》曰：「《漁隱》不深察耳。直方蓋謂大凡古詩中多有事蹟，但人讀書不多，見識不廣，所以不知。使不觀《廣志》等書，孰知都梁等香事。因悟所謂『不行一萬里，不讀萬卷書，不可看杜詩』之語爲信然。《漁隱》自鹵莽如此，反謂直方鹵莽，其可笑也。《迷迭賦》，如曹植、王粲、應瑒、陳琳之徒皆有是作，不但文帝一人而已。故梁元帝志蕭琛曰：『迷迭成章。』江總表曰：『迷迭之文云云。』」

吴旦生曰：此吴均《行路難》之語也。數香皆非僻産，何足聚訟。按《史記》：「武帝元朔二年，封長沙定王子遂爲都梁侯。」《水經注》云：「都梁縣有小山，山有渟水。其中悉生蘭草，緑葉紫莖，芳風藻川，蘭馨遠馥。俗呼蘭爲都梁，山因以號，縣受名焉。」《荆州記》云：「蘭草名都梁香，形如藿香。」《廣志》云：「都梁香出交廣，亦名煎澤草。」

按：《魏略》云：「鬱金生大秦國，二三月花如紅藍，四五月采之。其香十二葉，爲百草之英。」《埤雅》：「鬱之爲草若蘭。」《説文》：「鬯，芳草也。十葉爲貫，百廿貫築以煮之爲鬯。」《漢制考》云：「鬯鬯百草之華，遠方鬯人所貢芳草，合釀之以降神。鬯，今鬯林郡也。觀《禮》以鬯草生庭爲瑞，則鬯本遠方所貢。」《妝樓記》云：「染婦人衣最鮮明，然不耐日炙。染成衣，則微有鬱金之氣。」

按《南史》云：「大秦國出蘇合香，是諸香汁煎之，非自然一物也。又大秦人采蘇合，先笮其汁，以爲香膏，乃賣其滓。」《夢谿筆談》云：「今之蘇合香如堅木，赤色。又有蘇合油，如䵑膠，今多用此爲蘇合香。」考劉夢得《傳信方》云：「皮薄，子如金色。按之即小，放之即起。良久不定如蟲動，烈者佳。」據此則《酉陽雜俎》謂「獅子糞」固非，即陶隱居所稱「色如紫檀，重如石燒之灰白」

者，亦未真也。

黄姑

古辭：「東飛伯勞西飛燕，黄姑織女時相見。」

吴旦生曰：張平子《天象賦》：「河鼓集軍，以嘈雜囋。」張茂先、李淳風等注云：「河鼓三星在牽牛星北，主軍鼓，蓋天子三軍之象。」《淮南子》所謂烏鵲填河成橋而渡織女，俗傳七夕牛女相過者，此也。《海録碎事》云：「楚人呼牽牛星爲擔鼓。」《爾雅》云：「何鼓謂之牽牛。」何，荷也，亦擔義也。《荆楚歲時記》云：「河鼓、黄姑，牽牛也，皆語之轉。」若李後主詩：「迢迢牽牛星，杳在河之陽。粲粲黄姑女，耿耿遥相望。」則誤認黄姑爲織女矣。李太白詩：「黄姑與織女，相去不盈尺。」然以星曆考之，牽牛去織女，隔銀河七十二度。古詩所謂「盈盈一水間，默默不得語」，安得謂「不盈尺」耶？《焦林大斗記》云：「天河之西，有星煌煌，與參俱出，謂之牽牛。天河之東，有星微微，在氐之下，謂之織女。」《春秋斗運樞》云：「牽牛神名略。」《石氏星經》云：「牽牛名天關。」《佐助期》云：「織女神名收陰。」《史記・天官書》云：「織女是天帝外孫。」《漢書・天文志》云：「天之貞女。」至於道書云：「牽牛娶織女，取天帝錢二萬備禮。久而不還，被驅在營室。」劉子儀詩：「天帝聘錢還得否。」而盧仝有「癡牛騃女」之句，亦誣甚矣。

《容齋隨筆》云：「蒼梧王當七夕，令楊玉夫伺織女渡河，曰：『見當報我，不見當殺汝。』蒼梧荒悖小兒，不足笑。梁劉孝儀詩：『欲待黄昏至，含嬌淺度河。』唐人七夕詩皆有此説，自是牽俗遺詞之過。按：天上經星，終古不動，安有所謂渡河之理？故老杜有詩云：『牽牛出河西，織女處其東。萬古永相望，七夕誰見同。神光竟難候，此事終蒙朧。』其識非他人比也。」

厮養卒

楊升庵《樂府序》曰：「觀樂府有《邯鄲才人嫁爲厮養卒婦》篇，特亡其辭，亦失其解。及考《史記·張耳傳》洎《楚漢春秋》，并云：『趙王武臣，爲燕軍所獲，因於燕獄。先後使者往請，輒爲燕所殺。趙有厮養卒，謝其舍中曰：「吾將載趙王歸。」舍中人笑之。乃走燕壁，以利害説燕將。燕以爲然，乃歸趙王。厮養卒御王以歸。武臣歸趙，以美人妻養卒以報之。』是其事也。」

吴旦生曰：李蓘謂：「《張耳傳》祇云『厮養卒』，並無『才人嫁爲婦』語，曷以知所嫁者即此卒邪？」陳耀文謂：「此事《史》、《漢》並同，《注》中俱無《楚漢春秋》字。」余按：古辭已亡，謝朓所作，但言自宫闈而出，徒增悲羞，亦不及武臣陷燕意也。然據升庵引《張耳傳》洎《楚漢春秋》，明是兩種書。陳晦伯謂《注》中無「楚漢春秋」字，是不細看升庵一「洎」字也。升庵淹博，必見《楚漢春秋》有此語，因合《張耳傳》而並舉之，以立此説。

《張耳傳》：「趙有厮養卒。」蘇林《注》云：「厮，取薪者也；養，養人者也。蓋厮主樵蘇，養主烹飪。」此《通鑑》所謂「竈下養，中郎將」也，本皆賤者之事。田子藝謂：「『厮養卒』當爲『厮扈卒』。」按：《左傳》「厮役扈養」，《注》：「養馬者曰扈，炊烹者曰養。」則「扈」別是一役矣。

愛妾换馬

《樂府解題》曰：「舊説淮南王所作，淮南王即漢劉安也。古辭今不傳。」

吴旦生曰：中唐張祜作此題二律，亦引《樂府解題》，自注其下。然觀魏任城王曹彰，性倜儻，見駿馬愛之，其主所惜也。彰曰：「予有美妾可换，惟君所選。」馬主因指一妓，彰遂换之。馬號白鶻，後因獵，獻於文帝。竊以任城之説，較淮南爲可據。宋人詩話乃以鮑生出四絃换韋生紫叱撥爲證。余按唐李玖《異聞實録》云：「鮑以女妓善四絃者换韋紫叱撥。會飲未終，有二人造席。適聞以妾换馬，可作題共聯賦否？一曰：『香暖深閨，未厭夭桃之色；風清廣陌，曾憐噴玉之聲。』一曰：『香散緑騣，意已忘於鬢髮；汗流紅頟，愛無異於凝脂。』客自稱江淹、謝莊也。」則是開成以後事。引此較淮南更誤。

流蘇

徐陵《雜曲》云：「流蘇錦帳挂香囊，織成羅幌隱鐙光。」

吴旦生曰：「流蘇」者，乃盤綫繡繪之毬，五色錯爲之，同心而下垂，所謂「雜綵爲同心，垂垂若流蘇」也。《前漢·禮樂志》薛瓚《注》作「流遡」。《周禮》「金鐲節鼓」，鄭玄《注》云：「後世合宫懸用之，而有流蘇之飾。」蓋古者樂器之飾，而後世用爲幃帳之懸，自晉以後始也。又析羽曰流蘇。摯虞云：「緝鳥尾，垂之若流然。以其蕊下垂，故曰蘇。今之旌竿上綴旒也。」又《晉書》：「割流蘇爲馬帴。」《南都賦》：「駙承華之蒲梢，飛流蘇之騷殺。」《注》：「蒲梢，汗血馬也。言取華厩蒲梢之馬，而以流蘇五采爲馬飾也。騷殺，飄揚貌。」又《石頭百姓歌》云：「庾公還揚州，白馬牽流蘇。」《焦仲卿妻》云：「躑躅青驄馬，流蘇金鏤鞍。」則不止幃帳間所懸，而且飾旌又飾馬矣。

昔昔鹽

《貴耳集》曰：「薛道衡『空梁落燕泥』之句，詩名《昔昔鹽》，十韵，《樂苑》以爲羽調曲。《玄怪録》載籧篨三娘唱《阿鵲鹽》，又有《突厥鹽》、《黄帝鹽》、《白鴿鹽》、《神雀鹽》、《疏勒鹽》、《滿座鹽》、《歸國鹽》。唐詩：『媚賴吴娘唱是鹽，更奏新聲刮骨鹽。』謂之『鹽』者，吟、行、曲、引之類。《樂府解題》謂之『杖鼓曲』也。」

吴旦生曰：楊升庵謂：「梁樂府《夜夜曲》，或名《昔昔鹽》。『昔』即夜也。」引《列子》「昔昔夢爲國君」證之。余觀《海録碎事》云：「十四昔，十四夕也。」信其説爲最確。升庵别本乃引《戴記》「示之禽而鹽諸利」《注》：「與『艷』同。使歆艷也。『鹽』者，『艷』之轉聲也。」此語殊誤。余且以他曲例之，如禰衡鼓歌云：「邊城晏開漁陽摻，黄塵蕭蕭白日暗。」吴淑改「摻」字爲「操」。徐鍇曰：「摻，音七鑒反，鼓曲也。以其三撾，故因謂之摻。」又如韓皋鼓《廣陵散》，其説謂：「毋丘儉、諸葛誕刺揚州，舉兵討晉不成，而散於廣陵耳。」劉道原謂：「漢魏時，揚州治壽春，儉、誕皆死壽春。至隋唐，廣陵始爲揚州。」而「散」，平聲，是琴曲名，如「操」、「弄」、「摻」、「淡」、「序」、「引」之類。然則「鹽」與「摻」、「散」皆是曲之别名也。《唐詩紀事》云：「施肩吾詩：『顛狂楚客歌成雪，媚賴吴孃笑是鹽。』蓋關中人謂好爲『鹽』也。」皇甫百泉云：「《昔昔鹽》亦此意也。樂府有《魏俞》、《吴俞》、《劍俞》、《矛俞》、《弩俞》，『俞』，善也。」元遺山詩：「鹽紅忘後顧，黧黑見前驅。」按：此「鹽」字作去聲。

蕊女

《樂府解題》曰：「桓帝初，京都童謡云『車班班，入河間』者，言桓帝將崩，乘輿班班，入河間迎靈帝也。『河間姹女工數錢』者，靈帝既立，其母永樂太后好聚金錢也。」

吴旦生曰：以「姹女」指太后，此説大謬。及觀善本，乃作「蕊女」。按《關尹子》：「嬰兒蕊女，謂未破瓜時也。」《本草》「荳蔻含胎」之語出此。《留青日札》云：「月運紅潮，取以入藥，則名紅鉛。女子十四而天癸發，取其初發之中有一粒如小荳者，色微黄，即所謂黄花也。蓋黄花之義，亦從蕊字生。」

雞鳴歌

「東方欲明星爛爛，汝南晨雞登壇唤。」

吴旦生曰：徐陵《烏棲曲》：「惟憎無賴汝南雞，天河未落猶争嘨。」《野客叢書》引李賀詩「雄雞一聲天下白」、温飛卿詩「碧樹一聲天下曉」，謂出於古之《雞鳴歌》「汝南晨雞登壇唤，月没星稀天下旦」。據此，則直謂是雞鳴矣。《漢舊儀》云：「汝南出長鳴雞。」余竊以爲皆謬也。按：漢時於汝南取能《雞鳴歌》之人耳。《樂府廣題》云：「漢有雞鳴衛士，主雞唱宫外。」《漢書》云：「高祖圍項羽垓下，羽是夜聞漢軍四面皆楚歌。」應劭《注》：「楚歌者，《雞鳴歌》也。」

窮袴守宫

樂辭云：「愛惜加窮袴，防閑託守宫。」

吴旦生曰：僧惠洪於客邸破篋中見詩編，皆晉簡文時名公卿，而樂府有此二語。按《説文》：「袴，脛衣也。」《釋名》：「袴，跨也。兩股各跨别也。」《方言》：「齊魯之間謂之䙙，或謂之襱。關西謂之袴，大袴謂之倒頓，小袴謂之校衧。楚通語也。」又，袴謂留幕，冀州所名。又，新羅國謂袴曰柯半。而「窮袴」之義何居？西漢《上官后傳》：「宫人使令，皆爲窮袴，多其帶。」服虔《注》云：「窮袴有前後襠，不得交通也。」師古《注》：「即今之裩襠袴也。」則知古人袴皆無襠。女人用襠者，其制起自上官后。爲霍光外孫，欲擅寵而使宫人爲之。今則男女皆服之矣。

楊升庵云：「裩，三代不見所述。周文王所製裩長至膝，謂之弊衣。賤人不下服，曰良衣，蓋良人之服也。至魏文帝，賜宫人緋交襠，即今之裩。」

《方言》：「秦晉西夏謂之守宫，或謂之蠦蝘，或謂之蜤易。其在澤中者，謂之易蜴。南楚謂之蛇醫，或謂之蠑螈。東齊、海岱謂之螔[illegible]，北燕謂之祝蜓。桂林之中，守宫大者而能鳴，謂之蛤解。」《博物志》云：「蜥蜴或名蝘蜓，以器養之，食以朱砂，體盡赤。所食滿七斤，擣萬杵，點女人支體，終身不滅，惟房室事則滅，故號守宫。傳云：東方朔奏漢武，試之有驗。」《誠齋雜記》云：「秦始皇時，有人進守宮，謂能典鑰，人不敢竊發。又謂置於宮中，宮人之有異志者，即吐血汙其衣。」此二説與《博物志》異。

景泰中，湯公讓《守宮》詩：「誰解秦宮一粒丹，記時容易守時難。鴛鴦夢冷腸堪斷，蜥蜴魂銷血未乾。榴子色分金釧曉，茜花光映玉鞲寒。何時試拭香羅袖，笑語東君仔細看。」劉欽謨曰：「此何減李商隱。」

灩澦歌

《蜀中詩話》曰：「梁簡文《灩澦歌》：『灩澦大如馬，瞿塘不可下。金沙浮轉多，桂浦忌經過。』鄭樵云：『天下水之險者，惟蜀之瞿塘、百粵之桂浦。此歌言行瞿塘者準灩澦，行桂浦者準金沙也。』楊用脩以爲商估刺水行舟歌，非簡文之作。俗本改『桂浦』作『桂楫』，尤非。按：『灩澦』一作『淫預』，一作『猶豫』，載各不同。」

吴旦生曰：鄭樵《樂府原題》載其辭云：「淫預大如服，瞿唐不可觸。金沙浮轉多，桂浦忌經過。」此舟人商客刺水行舟之歌，亦非簡文所作也。蜀江有瞿唐之患，桂江有江浦之難，故過瞿唐者則準灩預，涉桂浦者則準金沙。又有「灩豫如馬，瞿唐莫下；灩豫如象，瞿唐莫上」之語，是單言瞿唐也。據此則曹能始所載之歌「馬」、「下」叶者，與樂府本辭異，是誤以「如馬」、「如象」之語入「灩豫」、「金沙」之歌矣。況行舟之歌非簡文作，此即鄭樵語也。乃於引據鄭樵之後，另標用脩云云，是但見用脩詩話，謂屬其語，不知用脩往往采古人之言而述其善者。能始實未考鄭樵全本也。三峽歌云：「巴東三峽巫峽長，猨鳴三聲淚沾裳。」《復齋》以爲峽州行者歌，而《漁隱》據爲簡文作，亦誤也。《水經注》謂是漁者歌。

《樂府解題》云：「瞿，盛也；唐，陂池也。言盛水其中，可以行舟也。」又云：「夏則爲瞿，冬則爲唐。」

《水經注》：「灩澦堆在夔州府城西。有孤石，冬出水二十餘丈，夏即没。」《益州記》又曰：「猶預，言舟子取途，不決水脈，故猶預也。」

《類要》云：「淫預大如鼈，瞿塘行舟絶。淫預大如龜，瞿塘不可窺。」《南史》：「灩澦如牛一作「樸」。本不通，瞿唐水退爲庾公。」李太白詩：「五月不可觸，猨鳴天上哀。」杜子美詩：「沈牛荅雲雨，如馬戒舟航。」

歷代詩話戊集目録

漢魏六朝

卷上之上

卷上之下

卷中之上

卷中之下

卷下之上

卷下之下

歷代詩話卷二十八　戊集一

壽谿　吳景旭旦生氏著

漢魏六朝　卷上之上

豕韋

《容齋四筆》曰：「韋孟《諷諫》云：『肅肅我祖，國自豕韋。總齊群邦，以翼大商。至於有周，歷世會同。王赧聽譖，實絶我邦。我邦既絶，厥政斯逸。賞罰之行，非繇王室。庶尹群后，靡扶靡衛。五服崩離，宗周以墜。』觀孟之自敘乃祖，而乖疏如是。周至赧王，僅存七邑，救亡不暇，豈能絶侯邦乎？周之積微久矣，非因豕韋一國，然後五服崩離也。《左傳》范宣子之言曰：『匄之祖在商爲豕韋氏，在周爲唐杜氏。』杜預曰：『豕韋國於東郡白馬縣，殷末國於唐，周成王滅之。』此最可證。」

吳旦生曰：按：陶唐氏既衰，其後有劉累學擾龍以事孔甲，賜氏曰御龍，以更豕韋之後。累尋遷魯縣。豕韋復國，至商而滅。累之後世復承其國，爲豕韋氏。此匄所謂「在商爲豕韋氏」也。周成王滅唐，遷封杜伯。爲宣王所滅。杜洩奔魯，因以爲氏。此匄所謂「在周爲唐杜氏」，而預所謂「周成王滅之」也。則非王赧所絶，明矣。

蔡墨云：「國有豢龍氏，有御龍氏。後漢有侍御史擾龍宗，豈其苗裔與？」

江漢

蘇武詩：「俯觀江漢流，仰視浮雲翔。」宋人謂在長安而言「江漢」，疑非本作。楊升庵曰：「不然。班固《藝文志》有《蘇武集》、《李陵集》之目。摯虞，晉初人也，其《文章流别志》云：『李陵衆作，總雜不類。殆是假託，非盡陵志。至其善篇，有足悲者。』以此考之，其來古矣。即使假託，亦是東漢及魏人張衡、曹植之流始能之。」

吴旦生曰：蔡寬夫言：「注者直指爲使絶域時作，故人多疑之。安知武未嘗至江漢耶？」據五臣《注》：「『江漢流』、『浮雲翔』皆喻客游不止。」李善《注》：「江漢流不息，浮雲去靡依，以喻良友各在一方，播遷而無所託。」此注甚妙。按：蘇、李在武帝時同爲侍中，金蘭素洽。到此各方，遂託風人比興之旨，故用「俯」、「仰」二字，隨所及而託意。原非實境語，何煩訾議之紛紛爲？即寬夫亦未核也。

諱盈

《容齋隨筆》曰：「李陵詩：『獨有盈尊酒。』『盈』字正惠帝諱。漢法：觸諱者有罪。不應敢用此語。」其《三筆》又曰：「高祖諱『邦』。荀悦云之字曰『國』；惠帝諱『盈』，之字曰『滿』。謂臣下所避以相代也。蓋『之』字之義訓變，《左傳》：『周史以《周易》見陳侯者，陳侯使筮之，遇《觀》之《否》。』謂《觀》六四變而爲《否》也。」

吴旦生曰：《癸辛雜識》：「惠帝諱『盈』，《史記》以「萬盈數」改作「滿數」。故《容齋》亦因「盈」字致疑，而東坡遂謂蘇、李詩齊梁間文士擬作。余按：漢高祖諱「邦」，而韋孟詩：「總齊群邦。」文帝諱「恒」，而仲長統詩：「恒星艷珠。」景帝諱「啓」，而傅毅詩：「啓我童昧。」蓋臨文不諱，其義如是，而又何疑於犯惠諱也？

《野客叢書》云：「枚乘《柳賦》：『盈玉縹之清酒。』枚乘詩：『盈盈一水間。』知惠帝之諱，在當時蓋有不諱者。」觀勉夫之引枚生如此，因思常侍言「『行行重行行』十四首，併『去者日以疏』五首爲十九首，爲枚乘作」，其説不誣，何必因「上東宛洛，辭兼東都」，謂雜有張衡、蔡邕作也。

衣帶

《古詩》：「相去日已遠，衣帶日已緩。」

吴旦生曰：樂府「離家日趨遠，衣帶日趨緩」，王弇州謂：「『已』字雅，『趨』字峭。」按《焦氏易林》云：「憂思約帶。」即此意，而以四字盡之。又云：「簪短帶長。」蓋「簪短」即《詩經》「首如飛蓬」也，「帶長」即「衣帶日已緩」也。以四字盡兩詩意，尤妙。

阿閣

《古詩》：「阿閣三重階。」

吴旦生曰：《周書》云：「明堂咸有四阿。」《注》：「四阿，若今四注屋。」故五臣之注「阿閣」，亦謂：「閣有四阿也。」劉坦之《補注》云：「阿，隅也。閣，《説文》云：『以杙承板，所以止扉者。』以其四隅皆有欄楯，可以通行，謂之阿閣。」

孟冬

《古詩》：「明月皎夜光，促織鳴東壁。玉衡指孟冬，衆星何歷歷。白露霑野草，時節忽復易。秋蟬鳴樹間，玄鳥逝安適。」

吴旦生曰：銑《注》謂：「既云『孟冬』，又云『秋蟬』，九月已入十月節氣也。」余按：漢至孝武始改秦朔，用夏正。此詩上云「促織」，下云「秋蟬」，蓋漢之孟冬，非夏之孟冬矣。高祖十月至霸上，故以十月爲歲首。是漢猶襲秦制也。則漢之孟冬，夏之七月耳。李善《注》爲是。

脈脈

《古詩》：「盈盈一水間，脈脈不得語。」

吴旦生曰：劉坦之《補注》：「『脈脈』當作『盻』，相視貌。謂分明眄視，而不得通其語。」此真膚解。觀《海録碎事》引陸韓卿詩「誰云相去遠，脈脈阻光儀」，音陌，不見貌。余以二語正從《古詩》脱出。蓋河漢幾許，而相隔不相見，無從告語也。「脈脈」兩字，含情無限。又觀劉夢得《視刀環歌》云：「常恨言語淺，不如人意深。今朝兩相見，脈脈百種心。」直爲《古詩》傳神。

札察

《古詩》：「客從遠方來，遺我一書札。上言長相思，下言久離别。置書懷袖中，三歲字不滅。一心抱區區，懼君不識察。」

吴旦生曰：「札」音截。《漢書》：「谷子雲筆札，樓君卿脣舌。」陸韓卿詩：「書記既翩翩，賦歌能妙絶。相如恧温麗，子雲慚筆札。」「察」，敕列切。《老子》：「其政察察，其民缺缺。」《漢志》樂歌：「景星顯見，信星彪列。象載昭庭，日親以察。」

被緣

《古詩》：「文彩雙鴛鴦，裁爲合歡被。著以長相思，緣以結不解。」《注》云：「著，昌慮切。充之以絮也；緣，以絹飾邊也。長相思，謂以絲縷絡緜交互綢之，使不斷，長相思之義也；結不解，謂以針縷交鎖連結，混合其縫，取結不解之義也。既取其義，以著愛而結好，又美其名曰『相思』、曰『不解』云。」

吴旦生曰：四邊緣飾而被之心，有象水池。《海録碎事》所謂「因其形如池沼四周以名之」也。故左太沖詩：「衣被皆重池。」即今被頭，别施帛爲緣，呼爲被池，宋子京云「春寒到被池」是也。按：《禮記》「魚躍拂池」，《注》：「以銅爲魚，縣於池下。」《疏》：「參漢之制度而知也。」《正俗》云：「以卧氈著裏施緣者，呼爲池氈。」李太白詩：「緑池障泥錦。」裝潢家以卷縫罅處爲玉池。

《輟耕録》云：「孟蜀主一錦被，其闊猶今之三幅帛，而一梭織成。被頭作二穴，若雲板樣。蓋以叩於項下，如盤領狀。兩側餘錦則擁覆於肩，此之謂鴛衾也。」余謂此即所云「文彩雙鴛鴦，裁爲合歡被」也。唐莊宗命蜀匠旋織十幅無縫錦爲被材，被成，賜名「六合被」。

長跪

《玉壺清話》曰：「宋太祖問趙普：『拜禮何以男子跪而婦人不跪？』普不能對。王貽孫曰：『古詩「長跪問故夫」，即婦人亦跪也。唐武后時，婦人始拜而不跪。』普問所出，對曰：『唐張建章《勃海國記》備言之。』」

吴旦生曰：《吴越春秋》：「女子知伍胥非常人，長跪以餐與之。」《戰國策》：「蘇秦過洛，其嫂蛇行，匍匐四拜，自跪而謝。」《漢書》：「周昌諫高帝，吕后見昌爲跪。」《隋志》：「皇帝册后，后先拜後起。」亦可證唐以前婦人皆跪矣。蓋古者男跪尚左手，女跪尚右手，以此爲别。然所謂尚右手者，言斂手向右，如孔子「拱而尚右」之尚，非若今用手按膝作跪也。男子之尚左亦然。古之婦人以肅拜爲正。鄭司農《注》：「肅拜但俯下手，今時揖是也。」揖，於至反。即今之揖。《儀禮·鄉飲酒》：「賓客有揖入門之法，推手曰揖，引手曰揖。」《字林》云：「揖，舉首下手也。」項氏云：「古之拜如今之揖，折腰而已。介胄之士不拜，故以肅爲禮，以其不可折腰也。其儀特斂手向身，微作曲勢，此正今時婦人揖禮也。婦人首飾盛多，如副笄六珈之類，自難以俯伏地上。則婦人之拜，不過如此。乃謂自唐武后始尊婦人，不令拜伏，亦誤矣。」《南》、《北史》有樂府，説婦人云：「伸腰再拜跪，問客今安否。」伸腰亦是頭不下也。《北史》：「周宣帝始詔内外命婦拜宗廟及天臺，皆俯伏，相見皆跪，如男子之儀。」則知前此婦人本不作男子拜矣。王建《宫詞》云：「射生宫女宿紅妝，請得新弓各自張。臨上馬時齊賜酒，男兒跪拜謝君王。」蓋宫掖中女子作男兒之跪拜，所以志異也。《野客叢書》云：「古者拜禮，非特首至地，然後爲拜也。凡頭俯、膝屈、手動，皆謂之拜。按：《周禮》辨九拜之儀：一稽首，二頓首，三空首，四振動，五吉拜，六凶拜，七奇拜，八褒拜，九肅拜。《注》云：『稽首拜，頭至地也；頓首拜，頭叩地也；空首拜，頭至手也；振動，以兩手相擊也；奇拜，一拜也；褒拜，再拜也；肅拜，但俯下手，即今之揖也。』何嘗專以首至地爲拜耶？」《方言》：「東齊海岱之間，長跪謂之跟蹬。音務。」

金錯刀

《藝苑雌黄》曰：「張平子《四愁詩》：『美人贈我金錯刀，何以報之英瓊瑶。』『金錯刀』，王莽所鑄錢名。莽變漢制，更造大錢，徑寸二分，重十二銖。文曰大泉，直五十。又造契刀，其環如大錢，身形如刀，長二寸。文曰契刀，直五百。又造錯刀，以黄金錯其文，曰一刀，直五千。與五銖錢凡四品並行。」吴旦生曰：《繼古叢編》：「金錯刀，名一而義二：錢，一也；刀，一也。《漢·食貨志》：『王莽造錯刀，以金錯其文。』此錢也。《續漢書·輿服志》：『佩刀乘輿，黄金通身雕錯。諸侯，黄金錯環。』《東觀漢記》：『賜鄧通金錯刀。』此刀也。韓退之詩：『聞道松醪賤，何須恡錯刀。』梅聖俞詩：『爾持金錯刀，不入鵝眼貫。』則指爲錢矣。孟浩然詩：『美人聘金錯，纖手膾紅鱗。』錢昭度詩：『荷撣萬朵玉如意，蟬弄一聲金錯刀。』則指爲刀矣。」余按：古人之於器物，以黄金錯之，皆謂之金錯。詞人引用，不可以名同而不究其實。即杜詩觀之，《椶拂子》詩「熒熒金錯刀」，乃刀也。《對雪》詩「金錯囊徒罄」，乃錢也。《虎牙行》「金錯旌竿滿雲直」，則又以黄金而錯鏤於旌竿上矣。《席上腐談》云：「古之『錯』即今之『磋』也。」「磋」，千箇反。北人讀「錯」作去聲，南人讀「錯」作入聲，其實一也。

青玉案

張衡《四愁詩》：「何以報之青玉案。」

吴旦生曰：劉坦之《補注》謂：「玉案，器之貴重者。」《楚漢春秋》：「淮陰侯曰：『漢王賜臣玉案之食。』」觀此則「案」指器而言。蓋「案」字即古「盌」字。《説文》：「盌，小盂也。烏管切。」徐鉉曰：「今俗别作『椀』，非是。」然則平子亦謂青玉盌耳。俗謂傳椀曰案酒，亦此義。如漢高帝至趙，趙王張敖自持案進食甚恭。又，許后五日一朝太后，親奉案上食。又，孟光爲梁鴻具食，舉案齊眉。凡此皆盌也，不則何能持舉邪？

《困學紀聞》云：「陸務觀『誰其云者兩黄鵠，何以報之雙玉盤』，本於朱新仲『何以報之青玉案，我姑酌彼黄金罍。』」

歷代詩話卷二十九　戊集二

苪谿　吴景旭旦生氏著

漢魏六朝　卷上之下

西北有浮雲

皎然曰：「魏文帝有吞東南之意，軍至揚子江口，見洪濤洶湧，歎曰：『此天地之所以限南北也。』遂賦詩而還。檢魏文集，且無此詩，不知史臣憑何編録？且魏文雄才智略，本非庸主，如何有此一篇，示弱於孫權，取笑於劉備？夫詩者，志之所之也。魏文志氣若此，何以纘定洪業，顯致太平耶？足明此詩非魏所作，陳壽史筆訛謬矣。」

吴旦生曰：鍾仲偉言：「『西北有浮雲』十餘首，美贍可翫，始見其工。不然，何以銓衡群彦，對揚厥弟。」王弇州亦稱：「子桓『西北有浮雲』，非鄴中諸子可及。仲宣、公幹，遠在下風。」余考當時伐吴，實至廣陵，未至吴會。安知詩中「行行吴會」之語，非別有爲而作耶？然則詩非魏文不能作，而遽引爲軍至江口，賦詩而還者，史氏之妄也。

《困學紀聞》云：「『吴會』，謂吴、會稽二郡也。」《莊子釋文》云：「浙江爲吴、會分界。」

三良

曹植《三良詩》：「秦穆先下世，三臣空自殘。生時等榮樂，既没同憂患。誰言捐軀易，殺身誠獨難。攬涕登君墓，臨穴仰天歎。」

吴旦生曰：子車氏之三子，曰奄息、仲行、鍼虎，皆秦之良也。穆公與群臣飲酒，酒酣，公曰：「生共此樂，死共此哀。」奄息等許諾。及公薨，皆從死。國人哀之，賦《黄鳥》焉。《選注》：「植被文帝責黜，悔不隨武帝死，而託是詩。」皎然云：「『秦穆先下世，三臣空自殘』，蓋以陳王徙國、任城被責以後，常有憂生之慮，故其詞婉婉，存幾諫也。」

王仲宣詩：「結髮事明主，受恩良不貲。臨没要之死，安得不相隨。」陶淵明詩：「厚恩顧難忘，君命安可違。」此即子建所謂「生時等榮樂，既没同憂患」也。東坡《過穆公墓》詩：「昔公生不誅孟明，豈有死之日而忍用其良。乃知三子殉公意，亦如齊之二子從田横。」子由和詩：「當年不幸見迫脅，詩人尚記臨穴惴。豈如田横海中客，中原皆漢無報所。」坡謂三子自欲從死，似非惴惴臨穴之旨，故子由爲此以矯正之耳。坡後和陶詩：「顧命有治亂，臣子得從違。魏顆真孝愛，三良安足希。」蓋責康公不能如魏顆不用亂命，以陷父不義也。此晚年識定之語。

槩

曹植《贈丁儀王粲》詩：「員闕出浮雲，承露槩泰清。」吴旦生曰：劉坦之《補注》：「槩，平斗斛器。言露盤高擎，其狀似之。」《選詩句圖》云：「『槩』與『扢』同，古字通。」《廣雅》云：「扢，摩也。」李善《注》：「槩音屹。」蓋古音有此讀，不可不知也。

都蔗

曹子建《都蔗詩》云：「都蔗雖甘，杖之必折。巧言雖美，用之必滅。」吴旦生曰：馮衍《杖銘》云：「都蔗雖甘，猶不可杖。佞人悦己，猶不可相。」與子建同義。張景陽《都蔗賦》云：「挫斯蔗而療渴，若漱醴而含蜜。」宋玉《招魂》「有柘漿些」，王逸《注》：「取藷蔗之汁爲漿飲也。」相如賦「諸柘巴苴」，《注》：「言甘柘也。」則甘蔗謂之「都蔗」，又謂之「諸蔗」。一作「藷」。《集韵》：「南方有玕𪏭林。」《本草》：「甘蔗有三種：赤色者曰崑崙蔗；白色者竹蔗，亦名蠟蔗；小而燥者曰荻蔗。」宋神宗問吕惠卿曰：「『蔗』字从庶，何也？」曰：「凡草木種之俱正生，蔗獨横生，蓋庶出也，故从庶。」

如雨

王仲宣《贈蔡子篤》詩：「風流雲散，一别如雨。」

吴旦生曰：一居濟岱，一客江行。而此一别，如雨既下，不復還雲中也。顔延之《和謝監》詩「朋好雨雲乖」，正用此意，謂雨離雲，不復合耳。劉孝標《廣絶交論》云：「煙霏雨散。」蔡邕《表志》云：「灰滅雨絶。」曹子建《文帝誄》云：「雲往雨絶。」張載詩：「雲乖雨散。」江文通《雜體詩》：「雨絶無還雲。」傅玄辭：「忽如雨絶雲。」郭璞詩：「一乖雨絶天。」老杜詩：「别離同雨散。」

灞陵

皎然曰：「仲宣詩：『出門無所見，白骨蔽平原。路有飢婦人，抱子棄草間。顧聞號泣聲，揮涕獨不還。未知身死處，何能兩相完。驅馬棄之去，不忍聽此言。』此事在耳目，故傷見乎詞。及至『南登灞陵岸，迴首望長安』，思慕則已極，覽詞則不傷。一篇之功，併在於此。使古今作者，味之無厭。末句因『悟彼泉下人』，蓋以逝者不返，吾將何親，故有『傷心肝』之歎。沈約云：『不傍經史，直率胸臆。』吾許其知詩也。」

吴旦生曰：灞陵，文帝所葬處，故接以「泉下人」，其云「悟彼泉下人，喟然傷心肝」，陶淵明詩「感彼柏下人，安得不爲歡」，正同意也。今本作「下泉人」，遂謂《下泉》、《曹風》詩篇，其詩有「念彼周京」之句，正是望長安而有感。其説反覺支離。

楊升庵云：「劉文房詩：『已是洞庭人，猶看灞陵月。』孟東野詩：『長安日下影，又落江湖中。』語意相似，皆寓戀闕之意。總不若仲宣『灞陵』二句涵蓄，蘊藉自然，不可及也。」余觀宋武帝將北伐，登城屬詠，謝晦誦「灞陵」四句流涕，因之輟駕。苟非感諷良深，又安能移人至此哉！

百一詩

《石林詩話》曰：「鍾嶸論淵明乃出于應璩。璩詩不多見，惟《文選》載其《百一詩》一篇，所謂『下流不可處，君子慎厥初』者，與陶詩了不相類。五臣《注》引《文章録》云：『曹爽多違法度，璩作詩以刺在位，若百分有補於一者。』淵明正以脱略世故，超然物外爲適，顧區區在位者，何足累其心哉？」

吴旦生曰：郭茂倩《雜體詩》載《百一詩》凡五篇。《韵語陽秋》云：「郭所載五篇，首篇言馬子侯解音律，而以《陌上桑》爲《鳳將雛》。二篇傷翳桑二老無以葬妻子而已，『無宣孟之德可以賙其急』。三篇言老人自知桑榆之景，斗酒自勞，不肯爲子孫積財。末篇即《文選》所載是也。第四篇似有風諫，所謂『苟欲娱耳目，快心樂腹腸。我躬不悦懽，安能慮死亡』，此豈非所謂應焚棄之詩乎？」《唐·藝文志》：「璩有《百一詩》八卷。」李充《翰林論》：「璩作五言詩百數十篇。」孫盛《晉陽秋》：「璩作詩百三十篇。」蓋鍾常侍在梁時，或見其全詩，而格調旨趣，陶若近之，故有此語。而石林去古愈遠，僅據《文選》之一篇，遂可輕議古人邪？按：《樂府廣題》云「百者數之終，一者數之始。士有百行，終始如一」者，以士行而言也；《七志》云「以百言爲一篇」者，以字數而言也。何遜有《擬百一體》，其詩一百十字。今郭所載五篇，刊在《古詩紀》中不過四十字，何曾論字數乎？

歷代詩話卷三十　戊集三

壽谿　吴景旭旦生氏著

漢魏六朝　卷中之上

襶襶

程曉《嘲熱客》詩：「今世襶襶子，觸熱到人家。」

吴旦生曰：《玉篇》、《廣韵》不載二字。《藝文類聚》作「襰襶」。《集韵》：「襶，音柰；襶，音戴。」《炙轂子》云：「襶襶，笠子也。」馮元成云：「涼笠也。以竹爲胎，蒙以帛，暑時戴之以遮日。今暑中謁客稱襶襶，其不曉事者亦稱襶襶。」《名義考》云：「二字从衣，何以云不曉事？蓋炎暑戴笠見人，必不曉事者也。」黄山谷《次韵松扇》詩：「可憐遠度幘溝漊，適堪今時襶襶子。」陸放翁《夏日》詩：「孤舟正作笭箵夢，九陌難隨襶襶忙。」金人王子端《夏日》詩：「且喜過門無襶襶，卻憐浣壁有寧馨。」史舜元詩：「壯歲羞爲襶襶子，即今欲羡囁嚅翁。」

幽憤

嵇康《幽憤詩》：「昔慙柳下，今媿孫登。」

吴旦生曰：《石林詩話》以此二句蓋志鍾會之事。《野客叢書》云：「鍾會所以害康者，因吕安兄訟弟之故。觀其集有《與吕長悌絶交》一書，其間曰：『阿都開悟，每喜足下有此弟。足下許吾不擊都，以子父六人爲誓。吾乃感足下，重言尉解都，都遂釋然。何意足下包藏禍心，密表擊都。今都獲罪，吾爲負之。吾之負都，由足下之負吾也。』蓋康嘗爲安致解於其兄，兄紿其和，密致其罪。康悔，因爲是書與其兄絶交，遂牽連入獄。《幽憤》之詩，正志其事，所以繼有『内負宿心，外恧良朋』之語。」《魏氏春秋》謂：「吕巽誣其弟安不孝。安引康爲證，康義不負心，保明其事。鍾會勸大將軍因此除之。」而《晉史》亦曰：「康與吕安友善，安爲兄所枉訴，以事繫獄，詞相證引，遂復收康。康謹言行，一旦縲紲，乃作《幽憤》詩。蓋孫登嘗謂康曰：『子才多識寡，難免於今之世。』此所以有『媿孫』之語。」樂天《雜感》詩云：「吕安兄不道，都市殺嵇康。」

《石林詩話》又言：「嘗讀《世説》，知康乃魏宗室壻。審如此，雖不忤鍾會，亦安能免死邪？」

秀才入軍

《韵語陽秋》曰：「《文選》載嵇叔夜《贈秀才入軍》詩，李善《注》謂：『兄秀才公穆入軍。』而張銑謂：『康之從弟，不知其名。』考五詩，或曰『攜我好仇』，或曰『思我良朋』，或曰『佳人不在』，皆非兄弟之稱。善、銑所注，恐未必然爾。」

吴旦生曰：劉義慶《集林》：「嵇熹，字公穆，舉秀才。」《晉百官名》云：「嵇熹，字公穆，歷揚州刺史。康兄也。」蓋名氏鑿鑿，非不知名之謂。至於詩中稱謂，古人多不可拘。如五詩中「思我所欽」，則以所欽爲弟。陸機《贈從兄》詩：「願言思所欽。」則以所欽爲兄。又《贈馮友》詩：「願言懷所欽。」則以所欽爲友。此亦何常之有？況《楚辭》、樂府往往以佳人比君王，何獨不可入兄弟用邪？又如康《幽憤詩》：「母兄鞠育，有慈無威。恃愛肆姐，不訓不師。」按：「姐」音租。嫭姐，女態也。字本作「嫭」，省作「姐」。《説文》：「嫭，嬌也。」《選注》：「姐，嬌也。」設使不通其義，將以「肆姐」爲「姊妹」之姊，非對母兄而言邪？

趙李

阮嗣宗《詠懷詩》：「西游咸陽中，趙李相經過。」楊升庵曰：「顔延年以爲趙飛燕、李夫人。劉會孟謂：『安知非實有此人，不必求其誰何也。』按《漢書·谷永傳》：『小臣趙李，從微賤尊寵，成帝嘗與微行者。』籍用『趙李』字正出此。若如顔延年説，趙飛燕、李夫人豈可言『經過』？如劉會孟言『當時實有此人』，唐王維詩亦有『日夜經過趙李家』，豈唐時亦實有此人乎？」

吴旦生曰：據陳云《谷永傳》：「成帝久無繼嗣，數爲微行，多近幸小臣。趙、李從微賤專寵，皆皇太后諸舅夙夜所常憂。至親難數言，故風永等因天變切諫。」胡元瑞云：「按《永傳》謂：『許班之貴，傾動前朝。今之後起，天所不享，十倍於前。』蓋絶無『小臣』二語，則『小臣』從上爲句，而『趙李』以下正指趙飛燕、李平矣。」王弇州云：「趙飛燕、李平，皆成帝所幸婕妤。然不應與婕妤游從。余意『趙李』亦如太沖《詠史》所引『金張許史』之謂。觀『相』字，自是兩人氏姓。駱賓王詩：『趙李經過密，蕭朱交結親。』則兩人明矣。咸陽游俠，或有其人，安知非朱家、郭解者流有以動嗣宗興歎耶？」

吹臺

阮嗣宗《詠懷詩》：「駕言發魏都，南向望吹臺。簫管有餘音，梁王安在哉。」

吴旦生曰：楊升庵謂：「本師曠吹臺，梁孝王增築。班史稱平臺，唐稱吹臺。又因謝惠連嘗爲《雪賦》，又名雪臺。」余按《水經注》：「陳留縣有師曠城，上有列仙之吹臺，梁王增築。」即嗣宗所謂吹臺。《文昌雜録》云：「東京天清寺繁臺，梁孝王按歌吹之。臺後有繁氏居其側，里人呼爲繁臺。」《青箱雜記》云：「梁高祖常閲武於此，改爲講武臺。」此則吹臺之始末也。至於平臺者，按《漢書》晉灼《注》云：「兔園在平臺側。」如淳《注》云：「睢陽城東二十里有臺，寬廣而不甚高，俗謂之平臺。《宋書·謝靈運傳》所云『綴平臺之遺響』也。」今觀《統志》云：「惠連於此賦雪，又名雪臺。」蓋謝居江左，安得云「於此賦雪」？升庵以平臺即吹臺，未必然也。《漢·梁孝王傳》云：「王以功親爲大國，大治宫室園苑。」則所築亦非一處耳。

妖女

阮嗣宗詩：「昔余遊大梁，登於黄華顛。應龍沈冀州，妖女不得眠。」

吴旦生曰：魏明帝寵毛氏而黜虞妃，其後郭夫人有寵，毛后賜死。元人傳奇有「跳槽」之語，爲此也。故嗣宗以「妖女」刺之。按：趙武靈王西至河，登黄華之上，夢處女鼓琴歌詩，因納吴廣女娃嬴孟姚。其先七世兆於簡子之夢，及入宫而奪嫡亂國，豈非妖女乎？張衡《應問》曰：「女魃北而應龍翔。」

懸輿

張茂先《答何敬祖》詩：「衰疾近辱殆，庶幾益懸輿。」吴旦生曰：茂先爲太子少傅，敬祖爲太子太師，本自同寮，故有並歸之想。按《薛廣德傳》：「乞骸骨，賜安車駟馬。廣德懸其車，以傳子孫。」師古《注》云：「懸其所賜安車，示榮幸也。致政懸車，此亦古法。」漢王符《自敘贊》云：「章和二年，罷州家居。年漸七十，時可懸輿。」蔡伯喈碑云：「遂隱丘山，懸車告老。」李文饒《一品集》云：「所冀中衢擊壤，獲比於堯翁；舊里懸車，不慙於漢相。」

玄景

升庵《均藻》曰：「《文選》傅玄詩：『玄景隨形運。』庾闡詩：『玄景如映璧，繁星如散錦。』又『清響呼不至，玄景招不來。』皆以月爲玄景」。

吴旦生曰：傅玄詩不可泛指爲月也。《文選》傅詩李善《注》：「玄雁故云玄影。」五臣《注》：「景，雁影也。映於月光而色玄也。」余考古之「影」字用「景」字，如《周禮》：「以土圭之法測土淺深，正日景以求地中。日南則景短多暑，日北則景長多寒。」《項羽贊》：「羸糧景從。」《董仲舒傳》：「景響之應形聲。」屈原《九章》：「入景響之無應。」自葛洪撰《字苑》，始加「彡」爲「影」字説文。按：影者，光景之類也，合通用景。非毛髮藻飾之事，不當从彡。

二離

傅長虞《贈何劭王濟》詩：「雙鸞游蘭渚，二離揚清暉。」

吴旦生曰：或以「二離」指日月而言。余按《孔演圖》云：「鳳，火精也。」《漢書》：「長離前掞光曜。」張衡賦：「前長離使拂羽。」司馬相如賦：「前長離而後矞皇。」《文心雕龍》：「光若長離之振翼。」諸注皆云：「長離，鳳也。」潘岳《贈陸機》詩：「婉婉長離，淩江而翔。」此指鳳以比陸也。何劭、王濟皆侍中，故稱二人爲「二離」。況以「二離」對「雙鸞」，則指鳥族爲是。

《夢谿筆談》云：「四方取象，蒼龍、白虎、朱雀、龜蛇。惟朱雀莫知何物，但謂鳥而朱者，羽族赤而翔上，集必附木，皆火之象也。或謂之長離，蓋云離方之長耳。或云鳥即鳳也，故謂之鳳鳥。少昊以鳳鳥至，乃以鳥紀官。則所謂丹鳥氏，即鳳也。天文取象於鶉，故南方朱鳥七宿，曰鶉首、鶉火〔一〕、鶉尾是也。鶉有兩種，有丹鶉，有白鶉。此丹鶉也，色赤黄而文，鋭上秃下，夏出秋藏，飛必附草，皆火類也。」王奕云：「朱鳥，以其羽蟲之長稱乎？而曰鶉首、鶉尾，何也？」師曠《禽經》：「青鳳謂之鶡，赤鳳謂之鶉，白鳳謂之鷫，紫鳳謂之鷟。蓋鳳生於丹穴，鶉又鳳之赤者，故南方取象焉。」據此則鶉直是鳳。而四方取象四獸，皆蟲之長也。丹鶉微族，何足比象，而愈知離之爲鳳稱矣。

【校勘記】

〔一〕「鶉」，原脱，據《夢溪筆談》卷七補。

金虎

陸士衡詩：「火辰匿暉，金虎曜質。」《焦氏筆乘》曰：「火辰，心星也。明則天下和平，闇則天下喪亂。金，太白也。虎，西方白虎昴也。太白入昴，是金虎相薄，則有兵亂。」

吴旦生曰：弱侯箋「金虎」本於《甘石星經》，故自鑿鑿，老君所謂「太白入昴，兵其亂也」。何敬祖詩：「望舒離金虎。」五臣《注》：「西方，金也。西方七宿畢、昴之屬，俱白虎也。」其説正同。若張平子《東京賦》：「始於宫鄰，卒於金虎。」五臣《注》云：「幽、厲用小人，與君子爲鄰。堅若金，惡若虎，卒以此亡。」宜升庵譏其不知引此，而謬自爲説也。按河圖云：「亡金虎，喻秦居也。」

褰

陸士衡《擬古詩》：「驚飆褰反信，歸雲難寄音。」吴旦生曰：《注》：「褰，引也。欲隨風寄音信，乃爲褰引。而反與雲俱歸，故難寄也。」一云：「褰，絶也。謂驚風之來，絶其反信。歸雲之去，難以寄音也。」余意臨風溯想，便有褰裳濡足之意。若欲憑之以通往來，而不意歸雲飄忽，難以寄音也。下句「攬衣有餘帶，循形不盈衿」，義理俱從「褰」字會出。

舒翮遵渚

陸士衡《别士龍》詩：「感别慘舒翮，思歸樂遵渚。」吴旦生曰：《選注》：「舒翮，謂鵠也；遵渚，謂鴻也。蘇武詩：『黄鵠一遠别。』《毛詩》：『飛鴻遵渚。』一自謂，一謂士龍也。」余以上文「南歸北邁，永安承明」，俱已分指，而此復分到底，便少味。二句皆應士衡自謂，其意以感斯别處，比鵠之舒翮而更慘，思到歸時，比鴻之遵渚而更樂也。從别豫想其歸，忽慘忽樂，益見情深。

石龜

陸機詩：「石龜尚懷海，我寧忘故鄉？」

吴旦生曰：《述異記》：「東北巖海畔有大石龜，俗云魯般所作。夏則入海，冬復止於山上。」

末垂

潘岳《懷縣》詩：「南陸迎修景，朱明送末垂。」

吴旦生曰：五臣《注》：「末垂，謂六月將盡時也。」按崔駰《臨洛觀賦》云：「迎夏之首，末春之垂。」言「末垂」，是謂春盡也。

詠史

左太沖《詠史》詩：「鬱鬱澗底松，離離山上苗。以彼徑寸莖，蔭此百尺條。世胄躡高位，英俊沈下僚。地勢使之然，由來非一朝。」

吴旦生曰：《注》謂：「澗松喻英俊，山苗喻世胄。松本高，以在澗而卑；苗本卑，以在山而高。此徑寸之莖，反蔭百尺之條，地勢使然也。」白樂天《續古篇》云：「雨露長纖草，山苗高入雲。風雪折勁木，澗松摧爲薪。風摧此何意，雨長彼何因。百尺澗底死，寸莖山上春。」語意全用左詩，去之遠矣。王弇州云：「『以彼徑寸莖，蔭此百尺條』，是涉世語；『貴者雖自貴，棄之若埃塵』，是輕世語；『振衣千仞岡，濯足萬里流』，是出世語。每諷太沖詩，便飄飄欲僊。」

繞指柔

劉司空《贈盧中郎》詩：「何意百鍊剛，化爲繞指柔。」《野客叢書》曰：「《文選》載贈答詩二首、重贈盧一首，而劉文集中載往返四首，有盧答詩。『百鍊或致屈，繞指所以伸』，皆答其意也。」

吴旦生曰：五臣《注》但言百鍊之鐵堅剛，而今可繞指，自喻經破敗而至柔弱，然未知其爲何物。余觀《古今注》：「吴大帝有三寶刀，一曰百鍊，二曰青犢，三曰漏影。」又按：平望湖屬興化，嘗於湖中得一劍。屈之，首尾相就。識者曰：「即繞指柔也。」

《韵語陽秋》云：「晉盧諶先爲劉琨從事中郎將，段匹磾領幽州，求諶爲别駕。故琨答諶詩：『情滿伊何，蘭桂移植。茂彼春林，瘁此秋棘。』言諶棄己而就匹磾也。厥後琨命箕澹攻石勒，一軍皆没，由是窮蹙，不能自守，乃率衆赴匹磾，繼爲匹磾所拘。知其必死，再贈諶云：『朱實隕勁風，繁英落素秋。何意百鍊剛，化爲繞指柔。』欲以激諶而救其急，而諶殊不領也。琨既被害，諶始上表以雪其冤，亦何補耶？」

三 孽

劉越石《答盧諶》詩：「二族偕覆，三孽並根。長慙舊孤，永負冤魂。」

吴旦生曰：琨父母並爲令狐泥所害，諶父母悉爲劉粲所害，故云「偕覆」。「三孽」，謂劉聰、劉曜、劉粲也。一云：《漢書》：「孺子爲孽。」是指琨之兄子。余按：琨遣兄子演領兖州，不守，兄少子及演妻皆爲所執。所云「長慙舊孤」，乃指此也。「三孽」自謂三劉。

名字互用

《西清詩話》曰：「有一人名而分用之者，如劉越石『宣尼悲獲麟，西狩泣孔丘』，謝惠連『雖好相如達，不同長卿慢』等語，若非前後相應映帶，殆不可讀，然要非全美也。」

吴旦生曰：《文心雕龍》：「『宣尼』二語，即對句之駢枝也。」《韵語陽秋》：「《選》詩駢句甚多，如『宣尼』二語，恐不足爲後人法也。」余以此非通人之見，惟升庵爲善論，其謂《史記·相如傳》「文君已失身於司馬」句，「長卿故倦游」，以人姓與字分爲二句，其文法自可傳。人之姓氏名字多互文焉，劉越石詩「宣尼悲獲麟，西狩涕孔丘」，沈休文《宋書·恩倖傳》論「胡廣累世農夫，伯始致位公卿」，「黄憲牛醫之子，叔度名動京師」。

田子藝云：庾信詩：「荷香薰水殿，閣影入池蓮。」「荷」即「蓮」也，「殿」即「閣」也，此上下互句法。

牝牡

殷仲文詩：「爽籟警幽律，哀壑叩虛牝。」

吴旦生曰：《家語》子夏引山書云：「地東西爲緯，南北爲經。山爲積德，川爲積刑。高者爲生，下者爲死。丘陵爲牡，谿谷爲牝。」《宛委餘編》云：「虛牝，壑中之窟穴也。」仲文用此。韓愈《贈崔立之》詩：「可憐無補費精神，有此黄金擲虛牝。」洪慶善云：「牝，谿谷也。」又本仲文用之。按《説文長箋》云：「牝，畜母也。《易》曰『畜牝牛，吉』，《書》『牝雞毋晨』之類是也。牡，畜父也，當从牛从土，與壯壻同義。」此本訓也，然古人借二字稱謂，往往中雋。如《老子》「玄牝」，玄，天也；牝，地也。玄在人爲鼻，牝在人爲口。天食人，以五氣從鼻入；地食人，以五味從口入。故「谷神不死，是謂玄牝」，谷，養也。《海録碎事》云：「太白在南，歲在北，名曰牝牡。」《注》：「歲，陽也；太白，陰也。故曰牝牡。」《酉陽雜俎》云：「鍊銅時有凸起者，牡銅也；凹陷者，牝銅也。」《説文》：「牡曰棠。牝曰杜。」杜棠牝牡，與楊柳同義，猶言陰陽也。《一品集》云：「平泉莊有東陽之牡桂。」《刑法志注》云：「牡荆，荆之無子者。」《齊民要術》云：「牡麻，有花無實。」《字學集要》云：「蔚，牡蒿。」《周禮》：「蟈氏掌去鼃黽，焚牡蘜以殺之。」《説文》：「箱，大車牝服也。」此「牝」字，《韻譜》作「牡」，通借籤笥之稱。《夢谿筆談》云：「牙璋以起軍旅，如今之合契。牙璋，牡契也。以起軍旅，則其牝宜在軍中，即虎符之法也。大駕鹵簿中有勘箭，其牡謂之雄牡箭，牝謂之闢仗箭，熙寧中罷之。西方梵篆，一用牝書，一用牡書。」《詢蒭録》云：「結屋枋湊，合處必有牡牝筍穴，俗呼爲公牡筍。」《漢書》：「成帝時，長安章城門門牡自亡。」京房曰：「關動牡飛，臣下爲非。」師古曰：「牡，所以下閉者。」《字學集要》云：「楗即户牡，兩端入牝孔，所以止門者。」牝只是木孔承鎖，能受底物事。如今門櫎門櫎，開門閉門機也。謂之牡，鐶則謂之牝。鎖管便是牝，鎖鬚鎖鑰也。便是牡。唐武后之世，爲牝朝。

流黄素

張載《擬四愁詩》云：「美人遺我筒中布，何以報之流黄素。」

吴旦生曰：揚雄《蜀都賦》：「筒中黄潤，一端數金。」左思《蜀都賦》：「黄潤比筒，籝金所過。」《注》云：「黄潤，細布也，盛於筒中，其價過一籯之金。」《潛夫論》：「筒中女布。」韓翃詩：「客衣筒布潤。」《梁書》：「蕭恢爲郢州刺史，有進筒中布者，以奇貨，命焚之。」《東觀記》云：「廉范至蜀太守，張穆持筒中布數篋與范，不受。」《留青日札》云：「筒布，即今細布、飛花布之類。」《環濟要略》云：「間色有五：紺、紅、紫、縹、流黄也。」楊升庵云：「青、赤、黄、白、黑，五方正色也；碧、紫、紅、緑、流黄，五方之間色也。」余觀《相逢行》云：「中婦織流黄。」「流黄」謂絹也，蓋機中所織黄黑之間色也。顧野王《陽春歌》云：「薊門寒未歇，爲斷流黄機。」沈佺期《古意》云：「總爲含愁獨不見，忍教明月照流黄。」洪武初張來儀《寄衣曲》云：「家機織得流黄素，首尾量來寬尺度。」

回文

《東觀餘論》曰：「蘇氏蕙織錦回文詩，所傳舊矣。故少常沈公復傳其畫，繇是若蘭之才益著。然其詩回旋書之，讀者唯曉外繞七言，至其中方則漫弗可考矣。若沈公之博古，亦謂辭句脱略，讀不成文。殊不知此詩織成，本五色相宣，因以别三、四、五、七言之異。後人流傳，不復施采，故迷其句讀，非辭句之脱略也。政和初，予在洛陽，於王晉玉許得唐釋士南效此詩，并申誠所釋，而後曉然。是詩初不舛脱，蓋沈公未嘗見此本耳。然申誠所釋，但依士南之設色。其七言數火，其色反黄；四言數金，其色反緑，於五行爲弗類。意蘇氏詩圖之色爲不爾。今因冠詩於畫，遂别而正之。三、四、五、七言之詩，各隨其行而爲之色。觀者見其色，則詩之言數可知已。至於士南之文既有釋者，則賦采自從其舊，而并録於弓首云。」

吴旦生曰：《文心雕龍》謂：「回文所興，則道原爲始。」又傅咸有回文反覆詩，温嶠有回文詩，故皮襲美云：「傅咸反覆興焉，温嶠回文興焉。」則知蘇氏之前，回文已出矣。按：蘇氏織錦，縱廣八寸許，計八百餘言，形如璇璣。唐有《璇璣圖記》，起宗道人分爲七圖，得三、四、五、六、七言者，總計三千七百三十四首。黄山谷詩云：「千詩織就回文錦，如此陽臺暮雨何。亦有英靈蘇蕙子，只無悔過竇連波。竇滔字連波。」《武后記》云：「因述若蘭之多才，復美連波之悔過。」

歷代詩話卷三十一　戊集四

壽谿　吴景旭旦生氏著

漢魏六朝　卷中之下

泉明

《詩話類編》曰：「靖節先生以義熙元年秋爲彭澤令，冬遂解綬去。後十六年，晉禪宋。又七年，卒。《晉史》謂名潛，字元亮。《南史》謂名潛，字淵明。今按：先生義熙中作《孟嘉傳》及《祭程氏妹文》，俱稱淵明。元嘉中對檀道濟乃稱云潛，是與年譜所載『在晉名淵明，在宋改名潛，其字元亮則未嘗易』者爲相合矣。所作詩曰：『撫己有深懷，履運增慨然。』是可以想見也。」

吴旦生曰：《隋志》作《陶潛集》，《唐志》作《陶泉明集》。《海録碎事》云：「『齷齪東籬下，泉明不足群。』淵明一字泉明。」《野客叢書》謂：「非一字泉明也。不知稱『淵明』爲『泉明』者，蓋避唐高祖諱耳。猶『楊淵』之稱『楊泉』也。」《顏氏家訓》云：「高祖諱淵，『淵』字盡改爲『泉』字。『龍淵』爲『龍泉』，《晉書》『劉淵』爲『元海』，『戴淵』爲『戴若思』，北齊『趙文淵』爲『趙文深』。」余觀耿湋詩：「何事學泉明。」李白詩：「酣歌一夜送泉明。」韓翃詩：「聞道泉明居止近，籃輿相訪會淹留。」皆爲此也。

宋玉《釣賦》：「宋玉與登徒子偕受釣於玄淵。」王伯厚云：「唐人改『淵』爲『泉』。」《古文苑》又誤爲「洲」。屈子《天問》：「洪泉極深，何以寘之？」朱晦翁云：「『泉』當作『淵』，唐本避諱而改之。」

按：《南史》：「陶潛，或云字深明。」

榮木

陶詩：「采采榮木，結根於兹。」

吴旦生曰：《爾雅》：「榮，桐木。」《埤雅》云：「桐木華而不實，故曰榮，桐木也。今亦謂之華桐。」《説文》：「桐，榮也。」《長箋》云：「桐、榮互訓，後人溷榮作桊華之桊，而本訓晦矣。」《方書》：「桐有多種，故从同。青桐、白桐、梧桐，又有束桐，華名。而滇南之桐又非前諸類，實大而㮚，其仁幾與松子相奪。」余按：青桐即梧桐也，㮚鄂皆五。今人以其皮青，號曰青桐。賈思勰云：「實而皮青者曰梧桐，華而不實者曰白桐。蓋白桐無子，材中琴瑟。」

命子

《命子》詩：「於穆仁考，澹焉虚止。」

吴旦生曰：長沙公侃，懋功晉室，迺其曾祖。按：侃女適孟嘉，嘉之第四女適潛之父，是生潛。其父亦有隱操，故詩云：「爾惜軼名。」

《命子》又云：「天集有漢，眷於愍侯。」按《漢功臣表》：「開封愍侯舍，以左司馬從漢破代封侯。昔高祖功臣百有二十人，舍其一也。」又云：「亹亹丞相，允迪前從。」按《功臣表》：「開封愍侯舍，封十一年薨。十二年，夷侯青嗣。四十八年，薨。」自青後未有顯者，故詩又云「時有語默，運同隆窳」也。

狗吠雞鳴

《冷齋夜話》曰：「東坡嘗言：淵明詩，初視若散緩，熟視有奇趣。如曰：『曖曖遠人村，依依墟里煙。狗吠深巷中，雞鳴桑樹巔。』大率才高意遠，則所寓得其妙，遂能如此。如大匠運斤，無斧鑿痕。不知者疲精力，至死不悟。」

吴旦生曰：《捫蝨新話》稱：「淵明『犬吠深巷中，雞鳴桑樹巔』，當與《豳風·七月》相表裏。」按樂府古辭已云：「雞鳴高樹巔，狗吠深宫中。」陸士衡詩：「虎嘯深谷底，雞鳴高樹巔。」皇甫百泉云：「犬吠不如雞鳴。《詩》云：『無使尨也吠。』後之作者，如『犬吠松間月』，又『犬吠水聲中』、『仙家犬吠白雲間』，犬吠奚足寄興？而松月雲水遂成雅致，此詩人善於形容也。」

五日

《老學庵筆記》曰：「淵明《游斜川》詩自敘辛丑歲，年五十。蘇叔黨宣和辛丑亦年五十，蓋與淵明同甲子也。是歲得園於許昌西湖上，故名之曰小斜川。」

吴旦生曰：《游斜川》詩：「開歲倏五日。」今行本作「五十」，蓋叔黨爲行本所誤，而不深考。放翁又從而記之，益誤矣。然觀放翁《正月五日出遊》詩云：「未爲遼海千年别，且繼斜川五日遊。」則又不誤者。考作詩時行年八十，蓋老而更覈邪？《嬾真子》云：「按淵明乙丑生，至乙巳歲賦《歸去來》，是時四十一矣。今《游斜川》詩，或云辛丑歲，則方三十七；或云辛酉歲，則已五十七。而詩云『開歲倏五十』，皆非也。若云『開歲倏五日』，則正敘所謂正月五日，言開歲倏忽五日耳。近得廬山東林舊本作『五日』，宜以爲正。」邵康節手寫靖節詩直作「五日」。余考《遊斜川記》首云：「辛丑正月五日，天氣澄和，風物閒美。」又王質作《年譜》云：「隆安五年辛丑，君年三十七，正月有《游斜川》詩。」據此作「五日」是。

馬隊

《示周續之祖企謝景夷》云：「馬隊非講肆，校書亦已勤。」

吴旦生曰：《漁隱叢話》引靖節本傳云：「江州刺史檀韶，苦請廬山周續之出州，與學士祖企、謝景夷三人在城北講禮，加以讎校。所住公廨，近於馬隊云耳。」《輟耕録》載王質所著《栗里譜》云：「君年五十六，同隱周續之召至都，爲顔延之連挫。義熙間，檀韶爲江州，邀續之在城北講禮讎書，故示以詩。」余按：靖節、續之與劉遺民號「潯陽三隱」，觀所示詩，大都皆招隱之辭，知其契分深矣。末引箕潁之事，未嘗有意譏其通隱也。

失妾

《怨詩楚調》云：「弱冠逢世阻，始室喪其偏。」

吴旦生曰：靖節年二十失妾，此詩所由作也。然所謂「夫耕於前，妻耘於後」，乃翟氏妾，當是翟湯家。湯、莊、矯、法賜四世，以隱行知名。靖節生於潯陽柴桑，而翟亦家柴桑。梁昭明作《靖節傳》云：「其妻翟氏，亦能安勤苦，與其同志。」

少長

《與殷晉安别》云：「游好非久長，一遇盡殷勤。」

吴旦生曰：舊本作「游好非少長，一遇定因勤」，蓋其意云吾與子非少時長時游從也，但今一相與，故定交耳。此語最妙。今本改「少」作「久」，改「定」作「盡」，則「長」字作平音，便無意味。

柴桑令

《紹陶録》曰：「劉遺民亦同隱，有《和劉柴桑》詩云：『挈杖還西廬。』有《酬劉柴桑》云：『嘉穗眷南疇。』自西廬移南村，有《移居》詩云：『聞多素心人，樂與數朝夕。』遷居殆爲遺民之徒，尋還西廬，度相距亦不遠。與遺民更相酬酢，不改賞文析義之時。或恐劉柴桑似縣令，劉或嘗爲此縣，存此呼，或有命不爲，皆不可知。」

吴旦生曰：白樂天詩：「心知不及柴桑令，一宿西林即便回。」《注》：「柴桑令，指劉遺民也。」《碧湖雜記》云：「劉名程之，字仲思，遺民其號也。曾作柴桑令。」《侯鯖録》云：「近見士子多使柴桑翁爲陶淵明，不知劉遺民曾作柴桑令也。」據此則遺民實宰此縣無疑。

按：柴桑山在九江郡城西南九十里。《寰宇記》云：「柴桑近栗里，陶潛此中人。」

皛皛

《夜行塗中》詩：「昭昭天宇闊，皛皛川上平。」

吴旦生曰：翰《注》謂：「月光照水上平浄貌。」善《注》：「通白曰皛。」《説文》：「皛，顯也。从三白，讀若皎，烏皎切。」《長箋》云：「杜甫詩：『皛皛行雲浮日光。』全句可訓皛字矣。」洪武初高季迪詩：「日光皛皛濃熏草。」又出於杜。

榮公

《詩眼》曰：「《貧士》詩云：『九十行帶索，飢寒況當年。』近一名士作詩云：『九十行帶索，榮公老無依。』予謂之曰：榮啓期事近出《列子》，不言榮公可知，九十則老可知，行帶索則無依可知，五字皆贅也。若淵明，意謂至於九十猶不免行而帶索，則自少壯至於長老，其飢寒艱苦若常如此，窮士之所以可深悲也。古人文章，必不虚設耳。」

吴旦生曰：《列子》載：「孔子游於泰山，見榮啓期行乎郕之野，鹿裘帶索，鼓琴而歌。孔子問曰：『先生所以樂，何也？』對曰：『吾樂甚多。天生萬物，唯人爲貴，而吾得爲人，是一樂也；男女之别，男尊女卑，故以男爲貴，吾既得爲男矣，是二樂也；人生有不見日月，不免襁褓者，吾既已行年九十矣，是三樂也；貧者，士之常也；死者，人之終也。處常得終，當何憂哉？』孔子曰：『善乎，能自寬者也。』」此章誨人以貧富死生之理，故如此寓言。「能自寬」者，能推物理以自寬也。杜詩：「江上小堂巢翡翠，苑邊高冢卧麒麟。細推物理須行樂，何用浮名絆此身。」便是此章之意。余喜范元實之論陶，可謂善以言詩。但「深悲」二字恐失榮公本意，特録《列子》以著其深樂，非深悲也。

《列子》林《注》云：「以鹿皮爲裘，以索爲帶。」《文選》劉履《補注》謂：「裘敝而以繩索連結也。」又《淮南子》：「榮啓期衣若懸蓑。」

知道

《韻語陽秋》曰：「東坡拈出淵明談理之詩，有曰：『采菊東籬下，悠然見南山。』二曰：『笑傲東軒下，聊復得此生。』三曰：『客養千金軀，臨化消其寶。』皆以爲知道之言。蓋摛章繪句，嘲風弄月，雖工何補？若觀道者，出語自然超詣，非常人能蹈其軌轍也。」

吴旦生曰：按坡語云：「『采菊東籬下，悠然見南山』，采菊之次，偶然見山，初不用意，而境與意會，故可喜也。作『望南山』便覺神氣索然。」又云：「『笑傲東軒下，聊復得此生』，靖節以無事自適爲得此生，則見役於物者非失此生耶？」又云：「『客養千金軀，臨化消其寶』，寶不過軀，軀化則寶亡矣。人言靖節不知道，吾不信也。」余服膺斯語，大書屏石，以爲非淵明不能爲知道語，非東坡不能知知道語。涪翁所云「彭澤千載，子瞻百世」，蓋不虚也。後見《南濠詩話》謂：「其妙語亦不止是，如云：『縱浪大化中，不喜亦不懼。應盡便須盡，無復獨多慮。』如云：『望雲慚高鳥，臨水媿遊魚。真想初在襟，誰謂形迹拘。』如云：『朝與仁義生，夕死復何求。』如云：『及時當勉勵，歲月不待人。』如云：『前途當幾許，未知止泊處。古人惜分陰，念此使人懼。』觀是數詩，淵明真有得於道者。」《深雪偶談》云：「范石湖絶句中有『可憐世上金和寶，借爾閒看七十年』，可謂砭流俗之膏肓矣。以軀爲寶，殆與斯言對壘。人謂石湖未知道，亦不之信也。」

田子春

《擬古》云：「聞有田子春，節義爲士雄。」

吴旦生曰：舊注：「田疇，字子春，北平無終人。時董卓遷漢帝於長安，幽州牧劉虞遣疇奔問行在。得報還，虞已爲公孫瓚所滅。疇謁虞墓，哭而去，遂入徐無山中。」然觀《漢書・劉澤傳》云：「高后時，齊人田生游乏資，以書干澤。澤大悦之，用金二百斤爲田生壽。田生如長安，幸謁者張卿，諷高后立澤爲瑯琊王。」晉灼曰：「《楚漢春秋》：田生字子春。」

黄子廉

《詠貧士》云：「昔在黄子廉，彈冠佐名州。一朝辭吏歸，清貧略難儔。」

吴旦生曰：《風俗通》：「潁川黄子廉，每飲馬輒投錢於水。」故淵明以清貧許之。按《吴志》：「黄蓋乃南陽太守黄子廉之後。」

山海經

《讀山海經》詩：「形天無千歲，猛志固常在。」曾紘曰：「《山海經》有云：『刑天，獸名，口銜干戚而舞。』乃知此句是『刑天舞干戚』，故與『猛志』相應。」《二老堂詩話》曰：「此題十三篇，大槩篇指一事。此篇專説精衛銜木填海，無千歲壽，而猛志常在，化去不悔。」周益公《跋邵康節手寫靖節詩》曰：「當專詠精衛，不應旁及他獸。今觀康節只從舊本，則曾紘言未可憑矣。」

吴旦生曰：按《山海經》：「奇肱之國，刑天與帝至此争神。帝斷其首，葬之常羊之山。乃以乳爲目，以臍爲口，操干戚以舞。」又考《酉陽雜俎》云：「天山有神名刑天。黄帝時，與帝争神，帝斷其首。乃曰：『吾以乳爲目，臍爲口。』操干戚而舞不止。」此與《山海經》所載同，則五字特點畫之譌耳。其餘十三首中紕謬類多如此，獨姚令威箋釋爲確，悉録於後。

《西谿叢語》曰：「第一篇『泛覽《周王傳》』，乃《周穆天子傳》，荀勖校定本是也。『流觀《山海圖》』，乃《山海經》十八卷，郭璞注本是也。第二篇云：『玉堂淩霞秀，王母怡妙顔。天地共俱生，不知幾何年。靈化無窮已，館宇非一山。高酣發新謡，寧效俗中言。』《西山經》云：『西玉山是王母所居。其狀如人，豹尾虎齒而善嘯，蓬頭戴勝。是司天之屬，主五殘。』《大荒南經》云：『西海之南，流沙之濱，赤水之後，黑水之前，有大山，名曰崑崙之丘。有人戴勝，虎齒，有尾，火處，名曰西王母。』又云：『大荒之中，有山名豐沮。玉門西有王母之山。』又云：『以崑崙爲宫，亦有離宫别窟。』郭璞云：『不專住一山也。』」

「《穆天子傳》云：『吉日甲子，天子賓於西王母。執玄珪白璧，以見西王母於瑶池之上。』又天子升於奄山，即西王母之山也。弇山即弇磁山也。第三篇云：『迢遞槐江嶺，是謂玄圃丘。西南望崑墟，光氣難與儔。亭亭明玕照，落落清瑶流。恨不及周穆，託乘一來遊。』槐江之山，丘時之水出焉。其陽多丹粟，其陰多采黄金銀，惟帝之平圃。郭璞《注》云：『即縣圃也。』南望崑崙，其光熊熊，其氣魂魂。其上多藏瑯玕。爰有淫水，其清洛洛。淫音遥。《穆天子傳》：『天子銘跡于玄圃之上。』第四篇云：『丹木生何許，迺在峚山陽。黄花復朱實，食之壽命長。白玉凝素液，瑾瑜發奇光。豈伊君子寶，見重我軒皇。』《西山經》云：『西北四百二十里曰峚音密。山，其上多丹木，圓葉而赤莖，黄花而赤實。其味如飴，食之不飢。丹水出焉，西流注於稷澤。其中多白玉，是有玉膏。其源沸沸湯湯，黄帝是食是饗。是生玄玉，玉膏所出，以灌丹水，五色乃清。』第五篇云：『翩翩三青鳥，毛色奇可憐。朝爲王母使，莫歸三危山。我欲因此鳥，且向王母言。在世無所須，惟酒與長年。』三危之山，三青鳥居。是山廣圓百里。青鳥主爲西王母取食。《竹書》云：『穆王西征至青鳥所解。』又：『拒巫之山，一曰龜山。西王母梯航而戴勝，杖其南，有三青鳥爲西王母取食。』又言：『三足烏，主給使也。』第六篇云：『逍遥蕪皋上，杳然望扶木。洪柯百萬尋，森散覆暘谷。靈人侍丹池，朝朝爲日浴。神景一登天，何幽不見燭。』黑齒國人，黑手，食稻。使蛇，其一蛇赤。下有暘谷，上有扶木，即扶桑木。十日所浴，在黑齒北。居水中，有大木。九日居下枝，一日居上枝。第七篇云：『粲粲三珠樹，寄生赤水陰。亭亭淩風桂，八榦共成林。靈鳳撫雲舞，神鸞調玉音。雖非世上寶，爰得王母心。』讙朱國在赤水之陰，有三珠樹，如柏，葉皆爲珠，其樹若彗。《海内南經》：『桂林八樹，在賁隅東。八樹而成林，言其大也。丹穴之山有鳥焉，其狀如鶴，五采而文，乃鳳也。自歌自舞。女牀之山有鳥，其狀如翟，而五采文，名曰鸞。自歌，見則天下康寧。』第八篇云：『自古皆有没，何人得靈長？不死復不老，萬歲如平常。赤泉給我飲，員丘足我糧。方與三辰游，壽考豈渠央。』《列子》云：『北海之北，其國名曰終北。四方悉平，周以喬陟。當國之中有山，山名壺領，狀若甗甀。頂有口，狀若圓環，名曰滋穴。有水湧出，名曰神瀵。臭過椒蘭，味過醪醴。一源分爲四埒，注於山下。經營一國，亡不悉徧。土氣和，亡扎厲，不夭不病。人倦則飲神瀵。周穆王北游，過其國，三年忘歸。』今赤泉，《山海經》無之，知古文缺失也。第九篇云：『夸父誕弘志，乃與日競走。俱至虞淵下，似若無勝負。神力既殊妙，傾河焉足有。餘跡寄鄧林，功竟在身後。』《海外北經》云：『夸父與日逐走，渴，欲飲於河渭。不足，飲大澤。未至，道渴而死。棄其杖，化爲鄧林。』又云：『夸父不量力，欲追日景，逮之暘谷。』郭璞云：『隅淵也。今作虞淵。』第十篇云：『精衛銜微石，將以填滄海。刑天舞干戚，猛志故常在。同物既無慮，化去不復悔。徒設在昔心，良辰詎可待。』發鳩之山有鳥焉，其狀如烏，而文首白喙，名曰精衛，其鳴自詨。是炎帝之少女，名曰女娃。游於東海，溺而不反。故爲精衛，常銜西山之木石，以堙東海。奇肱之國，刑天與帝争神。帝斷其首，葬之常羊之山。乃以乳爲目，以臍爲口，操干戚以舞。第十一篇云：『巨猾肆威暴，欽䲹違帝旨。窫窳强能變，祖江遂獨死。明明上天鑒，爲惡不可履。長枯固已劇，鵕鶚豈足恃。』鍾山神，其子曰鼓。其狀人面而龍耳，是爲欽䲹。殺葆江於崑崙之陽。葆江即祖江也。帝乃戮之。鍾山之東曰瑶岸。䲹音下邳之邳，瑶音遥。曰『巨猾肆威暴』者，謂欽䲹殺祖江，二負巨殺窫窳也。『猾』作『危』字，非是。欽䲹化爲大鶚，亦爲鵕鳥。鶚音諤，鵕音俊。或云：『鵕鵔』字非也。窫窳者，蛇身人面，爲二負臣所殺。開明東有巫夾窫窳之尸，皆操不死之藥以拒之。窫窳音軋俞。[一]變爲龍首，居弱水中食人。第十二篇云：『鴟鴸見城邑，其國有放士。念彼懷王世，當時數來止。青丘有奇鳥，自言獨見爾。本爲迷者生，不以喻君子。』拒山西臨黄，北望諸毗，東望長右。有鳥焉，其狀如鴟而人手，其音如痺，其名曰鴸。其鳴自號，見則其國有放士放逐也。懷王之世，謂屈原也。青丘國有奇鳥，不詳其狀。『鴟鴸』或爲『鵃鵜』，或爲『鳴鵲』，皆非也。第十三篇云：『巖巖顯朝市，帝者慎用才。何以廢共鯀，重華爲之來。仲父獻誠言，姜公乃見猜。臨没告飢渴，當復何及哉。』《竹書紀年》：『堯欲禪舜，共工、鯀諫，以爲不可。舜即位，殛鯀于羽山，流共工于幽州。』《海内經》云：『鯀竊帝之息壤以堙洪水，不待帝命。帝令祝融殺鯀于羽郊。』《神異經》云：『西北荒有人，人面朱髴蛇身，人手四足。食五穀，禽獸頑愚，名曰共工。東方有人焉，人形而身多毛，自解水土，志加通塞。爲人自用，欲爲欲息，名曰鯀。』下云『仲父』、『姜公』，未詳。」

《餘冬序録》曰：「按：『仲父』即管仲；『姜公』，齊桓公也。」《吕氏春秋》云：「管仲有疾，桓公曰：『仲父何以教寡人？』對曰：『願君之遠易牙、豎刁、常之巫、衛公子啓方。』公曰：『諾。』管仲死，盡逐之。居三年，復召而反之。公病，易牙、豎刁常之巫相與作亂，塞宫門。有一婦人踰垣入，至公所。公曰：『我飢欲食，我渴欲飲，而無所得，何故？』對曰：『易牙輩作亂，塞宫門，築高牆，不通人，食不可得矣。』公歎曰：『我何面目見仲父乎？』蒙衣袂而絶乎壽宫。」靖節易「桓」曰「姜」者，殆避長沙公謚之嫌耳。

【校勘記】

〔一〕小字注文原在下句末，今移此。

挽歌

《漁隱叢話》曰：「淵明《擬挽歌辭》三章，秦太虚效之。予謂淵明之辭了達，太虚之辭哀怨，有不同耳。」

吴旦生曰：祁寬謂：「《挽歌》出於屬纊之際，古聖賢惟孔子、曾子能之，見於曳杖之歌、易簀之言。」趙泉山謂：「《挽辭》云『嚴霜九月中，送我出遠郊』，與《自祭文》『律中無射之月』相符，知爲將逝之夕作。」余觀《挽辭》云：「魂氣散何之，枯形寄空木。」可見此形之非我也。故《神釋形影》詩：「人爲三才中，豈不以我故。」蓋實其神爲我有，則天地可並，此豈枯形之爲我哉。東坡《和陶影答形》云：「君如煙上火，火盡君乃別。我如鏡中象，鏡出我不滅。」影因形而有無，是生滅相，所謂「一切有爲法，如夢幻泡影」也。

《困學紀聞》云：「《左傳》有『虞殯』，《莊子》有『紼謳』，挽歌非始於田横之客。」

歷代詩話卷三十二　戊集五

壽谿　吴景旭旦生氏著

漢魏六朝　卷下之上

一麾

顏延之《詠阮始平》云：「屢薦不入官，一麾乃出守。」

吴旦生曰：山濤《啓事》曰：「咸若在官人之職，必妙絶於時。」舉咸爲吏部郎，三上，武帝不能用。《潘子真詩話》亦謂山濤三薦咸爲吏部郎，武帝不能用。荀勗一麾之，則左遷始平太守。《野客叢書》云：「延年賦此，蓋有爲也。徐羡之不悦延年，出爲始安太守。謝晦謂延年曰：『昔荀勗忌阮咸，斥爲始平郡。今卿爲始安，可謂二始。』延年後復爲劉湛出爲永嘉太守，怨憤之甚，故有是作。舊注但云『延年疏曠，劉湛出爲永嘉太守』，而不及其他，是未深知其意。」

《夢谿筆談》曰：「今人守郡謂之建麾，蓋用顏延年詩誤也。延年謂『一麾』者，乃『指麾』之麾，非『旌麾』之麾也。自杜牧之有『擬把一麾江海去』，始誤用『一麾』，自此遂爲故事。」《緗素雜記》曰：「自謂一麾，於理無礙，但不可以此言贈人。宋景文詩：『使麾領得印垂腰』，又『一封通奏領州麾』。是真得延年之意也。」《野客叢書》曰：「唐人皆用『一麾』事，獨牧之『把一麾』爲露圭角，似失本意。張説詩：『湘濱擁出麾。』此亦何害？《筆談》謂『守郡爲建麾，自牧之始』。按《三國志》：『擁麾守郡。』《文選》：『建麾作牧。』此語在牧之前久矣。謂『把一麾』之誤則可，謂『建麾』之誤則不可。若《雜記》，徒妄説耳。牧之正誤以爲『旌麾』之麾，景文之誤亦然。乃謂牧之不當言『擬把』，而景文自用爲宜，然則牧之『擬把一麾江海去』，豈不自用？景文『使麾請得印垂腰』，獨非旌麾耶？所謂貶辭者，麾去云爾，既是旌麾，何貶之有？」

埋照

顔延之《詠阮步兵》云：「沈醉似埋照。」

吴旦生曰：杜詩：「遂令阮籍輩，熟醉爲身謀。」許彦周稱其善看史書。鍾伯敬謂：「晉文王目步兵爲慎己，是看得深一步矣。然實被阮公瞞過。其作用在此五字。」余考《宋書》言：「延之領步兵，好酒疏誕，不能斟酌。出爲永嘉守，甚怨憤。」故於沈醉處形容入微。其謂阮「埋照」，正爲顔寫照。洵《五君詠》多自寓也。

王弇州云：「『沈醉似埋照，寓辭類託諷。鸞翮有時鎩，龍性誰能馴』，以比己之骯髒也；『韜精日沈飲，誰知非荒晏』，以解己之任誕也；『屢薦不入官，一麾乃出守』，以感己之濡滯也。」

千翼

顔延之詩：「千翼泛飛浮。」《注》云：「翼，舟也。兵法有大翼、中翼、小翼之名。」吴旦生曰：《越絶書》：「闔閭見子胥，問船運之備。對曰：『船名大翼、小翼，突冒樓船、橋船。』」大翼者，當陵軍之車；小翼者，當陵軍之輕車。又《水戰兵法内經》云：「大翼一艘，廣一丈五尺三寸，長十丈。中翼一艘，廣一丈三尺五寸，長九丈。小翼一艘，廣一丈二尺，長五丈六尺。」蓋戰船也，而詩家泛以舟用之。如張景陽《七命》云：「爾乃浮三翼，戲中沚。」梁元帝云：「日華三翼舸。」張正見云：「三翼木蘭船。」元微之云：「光陰三翼過。」

詩禍

《吟窗雜録》曰：「『池塘生春草，園柳變鳴禽』，謝靈運坐是詩得罪，遂託以阿連夢中授此語。有客以請舒王曰：『不知此詩何以得名於後世？何以得罪於當時？』王曰：『權德輿已嘗評之，其略云：池塘者，泉水瀦溉之地。今曰生春草，是王澤竭也。《豳詩》所紀一蟲鳴則一候變，今曰變鳴禽，是候將變也。』」

吴旦生曰：《謝氏家録》言：「康樂每對惠連，輒得佳語。後在永嘉西堂，思詩竟日不就。寤寐間忽見惠連，即成『池塘生春草』。故常云：『此語有神助，非吾語也。』」以此韵事，譜此韵語，可令千載遥溯。權文公謂其託諷深重，爲廣州禍張本。此等附會惡劣，勝致頓削，余所恨恨。而荆公天資巉刻，取爲美談，乃東坡詩案禍所由階。王百禄所謂「此安石鶻鶚獄」也。謂相牽引以入。《碧谿詩話》以「園林變鳴禽」不若前句，以此知全寶不易得。余竊以上句「生」字嫌其未亮，下句「變」字筆底有造化遷移，最爲神活。《石林詩話》作「變夏禽」，失其旨矣。皎然《詩式》云：「客有問予，謝公二句優劣奚若？予謂：如『池塘生春草』，情在言外；『明月照積雪』，旨冥句中。風力雖並，取興各别。古今詩中，或一句見意，或多句顯情。王昌齡云『日出而作，日入而息』，謂一句見意爲上。此殊不爾。夫詩人作用，勢有通塞，意有盤礴。勢有通塞者，謂一篇之中後勢突起，前勢似斷，如驚鴻背飛，卻顧儔侣，即曹植詩云『浮沈各異勢，會合何時諧。願因西南風，長逝入君懷』是也。意有盤礴者，謂一篇之中，雖詞歸一旨，而興乃多端，用識與才，蹂踐理窟，如卞子采玉徘徊，荆岑恐有遺璞。其有二義，一情一事。事者，如劉越石詩曰『鄧生何感激，千里來相求。白登幸曲逆，鴻門賴留侯。重耳用五賢，小白相射鉤。苟能隆二伯，安問黨與讐』是也。情者，如康樂公『池塘生春草』是也。抑由情在言外，故其辭如澹而無味，常手覽之，何異文侯聽古樂哉。」

《捫蝨新話》云：「詩有格有韵，淵明『悠然見南山』之句，格高也；康樂『池塘生春草』之句，韵勝也。格高似梅花，韵勝似菊花。」

牽絲

謝康樂詩：「牽絲及元興，解龜在景平。」五臣《注》云：「牽絲，謂牽王如絲之言而仕也。」李善云：「牽絲，謂牽朱絲，初仕也。解龜，謂解去所佩龜印，去官也。」

吴旦生曰：按應休璉詩：「不悟牽朱絲，三署來相尋。」則李善之言可信。《文苑英華》康子元判云：「萬里牽絲，俄畢子荆之任。」觀此則五臣所釋「王言如絲」，復成何語？

鳴篗蘭卮

謝靈運《送孔令》詩：「鳴篗戾朱宫，蘭卮獻時哲。」

吴旦生曰：劉履《補注》云：「篗，蘆也。以蘆爲首，竹爲管。似觱篥，但無竅耳。」《晉先蠶儀注》云：「凡車駕所止，吹小箛；發，吹大箛。」箛即篗也。余觀陸士衡詩：「鳴篗泛蘭汜。」《海録碎事》云：「篗謂笛也。」恐非。《國秀集》沈宇詩：「羌笛胡篗淚滿衣。」若篗即是笛，則沈不當並舉，此其謬立見矣。漢《郊祀歌》云：「百末旨酒布蘭生。」顔師古謂：「百末，百草華之末也。旨，美也。以百草花末雜酒，故香且美也。」晉灼謂：「芬香布外，若蘭之生也。」枚乘《七發》云：「蘭英之酒，酌以滌口。」良《注》謂：「酒中漬蘭葉，取其香也。」《龍城録》云：「魏證能治酒，有名曰醽渌、翠濤，常以大金罌内貯盛十年，其味不敗。太宗賜詩稱：『醽渌勝蘭生，翠濤過玉薤。』蘭生，即漢武百味旨酒也；玉薤，煬帝酒名。」

送孔令

《琅琊漫鈔》曰：「謝靈運《送孔令》詩：『季秋邊朔苦，旅雁違霜雪。淒淒陽卉腓，皎皎寒潭潔。』上二句見孔令避地之意，三句喻時，四句美孔，賦而比也。『在宥天下理，吹萬群方悦。』詩意微婉，喻宋公尤妙。」

吴旦生曰：臨川詩：「良辰感聖心。」豫章詩：「聖心眷嘉節。」時宋公將踐祚，故多尊稱之。而孔令且辭事東歸焉，臨川詩末之傷薄劣，豫章詩末之歎飛蓬，亦自微婉。孫光庭云：「豫章《送孔令》詩：『風至授寒服，霜降休百工。』延濟注：『霜降膠漆堅，可以爲器，故美百工之功也。』按《月令》：『季秋霜始降，則百工休。』《注》謂：『膠漆之作停也。』宣遠亦用此義，言歲將晏，授寒衣，停百工，人民安，可以謀讌飲，餞賓客也。而延濟訓『休』爲美，言霜降膠漆堅，可爲器物，則興工勞苦，何歡讌之有？且時方寒凛，非用膠漆之日。」

延州楚老

謝康樂《廬陵王墓下》詩：「延州協心許，楚老惜蘭芳。解劍竟何及，撫墳徒自傷。」吴旦生曰：《焦氏筆乘》謂：「以後二句足前二句也。李太白亦有此格，如『毛遂不墮井，曾參寧殺人。虚言談公子，投杼惑慈親』是也。至老杜往往有之，《喜弟觀到》詩：『待爾嗔烏鵲，拋書示鶺鴒。枝間喜不去，原上急曾經。』《寄張山人》詩：『曹植休前輩，張芝更後身。數篇吟可老，一字買堪貧。』《卧病》詩：『滑憶雕胡飯，香聞錦帶羹。溜匙兼暖腹，誰欲致杯罌。』《晴》詩：『啼烏争引子，鳴鶴不歸林。下食遭泥去，高飛恨久陰。』」

術

謝康樂詩：「天路非術阡。」

吴旦生曰：《選注》：「術阡，道路也。言若登天，無道路可測度也。」余按《廣雅》云：「畛涂陳阡陌術，亦道路别名也。」《吕氏春秋》云：「孟春審端徑術。」《注》：「端正其徑路，不得邪行也。」謝康樂《羅浮山賦》：「洞穴之寶衢，海靈之雲術。」王子安《七夕賦》：「躍麟軒於霧術，搴旆羽於星橋。」左太沖《詠史》詩：「冠蓋蔭四術，朱輪竟長衢。」劉義恭詩：「飛流界桂道，深林冒蘭術。」《説文》：「術，邑中道也。从行、朮。」則知「術」字中當作「朮」字，今俗文作「木」字，非是。《示兒編》云：「《莊子》謂『人相忘於道術』，當讀如『經術』之術。《廣雅》曰：『術亦道路別名。』《呂氏春秋》曰：『子産相鄭，桃李垂於術。』謝靈運《登石門最高頂》云：『來人迷新術，去子惑故蹊。』《注》曰：『術、蹊皆山路也。』陳晉之解《學記》『術有序』曰：『《鄉飲酒》、莊周皆有道、術之説。是途之大者謂之道，小者謂之術。』信乎莊周以『湖江』對『道術』而言，則直指爲道路無疑矣。杜甫《寄韋尹丈人》云：『牢落乾坤大，周流道術空。』以『道術』對『乾坤』，皆明此意。」

遲客

謝靈運《南樓中望所遲客》云：「登樓爲誰思，臨江遲來客。」

吴旦生曰：《古音》云：「遲音滯，待也。欲速而以彼爲緩曰遲，使彼徐行以待亦曰遲。」《易》曰：「遲歸有時。」《荀子》：「遲彼止而待我。」《漢高紀》：「遲明圍宛城三匝。」又「遲旦」注：「旦遲於事，故曰遲旦。」《公孫弘傳》：「臣竊遲之。」光武詔曰：「思遲直士，側席異聞。」趙壹《報皇甫規書》曰：「實望仁兄，昭其懸遲。」謝安《與支遁書》：「思君日積，計辰傾遲。」庾杲之《與劉虬書》：「勝概冥通，諒有風期之遲。」今俗亦有「遲滯」之言，而字別作「滯」云。

雲錦

《韻語陽秋》曰：「《文選·海賦》：『雲錦散文於沙汭之際。』故謝靈運詩有『赤玉隱瑶谿，雲錦被沙汭』之句。觀其語意，正言沙石五色，如雲錦被於岸爾。世見韓退之作《曲江荷花行》云：『撑舟昆明度雲錦。』遂謂退之以『雲錦』二字狀荷花，其實非也。謂之『度雲錦』，言舟行於五色沙石之際，豈謂荷花哉？」

吴旦生曰：酈道元所謂「湘川清照五六丈下，見底石如摴蒱，白沙如霜雪，赤崖若朝霞」，正與此同意。然此詩乃江文通所擬，非康樂作也。「汭」音蓺。《説文》：「水相入也。」《廣韻》：「水曲。」《詩話》：「水内曰汭。」《字學》：「水北曰汭。」

奔崩

謝康樂《七里瀨》詩：「徒旅苦奔峭。」

吴旦生曰：古「奔」與「崩」通用，故「奔峭」，注謂「崩落」。按鮑昭詩：「客行惜日月，崩波不可留。」「崩波」即「奔波」也。杜甫詩：「楓栝隱奔峭。」《注》：「奔謂奔流，峭謂峭峰。」

尚子

謝康樂《初去郡》詩：「畢娶類尚子。」

吴旦生曰：嵇康《高士傳》：「尚長，字子平。爲子嫁娶畢，敕家事勿復相關，當如我死。」范曄《後漢書》「尚」作「向」。余觀從來稱引，或作「尚平」，或作「向平」，豈各據所出，汔無定屬邪？張伯起云：「古人姓名，且不免有誤，況其遺事哉！」

三殤

謝瞻《遥和張子房》詩：「苛慝暴三殤。」

吴旦生曰：《禮》有上、中、下三殤，謂秦政凶暴，戮及孥稚也。五臣《注》及劉履《補注》皆以泰山婦人所云「吾舅死於虎，吾夫又死焉，吾子又死焉」，是謂「三殤」。絶不思舅與夫可謂殤乎？

舊知明牧

謝瞻詩：「方舟析舊知，對筵曠明牧。」

吴旦生曰：《文選》詩題下《注》云：「王弘爲撫軍將軍，庾登之以西陽太守入爲太子庶子，撫軍送至湓口，瞻賦是詩。」蓋詩專爲别庾西陽也。「舊知」、「明牧」俱當指庾而言。李善《注》以「舊知」爲庾，「明牧」爲王，五臣《注》以「明牧」爲王、庾，俱非。

誕

謝瞻《答靈運》詩：「華宗誕吾秀，之子紹前允。」

吴旦生曰：《生民》之詩，多用「誕」字，後人遂以「生辰」爲「誕辰」，此謝宣遠詩所自來也。然《生民》篇上文明言「載生載育」，故下文云「誕彌厥月」、「誕寘之隘巷」，連下數「誕」字，未嘗訓爲生育也。吕氏《讀詩記》云：「『誕』字疑『但』，發語辭，似與『誕先登於岸』一例。」

如云：誕，生也。按左思《贈妹》詩：「峩峩令妹，應期誕生。」陸機詩：「誕育洪曹，纂成於魯。」左九嬪誄：「篤生公土，誕膺休禎。」則言「誕」復言「生」，不幾重邪？

如云：誕，大也。《玉篇》：「天子生曰降誕，謂天子所生之大也。」按《書·多方》：「乃大降罰崇亂。」有夏亦可云誕降邪？《大誥》云：「有大艱於西土。殷小腆誕，敢紀其序。」《康誥》云：「天乃大命，文王殪戎，殷誕受厥命。」《多方》云：「有夏誕厥逸，乃大淫昏，不克終日。」則「大」與「誕」每連用之，豈必以「誕」訓「大」邪？

如云：誕，乃也。按《大禹謨》：「帝乃誕敷文德。」則「乃」、「誕」並言，何邪？

如云：誕，欺也。按《荀子》云：「匿行曰詐，易言曰誕。」《淮南・説林》云：「管子以小辱成大榮，蘇秦以百誕成一誠。」劉琨《答盧諶書》云：「然後知聃、周之爲虚誕，嗣宗之爲妄作。」《晉中興書》：「孫承公少任誕不羈。」《晉陽秋》：「羅友誕肆，非治民才。」《宋・符瑞志》：「武帝少時，誕節嗜酒。」據此解，豈是美事？而今之祝壽曰「誕」，是直以放誕相詬厲邪？

寒螿

謝惠連《擣衣》詩：「烈烈寒螿啼。」

吴旦生曰：劉坦之《補注》引高誘《淮南子注》云：「寒螿，水鳥也。」此解誤。按《風土記》：「蟪蛄鳴於朝，寒螿鳴於夕。」楊升庵謂：「此蟬也，而分二：蟪蛄，朝蟬；寒螿，夜蟬也。」《方言》：「蟬，楚謂之蜩，音調。宋、衛之間謂之螗蜩，似蟬而小，鳴聲清亮，江南呼螗蛦。陳、鄭之間謂之蜋蜩，蜋音良。秦、晉之間謂之蟬，海岱之間謂之蛴。齊人呼爲巨蛴，音技。其大者謂之蟧，或謂之蝒馬。按《爾雅》云：蝒馬者蜩。非別名蝒馬也，此《方言》誤耳。其小者謂之麥蚻。如蟬而小，青色。今關西呼麥蠽，音癰⿸疒藏之⿸疒藏。有文者謂之蜻蜻，即蚻也，《爾雅》云耳。其鳴蜻謂之疋。祖一反。大而黑者謂之蛥，音棧。黑而赤者謂之蜺，雲霓。蜩蟧謂之蓋蜩，江東呼爲蓋蠽。蜓謂之寒蜩。寒蜩，瘖蜩也。按：《爾雅》以蜺爲寒蜩。《月令》亦曰：「寒蜩鳴知寒。」蜩非瘖者也。此諸蟬名，通出《爾雅》而多駁雜，未可詳據也。寒蜩，螿也，似小蟬而色青。螿音應。」余觀郭璞解云：「寒蜩，螿也。」亦可證。然謂寒蜩非瘖，考之陸佃《埤雅》云：「寒蜩即今啞蟬。啞蟬初瘖，及得寒露冷風乃鳴。」故《嵇菴論》曰：「秋風至而寒蟬吟。」正謂此也。然則《方言》原其始，故謂之「瘖蜩」。

串

謝惠連《秋懷》詩：「因歌遂成賦，聊用布親串。」

吴旦生曰：「串」，讀爲慣。《爾雅》：「串，習也。」向《注》：「串，狎也。言因歌詠，遂賦此詩，聊用布與親狎之人。」桓子野對孝武請一吹笛人云：「臣有一奴，善相便串。」梁簡文《妾薄命》云：「長嚬串翠眉。」徐興公謂：「美女顰眉，額痕成串也。」裴諴《南歌子》詞云：「不是廚中串，争知炙裹心。」

嘉月

惠連《獻康樂》詩：「漾舟陶嘉月。」

吴旦生曰：《注》：「陶，喜也。」按王褒《九懷》云：「陶嘉月兮總駕。」王逸《注》：「及吉時也。」梁昭明《答湘東書》云：「陶嘉月而嬉游，藉芳草而眺矚。」蕭子範《家園三日賦》：「懽兹嘉月，悦此時良。」

宗衮

謝玄暉《和王著作》詩：「阽危賴宗衮，微管寄明牧。」

吴旦生曰：玄暉又詩：「英衮暢人謀。」泛言宰相耳。此言「宗衮」，謝安也；「明牧」，謝玄也。李善《注》甚當，而五臣荒陋極矣。《容齋隨筆》云：「謝安於玄暉爲遠祖，以其爲相，故曰『宗衮』。而李周翰注『宗衮』謂王導。導與融同宗，言晉國臨危，賴王導而破苻堅。『牧』謂謝玄，亦同破堅者。夫以『宗衮』爲王導固可笑，猶以和王融之故，微爲有説；至以導爲與玄同破苻堅，全不知有史策，而狂妄注書，所謂小兒强解事。」

賈誼曰：「安有天下阽危若是。」《注》：「臨危曰阽。音鹽。」

《野客叢書》云：「取《論語》『微管仲』之義，歇後語也。」潘安仁詩：「豈敢陋微管。」宋氏詔曰：「謝玄勳參微管。」《劉義康傳》：「臣以頑昧，獨獻微管。」《傅亮碑》：「道亞黄中，功參微管。」又陳蕭沆表曰：「功深微禹。」亦取「微禹吾其魚」之義。余觀傅季友《修張良廟教》云：「微管之歎。」黄山谷《跋仁宗賜王太尉書》云：「當時士大夫亦有微管之歎者。」陸放翁詩：「垂死功名亦未晚，安知無人歎微管。」洪武初趙子常詩：「向無微管歎，孰憶到於今。」萬曆中張德馨《過三歸臺》詩：「微管勳名賁草萊，齊原東望起高臺。」

平楚

《唐子西語録》曰：「謝玄暉詩：『寒城一以眺，平楚正蒼然。』『平楚』，猶平野也。吕延濟乃用『翹翹錯薪，言刈其楚』，謂『楚』爲木叢，便覺意象殊窘。凡五臣之陋類若此。」

吴旦生曰：木之孑然特出者爲楚。從城而眺，一概如平，所謂「望平地樹如薺」也。楊升庵云：「楚，叢木也。平楚，猶《詩》所謂『平林』也。陸機詩：『安轡遵平莽。』謝語本此。唐詩：『燕掠平蕪去。』又『遊絲蕩平緑。』又因謝詩而衍之也。」余謂此語殊妙，若作「平野」，有何意象？張協詩：「青苔日夜黄，芳蕤成宿楚。」《注》亦云：「叢木也。」

澄江

謝玄暉詩：「澄江浄如練。」王弇州曰：「後人以『澄』、『浄』複義，欲改『秋江』，予不敢以爲然，蓋江澄乃浄耳。」

吴旦生曰：回首長安，飛甍參差，皆從「澄」字中看來，一篇著力此一字。即題中「還望京邑」，具有包藴在。改作「秋江」，奚啻萬里。郭彦深云：「『澄』字調足而氣充，『秋』字調輕而氣薄。平氣吟之，『澄』字如權衡之不欹，『秋』字如衡之上指、權之跳躍。若改作『春』字，如衡低而權下墜矣。」《明道雜志》云：「宣城去江近百里，州治左右無江，但有兩谿耳。或當時謂谿爲江，亦未可知也。」《藝苑雌黄》云：「按：玄暉《晚登三山還望京邑作》詩有『澄江』之語，三山在江寧縣北十二里，濱江地名，則此詩非在宣城州治所作也。」

高卧

謝玄暉詩：「淮陽股肱守，高卧猶在兹。」

吴旦生曰：李周翰《注》：「漢淮陽太守汲黯上書言病，上曰：『淮陽，吾股肱郡，卿爲我卧理之。』」《野客叢書》云：「按《漢書》：文帝謂季布曰：『河東，吾股肱郡，故特召君耳。』而武帝謂汲黯則曰：『君薄淮陽邪？吾今召君矣。』初無『淮陽，吾股肱郡』之説。又按：《汲黯傳》言『淮陽卧治』，初無高卧之説。劉禹錫詩：『肯放淮陽高卧人。』蓋祖玄暉詩也。」

龍山

鮑明遠詩：「寒風吹朔雪，千里度龍山。」

吴旦生曰：《大招》云：「北有寒山，逴龍赩只。」王叔師《注》：「逴龍，山名。言北方有常寒之山，陰不見日，名曰逴龍。」陸昭仲謂「逴龍」當作「燭龍」，誤。明遠稱爲「龍山」，本此。晚唐李義山《對雪》詩：「龍山萬里無多遠。」則明遠又爲唐人借資矣。

歷代詩話卷三十三　戊集六

丹谿　吴景旭旦生氏著

漢魏六朝　卷下之下

無絶

《困學紀聞》曰：「梁元帝《賦得蘭澤多芳草》詩，古詩爲題，見於此。」

吴旦生曰：劉越石：「胡姬年十五。」沈休文：「江籬生幽渚。」出自晉、宋，在梁前矣。《文苑英華辨證》云：「《蘭澤多芳草》詩『春蘭本無艷』，《初學記》作『無絶』。按《楚辭》：『春蘭兮秋鞠，長無絶兮終古。』則『無絶』字亦是。」

徐幹《室思》詩，其末句云：「自君之出矣，明鏡闇不治。思君如流水，何有窮已時。」宋武帝擬之曰：「自君之出矣，金翠暗無精。思君如日月，迴環晝夜生。」其時諸賢共賦，遂以「自君之出矣」爲題。

三味八蠶

梁簡文詩：「糧持三味麥，衣進八蠶緜。」吴旦生曰：《玄晏春秋》稱：「衛倫過玄晏，取糗糧以進。玄晏嘗之曰：『麥也，有杏、李、柰味。三果之熟也不同，子焉得兼之？』倫笑而不言，退而告人曰：『士安之識，過劉子陽哉！吾家園樹實多，杏時發，糅以杏汁，李、柰發，又糅以李、柰汁，故兼此三味耳。』」《吴都賦》：「鄉貢八蠶之緜。」《注》引劉欣期《交州記》云：「一歲八蠶，繭出日南也。」《雲南志》云：「風土多煖，至有八蠶。」言蠶養至第八次，不中爲絲，只可作緜，故曰八蠶之緜。《吴録》云：「南陽郡一歲蠶八績。」《永嘉記》云：「永嘉有八輩蠶：一曰蚖珍蠶，三月績；二曰柘蠶，四月初績；三曰蚖蠶，四月績；四曰愛珍蠶，五月績；五曰愛蠶，六月末績；六曰寒珍蠶，七月末績；七曰四出蠶，九月初績；八曰寒蠶，十月績。」凡蠶再熟者，皆謂之珍。此八蠶之實也。《海物異名記》云：「八蠶共作一繭。」

懸炭

梁簡文詩：「月暈蘆灰缺，秋還懸炭枯。」

吴旦生曰：懸炭，古候氣法也。按《史記》孟康云：「先冬至三日，懸土炭于衡兩端，輕重適均。冬至日，陽氣至，則炭重；夏至日，陰氣至，則土重。」蔡邕《律曆紀》：「候鐘律，權土炭。冬至陽氣應黄鐘，通土炭輕而衡仰；夏至陰氣應蕤賓，通土炭重而衡低。」《淮南子》云：「陰氣爲水，水勝故夏至濕；陽氣爲火，火勝故冬至燥。燥故炭輕，濕故炭重。」

吹綸

梁簡文帝詩：「枝間通粉色，葉底映吹綸。」

吴旦生曰：《注》：「吹綸，疑婦人所執暖扇之類。一説：吹綸，美人衣飾。」按：《漢書》「齊國有吹綸絮」，顔師古《注》：「綸似絮而細。名吹者，言可吹嘘也。」費昶詩：「金輝起遥步，紅彩發吹綸。」

刺閨

梁戴暠《從軍行》云：「長安夜刺閨。」

吴旦生曰：《注》：「夜有急報投刺於宫門。」余觀唐鄭錫《出塞曲》云：「不使軍書夜刺閨。」則與此《注》同意。然楊升庵引《南史》「陳文帝一夜内刺閨，取外事分判者前後相續」，又是穴門以入，非投刺之謂。

鄉里

沈休文詩：「還家問鄉里，詎堪持作夫。」

吴旦生曰：「鄉里」，謂妻也。《西谿叢語》引《南史・張彪傳》呼妻爲「鄉里」云：「我不忍鄉里落它處。」《家世舊聞》引楚公登科時，第四人張中在殿廷，喜甚，挈楚公手云：「如何得鄉里知去。」楊升庵謂：「俗語云：『鄉里夫妻，步步相隨。』言鄉不離里，如夫不離妻也。」

雜體詩

《竹林詩評》曰：「江淹清婉秀麗，才思有餘。雜擬之作，如季札聘魯，四代之樂並歌於庭，非天下之至聰，其孰能喻？」

吴旦生曰：曾蒼山謂：「擬詩如學畫，當識家數。要先得其筆意，運規製於胸中，然後下筆乃可。若展畫臨貌，雖似亦下矣。」又錢希白作擬唐詩百篇，備諸家之體，自序云：「今之所擬，不獨其詞，至於題目，豈欲拋離本集？或有事疏，斯亦見之本傳。」余嘗愛此二條，爲擬古之家懸一標的。若文通《雜體》，稱風人之極軌，比情洽吻，幾至亂真。審乃要歸，實臻斯旨。鍾伯敬以擬古面目，嗤而不爲，只是怕它。余不敏，著有《擬古樂府》十卷、《廣雜體詩》百首，未知有當否也。故於《漫興》有云：「新翻杜老《千家注》，廣擬江郎《雜體詩》。」聊以自志。

江郎擬陶，遂刊本集。東坡率爾和之，非工妙不至此。其《擬班婕妤》云：「畫作秦王女，乘鸞向煙霧。」皎然稱其假使佳人翫之在手，乘鸞之意，飄然莫偕。雖蕩如夏姬，自忘情改節。其《擬休上人》云：「日莫碧雲合，佳人殊未來。」王勉夫稱其大意即《毛詩》「君子于役」之意，又不止石林所引康樂「圖景」、玄暉「春草」之句矣。《遯齋閒覽》云：「江淹《擬湯惠休》詩：『日莫碧雲合，佳人殊未來。』今人遂用爲休上人詩故事。」吳曾《漫録》引樂天與唐上人對答二詩爲證。《野客叢書》云：「此誤自唐已然，不但今也。如韋莊詩曰：『千斛明珠量不盡，惠休虛作碧雲詞。』許渾《送僧南歸》詩曰：『碧雲千里莫愁合，白雪一聲秋思長。』曰：『湯師不可問，江上碧雲深。』權德輿《贈惠上人》詩曰：『支郎有佳思，新句淩碧雲。』孟郊《送清遠上人》詩曰：『詩誇碧雲句，道證青蓮心。』張祜《贈高閑上人》詩曰：『道心黃檗老，詩思碧雲秋。』雪竇詩曰：『碧雲流水是詩家。』曰湯惠休詞：『豈易聞莫風，吹斷碧溪雲。』此等語皆以爲湯詩用。惟韋蘇州《贈皎上人》詩曰：『願以碧雲思，方君怨別詞。』似不失本意。」

印黄沙

《太平廣記》：「吳均爲詩云：『秋風瀧白水，雁足印黄沙。』沈約語之曰：『「印黄沙」語太險。』均曰：『亦見公詩云：「山櫻發欲然。」』約曰：『我姑「欲然」，卿已「印」訖。』」

吴旦生曰：吴均字叔庠，有儁才。天監初，柳惲刺我郡，辟爲主簿，日與賦詩。《南史》稱其「清拔有古氣，好事者效之，號爲吴均體」。今郡志載其《青山偶書》一首云：「家住青山下，時向青山上。青山不可上，一上一惆悵。」又《與施從事書》云：「故鄣縣東有青山，絶壁干天，孤峰入漢。緑嶂百重，青川萬轉。歸飛之鳥，千翼競來；企水之猨，百臂相接。秋露爲霜，春蘿被逕。風雨如晦，雞鳴不已。信足蕩累頤物，悟衷散賞。」余寓故鄣，訪青山舊阯，每誦叔庠之詩與書，以相盤礴。嘗題寓廬云：「更聞詞客吴均體，可要青山弔一杯。」蓋企之也。而隱侯偶一戲之，豈相訕邪？

擁劍

《詩話補遺》云：「唐人以此類爲險諢句，傳奇詩多有之，沈青箱『夜月琉璃水，春風卵色天』是也。韓退之：『水作青羅帶，山如碧玉篸。』杜牧之詩：『錢唐鸚鵡緑，吴岫鷓鴣斑。』東坡詩：『山爲翠浪涌，水作玉虹流。』大家亦時有之也。」

《西谿叢語》曰：「何遜詩：『躍魚如擁劍。』孟浩然詩：『游魚擁劍來。』按：擁劍如彭蜞之類，蟹屬。一螯偏大，故謂擁劍。非魚也。」

吴旦生曰：何遜「擁劍」之誤，顔之推已辨之矣。《酉陽雜俎》云：「擁劍，一螯極小。以大者鬬，小者食。」《古今注》云：「蟹有一螯偏大者，名擁劍。其螯赤。一名執火。」《本草》又名「桀步」。《異物志》云：「擁劍狀如蟹，但一螯偏大爾。俗謂之越王鈴。」《大業拾遺記》云：「吴郡獻蜜擁劍四甕。《吴都賦》所謂『烏賊擁劍』是也。」《異魚圖贊》云：「蟹有擁劍，一螯偏大。隨潮退殼，隨退復褁。力能鬬虎，利甚戟剉。」吕亢作《蟹圖》十二種：一曰蝤蛑，二曰撥棹，三曰擁劍，四曰彭蜞，五曰竭朴，六曰沙狗，七曰招潮，八曰倚望，九曰石蜠，十曰蚎江，十一曰蘆虎，十二曰彭蜞。

雪花

《詩話補遺》曰：「何遜《與范雲聯句》詩：『洛陽城東西，卻作經年别。昔去雪如花，今來花如雪。』李商隱《送王校書分司》詩：『多少分曹掌祕文，洛陽花雪夢隨君。定知何遜緣聯句，每到城東憶范雲。』又《漫成》一絶云：『不妨何范盡名家，未解當年重物華。遠把龍山千里雪，將來擬並洛陽花。』二詩皆用此事，若不究其源，不知爲何説也。」

吴旦生曰：觀張説《幽州新歲》詩：「去歲荆南梅似雪，今年薊北雪如梅。」則在初唐早用其語矣。然何、范之句又源於《小雅》云：「昔我往矣，楊柳依依；今我來思，雨雪霏霏。」卻有點化之功，遂成佳唱。如曹植詩：「昔我初遷，朱華未希。今我旋止，素雪云飛。」則規倣拙甚。所以詩貴點化爾。

錦纜

張正見《朔雪映夜舟》詩：「檣風吹影落，錦纜雜花浮。」

吴旦生曰：世言錦纜始於煬帝，非也。按《吴志》：「甘寧住止，嘗以繒錦維舟，去輒割棄，以示奢侈。」合之張詩，則吴、陳之間已見矣。《續錦帶集·迎候賓啓》云：「水候錦纜，陸遲華鑾。」老杜《泛舟》詩：「春風自信牙檣動，遲日徐看錦纜牽。」

石炭

張正見詩：「奇香分細霧，石炭擣輕紈。」

吴旦生曰：楊升庵謂：「石炭，發香煤也。蓋擣石炭爲末，而以輕紈篩之，欲其細也。今制，宫中擣炭爲末，以梨、棗汁合之爲餅，置於鑪中，以爲香籍，即此物也。但古用石炭，今用木炭，不同耳。」

張正見又詩云：「名香散綺幕，石墨彫金鑪。」蓋石炭即是墨也。石墨，一名石涅，一名墨石脂。按：廬山有石墨可書，宜陽縣有石墨山，汧陽縣有石墨洞，贛州興國縣上洛山皆産石墨。廣東始興縣小溪中亦産石墨，婦人取以畫眉，名畫眉石。古者，漆書之後，皆用石墨以書，《大戴禮》所謂「石墨相著則黑」是也。漢以後，松煙、桐煤既盛，故石墨遂湮廢，并其名人亦罕知之。

《東京賦》：「黑丹石緇。」《注》引《孝經援神契》云：「德至於山陵，則出黑丹。」《魏都賦》：「黑井鹽池，玄液素滋。」《注》：「鄴西高陵西伯楊城西有黑井，今在彰德府南郭村。井産石墨，可以書。」《水經注》云：「鄴都銅雀臺北曰冰井臺，高八尺，屋百餘間。上有冰室數井，井深十五丈，藏冰與石墨焉。」陸士龍《與兄機》云：「上三臺，曹公藏墨數十萬斤。然不知兄曾見否，今送二螺。」

石燭，一名水肥，一名石脂，一名石液，今之延安石油也。可熏煙爲墨。唐人延州詩有「石煙多於洛陽塵」之句。

八　米

《啓顔録》曰：「魏高祖山陵既就，詔令魏收、祖孝徵、劉逖、盧思道等各作挽歌詞十首，尚書令楊遵彦詮之。魏收四首，祖、劉各二首，而思道獨取八首，故時人號『八詠盧郎』。」

吴旦生曰：《北史》本傳云：「齊文宣帝崩，當朝文士各作挽歌十首。擇其善者，不過一二首。惟思道獨有八篇，故時人稱爲『八美盧郎』。」《西谿叢語》云：「思道挽詩獨八首，比時人最盛，時謂之『八米盧郎』。『八米』，關中語。歲以六米、七米、八米分上、中、下，言在穀爲八米，取數之多也。」王伯厚謂：「『米』當爲『釆』。」徐鍇云：「『八米』，以稻喻之，若言十稻之中得八粒米也。」

刻管

《續本事詩》曰：「唐德州刺史王倚有筆一管，麤於常筆。刻《從軍行》，人馬毛髮、亭臺山水，無不精絶。刊兩句云：『亭前琪樹已堪攀，塞北征人尚未還。』」

吴旦生曰：《松窗雜録》有筆管上鏤盧思道《燕行歌》，即此也。《歷代吟譜》云：「明皇自蜀回，登勤政樓，歌曰：『庭前琪樹已堪攀，塞北征人竟未還。』此思道歌詞也。」《盧氏雜説》：「王使君有筆管，每一事刻《從軍行》兩句，殆非人功。其畫蹟若粉描，向明方可辨之，云用鼠牙雕刻。」崔鋋郎中文集有《王氏筆管記》，體類韓退之《畫記》。

種羊

北齊高昂喜爲詩，嘗從征行，有曰：「隴種千口羊，泉連百壺酒。」

吴旦生曰：《異物志》：「大秦國北有羊子，生於土中。秦人候其欲萌，爲垣以繞之。其臍連地，不可以刀截。擊鼓驚之而絶，因跳鳴食草。以一二百口爲群。」《樂郊私語》云：「楚石大師《漠北懷古》詩有『自言羊可種，不信繭成絲』之句。人以問師，師曰：『大漠迤西，俗能種羊。凡屠羊，用其皮肉，惟留骨，以初冬未日埋著地中。至春陽季月上未日，爲吹笳咒語，有子羊從土中出。凡埋骨一具，可得子羊數隻。此蓋四生胎外之化也。』」吴立夫詩：「青草叢抽臍未斷，馬蹄踣鐵繞垣行。」宋景濂《連珠》云：「西秦羊角，土種之而成形。」

桑落

《世説新語》曰：「桑落多美酒。」庾信《從蒲州刺史乞酒》詩：「蒲城桑落酒。」

吴旦生曰：《注》謂：「廬山有桑落洲，多美酒。」《後史補》云：「蒲中桑落坊有井，每至桑落時，取其寒暄得所，以井水釀酒甚佳，故號桑落酒。舊京人呼爲『桑郎』，蓋語訛耳。」《齊民要術》

云：「釀桑落酒亦以九月。」《真率筆記》云：「試鶯家多美釀，不善飲，時爲宋遷索取。試鶯曰：『此豈爲某設哉，祇當索與郎耳。』因名酒曰索郎。」總不若《水經注》之載「蒲阪」云：「民有姓劉名墮者，宿擅工釀。采挹河流，醞成芳酎。懸食同枯枝之年，排於桑落之辰，故酒得其名矣。然香醑之食，清白若滫漿焉。別調氛氳，不與它同。蘭薰麝越，自成馨逸。方土之貢選最佳酌矣。自王公庶友，牽拂相招者，每云：『索郎有顧，思同旅語。』」「索郎」反語爲「桑落」也。更爲謝徵之雋句，中書之英談。《伽藍記》云：「河東劉白墮能釀酒，季夏六月，時暑赫曦，以罌貯酒，曝於日中。經旬，其酒不動。飲之至醉，經月不醒。京師朝貴，遠相餉饋，逾於千里。以其遠至，號曰鶴觴，亦名騎驢酒。永熙中，青州刺史毛鴻賓齎白墮所釀酒之藩，路逢盜賊，飲之即醉，皆被捦獲。游俠語曰：『不畏張弓拔刀，唯畏白墮春醪。』」

狸膏芥粉

庚子山詩：「狸膏熏鬬敵，芥粉塩春場。」

吴旦生曰：《莊子》：「羊溝之雞，三歲爲株。相者視之，則非良雞也。然數以勝人者，以狸膏塗其頭耳。」《注》云：「羊溝，鬬雞處。株，魁帥也。雞畏狸也。」曹子建《鬬雞篇》云：「願蒙狸膏助，常得擅此場。」

《左傳》：「季郈之雞鬬季氏，介其雞，郈氏爲之金距。」杜預《注》云：「擣芥子播其羽也。」或曰：「以膠沙播之爲介雞。」《鄴都故事》云：「魏明帝泰和中，築鬭雞臺。趙王石虎亦以芥羽漆砂，鬭雞於此。」褚玠詩：「錦毛侵距散，芥羽雜塵生。」劉孝威詩：「翅中含芥粉，距外曜金芒。」王褒詩：「妬敵金芒起，猜群芥粉生。」

歷代詩話己集目録

杜詩

卷上之上

卷上之中

卷上之下

卷中之中

卷中之下

卷下之上

卷下之中

卷下之下

卷上

杜陵世系

卷中

杜陵年譜

卷下

杜陵正傳

歷代詩話卷三十四　己集一

壽谿　吴景旭旦生氏著

杜詩 卷上之上

天闕

《遊龍門奉先寺》詩：「天闕象緯逼，雲卧衣裳冷。」王荆公曰「天閲」，蔡興宗曰「天闚」，楊升庵曰：「古字『窺』作『闚』。」王弇州曰：「當如舊字，作『閲』、『闚』咸失之穿鑿。」

吴旦生曰：詩題下魯訔《注》云：「龍門在東都河南縣。」《地志》云：「闕塞山，一名伊闕，而俗名龍門。」《東都記》云：「龍門號雙闕，與大内對峙，若天闕然。」《水經注》云：「昔大禹疏以通水，兩山相對，望之若闕。伊水歷其間北流，故謂之伊闕矣。《春秋》之『闕塞』焉。昭公二十六年，趙鞅使女寬守闕塞是也。」陸機云：「洛有四闕，斯其一焉。」傅毅賦：「因龍門以暢化，開伊闕以達聰。」故山谷校本所謂「此游龍門詩，用『闕』字何疑」。《多識録》云：「妄改爲『關』，又改爲『閲』，皆非。」後見文太青云：「《天官》：『鉞北，北河；南，南河。兩河天闕間爲關梁。』蓋北河、南河皆星名，各三星。而《正義》又曰：『闕丘二星在河南，天子之雙闕，諸侯之兩觀，亦象魏縣書之府。』愚謂黄河應天漢,而京洛之南爲伊闕。伊闕,古所謂闕塞,蓋雙闕也。老杜謂『伊闕』,應天闕云爾。『雲卧』者,伊陽之北山〔一〕,即鳴皋之派,長殆百里,如雲卧然。龍門南直卧雲,或云然。」余觀本注亦謂「卧」字可虛可實,公殆據《天官》、《地紀》以命辭,得太青抉出,更勝。

【校勘記】

〔一〕「山」,原作「止」,據《四庫》本改。

懷贈

《容齋四筆》曰:「杜集懷贈太白凡十四五篇,太白與子美詩略不見一句。或謂《堯祠别杜補闕》者是已,然杜爲左拾遺,不曾任補闕。兼自諫省出爲華州司功,迤邐入蜀,未嘗復至東州。所謂『飯顆山』之嘲,亦好事者撰耳。」

吴旦生曰:「飯顆山」句,胡苕谿亦言李集中無此,疑後人所作。余觀元遺山詩:「山頭杜甫長年瘦,樓上元龍先日豪。」張伯雨詩:「直想瘦生如飯顆,竟從痒處得麻姑。」元人往往用此,亦何不細考也?最可笑者,《鶴林玉露》謂:「李贈杜云:『只爲從前作詩苦。』『苦』之一辭,譏其困琱鐫也。杜寄李云:『重與細論文。』『細』之一辭,譏其欠縝密也。」《遯齋閑覽》謂:「二人名既相逼,不能無相忌。」荆公亦指陰鏗之比爲彼此相軋,容齋獨闢之,良有識。但據《藝苑雌黄》引李集，有《沙丘城下寄杜甫》詩、《魯郡東石門送杜甫》詩，鑿鑿載名，則何云「不見一句」也？《學林新編》云：「或言甫贈白詩『往往似陰鏗』，乃所以鄙白也。按子美《寄鄭監李賓客》詩：『鄭李先時論，文章並我先。陰何尚清省，沈宋欻連翩。』蓋謂陰鏗、何遜、沈約、宋玉也。以陰居四人之首，則贈太白詩非鄙之也，乃深美之也。」

《西谿叢語》云：「『李侯有佳句，往往似陰鏗。』如『柳色黄金嫩，梨花白雪香』，乃陰鏗詩也。」

盪胸決眥

《望嶽》詩：「盪胸生層雲，決眥入歸鳥。」

吴旦生曰：《廣韵藻注》謂：「盪胸，蓋本山之胸也，借言雲之潤氣，盪滌人之胸也。」《三山老人語録》云：「張平子《南都賦》：『清水盪其胸。』相如《子虛賦》：『弓不虛發，中必決眥。』老杜借用二賦中字也。『胸』與『眥』當於山言之。或以人言之，非也。」

幕燕

《對雨》詩：「震雷翻幕燕，驟雨落河魚。」

吴旦生曰：王原叔《注》引《左傳》：「季子曰：『夫子之在此，猶燕之巢於幕上。』」按：季子宿于戚，聞孫林父擊鍾，故云「燕巢幕上」，言甚危也。潘岳《西征賦》云：「危素卵之累殼，甚玄燕之巢幕。」丘希範《與陳伯之書》云：「將軍魚游沸鼎之中，燕巢飛幕之上，不亦惑乎？」皆用甚危之意。金劉鵬南詩：「燕巢幕上終非計。」乃合本意。如言燕，概及巢幕。謝宣遠《九日從宋公戲馬臺》詩：「巢幕無留燕，遵渚有來鴻。」則失實矣。

姚合詩：「鷩飆墜鄰果，暴雨落江魚。」皮日休詩：「高風翔砌鳥，暴雨失池魚。」皆似杜句。

天棘

《巳上人茅齋》詩：「江蓮摇白羽，天棘蔓青絲。」

吴旦生曰：鄭樵云：「天棘，柳也。」按：茶瓜留客，已是深夏。柳老葉濃，不可言「絲」，一誤。羅大經云：「佛書：終南長老夢天帝賜青棘之香，言蓮香如棘香爾。」按：兩句開説，未是串釋，因此改「蔓」作「夢」，二誤。齊生云：「《凱風》『棘心夭夭』，『天棘』當是『夭棘』之訛。」按《凱風》注：「棘心稚弱未成。」「夭夭」言其少，難以言「蔓」，三誤。不若依舊注作天門冬爲是。《本草經》云：「天門冬，一名顛勒。」《本草索隱》云：「天門冬，在東嶽名淫洋藿，在南嶽名百部，在西嶽名管松，在北嶽名顛棘。」《内篇》云：「天門冬，或名地門冬，或名延門冬，或名顛棘。」「顛」與「天」

聲相近而互名也。《山海經》：「小徑之山，有草名蔄，赤莖白華，如顛冬也。」「顛冬」，天門冬也。《爾雅》「髦顛棘」，《注》：「細葉，有刺，蔓生。」《學林新編》云：「天棘，其苗蔓生，好纏竹木上，葉細如青絲。」據此則「蔓」字亦非浪下。

裋褐

《冬日懷李白》詩：「裋褐風霜入。」

吴旦生曰：俗本誤作「短褐」。升庵云：「裋音豎。二字出《列子》。」按：「裋」，俗讀若短。詞人有即用短服者，升庵已證其非。《説文》：「裋，豎使布長襦。」趙凡夫《箋》云：「詳襦訓，裋當从短，乃豎使衣服之所宜也。襦訓短衣而豎訓長襦，則《説文》『長』字疑爲『短』誤耳。」余按：《始皇紀贊》「寒者利裋褐」，《貢禹傳》「裋褐不完」，《注》云：「裋者，謂僮豎所著布長襦也。」則《説文》當亦據此邪？《荀子》作「豎褐」。《方言》：「自關以西謂之裋褕，亦曰裋褐。」甯戚《飯牛歌》：「裋袴襌衣直至骭。」杜又有《寄韋尹》詩：「江湖漂裋褐，霜雪滿飛蓬。」《橋陵》詩：「諸生舊裋褐，旅泛一浮萍。」《詠懷》詩：「賜浴皆長纓，與宴非裋褐。」《遣興》詩：「吾憐孟浩然，裋褐即長夜。」《北征》詩：「天吴及紫鳳，顛倒在裋褐。」賈島《送胡道士》詩：「裋褐身披瀆野莕。」韓退之詩：「牛被文繡兮士無裋褐。」陸放翁詩：「裋褐奇温等狐腋，寒蔬脆美敵熊蹯。」

清新俊逸

《西清詩話》曰：「嘗於汴中逆旅與同行論杜詩。旁有一押糧運使臣，或顧之曰：『爾亦觀杜詩乎？』曰：『生平好觀，然多不解。』因舉『白也詩無敵』相問曰：『既言「無敵」，安得卻似鮑昭、庾信？』座中不能遽對。」《漁隱叢話》曰：「庾清新而不能俊逸，鮑俊逸而不能清新，白能兼之，此其所以無敵也。武弁何足以知之？」

吴旦生曰：《芥隱筆記》：「王仲言有南唐澄心紙書此詩：『白也詩無數，飄然意不群。清新庾開府，豪邁鮑參軍。渭北春天樹，江東日莫雲。何時一尊酒，重與話斯文。』洪容齋謂：『無敵』，別本作『無數』，殆好事者更之。蓋指此也。」如寒山子詩：「吾心似秋月，碧潭清皎潔。無物堪比倫，教我如何說。」人亦言：既似「秋月」、「碧潭」，乃以爲「無物堪比」，何也？蓋其意謂若無二物比倫，當如何說耳。觀此可與杜詩相發。蓋武弁是天下聰穎人，方能出此辨折，以啓詞家神智。《蜀中詩話》云：「庾信詩《奉和趙王泛江》、《喜雨》、《送軍》、《賫酒》等篇，不一而足。想趙王自是作者，惜不傳耳。杜少陵寓蜀久，每以自況，見諸篇什者，曰：『清新庾開府。』曰：『庾信哀雖好。』曰：『庾信平生最蕭瑟，莫年詞賦動江關。』」按：「庾信哀雖好」，子美在潼川作。是時同漢中王遊泛，故以趙王喻漢中也。江關係夔府，庾信《奉和泛江》云：「春江下白帝，畫舸向黄牛。」即此地。

船

《飲中八仙歌》云：「天子呼來不上船。」

吴旦生曰：山谷謂：「蜀人以衫領爲船。」而定功引范傳正作白墓碑云：「玄宗泛白蓮池，召李白作序。時已被酒，命高將軍扶以登舟。或以衣領爲船，妄也。」余按《代醉編》云：「襟紐爲衣船，此語爲長。雖見天子，而披襟自若，有以見太白之醉甚矣。」《冷齋夜話》云：「句法欲老健有英氣，當間用方俗言爲妙，如奇男子行人群中，自然有穎脱不可干之韵。老杜《八仙》詩序李白曰：『天子呼來不上船。』方俗言也，所謂襟紐是也。」

尸鄉

《寄河南韋尹》詩：「尸鄉餘土室，誰話祝雞翁。」

吴旦生曰：行本作「難説」，蔡興宗較作「誰話」二字。按：韋濟爲河南尹，老杜有故廬在偃師，濟屢訪問之。故老杜寄此詩，蓋偃師有尸鄉也。《搜神記》云：「祝雞翁者，洛陽人也，居尸鄉北山下。養雞百年餘，雞至千餘頭，皆有名字。欲取，呼之名則種别而至。後之吴山，莫知所去矣。」《風俗通》謂：「俗傳雞本朱氏翁化爲之，故呼雞皆曰『朱朱』。」《説文解》：「咮咮，二口爲讙，州其聲也。讀若祝。祝者，誘致禽畜和順之意。」「咮」與「朱」相似耳。《野客叢書》引施肩吾詩：「遺卻白雞呼咮咮。」「咮」音祝。

天寶中，濟授尚書左丞。嘗見《放懷集》云：「杜每朋友至，引見妻子。韋侍御見而退，使其婦送夜飛蟬以助妝飾。」豈即其人邪？

没

《東坡志林》曰：「子美詩：『白鷗没浩蕩，萬里誰能馴。』蓋滅没於煙波間耳。而宋敏求謂予云：『鷗不解没，改作「波」字。』改此字，覺一篇神氣索然。」《冷齋夜話》曰：「『没』誤作『波』，非惟無氣味，亦分外閒置『波』字。」

吴旦生曰：《漫録》謂：「鮑昭詩：『翻浪揚白鷗。』李頎詩：『滄波雙白鷗。』二公言白鷗而繼以波浪，此又何耶？」《野客叢書》云：「善爲詩者，但形容渾涵氣象，初不露圭角。玩味『白鷗波浩蕩』之語，有以見滄浪不盡之意。且滄浪之中見一白鷗，其浩蕩之意可想，又何待言其出没耶？改此一字，反覺意局。」余按《詩》：「鳧鷖在涇。」鷖，鳧屬，蒼黑色。鳧好没，鷖好浮，故鷖一名漚。今字从鳥，後人加之也。《漁隱叢話》云：「《禽經》：『鳧善浮，鷗善没。』以『没』字易『波』字，東坡言益有理。《冷齋》以『没』字易『浩』字，其理全不通。『浩蕩』謂煙波也，今云『波没蕩』，亦不成語。」余竊以《苕谿》一引而二誤矣。《禽經》既倒易，而《冷齋》謂「没」誤作「波」，非誤作「浩」也。蓋鷗品最閒，没非其性。公又詩：「鷗行炯自如。」《鶴林玉露》謂：「《召南》大夫節儉正直，而退食委蛇，彼都人士，行歸于周，而從容有常，皆炯自如者也。」觀此，則公必不以「没」字輕待鷗矣。

赤羽

《故武衛將軍挽詞》云：「赤羽千夫膳，黄河十月冰。」

吴旦生曰：修可《注》引《家語》：「赤羽若日，白羽若月。千夫膳，言所膳者千兵也。」《雲麓漫鈔》云：「此章言將軍善舞劍及鳴弓。」則「赤羽」謂箭，言弦不虚發，發必得獸，可以供千軍之膳。苟如所注，則不與下句對，而意殊遠矣。

阿戎

《藝苑雌黄》曰：「《杜位宅守歲》詩破題云：『守歲阿戎家。』又有『盍簪諠櫪馬，列炬散林鴉』之句。潘惇《詩話》謂舊本作『守歲阿咸家』。杜位，子美姪也，當以『阿咸』爲是。故東坡《除夜》詩：『欲喚阿咸來守歲，林鴉櫪馬鬬諠譁。』正用杜語。則知今本作『阿戎』者誤。」

吴旦生曰：杜位，公弟也。公有《送柏二别駕因示從弟行軍司馬位》詩云：「與報惠連詩不惜，知吾斑鬢總如銀。」《注》引《宋書》：「謝惠連善屬文。族兄靈運曰：『每有篇章，對惠連輒得佳句。』」蓋以惠連況位也。「阿戎」即如云惠連耳。按：齊主將廢鬱林王時，王晏從弟思遠謂：「兄荷世祖厚恩，及此引決，可保身家。」晏不聽。及拜驃騎，謂子弟曰：「阿戎勸吾自裁，若從其語，豈有今日？」《注》云：「晉宋間人多謂從弟爲阿戎。」此出《通鑑正史注》，而陸魯望《小名録》謂「阿戎」爲思遠小字，非是。觀此則位宅宜作阿戎家矣。王原叔《注》引王戎事，此阮籍對王渾而呼「阿戎」，則是父子間事，引之未當。

盍簪

《杜位宅守歲》詩：「盍簪喧櫪馬，列炬散林鴉。」

吴旦生曰：《大易·豫》之九四：「朋盍簪。」王弼云：「盍，合也；簪，集也。謂朋來之速。」王應麟云：「簪，疾也。至侯果始有冠簪之訓。晁景迂云：古者禮冠，未有簪名。」詳杜詩意，似以爲冠簪之簪，失《大易》本訓。

《困學紀聞》云：「按《李林甫傳》：杜位，林甫諸壻也。時林甫在相位，盍簪列炬之盛，其炙手之徒歟？又《寄杜位》詩：『近聞寬法離新州，想見懷歸尚百憂。逐客雖皆萬里去，悲君已是十年流。』其流貶蓋以林甫故。」

子規王母

《玄都壇》詩：「子規夜嗁山竹裂，王母晝下雲旗翻。」

吴旦生曰：上句，張邦基言其聲清越如竹裂也；下句，張表臣引《秋興》「西望瑶池降王母」爲證。余竊以二者皆失。按《嶲山記》云：「漢賓誼，放浪不羈。月夜聞子規嗁，曰：『竹裂，吾可歸嶲眉。』是夕竹裂，天明遁去。武帝三徵之，不起。」《酉陽雜俎》云：「齊郡函山有鳥，名王母使者。昔漢武帝上山，得玉函，長五寸。帝下山，函化爲鳥飛去。世傳山上有王母藥函，常令鳥守之。」《墨莊漫録》云：「中官陳彦和言：頃在宣和間掌禽苑，蜀中貢一種鳥，狀如燕，色紺翠，尾甚多而長，飛則尾開，褭褭如兩旗，名曰王母。」則子美所言，乃此禽也。據此則「子規」、「王母」應並屬鳥，而「竹裂」、「旗翻」亦工對矣。

若以王母爲降瑶池者，則《風俗通》呼虎爲「李耳」，亦將以李耳爲來函關者邪？一笑。《方言》：「虎，陳、衛、宋、楚之間謂之李父，江淮、南楚之間謂之李耳。」《注》云：「虎食物值耳而止，以觸其諱故。」

鸊鵜

《贈張埴》詩：「健筆淩鸚鵡，銛鋒瑩鸊鵜。」

吴旦生曰：「鵜」，一作「鷉」。《爾雅》「鷉」字注云：「鷉，鸊鷉，似鳧而小，膏中瑩刀。」《埤雅》云：「金得伯勞之血則昏，鐵得鸊鵜之膏則瑩。」謂其膏可以塗刀劍，令不鏽。戴嵩《度關山》云：「馬銜苜蓿葉，劍瑩鸊鵜膏。」李長吉《劍子歌》云：「鸊鵜淬花白鷴尾。」衛象詩：「鸊鵜新淬劍光寒。」公又有《大食刀歌》云：「鑴錯碧罌鸊鵜膏，鋩鍔已瑩虚秋濤。」

軒

《贈哥舒翰二十韵》云：「軒墀曾寵鶴。」

吴旦生曰：《左傳》：「衛懿公好鶴，鶴有乘軒者。」《注》云：「軒，大夫車也。」《説文》：「軒，曲輈藩車。」《賈子》云：「衛侯喜鶴，有飾以文繡而乘軒。」鮑明遠《鶴賦》：「入衛國而乘軒。」浮谿詩：「人間何事非戲劇，鶴有乘軒蛙給廩。」《水經注》引《晉中州記》：「惠帝爲太子，令曰：『若官蝦蟇，可給廩。』」今公以爲「軒墀」之「軒」，誠誤矣。然余思淹博如公，何誤至此？因計「墀」字或是「犀」字之訛，蓋犀軒，卿車也。公意以卿大夫之車而寵鶴，乃於傳意無失也。天啓中徐于《贈鶴》詩：「未許軒墀分氣色。」錢牧齋《代鶴答》云：「軒墀曾是誤恩來。」此皆用杜，而惜其未審也。

簿尉

《墨客揮犀》曰：「杜甫《贈高適》詩：『脱身簿尉中，始與捶楚辭。』韓愈《贈張工曹》詩：『判司卑官不堪説，未免捶楚塵埃間。』杜牧《寄小侄阿宜》詩：『參軍與簿尉，塵土驚劻勷。一語不中治，鞭捶身滿瘡。』以此明唐之參軍、簿尉有過則受笞杖之刑，猶今之胥吏也。」

吴旦生曰：杜詩鮑《注》云：「非謂簿尉受杖，杖有罪者爾。」退之謂：「栖栖法曹掾，敲榜發姦偷。」此豈受杖者邪？余以屬吏受杖，蓋不獨唐時有也。《野客叢書》所引前漢王嘉爲宰相，裸躬受笞。司馬遷謂陵夷至於捶楚之間，此猶臣下受人君之杖耳。若後漢戴宏爲郡督郵，曾以職事見詰，府君欲撻之。《三國志》：「黄蓋爲守長，署兩掾。教曰：『若見姦欺，終不加以鞭杖，宜各盡心。』」《世説》載：「太守劉淮杖主簿向雄。後同在政府，不交言。武帝敕雄，復修君臣之好。」《北史》：「厙狄連爲鄭州刺史，開府參軍，皆加捶撻。魏收爲中外府主簿，頻被箠楚。」《唐書》：邕州經略使陳曇怒判官劉緩，杖之二十五而卒；浙西觀察使韓皋封杖決安吉令孫解，臀杖十下而死；劉晏考所部官，六品以上，杖訖而奏。杜牧之謂：「尹坐堂上，階下拜兩赤縣令屬官將百人，悉可笞辱。」此正明驗古人「屬吏受杖」之説也。

金魚金龜

《漁隱叢話》曰：「太白有句云：『金龜换酒處。』子美有句云：『金魚换酒來。』世言换酒必曰『脱金貂』，殊不知二公又有『金龜』、『金魚』之異名也。」

吴旦生曰：讀二詩而唐制之因革存焉。佩魚始于唐永徽二年，以「李」爲「鯉」也。武后天授元年改佩龜，以玄武爲龜也。李云「龜」，蓋白弱冠遇賀監，尚在中宗朝，未改武后制也。杜云「魚」，蓋開元中復佩魚也。按孔毅父《談苑》云：「三代以韋爲算袋，盛算子及小刀、磨石等。魏易爲龜袋。」《唐書・車服志》：「唐初，文武職官並給隨身魚。天授二年，改佩魚爲龜。三品以上龜袋飾以金，四品以銀，五品以銅。中宗初，罷龜袋，復給以魚。郡王嗣王亦佩金魚袋。景龍中，令特進佩魚，散官佩龜。衣紫者魚袋以金飾之，衣緋者以銀飾之。」

檐　花

楊升庵曰：「『鐙前細雨檐花落』，《注》謂：『檐下之花。』恐非。蓋謂檐前雨映鐙花爲花爾。後人不知，或改作『檐前細雨鐙花落』，則直致無味矣。」

吴旦生曰：趙次公《注》引劉邈「檐花初照日」之語，《漁隱叢話》引周美成詞「浮萍破處，檐花簾影顛倒」，以爲「檐花」二字用杜少陵，全與出處意不相合。《野客叢書》云：「丘遲詩：『共取落檐花。』何遜詩：『檐花落枕前。』不知劉邈之先已有『檐花落』三字矣。李白詩：『檐花落酒中。』李暇亦有『檐花照月鶯對棲』之語，不但老杜也。」詳味周用「檐花」二字，於理無礙。《漁隱》謂與少陵出處不合，殆膠於所見乎？余想《漁隱》看杜，與升庵同意，故謂周詞不合。總之，興會所致，隨意落筆，何必泥於出處也。

逸句

陸三汀語升庵曰：「《麗人行》古本『珠壓腰衱穩稱身』下有『足下何所著？紅蕖羅韈穿鐙銀』二句，今本無之。蔡衡仲擊節曰：『非惟樂府鼓吹，兼是周昉美人畫譜也。』」《海録碎事》云：「衱，居業反，裙也。」

吴旦生曰：錢牧齋謂：「偏考宋版並無之。楊氏《詩話》往往改竄僞託，以欺後人。流俗多爲所誤，故辨之於此。余觀《麗人行》，本非老杜極筆。『頭上何所有？』『背後何所見？』亦是繁欽《定情》之遺，添入『足下』，何關有無？况所添句亦拙實少致。王弇州以爲泓渟有妙趣，吾不信也。」

緑沈

《重過何氏》詩：「雨抛金鎖甲，苔卧緑沈鎗。」

吴旦生曰：周少隱言：「甲抛於雨，爲金所鎖；鎗卧於苔，爲緑所沈。有將軍不好武之意。」薛蒼舒以「緑沈」爲精鐵，趙德麟以「緑沈」爲竹，楊升庵以「緑沈」色爲漆飾鎗柄。王勉夫謂：「『緑沈』不可專指一物，如梁武帝：『食緑沈瓜。』王逸少：『緑沈漆管筆。』唐太宗詩：『羽騎緑沈弓。』韋朗作『緑沈屏風』，石季龍用『緑沈扇』，蓋有物色之深者爲緑沈也。」胡元瑞又謂：「物色深，不若言緑色深者爲緑沈也。」余觀《武庫賦》云：「緑沈之鎗。」殷文圭《贈戰將》詩：「緑沈鎗利雪峰尖，犀甲軍裝稱紫髯。」則鎗自屬鐵，其色乃緑沈耳。若杜牧之「腥壓緑檀槍」，「檀」與「沈」相近，而「壓」字不逮「卧」字多矣。總之，二句神情全在「抛」字、「卧」字，言外見武備全弛，而漁陽一鼓，倉卒陸沈，有所以召之也。

長雨

《東皋雜録》曰：「『闌風伏雨秋紛紛』，乃『杖』之誤。闌珊之風，冗仗之雨也。」《漁隱叢話》曰：

「《世説》：王忱求簟于王恭，恭曰：『丈人不悉恭，恭作人無長物。』則『冗仗』用此『長』字爲是。《集韻》：『去聲，與仗字同音。』杜詩舊本作『長雨』，東皋謂『伏』乃『仗』字之誤，非也。」

吴旦生曰：荆公謂「伏」當作「仗」，山谷謂當作「長」，《漁隱》證之極確。劉會孟謂：「『伏』疑『仗』，『仗』又疑『長』，愈失本真。」此未曾深考耳。蔡邕《霖賦》：「懸長雨之森森。」此則老杜所自出也。按《字學集要》云：「長，餘也，多也，冗也，賸也。」《論語》：「長一身有半。」同作去聲。白樂天詩：「司馬人間冗長官。」陸機《文賦》：「文固無取乎冗長。」亦去聲。公故有「冗長吾敢取」之句。又《哀王孫》云：「不敢長語臨交衢。」舊注：「長音仗，乃賸言也。」

不喜

《劉貢父詩話》曰：「歐公不甚喜杜詩，然於李白甚賞愛，將由李白超趠飛揚爲感動也。」

吴旦生曰：邵伯温《聞見録》：「歐公於詩主退之，不主子美。劉原父每不然之。」《後山詩話》：「歐公不好杜詩，予每與魯直怪爲異事。」《庚谿詩話》云：「世謂公不好杜詩。觀《六一詩話》載：陳從易舍人初得杜集舊本，多脱誤。其《送蔡都尉》詩『身輕一鳥』，其下脱一字。陳與數客各用一字補之，或云『疾』，或云『落』，或云『起』，或云『下』。其後得善本，乃『身輕一鳥過』。陳歎服，以爲雖一字，諸君不能到也。」又曰：「唐之晚年，鮮復李、杜豪放之格，但務以精意相高而已。」又《集古目録》曰：「秦嶧山碑，非真杜甫，直謂棗木傳刻爾，杜有《李潮八分小篆歌》云『嶧山之碑野火焚，棗木傳刻肥失真』故也。」六一於杜詩，既稱其雖一字人不能到，又稱其格之豪放，又取以證碑刻之真僞，詎可謂六一不好之乎？

花鬚

《陪李金吾花下飲》云：「隨意數花鬚。」

吴旦生曰：王逸少居山陰，或點數花鬚，摘撚咀嗅，怡然自若。公蓋用此。金人周德卿詩：「蕊曾數花鬚傍藥闌。」元范德機詩：「日長獨坐數花鬚。」亦此事也。按劉淵林《三都賦注》云：「蕊香，或謂之華，或謂之實。一曰花鬚頭點也。」潘岳《石榴賦》：「緗的點乎紅鬚。」夏侯孝若《石榴賦》：「冒紅芽於丹鬚。」儲光羲《薔薇》詩：「高處紅鬚欲就手。」王荆公《梅》詩：「鬚撚黄金危欲墮。」張文潛《梅》詩：「誰知檀蕚香鬚裹。」張吉甫詩：「碎粘粉紫鬚齊吐。」

嵽嵲

《咏懷》詩：「御榻在嵽嵲。」

吴旦生曰：《集韵》作「峴岧。」按：「峴」，一作「霓」。《文選》：「直㟪霓以高居。」「㟪」，徒結切；「霓」，五結切。《逸雅》：「霓，齧也。其體斷絶，見於非時，此災氣也。傷害於物，如有所食齧也。一作蜺，音臬。屈虹也。」《天文志》：「抱珥虹蜺。」《韵會》：「凡虹雙出，色鮮盛者爲雄，曰虹；差暗者爲雌，曰蜺，亦作蜺。」《天官書》：「其蜺者類闕旗。」一作「虹」。音臬。《山海經》：「君子國虹虹在其北。」又「朝陽之谷神曰天吴，是爲水伯，在虹虹北。」《注》：「虹，螮蝀也。」《逸雅》云：「蝃蝀，其見每于日在西而見于東，掇飲東方之水氣也。見于西方曰升，朝日始升而出見也。」

天子馬

《艇齋詩話》曰：「老杜詩：『吾聞天子之馬走千里。』當是天馬之子。」

吴旦生曰：《穆天子傳》：「天子之馬走千里，天子之狗走百里。」黄山谷引以爲證，蔡傅卿亦引之。蓋公作《天育驃騎歌》，用此成語爲起句，渾然天成。當從諸本作「天子之馬」。

題下《注》云：「天育，廄名。」故歌云：「遂令大奴守天育。」《漁隱叢話》云：「東坡題此歌于《天育驃騎圖》後，寫作『大奴字天育』，則『天育』爲大奴字也。『矯矯龍性合變化』，『合』字亦寫作『含』字。定武有此石刻。」

歷代詩話卷三十五　己集二

苪谿　吴景旭旦生氏著

杜　詩　卷上之中

頭白烏

《漁隱叢話》曰：「《哀王孫》云：『長安城頭頭白烏，夜飛延秋門上呼。』『頭』字當作『頸』字，蓋烏無頭白者。」

吴旦生曰：楊升庵引《三國典略》云：「侯景篡位，令飾朱雀門。其日有白頭烏萬許，集于門樓。童謡曰：『白頭烏，拂朱雀，還與吴。』杜工部詩蓋用其事，以侯景比禄山也。」余喜其言得老杜嗟異之意，《漁隱》以故常律之，失其旨矣。《續博物志》云：「白頭群飛爲鸒烏，大而白頭爲倉烏。」安得謂「烏無頭白」也？

曲　江

《春明退朝録》曰：「唐曲江，開元、天寶中嘗有殿宇。安史之亂，遂盡圮廢。文宗覽子美詩：『江頭宫殿鎖千門，細柳新蒲爲誰緑？』因建紫雲樓、落霞亭。歲時賜宴，及兩岸建亭館焉。」

吴旦生曰：蔡傅卿《注》：「曲江爲京都勝賞之地，遭禄山焚劫之後荒凉，公故有感也。」余按：江以水流屈曲，謂之曲江。《水經》：「瀧水南經曲江縣，昔隸曲紅。曲紅，山名。」漢《周府君碑》亦作「曲紅」。古字「紅」、「江」通。司馬相如賦：「臨曲江之隑洲。」顔師古云：「曲岸之洲，曲江也。漢武帝穿以爲宜春苑。」程大昌云：「漢爲宣帝樂游廟，廟至唐世基迹尚存。亦名樂游苑，亦名樂游原，基地最高。」公有《樂遊園》詩：「公子華筵地勢高，秦川對酒平如掌。」「秦川」即樊川也。坐中得見秦川，可知其高。隋以其地高，不便爲居人坊巷，而鑿之爲池，以厭勝之。爲芙蓉池，且爲芙蓉園。韓退之詩：「曲江千頃荷花浄，平鋪紅蕖蓋明鏡。」《劇談録》云：「唐開元中，疏鑿爲勝境。南有紫雲樓、芙蓉苑，西有杏園、慈恩寺。都人遊翫，盛于中和、上巳之節。」《長安志》云：「文宗太和九年，發左右神策軍各一千五百人淘曲江，修紫雲樓、綵霞亭。仍敕諸司，如有力欲創置亭館者，宜給與閒地，任其營造。」

《蓬窗續録》云：「曲江宴，唐初設，以慰下第舉人。其後弛廢，有司不復飭，而進士會同年於此。開元時，立爲令典，造紫雲樓於江邊。至期，上率宫嬪，垂簾觀焉。命公卿士庶大酺，各攜妾伎以往。倡優緇黄，無不畢集。先期設幕江邊，居民高其地值，每丈地至數十金。或園亭有樓房者，直至百金。先期往宿。是日商賈皆以奇貨麗物陳列，豪客園户争以名花布道。進士乘馬，盛服鮮裝，子弟僕從隨後，率務華侈都雅。推同年俊少者爲探花使，有匿花於家者罰之。公卿勳戚皆以是日揀選東牀。故唐人重進士，謂衣骨並香。蓋其始不過爲眊矂解悶之舉，而其後以優賢俊，其末則以恣豪舉、崇游觀矣。白馬之禍，至使清流爲濁流，盛極而衰，侈極而變，曲江爲之濫觴也。」

忘

《哀江頭》云：「欲往城南忘城北。」《注》謂：「公朝哀江頭，暮又聞史思明連結吐蕃入寇。欲往城南省家，倉皇之際，心曲錯亂，忘南而走北也。」《漁隱叢話》曰：「《楚辭》『中心瞀亂兮迷惑』，王逸《注》云：『思念煩惑，忘南北也。』子美蓋用此語。」

吴旦生曰：諸本皆作「忘」字。然觀王荆公《送吴顯道》云：「欲往城南望城北，此心炯炯君應識。」又作《十八拍》云：「欲往城南望城北，三步回頭五步坐。」此皆集杜句也，卻皆作「望」字。或以爲舛誤，或以爲改定。陸放翁云：「北人謂向爲望，謂欲往城南乃向城北，亦皇惑避死、不能記南北之意。」余按：「忘」字可作仄聲讀。元馬虚中詩：「一歲春光一半空，鶯聲强在雨聲中。老來言語渾都忘，病起篇章漸不工。」

孔巢父

《韵語陽秋》曰：「安禄山反，永王璘有窺江左之意。李白嘗受璘辟爲府僚。璘敗，白流夜郎。孔巢父亦爲永王所辟，巢父察其必敗，潔身潛遁，由是知名。使白如巢父之計，則安得有夜郎之謫哉？老杜《送巢父歸江東》云：『巢父掉頭不肯住，東將入海隨煙霧。』其序云：『兼呈李白。』恐不能無微意也。」

吴旦生曰：巢父字弱翁，孔子三十七世孫。與李白隱徂徠山，號「竹谿六逸」。按《唐書》：「廣德中，李季卿宣撫江淮，薦巢父爲參軍。」皇甫冉送以詩云：「共許陳琳工奏記，知君名宦未蹉跎。」然其以宣慰田悦而奏功，復以宣慰李懷光而被害。故楊廉夫樂府云：「孔巢父，竹谿流。竹谿之水可飲牛，胡爲去干肉食謀。」又云：「孔巢父，不歸去。十年東海迷煙霧，釣竿空負珊瑚樹。」蓋惜其不終爲竹谿之逸也，且不悟老杜「掉頭入海」之意，故即用杜送時語以惜之也。然則杜《送歸》一詩，不但於太白有微意，更於巢父有微意也。

盧德水云：「孔巢父，振奇人也。送行作復出子美手，詩卷長留天地間，贈人自贈，俱在其中，洋洋樂哉！又，置酒者，蔡侯也；兼呈者，李白也。尋禹穴而訊謫仙，臨前除而對静者。遠致清光，彈琴月照。此與《冬末以事之東都湖城，遇孟雲卿，復歸劉顥宅宿晏飲》，同一妙境。夫子美已起身出城矣，於疾風暗塵中開眼，忽見雲卿，豈不喜出意外？於是拉雲卿復往劉宅會宿，雲卿亦不以生客自嫌，攜手徑造。當是時，劉侯歡甚，張鐙促饌，從殘局翻出新局，賓主友朋，相視而笑。此一段光景，至今令人迴環。則詩雖欲不佳，得乎？」

秃節

《竹坡詩話》曰：「鼂以道家有宋子京手書杜詩一卷，如『握節漢臣歸』，乃是『秃節』。以道跋云：『前輩見書自多，不如晚生少年，但以印本爲正也。』不知宋氏家藏爲何本，使得盡見之，其所補亦多矣。」

吴旦生曰：升庵言：「《後漢·張衡傳》：『蘇武以秃節效貞。』杜用此語。」焦弱侯言：「『秃節』，今本作『握節』。王右丞詩：『節旄秃盡海西頭。』今本作『空盡』。俗士無知，妄肆改竄，每如此。」

中去聲

《東皋雜録》曰：「《詩·蒸民》：『任賢使能，周室中興焉。』陸德明《釋文》：『張仲反。』故老杜詩云：『今朝漢社稷，新數中興年。』又『萬里傷心嚴譴日，百年垂死中興時。』」

吴旦生曰：「中」字或去聲用，或平聲用。如老杜此詩，又「漢運初中興」、李義山詩「言皆在中興」、蘇子瞻詩「威聲又數中興年」、吕居仁詩「早爲吾君了中興」、袁海叟詩「最愛群公交薦日，正逢天子中興年」，此則去聲用「中」字也。如杜詩「神靈漢代中興主，功業汾陽異姓王」、「側聽中興主，長吟不世賢」、李義山詩「身閒不覩中興盛」，此則平聲用「中」字也。

敖東谷云：「『中興』之『中』字，『漕運』之『漕』字，韵書皆讀作去聲。近見學究多讀作平聲，訛矣。」

黄羊蘆酒

《送從弟亞赴河西》詩：「黄羊飫不羶，蘆酒多還醉。」吴旦生曰：宋人解謂：黄羊出關右塞上，無角，類麞鹿。塞外所造酒，荻管吸瓶中，故曰蘆酒也。《餘冬序録》云：「按：今陝西有黄羊，大如數歲羝，而角甚長。西地羊角皆拳曲，黄羊獨與江南同。其肉肥美，膏黄厚而不羶。川中人造酒，荻管吸瓶中，信然。陝以西人則高盆貯糟，飲時量多少注水盆中，竅盆吸之，水盡酒乾，謂之瑣力麻酒，又曰雜麻酒。即蘆酒之遺制。」《墅談》云：「秦、蜀之人醖酒於缶，飲以筒，名咂麻酒，亦曰瑣里麻。」《石林燕語》云：「隴右人造嗗酒，以荻管吸於瓶中。」以是知秦、蜀去西徼爲近，故其法盛傳。

假對

《石林詩話》曰：「杜工部詩對偶至嚴，而《送楊六判官》云『子雲清自守，今日起爲官』，獨不相對。

竊意『今日』字當是『令尹』字，傳寫之訛耳。」

吴旦生曰：假「雲」以對「日」，謂之假對。兩句一意，乃詩家活法。杜牧之詩：「當時物議朱雲小，後代聲名白日懸。」亦用此意也。如老杜「枸杞因吾有，雞栖奈汝何。次第尋書札，呼兒檢贈篇」，又唐人詩「牀頭兩甕地黄酒，架上一封天子書」，又「三人鐺腳坐，一夜棹頭吟」，又「鬟欲需青女，官猶佐子男」，皆此例。

黄閣

《贈嚴八閣老》詩：「扈聖登黄閣，明公獨妙年。」

吴旦生曰：《舊唐書·嚴武傳》：「遷給事中，時年三十二。」給事中屬門下省，開元元年改門下省爲黄門省，故稱「黄閣」。時公爲左拾遺，亦東省之屬，故詩中云「官曹可接聯」也。錢起《送張員外出牧岳州》詩：「自憐黄閣知音在，不厭彤襜出守頻。」亦此意也。《國史補》云：「宰相相呼爲堂老，兩省相呼爲閣老。」觀《通鑑》：「王涯謂給事中鄭肅、韓佽曰：『二閣老不用封敕。』」此亦一證。

《緗素雜記》：「天子曰黄闥，三公曰黄閣，給事舍人曰黄扉，太守曰黄堂。」余考《野客叢書》謂：「朱門洞啓，當陽之正色。三公之與天子，禮秩相亞，故黄其閣以示謙。《漢舊儀》謂：『丞相聽事閣曰黄閣。』然名爲黄閣，初非用黄。蓋是漢制，而非唐時稱謂也。黄扉者，即黄門之義。黄堂者，春申君在郡，塗雌黄以厭火災，遂爲郡治之故事。」

白首黑頭

《復齋漫録》曰：「江總《自京南還尋故宅》詩：『紅顔辭鞏洛，白首入轘轅。』杜子美《晚行口號》云：『遠媿梁江總，還家尚黑頭。』總詩『白首』，則非『黑頭』矣。」錢牧齋《小箋》曰：「總十八解褐，年少有名。侯景之亂，崎嶇累年。至會稽郡曰梁江總，以總在梁遇亂，尚年少也。劉辰翁云：『著一「梁」字，見其自梁入陳，又自陳入隋，歸尚黑頭也。』不知總入隋，年七十餘矣。劉之不學如此。」

吴旦生曰：其遇亂時尚少，至於「梁」字見。「黑頭」乃老杜筆妙。焦弱侯謂：「梁」字《春秋》之筆，反隔一塵。而「南還尋故宅」又別是後來事，故「白首」、「黑頭」各不相礙。如元張思廉詩：「君不見黑頭江令承恩早。」王中立詩：「歸來江令頭空白。」一説「承恩」，一説「歸來」，則兩無害也。不然，老杜有《復愁》詩：「莫看江總老，猶被賞時魚。」豈杜公自相刺謬邪？

楊升庵謂：「總歷梁、陳、隋，至唐貞觀中，九十餘矣。《長安九日》詩，在唐時作。」觀此，則牧翁之駁辰翁爲益可信。永樂中瞿宗吉詩：「孰能耐久如江令，垂老還家尚黑頭。」亦誤取辰翁語耳。

更

《冷齋夜話》曰：「『夜闌更秉燭，相對如夢寐』，言更相秉燭照之，恐尚是夢也。『更』字當作平聲讀，若作仄聲，則失其意矣。」

吴旦生曰：《冷齋》説支離，宜訂作仄聲爲妥。《老學庵筆記》言：「夜已深矣，宜睡而復秉燭，以見久客喜歸之意。」妄云當平聲讀，烏有是哉？《唐詩紀事》云：「盛文肅嘗夢朝上帝，見殿上題扇云：『夜闌更秉燭，相對如夢寐。』初謂天上之作，已而知子美詩也。」

北征

《冷齋夜話》曰：「老杜《北征》詩：『唯昔艱難劉會孟本作「憶昨狼狽」。初，事與前世劉會孟本作「古先」。別。』『不聞夏商劉會孟本作「殷」。衰，終劉會孟本作「中」。自誅褒妲。』意者明皇鑒夏、商之敗，畏天悔過，賜妃子死也。而劉禹錫《馬嵬》詩：『官軍誅佞幸，天子舍妖姬。群吏伏門屏，貴人牽帝衣。』白樂天《長恨詞》：『六軍不發争奈何，宛轉蛾眉馬前死。』乃是官軍迫使殺妃子，歌詠禄山叛逆耳。孰謂劉、白能詩哉？其去老杜，何啻九牛毛耶！《北征》詩識君臣之大體，忠義之氣與秋色争高，可貴也。」

吴旦生曰：車若水亦言：「子美《北征》，讀之感泣，有功名教。如樂天《長恨》，全是姍笑君父，以敗亡爲戲，更無惻怛憂愛之意。」《墨莊漫録》亦以爲：「元微之《連昌宫詞》過於樂天《長恨歌》。白止於荒淫之語，終篇無所規正；元詞乃微而顯，其荒縱之意皆可考，卒章乃不忘箴諷，爲優也。」乃何元朗稱：「《長恨》爲古今長歌第一。」而《嬾真子》謂：「明皇、太真之事，本有新臺之惡，而歌云：『楊家有女初長成，養在深閨人不識。』故世人罕知其爲壽王瑁之妃，得《春秋》『爲尊者諱』義。」此皆未審立言之要歸也。《夢谿筆談》云：「《長恨歌》：『峨嵋山下少人行，旌旗無光日色薄。』峨嵋在嘉州，與幸蜀路全無交涉。」

活國

《許彦周詩話》曰：「《北征》詩：『微雨人盡非，於今國猶活。』獨以『活國』許陳玄禮，何也？蓋禍既作，惟賞罰當則再振，否則不支持矣。玄禮首議誅太真、國忠輩，近乎一言興邦。倘無此舉，雖有李、郭，不能展用。」

吴旦生曰：公所以稱「桓桓陳將軍，仗鉞奮忠烈」也，又有《鹿頭山》詩：「冀公柱石姿，論道邦國活。」謂冀國公裴冕，亦與此「活」字同看。山谷《賦苦筍》云：「苦而有味，如忠諫之可活國。」蓋用此。

歷代詩話卷三十六　己集三

青谿　吴景旭旦生氏著

杜　詩　卷上之下

引　坐

陳無功曰：「晉以後有宫人參隨侍朝，故杜詩云：『户外昭容紫袖垂，雙瞻御座引朝儀。』至朱梁革易，遂沿後世肅觀。」

吴旦生曰：唐制，天子坐朝，宫人引至殿上，故鄭谷《入閣》詩亦云「導引出宫鈿」也。《文昌雜録》云：「天祐二年十二月，敕曰：『宫嬪女職，本備内任。今後每遇延英坐朝日，只令小黄門祇候引從，宫人不得出内。』自此始罷宫人引導。」則是老杜出天祐前，尚有此典制。然在唐昭宗天祐間已罷，非至朱梁始革易也。

《開元禮疏》云：「晉康獻褚后，臨朝不坐，則宫人傳百寮。周、隋相沿，國家因之不改。」

常參入閤

《晚出左掖》詩：「春旗簇仗齊。」又《臘日》詩：「還家初散紫宸朝。」

吴旦生曰：唐故事：天子日御殿見群臣，曰常參。朔、望薦食諸陵寢，有思慕之心，不能臨前殿，則御便殿見群臣，曰入閤，蓋宣政前殿也。大明宮正殿曰含元，含元之北爲宣政，即古之内朝也。謂之衙，衙有仗。唐朝會之仗：三衛番上，分爲五仗。每月以四十六人立内廊閤外，號曰内仗。朝罷放杖。紫宸，便殿也，宣政之北爲紫宸，即古之燕朝也。謂之閤。朔、望不御前殿而御紫宸，乃自正衙唤仗，由閤門而入。百官隨以入見，故謂之入閤。則知《左掖》詩爲宣政之正衙，而《臘日》詩爲紫宸之内衙矣。

唐文武職事官，九品以上望、朔朝。文官五品以上，及兩省供奉、監察御史、員外、太常博士，日朝爲常參。武官三品以上，三日一朝爲九參；五品以上，及折衝當番，五日一朝爲六參。時多御宣政，正衙立仗，廊飡而退。開元以朔、望上宗廟牙盤，避正殿，移御紫宸，即唤仗入閤。乾符以後，因亂禮缺，天子不能日見群臣而見朔、望，故正衙廢仗，而入閤有仗，遂以入閤爲重。至御前殿，猶謂之入閤。其後入閤亦廢，常參官赴正衙對立，宰臣押班傳，不坐即退。後唐明宗詔五日一入見中興殿，便殿也。此入閤之遺制，而謂之起居。朔、望一出，御文明殿，前殿也，反謂之入閤。李琪謂非唐故事，請罷五日起居，而復朔、望入閤。然終不能正也。

雞棲

《陳輔之詩話》曰：「『明晨有封事，數問夜如何』，此『幸而得之，坐以待旦』之意。『避人焚諫草，騎馬欲雞棲』，所謂『嘉謀嘉猷，入告爾后』。于外曰：『斯謀斯猷，惟我后之德。』」

吴旦生曰：趙子常《注》：「結句見晚出之情。『騎馬』見出，『欲雞棲』見晚。」而他注引《國風》「雞棲于塒」，以見日夕意耳。余按：魏文帝以劉放爲中書監，孫資爲中書令。《魏晉世語》云：「劉、孫共典樞要，夏侯獻、曹肇心内不平。殿中有雞棲樹，二人相謂：『此亦久矣，其復能幾？』指劉與孫也。」今公言簇仗，則自宣政殿而出，左有門下省，右有中書省，其于獻納焚草之餘，猶有懔懔懷忠、惟恐覆餗之懼，故引雞棲樹以自勵，此又「朝乾夕惕若」之旨也。韋承慶詩：「清切鳳凰池，扶疏雞樹枝。」張文琮詩：「影照鳳池水，香飄雞樹風。」《注》云：「雞棲樹，即皁莢樹。」

紫邏

《送賈閣老守汝州》詩：「雲山紫邏深。」

吴旦生曰：舊注：「邏，塞也，取巡邏之義。」余謂不然。《九域圖》云：「汝州有紫邏山。」則是送賈至出守汝州，故舉其地之山而言也。元遺山《寄王德新》詩：「紫邏留行客，黄流隔戍城。」時德新在汝州也。按：「邏」作去聲。楊焕然詩：「紫邏堪高卧，玄經擬共傳。」歐陽原功詩：「道吴山頭龍自卧，疊嶂重岡深紫邏。靈湫瀑布千尺長，古寺神杉十圍大。」

燕支

《竹坡詩話》曰：「徐陵《玉臺新詠序》：『南都石黛，最發雙蛾；北地燕支，偏開兩靨。』《古今注》云：『燕支出西方，土人以染。中國謂之紅藍，以染粉爲婦人色。』而俗乃用「胭脂」或「臙脂」字，不知其何義也。」杜少陵『林花著雨臙脂濕』，亦用此二字。白樂天『三千宫女臙脂面』，卻用此二字，殊不可曉。」

吴旦生曰：《古今原始》載：「紂以紅藍花汁凝作脂，以爲桃紅妝。」則《事物考》謂「秦宫中悉紅妝，其物自秦始」，非也。《余氏辨林》云：「蓋燕國所出，故名燕脂。今人寫『燕』字，復加『月』，甚有『因』旁加『月』者，失其本矣。」余觀《河西舊事》云：「失我祁連嶺，使我六畜不蕃息；失我焉支山，使我婦女無顏色。」蓋北方有焉支山，山多紅藍，北人采其花染緋，取其英鮮者作胭脂。婦人妝作頰色，鮮明可愛。然則「燕支」、「焉支」、「胭脂」、「臙脂」，字皆可通用。《雲麓漫鈔》云：「舊謂赤白之間爲紅，即今所謂紅藍也。西域一名黄藍。」《博物志》謂：「黄藍，張騫所得。收其花，俟乾以染帛，色鮮于茜，謂之真紅，亦曰乾紅。目其草曰紅花，以染帛之餘爲燕支。乾草初漬則色黄，故又爲黄藍也。」《史記・貨殖傳》：「若千畝巵茜。」徐廣注云：「巵音支，茜音倩。一名紅藍，其花染繒，亦黄也。」知今之紅花乃古之茜，而今茜係蘇木、棗木染成，非古之茜矣。

有以杜此句題壁者，「濕」字爲蝸蜒所蝕。東坡云「潤」字，山谷云「老」字，少游云「嫩」字，佛印云「落」字。覓集驗之，乃「濕」字也，出於自然。而四人遂分生老病苦之説。「詩言志」，信矣。

左省

《雍録》曰：「宣政殿前有兩廡。兩廡各有門，其東曰日華。日華之東，則門下省也。居殿廡之左，故曰左省。西廊有門曰月華。月華之西，即中書省也。凡兩省官繫銜以左右者，皆分屬焉。故杜《答岑參》詩云：『窈窕清禁闥，罷朝歸不同。』言分東西班，各歸本省也。岑爲補闕，屬中書省，居右署，公爲拾遺，屬門下省，居左署，所以歸不同也。又云：『君隨丞相後，我往日華東。』蓋丞相罷朝，由月華門出而入中書。凡西省官，亦隨丞相出西也。若左省官，仍自東出。故曰：『我往日華東。』」

吴旦生曰：岑寄公詩：「聯步趨丹陛，分曹限紫微。」正言其分左右以出入，故公答岑詩亦云然也。「我往」，諸本皆作「住」。舊注亦謂公拾遺在左闥，故云「住日華東」。然頷聯二句俱承「罷朝歸」而説，自當作「我往」矣，即看上句「隨」字可見。

《復齋漫録》云：「《唐六典》：左右拾遺掌供奉諷諫。凡發令舉事，有不便於時、不合於道者，小則上封，大則廷諍。子美以至德二載拜左拾遺，故《寄賈司馬》云：『法駕還雙闕，王師下八川。此時霑奉引，佳氣拂周旋。』《奉酬嚴公題野亭》云：『拾遺曾奏數行書，嬾性從來水竹居。奉引濫騎沙苑馬，幽棲真釣錦江魚。』此兩詩所以言『供奉』也。《宿左省》云：『明朝有封事，數問夜如何。』《晚出左掖》云：『避人焚諫草。』此兩詩所以言『小則上封，大則廷諍』也。」

請急

《偪側行》云：「已令請急會通籍。」

吴旦生曰：《釋名》：「急，及也，言操切之使相逮及也。」山谷《箋》云：「晉令，急假者五日一急，一歲以六十日爲限。《晉書》『車武子早急出詣子敬，盡急而還』是也。」余觀《霍光傳》：「光時休沐出，上官桀代決事。」「張安世休沐，未嘗出。」如淳云：「漢律，五日一賜休沐。」則是晉仍漢制也。

按：休假、休澣、休急、取急、請急，此皆休沐之名。俗以上澣、中澣、下澣爲上旬、中旬、下旬，蓋本月制十日一休沐之義也。《因話録》云：「沐，無點者，沐浴也。沭，有點者，音述，古沭陽縣。」

酒價

《玉壺清話》曰：「宋真宗宴群臣於太清樓，問唐酒價幾何，無能對者。丁晉公奏曰：『唐酒每斗三百。』上曰：『安知？』丁曰：『臣讀杜甫詩「速令相就飲一斗，恰有三百青銅錢」，是知一斗三百。』上大喜，曰：『甫詩可爲一時之史。』」

吴旦生曰：郭次象謂：「杜詩可知當時酒價，然樂天《與夢得沽酒閒飲》詩：『共把十千沽一斗。』『十千』恐未必酒價，言酒美而價貴耳。」《芥隱筆記》云：「曹植樂府：『歸來宴平樂，美酒斗十千。』當劉、白之時，酒價何太不廉哉？」《野客叢書》云：「唐人引曹語，如李白詩：『金尊沽酒斗十千。』王維詩：『新豐美酒斗十千。』崔輔國詩：『與沽一斗酒，恰用十千錢。』許渾詩：『十千沽酒留君醉。』權德輿詩：『十千斗酒不知貴。』陸龜蒙詩：『十千沽一斗。』而一斗三百錢獨見子美所云，故引以定當時之價。」《唐・食貨志》云：「德宗建中三年，禁民酤，以佐軍費。置肆釀酒，斛收直三千。」又觀楊松玠《談藪》：「北齊盧思道嘗云：『長安酒賤，斗價三百。』杜引此亦未可知。」《典論》曰：「漢孝靈帝末年，百司湎酒，一斗直千文。」此可證漢酒價。

肝

《義鶻行》結句云：「聊爲《義鶻行》，永激壯士肝。」吴旦生曰：老杜之《義鶻行》即太史公之《游俠傳》也。歷敘健鶻之急難，即「斗上捩孤影」一句已極振動，而修鱗巨顙，紛紛欲墜，乃曰「此事樵夫傳」，將鶻事小挽住。而轉句云：「飄蕭覺素髮，凜欲衝儒冠。」其時之怒氣坌勃爲何如也！遂以「肝」字結之，正不浪下。説者謂肝主怒也，章法、字法俱絶。蘇東坡詩：「一笑瀉肝胃。」正得斯旨。

《埤雅》云：「鶻有義性，杜所賦《義鶻行》是也。冬撮鳥之盈握者，夜以燠其爪掌，左右易之。旦即縱之令去。其往東矣，則是日也不東嚮搏物。南北亦然。蓋其義性有捨有縱如此。李邕《鶻賦》所謂『營全鳩以自煖，乃詰朝而見釋』是也。」

車箱箭栝

《望嶽》詩：「車箱入谷無歸路，箭栝通天有一門。」

吴旦生曰：《寰宇記》：「車箱谷，一名車水渦，在華陰縣西南，深不可測。」《水經注》：「自下廟歷列柏，南入十一里，東迴三里，至中祠。又西南出五里，至南祠。從北南入谷七里，又屆一祠。出一里，至天井。其路迂曲不可窮。」《述征記》云：「柏谷，谷名也。漢武帝微行所至，谷中無回車地。夾以高原，柏林陰翳，窮日幽暗，殆弗覩陽景。」

《禹貢》：「治梁及岐。」又曰：「荊岐既旅。」其山本以有兩岐，故呼爲「岐路」之「岐」。今俗呼爲箭筈嶺。胡三省《通鑑辨誤》云：「箭筈，嶺名，有箭筈關，在鳳翔西南界上。宋高宗紹興元年，金自鳳翔攻箭筈關，吴玠遣將擊退之。蓋蜀口關隘處。」《華山記》：「箭栝峰上有穴，纔見天。攀援自穴中而上，如坐室窺窗。」

三意

《早秋苦熱》詩：「對食暫餐還不能。」

吴旦生曰：趙《注》但引蔡琰詩「飢當食兮不能餐」，不知此七字已見堆案相仍之苦。每至炎蒸之日，盤飧具列，聊一舉筯，爲煩暍所困，不復下咽。因念此句之妙，即默坐猶難，況簿書邪？《誠齋詩話》云：「詩有一句七言而三意者。老杜云：『對食暫餐還不能。』韓退之云：『欲去未到先思回。』有一句五言而兩意者。陳后山云：『更病可無醉，猶寒已自和。』」《詩眼》云：「昔嘗問山谷：『耕田欲雨刈欲晴，去得順風來者怨。』山谷云：不如『千巖無人萬壑靜，十步回頭五步坐』。蓋七言詩四字、三字作兩節也。此句法出《黄庭經》『上有黄庭下關元』，已下多此體。五言詩亦有三字、二字作兩節者。老杜云：『不知西閣意，肯别定留人』。肯别邪？定留人邪？山谷愛之，蓋與上七言同。」

蹋層冰

《早秋苦熱》結句云：「安得赤腳蹋層冰。」

吴旦生曰：蔡傅卿《注》引東方朔《神異經》云：「北方有層冰萬里。」陳無功謂：「馬融值史館，蒸燠如坐甑中。曰：『安得披襟赤腳，蹋陰山之層冰，洗塵熱也。』老杜出此。」蓋無功所證固確，然馬融亦用《神異》語意，而蔡《注》未可謂妄引非據也。陸放翁《夏夜泛舟》詩：「夜半歸來步松影，真成赤腳蹋層冰。」

茱萸

《九日藍田崔氏莊》詩：「明年此會知誰健，醉把茱萸仔細看。」

吴旦生曰：注家但知引賈佩蘭説宫中九日佩茱萸事，《西京雜記》云：「賈佩蘭乃戚夫人侍兒也。」《初學記》謂漢武宫人，誤。不知其來已久矣。按《禮記》：「三牲用藙。」鄭玄《注》云：「藙，煎茱萸也。」

《漢律》：「會稽獻焉。」《説文》：「漢律：會稽獻藙一斗。音魚既切。」《疏》：「賀氏云：今蜀郡作之。九月九日取茱萸，折其枝，連其實，廣長四五寸。一升實可和十升膏，名之藙也。」則周時已用，而漢制特效之。如《風土記》之「折茱萸房以插頭」，《齊諧記》之「帶茱萸囊以繫臂」，猶其後事耳。

劉會孟云：「舊曾手寫，誤作『好把』，便覺情性甚遠，因賛『醉把』之妙。」然余按：王仲言宣城本作「再把茱萸仔細看」，覺「再」字更於「明年此會」呼吸有情。

劉禹錫云：「詩中用『茱萸』字者凡三人：老杜『醉把茱萸仔細看』，王維『插徧茱萸少一人』，朱放『學他年少插茱萸』。三君所用，杜公爲優。」洪容齋云：「唐人用此十餘家，王昌齡『茱萸插鬢花宜壽』，戴叔倫『插鬢茱萸來未盡』，盧綸『茱萸一朵映華簪』，權德輿『酒泛茱萸晚易醺』，白居易『舞鬟擺落茱萸房』、『茱萸色淺未經霜』，楊衡『强插茱萸隨衆人』，張諤『茱萸凡作幾年新』，耿湋『髮稀那敢插茱萸』，劉商『郵筒不解獻茱萸』，崔櫓『茱萸冷吹谿口香』，周賀『茱萸城裏一尊前』，比之杜句，真不侔矣。」

《風土記》云：「茱萸，椴也。九月九日熟，色赤，可采時也。别名秋子。」

蕭京兆

《遣興》云：「赫赫蕭京兆，今爲時所憐。」

吴旦生曰：東坡謂：「玄宗雖誅蕭至忠，然甚懷之。」侯君集云：「蹉跌至此，至忠亦蹉跌者耶？故子美亦哀之。」余按：至忠自蒲州刺史附太平公主，引爲刑部尚書，宋璟所謂「非所望於蕭君」也。然未嘗歷京兆尹。王原叔《注》謂：「蕭望之嘗爲左馮翊，後被讒自殺。」然亦非京兆也。錢牧翁云：「天寶八年，京兆尹蕭炅坐遷汝陰太守。史稱其爲林甫所厚，爲國忠誣奏譴逐。則所謂『蕭京兆』，蓋炅也。『故爲人所羨，今爲人所憐』，用漢成帝童謡，哀之亦刺之也。」

雪滿山

《詩説雋永》曰：「王性之嘗見唐人寫本杜詩『愁對寒雲雪滿山』，乃『白滿山』也。」

吴旦生曰：吴本、鶴本作「雪」。董遐周以「雪」字爲正：「言山寒雲縞，望如雪積。即太白所云『牀前明月光，疑是地上霜』。『霜』之與『月』、『雪』之與『雲』了不相關，此中有賓主句，『雪』之一字，禪家句中眼也。」按：升庵、弇州俱以「白」字爲善本，殊遜其玄勝。

慳風

《漫叟詩話》曰：「《姜少府設鱠戲贈長歌》首章云：『姜侯設鱠當嚴冬，昨日今日皆天風。』乃知

『慳風澀雨』之句自古有之。」

吴旦生曰：借風雨以譏姜侯之慳，老杜雖戲，應不至此。三山老人言：「嚴冬天寒，又連日有風，黄河冰益厚矣。當此時而鑿冰，取魚爲鱠，其意勤甚。故曰：『黄河美魚不易得，鑿冰恐侵河伯宫。』」余因觀馬虚中詩：「地瘦仍慳雨，桃羞未著花。」豈亦有譏邪？

腹腴

《姜少府設鱠戲贈》云：「偏勸腹腴媿年少。」

吴旦生曰：庚集皮詩中、辛集梅詩中，「河豚」已互見矣。今按：魚腹下肥肉謂之腴。《禮記・少儀》云：「羞，濡魚者進尾，冬右腴，夏右鰭。」《注》：「冬氣在上，腴腹下也。夏氣在下，鰭脊也。」《周禮疏》：「燕人膾魚方寸，切其腴以啗所貴。」引以證「膴膴」亦腹腴。《前漢書》「九州膏腴」，師古《注》云：「腹下肥曰腴。」蘇東坡詩：「更洗河豚烹腹腴。」黄山谷詩：「飛雪堆盤膾腹腴。」張伯雨詩：「苕谿斫鱠腹偏腴。」

《藝苑雌黄》云：「河豚有毒，肝與卵，食之必死。其子大纔一粟，浸之經宿如彈丸。人中其毒，以水調爩槐花末及龍腦皆可解。吴人珍之，以其腹腴爲西施乳。嘗戲作絶句云：『蔞蒿短短荻芽肥，正是河豚欲上時。甘美遠勝西子乳，吴王當日未曾知。』雖然，甚美必甚惡。河豚，味之美也，吴人嗜之，以喪其軀；西施，色之美也，吴王好之，以亡其國。可爲來者戒。」

張鎬

《洗兵馬》云：「張公一生江海客，身長七尺鬚眉蒼。」謂張鎬也。盧德水曰：「子長爲救李陵而下腐刑。子美爲救房琯幾陷不測，賴張相鎬申救獲免，坐是流落劍外，可謂千古大俠。」錢牧翁曰：「史稱琯登相位，奪將權，聚浮薄之徒，敗軍旅之事。又言其高談虚論，招納賓客，因董庭蘭以納賄。蓋琯以宰相自請討賊，可謂之奪將權乎？劉秩固不足當曳落河、王思禮，嚴武亦可謂浮薄之徒乎？門客受贓，不宜見累。肅宗猶不能非張鎬之言，而史顧以此坐琯乎？賀蘭進明之譖琯，謂：『於聖皇爲忠，於陛下則非忠。』聖皇於陛下何人也？而敢以忠不忠爲言。肅宗讐父之心，進明深知之矣。李輔國言：『陳玄禮、高力士謀不利於陛下。』六軍將士盡靈武功臣，皆反仄不安。琯與鎬在朝，何啻十玄禮、百力士，肅宗豈嘗須臾忘之？故琯之求將兵，知不安其位，而以危事自效也。許之將而又使中人監之，不欲其專兵也。兵敗不即去，而以琴客之事罷，俾正衙彈劾，以穢其名也。罷琯而相鎬，不得已而從人望也。五月相，八月即出之河南，不欲其久於内也。六月貶琯，而五月先罷鎬，汲汲乎恐鉏之不盡也。琯敗師而罷，鎬有功而亦罷，意不在乎功罪也。自漢以來，鉤黨之事多矣，未有人主自鉤黨者，未有人主鉤其父之臣以爲黨，而文致罪狀，榜之朝堂，以欺天下後世者。」

吴旦生曰：鎬與琯臭味，而又力救公，宜公之拳拳於鎬矣。然觀獨孤及撰《鎬神道碑》云：「一命左拾遺，二命右補闕，三命侍御史，四命諫議大夫，五命中書侍郎平章事。起家二年秉國鈞，自古未有。」而《鎬傳》又云：「天寶末，楊國忠執政，求天下士爲己重。聞鎬材，薦之。釋褐拜左拾遺。」則是遷擢如此赫且疾，而其始由壬人以進，所謂「七尺鬚眉」安在？公反詠其風雲遇會，何也？蕭嵩亦薦云：「用之爲帝王師。」余竊有疑焉。

《西清詩話》云：「鎬雖史稱有王霸大略，然當爲相收復兩京時，不聞別有奇功，但有策史思明欲以范陽歸順爲僞，知許叔冀臨難必變二事耳。然當時亦不果用也，豈史氏或有遺邪？」

匡山

《西谿叢語》曰：「杜詩：『匡山讀書處，頭白好歸來。』李太白，青山人，多遊匡廬，故謂之『匡山』。」《容齋二筆》曰：「吴曾《能改齋漫録》内正辨是事，引杜田《杜詩補遺》云：『范傳正李白新墓碑言：白本宗室子，厥先避仇客蜀，居蜀之彰明，太白生焉。彰明，緜州之屬邑，有大、小康山。白讀書于大康山，有讀書堂尚存。其宅在清廉鄉，後廢爲僧房，稱隴西院，蓋以太白得名。院有太白象。』吴君以是證杜句，知康山在蜀，非廬山也。予按當塗所刊《太白集》，其首載新墓碑，宣、歙、池等州觀察使范傳正撰，凡千五百餘字。但云：自國朝已來，編於屬籍。神龍初，自碎葉還廣漢，因僑爲郡人。

初無《補遺》所紀七十餘言，豈非好事者僞爲此書，以附會杜詩耶？」歐陽忞《輿地廣記》云：「彰明有李白碑，白生於此縣，蓋亦傳説之誤，當以范碑爲正。」《藝苑卮言》曰：「《南部新書》：『白，山東人。父爲任城令，因家焉。少與魯人隱徂徠山，號竹谿六逸。天寶初，游會稽，因吴筠隱剡中。俗稱蜀人，非也。今任城令廳有白之祠尚存。』至唐范傳正誌其墓曰：『白，涼武昭王九世孫。昭王，隴西人。隋末，子孫以罪徙碎葉。神龍時，白父客自西域逃居緜之巴西，而白生焉。』唐魏顥、李陽冰序其文，劉全白撰其墓碣，皆曰廣漢人。故論白者，或曰隴西，或曰山東，或曰蜀。李陽冰云：『李翰林浪跡縱酒，以自昏穢。詠歌之際，屢稱山東。』李白亦云：『以張垍讒逐，游海岱間。』子美所謂『汝與山東李白好』，蓋白自號也。然則白本隴西人，産於蜀，嘗流寓山東。子美從游時在山東，故稱山東也。此山東乃關東，非今之山東也。」

吴旦生曰：《舊唐書》傳、《南部新書》、元稹《杜詩序》、晁氏《讀書志》皆以白爲山東人。《新唐書》傳、范傳正碑、劉全白墓碣、魏顥、李陽冰、曾鞏《太白集序》、《唐詩紀事》、《彰明逸事》、《緜州圖經》皆以白爲蜀人。楊升庵欲私爲鄉産，陳晦伯、胡元瑞刺刺不休，蓋洪容齋據刊集以攻其附會，王弇州又斷以爲蜀産。豈容齋所見之本祕不傳世，不克盡見邪？今所行皆弇州之言也。然觀鄭谷《送人入蜀》詩：「雪下文君沽酒市，雲藏李白讀書山。」在當時已同《補遺》中語矣，似爲可據。要當以蜀産爲正。

按：唐十道有河北，無山東。唐都長安，自太行以東皆山東也。故老杜《兵車行》云：「君不見漢家山東二百州，千村萬落生荆杞。」又《洗兵馬》云：「中興諸將收山東。」舊《注》：「山東，河北也。」

姑嫜

《新婚别》云：「妾身未分明，何以拜姑嫜？」

吴旦生曰：《前漢書》廣川王去疾《幸姬陶望卿歌》曰：「背尊章，嫖以忽。」蓋舅姑謂之「尊章」。趙德麟謂：「《玉篇》云：『凡夫之父母曰嫜。』老杜『拜姑嫜』，何邪？」《正俗》云：「古謂舅姑。今姑嫜亦俗呼爲姑鍾，蓋自『章』音轉爲『鍾』也[一]。」余觀《春秋傳》云：「秦、晉二國繼世通婚，所娶之女，非舅即姑，故曰舅姑。」則知「姑」者，尊之之辭也。又《字學集要》云：「夫之兄曰兄嫜。杜詩：『堂上拜姑嫜。』或作『偉』，單作『章』。」《釋名》云：「俗間曰兄章。章，灼也。章灼，敬奉之也。」則知「嫜」者，亦尊之之辭也。《野客叢書》云：「吴人稱翁爲官，稱姑爲家。錢氏納土，蓋嘗奏過，謂其土俗方言也。觀范曄臨刑，其妻駡曰：『君不爲百歲阿家。』其母云云。妻曰：『阿家莫憶。』袁君正父疾，不眠，專侍左右。家人勸令暫卧，答曰：『官既未差，卧亦不安。』二事正在《南史》，知吴人之語爲不誣也。」

【校勘記】

〔一〕「鍾」，原誤作「童」，據顔師古《匡謬正俗》卷六改。

合昏

《詠佳人》詩：「合昏尚知時，鴛鴦不獨宿。」

吴旦生曰：《本草》：「合歡，或曰合昏。」陳藏器云：「葉至暮即合，故曰合昏。今夜合花是也。」《古雋考略》作「合梎」，音昏。庾信詩：「建始移交讓，徽音種合昏。」

陸公佐《新漏刻銘》云：「合昏暮卷，蓂莢晨生。」《注》：「合昏，槿也。其葉夜合而明舒。」周處《風土記》亦以合昏爲槿。黄山谷箋杜云：「合昏，木名，朝舒夕斂。」

東南雲

《遣興》云：「每望東南雲，令人幾悲吒。」

吴旦生曰：梁瑄不歸，弟兄每見東南白雲，立望，慘然久之。老杜用此意也。狄仁傑登太行山，見白雲孤飛，謂左右曰：「吾親舍其下。」瞻悵久之。《北史》：「元樹奔南，每見嵩山雲，未嘗不引領歔欷。」袁豹作檄云：「延首東雲。」謝靈運上書云：「注心南雲。」陸機《思親賦》：「指南雲以寄欽。」陸雲《贈鄭曼季》詩：「嚮溢南雲。」江總《九日》詩：「心逐南雲逝。」

魚龍鳥鼠

《埤雅》曰：「『水落魚龍夜，山空鳥鼠秋』，『魚龍』，水名；『鳥鼠』，山名。亦鳥鼠秋而魚龍夜，是詩兩句而含三事也。」

吴旦生曰：《水經注》：「一水發源天水縣，其水出五色魚。俗以爲龍，而莫敢捕，因謂之魚龍水。」又：「隴西地名魚龍，出石魚。掘地得石，破其中，有魚痕鱗甲，纖悉畢具，燒之有魚氣。蓋魚蟄泥而變爲石。」又：「龍秋分而降，則蟄寢於囦。音淵，古「淵」字。所謂魚龍以秋日爲夜也。」《爾雅》：「鳥鼠同穴，其鳥爲鵌，其鼠爲鼵。」《山海經注》：「鼵如人家鼠而短尾。鵌似燕而小，黄色。穿地入數尺，鼠在内，鳥在外而共處。」《河圖》云：「鳥鼠同穴，地之幹也。上爲掩畢星。」又《禹貢》：「導渭自鳥鼠同穴。」孔氏《大傳》云：「鳥鼠共爲雌雄，同穴而處。」蔡仲默以爲怪誕不足信，而謂：「同穴自爲山名，鳥鼠爲同穴之枝山。」《墅談》駁之云：「今鳥鼠同穴山在渭源縣西七十六里，俗呼爲青雀山，實有鳥與鼠同處於穴。」又《甘肅志》：「涼州之地有兀兒鼠者，形狀似鼠，尾若贅疣。有鳥曰本周兒者，形似雀，色灰白，常與兀兒鼠同穴而處。」按：涼州，唐屬隴右道。

岑參詩：「龍魚川北盤谿雨，鳥鼠山西洮水雲。」

白題

《秦州雜詩》：「羌舞白題斜。」

吴旦生曰：正文作「白蹏」，非是。蔡興宗《正異》云：「『白題』字義與『雕題』同。」按《南史》：宋武帝時，西北遠方有白題，遣使入貢，莫知所出。裴子野曰：「漢潁陰侯斬白題將一人。」服虔《注》云：「題者，額也。其俗以白塗堊其額也。」後見《墨莊漫録》云：「蓋白題，其人下馬捨之。」始悟「白題」乃氈笠也。其人多爲旋舞，笠之斜似乎謂此也。楊廉夫詩：「大姬白題作羌舞。」恐氈笠非大姬所用之物，亦是誤認「白題」也。

不夜城

《秦州雜詩》：「無風雲出塞，不夜月臨關。」

吴旦生曰：王子韶謂：「『無風』，谷名；『不夜』，城名。」《地理志》：「不夜縣。古有日夜出於東萊，故萊子立此城，以不夜爲名。」《齊地記》：「不夜城在陽城東南。」按班史云：「有如日夜出此城，是時城方成耳。」杜詩用此。東坡《雪後》詩「明月長來不夜城」，亦用此。

《郡國志》：「登州文登縣，有不夜城，有石橋，即始皇造欲過海觀日所出處。」《三齊略記》云：「鄭玄常居不夜城南山中教授，黄巾亂而散。」

鳳林

《秦州雜詩》：「鳳林戈未息，魚海路常難。」

吴旦生曰：《水經》：「河水又東歷鳳林北。」《注》：「鳳林，山名，五巒俱峙。耆諺云：『昔有鳳鳥，飛游五峰。』故山有斯目矣。」《秦州記》：「枹罕原北名鳳林川。」《一統志》：「鳳林關在臨洮府蘭縣黄河側。」《唐書・地理志》：「河州安昌郡有鳳林縣，縣北有鳳林關。唐時陷於吐蕃。大曆二年，吐蕃入奏云：『贊普請以鳳林關爲界。』」張籍《涼州詞》：「鳳林關裹水東流，白草黄榆六十秋。」「魚海」，縣名。天寶元年，河西節度使王郵奏：「破吐蕃魚海及遊奕等軍。」又，郭子儀取魚海五縣是也。岑參詩：「洗兵魚海雲迎陣，秣馬龍堆月照營。」

瘧疾

《西清詩話》曰：「有病瘧者，子美曰：『吾詩可以療之。』病者曰：『云何？』曰：『夜闌更秉燭，相對如夢寐。』其人誦之，瘧猶故也。子美曰：『更誦吾詩云：子璋髑髏血模黏，手持擲還崔大夫。』其人誦之果愈。」《漁隱叢話》曰：「世傳杜子美詩可以愈瘧，此未必然。蓋其辭意典雅，讀之者脱然不覺沈痾之去體也。好事者乃爲此論，殊可笑。借使瘧誠有鬼，若知杜詩之佳，是賢鬼也，豈復屑屑求食於嘔泄之間哉？觀子美有詩云：『三年猶瘧疾，一鬼不銷亡。隔日搜脂髓，增寒抱雪霜。』則是疾也，杜陵正自不免耳。」

吴旦生曰：杜詩截瘧，亦如「檄草陳琳，頭風可愈；文成孟召，狂發能差」之意。而來病，君子正自不免。此兩截事，亦兩不相妨也。胡苕谿往往認真煞講耳。葛常之亦舉此案，謂：「靈於人而不靈於己。」皆高頭巾認真之過也。觀《賓退録》云：「世人瘧疾將作，謂可避之他所。閭巷不經之説也。然自唐已然。高力士流巫州，李輔國授謫制，力士方逃瘧功臣閣下。杜子美詩：『三年猶瘧疾，一鬼不銷亡。隔日搜脂髓，增寒抱雪霜。徒然潛隙地，有靦屢鮮妝。』則不特避之，而復塗抹其面矣。」余笑趙與時又來認真也。

《左傳》：「齊侯疥遂痁。」唐姚崇病痁移告。按：瘧疾爲病，痎，小瘧也；痁，大瘧也。「疥」當爲「痎」。

《漢舊儀》云：「顓頊氏有三子，死而爲疫鬼。一居江水爲瘧鬼。」故退之《遣瘧》詩云：「屑屑水帝魂，謝謝無餘輝。如何不肖子，尚奮瘧鬼威。」又云：「咨汝之胄出，門户何巍巍。祖軒而父頊，未昧于前徽。」而其後又有「湛湛江水清，歸居安汝妃」之語，蓋本於《漢舊儀》也。

筆

《寄賈司馬嚴使君》詩：「賈筆論孤憤，嚴詩賦幾篇。」

吴旦生曰：南朝詞人謂文爲筆，晁氏概以詩爲詩筆，非也。按：劉孝綽嘗云「三筆六詩」，「三」即第三弟孝儀，「六」即第六弟孝威。《沈約傳》：「謝玄暉善爲詩，任彦昇工於筆，約兼而有之。」《庾肩吾傳》：「梁簡文《與湘東王書》論文章之弊曰：『詩既若此，筆又如之。』又曰：『謝眺、沈約之詩，任昉、陸倕之筆。』」《任昉傳》：「時人謂『任筆沈詩』，昉聞，甚以爲病。」《因話録》云：「韓愈能古文，孟郊長于五言，時號『孟詩韓筆』。」杜牧之詩：「杜詩韓筆愁來讀，似倩麻姑癢處抓。」王荆公詩：「閒時用意歸詩筆，静外安生比泰山。」蘇東坡詩：「水洗禪心都眼静，山供詩筆總眉愁。」

嫖姚

《漁隱叢話》曰：「《後出塞》詩：『借問大將誰，恐是霍嫖姚。』《陪柏中丞觀宴將士》詩：『漢朝頻遣將，應拜霍嫖姚。』按《漢書》：『霍去病爲嫖姚校尉。』服虔云：『音飄摇。』師古云：『嫖，頻妙反；姚，羊召反。並去聲呼。』而子美作平聲用，蓋取服虔音耳。王荆公詩：『莫教空説霍嫖姚。』亦以平聲，蓋承襲子美而用也。」

吴旦生曰：《古音略》謂：「《漢書·霍去病傳》『票姚』，荀悦《漢紀》作『票鷂』。『票』音『飄』。『飄』、『鷂』皆鳥名。言如飄之疾、鷂之擊也。惟服虔音作飄摇。」《野客叢書》云：「嫖姚，作平聲用。如梁蕭子顯詩：『夫壻仕嫖姚。』庾信詩：『將寄霍嫖姚。』王褒詩：『樓蘭校尉稱嫖姚。』唐人前詩已多如此，而唐人如李嘉祐詩：『身逐嫖姚幾日歸。』高適詩：『每逐嫖姚破骨都。』李白詩：『將軍兼領霍嫖姚。』張祜詩：『二十逐嫖姚。』羅隱詩：『尊罍合伴霍嫖姚。』李益詩：『君逐嫖姚將。』韋應物詩：『嫖姚恩顧下，中有霍嫖姚。』張籍詩：『曾將順策佐嫖姚，爲佐嫖姚未得還。』杜牧之詩：『鏖兵不羨霍嫖姚。』李商隱詩：『五年從事霍嫖姚。』郎士元詩：『壯心竟未嫖姚知。』宋人如王元之詩：『繡服霍嫖姚。』劉貢父詩：『嫖姚不復顧家爲。』陳后山詩：『故家文物尚嫖姚。』如此甚多，未見有作去聲呼，蓋承襲而然。」

《荀子》：「美麗姚冶。」漢武《傷李夫人賦》：「縹飄姚乎愈莊。」漢《郊祀歌》：「雅聲遠姚。」皆用「姚」字。

海　運

《後出塞》云：「雲帆轉遼海，粳稻來東吴。」

吴旦生曰：公又有《昔游》詩：「幽燕盛用武，供給亦勞哉。吴門持粟帛，泛海淩蓬萊。」則唐時已海運糧儲矣。《草木子》云：「元海運自朱清、張瑄始。歲運江淮米三百餘萬石，以給元京。四五月南風至起運，得便風，十數日即抵直沽交卸。」似謂二人之功創所未有，而不知已前此也。《輟耕録》云：「宋季亡賴子抄掠海上，朱清、張瑄爲雄長。若捕急，輒引舟東行三日夜，至沙門島。往來若風，迹不可得。稍怠則復來。後請招懷，奏可，清、瑄授金符千户。建言海漕事，試之良便。至元十九年也。」

歷代詩話卷三十七　己集四

壽谿　吴景旭旦生氏著

杜詩 卷中之上

鐵堂

《鐵堂峽》詩：「硤形藏堂隍，壁色立積鐵。」

吴旦生曰：硤藏於兩山之間，有如堂隍。蓋用《秦風》「終南何有，有紀有堂」之語。吕居仁詩：「弱水不勝舟，有此積立鐵。」又云：「何知若人胸，中有積立鐵。」則又用老杜「積鐵」語矣。

狨

《石龕》詩：「熊羆咆我東，虎豹號我西。我後鬼長嘯，我前狨又啼。」

吴旦生曰：蔡傅卿《注》：「狨音戎，猨狖之屬。」詩話以爲狨類鼠而大。余考《埤雅》：「狨大小類猨，長尾，尾作金色，俗謂之金綫狨是也。生川、陜深山中。人以藥矢射殺之，取其皮爲卧褥鞍被坐氀之用。狨甚愛其尾，中矢毒，即自齧斷其尾以擲之，惡其爲身患也。」狨一名猱，詩曰：「無教猱升木。」顔氏以爲其尾柔長可藉，然則制字从柔，以此故也。

黄山谷《箋》云：「《招隱》篇：『熊羆咆兮虎豹號。』」

黄獨

《後山詩話》曰：「『黄獨無苗山雪盛』，儒者不解『黄獨』義，改爲『黄精』。以予考之，蓋『黄獨』是也。」《本草》「赭魁」注：「黄獨，肉白皮黄，巴漢人烝食之。江東謂之土芋，江西謂之土卵。煮食之，類芋魁云。」

吴旦生曰：詩話皆以爲芋魁，非也。觀其「雪盛」而「無苗」，可知非芋魁矣，乃其類芋魁而小者。張文潛謂：「其根惟一顆而色黄，故名黄獨。饑歲土人掘食以充糧，故老杜云爾。」沈存中證赭魁最詳，謂：「今南中極多，膚黑肌赤，似何首烏。切破其中，赤白理如檳榔，有汁赤如赭，南人以染皮製韡，閩嶺人謂之餘糧。」《本草》「禹餘糧」注中所引乃此物。《述異記》云：「藥中有禹餘糧者。昔禹治水，棄其所餘糧于江中，生爲藥。」洪武初僧宗泐有《斸黄獨》詩：「向來垂涕人，遥遥千載慕。」蓋指老杜也。戴叔倫詩：「地瘦無黄獨，春來草更深。」

裛

《狂夫》詩：「雨裛紅蕖冉冉香。」

吴旦生曰：《古音》所載「裛」者，《説文》以爲書囊也，《字林》以爲香襲衣也，《三蒼》以爲露坌花也。《西都賦》：「裛以藻繡。」乃書囊義。古詩：「胡香裛還𢡃。」乃香襲衣義。杜詩此句乃露坌花義。古今字義相承之異也。

石筍

《石筍行》云：「君不見益州城西門，陌上石筍雙高蹲。古來相傳是海眼，苔蘚蝕盡波濤痕。雨多往往得瑟瑟，此事恍惚難明論。恐是昔時卿相墓，立石爲表今仍存。」

吴旦生曰：《酉陽雜俎》云：「蜀石筍街，夏中大雨，往往得雜色小珠。俗謂之地當海眼，莫知其故。故蜀僧惠嶷曰：『前史説蜀少城飾以金璧珠翠，桓温怒其太侈，焚之。今在此地，或拾得小珠，時有孔者，得非是乎？』」又《華陽記》云：「開明氏造七寶樓，以珍珠結成簾。漢武帝時，蜀郡火燒數千家，樓亦以燼。今人往往於砂土上獲真珠。」又《蜀郡故事》云：「石筍在衙西門外，二株雙蹲，云真珠樓基也。昔有胡人於此立寺，爲大秦寺。其門樓十間，皆以真珠翠碧貫之爲簾。後摧毁墜地，至今基脚在。每有大雨，其前後人多拾得珍珠、瑟瑟、金翠異物。今謂石筍，非爲樓設，而樓之建適當石筍附近耳。蓋大秦國多璆琳、琅玕、明珠、金碧，水道通益州永昌郡，則寺疑此國人所建也。」又《後漢書・方術・任文公傳》：「公孫述時，武擔山折。文公曰：『西州智士死，我乃當之。』三月果卒。」唐章懷太子賢《注》云：「武擔山在今益州成都縣北百二十步。」揚雄《蜀王本紀》云：「武都丈夫化爲女子，顏色美絶，蓋山精也。蜀王納以爲妃，無幾物故。乃發卒之成都擔土，葬於成都郭中，號曰武擔。以石作鏡一枚，表其墓。」《華陽國志》曰：「王哀念之，遣五丁之成都擔土，爲妃作冢。蓋地數畝，高七丈。其石今俗名爲石筍。」《梁益記》云：「石筍二，在子城西門外。」按《圖經》：「在少城中夏門外一百五十步，曾折，再立之。各高丈餘，圍六七尺。云其下是海眼，即非也。」又《益州名畫録》云：「孟蜀時，畫工李文才寫義興門雙石筍，告道士范德昭：『昔云真珠樓基，或云是海眼，未審孰是？』德昭曰：『吾聞諸至人，斯乃蠶叢啓國鎮蜀之碑，中以鐵柱貫之，以横石相理，埋于地際。上有文字，言歲時豐儉、兵革水火之事。諸葛曾掘驗之。真珠樓基、海眼皆非也。』云出《方圓記》。」據此則或云城，或云樓，或云寺，或云碑，則非墓矣。章懷太子云是妃墓，則豈是「昔時卿相」邪？歷稽諸言，與老杜不合，爲詳載之。

稚子

《冷齋夜話》曰：「『筍根稚子無人見』，世不解『稚子』爲何等語。唐人有《食筍》詩：『稚子脱錦棚，駢頭玉香滑。』則『稚子』爲筍明矣。」《桐江詩話》曰：「唐詩蓋謂筍之脱籜，如小兒之解棚。《冷齋》以『稚子』便作筍，則非也。」

吴旦生曰：或引《交州記》，以爲竹鼠；或引《爾雅》，以爲野雉；舊注以爲宗文字稚子，種種可笑。余觀杜牧之詩：「小蓮娃欲語，幽筍稚相攜。」此言筍如稚子，即以小杜作大杜注脚可也。蘇東坡《送筍》詩：「駢頭玉嬰兒，一一脱錦棚。」雖本唐句，然「嬰兒」即「稚子」也。張廣《神異經》「竹子」、「筍子」亦此意。如謝宗可《同根竹》詩：「競秀亭亭一種奇，駢頭曾脱錦棚兒。」張伯雨《竹石》詩：「龍孫乍脱棚兒錦，石面都皴彈子窩。」岑静能《食新筍》詩：「脱棚錦紋散，切玉霜刀弄。」李西涯《謝惠筍》詩：「犧材有派分洋谷，棚錦無心鬭馬嵬。」又以此作「錦棚」注脚。

梅雨

《庚谿詩話》曰：「江南五月梅熟時，霖雨連旬，謂之黄梅雨。然少陵曰：『南京西浦道，四月熟黄梅。

湛湛長江去，冥冥細雨來。』蓋唐人以成都爲南京，則蜀中梅雨乃在四月也。及讀柳子厚詩曰：『梅實迎時雨，蒼茫值晚春。』此子厚在嶺外詩，則南粤梅雨又在春末。是知梅雨時候所至，早晚不同。」

吴旦生曰：范石湖《吴船録》謂：「蜀無梅雨，子美梅熟時經行，偶值雨耳。恐後人便指爲梅雨，故辨之。」據此則《庚谿》誤認爲梅雨，而謬爲其説也。《老學庵筆記》云：「子美雨詩，蓋成都所賦也。今成都乃未嘗有梅雨，惟秋半積陰氣令蒸溽，與吴中梅雨時相類耳。豈古今地氣有不同邪？」《埤雅》云：「今江湘、二浙四、五月之間，梅欲黄落，則水潤土溽，礎壁皆汁，蒸鬱成雨，其霏如霧，謂之梅雨。沾衣服皆敗黦。故自江以南，三月雨，謂之迎梅；五月雨，謂之送梅。轉淮而北則否。亦梅至北方變而成杏，地氣使然也。」

《月令廣義》云：「黴，音梅；黰，音軫，溽溼之氣也。」一作「霉」、「黕」。《廣韵》「黰」又作「[illegible]」。

東絹

《雙松圖歌》：「我有一匹好東絹，重之不減錦繡段。」

吴旦生曰：舊注：「鵞谿，地名，在梓州鹽亭縣。出絹甚良，謂之鵞谿絹，即東絹也。」文與可詩：「待將一段鵞谿絹。」東坡《答與可》詩：「爲愛鵞谿白繭光。」元何太虚詩：「千黄金，雙白璧，鵞谿白繭纔數尺。」《韵語陽秋》云：「祕省古今名畫，如所用絹素，凡涉名筆，必密緻緊厚，蓋慮其易敗也。」米元章《畫史》云：「古畫，唐初皆生絹。後來皆以熱湯，湯熟入粉，槌如銀版，故作人物精彩。今人收唐畫必以絹辨，見文麤便謂不是，非也。」余謂用粉槌絹固善，然視他絹丹青，恐易渝也。

閭丘

《贈蜀僧閭丘師兄》詩題下公自注曰：「太常博士均之孫。」

吴旦生曰：《成都文類》：「均，銅梁人，與杜審言同年。均善書，即所云『世傳閭丘筆，峻極逾崑崙』者。雪嶺多其碑碣，甫時尚存。僧在成都，與甫通家來往。」《唐詩紀事》云：「『吾祖詩冠古，同年蒙主恩』，謂審言以詩，均以字，同侍武后也。」《困學紀聞》云：「『鳳藏丹霄暮，龍去白水渾』，蓋稱均之文也。」舊史：景龍中，均爲安樂公主所薦，拜太常博士。公主誅，貶循州司倉。進不以道，其文不足觀已。

芧栗

《詩話類編》曰：「芧栗，大果也，《莊子》所謂『狙公賦芧』是也。杜詩『園收芧栗未全貧』，正指此物。今以『芧栗』解作蹲鴟之芋，一何遠哉！」

吴旦生曰：《爾雅》：「櫟，其實梂。櫟，橡實也；梂，盛實之房也。」《唐風》：「集于苞栩。」陸璣云：「今柞櫟也。徐州謂櫟爲杼，或謂之爲栩；其子爲皁，或言皁斗；其殼爲汁，可以染皁。今京洛及河内多言杼斗，或云橡斗。謂櫟爲杼，五方通語也。」則柞櫟也，杼也，栩也，皆橡櫟之通名。《風土記》云：「吴越之間名柞爲櫪。」《古今注》云：「杼實爲橡。」據此則芧栗即橡栗，爲其形如栗也，即老杜《同谷歌》所謂「歲拾橡栗隨狙公」也。按韵書：芧，羊諸切；櫟，狼狄切。由栩而杼，由杼而芧，由櫟而栗，字變而聲不變也。若以爲蹲鴟之芋，芋，羊茹切，字與聲皆變，誠去之遠矣。《顔氏家訓》云：「有一權貴讀誤本《蜀都賦》，注：『蹲鴟，芋也。』而爲『羊』字。後有人餉羊肉，答書云：『損惠蹲鴟。』」《青棠集》云：「張九齡送芋與蕭炅，書稱『蹲鴟』。炅不學，答曰：『損惠芋拜嘉，惟蹲鴟未至耳。然僕家多怪，亦不願見此惡鳥也。』」《譚賓録》云：「馮光震注『蹲鴟』爲今之芋子，即是著毛蘿蔔。」種種可資笑柄。

《漁隱叢話》曰：「舊本『栗』字，今作『粟』。子美以其園猶有芋栗收，所以爲不全貧。若園更以收粟，是豈得爲貧也？」

野航

《漁隱叢話》曰：「『野航恰受兩三人』，『航』當作『艇』。『航』是大舟。」《野客叢書》謂：「《漁隱》蓋見左思賦：『長鯨吞航。』子美詩：『已具浮天航。』樂天詩：『野艇容三人。』故有是説。不知航亦有小者，《詩》所謂『一葦杭之』，豈大舟也？」

吴旦生曰：《釋名》：「方舟謂之杭。」即《詩》「一葦杭之」，俱作虚用。昔秦王捨舟於餘杭，因名杭州。不從舟而從木，亦此義。勉夫引「杭」以證「航」，看得最活。後人必於此字論量大小，拙甚矣。黄山谷云：「『艇』改作『航』，殊無理。此特吴體，不必盡律。」楊升庵云：「『艇』字有平音。古樂府：『沿江有百丈，一濡多一艇。上水郎擔篙，何時至江陵？』『艇』音廷，杜詩用此音也。」余以「航」字本當，必欲抑而爲「艇」字，因一作仄，一作平，何紛紛也。《廣雅》：「舼、艇皆舟也。」《淮南子》：「越舼蜀艇，不能無水而行。」皮襲美《答魯望惠魚》詩：「何事貺君偏得所，只緣同是越舼郎。」《海録碎事》云：「舼，渠恭切，小舟也。」公用「野航」亦有所出。按：晉郭翻乘小舟歸武昌，安西將軍庾亮造之。以其船狹小，就引大船。翻曰：「使君不以鄙賤而猥辱臨之，此固野人之船也。」

揚州

《韵語陽秋》曰：「杜詩：『東閣官梅動詩興，還如何遜在揚州。』按：遜傳無揚州事，而遜集亦無揚州梅花詩，但有《早梅》詩云：『兔園標物序，驚時最是梅。銜霜當露發，映雪凝寒開。枝横卻月觀，花繞凌風臺。應知早飄落，故逐上春來。』杜公前詩乃逢早梅而作，故用何遜事。又意『卻月』、『凌風』

皆揚州臺觀名爾。近有假東坡名作《老杜事實》一編，謂遜作揚州法曹，廨舍有梅一株，遜吟詠其下。豈不誤學者。」

吴旦生曰：《墨莊漫録》：「時南平王爲揚州刺史，愛客開東閣。遜以詞藝早聞，故引爲水部行參軍事，仍掌文記室。然東晉、宋、齊、梁、陳皆以建業爲揚州，則遜之所在揚州乃建業耳，非今之廣陵也。」《野客叢書》云：「西漢揚州，治無定所。後漢治歷陽，後治壽春，後又徙曲阿。至隋唐方治今之廣陵。則廣陵之爲揚州，亦未甚久也。」煬帝行幸時避諱，故改言江都。據此則遜在建業無疑。馮惟訥乃云：「《維揚新志》載遜此詩，題曰『揚州法曹梅花盛開』，或有據也。」不知近來志記等書漫無確據可信，如《廣輿記》亦引廨舍詠梅入廣陵南北朝名宦中，可笑。惟《一統志》不混入。然攷之《梁書》，且已載此，又何論其他。

舍南舍北

《客至》詩：「舍南舍北皆春水。」

吴旦生曰：韋述《開元譜》：「倡優之人，取媚酒食，居社南者呼社南氏，社北者呼社北氏。」楊升庵據此謂：「子美正用其事，不知者改爲『舍』耳。」胡元瑞謂：「此在蜀草堂詩也。花谿僻地，何得有倡優居之？且既曰倡優所居，必酒食豐渥之地，而杜詩下有『盤餐市遠』之句，何耶？

又既曰倡優取媚酒食，而杜之遺杯殘瀝不以及之，迺與鄰翁對酌，何耶？余以只看『皆春水』三字，便與『花逕』、『蓬門』景物映帶，宜从『舍』字。若作『社』，則下截反搭不上矣。」錢牧齋謂：「『舍南舍北』，公之所居也。若云『社南社北』，則倡優之所居，安得取以自況乎？」顧脩遠謂：「公之南鄰則朱山人，北鄰則王明府也。肯與共飲，竟可呼取而來，見平日忘形之至。」

也音夜

《老學庵筆記》曰：「先夫人幼多在外家晁氏，言諸晁讀杜詩『稚子也能賒』，又『晚來幽獨恐傷神』，『也』字、『恐』字皆作去聲讀。」

吴旦生曰：劉須谿謂：「放翁以『也』字作夜音，最得杜意。」余觀老杜有《野人送朱櫻》詩：「西蜀櫻桃也自紅。」又《遣悶》詩：「青袍也自公。」元微之《寄樂天》詩：「也向慈恩寺裏遊。」凡此數「也」字，本皆音夜。詩家往往用此，劉貢父所謂「不可如字讀」。

竹根

《少年行》云：「莫笑田家老瓦盆，自從盛酒長兒孫。傾銀注玉驚人眼，共醉終同卧竹根。」

吴旦生曰：段氏《蜀記》：「巴州以竹根爲酒注子，爲時珍貴也。」陳晦伯《天中記》云：「庾信《謝趙王賜酒》詩：『山杯捧竹根。』杜詩：『共醉終同卧竹根。』《酒譜》：『蓋以竹根爲飲器也。』」董遐周駁之云：「『卧』之與『捧』，豈可强合？晦伯未繹詩情耳。」余以瓦盆貯酒，竹根爲注，巴俗皆然，此即蘆酒之意。同醉而卧，不必泥其地也。李長吉詩：「山杯鎖竹根。」蓋「捧」與「鎖」、與「卧」一也。

《鶴林玉露》云：「蓋言以瓦盆盛酒與傾銀壺而注玉杯者，同一醉也。」由是推之，蹇驢布韉與金鞍駿馬，同一遊也；松牀莞席與繡帷玉枕，同一寢也。知此則貧富貴賤，可以一視矣。

賣文

《聞斛斯六官未歸》云：「本賣文爲活，翻令室倒懸。」

吴旦生曰：「賣文爲活」，段湛事，而楊子雲亦賣文。《論衡》：「子雲作《法言》，蜀富賈人賫錢千萬，願載於書。子雲不聽，曰：『夫富無仁義，猶圈中之鹿、闌中之羊也，安得妄載？』」《潛居録》云：「子雲以賣文自贍，文不虚美，人多惡之。及卒，其怨家取《法言》，益之曰：『周公以來，未有漢公之懿也，勤勞則過于阿衡云云。』」田藝衡云：「子雲家無擔石之儲，卻蜀賈錢。若韓退之譽墓中人得金，視圈鹿、闌羊何如也？故子美二語，有深意矣。」顧脩遠云：「《唐史拾遺》：『斛斯融，字子明，尤工碑銘。四方以金帛求其文者，歲不滅十萬。隨得隨費，室人至貧窶不給。』故曰『賣文』、『倒懸』，此道其實也。結語云：『老罷休無賴。』謂其所得十萬，隨得隨盡，此少年無賴之事，今老且罷矣，無如少年之無賴可也。」此論一出，覺從前以爲矜高之意，公取自況者，俱是隔膜。

花卿

楊升庵曰：「唐人樂府多唱詩人絶句，王少伯、李太白爲多。杜子美七言絶近百，當時妓女獨唱其《贈花卿》一首，所謂『錦城絲管日紛紛，半入江風半入雲。此曲只應天上有，人間能得幾回聞』也。蓋花卿在蜀，頗僭用天子禮樂。子美作此諷之，而意在言外，最得詩人之旨。當時妓女獨以此詩入歌，亦有見哉。」胡元瑞曰：「花卿，蜀小將耳。雖恃功驕横，然非有韋皋、嚴武之權，王建、孟昶之力，即欲僭用天子禮樂，惡得而僭之？用脩以子美贈詩爲諷，真兒童之見也。凡詞人贊歎聲色，不曰『傾城』，則曰『絶代』。子美蓋贈歌者，偶姓字相合，亦云花卿，實何戡、薛濤輩。用脩便以破段子璋者當之，然求其説不得也，故有僭用禮樂之解。」

吴旦生曰：升庵此解甚得，元瑞强欲折之。然宋人已發其旨，不自升庵始也。杜有《戲作花卿歌》，《漁隱叢話》云：「花卿雖有平賊之功，驕恣不法。子美不欲顯言，但云：『人道我卿絶世無，既稱絶世無，天子何不喚取守京都？』語句含蓄。」《鶴林玉露》云：「全篇形容其勇鋭有餘，而忠義不足。故雖可以守京都，而天子終不敢信用之。語意涵蓄不迫切，使人咀嚼而自得之。」觀此則花卿豈何戡、薛濤輩乎？花卿，名敬定。《舊史・崔光遠傳》、《高適傳》皆載其名字。黄山谷云：「花卿冢在丹稜之東鎮館，至今有英氣，血食其鄉。」《天中記》云：「花敬定，長安人。至德中，從崔光遠入蜀，討段子璋有功，封嘉祥縣公。後又平寇，單騎鏖戰。已喪其元，猶騎馬荷戈，至鎮下馬沃盥。適浣紗女語云：『無頭何以盥爲？』遂僵仆。居民葬之谿上，廟祀之。杜詩：『成都猛將有花卿，學語小兒知姓名。』」

元瑞又云：「工部諸絶，非漫興則拗體，以入歌曲自不宜。獨此首風致翩翩，音節調美，故諸妓女習之，其爲贈歌者益明。如楊説，則一老頭巾詠史語耳，風致、音節何在？」竊以風致、音節之美，妓女唱習，便謂是贈歌者，則唐世名公絶句，取爲樂府以唱習之者，豈皆歌樓贈答詩邪？其諸詩類多從軍、離別之辭，豈盡作頭巾語邪？按：杜公此詩，在樂府爲入破第二疊。王維「秦川一半夕陽開」爲《相府蓮》，訛爲「想夫憐」。「秋風明月獨離居」爲《伊州歌》，岑參「西去輪臺萬里餘」爲《簇拍六州》，伊州、渭州、梁州、氏州、甘州、涼州謂之六州。盛小叢「雁門山上雁初飛」爲《突厥三臺》，三臺，曲名，自漢有之。韋應物集有《上皇三臺》，元曲有《鬼三臺》，訛爲《三臺》。王昌齡「秦時明月漢時關」爲《蓋羅縫》，張仲素「亭亭孤月照行舟」爲《胡渭州》，王之渙「黄河原上白雲間」爲《梁州歌》，張祜「十指纖纖似筍紅」爲《氏州第一》，苻載「月裏嫦娥不畫眉」爲《甘州歌》，無名氏「千年一遇聖神朝」爲《水調歌》，「雕弓白羽獵初回」爲《水鼓子》。後轉爲《漁家傲》。

功曹

《劉貢父詩話》曰：「杜詩：『功曹無復漢蕭何。』按《光武紀》：『帝謂鄧禹曰：「何以不掾功曹？」』又『曹參嘗爲功曹。』云『酇侯』，非也。」《焦氏筆乘》曰：「虞翻爲孫策功曹，策曰：『孤有征討事，未得還府。卿復以功曹爲吾蕭何，守會稽耳。』廣德元年，子美在梓州，補京兆府功曹，故以自況。」

吴旦生曰：考之鄧禹是空説，未實爲功曹，曹參亦未爲功曹。公乃用《史記》中事，非誤也。《蕭相國世家》云：「以文無害爲沛主吏掾。」《曹相國世家》云：「蕭何爲主吏，居縣爲豪吏矣。」《高祖本紀》云：「吕公善沛令，辟仇從之客，因家沛焉。沛中豪傑吏聞令有重客，皆往賀，蕭何爲主吏，主進。」《注》云：「主吏，功曹也。」元遺山《送馬郎中》詩：「功曹此日漢蕭何，家世當年老伏波。」

三奇

《野望》云：「西山白雪三奇戍。」

吴旦生曰：行本作「三城戍」。王原叔《注》謂：「西山三城列戍，高適疏論不納。一本作『三年』，皆非。」《困學紀聞》云：「按《唐·地理志》：『彭州導江縣有三奇戍。』《韋皋傳》：『遣大將陳洎等出三奇。』《西南備邊録》所謂『三奇營』也。當從古本『三奇』爲是。」公有《西山》詩：「辛苦三城戍，長防萬里秋。」按《唐志》注：「唐興，有羊灌、田朋、笮繩橋三城也。」又《對雨》詩：「雪嶺防秋急，繩橋戰勝遲。」此乃三城之一耳。

蕩船

《送段功曹歸廣州》詩：「湖日落船明。」

吴旦生曰：蔡興宗改「落」作「蕩」，謂：「非久在江湖間者，不知『蕩』字之爲工也。」而竹坡老人反疑之，以爲不若「落」字爲佳耳。王勉夫謂：「『蕩』之一字勝『落』字遠甚，使其日晚泛湖，此景便見。他如謝混詩：『惠風蕩繁圃。』姚合詩：『春風蕩城郭。』陸龜蒙詩：『微雨蕩春醉。』用此一字，景象迥別。」余見行本皆作「落」，今從蔡、王之論，決宜定爲「蕩」字。「雨蕩」、「風蕩」較之「日蕩」猶遜。

錦竹

楊升庵曰：「子美有《從韋明府續處覓錦竹三數叢》詩，黄鶴《注》云：『考《竹譜》、《竹紀》，無錦竹，意以其文如錦名之。《竹紀》有蒸竹、篙墮竹，其皮類繡，豈即此乎？』近閱梅宛陵集《錦竹》詩：『雖作湘竹紋，還非楚筠質。化龍徒有期，待鳳曾無實。本與凡草俱，偶親君子室。』又注其下云：『此草也，似竹而斑。』始知黃鶴有金注之昏耳。」

吴旦生曰：行本作「緜竹」。蔡傅卿《注》引《唐志》：「漢州有緜竹縣，縣有紫巖山。緜竹蓋產於此山也。」其説恐非。按：綬草一名錦竹。《爾雅·釋草》：「綬，似綬；組，似組。」《陳風》：「卬有旨鷊。」《注》云：「鷊，小草，雜色如綬。」《説文》：「虉，綬也。从艸、鷊。《詩》曰『卬有旨虉』是。五狄切。」《述異記》：「吐綬鳥，若天晴淑景則吐綬，長一尺。一名錦帶功曹，即《詩》所謂『旨鷊』也。」虉本草名，而紋似綬，故字从鷊、从艸。

皁帽

《癸辛雜識》曰：「管寧白帽之説尚矣，雖杜詩亦云：『白帽應須似管寧。』然幼安本傳止云：『嘗著皁帽。』又云：『著絮帽布衣而已。』初無白帽之事。獨杜佑《通典·帽門》載管寧在家，嘗著帛帽。豈以『帛』爲『白』乎？然宋、齊之閒，天子燕私多著白高帽，或以白紗，今所畫梁武帝象亦然。當時國子生亦服白紗巾。晉人著白接䍦，謝萬著白綸巾，南齊桓崇祖白紗帽。《南史》：『和帝時，百姓皆著下檐白紗帽。』《唐六典》：『天子服有白紗帽。』他如白帢、白幍之類，通爲慶弔之服。《白紵歌》：『質如輕雲色似銀，製以爲袍餘作巾。』杜詩：『光明白㲲巾，常念著白帽。』白樂天詩：『青筇竹杖白紗巾。』古所以不忌白者，蓋喪服皆用麻。重而斬、齊，輕而功、緦，皆麻也。惟以升數多寡、精麤爲異耳。自麻之外，繒、縞固不待言，苧、葛雖布屬，亦皆吉服。縞帶苧衣，昔人爲贈，則亦何忌之有？漢高爲義帝發喪，兵皆縞素。行師權制，固不備禮。後世多忌諱，喪服求殺。今有以縞素爲緦、功者，宜巾帽之不以白也。」

吴旦生曰：弇陽老人言殊博辨，然以證世俗巾帽之色則佳，若謂管寧爲白帽，恐誤也。余按：杜詩劉會孟本、王洙本及它善本皆曰：「皁帽應兼似管寧。」《魏志》云：「管寧在家，恒著皁帽、布襦，隨時單複。」《白氏六帖》亦云：「幼安恒著皁帽、布襦袴。」若杜氏《通典》所載「帛帽」，當是「皁」字傳寫之差錯耳，安得以「帛」爲「白」也？蓋皁，染草也。《釋名》云：「皁，早也。日未出時早起，視物皆黑，此色如之也。」不可援幼安以硬證白帽，明矣。《孔氏六帖》載《地理志》：「湖州土貢折皁巾。」

乳酒

《謝嚴中丞送青城山道士乳酒一缾》云：「山城乳酒下秋雲。」

吴旦生曰：《運斗樞》：「酒，乳也，所以柔身扶老也。乳，忍九切。」《春秋緯》：「酒者，乳也。王者法酒旗以布政，施天乳以哺人。」梁張率《對酒》詩：「如花良可貴，似乳更堪珍。」言酒之香如花，色似乳也。

行本作「山瓶乳酒下青雲。」按：此酒必青城山道士所造，當依古本作「山城」爲是，作「山瓶」不成語。

檻

《江上值水如海勢聊短述》云：「新添水檻供垂釣。」

吴旦生曰：《説文》：「檻，櫳龍可豢，故从龍。也。一曰圈養畜之閑也。也。」趙凡夫以爲涸槏。槏，户也。子美亦如其誤。《小雅》：「觱沸濫泉。」石經、通本並誤作「檻泉」，非是。《釋名》：「水正出，曰濫泉。濫，銜也。如人口有所銜，口闓則見也。」《爾雅》：「濫，水出正，即檻泉也。沃，泉下出。氿，泉穴出。灉者反入，汧者出不流。」又：「水決之澤爲汧，肥者出同而歸異。皆禹所名也。」《銷夏集》云：「泉出于山，正出曰檻泉，縣出曰沃泉，穴出曰氿泉，同出異歸曰肥泉，異出同歸曰瀵泉。」

生成

《屏跡》二首云：「桑麻深雨露，燕雀半生成。」

吴旦生曰：或以「生成」對「雨露」，嫌其虚實不類。然「生」爲「造」，「成」爲「化」，正與「雨露」字相敵。如陳后山詩：「輟耕扶日月，起廢極吹嘘。」「吹」爲「陰」，「嘘」爲「陽」，其銖兩足配「日月」也。王伯厚云：「『生成』、『吹嘘』，字若輕而實重。」

萬里

《絶句》云：「門泊東吴萬里船。」

吴旦生曰：老杜有草堂在萬里橋之西，而東吴船泊乃其門頭即景也。范石湖《吴船録》云：「合江亭者，岷江别派，自永康離堆入成都及彭蜀諸郡，合於此。以下新津，緑野平林，煙水清遠，極似江南。亭之上曰芳華樓，前後植梅甚多。故事，臘月賞梅於此。管界巡檢在亭旁，每花開及三分，巡檢司具申。一兩日開燕，鹽司預焉。蜀人入吴者，皆自此登舟。其西則萬里橋，諸葛孔明送費禕使吴曰：『萬里之行始於此。』後因以名橋。子美詩：『門泊東吴萬里船。』此橋正爲吴人設。」揚雄《蜀記》云：「星橋上應七星。」李膺《益州記》云：「一長星橋，今名萬里；二員星橋，今名安樂；三機星橋，今名建昌；四彝星橋，今名雀橋；五尾星橋，今名禪尼；六沖星橋，今名永平；七曲星橋，今名升仙。」《華陽國志》云：「李冰造七橋，應七星。故世祖謂吴漢曰：『安軍置在七星間。』」

玉帳

《送嚴公入朝》詩：「空留玉帳術，愁殺錦城人。」

吴旦生曰：王洙《注》：「玉帳術，兵書也。」《增釋》又引《唐·藝文志》有《玉帳經》一卷。《雲谷雜記》云：「公又送盧侍御詩：『但促銅壺箭，休添玉帳旗。』《注》則云：『見「玉帳術」注中。』然句中無『術』字，則不當引前注。」按顔之推《觀我生賦》：「守金城之湯池，轉絳宫之玉帳。」袁卓《遁甲專征賦》：「或倚直使之游宫，或居貴神之玉帳。」蓋「玉帳」乃兵家厭勝之方位，謂主將於其方置軍帳，則堅不可犯，猶玉帳然。其法出於《黄帝遁甲》，以月建前三位取之，如正月建寅，則巳爲玉帳，主將宜居。李太白《司馬將軍歌》：「身居玉帳臨河魁。」戌爲河魁，謂主將之帳在戌也。

一點

《翫月》詩：「關山同一點。」楊升庵曰：「東坡《洞仙歌》『一點明月窺人』，用其語也。《赤壁賦》『山高月小』，用其意也。坊本改『點』作『照』，語意索然。」胡元瑞《詩藪》中辨其非「點」字，而《筆叢》又引坡詞乃「繡簾開一點」，「點」字句絶者，以證楊之誤。

吴旦生曰：「點」字較勝，工詩者自知，楊何必引坡詞。即據《嘯餘譜》所載，《洞仙歌》凡四體，而前段皆同，後段小變。坡詞乃第一體也，「繡簾開一點明月窺人」九字爲一句。元瑞謂「點」字句絶，是未按本調，妄自爲説也。九字連讀，則「一點」非月而何？

東坡《洞仙歌》云：「冰肌玉骨，四字句。自清涼無汗。韵，五字句。水殿風來暗香滿。叶，七字句。繡簾開一點明月窺人，九字句。人未寢，三字句。攲枕釵横鬢亂。叶，六字句。起來攜素手，五字句。庭户無聲，四字句。時見疏星渡河漢。叶，七字句。試問夜如何夜已三更，九字句。金波淡玉繩低轉。叶，七字句。但屈指西風幾時來，八字句。又不道流年暗中偷换。叶，九字句。」

《西谿叢話》曰：「孟蜀王《水殿》詩，東坡續爲長短句：『冰肌玉骨清無汗，水殿風來暗香滿。簾開明月解窺人，攲枕釵横雲鬢亂。夜深瓊户寂無聲，時見飛星渡河漢。屈指西風幾時，來只恐流年暗中换。』一云：祀與花蕊夫人避暑摩訶池上，所詠《玉樓春》詞也。一云：東坡少年遇美人，喜《洞仙歌》，又邂逅處景色暗相似，故隱括稍協律以贈之也。然考東坡《洞仙歌序》云：『眉州宋尼，年九十餘。自言入蜀宫中，一日大熱，蜀主與花蕊夫人夜起，避暑摩訶池上。作一詞，宋具能記之。今四十年來，已死矣。獨記其首兩句云：「冰肌玉骨，自清涼無汗。」豈《洞仙歌令》乎？乃爲足之云。』」

田子藝云：「岑嘉州：『嚴灘一點舟中月。』又《赤驃馬歌》：『草頭一點疾如飛。』又：『西看一點是關樓。』朱灣《白鳥翔翠微》詩：『淨中雲一點。』宋張安國詞：『洞庭青草，近中秋，更無一點風色。』夫月、雲、風也、馬也、樓也，皆謂之『一點』，甚奇。」

蔚藍

《老學庵筆記》曰：「『蔚藍』乃隱語天名，非可以義理解也。杜子美《金華山》詩：『上有蔚藍天，垂光抱瓊臺。』猶未有害。韓子蒼乃云：『水色天光共蔚藍。』乃直謂天與水之色俱如藍耳，恐又因杜詩而失之。」

吴旦生曰：「蔚藍」字，《度人經》作「鬱䉶」。今陸放翁謂隱語不可理解之物，反增一障。此明是天之色，故老杜言「垂光」也。范德機詩：「隔水照見蔚藍天。」則又借水寫出，正得「垂光」之意。

余即觀放翁詩：「微風蹙水魚鱗浪，薄日烘雲卵色天。」此亦言天之色耳，豈隱語邪？東坡詩：「共把鴟夷一尊酒，相逢卵色五湖天。」則先放翁用之。天啓中沈景倩詩：「襯日魚鱗水，烘人卵色天。」又全用放翁語矣。《花間詞》云：「一方卵色楚南天。」注以「卵」爲「泖」。而注坡詩者改「卵色」爲「柳色」，皆説者之過。

蓴羹鹽豉

《泛房公西池》詩：「豉化蓴絲熟。」《藝苑雌黄》曰：「《世説》：『陸機詣王武子，指羊酪曰：「卿江東何以敵此？」陸曰：「有千里蓴羹，但末下鹽豉耳。」』蓴羹得鹽豉尤美，故梅聖俞詩：『鹽豉煮蓴香味全。』黄山谷詩：『鹽豉欲催蓴菜熟。』蓋『千里』，湖名也。千里湖之蓴菜，以之爲羹，可敵羊酪。然未可猝致，故云『未下鹽豉』耳。」

吴旦生曰：一日與韓人穀舉此，云：「羊酪不受五味調劑，所謂蓴羹可敵者，謂蓴羹可敵羊酪，但羹以受和而更美耳。若云未可猝致，又添語障。」余以人穀之言即劉須谿所云「言外謂下鹽豉後，尚未止此」也。陸放翁詩：「湘湖蓴菜豉偏宜。」自注云：「蓴菜最宜鹽豉。所謂末下鹽豉者，言下鹽豉則非羊酪可敵，蓋盛言蓴羹之美爾。」據此則其義益明。按《逸雅》：「豉，嗜也。五味調和，須之而成，乃可甘嗜也。」《説文》解「豉」字云：「配鹽幽菽也。」蓋豉本豆也，以鹽配之，幽閉于甕盎中，故曰「幽菽」。皇甫庸云：「吴人善治豆豉，遂以呼之。宋京師謂豉曰鹽豉，或因此云。」《史記》「蘗、麴、鹽、豉」，蓋四物也。《後漢書》：「羊續爲南陽太守，鹽豉共器。」

千里湖在溧陽，至今産美蓴，俗呼千里湴。按《晉書》載：「陸機答武子云：『千里蓴羹，末下鹽豉。』」張鉅山詩：「一出脩門道，重嘗末下蓴。」又以「末下」爲地名。沈明遠引齊高帝設蓴事，亦曰：「『千里』、『末下』皆地名也。」陳眉公云：「或説『千』當作『芊』，『末』當作『秣』，『千』、『末』皆省文也。秣下即秣陵。」據此則全異《世説》矣。

《説文》：「羹，五味之和也。」羹一名湆，音泣。一名臛。《左傳》：「晏子曰：『和如羹焉，水火、醯醢、鹽梅以烹魚肉，燀之以薪。宰夫和之，齊之以味。濟其不及，以洩其過。君子食之，以平其心。』」

草　堂

《老學庵筆記》曰：「杜少陵在成都有兩草堂，一在萬里橋之西，一在浣花，皆見於詩中。萬里橋故迹湮没不可見，或云房季可園是也。」

吳旦生曰：萬里橋之西草堂，即裴中丞所營也。結廬枕江，竹木觴詠之地，房氏因以爲園耳。按公草堂有四：其一在西枝村，未成；其一在瀼西，則所謂「乾坤一草亭」者是也；其一在東屯，則所謂「兼茅屋」者是也；其一在浣花，則所謂「斷手寶應年」者是也。浣花草堂三年後成，成數月，爲秋風所破，其流落亦甚矣。《韵語陽秋》云：「老杜當干戈騷屑之時，間關秦隴，於是入蜀，始有草堂之居。觀其乞樹木於何少府，乞果栽於徐少卿，以至詰王録事許修草堂貲不到，蓋其流離貧窶，不能自給，皆因人而成也。然避成都之亂，入梓居閬，其心未嘗一日不在草堂。《遺弟檢校草堂》云：『鵝鴨宜長數，柴荆莫浪開。』《寄題草堂》云：『尚念四小松，蔓草易拘纏。』《送韋郎歸成都》云：『爲問南谿竹，抽梢合過牆。』每致意如此。《成都亂定再依嚴武復歸草堂》云：『不忍竟捨此，復來理榛蕪。入門四松在，步堞萬竹疏。』則其喜可知矣。未幾，嚴武卒，復捨之而去。以史及公詩考之，草堂斷手於寶應之初，而永泰元年四月嚴武卒，是年秋，公已在雲安，此草堂終始祇得四載。而其閒居梓閬三年，公詩所謂『三年奔走空皮骨』是也。則安居草堂僅閱歲而已，其起居寢興之適，不足償其經營往來之勞，可謂一世之羈人也。」

漏天

《朱文公語録》曰：「杜詩最多誤字。如蜀有漏天，以其西北陰盛常雨，如天之漏也，故詩云：『鼓角漏天東。』後人不曉其義，遂改『漏』字爲『滿』。似此類極多。」

吴旦生曰：《梁益記》：「大、小漏天在雅州西北，山谷高深，沈晦多雨；黎縣常多風。故謂黎風雅雨。」《寰宇記》：「邛都縣漏天，秋夏常雨，故曰漏天。僰道有大黎山、小黎山，四時霖霪不絶，俗呼爲大漏天、小漏天。」古詩：「地近漏天終歲雨。」其著名已久，人自不曉，妄加改易耳。

元　二

《送元二適江左》，劉會孟本公自注：「元結也。」錢牧翁曰：「按：次山退居樊上，未嘗至蜀。廣德元年授道州刺史，未嘗適江左。碑傳及次山集可考。宋刻善本亦無此六字。」

吴旦生曰：觀詩中「晉室」、「丹陽」、「公孫」、「白帝」，絶不類次山。末云：「經過自愛惜，取次莫論兵。」尤非對次山語。按本傳：「結嘗奏免税租及和市雜物十三萬緡，又奏免租庸十餘萬緡，因之流亡盡歸。」即其《春陵行序》云：「道州舊四萬餘户，經賊已來，不滿四千，大半不勝賦税。到官未五十日，承諸使徵求符牒二百餘封，皆曰失其限者，罪至貶削。」故老杜謂：「得結輩十數公，落落然參錯天下爲邦伯，萬物吐氣，天下少安可待矣。」《國史補》云：「天寶之亂，乃舉義師宛、葉之間，有嬰城扞寇之功。」曾此人而區區戒以「莫論兵」邪？

卻

《小箋》曰：「劉辰翁謂：『「衣冠卻扈從」，爲還京之喜。與先時不及扈從，而今扈從，道旁觀者之歎、班行回首之悲，盡在一「卻」字中。』辰翁評杜多於虚字著眼，亦小小間架耳，於杜詩實無所解。」

吴旦生曰：此辰翁爲陳宏叟詩序中語也。《王生學詩》又云：「徒一『卻』字，而昔之宜扈從而不扈從，與後之欣喜復辟，舍其枯而集其菀者，具是有焉。」辰翁神悦一「卻」字，而諄復如是。余以虚字見意，老杜所長，辰翁拈出，不爲無識，殆未可以小視之也。

左擔

焦弱侯曰：「杜詩『左擔』，解者不知其説。按《華陽國志》：『自僰道至朱提，有水步道。水道有黑水及陽官水，至險難行。步道度三津，亦艱阻。行人爲語曰：「楢谿赤木，盤蛇七曲。盤羊烏櫳，氣與天通。庲降賈子，左擔七里。」』『左擔』纔見此耳。」

吴旦生曰：「左擔」，地名。《注》謂當作「武擔」，或改作「立擔」，皆非。《太平御覽》引《蜀記》云：「蜀山自緜谷、葭萌，即杜此詩上句「葭萌氏種迴」也。道徑險窄。北來擔負者，不容易肩，謂之左擔道。」任豫《益州記》云：「左擔道在陰平縣北，於成都爲西。其道至險，自北來者，擔在左肩，不得度右肩也。鄧艾束馬懸車之處。」楊升庵云：「據三書，是左擔有三：緜谷，一也；陰平，二也；朱提，三也。義則一而已。」朱提，今之烏撒，雲、貴往來之西路也。

反舌

《後山詩話》曰：「讀《周書·月令》云：『反舌有聲，佞人在側。』乃解老杜《百舌》詩『過時如發口，君側有讒人』之句。」

吴旦生曰：蔡君謨以「反舌」爲蝦蟆。陳藏器謂：「今之鶯一名反舌。」余展卷及此，輒爲大噱。按《易通卦驗》云：「百舌者，反舌鳥也。能反覆其舌，隨百鳥之音。」劉孝綽詩：「復值懷春鳥，枝頭弄好音。」徐悱妻劉氏詩：「風吹桃李氣，過傳春鳥聲。」韋鼎詩：「萬里風煙異，一鳥忽相驚。」此皆梁、陳之句，在老杜前者。至唐張籍《試反舌無聲》詩破題云：「夏木多好鳥，偏知反舌名。」此其爲百舌無論矣。然於春則有聲，於夏則無聲，可悟老杜「過時」之義。故劉夢得《百舌吟》云：「天生羽族爾何微，舌端萬變隨春輝。南方朱鳥一朝見，索寞無言蒿下飛。」

許慎注《淮南子》云：「五月陽氣盛於上，陰氣起于下，百舌無音，故無聲也。」《朝野僉載》云：「百舌春囀夏止，惟食蚯蚓。正月後凍開蚓出而來，十月後蚓藏而往，蓋物之相感也。古今辭章中多取此以況人之巧言者，故老杜詩云爾。」余觀《春秋保乾曜》云：「江充之害，其萌反舌鳥入殿。」則氣類實有以相召，又不止辭章之取況而已。讀「君側讒人」之語，可不爲寒心哉？

醉如泥

《寄嚴鄭公》詩：「先判一飲醉如泥。」

吴旦生曰：《墨莊漫録》：「南海有蟲無骨，名泥。在水則活，失水則醉，如一堆泥然。」《五國故事》云：「僞閩王延慶爲長夜之飲，以銀葉作杯，柔弱爲冬瓜片。酒既盈，不可寘杯，惟盡乃已，名曰醉如泥。後漢周澤爲太常，清潔循行，盡敬宗廟。嘗卧疾齋宫，其妻闚問所苦。澤怒，以妻干齋禁，遂收詔獄。時人爲之語曰：『生世不諧，叶奚。作太常妻。一歲三百六十日，三百五十九日齋，叶。一日不齋醉如泥。既作事，復祇迷。』」

惆悵

《墨莊漫録》曰：「《丹青引》，贈曹霸詩也，有云：『至尊含笑催賜金，圉人太僕皆惆悵。』説者謂：帝喜霸之能寫真畫馬也，故催金賜之，而圉人、太僕自歎其無技以蒙恩賚耳。如此説則意短，殊不知深譏肅宗也。始云：『先帝天馬玉花驄，畫工如山貌不同。是日牽來赤墀下，迥立閶闔生長風。』帝既見先帝之馬，當軫羹牆之念，反含笑而賜金，曾不若圉、僕見馬，惆悵而懷先帝。」

吴旦生曰：此贈曹將軍詩。張彦遠《畫記》乃云「贈韓幹」，非是。因想其拂絹之時，意匠慘澹，曹將軍滿肚感慨矣。肅宗無父之心，老杜託之興諷，不一而足。乃其睠懷先帝，尤所不忘。故《韋宅觀曹畫馬》又云：「憶昔巡幸新豐宫，翠華拂天來向東。騰驤磊落三萬匹，皆與此圖筋骨同。」蓋明皇幸驪山温泉宫，在長安東新豐縣。王毛仲以廄馬數萬從幸，每色爲一隊，相間若錦繡。老杜有盛衰存没之思，故往往及之。

歷代詩話卷三十八　己集五

苺谿　吴景旭旦生氏著

杜詩 卷中之中

浣花谿

《絶句》云：「移船先主廟，洗藥浣花谿。」

吴旦生曰：《方輿勝覽》：「浣花谿在成都府城西，一名百花潭。」按吴中復作《冀國夫人任氏碑記》云：「夫人微時，以四月十九日見一僧墮污渠，爲濯其衣，頃刻百花滿潭，因名百花潭。」《蜀志補遺》：「浣花谿有石刻浣花夫人象。夫人姓任氏，崔寧之妾也。」《通鑑》載：「成都節度使崔旴入朝，楊子琳乘虚突入成都。旴妾任氏出家財募兵，得數千人，自帥以擊之。子琳敗走。朝廷加旴尚書，賜名寧，任氏封夫人。」公建草堂於谿上，故有《寄題江外草堂》詩，乃自梓州所寄也。永泰元年正月三日歸谿上有詩，乃自嚴幕歸此谿也。

費著《歲華紀麗》：「以四月十九日浣花夫人誕辰，太守出笮橋門，至梵安寺，謁夫人祠，就宴於寺之設廳。既宴登舟，觀諸軍騎射。倡樂導前，泝流至百花潭，觀水嬉競渡。官舫民船，乘流上下。或幕帟水濱，以供遊賞，謂之大遊江。」浣花遨頭詳於辛集東坡詩。

雲根

《題忠州龍興寺所居院壁》云：「忠州三峽内，井邑聚雲根。」

吴旦生曰：趙《注》：「雲根，言石也。詩人多以雲根爲石，以雲觸石而生也。」《蜀中詩話》：「今其驛名曰雲根驛，有筆亦名雲根筆。」然按沈約賦：「户接雲根，庭流松響。」《裴粲傳》：「栖素雲根，餌芝清壑。」古詩：「默默布雲根。」宋孝武詩：「積水溺雲根。」則早已引用之。

雨腳

《茅屋爲秋風所破歌》：「雨腳如麻未斷絶。」

吴旦生曰：語云：「種胡麻截斷雨腳。」公用此語也。《冷齋夜話》以老杜「兩腳泥滑滑」，世俗爲「兩腳泥滑滑」。又有《寄岑參》詩：「出門復入門，雨腳但仍舊。」然觀張協《雜詩》：「雨足灑四溟。」又云：「森森散雨足。」則前人早用其意矣。唐僧子蘭詩：「疏鐘摇雨腳。」孟浩然詩：「夕陽連雨足。」

公有《羌村》詩：「峥嶸赤雲西，日脚下平地。」因按李白詩：「日足森海嶠。」虞騫詩：「落暉散長足。」劉禹錫詩：「雲銜日脚成山雨。」石延年卒後留詩云：「花影長隨日脚流。」陳輔詩：「白下風輕日脚斜。」余有《西湖晚眺》詩：「山腰漸滅荒煙起，日脚初沈遠水開。」

白樂天詩：「水面初平雲脚低。」

明光

《石硯》詩：「公含起草姿，不遠明光殿。」

吴旦生曰：原叔《注》：「明光殿，霍去病借以避暑。」脩可《注》：「漢殿名。《元后傳》『成都侯借以避暑』是已。」《野客叢書》云：「漢有兩明光宫，一明光殿。按《三輔黄圖》，一明光宫屬北宫，一明光宫屬甘泉宫。屬北宫者，正成都侯商避暑之所；屬甘泉宫者，乃武帝所造以求仙者。所謂明光殿，自在桂宫。三者元不相干，諸家之注認爲一處，顛倒錯亂，莫知其非。至以避暑事爲去病，極可笑。」考《漢紀》：「太初四年起明光宫。」師古《注》：「成都侯避暑借明光宫，蓋謂此。」師古之《注》，已有此謬。

諱閑

《明道雜志》曰：「杜甫之父名閑，而詩不諱『閑』。試問王仲至討論之，果得其由，大抵本誤也。《寒食》詩：『田父邀皆去，鄰家閑不違。』仲至家有古寫本，作『問不違』，作『問』實勝『閑』。又《諸將》詩：『曾閃朱旗北斗閑。』寫本作『殷』字亦有理，語更雄健。又有『娟娟戲蝶過閑幔』，寫本作『開幔』。『開幔』語更工，因開幔見蝶過也。」

吴旦生曰：唐重家諱，以性篤忠孝如公而不避忌，諒無此理，況所易字皆義勝而辭工也。即如「北斗閑」一句，虞伯生《注》云：「此責諸將，汝當樹旗於北斗城中，以享安閑之富貴，今日始勞，何用愁乎？」此解甚牽合，不若薛樞密家得五代時故本，乃是「殷」字，音黰，煙。赤黑色。《左傳》「左輪朱殷」，《注》謂：「赤黑爲殷色。」岑參詩：「柳嚲鶯嬌花復殷。」錢牧翁謂：「《英華辨證》曰：『《漢書》有朱旗絳天。』老杜此句，則因朱旗絳天，閃見北斗亦赤也。是『殷』字何疑？」《杜詩七律》，舊稱虞注。楊文貞公序云：「必伯生能爲此也。」天啓中，張濟美始辨其爲元進士張性伯成氏所著，且有曾昂夫所撰本傳可據。又徐興公家有張刻古本，名《杜律演義》。元吴慶伯挽伯成有「箋疏空令傳杜律」之句。

《王禹偁詩話》云：「子美避地蜀中，未嘗有一詩説著海棠，以其生母名海棠也。」余觀吴中復詩：「子美詩才猶閣筆，至今寂寞錦城中。」石曼卿詩：「杜甫句何略，薛能詩未工。」鄭谷詩：「浣花谿上堪惆悵，子美無情爲發揚。」錢希白詩：「子美無情甚，郎官著意頻。」然自來詩人不過言公之閣筆與無情，而未嘗云爲母名而避也。後人遂附會其説，以入詩話，不知公詩偶不及海棠耳。如《三百篇》多識草木之名，而花不及杏，果不及梨、橘，草不及蕙，木不及槐。原其初，亦偶焉而已。按：許元《寄歐陽公》詩：「芍藥瓊花應有恨，維揚新什獨無名。」公答云：「偶不題詩便怨人。」故周必大有《芍藥》小詩云：「六一先生舊帥揚，分寧太史尹西昌。只緣未識紅都勝，如杜詩中缺海棠。」蓋「紅都勝」，芍藥名。公偶不題芍藥，與杜之偶缺海棠，一也。

投

《懷錦水居止》云：「遠投錦江波。」

吴旦生曰：《古音》載：「投音豆，其義有三，皆假借也。一借爲『逗留』之逗，唐盧潘《辯合肥文》：『西投於江淮。』杜詩：『遠投錦江波。』一借爲『句讀』之讀，馬融《長笛賦》：『察度於句投。』《注》：『猶章句也，亦作「句讀」。』一借爲『酘酒』之酘，梁元帝樂府：『宜城投酒今行熟。』『酘酒』，重釀酒也。《北堂書鈔》云：『宜城九醖酒曰酘酒。』」

杜鵑

東坡《外篇》曰：「王誼伯書江濱驛垣謂：『子美詩歷五季兵火，多舛缺奇異。如「西川有杜鵑，東川無杜鵑。涪萬無杜鵑，雲安有杜鵑」，蓋是題下注，斷自「我昔游錦城」爲首句。』誼伯誤矣。蓋子美詩備諸家體，非必率合程度侃侃者然也。其篇句落處凡五杜鵑，類有所感，託物以發，蓋譏當時刺史有不禽鳥若也。嚴武在蜀，雖横斂刻薄，而實資中原，是『西川有杜鵑』耳；其不受王命，負固以自抗，擅軍旅，絶貢賦，如杜克遜在梓州，爲朝廷西顧憂，是『東川無杜鵑』耳；至於涪、萬、雲安刺史，微不可考。凡尊君者爲有，懷二者爲無，不在杜鵑之真有無也。」

吴旦生曰：子美劈頭連下四句，是其縱筆，亦其拙筆，變換無端，難爲拘律。若云非體，則樂府《江南曲》「魚戲蓮葉東，魚戲蓮葉西，魚戲蓮葉南，魚戲蓮葉北」，連下四句，蓋前此矣。元末劉德玄作《蕨萁行》云：「東山有蕨萁，南山有蕨萁，西山有蕨萁，北山有蕨萁。」亦其縱筆處也。古今文人筆底，孰敢以體程尺之邪？若東坡謂譏刺史，則又穿鑿。

《學林新編》云：「此非子美自注，蓋皆詩也。自四句而下，繼曰：『我昔游錦城，結廬錦水邊。有竹一頃餘，喬木上參天。』蓋『鵑』字繼之以『邊』字、『天』字，可見矣。又子美《絶句》云：『前年渝州殺刺史，今年開州殺刺史。群盜相隨劇虎狼，食人更肯留妻子。』此詩正與杜鵑詩相類，乃自是一格也。」

哺子

《咏杜鵑》云：「生子百鳥巢，百鳥不敢嗔。反爲哺其子，禮若奉至尊。」

吴旦生曰：杜鵑不自哺子，寄哺於百鳥巢内，亦或有之。然老杜忠愛性成，託興至此，骨性筆力，一時迸露，不禁其言之津津耳。其别一《杜鵑行》云：「誰言養雛不自哺，此語亦足爲愚蒙。」《王氏談録》謂：「此正破前篇之非。」余以篇中「毛衣慘悴」、「上訴蒼穹」之語，而結以「深宫嬪嬙」，明是憤鬱寓言，此即前篇「奉至尊」之意也。最可笑者，江崑岳云：「此鳥不自營巢，當生卵時，竊睹他鳥離巢，輒吞其卵，而自遺卵。它鳥歸，誤以爲己卵，哺而出之。」車若水云：「杜鵑，鶚屬，梟之徒也。飛入鳥巢，鳥見而去，因生子於其巢。鳥歸，不知是别子也，遂爲育之。既長，乃欲啖母。」蓋其瑣鄙至此，而反議杜詩體物未真邪？

汝陽

《八哀》詩：「汝陽讓帝子，眉宇真天人。虬髯似太宗，色映塞外春。」

吴旦生曰：《羯鼓録》：「汝陽王璡，姿容妍美，秀出藩邸。嘗戴砑絹帽打曲，上自摘紅槿花一朵〔一〕，置于帽上笪處，因誇曰：『花奴汝陽小名。非人間人，必神仙謫墜也。』寧王謙謝，隨而短斥之。上笑曰：『大哥不在過慮。夫帝王之相，且須英特越逸之氣，不然，有深沈包育之厚。若花奴，但秀邁人，悉無此狀，固無猜也。而又舉止淹雅，當更得公卿間令譽耳。』」據此，則汝陽眉宇自是不凡，老杜稱爲「天人」，亦因玄宗有「神仙謫墜」之語而云邪？

【校勘記】

〔一〕「上」，原誤作「土」，據《羯鼓録》改。

潑刺

《野客叢書》曰：「杜詩：『船尾跳魚潑刺鳴。』不曉者讀爲『撥次』。按張衡《思玄賦》：『彎威弧之撥刺。』《注》：『刺，力達反。』太白詩：『雙鰓呀呷鬐鬣張，跋刺銀盤欲飛去。』李以『撥』爲『跋』，所謂『撥刺』者，劃烈震激之聲，箭鳴亦然。又，勢有不便順謂之乖刺，乖刺者，乖戾也。如東方朔謂：『吾强乖刺而無當。』杜欽謂『陛下無乖刺之心』是也。今人言作事不順，猶有此語。『刺』呼爲『賴』，聲之轉也。」《古音略》曰：「《毛詩》：『鱣鮪發發。』《説文》作『鮁』，籀文作『癹』，《韓詩》作『鱍』。鱍，象魚撥刺之狀。」《劉向傳》：「膠戾乖刺。」《太史公書》：「無乃與僕私心刺謬。」《南都賦》：「天地之睢刺。睢刺喻禍亂。」《謚法》：「暴戾無親曰刺。」漢有燕刺王，唐有巢刺王。今俗稱暴横者，亦曰「刺虎」云。

吴旦生曰：王勉夫、楊升庵之言，皆證「刺」爲盧達切。許慎云：「刺，戾也。从束，从刀。刀者，刺之也。」徐鍇云：「刺，乖違也。束而乖違者，莫若刀也。亦作盧達切。」趙凡夫《箋》云：「劉向封事，膠戾乖刺。《詛楚文》：『刑刺不辜。』」按《詩序》：「下以風刺上。」石經作「刺」，通讀作刺。七賜切。劉勰《書記》論曰：「刺者，達也。」許以「戾」訓「犬出户下」爲解。「戾」、「盭」二字，古今通借也。又按：《詩》：「是以爲刺。」韵協「辟」，轉「避」。「揥」，都計切。則非「刺」矣。《謚法》：「愎佷遂禍，不思忘愛，並曰刺。」俗讀盧達切，非是。《字學集要》云：「《周官》：『司刺掌三刺。』《注》：『刺，殺也。訊而有罪則殺之。』」又，刺史，官名。又書姓名於奏白曰刺。《後漢書》：「漫刺，模黏也。」又「芒刺」，本作「朿」，俗从「約束」之「束」，誤。

四十圍

《夢谿筆談》曰：「『霜皮溜雨四十圍，黛色參天二千尺』，『四十圍』乃是徑七尺，無乃太細長乎？」《麈史》曰：「凡木始曰拱把，纔數寸耳。大曰圍，則尺也。既曰合抱，則五尺也。《莊子》：『櫟社木，其大蔽牛，挈之百圍。』《疏》云『以繩束之，圍度百尺』是也。今人以兩手指合而環之，適周一尺。杜詩『四十圍』，是大四丈。沈存中謂『徑七尺』，不知何法以準之。若徑七尺，則圍當二丈一尺。孔子『身大十圍』，以其大也。如沈言，纔今之三尺七寸有奇耳，何足爲異？周之尺，當今之七寸三分。」《緗素雜記》曰：「古制以圍三徑一。『四十圍』即百二十尺。圍有百二十尺，即徑四十尺矣。安得云『七尺』也？若以人兩手大指相合爲一圍，則是一小尺，即徑一丈三尺三寸，又安得云『七尺』也？武侯廟柏，當從古制爲定，則徑四十尺，其長二千尺，宜矣。豈得以『太細長』譏之乎？」

吴旦生曰：沈存中一經丈量，便來兩家之駁。蓋運思所及，脱腕抽毫，握之不盈掬，放之彌乎六合。何處著一算博士，挈短衡長，積銖黍於其間哉？徐興公引段文昌作《武侯廟古柏》文云：「合抱在於旁枝，駢梢葉之青青；百尋及於半身，蓄風雷之冥冥。」觀「旁枝」、「合抱」，則見幹之「四十圍」；「百尋」、「半身」，則見高之「二千尺」。二公詩文暗合。余謂必舉段文以實之，猶拘虚之見也。王勉夫謂：「杜《新松》詩：『何當一百丈，攲蓋擁高檐。』縱有百丈松，豈有百丈之檐？此如晉人『峩峩如千丈松』之意，言其極高耳。」余意亦如東坡《與文同論竹》云：「葉落空庭影許長。」方是解人。

《詩眼》云：「詩有形似之語，若詩人之賦『蕭蕭馬鳴，悠悠旆旌』是也；有激昂之語，若詩人之興『周餘黎民，靡有孑遺』是也。《古柏》詩所謂『柯如青銅根如石』，此形似之語；『霜皮溜雨四十圍，黛色參天二千尺。雲來氣接巫峽長，月出寒通雪山白』，此激昂之語，不如此則不見古柏之高大也。文章警策處，端在此兩體耳。」

《逸雅》：「黛，代也。滅眉毛去之，以此畫，代其處也。」《説文》：「黱，畫眉也。」《箋》云：「漢宮中妝有遠山眉，文章家遠山青碧，遂借凡青黝色通稱。」杜詩「黱色參天」，改作「黛」，草書訛「黱」首如「代」也。《六書》言唐本《説文》作「黛」，當是臆説，未必也。

最能

《最能行》云：「瞿塘漫天虎鬚怒，歸州長年與最能。」

吴旦生曰：劉辰翁謂：「『最能』者，負船水手之稱，觀『長年』與『最能』可見。」余按：杜又詩云：「長年三老歌聲裏，白晝攤錢高浪中。」陸放翁問蜀人云：「即灘錢也。」《容齋五筆》云：「意錢賭博，皆以四數之，謂之攤。」《廣韵》「攤」字下云：「攤蒲，四數也。」《資暇集》云：「意錢，當曰攤鋪，疾道之訛，其音爲蒲。」此説不然。張仲素詩：「林間蹋青去，席上意錢來。」一作「億」。吴幼清云：「億，賭錢也。以意猜度，如漢人射覆之類，故曰億。」《古今詩話》謂：「川峽以篙手爲三老，乃推一船之最尊者言之耳。」《輟耕録》謂：「吾鄉稱舟人老者曰長老。長，上聲。海船中以司柁曰大翁，是亦長老、三老之意。」

《述異記》云：「鄧通以濯船爲黄頭郎，曰：土勝水，其色黄。故刺船郎皆著黄帽。」

《七脩類藁》云：「古有楫濯丞郎。楫濯，舟官名。」

《海録碎事》云：「三門篙工，謂之門匠。陝人云：『自古無門匠墓。』言行舟皆溺死，亦過語也。」

《西谿叢語》云：「今人不善乘船，謂之苦船。北人謂之苦車。苦音庫。」

律細

皇甫百泉曰：「杜甫晚於律細，故林逋謂詩應細評。然又須玩理於趣中，逆志於言外。若謂諫草非獻君之物，鳴鐘豈夜半之時，則是明月不獨照乎巴川，而周民誠無遺種於雲漢矣。」

吴旦生曰：「晚節漸於詩律細」，蓋公自謂也。百泉之說，以之律人則可，蓋律己貴嚴，而律人尚通也。盧德水謂：「子美一生詩，只受用一『細』字，不止晚節爲然。詩不細，不清；詩不細，不遠；詩不細，不能變化；詩不細，不敢縱横也。」余觀公又云：「詩律群公問。」按《海録碎事》云：「王仲宣流落荆南，多有名士日問詩律，故公詩云爾。」《河嶽英靈集》論曰：「昔伶倫造律，蓋爲文章之本也，是以氣因律而生，節假律而明，才得律而清焉。」東坡云：「敢將詩律鬬深嚴。」蓋未有不「細」而可言「深嚴」者也。

酒盧

《遺懷》詩：「憶與高李輩，論交入酒盧。」

吴旦生曰：《新唐書》：「甫從李白及高適過汴州，酒酣登吹臺。」殆謂此時也。按：「黄公酒壚」、「文君當壚」，「壚」字不從土，蓋賣酒區也。顔師古云：「賣酒之處，累土爲壚，以居酒甕。四邊隆起，其一面高，形如煆鑪，故名。非温酒罏也。」《漢書・食貨志》：「令官作酒，以二千五百石爲一均，率開壚以賣。」而臣瓚《注》謂「壚爲酒甕」，則誤矣。楊升庵謂：「當壚，蓋治酒也。今燒酒法，云起自文君，唐詩『卓女燒春醴』是也。」此語益誣。

岑參詩：「一曲狂歌壚上眠。」觀一「眠」字可見。

阿段

老杜詩有題云：「示獠奴阿段。」

吴旦生曰：趙《注》但云「陶侃之子」，其於「阿段」似無相干，而未釋「阿段」之義。按《北史》：「獠無名字，以長幼次第呼之。丈夫稱阿謩、阿段，婦人稱阿夷、阿等之類，皆語之次第稱謂也。」

按：蜀土先無獠，至李勢僭稱漢主時，獠從山出。自巴西至犍爲、梓童，布滿山谷，大爲民患。邵二泉云：「按韵，獠音寥，註云：宵獵爲獠。又音老。」

字，欲更爲『去』，對『來』字，恐未然。東坡詩『天外黑風吹海立，浙東飛雨過江來』祖此，但不若杜之簡雅遠矣。」

滄江樹

《燕閒録》曰：「『風吹滄江樹，雨洗石壁來』，以實字作虛字用。『樹』，『樹立』之樹。晦翁以爲誤

吴旦生曰：《吹景集》言：「『樹』當作『澍』，蓋峽中波浪險絶，長風吹江，濤驚沫濺，勢如暴雨之澍也。《洞簫賦》：『聲礚礚而澍淵。』李善云：『澍，古注通。』『風吹滄江注』一語，嵯峨蕭瑟不可言。」余曰：否否，「樹」作「樹立」，殊有神解。即東坡詩：「天外黑風吹海立。」何元章云：「立，水湧起貌。出老杜《三大禮賦》『四海之水皆立』。」胡苕谿亦云：「先君有『幾日北風江海立』之句。」楊仲宏詩：「洶若北風吹海立。」袁海叟詩：「海水蕩潏如山立。」然則「江樹」與「海立」，皆千古奇語矣。

存殁

《存殁口號》二首：「席謙不見近彈棊，畢曜仍傳舊小詩。玉局他年無限笑，白楊今日幾人悲。鄭

公粉繪隨長夜，曹霸丹青已白頭。天下何曾有山水，人間不解重驊騮。」

吴旦生曰：洪容齋謂：「每篇一存一殁，蓋席謙、曹霸存，畢曜、鄭虔殁也。黄魯直《荆江亭即事》云：『閉門覓句陳無己，對客揮毫秦少游。正字不知温飽味，西風吹淚古藤州。』乃用此體，時少游殁而無己存也。」余觀《鶴林玉露》引此句謂：「少游特流連光景之詞，而無己意高詞古，直欲追蹤騷雅，正自不可同年語。」《漁隱叢話》亦引此句謂：「魯直以今時人形入詩句，取法少陵。然不知其法少陵存殁之感，而非但法其時人入句也。」二公皆失考。《歸田詩話》云：「山谷此詩，喻二人才思遲速之異也。無己詩，如『壞牆得雨蝸成字，古屋無人燕作家』，寥落之狀可想；少游詩，如『翡翠側身窺緑酒，蜻蜓偷眼避紅妝』，艷冶之情可見。二人他作亦多類此。無己宿齋宫驟寒，或送緜半臂，卻之不服，竟感疾而終；少游謫藤州，以玉盂汲水，笑視而卒。二人於臨終屯泰不同又如此。」

北斗

《歷歷》詩：「秦城北斗邊。」

吴旦生曰：《三輔黄圖》：「長安故城，城南爲南斗形，城北爲北斗形，故號斗城。」然觀公「秦城近斗杓，北斗故臨秦」之句，當是長安上直北斗也。而《秦中》詩：「春城依北斗，郢樹發南枝。」「春」字無義，亦不可對「郢」，當是「秦城」字耳。劉禹錫《望賦》：「城依斗兮闌干。」與公同義。

荔枝

《解悶》詩：「側生野岸及江蒲，趙《注》：「自戎僰而下，例以畝爲蒲，今官私契約皆然，因以押韵。」不熟丹宫與玉壺。雲壑布衣台背老，勞人害馬俗本作「勞生」，重寫誤，今從歐本。翠眉須。一作「疏」，誤。或作「鬚」，益誤。」楊升庵曰：「左思《蜀都賦》：『旁植龍目，側生荔枝。』故張九齡賦云：『雖觀上國之光，而被側生之誚。』老杜諱荔枝爲『側生』，蓋以時事不欲直道也。」

末二句言布衣抱道，有老死雲壑而不徵者，乃勞人害馬，以給翠眉之須，何爲者耶？山谷謂：「『雲壑布衣』指後漢唐羌諫止荔枝貢者。」此俗所謂厚皮饅頭、夾紙鐙籠矣。

吴旦生曰：王勉夫言：「漢和帝時，南海獻荔枝，十里一置，五里一堠，奔騰險阻，死者繼路。唐羌上書曰：『交州獻荔枝，生鮮致之。驛馬晝夜傳送，至有遭虎狼之害，頓仆死亡，不絶道路。』詩之『勞人害馬』，正引此故實爲言耳。子美自傷以有用之才，見棄丘壑，終老不用。果物奪於愛姬之嗜慾，及時致之，雖勞人害馬，有所不卹。杜又有詩云：『憶昔南州使，奔騰獻荔枝。百馬死山谷，到今耆舊悲。』舉此以驗『勞人害馬』之説爲不誣矣。」觀此，則引唐羌止以證「勞人害馬」四字，而餘文俱以老杜己意足成之，其説極確，惜升庵不攷及此。漢武帝元鼎六年，破南粤，起扶荔宫，荔枝自交趾移植於庭。數歲後，一株稍茂，終無花實，一日萎死。因不復蒔，其實則歲貢焉。郵傳者疲斃於道，極爲民患。至後漢安帝時，交趾郡守極陳其弊，乃始罷貢。

社日

《西谿叢語》曰：「『尚想東方朔，詼諧割肉歸』，社日用伏日事。蘇、黄皆以爲誤。《史記》：『秦德公二年，始作伏祠，社乃同日。』至漢方有春、秋二社，與伏分也。」

吴旦生曰：《邵氏聞見後録》以「割肉」爲社日，皆引用之誤。按《十二諸侯年表》：「秦德公二年初作伏祠，社，磔狗邑四門。」則祠社用伏日，此詩用伏日事何礙。

《野客叢書》云：「《漢書》載揚雄《解嘲》曰：『東方朔割名於細君。』師古《注》謂：『以肉歸遺細君，是割損其名。』而《文選》載此文，則曰：『東方朔割炙於細君。』良《注》謂：『朔拔劍割肉以歸。』『炙』亦肉也，二説雖不同，皆通於理。」

含蓄

顧脩遠曰：「『勳業頻看鏡』，公意猶未忘勳業也，頻頻取鏡而看。胸中稷契，眼底長安，只看我此際作何面目，猶未老否？尚可自振否？都在明鏡中了了看出。又『行藏獨倚樓』，其行其藏，倚樓之際，獨自躊躇。藏既不甘，行又難必。無限心事，他人不能知，故獨自徘徊倚樓，而不能自已。」

吴旦生曰：陳後山言：「裕陵嘗稱此二句，子美之詩皆不迨此，正以其含蓄無際。裕陵雖未指出，而早已看出也。」《冷齋夜話》云：「詩有句含蓄者，如杜曰『勳業頻看鏡，行藏獨倚樓』，鄭雲叟曰『相看臨遠水，獨自上孤舟』是也；有意含蓄者，如《宫詞》曰『銀燭秋光冷畫屏，輕羅小扇撲流螢。天街夜色涼於水，卧看牽牛織女星』，又班姬詩曰『怪來妝閣閉，朝下不相迎。總向春園裏，花間笑語聲』是也；有句、意俱含蓄者，如《九日》詩曰『明年此會知誰健，醉把茱萸子細看』，《宫苑》詩曰『玉容不及寒鴉色，猶帶昭陽日影來』是也。」此等引論，最足啓發詩思。凡詩惡淺露而貴含蓄，淺露則陋，含蓄則旨，令人再三吟咀而有餘味，久之而其句與意之微，乃可得而晰也。

孤帷步檐

郭彦深《詩筏》曰：「杜甫《夜》詩第二句：『空山獨夜旅魂驚。』第三句忽説『孤帆』，與『空山』不屬，當是『疏鐙自照孤帷宿』。古人擣衣，兩女子各執一杵。後易作雙杵，一人執之。故曰：『新月猶懸雙杵鳴。』」末句：「步檐倚杖看牛斗。」楊用脩云：「『檐』與『櫩』同，並是古『簷』字。後人妄作『步蟾』，與上『新月』複而且俗。又梁陸倕《鍾山寺》詩：『步簷時中宿。』沈氏滿願詩：『步檐隨新月。』《上林賦》：『步櫩周流。』《注》：『步廊也。』杜詩實本此。」

吴旦生曰：田子藝謂：「俗本作『步蟾』。夫以月而爲『步蟾』，則又易之『蹋兔』、『走蜍』，可乎？蓋『步檐』以混成而言，如今之飛檐、步廊也。屋之半間亦曰一步，非言行步于檐下也。古者六尺爲步，今之廊檐大率廣六尺，即『步檐』之明證也。」余以升庵證「蟾」爲「檐」、彦深證「帆」爲「帷」，皆出卓識，直令子美此詩重開生面，爲録子藝語以廣之。

秋蓴

《秋日題鄭監湖上亭》云：「羹煮秋蓴弱，杯迎露菊新。」

吴旦生曰：此秋深景物，故蓴與菊同稱，則蓴羹宜於九月矣。《墨莊漫録》云：「子美祭房相國，九月用茶、藕、蓴、鯽之奠。蓴生於春，至秋則不可食，不知何謂？而張翰以秋風動思，鱸固秋物，蓴不可曉也。」余以此語大謬。《方言》：「春夏爲絲蓴，入秋爲油蓴，故秋蓴肥如冰筋。」陳眉公謂：「春蓴如亂髮，不足異。秋蓴長丈許，凝脂甚滑。季鷹秋風正饞此也。」按書：至冬爲猪蓴，又云龜蓴，又云七八月以前曰絲蓴，秋末冬初曰塊蓴，四月曰雉尾蓴。據此則九月蓴正美也，安得謂秋不可食哉？

張翰，吴人，辟齊王東曹掾。不樂於官，在京師見秋風起，作歌棄官歸。宋王贄過吴江，有詩云：「因想季鷹當日事，歸來未必爲蓴鱸。」謂翰度時不可爲，故決去，非實爲蓴鱸也。至東坡《詠三賢》則云：「不須更説知幾早，只爲蓴鱸也自賢。」其意又高一著矣。《砦谿詩話》云：「臨川『慷慨秋風起，悲歌不爲鱸』，眉山『不須更説知幾早，只爲蓴鱸也自賢』，反覆曲折，同歸一意。」余以東坡拓開一步，正得晉人曠達風味，而臨川詩即贅意耳，何謂「同歸一意」哉？《蟫精雋》載一詩云：「黄犬東門事已非，華亭鶴唳漫思歸。直須死後方回首，誰肯生前便拂衣？此日區區求適志，他年往往見知幾。不須更説蓴鱸美，但在淞江水亦肥。」雖其姓氏不詳，觀其落句，似又從東坡推入一層，令人尋繹之下，如剥蕉心，卷曲脱换，益歎詩思之無窮也。

點朝班

《秋興》詩：「幾回青瑣點朝班。」

吴旦生曰：「點」字，張禺山作「音玷」。束晳詩：「莫之點辱。」陸厥詩：「復點銅駝門。」楊升庵引《漢書》「祇足以發笑而自點耳」，與此同。顧脩遠引公詩「凡才污省郎」，即此意也。焦弱侯云：「若作『玷』，不得用『幾回』字。」王建詩：「『殿前傳點各依班。』唐人屢用之，可證。」余攷公於肅宗至德二載五月拜左拾遺，八月即放還，則列朝班僅僅三月。此「點」字不過謂曾備員來，合之「一卧滄江」，撫今追往，怨而不怒，何必去聲讀。一作「照朝班」。

倒句

《秋興》詩：「紅稻啄殘鸚鵡粒，碧梧棲老鳳凰枝。」

吴旦生曰：此爲倒裝句法，乃以反言之也。若正言之，當云：「鸚鵡啄殘紅稻粒，鳳凰棲老碧梧枝。」公慣有此句法，如它詩「黄鵠高於五尺童，化爲白鳧似老翁」，若正言之，當云：「五尺童時似黄鵠，化爲老翁似白鳧」也。後見顧脩遠云：「詩意本謂香稻乃鸚鵡啄餘之粒，碧梧則鳳凰棲老之枝。蓋舉鸚鵡、鳳凰以形容二物之美，非實事也。重在稻與梧，不重鸚鵡、鳳凰。若云：『鸚鵡啄殘香稻粒，鳳凰棲老碧梧枝。』則實有鸚鵡、鳳凰矣。」又謝世脩云：「其意謂黄鵠高於五尺之童，本有雲霄之志，今化爲白鳧，則似老翁。由大而小，不得志也可知。」余喜二説更有思致。

伊吕蕭曹

《讀杜二箋》曰：「『伯仲之間見伊吕，指揮若定失蕭曹』，張輔《葛樂優劣論》曰：『孔明殆將與伊、吕争儔，豈徒樂毅爲伍。』後魏崔浩著論：『亮不能爲蕭、曹亞匹。』謂陳壽貶亮，非爲失實。公此詩以伊、吕、蕭、曹相提而論，所以伸張輔之論，而抑崔浩之黨陳壽也。」

吴旦生曰：「見」字、「失」字下得神妙。「見」字從「伯仲之間」生來，「失」字從「指揮若定」生來。《鶴林玉露》載：「孔明曰：『吾心如秤，不爲人作輕重。』信能此，則吾心即造化也。」乃知長嘯草廬時，其所講不在伊、吕下。或謂：既比之伊、吕，又比蕭、曹，何也？予曰：下句蓋惜其指揮未定而死耳。指揮若定，雖蕭、曹且不能當，況司馬仲達乎？指揮，蓋措置經畫也，如兵民雜耕、留屯久駐之類。失，猶無也，故末句有志決身殲之歎。

焦弱侯云：「『三分割據紆籌策，萬里雲霄一羽毛』，人以三分割據爲孔明功業，不知此其所輕爲，正如雲霄一羽毛耳。必也偶伊、吕而失蕭、曹，乃盡公之才。惜乎運移身殲，僅以三分之業自見。此天也，非人也。此詩八句一意，讀者逐句解之，失其旨矣。」

悶

《西清詩話》曰：「子美作《悶》詩，乃云：『卷簾惟白水，隱几亦青山。』若使予居此，當卒以樂死，豈復有悶乎？」《墨莊漫録》曰：「子美居西川，憂在王室，而又生理不具，與死爲鄰。故對青山，青山悶；對白水，白水悶。平時可愛樂之物，皆寓之爲悶也。蔡約之處富貴，所欠二物耳。其後竄逐，經歷崎嶇，必悟此詩之工。」

吴旦生曰：蔡絛看出憂中有樂，張邦基説得樂中有憂。總之，作詩者與看詩者隨其興會，即各具一造物，不妨異轍而同塗也。張云：「經歷崎嶇，必悟其工。」此非善於論蔡，乃善於論杜。按李伯純之序亦云：「蓋其開元、天寶太平全盛之時，迄於至德、大曆干戈亂離之際，凡四千四百餘篇，其忠義氣節、羇旅艱難、悲憤亡聊，一寓於詩。平時讀之，未見其工。迨親更兵火喪亂之後，誦其詩如出乎其時，犁然有當於人心，然後知其語之妙也。」

按唐僧栖白詩：「卷簾當白晝，移坐向青山。」元范德機詩：「青山入坐席，白水抱門流。」其語意皆出於杜，卻皆説向樂邊。

添綫

《海録碎事》曰：「杜詩：『刺繡五紋添弱綫。』魯直詩：『宫綫添尺餘。』《歲時記》謂：『魏晉間，宫中以紅綫量日影，冬至後日影添長一綫。』未知孰是。」

吴旦生曰：公有《至日遣興》詩：「愁日愁隨一綫長。」魯直云：「釋此句者引《歲時記》『紅綫量影』之説，而《唐雜録》謂：『宫中以女工揆日之長短，冬至後日晷漸長，比常日增一綫之工。』此説爲是。」則知魯直已有確據。故其所云「宫綫添尺餘」者，亦指刺繡言耳。陶南村《掖庭記》云：「元時有刺繡亭，冬至則候日於此亭邊。有一綫竿，竿下爲緝衮堂。至日命宫人把刺，以驗一綫之功。」

書雲

《小至》詩云：「雲物不殊鄉國異。」

吴旦生曰：詩話：「舊謂冬至用書雲事，宋人小説以爲分、至、啓、閉，必書雲物，獨以爲冬至事，非也。」按《春秋感精符》云：「冬至有雲迎送日者，來歲美。」宋忠《注》曰：「雲迎日出，雲送日入也。」冬至獨用書雲事指此，未爲偏失也。然余觀《左傳》：「僖公五年正月辛亥朔，日南至。公既視朔，遂登觀臺以望而書，禮也。凡分、至、啓、閉，必書雲物，爲備故也。」杜預《注》云：「周正月，今十一月。分，春、秋分也；至，冬、夏至也。啓者，立春、立夏；閉者，立秋、立冬。雲物者，氣色災變也。」漢明帝永平二年春正月辛未，宗祀光武畢，登靈臺，觀雲物。據此則四時八節皆可用書雲，昔人偶於冬至用之亦可。而後人遂援爲故實，則非矣。

《文苑英華》載令狐楚《冬至進鞍馬狀》云：「迎日良辰，書雲令節。」

落句

范公偁《過庭録》曰：「小宋舊有一帖論杜詩，至於『實下、虚成，亦何可少也』，先子未達。後問晁以道，云：『昔聞於先人，蓋爲《縛雞行》之類，如「小奴縛雞向市賣」，是實下也；末云「雞蟲得失無了時，注目寒江倚山閣」，是虚成也。』蓋堯民親聞於小宋焉，謹退而記之。」

吴旦生曰：落句之妙，忽入它意，靈變莫測，非後人之所可擬。真西山引黄山谷《書酺池寺》云：「小黠大癡螳捕蟬，有餘不足夔憐蚿。退食歸來北窗夢，一江風月趁漁船。」《步里客談》又引山谷《水仙花》詩：「坐對真成被花惱，出門一笑大江横。」師民瞻引蘇子瞻《二蟲》詩：「二蟲愚智俱莫測，江邊一笑無人識。」洪容齋引李德遠《東西船行》云：「東西相笑無已時，我但行藏任天理。」數詩語意互相祖述，然與老杜自懸殊也。

動搖

《竹坡詩話》曰：「凡詩人作語，要令事在語中而人不知。讀太史公《天官書》：『天一、鎗、棓、矛、盾動摇，角大，兵起。』杜詩：『五更鼓角聲悲壯，三峽星河影動摇。』蓋暗用遷語，而語中乃有用兵之意，詩至此可以爲工。」

吴旦生曰：《西清詩話》引《漢武故事》：「星辰摇動，東方朔以爲民勞之應。」《剡溪漫筆》又引《天官書注》：「左旗九星在河鼓左，右旗九星在河鼓右，是天之旗鼓動摇主兵。」《天爵堂筆餘》云：「杜公雖破萬卷，恐未必拘拘證古。若此暑月夜半露坐時，觀晴空星河影，隱映錯落，儼然動摇。處處若此，況三峽乎？」余觀此詩起句云：「歲暮陰陽催短景，天涯霜雪霽寒宵。」雖不可例以暑夜目之，然必以星垣配合，亦殊損其寥曠也。

按三峽有二：自夷陵州西上南津關，始入西陵峽；再爲明月峽，北峰上有石穴如規，故名；再上即黄牛峽，南有黄陵廟。《宜都記》云：「自黄牛灘東入西陵界一百里許，山水紆曲，林木高茂。『哀猨三聲，巖谷響應』者即此。」此楚西之三峽。峽之南門，蜀江之委戹也。上溯歸州，由巴東過東西瀼谿，始入巫峽；再經巫山入鬼門關爲歸峽；再上即瞿塘峽，在白帝城西，舊亦名西陵峽，灩澦堆當其口。《水經》云「杜宇所鑿，連亘七百里。重巖疊嶂，隱蔽天日。非亭午夜分，不見日月」者即此。此川東之三峽，峽之北户，蜀江之咽喉也。

澶漫

《聞河北諸道節度使入朝歡喜口號》云：「澶漫山東一百州。」

吴旦生曰：「澶」，音憚，遠也。《莊子》：「聖人澶漫爲樂，摘僻爲禮，而天下始分矣。」《南都賦》：「其竹則緣衍抵阪，澶漫陸離。」柳子厚《鐃歌》云：「澶漫萬里宣唐風。」楊仲弘詩：「澶漫渠河方涉夏，蕭條竹樹已迎秋。」又云：「南山多白雲，澶漫塞巖谷。」

司馬相如《子虚賦》：「案衍壇曼。」向《注》云：「平寬貌。」揚雄《甘泉賦》：「平原唐其壇漫。」翰《注》云：「廣大貌。」

老子

《麈史》曰：「子美《李潮八分歌》云：『苦縣光和尚骨立，筆法瘦硬方通神。』按《神仙傳》：『老子，苦縣瀨鄉人。』《漢書》稱：桓帝夢見老子，命中常侍左悺於瀨鄉致祭，詔邊韶立祠兼刻石，即蔡邕書也。今考桓帝紀年乃建和，而光和爲靈帝年號，豈傳寫之誤耶？或以亳有《太清殘缺碑》，猶有『光和』二字，又不知『太清』之名始於何代，兼譙去苦縣尚兩舍，即非邊韶所刻石也。」

吴旦生曰：《綱鑑》：「桓帝延熹八年春正月，遣中常侍左悺之苦。音怙。縣祠老子。」《注》云：「苦縣故城在開封府鹿邑縣東，老子祠在鳳陽府亳縣。」按：建和至延熹凡四改元，則非是建和明矣。生於苦而祠於亳，判然兩地。靈帝光和時，蔡邕輩尚在，安知非另有碑刻？況太清又明是老子稱號也。老杜或指亳碑，而苦縣乃以老子生地，連屬言之，不爲乖謬。《潘子真詩話》云：「北岳碑，後漢光和二年立；苦縣老子廟亦漢碑，俱蔡邕書。杜詩『苦縣光和』，謂二碑也。」

屠蘇

楊升庵曰：「蕭子雲《雪賦》：『韜罦罳之飛棟，没屠蘇之高影。』杜子美《冷淘》詩：『願憑金騕褭，走置錦屠蘇。』『屠蘇』，庵也。《廣雅》云：『屠蘇，平屋也。』《通俗文》云：『屋平曰屠蘇。』《魏略》云：『李勝爲河南太守，郡廳事前屠蘇壞。』唐孫思邈有《屠蘇酒方》，蓋取庵名以名酒，後人遂以『屠蘇』爲酒名矣。何遜詩：『邠郭勤二頃，形體憩一蘇。』又大冠亦曰『屠蘇』。《禮》曰：『童子幘無屋。』凡冠有屋者曰『屠蘇』。《晉志》：『元康中，商人皆著大障。』諺曰：『屠蘇障日覆兩耳，會見睸兒作天子。』」

吴旦生曰：《廣韵》：「廜廯。」《草庵詩話補遺》云：「周王褒詩：『飛甍彫翡翠，繡桷畫屠蘇。』『屠蘇』本草名，畫于屋上，因草名以名屋。」此又一解。

《時鏡新書》云：「晉董勛曰：正旦飲酒，先從小者。何也？俗以小者得歲，故先酒賀之；老者失時，故後飲酒。」《四民月令》云：「正旦進酒，次第當從小起，以年小者起先。」裴夷直詩：「自知年紀偏應小，先把屠蘇不讓春。」顧況詩：「還丹寂寞羞明鏡，手把屠蘇讓少年。」

《古雋考略》云：「廜廯，酒名，元日飲之，可除瘟氣。本作『酴酥』，《四時纂要》作『屠蘇』。『屠』者，屠絶鬼氣；『蘇』者，蘇醒人魂。」

《雲麓漫鈔》云：「按《荆楚歲時記》：『正月旦日進椒柏酒，飲桃湯，服卻鬼丸，敷于散，次第從小起。』《注》云：『以過臘日故。』崔實《月令》：『過臘一日，謂之小歲。』又曰：『小歲則用之漢朝，元正則行之晉世。』蓋漢嘗以十月爲歲首也。又云：『敷于散，即胡治方云許山赤散，並有斤兩。』則知『敷于』音訛轉而爲『屠蘇』，『小歲』訛而爲『自小起』云。」

石㮞

《上後園山腳》詩：「石㮞偏天下，水陸兼浮沈。」

吴旦生曰：「㮞」音原，木名。按：石㮞子如芎藭，其皮可以禦飢。時天下荒亂，小民轉溝壑，水陸並載石㮞以充糧。

白鳥

《寄劉伯華使君》詩：「江湖多白鳥，天地有青蠅。」

吴旦生曰：鮑《注》：「與『白鷗波浩蕩』意同，言自適也。」是直解作飛鳥。蔡寬夫謂：「或以爲鷺，大謬。按《月令》：『仲秋之月，群鳥養羞。』《注》引《夏小正》曰：『九月，丹鳥羞白鳥。』蓋有翼謂之鳥，謂螢與蚊蚋也。羞，進也。舊注又以『白鳥』爲蚊蚋，非是。豈有兩句皆説讒，成甚律度？」余以詩人「青蠅」，刺讒固矣。注家不識「白鳥」爲戒貪，而猥測之也。《金樓子》載：「齊威公卧于柏寢，白鳥營饑而求飽，公開翠紗之廚而進焉。有知禮者，不食而退；有知足者，雋肉而退；有不知足者，長噓短吸而食，及其飽者，腹爲之潰。」蓋戒夫貪也。然則公詩蓋言天下多貪讒之人耳。

荆州高齋，夏月無白鳥。昭明太子於此齋造《文選》。

崑崙月窟

《魏將軍歌》：「被堅執鋭略西極，崑崙月窟東巉巖。」

吴旦生曰：注家昧其義，此即北斗歸南之意。《林下偶談》云：「崑崙月窟在西而謂之東，蓋謂魏將軍略地至西方之極，而回顧崑崙月窟，卻在東也。」

揚雄《長楊賦》：「西壓月蜎，東震日域。」《注》云：「月窟，月所生處，在西。日域，日初出處，在東。」

水明樓

《稗編》載：「蘇尚書符嘗與人論詩曰：『祖父謂老杜「四更山吐月，殘夜水明樓」，以爲古今絶唱。乃祖父於此有妙悟處，它人未易曉也。』」

吴旦生曰：《檮杌》云：「僞蜀嘉王宗壽，每諫諍衍，不樂燕會。衍命宫人李玉簫歌其所撰

《宫詞》送宗壽酒，宗壽懼禍乃飲。佞臣潘在迎曰：『嘉王聞玉簫歌即飲，請以玉簫賜之。』衍曰：『王必不納。』其歌詞云：『暉暉赫赫浮五雲，宣華池上月華春。月華如水浸宫殿，有酒不醉真癡人。』」觀此即詞曲「月明如水浸樓臺」所自出也。「水浸」二字便涉纖麗，其去王建「天街夜色涼如水」遠矣。況與杜句，何啻天壤。

歷代詩話卷三十九　己集六

寿谿　吴景旭旦生氏著

杜詩 卷中之下

紅鮮

《茅堂檢校收稻》詩：「紅鮮終日有，玉粒未吾慳。」

吴旦生曰：此即桃花米也。宋武帝張妃桃花米飯。任昉卒於新安，惟有桃花米二十斛。公又詩云：「玉粒足晨炊，紅鮮任霞散。」

烏鬼

《戲作俳諧體遣悶》云：「家家養烏鬼，頓頓食黄魚。」

吴旦生曰：「烏鬼」，馬永卿、漫叟以爲豬，謂川人嗜豬頭肉，家家養豬，每呼豬則作烏鬼聲，故號豬爲烏鬼。劉克、陸佃、胡苕谿、黄朝英、陸農師、焦澹園以爲鸕鷀，謂《夔州圖經》稱：「峽中人以鸕鷀爲烏鬼，繩繫其頸，使之捕魚，得魚則倒提出之，而人得食魚也。」僧惠洪、王勉夫以爲烏蠻鬼，謂《唐書・南蠻傳》：「俗尚巫鬼，大部落有大鬼主，百家則置小鬼主。一姓白蠻，五姓烏蠻。所謂烏蠻，則婦人衣黑繒；白蠻，則婦人衣白繒也。」沈存中、邵博以爲歲正月，十百爲曹，設牲酒於田間，已而操兵大噪，謂地近烏蠻，戰場多厲，用以禳之。蔡寬夫、黄山谷、羅泌以爲鴉，謂峽中養鴉雛，帶以銅錫環，獻之神祠中，謂之烏鬼。余以此説爲可信。按元微之詩：「鄉味尤珍蛤，家神悉事烏。」又云：「病賽烏稱鬼，巫占瓦代龜。」《注》：「南人染病，競賽烏鬼。」則爲「烏鴉」之烏，非「烏黑」之烏矣。

《復齋漫録》云：「食可以言頓。」《世説》：「羅友曰：『欲乞一頓食。』」《續釋常談》亦引《世説》以證「一頓」二字出處。《野客叢書》云：「『頓』字豈惟食可用，如《前漢書》『一頓而成』，是言事也；《唐書》『打汝一頓』，是言杖也；《晉書》『一時頓有兩玉人』，是言人也；宋明帝、王忱嗜酒，時以大飲爲『上頓』，是言飲也。豈獨食哉？」

吕太一

「自平宫中吕太一，收珠南海千餘日。」葉少藴曰：「此詩似爲哥舒晃作。太一以廣德二年反，晃大曆八年以循州刺史反，相去蓋十年。自此而上五篇，疑皆失題，但以首語名之，讀者多不能遽了。」

韓宗武曰：「《代宗紀》：廣州市舶使呂太一反。或疑『宮中』二字恐誤。《韋倫傳》言『宦者呂太一』，則中人爲宮市於嶺南者爾，故稱市舶使。」蘇東坡曰：「讀《玄宗實録》，有宮人呂太一叛於廣南，故下文有『收珠南海』之句。」

吴旦生曰：《唐書》有兩呂太一：中宗朝一，爲文士，以才稱；代宗朝一，爲宦者，以反戮。《唐世説》載：「呂太一拜監察御史裹行，自負才華，而不即真，因詠竹以寓意曰：『濯濯當軒竹，青青重歲寒。心貞徒見賞，籜小未成竿。』」《芥隱筆記》：「開元中，中書舍人呂太一，與張嘉正號四俊者，即此人。蓋與老杜所詠，明明别是一人也。老杜所詠，斷是宦者。」觀《諸將》詩：「南海明珠久寂寥。」則此詩爲廣州市舶使明矣。戮之以建平定之功，故曰「平」；惟屬宦者，故曰「宮中」。詩話迺謂唐時有自平宮，謬甚。

舞劍器

盧德水曰：「《觀公孫大孃弟子舞劍器》序與詩俱登神品，蓋因臨潁美人而遡及其師，又追想聖文神武皇帝，撫時感事，悽惋傷心。念彼風塵澒洞以來，女樂梨園，俱付之寒煙老木。況自身業已白首，而美人亦非盛顔，則五十年間真如反掌。以此思悲，悲可知矣。一篇中具全副造化，波瀾莫有闊於此者。」

吴旦生曰：序言：「開元三載，予尚童稚，記於郾城觀公孫氏舞劍器。」按：睿宗太極元年，公始生。至玄宗開元三年，纔四歲耳，便能觀公孫氏渾脱舞，且知其瀏漓頓挫，獨出冠時邪？而白首猶記及邪？異人早慧乃爾。李太白詩：「公孫大孃渾脱舞。」即此時事。吕元濟上書：「比見方邑相率爲渾脱隊，駿馬戎服，名曰蘇幕遮。」今之曲名取此。

太甲

《出瞿唐峽》詩：「五雲高太甲，六月曠摶扶。」《墨莊漫録》曰：「鮑欽正、鄧睿思、范元實及世行王原叔注，皆不詳『五雲』、『太甲』之義。予讀王勃《孔子廟堂銘序》云：『帝車南指，遁七曜於中階；華蓋西臨，載五雲於太甲。』然則爲元象而言矣。燕公讀此碑不解，訪之一公。一公言：『北斗建午，七曜在南方，有是之祥，無位聖人當出。華蓋已下，卒不可悉。』則『五雲』、『太甲』，一公、燕公不知之，況餘人乎！」

吴旦生曰：嚴羽卿謂：「『太甲』不可曉，得非高太乙耶？乙與甲蓋相近，以星對風，亦從其類也。」此説殊陋。《困學紀聞》引《晉・天文志》云：「華蓋杠旁六星曰六甲，太甲恐是六甲一星之名。」《留青日札》引「五車」證「五雲」云：「五車以五寅日候之有雲，各具其色者，賢人隱其下也。甲寅爲五候之首，故曰太甲。」《吹景集》云：「《隋書》載：『天子欲有所遊往，其地先發天子氣，或如華蓋在霧氣中，或有五色。蒼帝起，青雲扶日；赤帝起，赤雲扶日；黄帝起，黄雲扶日；白帝起，白雲扶日；黑帝起，黑雲扶日。孔子衰周而素王，故以天子氣喻之。』『華蓋』、『五雲』之説確本於此。」《京氏易》：「納甲，以甲屬乾宫，甲爲歲陽首，故曰太甲。」「太甲」者，借《爾雅》「太歲在甲」字面也。

錢牧齋《謁先聖廟》詩：「東瞻日觀近，南指帝車移。」此據一公之説而言也。按：斗爲帝車，運乎中央。蓋斗，君象，故謂之帝；運動不居，故謂之車〔一〕。古者造車之初，有取于斗柄，下鑴龍角之象。則所謂帝車，亦因其象而名之。

【校勘記】

〔一〕「謂」，原作「爲」，據《四庫》本改。

遮莫

《鶴林玉露》曰：「『遮莫』，今俗語所謂儘教也。杜詩：『已判野鶴如雙鬢，遮莫鄰雞下五更。』言鬢如野鶴，已判老矣，儘教鄰雞下五更，日月逾邁，不復惜也。有用爲禁止之辭，誤矣。」

吴旦生曰：「禁止」既失，而「儘教」亦太無賴。蓋「遮莫」即「莫是」之意，言鶴髮已老，而約略曉籌，又爲雞報，那得不催人老也。嗟遲怨暮，一段亡聊情況，從兩語唱歎而出。「下」字即「漏下幾點」之「下」。

「遮莫」，唐人俚語也。當時有「遮莫爾古時五帝，何如我今日三郎」之説。李太白詩：「遮莫墓枝長百丈，不如當代幾人還。遮莫親姻連帝城，不如當身自簪纓。」元微之詩：「從兹罷馳騖，遮莫寸陰斜。」羅鄴詩：「南山遮莫倚樓臺。」

龜年

《野客叢書》曰：「子美《逢李龜年》詩：『岐王宅裏尋常見，崔九堂前幾度聞。』退之《井》詩：『賈誼宅中今始見，葛洪山下昔曾窺。』韓詩亦自杜詩中來。」

吴旦生曰：《明皇雜録》：「崔九即漢中令湜之弟也。」江季共説：「《龜年》詩非甫所作，蓋岐王死時與崔滌死時年尚幼，又甫天寶亂後未嘗至江南也。」范攄言：「明皇幸岷山，伶官奔走。李龜年奔迫江潭，甫以詩贈龜年云云。」又言：「龜年曾於湘中采訪使筵上唱『紅豆生南國，秋來發幾枝。贈君多采擷，此物最相思』云云。歌闋，莫不望行在而慘然。龜年唱罷，忽悶絶仆地。以左耳微暖，妻子未忍殯殮。經四日乃蘇，曰：『我遇二妃，令教侍女蘭亭唱祓禊畢，放還。』且言：『主人即復長安也。』時甫正在湘潭，或有此詩。」

老馬

《江漢》詩：「古來存老馬，不必取長途。」

吴旦生曰：《韓子》載：「管仲、隰朋從桓公伐孤竹，春往而冬返，迷惑失道。管仲曰：『老馬之智可用也。』乃放老馬而隨之，遂得道焉。」東坡《代滕達道疏》云：「自念舊臣，譬之老馬，雖筋力已衰，不堪致遠，而經涉險阻，麤識道路。」范德機《畫馬》詩：「不待老能知失道，固應求是涉流沙。」

顧八分

《送顧八分文學》云：「中郎石經後，八分蓋憔悴。顧侯運鑪錘，筆力破餘地。」

吴旦生曰：舊注卒不知顧何名。又《醉歌行》云：「君不見東吴顧文學。」黄鶴《注》云：「即顧八分文學。乃公自注顧汜，或云「況」，誤刊「汜」。吴人。」蓋公既自注，則不可謂「顧何名」矣。及觀《困學紀聞》云：「趙氏《金石》以爲太子文學翰林院待詔顧誡奢。《醉歌行》所云即誡奢也。注謂顧況，誤。」《東觀餘論》亦云：「此詩蓋謂顧誡奢也。觀其遺蹟，乃知子美弗虚稱之。」據此，則所謂公自注者，猶有後人所託，未可全信邪。

砅

《送重表姪王砅評事使南海》題下注云：「砅，理罽切，水深至心曰砅，今作厲。」吴旦生曰：《説文》：「砅，力制切。履石渡水也。」《集韵》、《類篇》亦言：「履石渡水。」則鄭《注》以爲水深至心，何以成渡乎？《詩》：「深則砅。」直是古「厲」字，又豈特「今作」乎？《字書》有云：「砅，水擊石聲。」亦作砅砰，作平聲者。觀李太白詩：「砅厓轉石萬壑靁。」則此語亦未誣矣。郭璞《江賦》「砅巖鼓作」，字加點，音平聲。

王珪母妻

《西清詩話》曰：「《唐書・列女傳》：『王珪微時，母盧氏嘗云：「子必貴，但未知汝與游者。」珪一日引房玄齡、杜如晦過之。母曰：「汝貴無疑。」』及質之少陵《送重表姪王砅》云：『我之曾老姑，爾之高祖母。爾祖未顯時，歸爲尚書婦。』則珪母杜氏，非盧氏。又云：『隋朝大業末，房杜俱交友。長者來在門，荒年自餬口。家貧自供給，客位但箕帚。俄頃羞頗珍，寂寥人散後。入怪鬢髮空，吁嗟爲之久。自陳剪髻鬟，鬻市充沽酒。上云天下亂，宜與英俊厚。向竊窺數公，經綸亦俱有。次問最少年，虬髯十八九。子等成大名，皆因此人手。下云風雲合，龍虎一吟吼。願展丈夫雄，得辭兒女醜。秦王時在坐，真氣驚户牖。及乎貞觀初，尚書踐台斗。夫人常肩輿，上殿稱萬壽。六宫師柔順，法則化妃后。至尊均嫂叔，盛事垂不朽。』其上下詳締如此，而史謬誤之甚。」

吴旦生曰：《桐江詩話》：「今觀其詩，不特不姓盧，乃王珪之妻，非母也。」《容齋隨筆》：「按《唐·列女傳》元無此事，珪傳末只云：『始隱居時，與房玄齡、杜如晦善。二人過其家，母李窺之，知其必貴。』蔡説妄云有傳，又誤以李爲盧矣。」余觀層層駁擊，使有可據，詩之所以貴有話也。第攷傳文與詩辭合，前人故致疑於母妻間耳。因觀《野客叢書》云：「傳言母李，而詩言妻杜，有以知婦姑皆賢，其高識遠見，非常人所能及者。母見房、杜，則謂：『二客公輔才，汝貴不疑。』妻見太宗，則謂：『子等成大名，皆因此人手。』其事甚異。詩、傳互相發明，皆可爲據也。」《庚谿詩話》云：「少陵所稱杜氏者，實珪之妻；而史所稱，乃珪之母，兩事自不同。想以其詩中有『剪髻鬟』、『充杯酒』事，與陶侃母同，故亦以爲珪母。然以珪之賢，上稟訓於賢母，下得助於賢妻，宜其爲一代宗臣也。」

龍鳳姿

《許彦周詩話》曰：「老杜詩不可議論，亦不必稱讚。苟有所得，亦不可不記也。如唐太宗，相工見之，龍鳳之姿，天日之表。而杜詩云：『真氣驚户牖。』可謂工而盡。」

吴旦生曰：杜又詩：「讖歸龍鳳質，威定虎狼都。」按《史記》：「秦，虎狼之國也。」《唐史》：「太宗龍鳳之姿。」詩話謂其各易一字，最爲妙處。然總不若「真氣」二字，不落皮相套子，此《後漢》所謂「知帝王自有真」也。

蘇渙

《容齋三筆》曰：「子美《贈蘇渙》詩序云：『蘇大侍御渙，静者也。不交州府之客，人事都絶久矣。肩輿江浦，忽訪老夫，請誦近詩。肯吟數首，書篋几杖之外，殷殷留金石聲。賦八韵記異，亦記老夫傾倒於蘇至矣。』詩有『再聞誦新作，突過黄初詩』之語。又《寄裴道州并呈蘇侍御》云：『致君堯舜付公等，早據要路思捐軀。』其褒重之如此。《唐・藝文志》有渙詩一卷，云渙少喜剽盜，善用白弩。巴蜀商人苦之，稱白跖，以比莊蹻。後折節讀書，進士及第，湖南崔瓘辟從事。繼走交、廣，與哥舒晃反，伏誅。然則非所謂静隱者也。渙在廣州，作變律詩十九首，上廣府帥，可以知其人矣。杜贈渙詩，名爲記異，語意不與他等，厥有旨哉！」

吴旦生曰：《間氣集》：「渙本不平者。」稱其文意長於諷刺，有陳拾遺一鱗片甲，至比之蒯通詞説、祖君彦檄書。觀其廣州變律之作，此所謂不平者也。觀其不交州府，人事都絶，此所謂静者也。以爲不平者，則人比之蒯通、祖君彦，詩比之陳拾遺。以爲静者，則人比之龐公，詩比之黄初。蓋老杜傾倒之下，序與詩未免稱過其實。然用「記異」二字，亦是其自出脱處。盧德水云：「蘇之爲人，起手結局，幾於龍蛇起陸。然其不交州府，忽訪江浦，則其人固卓詭而具心眼者，可念也，子美所以記異也。」

王季友

《潘子真詩話》曰：「《可歎》詩：『丈夫正色動引經，酆城客子王季友。群書萬卷常暗誦，《孝經》一通看在手。貧窮老瘦家賣履，好事就之爲攜酒。豫章太守高帝孫，引爲賓客敬頗久。』蓋『高帝孫』者，李勉也。鄭惠王元懿生安德郡公琳，琳生擇言，擇言生勉，勉自河南尹徙江西觀察使。」

吴旦生曰：《篋中集》姓氏載：「季友，河南人，一云酆城人。家貧賣履，博極群書，李勉引爲賓客。」《河嶽英靈集》稱：「其詩愛奇務險，遠出常情之外。然而白首短褐，良可悲夫。」錢起有《贈季友赴洪州幕下》詩云：「列郡皆用武，南征所從誰？諸侯重才略，見子如瓊枝。」此即豫章賓客之事也。然觀季友《雜詩》云：「采山仍采隱，在山不在深。」又《寄韋子春》《河嶽英靈集》作「《山中贈十四祕書兄》」。詩云：「雀鼠晝夜無，知我廚廩貧。」此亦足標其高致也已。

行藥

《風疾舟中伏枕書懷》云：「行藥病涔涔。」吴旦生曰：車允讀書鼓樓山，一日行藥次，得金於眢井中。鮑昭《行藥至城東橋》詩，五臣《注》云：「昭因疾服藥，行而宣導之。」常建詩：「行藥至石壁，東風變萌芽。」陸龜蒙詩：「更擬結茅臨水次，偶因行藥到村前。」白樂天詩：「已遣平治行藥逕，更教埽拂釣魚船。」陸放翁詩：「箇生遮道妨行藥，果熟垂枝礙整冠。」放翁又有《舍北行飯書觸目》二首。錢牧翁詩：「忙爲市南行藥去，間從城北討春還。」

奪胎

《詩眼》曰：「古人學問，必有師友淵源。漢楊惲一書迥出流輩，則司馬遷外生故也。杜審言已工詩，沈佺期、宋之問等同在儒館爲交游故。老杜律詩，布置法度，全學沈佺期，更推廣集大成耳。沈云：『人如天上坐，魚似鏡中懸。』老杜云：『春水船如天上坐，老年花似霧中看。』不免蹈襲前輩。然前後傑句，亦未易優劣。」

吴旦生曰：僧慧標《詠水》詩：「舟如空裏泛，人似鏡中行。」沈佺期《釣竿篇》：「人如天上坐，魚似鏡中懸。」老杜奪胎於二詩，自成警句。山谷云：「春水船如天上坐。」祖述佺期之語也。繼之以「老年花似霧中看」，蓋觸類而長之。《砦谿詩話》又云：「『春水船如天上坐』，不若『老年花似霧中看』尤爲具眼，識者參之。」

《野客叢書》云：「佺期此語，又有所自。觀陳釋慧標詩：『舟如空裏泛，人似鏡中行。』王逸少詩：『山陰道上行，如在鏡中游。』得非祖此乎？杜子美詩曰：『春水船如天上坐。』李白曰：『人行明鏡中，鳥度屏風裏。』盧懷謹曰：『樓臺影就波中出，日月光疑鏡裏懸。』是皆體貼此意。」

騕褭

《清明》詩：「争道朱蹄驕騕褭。」

吴旦生曰：王叔原《注》：「朱建平善相馬。魏文帝將出，取馬入。建平曰：『此馬今日死矣。』及將乘，馬惡香，齧帝厀。帝怒，遂使殺之。」胡苕谿謂：「王褒《聖主得賢臣頌》云：『駕騕褭。』《注》：『良馬低頭口至厀，故曰騕褭。』子美意出於此。」余觀謝世修《注》亦引《王褒傳》，洵魏文非佳事，不足證也。

折

《風雨看舟前落花》云：「赤憎輕薄遮人懷，珍重分明不來折。」

吴旦生曰：《玉宇別集》：「劉公幹居鄴下。一日桃花爛熳，值諸公子遊賞，久之遂去。公幹謂其僕曰：『損花乎？』僕曰：『無，但愛賞而已。』公幹曰：『珍重輕薄子不來損折，使老夫酒興不空。』老杜用此。」王原叔謂：「本作『不來接』，一作『折』。」然「接」字何義？劉須谿云：「『折』字是。」蓋亦有據而批此邪？

周顒

《避暑録話》曰：「『久爲野客尋幽慣，細學何顒免興孤。』何顒，後漢人，見《黨錮傳》，與詩不類。當作『周顒』。『周』、『何』字相近而訛。周顒奉佛，有隱操。詩意當在周顒。」

吴旦生曰：公又有《兜率寺》詩：「庾信哀雖久，何顒好不忘。」《注》云：「何胤侈於食味，周顒勸之食菜。應作周顒，豈誤記何胤邪？」余觀《韵語陽秋》載：「周顒有云：『性命之在彼極切，滋味之於我可賒。今人以活臠而資口腹者，誠何心哉？』於此知周之勸人食菜，誠有然者。」而「久爲野客」二語，公於岳麓、道林二寺而作，則必爲奉佛之周顒矣。《金陵舊事》云：「釋慧約，姓婁，少達妙理。周顒於所居鍾山舊館作草堂寺以處。」荆公詩：「周顒宅作阿蘭若，婁約身歸窣堵波。」「阿蘭若」，猶言遠離處；「窣堵波」，猶言廟，皆梵語也。《南齊書》：「周顒於鍾山西立隱舍，休沐則歸之。」蓋其所謂隱操如此，何至山陰一出，孔稚圭作《北山移文》以絶之曰：「請迴俗士駕，爲君謝逋客。」此又何説邪？

高氏《小史》云：「周顒，字彦倫，始置四聲切韵行於時。」何氏《語林》云：「吴興沈休文、陳郡謝玄暉、瑯邪王元長以氣類相推轂，汝南周彦倫善識聲，爲文皆用宫商，以平、上、去、入爲四聲，以此制韵，不可增減，謂之永明體。」據此，則公慕其奉佛，或又慕其聲韵之學邪？詩末即云「延清題壁」，亦從此入想。

李杜

《長沙送李銜》詩：「李杜齊名真忝竊。」

吴旦生曰：范母謂滂：「汝得與李、杜齊名，死亦何恨？」蓋指李膺、杜密也。按：太尉李固、杜喬爲梁冀所殺，故掾楊生上書乞李、杜二公骸骨，使得歸葬。又，白馬令李雲、弘農五官掾杜衆同死獄中，其役襄楷上言，稱爲李、杜。又韓退之稱太白、子美云：「李杜文章在，光芒萬丈長。」今公自稱銜爲「李杜」。抑何李杜之多也！

歷代詩話卷四十　己集七

毒谿　吴景旭旦生氏纂

杜　詩　卷下之上

門人　吴成　鄒遂　王恭編次

律詩法

楊仲弘序曰：「予少年從叔父楊文圭遊西蜀，抵成都，過浣花谿，求工部先生之祠而觀焉。有主祠者，工部九世孫杜舉也，居於祠之後。予造而問之曰：『先生所藏詩律重寶，不猶有存者乎？』舉曰：『吾鼻祖審言以詩鳴於當世，厥後言生閑，閑生甫，甫又以詩鳴。至於今，源流益遠矣。然甫不傳諸子，而獨於門人吴成、鄒遂、王恭傳其法。故予傳之三子者，雖復先生之重寶，而得之不易也。今子自遠方而來，敢不以三子所授者與子言之。子其謹之哉！』予遂讀之，朝夕不置。久之，恍然有得，益信杜舉所言非妄也。京城陳氏子有志於詩，故書舉之傳予、戒予者貽之。時至治壬戌四月望書。」

收東京 三首

曲而直，婉而成章，言不迫切，意已獨至。

仙仗離丹極，凶星照玉除。此十字説一場世亂。天時、人事之駭異，有過此者乎？字既停當，語尤涵粹。比「漁陽鼙鼓動地來」之句，霄壤懸隔。須爲下殿走，不可好樓居。語帶前詠。「下殿走」、「好樓居」使事停當，「須爲」、「不可」四字緊嚴，又包得「興兵當割愛」之意。蹔屈汾陽駕，聊飛燕將書。汾陽帝駕，可久屈乎？故下一「蹔」字。燕將之書，未能必於感動，聊復爾爾。此二字下得有味。依然七廟略，更與萬方初。祖宗之廟謨已壞，然不敢言，稱「依然」焉。其更也，人皆仰之，則日月已食，「更與萬方初」，當時宇宙再造之懷可知。

生意甘衰白，天涯正寂寥。衰白之時，生意自少，故下一「甘」字，他字便不可代。忽聞哀痛詔，又下聖神朝。聖神之朝，豈有哀痛之詔？縱使有之，一已甚，可「又下」乎？「忽聞」、「又下」四字，多少驚且疑意。蓋自玄宗播遷，已有詔罪己矣；肅宗即位，又一詔焉。羽翼懷商老，文思憶帝堯。此十字渾涵多少意思。「撫軍監國太子事，何乃促取大物爲」，山谷用十四字太露，如何有此十字之高。叨逢罪己日，霑灑望青霄。

汗馬收宮闕，春城鏟賊壕。第三篇方説戰功，只十字，見用力之不易。如此先宮闕，後城壕，有次序。賞應歌杕杜，歸及薦櫻桃。雜寇横戈數，以「數」字貫。功臣甲第高。萬方頻送喜，無乃聖躬勞。今日收復一處，明日收復一處，奏凱之音日報。

喜達行在所　三首

西憶岐陽路，無人遂卻回。言昔道梗也，下五字好。眼穿當落日，愁望之極也。心死著寒灰。幾不可生也。霧樹行相引，蓮峰望或開。言喜達意。所親驚老瘦，辛苦賊中來。

愁思胡笳夕，淒涼漢苑春。雖達行在，而風景如此。生還今日事，閒道暫時人。司隸章初覩，南陽氣已新。「初」字、「已」字不是容易下。喜心翻倒極，嗚咽欲霑巾。甚是可喜可悲。

死去憑誰報，歸來始自憐。十字妙，至今使人憐其意也。猶瞻太白雪，時未和也。喜遇武功天。漸近日也。影静千官裏，心蘇七校前。昔日陪千官之榮，今也弔一影之静，蓋是朝無人焉。然猶幸熊羆之士爲國討賊，每至其前，心少蘇焉。今朝漢社稷，新數中興年。猶司隸南陽之意。

歸　夢

逕路時通塞，江山日寂寥。偷生惟一老，伐叛已三朝。「已」字好。雨急青楓暮，雲深黑水遥。天地昏塞時也。夢歸歸未得，不用《楚辭》招。

過斛斯校書莊 二首

纏緜悽愴，句句字字可法。

此老已云没，鄰人嗟未休。或以爲杜老自稱。豈無宣室召，徒有茂陵求。傷其臨老方得一官，句字皆停當。文帝召賈誼於宣室，武帝求相如遺文。妻子寄它食，園林非昔遊。意涵粹，比「寡妻無子息，破屋帶林泉」者不同。空餘蕙帷在，淅淅野風秋。蕙帷猶在而妻子寄食於它所，可哀也。

燕入非旁舍，旁無歸人，怕此空宅耳。鷗歸祇故池。景在人目。斷橋無復板，卧柳自生枝。十字好。遂有山陽作，「遂有」二字好。向秀傷嵇康，過山陽，作《思舊賦》。多慚鮑叔知。素交零落盡，白首淚雙垂。讀之可以敦《伐木》之意。

詠懷古跡 五首

句字皆雅實，意度極高遠。

其一 三峽五谿 結上生下格。

支離東北風塵際，飄泊西南天地間。吴氏曰：「支離其神於東北風塵之際，飄泊其身於西南天地之間，則其所懷爲何如也。故其身在於西南，而神則遊於東北。此二句詠懷，以起第三聯也。」三峽樓臺淹日月，五谿衣服共雲山。「三峽」指東北而言，「五谿」指西南而言。「淹日月」、「共雲山」，非懷而何？此言又指古跡。蠻方事主終無賴，詞客哀時且未還。王氏曰：「『五谿』，即蠻方也；『詞客』，指庾信也。此聯言蠻方事主，以結上四句之意。『詞客哀時』以生結句之意，所謂古跡也。」庾信平生最蕭瑟，暮年詩賦動江關。

其二　宋玉宅　拗句格。

搖落深知宋玉悲，風流儒雅亦吾師。吴氏曰：「宋玉賦云：『凡草木搖落而變衰。』故甫誦此而知宋玉之悲，此專詠宋玉所懷之實。」悵望千載一灑淚，蕭條異代不同時。王氏曰：「悵望宋玉，已經千載，不復得見，而空灑淚矣。『蕭條異代』，不得與之同時也。」吴氏曰：「『悵望』者，以其風流儒雅也；『蕭條』者，以其搖落之悲也。此二句承上聯而言。」江山故宅空文藻，雲雨荒臺豈夢思。鄒氏曰：「宋玉有宅在荆州，『故宅空文藻』，以其儒雅也。宋玉有《神女賦》，曰『雲雨荒臺』，以其風流也；曰『空』、曰『豈』，不復見其風流儒雅者也。」最是楚宫俱泯没，舟人指點至今疑。王氏曰：「『楚宫』即故宅荒臺之地。此句承上二句，而終首聯之意也。」

其三　昭君墓　牙鎖格。

群山萬壑赴荆門，生長明妃尚有村。王氏曰：「荆門舊有明妃村。」吴氏曰：「此專言明妃事也。」一去紫臺連朔漠，獨留青冢向黄昏。上句起第三聯上句，下句起三聯下句。「紫臺」，漢宫名。言明妃入漢宫，而後嫁於遠，而卒死於遠也。畫圖省識春風面，環佩空歸夜月魂。上句承二聯上句，而言明妃去矣，惟見畫圖；下句承二聯下句，而言明妃死矣，惟於月下想其魂之歸也。惟其去紫臺，所以有畫圖可省；惟其有冢，所以歸夜月之魂。交互曲折，各盡其妙耳。千載琵琶如解語，分明哀怨曲中論。此結起句，以終其意。

其四　蜀主廟　節節生意格。

蜀主窺吳幸三峽，崩年亦在永安宮。王氏曰：「此詠劉備也。永安宮在三峽之地。」翠華想像空山裏，玉殿虛無野寺中。上句言英靈猶在，下句言寺猶在也。王氏曰：「山有卧龍寺，先主之祠廟在焉。」野廟松杉巢水鶴，歲時伏臘走村翁。上句承上聯下句言之，「野廟」即先主之祠也。武侯祠屋長鄰近，一體君臣祭祀同。

其五　孔明廟　抑揚格。

諸葛大名垂宇宙，功臣遺像肅清高。鄒氏曰：「此專指諸葛也。」三分割據紆籌策，萬古雲霄一羽毛。諸葛之才，本可以兼天下，今三分割據，不得展其才。雖紆籌策，而名之垂宇宙自若也。「萬古雲霄」，即宇宙也。羽毛之在雲霄，即「肅清高」也。上句少抑，下句即揚，以應起句。伯仲之間見伊吕，指揮若定失蕭曹。言諸葛在伊、吕之間。指揮若定，雖蕭、曹之智謀，亦失之矣。運移漢祚終難復，志決身殲軍務勞。吴氏曰：「此五首以『詠懷古蹟』爲題，大概皆敘古蹟而詠懷，亦是傷感之意。」

愁

句法皆峻峭，山谷機局多如此。

江草日日喚愁生，草之生喻愁之多。「喚」字妙。巫峽泠泠非世情。巫峽阻險，水之泠泠，豈世之情哉？盤渦鷺浴底心性，潔身於險阻，何自苦？獨樹花發自分明。章美於榮枯，欲何傷？十年軍馬暗南國，「暗」字好。異域賓客老孤城。渭水秦川得見否，人今罷病虎縱橫。

已上十五首。按《詩宗》云：「且如看杜詩，自有正法眼藏，毋爲旁門邪論所惑。」今於集中取其鋪敘正、波瀾闊、用意深、琢句雅、使事當、下字切五、七言律十五首，學者不可草草看過。如此去看古人詩，胸中所閲義理既多，則知近世詩格卑氣弱，莫能逃矣。

秋興 七首

王氏曰：「《秋興》一題，分作前三章，後五章。以夔州、長安自是二事，此其綱目也。八章之分，則有各命一題以起興，觀諸興聯可見矣。」

其一 接項格。

玉露彫傷楓樹林，巫山巫峽氣蕭森。吴氏曰：「此第一句以起第三聯興，第二句以起第二聯興也。『玉露』，言秋露白也；『楓樹彫傷』，言秋之深也；『巫山』，以山言；『巫峽』，以水言；『蕭森』，以山水之氣言。皆秋深之景物也。」江間波浪兼天湧，塞上風雲接地陰。「江間」即巫峽；「兼天湧」、「接地陰」，山水之氣蕭森也。此景物接第二句也。叢菊兩開他日淚，孤舟一繫故園心。甫居夔州二年，見菊之開者二次，皆爲他日傷感之淚也。凡遇秋景慘淡，人情孰不思歸？然甫在夔州巫峽時，雖值秋深，而世之阻隔於兵戈，故心常念故園，而反爲孤舟所繫也。非孤舟能繫，奈阻隔於兵戈，無由到故園矣。寒衣處處催刀尺，白帝城高急暮砧。「催刀尺」、「急暮砧」，皆秋深之景，以結第三聯并起句之意。白帝城在巫峽之上，以結第二句之意也。鄭氏曰：「因言寒衣而有刀尺、暮砧之事。」

其二

夔府孤城落日斜，每依北斗望京華。第二句交股起後二聯。長安有北斗城，又指北斗言依者不遠也，又言依北斗爲標準而望京華也。聽猨實下三聲淚，奉使虛隨八月槎。上句應第一句，「聽猨」，夔府事也；下句應第二句，奉使京華事也。思長安之深，故聽猨而至下淚。思君之深，故乘槎而今虛隨。聽猨三聲必下淚，奉使八月而乘槎，此對其意之虛實，非對其字者也。畫省香鑪違伏枕，山樓粉堞隱悲笳。上句言夔府、長安之相違也，下句指夔府、孤城之女牆也。悲笳之聲，隱於女牆，此城中落日之時也。請看石上藤蘿月，已映洲前蘆荻花。結第一句之意也。首言「落日斜」，此言「月映洲前」，日月相催，起結相應。此時之興何如哉！

其三　纖腰格，又名開闔格。

千家山郭靜朝暉，日日江樓坐翠微。鄒氏曰：「此詩前四句一意，後四句一意。亦有相續起句之意，隱而不覺耳。翠微非可坐，蓋坐江樓而對翠微也。」信宿漁人還泛泛，清秋燕子故飛飛。此皆應起聯二句之意，而亦託興於無聊。再宿爲「信」，以舊爲「故」，只此二字，可見其每日坐江樓也。漁人泛泛，燕子飛飛，皆江樓所見，託物以喻己也。匡衡抗疏功名簿，劉向傳經心事違。甫意自謂非不欲如匡衡抗疏，奈我之功名薄何！非不欲如劉向傳經，奈我之心事違何！此二句雖以興轉，然亦因前四句而發矣。同學少年多不賤，五陵衣馬自輕肥。甫之同學雖貴，又不如甫之卒致高位，比之劉向輩而反每日坐江樓。然彼之富貴自若，而此之窮困自如，又何以係累予哉？此二句實結第二聯之意，要知前四句既言無聊，後四句復言無聊也。

吴氏曰：「興者，先言他物，以引起所詠之詞，而申其意。公在夔府，因秋之景物、時事以起興，而歌八章。此三章皆言夔府，以寓其傷己云爾。」

其四 雙蹏格。

聞道長安似弈棊，百年世事不勝悲。王氏曰：「此統詠長安，起句乃一篇之大意，後六句無非發明『悲』字之意。二句雖各異事，而意實相承。」鄒氏曰：「第一句起第二聯意，第二句起第三聯意也。」王侯第宅皆新主，文武衣冠異昔時。王氏曰：「此應前二句『悲』字之意。」鄒氏曰：「此二句應第一句之意也。又『王侯第宅』、『文武衣冠』，公言長安之事，而曰『皆新主』、『異昔時』，則見第宅、衣冠之『似弈棊』矣。」直北關山金鼓振，征西車馬羽書馳。鄒氏曰：「此二句應起聯二句之意。『直北金鼓』、『征西羽書』應『百年世事不勝悲』者也。」魚龍寂寞秋江冷，故國平居有所思。此結前六句之意。以「魚龍寂寞」譬君臣亂離，「平居有所思」者，亦思此而已。上句雖譬詞，而實所謂歸題；下句雖思此，而實聞道之言。其首尾相貫如此。

其　五　續腰格。

蓬萊宮闕對南山，承露金莖霄漢間。王氏曰：「此詩正作，起句三字比而興也。承露盤，蓬萊宮有之。天子在長安而有此事。西望瑶池降王母，東來紫氣滿函關。王氏曰：「直敘蓬萊之事，比之天子、皇后也。昔者關令尹見紫氣滿函關，曰：『必有聖人過。』後見老子騎青牛度關。周穆王宴瑶池在西，故耳。上句言君見臣，下句言臣見天子，皆蓬萊宮之事。」雲移雉尾開宫扇，日繞龍鱗識聖顔。王氏曰：「上言君見臣，下言臣見天子。」一卧滄江驚歲晚，幾回青瑣點朝班。對結。此二句始言長安，前六句特言蓬萊之事，以喻長安之事。鄒氏曰：「雖在蓬萊，今則滄江矣。」

其　六　首尾互换格。

瞿唐峽口曲江頭，萬里風煙接素秋。吴氏曰：「瞿唐在峽口，曲江在長安。此之去彼，萬里之遥。」此言夔府之接長安，因第一句帶第二句之意，正所謂變中之不變也。花萼夾城通御氣，芙蓉小苑入邊愁。此言曲江之地勢、宫苑如此。「花萼」、「芙蓉」，曲江之苑名也。「通御氣」、「入邊愁」，言素秋之景致也。珠簾繡柱圍黄鶴，錦纜牙檣起白鷗。此言曲江之景繁華如此，昔時有之，而今則無矣，應在下句。回首可憐歌舞地，秦中自古帝王州。「回首」總上六句，「歌舞地」指中四句，見其興替如此，秋興之不淺也。鄒氏曰：「上句應起聯，下句應二聯。蓋『歌舞地』指曲江也。惟有風煙而無繁華，故云『可憐』也。」

其　七　載壬集《木天禁語》中。

其　八　單蹏格。

昆吾御宿自逶迤，紫閣峰陰入渼陂。吴氏曰：「此言一苑，而後及於紫閣峰與渼陂之事〔一〕。」紅稻啄殘鸚鵡粒，碧梧棲老鳳凰枝。此錯綜句法，上句昆吾之物，下句長安之物也。佳人拾翠春相問，僊侶同舟晚更移。上句言玄宗御宿昆吾之時，而佳人采拾翠草，相問多少也。下句言玄宗與貴妃、諸臣放舟於渼陂，而晚又移也。觀此二句，其爲淫樂可知矣。綵筆昔曾干氣象，白頭吟望苦低垂。「昆吾」、「御宿」、「紫閣」、「渼陂」，昔遊之地。「白頭吟望」，甫之思遊也。

吴氏曰：「四章總言長安，五章言蓬萊，六章言曲江，七章言昆明，八章言昆吾御宿等景。雖體制不同，而末聯悉歸己意。蓋不如此則無以見其自夔州而思長安，因秋之日，託物起興也。讀之使人自健羡。」

【校勘記】

〔一〕「事」，原作「華」，據《四庫》本改。

吹　笛　應句格，正中之變。

吹笛秋山風月清，誰家巧作斷腸聲？王氏曰：「此二句一篇之主。明出『風月』二字以貫二聯，『誰家』二字以貫三聯，正此局也。」風飄律吕相和切，月傍關山幾處明。此應起聯第一句也。胡騎中宵堪北走，武陵一曲想南征。此應起聯第二句也。故園楊柳今摇落，何得愁中卻盡生。此總結上六句。曲名《折楊柳》。

送韓十四歸江東省親 開闔格，變中之變。

兵戈不見老萊衣，歎息人間萬事非。王氏曰：「兵戈阻隔，父子相離，人間萬事非矣，尚安得舞斑衣以娱親也？」吴氏曰：「此因韓之省親而有感也。」我已無家尋弟妹，君今何處訪庭闈。此承上二句而言兵戈之阻隔也。吴氏曰：「言『何處』二字以問之，第三聯正答此問也。」黄牛峽静灘聲轉，白馬江寒樹影稀。此訪庭闈處也。吴氏曰：「此應上問云耳。」此別相期各努力，故鄉猶恐未同歸。

燕子來舟中 開闔格，變中之不變。

湖南爲客動經春，燕子銜泥兩度新。王氏曰：「此詩以燕子之飄泊比己之飄泊。上句以人言，下句以物言。」舊入故園還識主，如今社日遠看人。可憐處處巢居室，無異飄飄老此身。比興兼有。「老」，一作「託」。暫語船檣還起去，穿花渡水益霑巾。此始見舟中所作。甫因爲客於外，因見燕子而思昔在故園，燕子亦在故園。人物之情，初非相逐。此合而結之。

十二月一日作

即看燕子入山扉，豈有黄鸝歷翠微。此作第三聯意。短短桃花臨水岸，輕輕柳絮點人衣。此作第七句意，亦黏起聯。所以「入山扉」者，以其有桃花；所以「歷翠微」者，以其有柳絮。然臘月豈有是哉？前有「即看」，後有「春來」、「他日」等語，則非指今日矣。春來準擬開懷久，老去親知見面稀。此上句應前四句。他日一杯難强進，重嗟筋力故山違。王氏曰：「上句結『準擬開懷』之意，而實二聯『他日』與『春來』也。下句結『老去見面稀』之意。此四句總結前四句。」

登　高　句應句格。

風急天高猨嘯哀，渚清沙白鳥飛迴。此上句起二聯上句，言山中所見景物。下句起二聯下句，言江中所見景物。無邊落木蕭蕭下，不盡長江滚滚來。應起聯登高而言此者，蓋俯視之也。前四句以景物言。萬里悲秋長作客，百年多病獨登臺。上句起後聯上句，下句起後聯下句。艱難苦恨繁霜鬢，潦倒新停濁酒杯。結此二句，應上二句。後四句以人事言。

奉使蜀州桓別駕將中丞命赴江陵起居衛尚書太夫人因示從弟行軍司馬位　敘事格，正中之變。

中丞問俗畫熊頻，愛弟傳書彩鷁新。上句言中丞，下句言別駕將丞命也。《漢官制》曰：「丞相車以畫熊爲飾。」遷轉五州防禦使，起居八座太夫人。上句言中丞赴江陵也，下句起居衛尚書太夫人也。此四句將物言人事也。楚宮臘送荆門水，白帝雲偷碧海春。上句言江陵之景，楚宮在江陵。下句言此處景。與報惠連詩不惜，知吾斑髮總如銀。寄從弟位，以惠連比弟也。

諸將　五首

其一　結上生下格。

韓公本意築三城，擬絶諸邊拔漢旌。吴氏曰：「韓公築三城以絶諸羌，以拔漢旌。其本意如此也。『本』字起下『豈』字。」豈謂盡煩回紇馬，翻然遠救朔方兵。吴氏曰：「豈謂羌人卻爲本國救患難也，此皆諸將之過也。」胡來不覺潼關隘，龍起猶聞晉水清。王氏曰：「上句總結上四句，而生下三句。」吴氏曰：「此二句言是胡人入關，不覺潼關之隘矣。而吾君崛起，晉水之清也。」獨使至尊憂社稷，諸君何以答昇平。王氏曰：「承上意言之，所以深責之也。」吴氏曰：「此前四句一意，皆諸將之不能輔君也。」鄒氏曰：「一句生一句意。」

其　二　歸題格。

漢朝陵墓對南山，胡虜千秋尚入關。王氏曰：「言漢家有此陵墓，而胡虜入關皆掘地也。」昨日玉魚蒙葬地，早時金盌出人間。此言因胡虜入關，而漢朝陵墓遭發掘之患如此。「玉魚」、「金盌」皆當時殉葬之物。見愁汗馬西戎逼，曾閃朱旗北斗閒。此言胡人入關之害。城上旗幟本以防寇，今胡騎入關，則北城之朱旗亦閒而不用。多少材官守涇渭，將軍且莫破愁顏。言胡騎發處，擾民之甚。故必須材官守涇渭，將軍未可樂也。公憂國憂民如此。

其　三　續意格。

洛陽宮殿化爲烽，休道秦關百二重。此言責諸將，戒其不可恃險也。上歇下續。滄海未全歸禹貢，薊門何處覓堯封。曰禹、曰堯，比當朝也。此二句應起句略開意，言非特關中，而遐陬之處亦皆賊地矣。朝廷衮職誰能補，天下軍儲不自供。上句責諸將之無補。稍喜臨邊王相國，肯銷金甲事春農。此歸美一相國，有興天下之志。

其　四　前多後少格。

回首扶桑銅柱標，冥冥氛祲未全銷。吴氏曰：「此言嶺海皆爲人所陷，而兵氛未息。」越裳翡翠無消息，南海明珠久寂寥。此言職貢之不通，以深責諸將不能埽除祲氛。殊錫曾爲大司馬，總戎皆插侍中貂。此言朝廷待諸將非不厚，而諸將何以報效乎？炎風朔雪天王地，只在忠臣翊聖朝。如云日月所照，霜露所墜，舉南北而言也。言天王之地，只在忠臣輔相之耳。上句結前四句，下句結第三聯也。

其　五　前開後閤格。

錦江春色逐人來，巫峽清秋萬壑哀。上句言甫到夔州見春之來也，下句言又見秋之來也。正憶往時嚴僕射，共迎中使望鄉臺。此上四句言昔時之事，開也。主恩前後三持節，軍令分明數舉杯。上句言嚴武前後三爲節度使，今昔對言，合也。下句言武之如此，説今日之事，開也。西蜀地形天下險，安危須仗出群材。「西蜀」，總言錦江、巫峽。「出群才」，指嚴武。此詩專謂嚴武。諸將皆用，而止有嚴武出諸將之右。故知前開説，後合説也。

峽中覽物　興兼比格。

曾爲掾吏趨三輔，憶在潼關詩興多。此言在華州時，而此詩在夔州作。故有「曾爲」、「憶在」四字。巫峽忽如瞻華岳，蜀江猶似見黄河。此言在夔州猶在華岳也。舟中得病移衾枕，洞口經春長薜蘿。此言見夔州景如在華州時也。形勝有餘風土惡，幾時回首一高歌。「形勝有餘」結第二聯，比也。「風土惡」結第三聯，比也。下句結起聯，興也。

客至 興兼賦格。

舍南舍北皆春水，但見群鷗日日來。先言無客至，而有如此物，興也。花徑不曾緣客埽，蓬門今始爲君開。上句興，下句賦也。二句方見題意。盤餐市遠無兼味，尊酒家貧只舊醅。肯與鄰翁相對飲，隔籬呼取盡餘杯。四句一意，終一篇也。

和裴迪登蜀州東亭送客逢早梅相憶見寄 正而變格，特結異耳。

東閣官梅動詩興，還如何遜在揚州。王氏曰：「上句起三聯之意，下句起二聯之意。」此時對雪遥相憶，送客逢春可自由。此應上第二句。幸不折來傷歲暮，若爲看去亂鄉愁。此應起句。「傷歲暮」、「亂鄉愁」，因梅之動興也。江邊一樹垂垂發，朝夕催人自白頭。逢梅得詩，彼此相憶，交情可見。

返照 比興格。

楚王宫北正黄昏，白帝城西過雨痕。鄒氏曰：「此不特詠物，而前四句託物引興。」返照入江翻石壁，歸雲擁樹失山村。此聯分應上二句，以見題也。衰年肺病惟高枕，絶塞愁時早閉門。病時見返照，則高枕而已；愁時見返照，則閉門而已。不可久留豺虎亂，南方實有未招魂。上句結傷時之意，下句結自病之意。後四句雖自爲一意，又句句照前後。則末句生開題意，尤爲妙也。

送韋二少府

逍遥公後世多賢，送爾維舟惜别筵。念我能書數字至，將詩不及萬人傳。後二句見少府之賢。四句一意。時危兵甲黄塵裹，日短江湖白髮前。此言别時之意。「髮」一作「鳥」。古往今來皆涕淚，斷腸分手各風煙。總結上，見别之意也。

秋夜 連珠格。

露下天高秋氣清，空山獨夜旅魂驚。吴氏曰：「此詩前後四句各意，然細看之，則空山秋氣獨宿，實行乎其中。」疏鐙自照孤帷宿，新月猶懸雙杵鳴。上句見獨宿，下句見秋氣。南菊再逢人卧病，北書不至雁無情。上句甫自歎之意，猶見獨宿；下句結憶舊之意，猶見秋天。步檐倚杖看牛斗，銀漢遥應接鳳城。上句接自歎，下句結憶舊。

狂夫 歸題格，前後相似而變。

萬里橋西一草堂，百花潭水即滄浪。鄒氏曰：「此詩前四句一意，後四句一意。」風含翠篠娟娟淨，雨裛紅蕖冉冉香。上言橋西草堂之景，下言百花潭水之景。厚禄故人書斷絶，恒飢稚子色淒涼。上句憶舊，下句思家。欲填溝壑惟疏放，自笑狂夫老更狂。上句終憶舊之意，下句結思家之意。

吳氏曰：「此詩以『狂夫』爲題，前四句言疏狂之意，後四句言思家憶舊之意，狂中之窮愁也。身且『欲填溝壑』，而反疏狂，蓋其自歎也。」

恨别 一意格。

洛城一别四千里，胡騎長驅五六年。王氏曰：「上句起三聯别之之實，下句起二聯别之之由。」草木變衰行劍外，兵戈阻絶老江邊。王氏曰：「所以如此阻絶者，皆胡騎長驅之故也，因此相别耳。」思家步月清宵立，憶弟看雲白日眠。倒意句。此一别四千里之實，而其恨之深也。聞道河陽近乘勝，司徒急爲破幽燕。「幽燕」，州名；「河陽」，地名；「司徒」，官名。言别恨而去也〔一〕，蓋幽燕胡騎之所也。爲破胡騎，未得歸故鄉，則見别意也。

【校勘記】

〔一〕「去」，原作空闕，據《四庫》本補。

暮登西安寺鐘樓寄裴十迪 兩重格。

暮倚高樓對雪峰，僧來不語自鳴鐘。王氏曰：「前四句言暮登樓也，後四句言寄裴迪也。」孤城返照紅將斂，近市浮煙翠且重。言登樓也。多病獨愁常闃寂，故人相見未從容。「故人」指裴迪也。知君苦思緣詩瘦，太向交游萬事慵。結上二句意也。

野望 變字格。

金華山北涪水西，仲冬風日始凄凄。吴氏曰：「明出『山』、『水』二字，以起二聯之句，言仲冬以貫三聯之景。」山連越嶲蟠三蜀，水散巴渝下五谿。此應起句。白鶴不知何事舞，飢烏似欲向人啼。此應第二句。射洪春酒寒仍緑，極目傷神誰爲攜。「極目」結「山水」，「傷神」結「凄凄」，「誰爲攜」結「春酒」也。

閣夜 前實後虚格。

歲暮陰陽催短景，天涯霜雪霽寒宵。此言實景，以起第二聯也。五更鼓角聲悲壯，三峽星河影動摇。

「雪霽」則「鼓角聲悲壯」，「三峽星河」應「寒宵」。此四句言景。野哭千家聞戰伐，胡歌幾處起漁樵。此以歲暮人事言之。卧龍躍馬終黄土，人事音書久寂寥。因歲暮而感卧龍躍馬，富貴皆空，歎己之不遇，證末聯謂「人事音書久寂寥」者也。

宣政院退朝晚出左掖　藏頭格。

天門日射黄金榜，春殿晴熏赤羽旗。此言宣政院之儀衛也。宫草微微承委佩，鑪煙細細駐遊絲。此言宣政院之景物也。雲近蓬萊常五色，雪晴鳷鵲亦多時。侍臣緩步歸青瑣，退食從容出每遲。前六句言侍朝之事，此二句方言退朝晚出也。

題張氏隱居　先體後用格。

春山無伴獨相求，伐木丁丁山更幽。此前四句一意，言隱居之景物也；後四句一意，言隱居之興味也。言相求，故取《伐木》義。澗道餘寒歷冰雪，石門斜日到林丘。言春山之景物，而「獨相求」、「山更幽」之意亦可見。此四句言體也。不貪夜識金銀氣，遠害朝看麋鹿遊。此隱居之由也。乘興杳然迷出處，對君疑是泛虚舟。「虚舟」，言外意也。此四句言用事者也。

對酒

城上春雲覆苑牆，江亭晚色静年芳。此二句一篇之綱領。林花著雨臙脂溼，水荇牽風翠帶長。「林花」乃苑牆所見，「水荇」乃江亭所見。應起聯也。龍武新軍深駐輦，芙蓉别殿謾焚香。上貼「苑牆」一句，下貼「江亭」一句。何時詔此金錢會，蹔醉佳人錦瑟旁。

小至

天時人事日相催，冬至陽生春又來。此總結後句。刺繡五紋添弱綫，吹葭六琯動飛灰。上句人事，下句天時。岸容待臘將舒柳，山意衝寒欲放梅。此應第二句。雲物不殊鄉國異，教兒且覆掌中杯。此結「小至」，故以「雲物」結天時，以「鄉國」結人事也。

贈田九判官

崆峒使節上青霄，河隴降王款聖朝。上句言田九入京，一句指定。宛馬總肥春苜蓿，將軍只數漢嫖姚。

陳留阮瑀誰争長，京兆田郎早見招。麾下賴君才竝入，獨能無意向漁樵。此上句總就田生結之，下句甫欲田生薦己也。

宿府

清秋幕府井梧寒，獨宿江城蠟炬殘。起二聯也。永夜角聲悲自語，中天月色好誰看。風塵荏苒音書絶，關塞蕭條行路難。宿府感也。已忍伶俜十年事，强移棲息一枝安。總結宿府。

冬至 雙字起結格。

年年至日長爲客，忽忽窮愁泥殺人。此以雙字起句，而結則數目字也。律詩多如此格。江上形容吾獨老，天涯風俗自相親。至日爲客之窮愁，末言「心折無一寸」者，蓋爲此也。杖藜雪後臨丹壑，鳴玉朝來散紫宸。此甫自歎爲客，尚思向時是至日朝覲也。心折此時無一寸，路迷何處見三秦？或起雙字，中間以數目字承之。

歷代詩話卷四十一　己集八

苕谿　吴景旭旦生氏纂

杜詩 卷下之中

録品

范元實曰：山谷言：「文章必謹布置。每見後學，多告以《原道》命意曲折。」予概考古人法度，如《贈韋見素》詩：「紈袴不餓死，儒冠多誤身。」此一篇立意也，故使人静聽而具陳之耳。自「甫昔少年日」至「再使風俗淳」，皆儒冠事業也；自「此意竟蕭條」至「蹭蹬無縱鱗」，言誤身如此也。則意舉而文備，故已有是詩矣。然必言其所以見韋者，於是有「厚媿真知」之句。所以「真知」者，謂傳誦其詩也。然宰相職在薦賢，不當徒愛人而已，士固不能無望，故曰「竊效貢公喜，難甘原憲貧」；果不能薦賢，則去之可也，故曰「焉能心怏怏，祇是走踆踆」，又將入海而去秦也；然其去也，必有遲遲不忍之意，故曰「尚憐終南山，回首清渭濱」；則所知不可以不别，故曰「常擬報一飯，況懷辭大臣」；夫如是可以相忘於江湖之外，雖見素亦不得而見矣，故曰「白鷗没浩蕩，萬里誰能馴」終焉。此詩前賢録爲壓卷，蓋布置最得正體。如宫府甲第、廳堂房室，各有定處，不可亂也。韓文公《原道》與《書》之《堯典》蓋如此，其他皆謂之變體可也。蓋變體如行雲流水，初無定質，出於精微，奪乎天造，不可以形器求矣。然要之以正體爲本，自然法度行乎其中。譬如用兵，奇正相生。初若不知正，而徑出於奇，則紛然無復出於綱紀，終於敗亂而已矣。《原道》以仁義立意，而道德從之。故老子捨仁義，則非所謂道德。繼敘異端之汩正，繼敘古之聖人不得不用仁義也如此，繼敘佛老之捨仁義則不足以治天下也如彼。反覆皆數疊，而復結之以先王之教，終之以滅其人、火其書。必以是禁止，而後可以行仁義，於是乎成篇。若《堯典》，自「若稽古帝堯」至「格於上下」，則堯之大略也；自「克明峻德」至「於變時雍」，言堯脩身以及天下也；於是「乃命羲和」，言天事；「若予采」、「若時登庸」，言人事；「洪水方割」，言地事。三才之道既備，繼之以遜位終焉〔一〕。然則自古有文章，便有布置。講學之士，不可不知也。詩有一篇命意，有句中命意。如《上韋見素》詩布置如此，是一篇命意也。至其道遲遲不忍去之意，則曰：「尚憐終南山，回首清渭濱。」其道欲與見素別，則曰：「常擬報一飯，況懷辭大臣。」此句中命意也。蓋如此，然後頓挫高雅。

【校勘記】

〔一〕「繼」，原作空闕，據《苕溪漁隱叢話》引范温《潛溪詩眼》補。

古人律詩亦是一片文章，語或似無倫次，而意若貫珠。《十二月一日》詩：「今朝臘月春意動，雲安縣前江可憐。」此詩立意，念歲月之遷易，感異鄉之飄泊。其曰：「一聲何處送書雁，百丈誰家上水船。」則羈愁旅思皆在目前；「未將梅蕊驚愁眼，要取楸花媚遠天」，梅望春而花，楸將夏而乃繁，言滯留之勢當自冬過春，始終見梅、楸，則百花之開落皆在其中矣；以此益念故國、思朝廷，故曰：「明光起草人所羨，肺病幾時朝日邊。」《聞官軍收河北》詩：「劍外忽傳收薊北，初聞涕淚滿衣裳。」夫人感極則悲，悲定而後喜。忽聞大盜之平，喜唐室復見太平，顧視妻子，知免流離，故曰：「卻看妻子愁何在。」其喜之至也，不知手之舞之、足之蹈之，故曰：「漫展詩書喜欲狂。」從此有樂生之心，故曰：「白日放歌須縱酒。」於是率中原流寓之人同歸，以青春和暖之時即路，故曰：「青春作伴好還鄉。」言其道途，則曰：「欲從巴峽穿巫峽。」言其所歸，則曰：「便下襄陽到洛陽。」此蓋曲盡一時之意，愜當衆人之情，通暢而有條理，如辯士之語言也。《游子》詩：「巴蜀愁誰語，吳門興杳然。」巴蜀既無可與語，故欲遠之吳會。「九江春色外」，則想像將來吳門之景物；「三峽暮帆前」，則去路先涉三峽之風波。「厭就成都卜，休爲吏部眠」，君平之卜，所以養生；畢卓之酒，所以忘憂。今皆不能如意，則犯三峽之險，適九江之遠，豈得已也哉？夫奔走萬里，無所稅駕；傷人世險隘，不能容己，故曰「蓬萊如可到，衰白問群仙」終焉。《題桃》詩：「小徑升堂舊不斜，五株桃樹亦從遮。」此詩意在第一句，舊堂小徑，從來不斜，又五桃遮掩之，意若圖畫矣。中間四句皆舊日事，方天下太平，家給人足，有桃實則餽貧人，故曰：「高秋總餽貧人實。」和氣應期而至，人意閒而樂之，故曰：「來歲還舒滿樹花。」家家有忠厚之風，處處有魯恭之化，故曰：「窗户每宜通乳燕，兒童莫信打慈鴉。」及題此詩時，所向皆寡妻群盜，何暇如此，故曰「寡妻群盜非今日，天下車書正一家」時也。今人不求意趣關紐，但以相似語言爲貫穿，豈不失之淺近也哉！

老杜詩，凡一篇皆工拙相半，古人文章類如此。皆拙，固無取；使其皆工，則峭急無古氣，如李賀之流是也。然後世學者當先學其工，精神氣骨，皆在於此。如《望嶽》詩：「齊魯青未了。」《洞庭》詩：「吴楚東南坼，乾坤日夜浮。」語既高妙有力，而言東嶽與洞庭之大，無過於此。後來文士極力道之，終有限量，益知其不可及。《望嶽》第二句如此，故先云：「岱宗夫何如？」《洞庭》詩先如此，故後云：「親朋無一字，老病有孤舟。」使《洞庭》詩無前兩句，而皆如後兩句，語雖健，終不工。《望嶽》詩無第二句，而云「岱宗夫何如」，雖曰亂道可也。今人學詩，多得老杜平慢處，乃鄰女效顰者。

世俗喜綺麗，知文者能輕之；後生好風花，老大即厭之。然文章論當理與不當耳，苟當於理，則綺麗、風花同入於妙；苟不當理，則一切皆爲常語。上自齊梁諸公，下至劉夢得、温飛卿輩，往往以綺麗、風花累其正氣，其過在理不勝而詞有餘也。老杜「緑垂風折筍，紅綻雨肥梅」，「岸花飛送客，檣燕語留人」，亦極綺麗，其模寫景物，意自親切，所以妙絶古今。言春容閒適，則有「穿花蛺蝶深深見，點水蜻蜓款款飛」，「落花游絲白日静，鳴鳩乳燕青春深」；言秋景悲壯，則有「藍水遠從千澗落，玉山高並兩峰寒」，「無邊落木蕭蕭下，不盡長江滚滚來」；其富貴之詞，則有「香飄合殿春風轉，花覆千官淑景移」，「麒麟不動鑪煙轉，孔雀徐開扇影還」；其弔古，則有「映階碧草自春色，隔葉黄鸝空好音」，「竹送青谿月，苔移玉座春」。皆出於風花，然窮理盡性，移奪造化。又云：「絶壁過雲開錦繡，疏松夾水奏笙簧。」自古詩人，壯即不巧，巧即不壯，巧而能壯，有如是乎？

有一士人攜詩相示，首篇第一句云「十月寒」者。予曰：「君亦讀老杜詩，觀其用『月』字乎？其曰

『二月已風濤』，則記風濤之早也；曰『因驚四月雨聲寒』、『五月江深草閣寒』，蓋不當寒而寒也；『五月風寒冷佛骨』、『六月風日冷』，蓋不當冷而冷也；『今朝臘月春意動』，蓋未當有春意也。雖不盡如此，如『三月桃花浪』、『八月秋高風怒號』、『閏八月初吉』、『十月江平穩』之類，皆不係月則不足以實一時之事。若十月之寒，既無所發明，又不足紀録，當以爲戒也。」已上同。

葉石林曰：詩語固忌用巧太過，然緣情體物，自有天然工妙，雖巧而不見刻削之痕。老杜「細雨魚兒出，微風燕子斜」，此十字殆無一字虛設。雨細著水面爲漚，魚常上浮而淰。若大雨，則伏而不出矣。燕體輕弱，風猛則不能勝，惟微風乃受以爲勢，故又有「輕燕受風斜」之語。至「穿花蛺蝶深深見，點水蜻蜓款款飛」，「深深」字若無「穿」字，「款款」字若無「點」字，皆無以見其精微如此。然讀之渾然，全似未嘗用力，此所以不礙其氣格超勝。使晚唐諸子爲之，便當入「魚躍練波拋玉尺，鶯穿絲柳織金梭」體矣。

禪宗論雲門有三種語：其一爲隨波逐浪句，謂隨物應機，不主故常；其二爲截斷衆流句，謂超出言外，非情識所到；其三爲函蓋乾坤句，謂泯然皆契，無間可伺。其深淺以是爲序。杜詩亦有此三種語，但先後不同：以「波漂菰米沈雲黑，露冷蓮房墜粉紅」爲函蓋乾坤句；以「落花游絲白日靜，鳴鳩乳燕青春深」爲隨波逐浪句；以「百年地僻柴門迥，五月江深草閣寒」爲截斷衆流句。若有解此，當與渠同參。郭彦深云：「『波漂』一聯雖蒼涼悲壯，出語纖細，何以函蓋乾坤？當易以『三年笛裏關山月，萬國兵前草木風』，學人細參始得。」

詩人以一字爲工，世固知之。惟老杜變化開闔，出奇無窮，殆不可以形迹捕詰。如「江山有巴蜀，棟宇自齊梁」，則其遠數千里，上下數百年，只在「有」與「自」兩字。而吞吐山川之氣，俯仰古今之懷，皆見於言外。《滕王亭子》：「粉牆猶竹色，虚閣自松聲。」若不用「猶」與「自」兩字，則餘八字凡亭子皆可用，不必滕王也。此工妙至到，人力不可及。而雍容閒肆，出於自然，略不見其用力處。今人多取其已用字模倣用之，偃蹇狹陋，盡成死法。不知意與境會，出言中節，凡字皆可用也。已上同。

蘇子由曰：《大雅·緜》九章，誦大王遷豳，建都邑，營宫室而已。至其八章乃曰：「肆不殄厥愠，亦不隕厥問。」尚可也。至其九章乃曰：「虞芮質厥成，文王蹶厥生。予曰有疏附，予曰有先後，予曰有奔走，予曰有禦侮。」事不接，文不屬，如連山斷嶺，雖相去絶遠，而氣象聯絡，觀者知其脈理之爲一也。蓋附離不以鑿枘，此最爲文之高致耳。老杜《哀江頭》詩：「少陵野老吞聲哭，春日潛行曲江曲。江頭宫殿鎖千門，細柳新蒲爲誰緑？憶昔霓旌下南苑，苑中萬物生顔色。昭陽殿裏第一人，同輦隨君侍君側。輦前才人帶弓箭，白馬嚼齧黄金勒。翻身向天仰射雲，一箭正墮雙飛翼。明眸皓齒今何在，血污游魂歸不得。清渭東流劍閣深，去住彼此無消息。人生有情淚霑臆，江水江花豈終極。黄昏胡騎塵滿城，欲往城南忘城北。」予愛其辭氣如百金戰馬，注坡驀澗，如履平地，得詩人之遺法。如白樂天詩辭甚工，然拙於紀事，寸步不遺，猶恐失之，所以望老杜之藩垣而不及也。李耆卿云：「『清渭』二句，明皇在蜀，肅宗在秦，一去一住，兩無消息。父子之際，人所難言。子美獨能言之，非但『細柳新蒲』之感而已。」

黄山谷曰：由子美以來四百餘年，斯文委地。文章之士，隨世所能，傑出時輩，未有升子美之堂者，况室家之好耶？嘗欲隨欣然會意處，箋以數語。終以汩没世俗，初不暇給。雖然，子美詩妙處，乃在無意於文。夫無意而意已至，非廣之以《國風》、《雅》、《頌》，深之以《離騷》、《九歌》，安能咀嚼其意味，闖然入其門耶？故使後生輩自求之，則得之深矣。使後之登大雅堂者，能以予説而求之，則思過半矣。彼喜穿鑿者，棄其大旨，取其發興，於所遇林泉、人物、草木、魚蟲，以爲物物皆有所託，如世間商度隱語者，則子美之詩委地矣。

《學林新編》曰：《田舍》詩：「櫸柳枝枝弱，枇杷樹樹香。」或説：「櫸柳」者，柳之一種，其名爲櫸柳，非雙聲字也。「枇杷」乃雙聲字。「櫸柳」不可以對「枇杷」。按：此詩題曰「田舍」，則當在田舍時偶見二物，蓋所謂景物如此，乃以爲對爾。《覓松苗子》詩：「落落出群非櫸柳，青青不朽豈楊梅。」以「櫸柳」對「楊梅」，乃正對也。然則以「櫸柳」對「枇杷」，非誤也。

《寄高詹事》詩：「天上多鴻雁，池中足鯉魚。」「鴻」、「雁」，二物也；「鯉」者，魚之一種，其名爲鯉，疑不可以對「鴻雁」。然《懷李太白》詩：「鴻雁幾時到，江湖秋水多。」則以「鴻雁」對「江湖」，爲正對矣。《得舍弟消息》詩：「浪傳烏鵲喜，深負鶺鴒詩。」「烏」、「鵲」，二物，疑不可以對「鶺鴒」。然《偶題》

詩：「音書恨烏鵲，怒號怪熊羆。」則以「烏鵲」對「熊羆」，爲正對矣。《寄李白》詩：「幾年遭鵩鳥，獨泣向麒麟。」「鵩鳥」乃鳥之名鵩者，疑不可以對「麒麟」。然《寄賈岳州嚴巴州兩閣老》詩：「貔虎開金甲，麒麟受玉鞭。」則以「貔虎」對「麒麟」，爲正對矣。《哭韋晉之》詩：「鵩鳥長沙賦，犀牛蜀郡憐。」以「鵩鳥」對「犀牛」，爲正對矣。子美豈不知對屬之偏正耶？蓋其縱横出入，無不合也。

魏泰曰：劉攽載子美詩：「蕭條六合内，人少虎狼多。少人慎勿投，虎多信所過。飢有易子食，獸猶畏虞羅。」言亂世人惡，甚於虎狼也。予觀《潭州》詩：「岸花飛送客，檣燕語留人。」與前篇同意。喪亂之際，人無樂善喜士之心，至於一將一迎，曾不若「岸花」、「檣燕」也。詩在優柔感諷，不在逞豪放而致詬怒也。

許彦周曰：詩有力量，如弓之鬬力。其未挽時，不知其難也；及其挽之，力不及處，分寸不可强。若《出塞曲》：「落日照大旗，馬鳴風蕭蕭。悲笳數聲動，壯士慘不驕。」又《八哀》詩：「汝陽讓帝子，眉宇真天人。虬髯似太宗，色映塞外春。」此等力量，不容他人到。

楊誠齋曰：《九日》詩：「老去悲秋强自寬，興來今日盡君歡。」不特八句便字字屬對。又，第一句頃刻變化，纔説悲愁，忽又自寬。以「自」對「君」，「自」者，我也。「羞將短髮還吹帽，笑倩旁人爲正冠」，將一事翻騰作一聯。又，孟嘉以落帽爲風流，少陵以不落爲風流，翻盡古人公案，最爲妙法。「藍水遠從千澗落，玉山高並兩峰寒」，詩人至此，筆力多衰，今方且雄傑挺拔，喚起一篇精神。自非筆力拔山，不至於此。「明年此會知誰健，醉把茱萸仔細看」，末聯意味尤爲深長。

羅大經曰：「萬里悲秋常作客，百年多病獨登臺」，蓋「萬里」，地之遠也；「秋」，時之慘悽也；「作客」，羈旅也；「常作客」，久旅也；「百年」，齒暮也；「多病」，衰疾也；「臺」，高迥處也；「獨登臺」，無親朋也。十四字之間含八意，而對偶又精確。

「日月籠中鳥，乾坤水上萍」，此自歎之詞。蓋拘束以度日月，若鳥在籠中；漂泛於乾坤間，若萍浮水上。本是形容淒涼之意，乃翻作壯麗之語。同上。

張表臣曰：陳無己語予曰：「今人愛杜詩，一句之內，竊取數字以髣像之，非善學者。學詩之要，在乎立格、命意、用字而已。」予曰：「如何等是？」曰：「《冬日謁玄元皇帝廟》詩敘述功德，反覆本意，事核而理長；《閬中歌》辭致峭麗，語脈新奇，句清而體好，茲非立格之妙乎？《江漢》詩言乾坤之大，腐儒無所寄其身；《縛雞行》言雞蟲得失，不如兩忘而寓於道，茲非命意之深乎？《贈蔡希魯》詩『身輕一鳥過』，力在一『過』字；《徐步》詩『花蕊上蜂鬚』，力在一『上』字，茲非用字之精乎？學者體其格、高其意、練其字，則自然有合矣，何必規規然髣像之乎？」

馬永卿曰：古人命題，各有深意。《獨酌》詩：「步屧深林晚，開樽獨酌遲。仰蜂黏落絮，行蟻上枯梨。」范公偁云：「見別本乃作『倒蟻上枯梨』，『倒』之意與『行』迥異。」《徐步》詩：「整履步青蕪，荒庭日欲晡。芹泥隨燕嘴，花蕊上蜂鬚。」王仲言有澄心堂紙，書作「蕊粉上蜂鬚」。按《埤雅》：「蜂蝶皆以鬚嗅，鬚蓋其鼻也。」今絡緯、蟷蠰之類，亦以其鬚當鼻爾。且「獨酌」，則無獻酬也；「徐步」，則非奔走也。故蜂、蟻微細，皆能見之。若對客與急趨，則何暇詳視哉？

王震澤曰：杜詩諸體悉備。言其大，則有若「吴楚東南坼，乾坤日夜浮」，「日月籠中鳥，乾坤水上萍」，「地平江動蜀，天遠樹浮秦」，「五更鼓角聲悲壯，三峽星河影動摇」之類；言其小，則有若「暗飛螢自照，水宿鳥相呼」，「仰蜂黏落絮，倒蟻上枯梨」，「脩竹不受暑，輕燕受風斜」之類。而尤可喜者，如「水流心不競，雲在意俱遲」，人與物偕有「吾與點也」之趣；「片雲天共遠，永夜月同孤」，又若與物偕化。謂此翁不知道，殆未可也。

胡元瑞曰：「山隨平野闊，江入大荒流」，太白壯語也；杜「星隨平野闊，月湧大江流」，骨力過之。「九衢寒霧斂，萬井曙鐘多」，右丞壯語也；杜「星臨萬户動，月傍九霄多」，精彩過之。「氣蒸雲夢澤，波撼岳陽城」，浩然壯語也；杜「吴楚東南坼，乾坤日夜浮」，氣象過之。「弓抱關西月，旗翻渭北風」，嘉州壯語也；杜「北風隨爽氣，南斗避文星」，風神過之。讀唐諸家，至杜輒令人自失。

屠赤水曰：詩有虛有實，有虛虛，有實實，有虛而實，有實而虛。並行錯出，何可端倪？乃右實而左虛，而謂李、杜優劣在虛實之辨，何與？且杜若《秋興》諸篇託意深遠，《畫馬行》諸作神情橫逸，直將播弄三才，鼓鑄群品，安在其萬景皆實？而李如《古風》數十首，感時託物，慷慨沈著，安在其萬景皆虛？夫品格既高，風韵自遠，淩空駕語，何害大雅？屈大夫傷時眷主，見諸篇什，誠然實景；至其《遠游》等篇，淩虛徑度，豈不高哉？《大人》淩雲，疇非佳境；《游仙》、《招隱》，亦是美談。今夫登閬風，坐天姥，傍日月，挾飛仙，即不能至，言以快心，思之神王。豈必據寸壤，處蓬茨，盤跚蹩躠，食飲而已，然後爲實景可貴哉？

老杜語多質樸。不知老杜之所以高妙特立，正不在此矣。如「落日照大旗，馬鳴風蕭蕭」，如「陰房鬼火青，壞道哀湍瀉」，如「青眼高歌望吾子，眼中之人吾老矣」，如「萬里悲秋常作客，百年多病獨登臺」，如「江間波浪兼天湧，塞上風雲接地陰」，如「三年笛裏關山月，萬國兵前草木風」，如「五更鼓角聲悲壯，三峽星河影動摇」，如「永夜角聲悲自語，中天月色好誰看」，如「金粟堆前松柏裏，龍媒去盡鳥呼風」，如「斯須九重真龍出，一洗萬古凡馬空」，不大悲壯乎？如「岱宗夫如何，齊魯青未了」，如「公主歌黄鵠，君王指白日」，如「中宵驅車去，飲馬寒塘流」，如「俯視但一氣，焉能辨皇州」，如「雲氣生虛壁，江聲走白沙」，如「吴楚東南坼，乾坤日夜浮」，如「星隨平野闊，月湧大江流」，如「詔從三殿去，碑到百蠻開」，如「山河扶繡户，日月近雕梁」，如「樓雪融城溼，宫雲去殿低」，如「浮雲連海岱，平野入青徐」，如「錦江春色來天地，玉壘浮雲變古今」，如「織女機絲虚夜月，石鯨鱗甲動秋風」，如「江光隱見黿鼉窟，石勢參差烏鵲橋」，不大瑰麗乎？如「落月滿屋梁，猶疑照顔色」，如「天寒翠袖薄，日暮倚脩竹」，如「勿爲新婚念，努力事戎行」，如「妾身未分明，何以拜姑嫜」，如「信美無與適，側身望川梁」，如「孰知是死別，且復傷其寒」，如「少壯幾時奈老何，向來哀樂何其多」，如「古人白骨生青苔，如何不飲令心哀」，如「青絲絡頭爲君老，何由卻出横門道」，如「君王舊跡今人賞，轉見千秋萬古情」，如「野館濃花發，春帆細雨來」，如「暗水流花徑，春星帶草堂」，如「露從今夜白，月是故鄉明」，如「親朋盡一哭，鞍馬去孤城」，如「江清歌扇底，野曠舞衣前」，如「龍武新軍深駐輦，芙蓉別殿謾焚香」，如「疏鐙自照孤帷宿，新月猶懸雙杵鳴」，如「畫圖省識春風面，環佩空歸夜月魂」，不大宛轉流利乎？老杜之美，其大者灼灼若是。乃一切置不論，而獨取其麤樸，以爲擅場。老杜有靈，不胡盧地下乎？同上。

黄維章曰：《早朝》詩合賈至、王維、岑參互看，方知老杜作法之高。開口同拈「早」意，賈則「銀燭朝天紫陌長」，王則「絳幘雞人報曉籌」，岑則「雞鳴紫陌曙光寒」，俱實説「早」字。杜曰：「五夜漏聲催曉箭。」從「夜」言「早」，先一步説；「催」字尤寫出臣子夜坐待旦心事。次句同拈「春色」，賈則「禁城春色曉蒼蒼」，岑則「鶯囀皇州春色闌」，俱板填「色」字。杜曰：「九重春色醉仙桃。」謂日將升而東方紅氣現也，描寫色中之況，深一層説。聯内同拈「大明宫」意，王則「九天閶闔開宫殿」，岑則「金闕曉鐘開萬户」，俱實説宮中。杜曰：「宮殿風微燕雀高。」以宮外之景物擴一步説。賈之「百囀流鶯繞建章」，亦屬宮外景物，然語直而味有盡，不如「微」、「高」二字之曲折。聯内同拈「朝」意，賈則「劍佩聲隨玉墀步」，王則「萬國衣冠拜冕旒」，岑則「玉階仙仗擁千官」，俱實寫「朝」字。杜但以「朝罷」二字點綴，人詳我略。至於同用鑪煙香氣，賈則「衣冠身惹御鑪香」，王則「香煙欲傍袞龍浮」，俱正説殿内煙況。杜曰：「朝罷香煙攜滿袖。」從出殿退一步説。「衣冠」、「袞龍」不如「滿袖」之奇，爲「惹」、爲「浮」不如「攜歸」之奇也。同用鳳池故事，賈則「共沐恩波鳳池裏」，王則「佩聲歸到鳳池頭」，岑則「獨有鳳皇池上客」，俱係實用、全用。杜曰：「池上於今有鳳毛。」以鳳池入超宗之鳳毛，析用、翻用，無復用事之跡。同用日動，同用旌旗，而王之「日色纔臨仙掌動」，岑之「柳拂旌旗露未乾」，視杜「旌旗日暖龍蛇動」句，奇平淺深，判然相隔矣。

顧脩遠曰：「聞道河陽近乘勝，司徒急爲破幽燕。」按：破幽燕之策，當時見及者不過數人。清河李萼告顔真卿：「請分兵開崞口，出千里之師，因討鄴、汲以北，至於幽陵郡縣之未下者。平原、清河帥諸同盟，會兵十萬，南臨孟津，分兵循河，據守要害，制其北走之路。」公但表朝廷「堅壁勿戰，不過月餘，賊必内潰。」哥舒翰守潼關，郭子儀、李光弼上言：「請引兵直取范陽，覆其巢穴。質賊黨妻子以招之，賊必大潰。潼關大兵惟應固守，不應輕出。」此潼關未破前事也。李泌請令光弼自太原出井陘，子儀自馮翊入河東，上以所徵之兵軍於扶風，與子儀、光弼互出擊之。來春、建寧爲范陽節度大使，並塞北出。與光弼南北犄角，以取范陽，覆其巢穴。賊退無所歸，留不獲安。然後大軍四面攻之，必成擒矣。此禄山未死時事也。及禄山死，河東平，泌言：「直取兩京，雖可必得，然賊必再强，我必再困。」上問其故，對曰：「今所恃者〔一〕，皆西北守塞及諸蕃之兵，性耐寒而畏暑。若乘其新至之鋭，攻禄山已老之師，必克兩京。春氣已深，賊收其餘衆，遁歸巢穴。關東地熱，官軍必困而思歸，不可留也。賊收兵秣馬，伺官軍之去，必復南來。不如先用之寒鄉，除其巢穴，則賊無所歸。」此長安未復時事也。蕚與李、郭之策不行，是以有靈武之奔。泌之策不行，是以有九節度之潰。至上元元年，光弼乘河陽之勝，遂平懷州。此時長安已復，慶緒已死，直擣幽燕，萬萬不容更緩。故下一「急」字，蓋深惜前三策之不早用耳。惟公策又不行，故河陽方捷，邙山繼敗。直至思明天殛，朝義勢窮，幽、燕之地，始歸版籍。然究竟以僕固懷恩恐賊平寵衰，因田承嗣、薛嵩之來降而受之。於是河朔三鎮叛服不常，其禍與唐祚相終始。公詩不徒曰「乘勝取幽燕」，而必曰「破幽燕」，若謂須滅此而後朝食者。蓋深見盧龍、范陽染暴逆已深，非廓清埽蕩，與之更始不可。招降納叛，雖暫弭目前之兵，必至養虎貽患。元末之於谷珍、士誠，劉誠意不惜以死争之，亦猶公意也。然則「破」之一字，尤萬世之金鑑哉！

【校勘記】

〔一〕「恃」，原作「持」，據《資治通鑑》卷二一九《唐紀》及《四庫》本改。

歷代詩話卷四十二　己集九

靑谿　吴景旭旦生氏纂

杜詩 卷下之下

録箋

黄山谷曰：「新鬼煩冤舊鬼哭」，夏父弗忌云：「吾見新鬼大，故鬼小。」

「禾頭生耳黍穗黑」，《齊民要術》：「秋雨甲子，禾頭生耳。」

「春光澹沲度千門」，富嘉謨《明冰篇》〔一〕：「春冰澹沲度千門，明冰時出御至尊。」

「始出枝撑幽」，慈恩塔下數級，皆枝撑洞黑，出上級乃明。

「業白」，出《石壁寶積經》：「若純黑業，得純黑報；純白業，得純白報。」

「山鬼獨一腳」，山魈，出江州，獨足鬼。

「射人先射馬」，「欒伯左射馬而右射人，角不能進」。

「是身如浮雲」，《維摩經》：「是身如浮雲，須臾變滅。」

「向子識損益」，向子平讀《易》至《損》、《益》，歎曰：「吾已知富不如貧，貴不如賤也。」

「徒旅慘不悦」，一本云：「徒懷松柏悦。」

「歲拾橡栗隨狙公」，後漢李栒居新安關下，拾橡栗以自資。

「我生託子以爲命」，《嵩記》：「牛山多杏，自中國喪亂，百姓資此爲命。」

「不唾青城地」，古樂府：「去婦情更重，千里不唾井。」

「眼中之人吾老矣」，魏文帝詩：「回頭四向望，眼中無故人。」陸雲詩：「感念桑梓城，髣髴眼中人。」

「牛馬毛寒縮如蝟」，西漢元封中，雪，大寒，牛馬皆踡縮如蝟。

「仙李盤根大」，唐太宗《探得李》詩云：「盤根植瀛渚，交榦倚天舒。」

「封題鳥獸形」，宋王徽《伏苓贊》：「中狀雞鳧，具容龜蔡。」

「舉家聞若駭」，當作「咳」。禺屬，惟猨喜怒飲食常作咳。

「籠竹和煙露滴梢」，「籠」音蓦。籠竹，蜀人名大竹云。

「湔口虹如練」，蒲懵反，在彭州。

「蠶崖雪似銀」，蠶崖，在茂州帶雪山。

「更歷少城闉」，少城，今成都府治，張儀所築。

「軍吏回官燭」，巴祇爲揚州刺史，與客坐暗中，不然官燭。

「久游巴子國」，《左氏》：「桓九年，巴子請與鄧爲好。」巴，姬姓國，在巴郡江州縣。

「南遊北户開林邑」，日南諸國皆開北户向日。

「刈葵莫放手，放手傷葵根」，此引前漢永平詔「權門請託，殘吏放手」之「放手」。復齋云：「古詩：『采葵莫傷根，傷根葵不生。』杜取此。」

「昨夜邀歡樂更無，多才依舊能潦倒」，《注》引《嵇康傳》，淺陋。乃魏天保以後重吏事，謂容止蘊藉者潦倒，出此也。

南朝何子季居若耶谿雲門寺，與二兄求、點並棲遁世，號三高。敕給白衣尚書禄，不受。故《山水障圖》末云：「若耶谿，雲門寺，吾獨何爲在泥滓，青鞋布韈從兹始。」蓋有隱遁之興也。

「菱葉荷花静如拭」，「拭」訓净。《雜記》：「饔人拭羊。拭，净也。」

「峽束蒼江起，巖排石樹圓」，「石樹」，石楠也。

「時時乞酒錢」，「乞」，與也。丘既切。

「看題減藥囊」，一作「檢」，「檢」字乃合詩意。

「臣子憂四番」，當作「憂思番」。

「九鑽巴噀火，三蟄楚祠雷」，則往來兩川九年，在夔府三年可知矣。胡苕谿云：「又有『十暑岷山葛，三霜楚户砧』之句。」《詩譜》謂：「公以乾元己亥冬至蜀，不以暑計。起明年庚子，至是爲十暑。時已在湖南，獨言岷山。永泰乙巳秋至雲安。雲安、荆湖皆楚地，至是合爲五霜。而云『三』者，獨以峽中言之。」

「鬭雞」詩，觀風樓南起鬭雞殿。

「人間有賜金」，《漢書・高后紀》：「遺詔賜諸侯王各千金。」

「織女機絲虛月夜」，池中有戈船，各四百艘，四角各垂旛旄旌葆；又作二石，東西相對，以象牽牛、織女。

「畫省香鑪違伏枕」，尚書郎入直，女侍史執香鑪燒薰護衣服，見《漢官儀》。

「賜被隔南宮」，給青縑、白綾被或錦被。已上同。

蔡興宗曰：「海右此亭古，濟南名士多」，濟南實海右諸郡，舊集一作「海右」，今從之。正文作「海內」，非也。

「拂天萬乘動，觀水百丈湫」，「拂」字從一作，兼《畫馬》詩有云「翠華拂天來向東」，正文作「沸」，非也。

「君臣留歡娛，樂動殷嶱嵑」，「殷」從上聲；「嶱嵑」出《文選》，音渴曷，《集韻》：「山貌。」舊集作「殷湯嶱」，音、字皆誤。蓋緣「湯」字之誤，二字從而倒之。他詩二字誤倒之者非一。

「豈知秋禾登，貧窶有倉卒」，別本「禾」字一作「未」，今從之。按：此詩十一月作，「禾」字明矣。昌黎謂年登而妻嗁飢，實此意也。

【校勘記】

〔一〕「篇」，原作「爲」，據《唐文粹》所録富嘉謨該詩篇名改。

「陰風西北來，慘淡隨回紇」，「紇」字從一作。「鶻」，《唐史》「德宗朝始改名回鶻」，正文非也。

「中興諸將收山東，捷書夜報清晝同」，「夜」字從王介甫，謂捷書晝夜至也。舊作「日」，今不取。

「渡河不用船，千騎常撇捩」，「撇捩」，疾貌。《大食刀歌》云：「鬼物撇捩辭沉壕。」字、意皆同。舊集作「撇烈」，非也。

「嬋娟碧蘚靜，蕭摵寒籜聚」，「蘚」字從別本，舊集作「鮮」，蓋字畫小缺。而釋者云：「『嬋娟』、『碧鮮』皆謂竹也。」尤謬。

「長夜苦寒誰獨悲，杜陵野老骨欲折」，此成都詩。舊集作「長安」，非也。其「夜」字之訛，故誤作「安」耳。況卒章之意明甚。

「南京亂初定，所向色枯槁」，「色」字從別本。他詩亦云：「朝野色枯槁。」正文作「邑」，今不取。

「樹枝有鳥亂棲時，暝色無人獨歸客」，「棲」字從一作。正文作「鳴」，今不取。言亂棲則鳴可知矣。

「高皇亦明王，魂魄猶正直」，「皇」字舊集諸本皆作「堂」，近見別本作「皇」，今從之，乃與上下數聯詩意相貫也。詢之閬人，其漢高祠廟今尚存焉。

「別離重相逢，偶然豈足期」，「足」字舊集作「定」，蓋由字畫小訛。況上句已云：「泄雲無定姿。」

「主守問家臣，分明見谿畔」，耘者必分朋曹而進，故東坡《遠景樓記》謂「耘者畢出，數百人爲曹」者是也。舊作「明」，乃字小訛耳。

「風吹巨燄作，河漢騰煙柱」，諸本下句作「何掉騰煙柱」，蜀本「何」作「河」。近見別本，今從之，蓋於詞意通也。

「大火運金氣，荊揚不知秋」，「火」字從一作，謂大火西流，《七月》詩也。正文作「暑」，今不取。

「終然契真如，得匪金仙術」，二句並從一作。正文作「終契如往還，得匪合仙術」，今不取。

「幾度寄書白鹽北，故人贈我青絲裘」，「絲」字從一作。「縑」，别本正文止作「絲」字。此詩寄裴施州者，或謂裴冕，非也。按：《唐史》：「冕以寶應元年貶施州刺史，不數月，移澧州。」距此已六年矣。

「配極玄都閟，憑高禁籞長」，「籞」字舊集諸本皆作「蘌」。按：《西漢・宣帝紀》云：「池籞者，其字從竹。」今從之。

「茂樹行相引，連山望忽開」，「茂」字、「連山」字皆從一作，時歸鳳翔行在。正文「連山」作「連峰」，非也。「霧樹」亦然。

「掖垣竹埤梧十尋，洞門對霤常陰陰」，「霤」字從别本。《文選》云：「二堂作霤。」此春深詩也。諸本作「雪」，誤。

「江上小堂巢翡翠，苑邊高冢卧麒麟」，「苑」字從一作。正文作「花」，蓋字畫小訛。而説者云：「一詩連用三『花』字，不害爲工。」誤矣。

「雲斷岳蓮臨大路，天晴宮柳暗長春」，「大路」，陝、華間地名也。《晉書》：「檀道濟從劉裕伐姚泓，至潼關。姚鸞屯大路，以絶道濟糧道。」而蜀本正作「大道」，誤矣。

「力疾坐清曉，來詩悲早春」，「詩」字從别本。考詩題與上下句意，當從之。舊作「時」，非也。

「合觀卻笑千年事，驅石何時到海東」，題云「觀造竹橋即日成」。句中「合觀」字，謂聚觀橋成之速，而笑驅石之誕。舊集諸本皆訛作「歡」，非也。已上同。

胡苕谿曰：《冬狩行》：「自從獻寶朝河宗。」《穆天子傳》：「天子西征，至陽紆山河伯馮夷之所居，是爲河宗。天子沈璧禮焉。河伯與天子披圖示典，以觀天下寶器。」

《秋日夔府詠懷》詩：「穲多栗過拳。」《西京雜記》：「上林苑嶧陽栗大如拳。」

又云：「門求七祖禪。」《傳鐙録》：「北宗神秀門人普寂立其師爲第六祖，而自稱七祖。」

《題鄭監湖上亭》詩：「高唐寒浪減，髣髴識昭丘。」《荆州圖記》：「當陽東南七十里，有楚昭王墓，登樓即見，所謂昭丘也。」

《八哀》張九齡詩：「仙鶴下人間，獨立霜毛整。」張九齡家傳：「九齡初生，母夢九鶴從天而下。」

《秋興》：「昆吾御宿自逶迤。」事見《揚雄傳》：「武帝開廣上林，南至宜春、鼎湖、御宿、昆吾。」《三輔黄圖》：「御宿苑在長安城南御宿川中。武帝離宫，禁禦人不得入游觀，止宿其中，故曰御宿。」

《舊唐書》：郭子儀上言：「吐蕃、党項不可忽，宜早爲備。」廣德元年，遣李之芳等使吐蕃，爲所留，二年乃得歸。故《哭李之芳》詩：「奉使失張騫。」蓋此事也。

代宗自楚王徙封成王。《洗兵馬》云：「成王功大心轉小。」代宗時爲元帥故也。

《梅雨》詩：「南京犀浦道，四月熟黄梅。」今本「犀」作「西」，非是。犀浦在成都府二十五里。太守李冰作五石犀沈江，以壓水怪，因以名縣。出《成都記》。

《北征》詩：「不聞夏商衰，中自誅褒妲。」褒姒，周幽王后也。疑「夏」字爲誤，當云「商周」可也。「老翁須地坐，細細酌流霞」，今本「地坐」改作「地主」，可謂狗尾續也。

《椶拂子》詩：「不堪代白羽，有足除蒼蠅。」山谷言：「事見《新唐書》『適從何處來』者是也。《注》引『營營青蠅』，其義安在？」予謂此説誤矣。此乃元稹事，在子美後。子美以對「白羽」，皆前代事。王勉夫謂：「此雖不足以代白羽，亦可以驅蒼蠅。非謂代白羽以除蒼蠅也。杜詩二意，而山谷以一意認之，故有此誤。」

《憶昔行》：「落日初霞閃餘映，倏忽東西無不可。」王屋山中日西落而人影或在西，日東出而人影或在東，不可致詰。

《贈李八祕書》詩：「往時中補右，扈蹕上元初。」然少陵罷拾遺時是至德初，上元乃至德後，以年譜考之，信然。蓋其爲扈蹕上之初元耳。

《前出塞》五首爲戍兵作，《後出塞》五首爲赴募者作。

《解悶》詩：「孟子論文更不疑，李陵蘇武是吾師。」舊本「李陵」句在上。子美自注云：「校書郎孟雲卿，即所謂孟子也。」此但論詩。俗謂孟軻，乃移「孟子」句在上，非也。

「六月擴搏扶」，按《莊子》：「搏扶搖而上者九萬里。」《疏》云：「搏，鬭；扶搖，旋風也。」今云「搏扶」，是歇後語。「山鳥山花吾友于」，陶彭澤詩：「一欣侍温顔，再喜見友于。」然則子美承之也。

《唐史》：張垍尚寧新公主，明皇即禁中置内宅。故贈詩云：「天上張公子，宮中漢客星。」又《長安志》：「拾翠殿在大明宮翰林門外，望雲亭在太極宮景福殿西。」故次聯云：「賦詩拾翠殿，佐酒望雲亭。」皆禁中事也。已上同。

蔡寬夫曰：《同谷縣七歌》：「嗚呼四歌兮歌四奏，竹林爲我嗁清晝。」有人自同州來，籠一禽，大如雀，色正青，善鳴。問其名。曰：「此竹林鳥也。」今本作「林猨」，非也。

「與奴白飯馬青芻」，雖不言主人，而待奴馬如此，則主人可知。《詩》所謂「言刈其楚」、「言秣其馬」、「言刈其蔞」、「言秣其駒」，同意。蓋少陵遠繼周詩法度。山谷云：「爲君酤酒滿眼酤，與奴白飯馬青芻。」傅玄《盤中詩》：「羊肉千斤酒百斛，令君馬肥麥與粟。」

「小城萬丈餘，大城鐵不如」，則小城難爲高，大城難爲堅故也。

「先生有才過屈宋」，《注》云：「先生所談或屈宋。」王荆公《百家詩選》則捨正本而從注。

「且如今年冬，未休關西卒」，《注》云：「如今從得歸，休爲關西卒。」荆公則刊而從正本。已上同。

復齋曰：《送李功曹之荆州》詩：「孤城一柱觀，落日九江流。」《博物志》：「江陵有臺甚大，而惟有一柱，衆梁皆共此柱。〔一〕後人呼爲木履觀，或呼爲一柱觀。」

【校勘記】

〔一〕「柱」，原作「世」，據《漁隱叢話》後集卷五引《復齋漫録》語本及《四庫》改。

《曲江對酒》詩：「水精宮殿轉霏微。」《述異記》：「吴王闔閭造水精宮。」又《魏略》：「大秦國以水精爲屋柱。」

《題玄武禪師屋壁》詩：「何年顧虎頭，滿壁畫瀛洲。」「瀛」字乃「滄」字。故王介甫云：「畫史雖非顧虎頭，還能滿壁畫滄洲。」嚴有翼云：「『何年顧虎頭』，注：『虎頭，僧相也。』『虎頭金粟影』，《注》：『虎頭，維摩相也。』考《南史》：『師子國，晉義熙初遣使獻玉像，高四尺二寸。』此像歷晉宋。瓦棺寺先有戴安道手製佛像五軀，及顧長康維摩畫圖，世號三絶。所謂『虎頭』，即顧長康耳。注家或云『僧相』，或云『維摩相』，可笑。」

《山水障歌》：「聞君埽卻赤縣圖。」《史記》：「鄒衍：中國赤縣神州内有九州。」《晉書紀贊》：「赤縣成蛇豕之區，紫宸游龜鼉之穴。」唐亦有赤縣，謂畿縣尉也。

「漁陽突騎猶精鋭」，後漢吴漢説太守彭寵曰：「漁陽突騎，天下所聞也。君何不合二郡精鋭，附劉公擊邯鄲？此一時之功也。」

「早時金盌出人間」，鄧忠臣引茂陵玉盌爲證。嚴有翼亦引《南史》沈炯所奏云：「甲帳珠簾，一朝零落。茂陵玉盌，遂出人間。」胡苕谿謂以「盧充」爲是。少陵豈以「玉盌」爲「金盌」哉？蓋指盧克幽婚之事而言。已上同。

漫叟曰：「草有害於人，曾何生阻脩。芒刺在我眼，焉能待時秋」，其憤邪嫉惡，欲芟夷薀崇之，以肅清王室者，中懷可見。

「桃花細逐楊花落，黄鳥時兼白鳥飛」，徐師川説：「一士大夫家有老杜墨蹟，其初云：『桃花欲共楊花語。』自以淡墨改三字。」

「叫怒索飯嗁門東」，説者謂庖廚之門在東。已上同。

嚴有翼曰：《留花門》詩：「花門既須留，原野轉蕭瑟。」《唐・地理志》：「甘州删丹縣北渡張掖河，西北行，出合黎山峽口，傍河東壖屈曲東北行千里，有寧寇軍。軍東北有居延海，又東北三百里有花門山堡，又東北千里至回鶻牙帳。」故謂回鶻爲花門也。

《夔府詠懷》詩：「卜羨君平杖。」《漢史》：「嚴君平卜於成都市，日得百錢，則閉肆下簾。」未嘗言杖。《注》引阮宣子「百錢挂杖頭」，與君平無涉，豈少陵之誤與？同上。

潘子真曰：「遊子久出門，外户無人持」，古樂府：「健婦持門户，勝一大丈夫。」山谷云：「縱有健婦把鋤犁」，亦出此樂府語。

「竊效貢公喜」，劉孝標《廣絶交論》：「王陽登則貢公喜，罕生逝而國子悲。」

「人來坐馬韉」，蘇秦激張儀相秦，以馬韉席坐之。

「門闌多喜氣，女壻近乘龍」，《楚國先賢傳》：「孫儁與李元禮俱娶太尉桓叔元女，時謂桓叔元兩女乘龍，言得壻如龍也。」宋景文詩：「承家男得鳳，擇壻女乘龍。」已上同。

蘇子瞻曰：嘗夢子美謂：「《八陣詩》『遺恨失吞吴』，世人誤謂先主、武侯皆欲與關羽復仇，故恨不能滅吴，非也。我意本謂吴、蜀脣齒之國，不當相圖。晉之所以能取蜀，有吞吴之意，此爲恨耳。」

陳后山曰：《懷薛璩》詩：「獨當省署開文苑，兼泛滄浪學釣翁。」蓋「省署開文苑，滄浪學釣翁」，璩之詩也。

洪駒父曰：佛經稱善巧方便。僧璨、惠可，二祖師名。故詩云：「何偕子方便。」又云：「吾亦師璨可。」《注》乃謂：「子方，田子方；璨、可，詩僧。」甚疏略。

《學林新編》曰：《中秋月》詩：「滿目飛明鏡，歸心折大刀。」《注》引《古詩》：「藁砧今何在，山上復有山。何當大刀頭，破鏡飛上天。」謂殘月也。按：《樂府》所載，「藁砧」者，鈇也；「藁砧今何在」，問夫何在也；「山上復有山」，言夫出也；「大刀頭」者，環也；「何當大刀頭」者，何日當還也；「破鏡」者，月半也；「破鏡飛上天」者，言半月當還也。子美詩言雖有歸心，而大刀折則未能還也。《注》乃訓爲「殘月」，誤矣。

黄伯思曰：得子美詩集，與今行槧本小異。如「忍對江山麗」，印本「對」乃作「待」。

「雅量涵高遠」，印本「涵」乃作「極」。同上。

王伯厚曰：杜審言詩：「綰霧青條弱，牽風紫蔓長。」若子美云：「林花著雨臙脂溼，水荇牽風翠帶長。」

審言詩：「寄語洛城風日道，明年春色倍還人。」子美又云：「傳語風光共流轉，暫時相賞莫相違。」語脈蓋有家法。同上。

張邦基曰：「鄭南伏毒守，瀟灑到天心」，「守」當作「寺」。《華州圖經》有伏毒寺，劉禹錫集有舅氏牧華州前後諸陪登伏毒巖。劉禹錫詩：「曾作關中客，頻經伏毒巖。」

羅大經曰：「色難臭腐食風香」，「色難臭腐」，用仙家王方平事；「食風香」三字，佛書云：「凡諸所鱻，風與香等。」

王仲言曰：「蛟龍得雲雨，鵰鶚在秋天」一聯，已見《晉書》載記矣。

邵博曰：「杖藜妨躍馬，不是故離群」，「離」字如律當讀平聲。《檀弓》：「離群索居。」《釋文》：

「離字讀去聲，音利。」

姚令威曰：《送孔巢》詩：「幾歲寄我空中書。」用史宗引小兒騰空，覺脚下有波濤寄書事，乃蓬萊仙人也。洪慶善云：「空中書乃雁足書。」非也。

「弩影落杯中」，《風俗通》：「應彬飲杜宣酒，壁上懸赤弩，照杯中，形如蛇。宣惡之，謂蛇入腹，遂病。後至其故處，知弩影，遂解。」

「塵匣元開鏡，風簾自上鉤」，乃用沈佺期「臺前疑挂鏡，簾外自懸鉤」，皆月詩。

王防元規嘗云：杜詩古本：「辭人解撰清河頌，〔一〕詩成珠玉在揮毫。」蓋爲和舍人，故云。

【校勘記】

〔一〕「解」，原誤作「角」，據《西溪叢語》卷上改。

「青青竹筍迎船出，白白江魚入饌來」，蓋爲送扶侍，故云。邵博云：「『日日江魚入饌來』，後得古本，『日日』作『白白』，不但於句甚偶，其思致亦不同。」

《贈韋十六》詩：「子雖軀幹小。」《晉書》載：劉曜時，壯士陳安戰死，隴上歌之曰：「隴上健兒有陳安，軀幹雖小腹常寬。」

《秋興》：「聞道長安似弈棋。」用甯子視君似弈棋事。

蔣防作《霍小玉傳》，書大曆中李益事：有一豪士，衣輕黄衫，挾朱筋彈李至，霍遂死，乃三月牡丹時也。《少年行》云：「巢燕引雛渾去盡，江花結子已無多。黄衫年少宜來數，不見堂前東逝波。」考作詩時大曆間，杜政在蜀，想有好事者傳去，作此詩爾。

《越王樓》詩：「緜州州府何磊落，顯慶年中越王作。孤城西北起高樓，碧瓦朱甍照城郭。」《緜州圖經》：「越王臺在緜州城外西北，有臺高百尺，上有樓，下瞰州城。唐顯慶中，太宗子越王真任緜州刺史日作。」已上同。

王勉夫曰：《上韋左丞》詩：「丈人試静聽，賤子請具陳。甫昔少年日，早充觀國賓。」此用鮑昭《東武吟》云：「主人且勿喧，賤子歌一言。僕本寒鄉士，出身蒙漢恩。」前此應休璉詩：「避席跪自陳，賤子實空虚。」古詩：「四坐且莫喧，願聽歌一言。」

「速令相就飲一斗」，人多引鮑昭「且願得志數相就」，以證「相就」二字有所自。不知「相就飲」三字見庾信詩「野人相就飲」。

「往昔十四五，出游翰墨場」，阮籍詩：「昔年十四五，志尚好詩書。」

「昔如水上鷗，今如罝中兔」，鮑昭詩：「昔如鞲上鷹，今如檻中猨。」

「山青花欲然」，沈約詩：「山櫻花欲然。」已上同。

宋子京手書杜詩「新炊間黄粱」，乃是「聞黄粱」。

葛常之曰：「香飯兼苞蘆」，「苞蘆」，蜀鮓也。

《放船》詩：「直愁騎馬滑，故作泛舟回。」於對聯中十字作一意，詩家謂之十字格。

《客夜》詩：「客睡何曾著，秋天不肯明。」《陪王使君泛江》詩：「山豁何時斷，江平不肯流。」「不肯」二字含蓄甚佳，與淵明「日月不肯遲，四時相催迫」同意。

天寶十三載，獻太清宫饗廟及郊三賦。帝奇之，使待制集賢院，命宰相試文章。故有《贈集賢崔于二學士》詩。舊注：「陳希烈、韋見素爲宰相，而崔國輔、于休烈，集賢院學士也。故末句云：『謬稱三賦在，難述二公恩。』」按《唐史》，是歲陳希烈爲相。至八月，見素代之。而甫有《上見素》詩：「持衡留藻鑑，聽履上星辰。」則甫之文爲見素所賞，非希烈也。

《柏中允除官制》詩，舊注以爲柏者，又以爲正節。按詩云：「紛然喪亂際，見此忠孝門。蜀中寇亦甚，柏氏功彌存。三止錦江沸，獨清玉壘昏。」當是有功於蜀者。時段子璋反于上元，徐知道反于寶應，而正節爲卬州刺史，數有功。則是正節無疑矣。

「萬古仇池穴，潛通小有天」，東坡在潁州，夢至一堂，牓曰「仇池」。按《唐書》：「同谷縣有仇池，與秦州接壤。」故老杜《秦州雜詩》：「藏書聞禹穴，讀記憶仇池。」《送韋十六赴同谷》詩：「受詞太白腳，走馬仇池頭。」王仲至奉命過仇池，有九十九泉，萬山環之，可以避世如桃源。而《仇池》詩乃謂：「近接西南境，長懷十九泉。」何邪？

《銅缾》詩：「亂後碧井廢，時清瑶殿深。」其末云：「蛟龍雖缺落，猶得折黄金。」則以古物要厚貲，自古而然。已上同。

洪容齋曰：《折檻行》：「千載少似朱雲人，至今折檻空嶙峋。婁公不語宋公語，尚憶先皇容直臣。」婁師德乃是武后朝人，宋璟爲相時，其亡久矣。詩言「先皇」，意爲明皇帝也。婁别無顯人有聲開元間。

《秦州雨晴》詩：「天永秋雲薄，從西萬里風。」謂秋天遼永，風從萬里而來，可謂廣大。而集中作「天水」，此乃秦州郡名，若用之入此篇，其致思淺矣。

《野望》「因過常少仙」一篇，所謂「落盡高天日，幽人未遣回」者。蜀士注曰：「『少仙』，應是言縣尉也。縣尉謂之少府。而梅福爲尉，有神仙之稱。」「少仙」二字尤爲清雅，與今俗呼爲「仙尉」不侔矣。

「能畫毛延壽，投壺郭舍人。每蒙天一笑，復似物皆春。政化平如水，皇恩斷若神。時時用抵戲，亦未雜風塵」，第三聯與前語不相聯貫，或以爲疑。按：杜之旨，本謂技藝倡優，不應蒙人主顧盼。然使政化如水，皇恩若神爲治，大要既無所損，時時用此輩亦無害。已上同。

楊升庵曰：「數回細寫愁仍破」，「寫」，洗野切。《禮記》：「器之溉者不寫，其餘皆寫。」《注》謂：

「傳之器中。」《史記》：「始皇三十五年，寫蜀荆地材，皆至關中。三十六年，每破諸侯，寫放其宫室，作之咸陽。」《左傳注》：「寫器令空。」《東觀漢記》：「封車載貨，寫之權門。」晉郄夫人語二弟云：「傾筐倒寫。」

「湖月林風相與清」，湖上、林中，地已清矣，湖有月，林有風，景益清矣，故著「相與清」字。俗本作「湖上」，或作「湖水」，皆淺。既有「湖」，不須著「水」字。若云「湖上林風」，不得著「相與清」字。

「白首重聞止觀經」，佛經云：「止能捨樂，觀能離苦。」又云：「止能脩心，能斷貪愛。觀能脩慧，能斷無明。止如定而后能静，觀則慮而后能得也。」

《西京雜記》云：「太液池中有雕菰、紫籜、緑節、鳧雛、雁子唼喋其間。」《三輔黄圖》云：「宫人泛舟采蓮，爲巴人櫂歌，便見人物游嬉，宫沼富貴。」今一變，云：「波漂菰米沈雲黑，露冷蓮房墜粉紅。」讀之則菰米不收而任其沈，蓮房不采而任其墜，兵戈亂離之狀具見矣。杜詩之妙，在翻古語。

《滕王亭》詩：「春日鶯啼脩竹裏，仙家犬吠白雲間。」「脩竹」用梁孝王事，「犬吠雲中」用淮南王事，人皆知之矣。予嘗怪「脩竹」本無「鶯啼」字也，後見孫綽《蘭亭》詩：「啼鶯吟脩竹，游鱗戲瀾濤。」乃知杜老用此。

「更取楸花媚遠天」，今本作「椒花」，非。椒花色緑，與葉無辨，不可言媚。已上同。

焦弱侯曰：《諸將》詩：「天下軍儲不自供。」唐制：府兵，有事則徵爲兵，無事則散爲農。是軍儲皆自供也。今兵不得休，故軍儲但取别孔而不自供。惟王縉由侍中拜河南副元帥，力興屯田，不失唐之舊制。故結云：「稍喜臨邊王相國，肯銷金甲事春農。」特歸美之。錢牧齋云：「此責當時之大臣出將者俱無匡濟大略，如王縉不過募耕勸農，爲承平有司之事而已。曰『稍喜』者，婉詞以致不滿之意，非褒予之也。」

王弇州曰：善本勝者，「把君詩過目」作「把君詩過日」。

皇甫百泉曰：「杳杳東山攜漢妓」，謝安所攜豈是漢妓？謬矣。

陳無功曰：「知章騎馬似乘船，阮咸醉騎馬攲傾」，時人指而笑曰：「個老子騎馬，如乘船行波浪中。」

「輕輕柳絮點人衣」，後主與張麗華遊園，有柳絮點衣。張謂後主曰：「何能點人衣？」曰：「輕薄物試卿意也。」

「江風借夕涼」，段瑄泛舟，江風清冷。瑄欣然曰：「馮夷借我一夕之涼。」已上同。

劉子威曰：「天吴及紫鳳」，「紫鳳」無出，必「九鳳」也。《大荒經》：「有神九首，人面鳥身，名曰九鳳。」

顧朗仲曰：「親朋盡一哭，鞍馬去孤城」，送遠之事盡矣，歸而思之，草木之歲月如彼，關河之霜雪如此，別離之況，倏已昨日。因以見古人之情，莫深於送別，良有以也。

盧德水曰：「遷擢潤朝廷」，「潤」字入微，見朝廷擢一大雅之士，如膏雨油雲，潛滋密沐，裨益不小。

「自古江湖客，冥心若死灰」，蓋讒柄禍胎，俱萃於朝市。一至江湖，而宇宙寬矣。然心不冥，即江湖儘有風波，故必冥心若死灰，而後洗手濯足，脱然無礙。此嘉遁而肥者也。覺結舌探腸，猶是第二義。同上。

錢牧齋曰：「晴天養片雲」，吴季海本作「養」，他本皆作「卷」。晴天無雲，而養片雲於谷中，則崖谷之深峻可知矣。「山澤多藏育」，山川出雲，皆叶「養」字之義。

《曲江值雨》詩：「龍武新軍深駐輦，芙蓉別殿謾焚香。何時詔此金錢會，暫醉佳人錦瑟旁。」此懷玄宗南内之詩也。玄宗用萬騎軍以平韋氏，改爲龍武軍，親近宿衛。今深居南内，不復如昔日遊幸矣。興慶宫南樓，下臨通衢，時置酒眺望。然欲由夾城以達曲江芙蓉苑，不可得矣。曰「深駐輦」，曰「謾焚香」，則其深宫寂寞，可想見矣。金錢之會，無復開元之盛，雖對酒感歎，意亦在上皇也。

《諸將》詩：「豈謂盡煩回紇馬，翻然遠救朔方兵。」此責諸將之反借助於人也。自回紇助順，收復兩京之後，雍王之討朝義，子儀之敗吐蕃，皆用回紇之力，故曰「盡煩回紇」。僕固懷恩曰：「朔方將士爲先帝中興主人，是陛下蒙塵故吏。」故曰「遠救朔方」。「龍起猶聞晉水清」，追歎晉陽起義之時，所謂「神堯以一旅取天下」也。

《諸將》詩：「越裳翡翠無消息，南海明珠久寂寥。殊錫曾爲大司馬，總戎皆插侍中貂。」此言朝廷不當使中官爲將也。楊思勖討安南五谿，殘酷好殺，而越裳不貢矣。吕太一收珠廣南，阻兵作亂，而南海不靖矣。以中官拜兵部尚書者，李輔國也，所謂「殊錫」也。以中官爲觀軍容使者，魚朝恩也，所謂「總戎」也。炎風朔雪，皆天王之地，不精求忠厚以翊聖朝，偏用一二中人專將帥之重任，潰僨國事，豈不謬哉！已上同。

張綖曰：「一雙白魚不受釣」，峽有嘉魚，長身細鱗，肉白如玉。春社前出穴，秋社即歸。時已九月，故不受釣。

徐興公曰：「三寸黄柑猶自青」，凡柑皆圓，獨成都産者形如鴨卵，故云「三寸」，言其長也。

田子藝曰：「會須上番看成竹」，竹之有上番、下番，即今言大番、小番也。番，去聲。謂大年生筍多，小年生筍少也。

顧脩遠曰：「青袍白馬有何意」，庾子慎《亂後經吴郵亭》云：「青袍異春草，白馬即吴門。」庾信《哀江南賦》云：「栥黠搆扇，馮陵畿甸。青袍如草，白馬如練。」正用此語。

金聖歎曰：《劉九法曹鄭瑕丘石門宴集》，題中無「枉」字，又無「陪」字，然則先生不與宴集矣，如何又有此詩？及讀「掾曹乘逸興，鞍馬到荒林。能吏逢聯璧，華筵直一金」，而後知劉乃枉駕，鄭則賓緣。一段幽事，敗於俗物。故不書「枉」書「陪」。葉有大云：「末二句游山動用鼓吹，自是俗吏惡習。」

歷代詩話卷四十三　己集十

寿谿　吳景旭旦生氏著

杜陵世系

預 字元凱，晉駙馬都尉、鎮南大將軍，封當陽縣侯，贈征南，謚曰成。

錫 字世嘏，晉太子舍人。
躋
耽
尹 字世甫，晉弘農太守。

綝
弼

襲—標—沖

乾光 齊司徒右長史。—漸 梁邊城太守。—叔毘 後周硤州刺史。—廉卿 仕隋。—某—易簡 登進士，累轉殿中侍御史，咸亨中吏部員外郎。

洪泰 襲池陽侯。

祖悅
顒

景仲
景秀
景恭

某 隋河內郡司功參軍，獲嘉縣令。—依藝 唐監察御史，河南府鞏縣令。—審言 字必簡，修文館學士，尚書膳部員外郎。

閑 朝議大夫，兗州司馬，陞京兆府奉天令。
升
專
登

甫 字子美，拜左拾遺。廣德中，表爲節度參謀，檢校工部員外郎，賜緋魚袋。
穎
觀
豐
占

宗文
宗武—嗣業

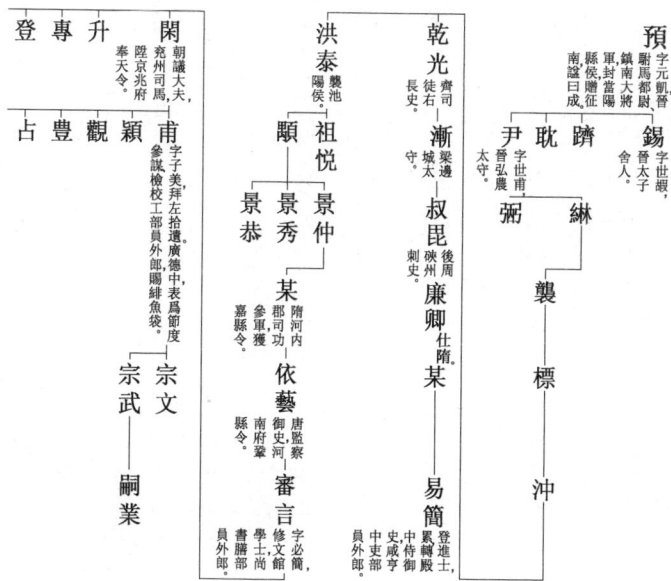

按《新唐書・宰相世系表》：杜預四子：錫、躋、耽、尹。襄陽杜氏出自預少子尹，晉弘農太守。二子：綝、弼。綝生襲，襲生標，標生沖，沖生洪泰。二子：祖悅、顒。顒生景仲。又，公作《姑萬年縣君墓誌》云：「曾祖某，隋河内郡司功參軍，獲嘉縣令。王父某，皇朝監察御史，洛州鞏縣令。考某，修文館學士，尚書膳部員外郎。」又《舊唐書・文苑・杜甫傳》云：「曾祖依藝，終鞏令。祖審言，終膳部員外郎。父閑，終奉天令。」公自稱預十三葉孫，其世次可得而考也。因觀《舊唐書・杜易簡傳》：「易簡，襄州襄陽人，周硤州刺史叔毘曾孫。」又《周書・杜叔毘傳》：「其先京兆杜陵人，徙居襄陽。祖乾光，齊司徒右長史。父漸，梁邊城太守。」據此則洪泰與乾光爲行，顒與漸爲行，景仲與叔毘爲行，此尤井井有序者。迺舊譜以叔毘爲顒子，景仲、叔毘並系顒下，其乖謬不待言。即論者以獲嘉爲叔毘子，易簡、審言同出叔毘下，亦未爲允當也。恐人之猶多疑誤，故併乾光一派附綴之。

范宣子曰：「昔匄之祖，自虞以上爲陶唐氏，在夏爲御龍氏，在商爲豕韋氏，在周爲唐杜氏。」成王滅唐，以封弟叔虞，改封唐氏子孫於杜城。後爲宣王所滅，杜洩奔魯，因爲氏。公作《萬年縣君杜氏墓誌》云：「其先系統於伊祁，分姓于唐杜。」蓋謂此也。楊升庵言：「士會之士作土，爲古『杜』字，如《詩》言『桑土』。音杜。漢儒欲推漢爲陶唐之後，增爲劉氏。若作『士』，上與唐杜，下與劉氏何涉？」余按：隰叔奔晉，爲晉士師，爲士氏。曾孫士會爲晉卿，食采于范，爲范氏。此宣子所以稱祖也。士會適秦，復歸晉，有子留于秦，爲劉氏。其後秦滅魏，徙大梁，生請；徙沛，生仁，號豐公；生煓，字執嘉。《史記》稱大公名執嘉。生四子：伯、仲、邦、交。諱邦，爲漢高祖。據此則「士」何煩作「土」讀，而劉何得非唐後耶？公《寄族弟唐十八使君》云：「與君陶唐後，盛族多其人。聖賢冠史籍，枝派羅源津。」又《送劉十弟判官》云：「分源豕韋派，別浦雁賓秋。年事推兄忝，人才覺弟優。」即此二詩併題可證。

預父恕，字務伯。太和中散騎黄門侍郎。恕父畿，字伯侯。魏尚書僕射，封豐樂侯。預襲祖爵豐樂亭侯，以功進爵當陽縣侯。似不宜祧。蓋公于遠祖當陽君有祭，公且祧當陽君前耶？《觀進雕賦表》稱「先君恕預以降」，則公非忘當陽君前者。

畿、恕、預、錫，至錫子乂，字弘治。光禄大夫，美姿制。《世説》：「弘治膚清。」各稱五世盛德。又，預五世孫銓，字士衡。中書侍郎。有長者風，諸杜稱爲長老。雖其支屬多賢，不及載。

叔昆有兄君錫，爲參軍曹策所殺。叔昆手刃策，自詣闕。太祖赦之。蓋叔昆派特附綴，不詳。

《舊唐書》：「審言貶吉州司户參軍，與州僚不叶。司馬周季重，與員外司户郭若訥共搆審言罪狀。繫獄，將因事殺之。既而季重等府中酣讌，審言子并，年十三，懷刃以擊之。季重中傷死，而并亦爲左右所殺。」按公《萬年縣君墓誌》云：「兄升，國史有傳。」又《盧太君墓誌》云：「次曰升，幼卒，報復父仇。國史有傳。」此誌代父作。公所稱兩作「升」字，應从「升」。《舊史》作「并」字，恐誤。

祖母薛氏，生三子：閑、升、專；三女，適鉅鹿魏上瑜、河東裴榮期、范陽盧正均。繼祖母盧氏，生一子：登；二女，適京兆王佑、會稽賀撝。母崔氏，公《祭外祖祖母文》云：「紀國則夫人之門。」又云：「名播于燕公之筆。」按《舊書》：「紀王慎，太宗第十子。越王貞敗，慎亦下獄，改姓虺氏。慎子義陽王琮等並遇害。中興初，追復官爵。」張燕公《義陽王碑》曰：「初，永昌之難，王下河南獄，妃録司農氏。惟有崔氏女，扉屨布衣，往來供饋。中外咨嗟，目爲勤孝。」據此則公之外祖母，紀王之孫，義陽之女也。母爲崔氏甚明。公于白水依崔十九舅，于郴州欲依崔二十三舅，尤爲可據。《年譜》謂先生之母微，故没而不書，非也。《范陽太君誌》稱「冢婦盧氏」，乃傳寫之誤。或載之《世系》曰：「母盧氏，生母崔氏。」又非。夫人楊氏。元稹墓誌云：「弘農楊氏女，父曰司農少卿怡，四十九年而終。」

宗文，小字熊兒；宗武，小字驥子。按：潤州刺史樊晃，于公殁後，采其遺文爲小集。《序》曰：「君有宗文、宗武，近知所在，漂寓江陵。」黄鶴《年譜》載：「大曆四年夏，宗文夭。」則是先公而喪，誤矣。公於《宗武生日》詩云：「詩是吾家事，人傳世上情。熟精《文選》理，休覓綵衣輕。」又《示宗武》詩云：「覓句新知律，攤書解滿牀。試吟青玉案，莫羨紫羅囊。」公之屬意如此，惜其書無傳。

蘇東坡《送戴蒙赴成都》詩：「拾遺被酒行歌處，野橋官柳西郊路。聞道華陽版籍中，至今尚有城南杜。」楊仲弘《序秋興詩格》云：「甫於門人傳其法。予遊西蜀，問九世孫杜舉而言之。」曹能始《蜀中詩話》云：「費著氏族譜，稱少陵之後者，係宗武所傳。」《眉州志》：「杜莘老，青神人，甫十三世孫。」蓋公之衍緒於蜀有如此。

族父鴻漸，劍南節度使。從弟位，考功郎中，湖州刺史。亞，陝西觀察使。姪佐，大理正。從姪勤，年十六七，射策落第。從孫濟，東川節度使兼京兆尹。崇簡，益州司馬參軍。皆見於詩中者。《世系表》：「崇簡、佐出襄陽房，至以濟與位同出景秀下，並征南十四代孫。」則公稱位從弟、稱濟從孫何謂？

宋孫洙作《傳》云：「牧之爲甫族孫，同出於預。」余按張禮《遊城南記》云：「東次杜曲，前瞻杜固。」又《雍録》云：「杜固謂之南杜，杜曲謂之北杜。」《唐史》：「中書侍郎杜正倫與城南諸杜通譜，不許。銜之，建言鑿杜固。」世傳杜固有王氣，故累代衣冠。既鑿，血流十日。蓋牧父從郁，從郁父佑。宰相，封祁國公。芙蓉園西有祁公家廟，瓜州村有祁公別業，是南杜也。公《進封西嶽賦表》云：「臣本杜陵諸生。」古杜伯國，秦爲杜縣。漢宣帝修杜之東原爲陵，更名曰杜陵縣。詩每稱「少陵野老」。漢許后葬杜陵南國，謂之小陵，皆作少陵。〔一〕《雍録》云：「杜曲在啓夏門外，西向即少陵原。」則公當是北杜。

【校勘記】

〔一〕「后」，原誤作「右」，據《四庫》本改。

杜氏之先在杜陵。當陽之玄孫某，隨宋武帝南遷，遂爲襄陽人。後依藝爲鞏令，又徙居河南鞏縣。故公之田園在鞏洛，其族望本出杜陵。

歷代詩話卷四十四　己集十一

苕谿　吴景旭旦生氏著

杜陵年譜

睿宗 先天元年壬子 即景雲三年。正月改元太極，五月改延和，八月改先天。	上初以宋王成器長，欲立爲太子。因平王誅韋氏有功，涕泣請遜儲位。更名憲，封寧王。開元二十九年，薨，謚爲讓皇帝，號其墓爲惠陵。○長子璡姿容妍美，秀出藩邸，封汝陽郡王。天寶初，加特進。與賀知章、褚廷誨爲詩酒之交。○第六子瑀，初爲隴西郡公，天寶末從幸蜀，封漢中王。 七月，立皇太子隆基爲皇帝，以聽小事，自尊爲太上皇。 八月，玄宗即位。	公生。吕大防《詩譜》云：「《墓誌》、本傳皆言公年五十九歲，卒於大曆五年庚戌。則當生於是年。」
玄宗 開元元年癸丑 即先天二年。十二月改元。	竇懷貞等附太平公主，謀廢立。上發羽林軍誅太平。睿宗御承天門樓，諸宰相走伏外省。獨郭元振侍衛，詔收逆黨斬之。睿宗聞東宮兵至，將欲投於門樓下。元振親扶聖躬，敦勸乃止。事定，宿中書省二十四日，以功封代國公。 七月，誥歸政於皇帝。上皇之命曰誥。 九月，張説爲中書令。 宴王公百寮於承天門，令左右於樓下撒金錢，許中書五品以上官及諸司三品以上官争拾之，仍賜物有差。 十月，姚元之同中書門下三品。 十二月，改尚書左右僕射爲左右丞相。天寶元年復舊。	

（續表）

開元二年甲寅	上精曉音律，以太常禮樂之司不應典倡優雜伎，更置左右教坊於蓬萊宫側，選宫女數百人，自教法曲，謂之皇帝梨園子弟。馬仙期、李龜年、賀懷智皆洞曉音度。 作興慶宫。即隆慶坊舊邸也。東有舊井，忽涌爲小池，有黄龍出其中。正位後，池愈大，遂爲《龍池樂》以志其祥。又置兩樓，題其西曰「花萼相輝之樓」，南曰「勤政務本之樓」，時與諸王娶宴。	
開元三年乙卯	十月，始用黄麻紙寫詔。中書以黄、白二麻爲綸命重輕之辨，凡制用白麻紙，詔用白藤紙，書用黄麻紙。上元中，詔制、敕並用黄麻。	公年四歲。 《觀舞劍器行敘》云：「開元三年，余尚童稚，記于郾城觀公孫氏舞劍器。」黄鶴曰：「公七歲能詩，則四歲記事，非不能矣。」吕大防《詩譜》以爲年纔四歲或有誤。非也。
開元四年丙辰	六月，睿宗崩。十月，葬於橋陵。改同州蒲城縣爲奉先縣。 十二月，姚崇罷。元之避開元尊號，更名崇。宋璟兼黄門監，蘇頲同平章事。	
開元五年丁巳	九月，改紫微省依舊爲中書省，黄門省爲門下省，黄門監爲侍中。	

（續表）

開元六年戊午		公年七歲。《壯遊》詩云：「七齡思即壯，開口詠鳳皇。」《進雕賦表》云：「自七歲所綴詩筆，向四十載矣，約千有餘篇。」
開元七年己未		
開元八年庚申 中書門下奏開元新格。冬至日祀圜丘，遂用小冬日視朝。小冬日即小至，謂至前一日。	正月，宋璟、蘇頲罷。中書令張嘉貞奏：「致仕官及内外官五品以上，許終身佩魚，以爲榮寵。」自後恩制賞緋紫，例兼魚袋，謂之章服。○魚袋著紫者金裝，緋者銀裝。	
開元九年辛酉	七月，姚崇卒。九月，張説同中書門下三品。召王翰爲祕書正字。	
開元十年壬戌	秋，安南亂。遣内侍楊思勖討平之。思勖有膂力，殘忍好殺，積屍爲京觀，所至立功。	
開元十一年癸亥	四月，張説爲中書令。十月，幸温泉，作温泉宫。	
開元十二年甲子		

（續表）

開元十三年乙丑	十一月，封泰山。王毛仲爲内外閑厩使，馬增至四十三萬匹。帝之東封，以牧馬數萬匹從，色別爲群，望之如雲錦。	公年十四歲。
開元十四年丙寅	四月，張説罷。 岐王範薨。 十一月，幸寧王憲宅，與諸王宴，探韵賦詩。	公年十五歲。 出遊選場。 《壯遊》詩云：「往昔十四五，出遊翰墨場。斯文崔魏徒，以我似班揚。」崔鄭州尚、魏豫州啓心。
開元十五年丁卯	十二月，制以吐蕃爲邊害，令隴右道及諸軍團兵五萬六千人、河西道及諸軍團兵四萬人，又徵關中兵萬人集臨洮，朔方兵二萬人集會州，防秋。至冬初，無寇而罷。	
開元十六年戊辰	二月，張説兼集賢院學士。	
開元十七年己巳	八月初五，帝生日。丞相源乾曜、張説表請以是日爲千秋節，布于天下，咸令宴樂，移社就之。賜天下民牛酒樂三日，曰酺。大合樂于宫中。〇教舞馬四百蹏，各分左右爲部，目爲某家寵、某家驕。其曲歌《傾杯樂》，馬即口銜杯，卧而復起，上壽。或命壯士舉榻，馬舞榻上，抃轉如飛。是日舞于勤政樓下。〇供奉鬬雞。賈昌爲五百小兒長，是日導群雞立廣場，隨鞭指低昂，不失昌度。上以乙酉生而喜鬬雞，是兆亂之象。 宋璟爲尚書右丞相。	公年十八歲。

（續表）

開元十八年庚午	三月，始令百官休日選勝行樂。每十日賜百官一休假。 吐蕃贊普上表請和。表曰：「外甥是先皇帝舅宿親，又蒙降金城公主，遂同爲一家。深識尊卑，豈敢失禮。千歲萬歲，外甥終不敢先違盟誓。」○按：貞觀十五年，文成公主下降吐蕃。景龍二年，金城公主復降吐蕃。 十一月，張説卒。	公年十九歲。 《哭韋之晉》詩云：「悽愴郇瑕邑，差池弱冠年。」又《酬寇侍御》詩云：「往别郇瑕地，于今四十年。」郇瑕，晉邑也。公十八九歲時嘗至晉州，當是遊晉後方爲吴越之遊。
開元十九年辛未		公年二十歲。 《進三大禮賦表》云：「浪跡于陛下豐草長林，實自弱冠之年。」則其遊吴越乃在開元十九年。自是下姑蘇，渡浙江，遊剡谿，久之方歸。
開元二十年壬申	三月，信安王禕大破奚契丹于幽州。 六月，遣范安及于長安廣花萼樓，築夾城入芙蓉園。自大明宫夾東羅城複道，經通化門觀以達興慶宫，次經春明、延喜門至曲江、芙蓉園，而外人不之知也。	
開元二十一年癸酉	三月，韓休同中書門下平章事。 分天下爲十五道，各置采訪使。京畿、都畿、關内、河南、河東、河北、隴右、山南東道、山南西道、劍南、淮南、江南東道、江南西道、黔中、嶺南。兩畿領以中丞，餘擇賢刺史領之。 十一月，宋璟致仕。 十二月，韓休罷。張九齡同中書門下平章事。	

開元二十二年甲戌	正月，帝幸東都。 五月，張九齡爲中書令，李林甫同平章事。 十二月，張守珪斬奚契丹王屈烈及其大臣可突干，傳首東都。其先，東□宇文別種號庫莫奚，〔二〕後爲契丹所併。以奚王牀帳所居建城號中京，故名奚契丹。	公年二十三歲。遊吴越歸，赴鄉舉。 《壯遊》詩云：「歸帆拂天姥，中歲貢舊鄉。」《上韋左丞》詩云：「甫昔少年日，早充觀國賓。」
開元二十三年乙亥	帝在中都。 唐制：年年貢士。按《選舉志》：每歲仲冬，州縣館監舉其成者，送之尚書省。而舉選不由館學者，謂之鄉貢，皆懷牒自列于州縣。既至省，由户部集閲，而關于考功員外郎試之。	下第。按史：二十四年，移貢舉于禮部。則公以鄉貢下考功第，當在是年。 《壯遊》詩云：「忤下考功第，拜辭京尹堂。」
開元二十四年丙子	三月，敕禮部侍郎掌貢舉。武德初，考功郎監試貢舉。貞觀以來，考功員外郎專掌之。是年，考功郎李昂爲舉人詆訶，帝以員外郎望輕，始移禮部，以侍郎主之。 四月，張九齡論安禄山貌有反相，不殺必遺後患。上不從，赦之。後幸蜀，思九齡之先見，下詔褒贈，遣使至曲江祭之。有史窣干與禄山同里，上與語，説之，賜名思明。 十月，駕還西京。按：長安于開、寶間曰西京，至德二年曰中京，上元二年復曰西京，寶應元年曰上都。 十二月，張九齡罷。上欲相李林甫，九齡以姦狀對，上不從。林甫日夜短之，乃罷。李林甫兼中書令，牛仙客同中書門下三品。	

（續表）

開元二十五年丁丑	正月，置玄學博士。其生徒令習《道德經》及《莊子》、《列子》、《文子》等，每歲依明經例舉送。○二十一年，上親注《道德經》，令學者習之。二十三年，奉敕升老子、莊子爲列傳首，居伯夷之上。 四月，張九齡貶荆州大都督府長史。薦周子諒爲監察御史，坐引非其人，左遷荆州。○辟孟浩然爲從事。 廢太子瑛、鄂王瑶、光王琚爲庶人，尋賜死。 是年，上以幾致刑措，推功元輔。天下斷死刑五十八人，獄院有鵲來巢，特歸功宰輔，賜李林甫爵晉國公，牛仙客豳國公。 十一月，宋璟卒。	公遊齊趙。《壯遊》詩云：「放蕩齊趙間，裘馬頗清狂。」按：《壯遊》詩不言兗州，而集中頗多兗州所作，蓋兗州與齊州接境。公遊齊州，當在兗州趨庭之後。○公父閑時爲兗州司馬，公往省侍之，故《登兗州城樓》詩云：「東郡趨庭日，南樓縱目初。」
開元二十六年戊寅	三月，杜希望攻拔吐蕃新城，以其地爲威戎軍。 六月，張守珪破契丹林胡，[二]遣使獻捷。 置左右龍武軍，親近宿衛。太宗選百騎以爲翊衛之備，中宗加萬騎，分左右營。開元以來，與左右羽林軍名曰北門四軍。至是改爲左右龍武軍。肅宗至德二載，置左右神武軍，賜名天騎。	
開元二十七年己卯	李適爲豳州節度使、河北海運使。海運糧儲，當始于隋大業中。按：來護兒從江都進兵，則出成山大洋轉登、萊向遼海也。唐太宗討高麗，舟師皆出萊州，其餽運當從隋故道。蓋隋唐時于揚州置倉，以備海運，餽東北邊。 八月，蓋嘉運大破突厥施于碎葉城，擒其王吐火仙，送京師。	

（續表）

開元二十八年庚辰	正月，令兩京道路並種果樹。 二月，張九齡卒。 是時天下雄富，京師米價，斛不盈二百，絹亦如之。東由汴宋，西歷岐鳳，夾路列店，陳酒饌待客。行人萬里，不持寸刃。	
開元二十九年辛巳 七月，伊洛水溢，損廬舍、禾稼無遺，壞天津橋及東西漕，河南、河北二十四郡皆漂溺。	正月，兩京諸路各置玄元皇帝廟。 高仙芝爲安西副護。 八月，以安禄山爲營州都督，充平盧軍使。	公年三十歲。 在東都。 祭遠祖當陽君。文曰：「十三葉孫甫，謹以寒食之奠，敢昭告于先祖晉駙馬、都尉、鎮南大將軍、當陽成侯之靈。」又曰：「小子築室首陽之下，不敢忘本，不敢違仁。」按：首陽山在偃師縣西北二十五里。
天寶元年壬午 正月丁未，大赦改元。	正月，得靈寶于尹喜故宅，置玄元廟于大寧坊，東都于積善坊。陳王府參軍田同秀上言：「玄元皇帝降于丹鳳門之通衢，告錫靈符在尹喜故宅。」上遣使就函谷關尹喜臺西發得之。 二月，侍中改爲左相，中書令改右相。 八月，李適之代牛仙客爲左相。 九月，兩京玄元廟改曰太上玄元皇帝宮。 十二月，河西節度使王鄆奏破吐蕃魚海及游奕等軍。	公在東都。 姑萬年縣君卒于東京仁風里，公爲制服。 六月，遷殯于河南縣。又爲墓誌。誌曰：「甫昔卧病于我諸姑。」意公之母早亡而育于姑也。○姑適河東裴榮期。
天寶二年癸未	正月，安禄山入朝。 三月，改西京玄元宫爲太清宫，東京爲太微宫。	

（續表）

天寶三載甲申 正月丙申，改年爲載。	正月，遣左右相以下祖別賀知章于長樂坡。知章爲禮部侍郎，取舍非允。門蔭子弟，喧訴盈庭。于是以梯登牆，首出決事。時人咸嗤之。晚年尤加縱誕，因病恍惚，乃上疏請度爲道士，求還鄉里，仍舍本鄉宅爲觀。上許之。三月，安祿山兼范陽節度使。李白供奉翰林，不爲親近所容，懇求還山。八月，帝賜金放歸。十五載，白卧廬山，永王璘迫致之。軍敗，白坐繫潯陽獄。得釋。乾元初，詔長流夜郎。會赦，復還潯陽。寶應初，過金陵、當塗，以病卒。壽王妃楊氏號太真，召入宮。	公在東都。五月，祖母范陽太君盧氏卒于陳留郡之私第。八月，歸葬偃師。公作墓誌。此誌代其父閑作。時父尚爲兗州司馬。是時李白自翰林放歸，客遊梁、宋、齊、魯。相從賦詩，正在天寶三四載間。舊譜謂開元二十五年公從高適、李白過汴州，登吹臺。恐謬。
天寶四載乙酉	八月，册立太真爲貴妃。三姊皆賜第京師。兄銛、錡；從兄釗，賜名國忠，建第於宮東門南。天子幸其第，必過五家。或游幸所至，五家扈從。每家爲一隊，隊著一色衣。五家合隊相映，如百花之焕發。遺鈿墜舄，珠翠燦於路岐可掬。曾有人俯身一窺其車，香氣數日不絶。	公在齊州。李邕爲北海太守，陪宴歷下亭。李白、高適俱有贈邕詩，[三]當是同時。白有《魯郡石門別杜二子美》詩，或四載之秋也。撰《皇甫淑妃神道碑》。妃生臨晉公主，下嫁鄭潛曜，乃廣文鄭虔之姪。公與虔善，故撰文云：「甫忝鄭莊之賓客，游竇主之園林。」按：鄭莊即虔郊居，公嘗宴駙馬蓮花洞。
天寶五載丙戌	四月，左相李適之罷，陳希烈同平章事。	公歸長安。《壯游》詩云：「快意八九年，西歸到咸陽。」歸京師當在天寶四五載。

（續表）

天寶六載丁亥 敕今後賀正使並取元日，隨京官例序立。	正月，遣使就殺北海太守李邕。柳勣下獄，引邕議及休咎。敕刑部祁順之、御史羅希奭馳往，就郡決殺之。 李適之飲藥死。與李林甫不叶，爲其陰中。 詔天下通一藝者詣京師。李林甫命尚書省覆試，皆下之。元結《喻友》文云：「詔徵天下士有一藝者，皆得詣京師就選。相國林甫以草野之士猥多，恐洩漏當時之機，議於朝廷曰：『舉人多卑賤愚瞶，不識禮度，恐有俚言汚濁聖聽。』於是奏待制者，悉令長官考試，御史中丞監之，試如長吏。已而布衣之士無有一第者，遂表賀人主，以爲野無遺賢。」 九月，安禄山築雄武城。外示禦寇，内貯兵器。養同羅及降奚契丹曳落河八千餘爲己子，又蓄戰馬數萬匹，牛羊約五萬餘頭。 十月，幸華清宫。驪山下有温湯。秦築室其上，漢加葺之。貞觀建湯泉宫，開元作温泉宫，至是改爲華清宫。○甃以文瑶密石，中央白玉蓮華捧湯，噴以成池。除供奉兩湯池外，更有長湯十六所，每賜諸嬪御。○蓋即山建立，百官庶府皆行，各有寓止。自十月往，歲盡乃還。 十一月，哥舒翰充隴右節度使。翰初仗劍之河西，事節度王忠嗣，補爲衙將。是年，忠嗣得罪，翰代爲節度。 十二月，安西都護高仙芝討小勃律，擒其王歸。天寶初，安西諸蕃進五色玉，常爲小勃律所劫。上怒，命王天運將四萬人，統諸蕃兵伐之。勃律悉出寶玉，願歲貢獻。天運不許，屠其城而還。勃律中有術者言：「天將大風雪矣。」行馳百里，忽風吹小海水成冰柱，四萬人凍死，惟蕃、漢各一人得還。具奏，上令中使驗之，冰猶崢嶸如山，隔冰見屍立者、坐者。中使將返，冰忽消，屍不復見。	公應詔退下。 在長安。 十月，至獸坊，作《天狗賦》。天狗院列在諸獸院之上。

（續表）

天寶七載戊子	韋濟爲河南尹，遷尚書左丞。公故廬在偃師，濟頻有訪問。 十月，幸華清宮。 貴妃三姊並封國夫人之號，同日拜命。長曰大姨，封秦國；三姨封韓國；八姨封虢國。適柳者爲秦，適崔者爲韓，適裴者爲虢。 十二月，哥舒翰築神威軍於青海之上，又築城龍駒島。吐蕃屏跡，不敢近青海。吐谷渾有青海，周圍八九百里，爲吐蕃所併。開元中，王君㚟、張景順、張忠亮、崔希逸、皇甫惟明、王忠嗣先後破吐蕃，皆在青海。至是吐蕃始不敢近。	公在長安。
天寶八載己丑	閏六月，上親謁太清宮，册聖祖玄元皇帝尊號爲聖祖大道玄元皇帝，上高祖謚曰神堯大聖皇帝，太宗謚曰文武大聖皇帝，高宗謚曰天皇大聖皇帝，中宗謚曰孝和大聖皇帝，睿宗謚曰元貞大聖皇帝。 京兆尹蕭炅坐贓，左遷汝陰太守。炅爲李林甫親厚。楊國忠奏逐，林甫不能救。 哥舒翰攻拔吐蕃石堡城。開元二十九年十二月，吐蕃襲石堡城，蓋嘉運不能守。帝憤之，嘗詔問王忠嗣以攻取石堡城之略。忠嗣上言：「石堡險固，非殺數萬人不能克，恐所得不如所亡。」至是擊攻拔之，士卒死者數萬，果如其言。	在長安，間至東都。《洛城北謁玄元皇帝廟》詩云：「五聖聯龍袞。」此詠太微宮也，作於加謚五聖之後。則公是年冬又在東都。○廟壁有吴道子畫五聖真容。

（續表）

天寶九載庚寅	正月庚戌，群臣請封西嶽。從之。二月辛亥，西嶽廟災。時久旱，制停封。 鮮于仲通充劍南節度副大使。國忠薦之。 五月，安禄山進封東平郡王。 七月，以鄭虔爲廣文館博士。國子監增置廣文館，以領詞藻之士，就職自虔始。○後陷賊，貶台州司户參軍。 上好神仙燒煉之術，黔陽秋貢丹砂等物，經巫峽覆舟。李林甫等請捨宅爲觀，祝聖壽。 十二月，關西游奕使王難得擊吐蕃，克五橋，拔樹敦城。	公自東都復歸於長安。 進《雕賦》。
天寶十載辛卯 秋雨積旬，西京尤甚。	正月壬辰，朝獻太清宫。 癸巳，朝饗太廟。 甲午，有事於南郊。 三月，安禄山兼領三鎮。平盧、范陽、河東。 四月，鮮于仲通討南詔，大敗於西洱河。楊國忠掩其敗狀，反以捷聞。大募西京及河南北兵以擊之，人莫肯應。國忠遣御史分道捕人，連枷送軍前。 八月，安禄山大敗於契丹。禄山欲以邊功市寵，數侵掠奚契丹。天寶四載，各殺所尚公主以叛，禄山討破之。至是爲其所敗。 十一月，楊國忠兼領劍南節度使。	公年四十歲。 在長安。 進《三大禮賦》。玄宗奇之，命待制集賢院。 作《秋述》。 在從弟位宅守歲。位，李林甫壻也。宅近曲江。次年以林甫故，諸壻皆貶官。

（續表）

天寶十一載壬辰	十一月，李林甫死，楊國忠爲右相。哥舒翰、安禄山、安思順皆入朝。翰素與二人不協，上命結爲兄弟。至來朝，使高力士迎於京城東崔駙馬山池宴會，賜熱洛河以和解之。按：射生官供鮮鹿，取血煮其腸，謂之熱洛河。封常清爲安西副大都護，攝御史中丞，充安西四鎮節度。安西都護府治所在龜兹國城内，統龜兹、于闐、焉耆、疏勒四國，謂之四鎮。	公在長安。召試文章，送隸有司，參列選序。命宰相陳希烈、韋見素、集賢院學士崔國輔、于休烈同試，公爲希烈所忌，試後止送有司參選。公詩云：「集賢學士如堵牆，觀我落筆中書堂。」乃宰相之堂。又《上韋左相》詩云：「持衡留藻鑒。」《贈崔于二學士》詩云：「謬稱三賦在，難述二公恩。」注云：「獻《三大禮賦》出身，二公常謬稱述。」
天寶十二載癸巳	正月，京兆尹鮮于仲通諷選人爲楊國忠刻頌，立於省門，制仲通撰其詞。八月，隴右節度哥舒翰兼河西節度使。睿宗時，以黄河九曲之地爲金城公主湯沐，至是翰攻破吐蕃洪濟大漠門等城，悉收九曲故地，次年以其地置洮陽、澆河二郡及神策軍。九月，進封西平郡王。	公在長安。
天寶十三載甲午 八月霖雨，積六十餘日不止。	正月，安禄山入朝，加僕射。禄山求兼領閑廄群牧。庚申，以禄山爲閑廄隴右群牧等使。禄山又求總監。壬戌，兼知總監事。禄山密遣親信，選健馬堪戰者別飼之。○禄山將歸，玄宗御望春亭，脱御服賜之。禄山驚喜，自謂先兆。恐復留之，疾驅出關。至淇門，順流而下。所至郡縣，令船夫持牽板繩，立於岸上以待，至則牽之，日行三四百里。	公在長安。進《封西嶽賦》。爲前停封，又奏賦以請。未幾，兵戈四起，卒不果行。

（續表）

	二月，楊國忠守司空受册。臨軒册三公。自神龍以來，册禮久廢，至國忠復行。 三月，張垍貶盧谿郡司馬，兄均建安太守。張説在中書，子均、垍已掌綸翰之任。上命均求妙寶真符於寶仙洞，往而遂獲。天寶九載，遷刑部尚書。自以才名，當爲宰輔，爲林甫、國忠所抑。垍尚寧新公主，許於禁中置内宅。嘗以賜珍玩詩於均，均曰：「此婦翁與女壻，非天子賜學士也。」至是，弟兄俱受貶逐。 吐谷渾蘇毗王款塞，哥舒翰至磨環川應接之。 關中大饑，出太倉米十萬石，減價糶與貧人。上憂雨傷稼，楊國忠取禾之善者獻之，曰：「雨雖多，不害稼也。」 陳希烈罷。韋見素同中書門下平章事。見素經事相王府，有舊恩。	
天寶十四載乙未	群牧都使奏就群校中點馬。牧馬監掌群牧孳課之事，凡馬有左右監，細馬之監稱左，麤馬之監稱右。○同州馮翊縣南十二里，其處宜六畜，置沙苑監，掌牧養隴右諸牧牛羊。 十一月，安禄山反，陷河北諸郡。 郭子儀爲朔方節度副大使。 出内府錢帛於京師募兵十萬，號天武健兒。兵籍少，故爲召募。旬日而集，皆市井子弟。 十二月，陷東京。 召哥舒翰拜兵馬副元帥，守潼關。以田良丘爲御史中丞，充行軍司馬。翰病，不能治事，悉以軍政委良丘。	授河西尉，不拜。改右衛率府冑曹參軍。太子左右衛率府有録事參軍二人，掌監印、發付、會稽。 十一月，往奉先縣。時公遣妻子先在奉先。《詩史》云：「薊北反書未聞，公已逸身畿甸。」○時家人貧窶，幼子至餓死。

（續表）

肅宗

天寶十五載丙申

七月，肅宗即位，改至德元載。

正月，安禄山僭號於東京。

李光弼爲河北節度副大使。上命郭子儀進取東京，選良將一人，分兵定河北。子儀薦光弼，分朔方兵萬人與之。

六月，哥舒翰戰敗於靈寶西原。翰固守潼關，不輕出戰。賊將崔乾佑羸兵以誘。○翰奏往戰恐墮計中，玄宗信國忠之言，遣中使趣之，項背相望。翰不得已，撫膺慟哭而出。次靈寶縣之西原，爲賊所乘，自相蹂踐，墜黄河死者數萬人。○翰至潼關驛，火拔歸仁叩馬請降賊。翰欲下馬，遂以繩於馬腹連縛其腳。翰握鞭自築其喉，又奪鞭。鞭攏馬就乾佑，送於洛陽。

禄山陷潼關。唐鎮戍，每初夜放煙一炬，謂之平安火。六月十四日辛卯，潼關失守，是夕平安火不至。玄宗懼。十五日壬辰，聞於朝廷。

上出延秋門。妃主皇孫之在外者，皆委之而去。七月，孫孝哲害霍國公主、永王妃侯莫陳氏及駙馬楊朏等八十餘人，又害皇孫郡縣主諸妃三十餘人，並刳其心，以祭安慶宗。王侯將相扈從入蜀者，子孫兄弟雖在嬰孩，不免刑戮。次馬嵬驛，陳玄禮殺國忠，貴妃自縊。玄禮以禍由國忠，欲誅之。會吐蕃使者遮國忠馬，訴以無食，軍士呼曰：「國忠與蕃謀反。」殺之，以槍揭其首。上出驛門，慰勞軍士，令收隊，不應。使高力士問之，玄禮曰：「國忠謀反，貴妃不宜供奉，願陛下割恩正法。」上令力士引妃，縊於佛堂之梨樹下。妃死，瘞於西郊之外一里許道北坎下，時年三十八歲。○十四載六月一日，妃生日，會南海進荔枝，因奏曲名《荔枝香》。今六月妃纔絶而進荔枝至，上使力士祭之。

禄山陷京師。

五月，公自奉先挈家往同州白水縣，依舅氏崔十九翁。奉先在白水之南，時崔爲白水縣尉。

六月，又自白水往鄜州。自白水西北至華原，又自華原北至坊州，復自坊北至鄜也。

聞肅宗立，自鄜羸服奔行在，遂陷賊中。

陳倉令薛景仙殺賊將，保扶風。京畿豪傑往往殺賊官吏，遥應官軍。賊兵力所及者，南不過武關，北不過雲陽，西不過武功。江淮奏請之蜀、之靈武者，自襄陽取上津路抵扶風，道路無壅，皆景仙之力。

七月，次普安郡。

房琯同平章事。丁卯，下詔制置天下。琯建分鎮討賊之議。詔曰：「令元子北略朔方，命諸王分守重鎮。」詔下，遠近相慶。禄山初見此詔，拊膺曰：「我不得天下矣。」其後賀蘭進明譖之曰：「琯昨於南朝爲聖皇制置天下，於聖皇爲忠，於陛下則非忠，此語何以待上皇耶？」○中書言人賈至當制，坐琯黨，乾元初，出爲汝州刺史。

八月癸巳，太子即位於靈武。上皇遣韋見素、房琯使靈武册命。賈至爲傳位册文，乃曾之子也。上皇歎曰：「先帝遜位於朕，册文則卿父所爲；朕以大寶付儲卿，又當衍誥。累朝盛典，出卿父子之手，可謂難矣。」

李泌見上於靈武。

詔鎮西北庭節度使李嗣業赴行在。嗣業自安西統衆萬里，威令肅然，所過秋毫不犯。

回紇、吐蕃請助國討賊。

九月，上幸彭原郡。

十月辛丑，房琯及禄山戰於陳陶斜。癸卯，又以南軍戰，敗績。琯效古法用車戰，以牛車二千乘，馬步夾之。賊順風鼓譟，牛皆震駭。縱火焚之，人畜大亂，死傷四萬餘人。○時分軍

（續表）

（續表）

	爲三：楊希文將南軍，自宜壽入；劉悊將中軍，自武功入；李光進將北軍，自奉天入。琯自將中軍，爲前鋒。按：陳陶斜在咸陽。未戰時，琯已先至便橋據要。既敗，猶欲持重有所伺。而中使邢延思等促戰，倉皇失據。琯自以南軍戰，又敗。 第五琦請以江淮租庸市輕貨，泝江漢而上，至洋州，令漢中王瑀陸運至扶風以助軍。上從之。 永王璘反。孔巢父辭永王辟署。 十二月，以高適爲揚州左都督府長史、淮南節度使。永王反，適陳江東利害，王必敗。上奇之，有是命。	
至德二載丁酉 三月癸亥大雨，至癸酉不止。秋，苦雨。	正月，上在彭原。 安慶緒弒禄山而自立。賊將嚴莊爲慶緒謀，使帳下李猪兒以大刀斫禄山腹，腸潰於牀而死。嚴莊來降。 河南兵馬使蓋庭倫與武威九姓商胡安門物等殺節度使周泌。武威大城之中，小城有七，胡據其五。度支判官崔稱以二城兵攻平之。 二月，幸鳳翔。 三月，吐蕃遣使和親。遣給事中南巨川報命。 史思明自博陵，蔡希德自太行，高秀巖自大同，牛廷玠自范陽，引兵共十萬寇太原，李光弼大破之。 永王璘敗死。	公年四十六歲。 春，在賊中。 五月，謁帝鳳翔。得脱賊，走達行在。拜左拾遺。授左拾遺誥：「襄陽杜甫，爾之才德，朕深知之。今特命爲宣義郎，行在左拾遺。授職之後，宜勤是職，毋怠命。中書侍郎張鎬齎符告諭。至德二載五月十六日。」行右敕用黄紙，高廣皆可四尺，字大二寸許。年月有御寶二方，五寸許。今藏湖廣岳州府平江縣裔孫杜富家。

（續表）

	五月，郭子儀敗於清溝，退保武功。時府庫空虛，專以官爵賞功。諸將出征，皆給空名告身。自開府、特進、列卿、大將軍，下至中郎、郎將，聽臨事注名。及清溝之役，復以官爵收散卒。凡應募入軍者，一切衣金紫。有大將軍告身一通，僅易一醉。 以武部侍郎杜鴻漸爲河西節度使。 房琯罷。張鎬同平章事。八月，鎬出兼河南節度等使。 郭英乂御史中丞兼太僕卿，充隴右節度使。 閏八月，御史大夫崔光遠破賊於駱谷。行軍司馬王伯倫、判官李椿將二千人攻中渭橋，殺賊守橋者千人，乘勝至苑門。賊有先屯武功者奔歸，遇於苑北。合戰，殺伯倫，擒椿送洛陽。然自是賊不復屯武功矣。 回紇送兵五千助討賊。遣其子葉護領兵助討。肅宗命廣平王見葉護，約爲兄弟，謂王爲兄。○葉護自將戰於灃上，賊詭伏將襲我。回紇翦除其伏，出賊背。賊敗，遂收西京。新店之役，賊出輕騎，子儀悉軍追掩。賊張兩翼包之，官軍亂而卻回。回紇從後擊賊，於黃埃中發十餘矢。賊驚顧曰：「回紇至矣。」大敗，遂收東京。蓋子儀提朔方孤軍收復兩京，皆賴回紇助順之力。 九月，廣平王統朔方、安西、回紇兵收西京。是月丁亥，郭子儀同諸軍十五萬發鳳翔，壬寅至長安城西，與賊將安守忠等戰於香積寺北、灃水之東。賊大敗，斬首六萬級。癸卯，大軍入西京。甲辰，捷書至鳳翔。 十月，安慶緒奔河北。 廣平王收東京。子儀與賊戰於陝城之新店，敗之。慶緒自苑門夜遁，廣平入東京。	上疏救房琯。上怒，詔三司推問。宰相張鎬救之，得解。就令鎬宣口敕，仍放就列。有《奉謝口敕放三司推問狀》。《唐書》：「韋陟除御史大夫，會甫論琯，帝令陟與崔光遠、顏真卿按之。陟奏：『甫言雖狂，不失諫臣體。』帝由是疏之。」則當時救者，不獨一張鎬矣。 六月，爲遺補薦岑參狀。參除右補闕。 八月，墨制放還鄜州，省視妻子。 十月，扈從還京。

（續表）

上皇誥，定行期。
李泌求歸衡山。帝欲以張良娣爲后，泌曰：「至於家事，宜待上皇之命。」又欲立廣平爲太子，泌曰：「當俟上皇。不然，後代何以辨靈武即位之意耶？」李輔國附良娣，譖建寧賜死。泌爲張、李所惡，故力辭還山。乃聽之。
癸亥，帝自鳳翔還西京。
十一月壬申朔，帝御丹鳳樓，下制。十二月戊午朔，又御丹鳳門，下制大赦。
十二月，上皇至自蜀，居興慶宫。宫南樓下臨通衢，時幸此樓，置酒眺望，伶官作樂。李輔國陰伺其隙，間之。
上皇誥：改蜀郡爲成都府，長史爲尹。又分劍南、西川、東川，各置節度使。
置鳳翔府，號爲西京。成都爲南京，京兆爲中京，河南爲東京，太原爲北京。
大封蜀郡、靈武元從功臣。靈武諸臣争誇擁立之功，至有蜀郡、靈武之目。
制：陷賊官以六等定罪。
史思明率高秀巖以所部十三州來降。思明斬慶緒將安守忠、李立節，李光弼聞其事，因招之。前此烏承恩已歸國，帝遣承恩諭思明。遂奉表，以所部十三州及兵八萬來降。并率其河東節度使秀巖，以所部來降。詔封思明爲歸義郡王。承恩所至，宣布詔旨，滄、瀛、安、深、德、棣等州皆降。雖相州未下，河北率爲唐有矣。

（續表）

乾元元年戊戌 二月改元，復以載爲年。七月，黄河三十里清如井水。	元日，朝大明宮。 二月丁未，大赦。免陷賊州三歲税，天下非租庸無輒役使。凡授田者，丁歲納粟稻，謂之租；不役者，日爲絹三尺，謂之庸。 李輔國判元帥行軍司馬，專掌禁兵。 三月，廣平王俶自楚王徙封成王。五月，立爲皇太子。更名豫。 四月辛亥，九廟成。備法駕，自長安迎九廟神主入新廟。甲寅，帝親饗九廟。天寶末，九廟爲賊所焚。帝還京，素服哭於廟三日。 有事於圜丘。 册張淑妃爲皇后。 五月，張鎬罷。一時舊臣物望最重者，無如房琯、張鎬。去年罷琯，而暫相鎬。是年罷鎬，而即貶琯。 六月，貶房琯爲邠州刺史，下制數其罪。特借琴工董庭蘭交通門下，招納貨賄，以爲罪狀。劉秩、嚴武等俱貶。琯以軍務委秩。至德初，武詣行在，琯首薦之，並坐琯黨。 第五琦爲鹽鐵使，盡榷天下鹽，斗加時價百錢而出之，爲錢二百一十。天寶、至德間，鹽每斗十錢。是年，琦始變法。劉晏代之，法益密。豪賈射利，官收不能半。 回紇坐收長安有功，請婚。七月，幼女寧國公主下嫁。次年，可汗死，欲以公主殉葬。公主拒之，猶依本國法，剺面大哭，竟以無子得歸。八月，詔百官迎於鳴鳳門外。	公任左拾遺。 四月一日，賜櫻桃。内園進櫻桃，薦廟訖，頒賜近臣有差。 五月端午日，賜衣。 六月，出爲華州司功參軍。别親友出金光門，自此不復至長安。○華州爲扶風。所謂京兆、扶風、馮翊，三輔也。 七月，爲華州郭使君進《殲滅殘寇形勢圖狀》。 華州試進士策問五首。諸州每歲貢入，其進士帖一大經及《老子》，試雜文兩首，策時務五條。 冬晚離官，間至東都。

（續表）

	九月，命郭子儀統九節度之師討安慶緒。朔方郭子儀、淮西魯炅、鎮西北庭李嗣業等七節度使，將步騎二十萬；河東李光弼、澤潞王思禮二節度，將所部兵助之，號爲九節度。以魚朝恩爲觀軍容使。上以郭、李皆元勳，難相統屬，故不置元帥，但以朝恩節制之。十一月，子儀等大破慶緒，圍於相州。慶緒以五萬衆列陣於愁思岡，大敗。遂至相州城下，四面穿濠圍之。慶緒以殘傷出戰，多至摧敗，卻入城守。○武德元年，以魏郡置相州。天寶元年，改爲鄴郡。乾元元年，復爲相州。次年，改爲鄴城。	
乾元二年己亥 三月旱。降死罪流以下。四月久旱。徙市。○雩祭祈雨。	正月，史思明稱燕王於魏州。思明外雖歸順，内實通賊。李光弼欲陰圖之。事泄，又因陳希烈之誅，遂復反。○光弼請與朔方軍同逼魏城，求與之戰，彼必不敢輕出，則鄴城可拔。魚朝恩不可而止，遂致引兵以援賊。 李嗣業卒於行營。 三月，九節度師潰於滏水。圍鄴城，自冬涉春，慶緒食盡，一鼠直錢四千，淘牆數及馬矢以食焉，克在旦夕。諸軍既無統帥，城久不下，上下解體。史思明自魏州引兵趨鄴，每營選精騎五百，日於城下鈔掠。官軍出輒散歸其營。諸軍人馬牛車，日有所失。樵采甚艱，乏食思潰。三月，戰於安陽河北。忽大風晝晦，官軍潰而南，賊潰而北。○惟李光弼、王思禮軍獨完，尋破思明別將萬餘衆。諸節度歸鎮，郭子儀保河陽，詔留守東都。子儀以朔方軍斷河陽橋，保東京，士民驚竄。子儀謀城河陽，又驚。用都虞侯張用濟策，從所部兵築南北兩城守之。 史思明殺安慶緒。	春，公自東都回華州。關輔大飢。 七月，棄官西去，度隴，客秦州。負薪采橡栗自給。○時害瘧。公瘧三秋，一在鄜，一在華，一在秦。卜西枝村，置草堂，未成。姪佐先築堂在東柯谷。公堂未成，寓佐之居。 十月，往同谷縣。日在房，公起秦亭。十一月，至西康。冬春之交，發同谷，登劍門。公在同谷茅茨，蓋不盈月。 十二月一日，自隴右入蜀至成都。弟占，從公入蜀。

（續表）

	六月，以裴冕爲成都尹，充劍南西川節度使。 上從宰相王璵請，立太乙壇於南郊之東。禁中從禱祀，蘇源明上疏切諫。 七月，召子儀還京，以李光弼代之。魚朝恩惡子儀，因其敗，短之於上，乃召還。○光弼治軍嚴整，始至，號令一施，士卒、壁壘、旌旗，精彩皆變。 以兵部尚書霍國公王思禮爲太原尹、北京留守，充河東節度使。光弼徙河陽，以思禮代爲河東。 八月，李光弼爲幽川長史、河北節度使。敗賊將留希德，收清夷曠野等軍。加檢校司徒。 九月，史思明陷東京，李光弼守河陽。思明分軍四道濟河，會於汴州。光弼移牒留守及河南尹并留司官坊市居人，令悉出避寇。思明入洛陽城，空無所得，乃引兵攻河陽及濟、汝、鄭、滑四州。光弼悉軍赴河陽，以短刀置韡中自誓，颭旗大戰，遂破賊衆。思明遁去。	
上元元年庚子 閏四月，改元。	三月，以李若幽爲成都尹，李奂爲東川節度使。 四月，李光弼破賊於懷州河南。 王思禮進位司空。 閏四月，房琯爲晉州刺史。八月，改漢州刺史。 八月，田神功破史思明兵於鄭州。	公年四十九歲。 間嘗至蜀州之青城、新津。裴迪同登新津縣西安寺。

（續表）

	七月，上皇移居西内。移仗之日，上皇驚，幾墮馬數四。高力士躍馬厲聲曰：「五十年太平天子，李輔國，汝舊臣，不宜無禮。」又令輔國攏馬護侍。上皇呼力士曰：「微將軍，阿瞞幾爲兵死鬼矣。」自此不悦，因不茹葷，辟穀，浸以成疾。○都城有三大内：太極宫在西，故名西内；大明宫在東，故名東内；别有興慶宫，在南内。 高力士配流巫州。力士及舊宫人皆不得留。置如仙媛于歸州，出玉真公主居玉真觀。 九月，以江陵爲南都。吕諲請荆州置南都，於是更號江陵，以諲爲尹，置永平軍萬人，以遏吴、蜀之衝。蜀郡先爲南京，復爲蜀郡。 制：郭子儀統諸道兵，自朔方直取范陽，還定河北。爲魚朝恩所阻，事竟不行。當時用兵之失，在於專事河陽，與賊相持，而不爲直擣巢穴之舉。范陽，賊之巢穴也。制下旬日，而復阻之。次年，光弼遂有邙山之敗。 十一月，李光弼收懷州。生捦安太清、周摯、楊希文等，送於闕下。進爵臨淮郡王。 十二月，以羽林大將軍李鼎爲鳳翔尹，興、鳳、隴等州節度使。次年，党項羌寇寶雞，入大震關，陷鳳州。鼎邀擊之，後死岐陽。	初至成都，寓浣花谿寺中。草堂寺自梁有之。梁簡文《草堂傳》曰：「周顒，昔經在蜀，以蜀草堂寺林壑可懷，乃於鍾嶺雷次宗學館立寺，因名草堂，所謂草堂之靈也。」公卜居浣花里，近草堂寺，因名草堂。至是，營草堂居之。詩曰：「經營上元始。」《堂成》云：「頻來語燕定新巢。」則三月堂成。○本傳云：「於成都浣花里種竹植樹，結廬枕江。」《卜居》詩：「浣花谿水水西頭。」《狂夫》詩：「萬里橋西一草堂，百花潭水即滄浪。」《堂成》云：「背郭堂成蔭白茅。」《西郊》詩：「時出碧雞坊，西郊向草堂。」《懷錦水居止》詩：「萬里橋南宅，百花潭北莊。」然則草堂背成都郭，在西郭碧雞坊外，萬里橋南，百花潭北，浣花水西，歷歷可攷。

（續表）

上元二年辛丑 七月霖雨，至八月方止。彭州灌口鎮水災，損失户口。 九月，去上元年號，止稱元年。年號起於漢武帝，今法上古之制，故去之。以十一月爲歲首，月以斗所建辰爲名。建子月，壬午朔，上受朝賀，如正旦儀。	二月，崔光遠代李若幽爲成都尹。 李光弼敗於北邙山，河陽、懷州皆陷。懷恩麾下多不法，子儀寬容之，光弼裁之以法。懷恩不悦，促其出師致敗。 三月，史思明爲其子朝義所殺。 四月，張鎬貶辰州司户。 梓州刺史段子璋反，襲東川節度使李奂於緜州。子璋稱梁王，改元黄龍，緜州爲黄龍府，置百官。奂奔成都。 五月，崔光遠攻拔緜州，斬子璋。牙將花驚定恃功，大掠士女，至斷腕取金。○及平，奂復得之鎮。 五月，復以李光弼爲河南副元帥，統河南、淮南東西、山南東、荆南、江南西、浙江東西八道行營節度使，出鎮臨淮。 王思禮卒。管崇嗣代爲太原尹。數月，召鄧景山代崇嗣。 八月，李輔國守兵部尚書。詔群臣於尚書省，送上楊炎靈武受命宫頌，廣平王俶、太尉光弼、司徒子儀、尚書僕射冕、尚書輔國。 建亥月，崔光遠卒。上怒光遠不能戢軍，乃罷之，恚死。 建丑月，合劍南東西、兩川爲一道，廢東川節度，以嚴武爲成都尹。按：武三鎮蜀，此則其再鎮也。初以御史中丞出爲緜州刺史，遷東川節度使；再拜成都尹兼御史大夫，充劍南節度使；三遷黄門侍郎，拜成都尹，充劍南東西川節度使。	公年五十歲。 居成都草堂。 秋爲王潛作《唐興縣客館記》。莫、台、道、遂四州俱有唐興縣，此則遂州之唐興也。

（續表）

寶應元年壬寅

建巳月，代宗即位，改元，復以正月爲歲首，建巳月爲四月。

建卯月，復下詔建五都。京兆爲上都，河南爲東都，鳳翔爲西都，江陵爲南都，太原爲北都。○去年九月，罷鳳翔西都及江陵南都之號，至是復建。河東將士殺節度使鄧景山。諸將摽掠不已，上召郭子儀入卧內曰：「河東之事，一以委卿。」子儀至軍即案殺景山者，由是河東諸鎮奉法。

封郭子儀爲汾陽王。

召來瑱赴京師，復令還鎮。密敕裴茙圖之。

六月，瑱擒茙于申口。

建辰月，元載同平章事。

党項與吐谷渾奴剌連和，寇梁、洋等州。羌與胡異類。吐蕃本西羌屬；党項，漢西羌別種，此羌兵也。吐谷渾本鮮卑慕容氏東胡之支，晉時西徙枹罕，此胡騎也。黄鶴《注》以吐蕃屬胡，党項、吐谷渾奴剌屬羌，欠考。

建巳月初六日乙卯，上皇崩。十八日丁卯，帝崩。初，張后與李輔國表裏專權，晚更有隙，謀誅之。輔國勒兵，遷后別殿。帝聞宫中兵亂，驚怖，崩於長生殿。輔國殺后及越王係。戊辰始發喪，宣遺詔，引太子於九仙門，與宰相相見，始行監國之令。

二十日己巳，太子即位。上在東宫，心不平輔國。及嗣位，尊之爲尚父。以其有殺張后功，不欲顯誅之。十月，夜遣盜入其第，竊輔國首及一臂而去。

五月，李光弼至徐州，諸將皆懼其威名，相繼赴闕。光弼未至，田神功逗遛於楊府。尚衡、殷仲卿相攻於兗、鄆，來瑱旅拒而還襄陽。朝廷患之。及光弼輕騎入徐州，田神功遽歸河南，尚衡、殷仲卿、來瑱皆赴闕。

公居成都草堂。詩曰：「斷手寶應年。」

建卯月，上中丞嚴公説旱。

五月，嚴公枉駕草堂。兼攜酒饌至。

七月，送嚴公還朝，到緜州。未幾，蜀有徐知道之亂，因入梓州。

冬，復歸成都，迎家至梓。

十一月，往射洪縣，南之通泉縣，皆梓屬邑。《新唐書》本傳云：「遊東蜀依高適。」當在此時，嚴公入朝之後。

（續表）

	六月，程元振代輔國判元帥行軍司馬，專制禁兵，加鎮國大將軍、右監門衛大將軍，充寶應軍使。 七月，召嚴武還朝。劍南、西川兵馬使徐知道反，以兵守劍閣。武以七月離成都，阻兵。九月，尚未出巴嶺。後知道爲其下李忠厚所殺。○武還，以高適代之。 郭子儀解副元帥節度使，留京師。爲程元振所譖而罷。 八月，台州袁晁反，陷浙東州郡。次年，李光弼捦晁，浙東悉平。 九月，裴冕貶施州刺史。至德二載，以右僕射封冀國公，尋鎮蜀。坐附李輔國，遂貶。永泰中，復徵爲左僕射。 十月，雍王适爲天下兵馬元帥，僕固懷恩副之，討史朝義。雍王見回紇可汗於河北。魯王适改封雍王，即德宗也。回紇助順之後，上册命爲可汗。○雍王見回紇時，責王不於帳前舞蹈，其將車鼻遂引藥子昂、李進、章少華、魏琚各榜笞一百。少華、琚一宿而死。 十一月，官軍破賊於洛陽，進取東都，河南平。史朝義走河北。李懷仙斬其首以獻，河北平。	
代宗 廣德元年癸卯	正月，來瑱入朝謝罪，程元振誣搆，賜死。瑱自襄陽入朝，分諸將戍福昌、南陽。瑱誅，戍者遂潰。 閏月，史朝義下諸降將分帥河北，各爲節度使。懷恩爲河北副元帥，恐賊平寵衰，欲自立黨援，乃奏以李懷仙爲幽州、盧龍節度使，田承嗣爲魏博、德、滄、瀛防禦使，薛嵩爲相、衛、邢、洺、貝、磁節度	公在梓州。 春間往漢州。時房琯牧此州。○琯於漢州城西北角鑿池，名西湖，後名房公湖。 秋，自梓往閬州。

（續表）

	使。〇歸順之後，招集安、史餘黨，各擁勁卒數萬，自署文武將吏，不供貢賦，結爲婚姻，互相表裏。朝廷專事姑息，不復能制。回紇登里可汗歸國。甘州有花門山堡，東北千里至回紇衙帳。天興聖節，諸道節度使獻金飾、器用、珍玩、駿馬爲壽，共直緡錢二十四萬。常衮上言請卻之，不聽。 三月辛酉，葬玄宗。泰陵在蒲城東北金粟山。庚午，葬肅宗。嚴武爲二聖山陵橋道使。封鄭國公，黄門侍郎。 四月，御史大夫李之芳等自吐蕃歸。吐蕃數來請和，去年遣李之芳、崔倫往聘被留，至是放還。 七月，吐蕃盡取河西隴右之地。唐自武德以來，開邊拓境，地連西域，皆置都督府州縣。開元中，置朔方等處節度使以統之。禄山反，邊兵精鋭者徵發入援，謂之行營。所留兵單弱，竟召吐蕃之禍。 四月，房琯拜特進刑部尚書，赴行在。路遇疾。八月，卒于閬州。 十月，吐蕃寇奉天、武功，上出幸陝州。吐蕃入長安。立廣武郡王承宏爲帝。邊將告急，而程元振不以聞。及將至長安，上倉卒不知所爲，出幸陝。至華州，官吏奔散，無復供應。扈從將士，不免飢餒。乃幸魚朝恩營。〇詔徵天下兵入援。諸鎮畏元振讒搆，莫有至者。朝廷所恃，惟郭子儀一人。郭子儀收復京師。吐蕃始寇，詔焚大散關，以雍王适爲關内元帥，子儀副之。子儀自相州罷歸，部曲離散。承詔日，麾下纔得二十騎而行。時六軍將士逃潰者多在商州，行收兵合四千人，勢稍振，吐蕃遁去。	爲閬州王使君進《論巴蜀安危表》。上皇還京後，於緜、益二州各置一節度，百姓勞疲。高適爲蜀州刺史，因西山三城置戍論之，請罷東川，以一劍南。疏奏不納。公表亦請罷東川兵馬，悉付西川，與適議合。是時適在成都，與公往來，蓋諮議而行也。 九月二十二日壬戌，祭故相國清河房公於閬州。 冬晚，復回梓州。 是歲召補京兆功曹，不赴。本傳：「久之，召補京兆府功曹。」《別馬巴州》詩注：「時甫除京兆功曹，在東川。」

衛伯玉拜江陵尹，充荆南節度觀察等使。車駕幸陜，以伯玉有幹略，可當方面，乃拜。○杜位爲行軍司馬。

十一月，宦官廣南市舶使吕太一反。於嶺南矯詔募兵爲亂，逐節度使張休，縱兵焚掠。官軍討平之。

削程元振官爵，放歸田里。太常博士柳伉上疏，以爲吐蕃犯關度隴，不血刃而入京師，劫宫闕，焚陵寢，其禍極矣。乞斬元振首，馳告天下。上以其有保護之功，止削爵。次年，以私入京師，配溱州。

十二月，上還長安。初，元振勸都洛陽，以避蕃寇，代宗然之。郭子儀因張重光宣慰回，附章論奏。代宗省表垂涕，亟還京師。

元結授道州刺史。州爲西原賊所陷，人十無一，户纔滿千。結在州二年，歸者萬餘家。賊亦懷畏，不敢來犯。

諸將侈於居第，下詔禁止之。大臣宿將競崇棟宇，無有界限，人謂之木妖。

魚朝恩改爲天下觀軍容宣慰處置使。初幸陜，朝恩舉在陜兵與神策軍迎扈，悉號神策軍。及京師平，朝恩以軍歸禁中，自將之，尚未得與北軍齒。至是，朝恩以神策軍從上屯苑中，其勢浸盛，分爲左右廂，居北軍之右矣。

留後章彝，大閲東川。唐節度使若朝覲，則置留後，置其人以任之。是時已廢東川節度，故彝以梓州刺史領留後事。○彝初爲嚴武判官，次年嚴更入蜀，因小忿杖殺之。

吐蕃陷松、維、保三州及雲山新築二城。乾元後數年，鳳翔以西、邠州以北皆爲營帳。至是，劍南、西山諸州亦及矣。西川節度使高適不能救，召還。適還，又以嚴武代之。

（續表）

廣德二年甲辰

春，饗廟及郊。
正月，嚴武以黄門侍郎復爲劍南、東西川節度使。
三月，以劉晏爲河南江淮轉運使。唐江淮之粟皆輸洛陽，轉運京師。喪亂以來，汴水湮廢，漕運自江、漢抵梁、洋，迂險勞費。時晏主漕，乃疏汴渠，歲運米數十萬石，以給關中。
七月，李光弼卒於徐州。光弼懼魚朝恩之害，不敢入朝，諸將田神功等不復禀畏，於是媿恨成疾卒。
八月，王縉都統河南、淮西、山南東道諸節度行營事，兼領東京留守。時縉同平章事，因光弼死，乃代之。歲餘，遷河南副元帥，請減軍資錢四十萬，修東都殿宇。○天寶末，兄維陷賊中，縉納官代罪，以「凝碧池」詩特宥之，下遷太子中允，轉尚書右丞。至晚年，得輞川别墅。
九月，尚書左丞楊綰知東京選，禮部侍郎賈至知東京舉。兩部分舉，選自此始。
江南西道觀察使張鎬卒，李勉代之。
嚴武破吐蕃七萬餘衆，拔當狗城。十月，收吐蕃鹽川城。武以崔旰爲漢州刺史，使將兵擊吐蕃於西川，連拔其城。僕固懷恩誘吐蕃、回紇合兵入寇。十一月，吐蕃軍潰。是年二月，懷恩謀取太原，其子瑒進圍榆次。十月，兩蕃進逼奉天。
關輔饑，自秋及冬，斗米千錢。定上下酤户，以月收税。乾元元年，京師酒貴。肅宗以廩食方缺，禁京師酤酒，期以麥熟如初。二年，復禁酤。至是則榷酤。

春，公自梓州挈家再往閬州。別相國房公墓。房公卒於閬州紫極宫，權瘞之，次年啓殯歸葬。嚴公復鎮蜀。春晚，遂歸成都草堂。
六月，在嚴公幕中。表爲節度參謀、檢校工部員外郎，賜緋魚袋。朝廷依允，中使銜命而來，公與嚴公共於望鄉臺迎之。
上嚴公《東西兩川説》。

（續表）

永泰元年乙巳 正月改元。 三月，大風拔木。 春旱，四月始雨。 七月又旱。 春無雷，六月始雷。 十二月一日臘。唐運以土德行，衰於丑，故用丑日爲臘。〇以大寒後辰日爲臘。	正月，下詔罪己。 左散騎常侍高適卒。適召還爲刑部侍郎，轉常侍。卒，贈禮部尚書。 二月，内出宫女千人。品官六百人，守洛陽宫。肅宗收京時，放宫女三千。 党項羌寇京兆之富平縣。 三月，命左僕射裴冕、右僕射郭英乂等文武之臣十三人於集賢院殿待制，以備詢問。 嚴武加檢校吏部尚書。四月，武卒。贈尚書左僕射。 五月，郭英乂爲成都尹。 九月，置百高座於資聖、西明兩寺，講《仁王經》。值吐蕃入寇，京城戒嚴，罷百高座講。十月，復講於資聖寺。 僕固懷恩復引回紇、吐蕃、吐谷渾、党項奴剌數十萬衆入寇。〔四〕詔郭子儀屯涇陽。子儀曰：「昔與回紇契約甚厚，不若挺身説之。」遂免胄釋甲，投鎗而進。回紇酋長下馬羅拜，子儀切責之，讓以負約。回紇請擊吐蕃以謝過。子儀執酒爲誓。藥葛羅率衆追吐蕃，子儀使白元光率精騎從之，大破吐蕃于靈臺關，其大帥合胡禄、都督藥葛羅等入見。前後贈賚繒帛十萬匹，府庫空竭，税百官俸以給之，猶未肯歸國。懷恩死於鳴沙。上遣裴遵度諭之，懷恩抱其足而號泣。又下詔稱其勳勞，許以但當詣闕，更勿有疑。懷恩不能從，以致於死。〇僕固名臣及党項帥皆來降，懷恩之家没入後宫。大曆四年，以其女爲崇徽公主，嫁回紇可汗。	正月三日，公辭幕府，歸浣花谿草堂。 哭僕射嚴公歸櫬。 五月，離草堂南下，自戎州至渝州。 六月，至忠州。寓龍興寺。 秋，至雲安縣，居之。 遠聞相國房公靈櫬歸葬東都有作。 自秋徂冬，俱在雲安縣。

（續表）

	十月，劍南西川兵馬使崔旰反，寇成都。旰本建功西山，英乂通其妾媵，激之生變。郭英乂奔於靈池，爲旰所殺。英乂以柏茂琳爲前軍，郭英幹爲左軍，郭嘉琳爲後軍，俱敗於成都西門。邛州牙將柏貞節、瀘州牙將楊子琳、劍南牙將李昌夔共起兵討旰。	
大曆元年丙午 春旱，至六月庚子始雨。 冬無雪。 十一月改元。	二月，命楊繼修好吐蕃。吐蕃遣首領論泣陵來朝。以杜鴻漸爲山南西道、劍南東西川等道副元帥。鴻漸請以山南西道節度使張獻誠兼充東川節度；使柏茂琳爲邛州刺史，充邛南防禦使；崔旰爲茂州刺史，充西山防禦使，以兩解之。三月，張獻誠與旰戰，敗于梓州。八月，鴻漸至蜀，又請以節制讓旰。以旰爲劍南西川節度，行軍司馬。茂琳爲邛南節度使，而柏貞節等爲本州刺史，各令解兵。鴻漸以黃門侍郎同平章事受命鎮蜀。政事一委崔旰，日與判官杜亞、楊炎縱酒高會。○時岑參出爲嘉州，鴻漸表爲職方郎中兼侍御史，列於幕府。 八月，國子監釋奠，以魚朝恩判國子監事。朝恩率六軍諸將聽講，子弟皆服朱紫爲諸生。 十一月，大赦，停什畝税一法。三月，税青苗地錢，命御史府差使徵之。又用第五琦什畝税一法，編户流亡，乃停。	春晚，公自雲安縣至夔州，居之。 秋，寓夔之西閣。 爲夔府柏都督謝上表。是年，置邛南防禦使，治邛州，尋升爲節度使，未幾廢。置劍南西山防禦使，治茂州，未幾廢。二使之置廢，專爲柏茂琳與崔旰也。邛南節度既廢，茂琳既拜夔州都督。故表文云：「察臣劍南區區，恐失臣節。」如彼「失臣節」者，旰也。曰「劍南區區」，則由劍南而還荆南也。 是年，終歲居夔州。肅宗至德之後，中原多故。襄、鄧百姓，兩京衣冠，盡投江湖，荆南井邑，十倍於初。乃置荆南節度使以領之。至公在夔時，蜀客避崔旰之亂，下荆南者尤多。

（續表）

大曆二年丁未	正月，復分劍南東、西川爲二道。 淮南節度使李忠臣入朝。 三月，汴宋節度使田神功來朝。 六月，劍南節度使杜鴻漸還朝。 荆南衛伯玉加檢校工部尚書，封陽城郡王。其母加封鄧國太夫人。大曆五年，伯玉丁母憂，朝廷以王昻代其任。諷將士請留，遂起復再任。 江西觀察使李勉入朝。勉初爲梁州都督。寶應元年，羌渾寇梁，勉棄郡走，後徙觀察。至此來朝，拜京兆尹。 七月，崔旰爲西川節度使，杜濟爲東川節度使。 八月，鳳翔等道節度使李抱玉入朝。 九月，吐蕃寇靈州，進寇邠州。十月，朔方節度使路嗣恭破吐蕃於靈州城下，遂引去。 十月甲申，減京官職田三分之一充軍糧。 十一月己丑，率百官、京城士庶出錢以助軍。 嶺南節度使徐浩奏：「十一月二十五日，當管懷集縣雁來。」乞編入史，從之。先是，五嶺之外朔雁不到，浩以爲陽爲君德，雁隨陽者，臣歸君之象也。 十二月，和蕃使檢校工部尚書薛景仙自吐蕃使還。遣首領隨景仙入奏云：「贊普請以鳳林關爲界。」	公在夔州西閣。 春，遷居赤甲。山高不生樹木，其石悉赤，望之如人袒胛，故名赤甲。 三月，賃居瀼西。夔人謂山澗之流通江者曰瀼。居人分其左右，謂之瀼東、瀼西。 秋，遷東屯。公孫述留屯之所，距白帝五里，田可百頃，稻米爲蜀中第一。〇以瀼西草堂暫借吴司法居之。 未幾，復自東屯歸瀼西。 是年，終歲居夔州。公於夔三徙居，皆名高齋。白帝城、瀼西、東屯，各隨所寓而賦高齋。後人即其處各肖像，以高齋名之。

（續表）

大曆三年戊申 正月丙午朔初三日申爲太歲日。 元日至人日皆陰。	三月，商州兵馬使劉洽殺防禦使殷仲卿，尋討平之。 四月，崔寧入朝。旰賜名寧，加常侍。未幾加檢校工部尚書。 五月，楊子琳襲據成都府。寧妾任氏募兵擊走之。後封冀國夫人。寧鎮蜀，以任氏本浣花人，重修草堂寺。故蜀人因百花潭之名附會其事，遂有「一僧濯衣，百花滿潭」之說。宋人任正一《遊浣花記》云：百花潭見於杜說，非出冀國而得名也。 六月，幽州兵馬使朱希彩與朱泚、朱滔共殺節度使李懷仙，自稱留後。 八月，吐蕃寇靈州、邠州，京師戒嚴。馬璘敗之。 九月，吐蕃復入寇，白元光敗之。 敕桂、廣、交、黔等州都督府所奏擬土人首領，任官簡擇，宜準舊制。次年，度差强明清正五品以上官充選補使，仍令御史同往注擬。 用私鑄惡錢。天寶後，富商奸人收好錢，將往江淮之南，每錢貨得私鑄惡者五文，假託官錢，將入京私用，每貫重不過三四觔。至是則刻泥爲錢模，以鉛鐵和銅爲之。	正月上旬，公去夔出峽。 三月，至江陵暫居。 秋，發荆南，移居公安縣。屬江陵府。憩此縣者數月。 歲暮，發公安之岳州。時李晉肅自江陵入蜀，乃李賀之父。
大曆四年己酉	二月，楊子琳擊王守仙於忠州黄草峽，殺夔州別駕張忠，據其城，以爲峽州團練使。子琳自成都敗還瀘州，招聚亡命數千，沿江東下，聲言入朝。擊破守仙，遂殺忠。衛伯玉欲結爲援，以夔州許之，爲請於朝。 以湖南都團練觀察使韋之晉爲潭州刺史，徙湖南軍於潭州。辟張建封爲參謀。	正月，公自岳州之潭州。自岳之潭之衡爲上水，自衡回潭爲下水。 秋，欲適漢陽；暮秋，欲歸秦，皆不果，卒留潭。自是率舟居。

（續表）

	三月，遣御史稅商錢。 七月，以崔瓘爲潭州刺史、湖南都團練、觀察使。 十二月，廣州人馮崇道、桂州人朱濟時反，容管經略使王翃敗之。 京兆尹李勉出爲廣州刺史，兼嶺南節度、觀察使，平馮崇道、朱濟時之亂。番禺賊帥馮崇道、桂州敗將朱濟時阻洞爲亂，遣將招討，悉斬之，五嶺平。李勉歸，至石門停舟，悉搜家人所貯南貨犀象之物，投之於江中。	
大曆五年庚戌 三月三日。	四月，湖南兵馬使臧玠殺其團練使崔瓘，據潭州爲亂。瓘恭守禮法，將吏久不奉法，多不便之。會月給糧儲，兵馬使臧玠與判官達奚覯忿争，遂作亂，以殺覯爲名。瓘遑遽走，遂遇害。○瓘辟蘇渙爲從事，渙踰嶺扇動哥舒晃，跋扈交廣，作變伏誅。澧州刺史楊子琳、道州刺史裴虬、衡州刺史陽濟各出兵討之。子琳取賂而還。	公年五十九歲。 春，在潭州。 夏，避臧玠之亂，入衡州。苦其炎暍，思回櫂爲襄漢之遊，不果。欲往郴州依舅氏。二十三舅崔偉以録事攝郴州。○郴與耒陽皆在衡州東南，郴水入衡。公初欲往郴，卒不遂。其至方田，蓋泝郴水而上。因至耒陽。其時屬江漲，泊于方田驛。耒陽聶令以公阻水，因致書饋以酒肉。有《呈聶令》詩，乃公之絶筆。 卒於耒陽。 殯於岳陽。 歸葬於偃師。

【校勘記】

〔一〕「□」，原本缺字。按，《魏書》卷一〇〇載「庫莫奚國之先，東部宇文之别種也」，則所缺字或爲「部」字。《四庫》本作「國」。

〔二〕「林胡」，原「胡」字作空圍，據《唐會要》卷一四「開元二十六年六月」條及《四庫》本改。

〔三〕「高適」，原作「高道」，據《四庫》本改。

〔四〕「党項」，原作「党渾」，據《四庫》本改。

歷代詩話卷四十五　己集十二

壽谿　吴景旭旦生氏著

杜陵正傳

甫，字子美，本出杜陵，徙爲襄陽人。曾祖依藝令鞏，又徙河南鞏縣。祖膳部員外郎審言，以詩著神龍間。生奉天令閑，其適爲甫。七歲綴詩。少不羈，遊吴、越，客梁、宋，與李白、高適登吹臺，入酒家壚嘯詠，人皆異之。歸長安，應詔退下，表稱「先君恕、預以降，逮亡祖審言，高視藏府，假臣執先祖故事，述作跂揚雄、枚皋流」。會天寶十載，朝獻太清宫，饗太廟，有事南郊，奏《三大禮賦》。奇其才，命宰相試文章。授河西尉，不拜。改右衛率府胄曹參軍。潼關之變，車駕幸蜀。避亂鄜州，聞靈武傳位，羸服趨赴，陷賊中。尋脱賊，達行在所。上謁，拜左拾遺。時房琯敗績於陳陶斜，罷相。甫上疏，言琯罪細，不宜免大臣。帝怒，詔三司推問。得宰相張鎬救，帝乃解。甫進謝狀，復稱：「琯故相子，少自樹立，晚爲醇儒，時論許以公輔才。臣不自度，歎其氣志挫衄，望陛下棄細録大，以允衆望，天下幸甚。」跡其抗聲忤旨，引稱不少貶，要才爲國惜，非止以布衣驩也。冬收京，扈從而還。明年，出爲華州司功參軍。屬關輔饑，棄官，客秦州。遂入蜀，卜居成都浣花里。嚴武鎮成都，往依之。武還朝，往來左蜀諸郡。召補京兆功曹，不至。武復出鎮，亦歸成都。表爲節度參謀，檢校工部員外郎，居幕府。

性褊傲，倚醉上武牀，目懾曰：「挺之乃有此兒。」武以世舊，不之忤。過草堂，不巾見，亦不銜。時謂甫狂生，且多武之能屈意以成甫高也。武卒，崔旰亂蜀。乃下忠、渝，次雲安。大曆初，居夔州，往來轉徙者三閱歲。自此出峽，赴荆門，泛處于潭。又值臧玠之亂，泝郴水而上。至耒陽，時江水暴漲，阻飢方田驛。聶令通刺，以酒肉餉。一夕而卒，享年五十有九。

贊曰：以此之才，奮興當世，職任清途，日條上封事，爲天子近臣，詎不盛哉！乃遭譴黜，所在亂饑，自荷薪拾橡梠不給。三年營一草堂，曾不得寧止，鬱邑無可依而去。悲夫！要其憤發有作，念不忘君，世稱詩史，蓋賢於遇矣。

按：《新》、《舊史》本傳各無倫次，謹爲攷訂而作正傳，略舉二史於左。

《新唐書》：「天寶十三載，朝獻太清宮，饗廟及郊。甫奏賦三篇。帝奇之，使待制集賢院。」按《進三大禮表》云：「臣生長陛下淳樸之俗，行四十載矣。」天寶十載，公齒四十。則進三賦乃十載事，而十三載所進者爲《請封西嶽賦》也。即《請封西嶽賦序》云「上既封泰山之後，三十年間」。自開元十三年乙丑封泰山，至天寶十三載甲午，計有三十年，則《西嶽賦》在十三載矣。

《舊唐書》：「獻《三大禮賦》，玄宗奇之，召試文章，授京兆府兵曹參軍。」按：十三載《進西嶽賦表》尚稱「臣本杜陵諸生」，蓋長安一匹夫耳，則獻三賦時何嘗授官？公《自贈》詩：「不作河西尉，淒涼爲折腰。老夫怕趨走，率府且逍遥。」原注云：「時免河西尉，爲右衛率府兵曹。」此天寶十四載事也。是年禄山反，故《書懷》詩「昔罷河西尉，初興薊北師」可證。

州時也。

《新唐書》：「上疏言琯事。帝怒，張鎬救解。然自是不甚省録。時所在寇奪，甫家寓鄜，彌年艱窶，孺弱至餓死。因許甫自往省視。」據公《自京赴奉先縣詠懷》詩云：「老妻寄異縣，十口隔風雪。入門聞號咷，幼子飢已卒。」則孺弱餓死當在天寶十四載赴奉先時，而非至德二載省視鄜州時也。

《新唐書》：「禄山亂，天子入蜀，甫避走三川。肅宗立，自鄜州羸服欲趨行在，爲賊所得。至德二載，亡走鳳翔。謁上，拜左拾遺。」此最可信也。《舊唐書》以爲甫自京師宵遁，赴河西，謁肅宗于彭原。《集注》因之，亦謂自京竄至鳳翔。皆誤。

《舊唐書》：「甫嘗憑醉登武之牀，瞪眎武曰：『嚴挺之乃有此兒。』武雖急暴，不以爲忤。」初無欲殺之説。《新唐書》以爲：「武外若不爲忤，中銜之。一日欲殺甫，集吏于門。武將出，冠鉤于簾者三。左右白其母，奔救得止。」觀公先寄詩云：「得歸茅屋赴成都，真爲文翁再剖符。」又《八哀》詩云：「空餘老賓客，身上媿簪纓。」其生死交情，亦可概見，《新史》失之誣矣。

《舊唐書》：「武卒，甫無所依，乃遊東蜀，依高適。既至而適卒。」按：適於廣德元年十二月入朝，及拜左散騎常侍，永泰元年正月乃卒。公《聞高常侍亡》詩云：「歸朝不相見，蜀使忽傳亡。」是適卒於歸朝後，而非在蜀也。何言欲東依適，既至而適卒耶？其年正月，適卒；至四月，武卒。是適卒於武之前也，何言公無所依而依適耶？

《舊唐書》：「甫以其家避亂荆楚，扁舟下峽，未維舟而江陵亂。乃泝沿湘流，遊衡山。」據公在江陵有《暮春雨後》、《夏日執熱》、《秋日述懷》等作，是三月至江陵，秋移居公安，又數月至歲暮方抵岳，何言未維舟而亂，即去之也？況其時江陵無警也。

《舊唐書》：「永泰二年，卒於耒陽。」按：公生於先天元年，卒於大曆五年庚戌，爲年五十有九，則非永泰年間矣。其言卒於耒陽，最爲可信。吕大防《詩譜》以爲是年夏還襄陽，卒於岳陽。魯訔、黄鶴《譜》謂卒於潭、岳之交，又牽引「回棹」、「歸秦」等句以爲證，皆不足憑也。

《舊唐書》：「宗武子嗣業，自耒陽遷甫之柩，歸葬於偃師。」元微之《墓誌》云：「旅殯岳陽。其孫嗣業，去子美殁餘四十年，爲元和之癸巳，合窆於首陽之山前。」因觀《耒陽縣志》載：「工部墓在縣治北郭外二里。」胡苕谿謂：「耒陽有子美墓，前賢多留題。」司馬温公謂：「豈微之但爲誌而不克遷，或已遷而故冢尚存耒陽耶？」此皆不明「旅殯」之義，遂致衆説紛紛。按《説文》：「殯者，死在棺，將遷葬，賓遇之。」此云「旅殯」，當是卒於耒陽，遷柩岳陽，後乃歸葬偃師也。公自稱「當陽君後」，故世葬偃師首陽山。山在官路，而當陽墓載圖經可攷。《晉書》：「預先爲遺令曰：『吾去春入朝，自表營洛陽城東首陽之南，爲將來兆域，開隧道南向。』」天寶三載，公以祖母盧歸葬偃師，嗣業歸葬公於偃師，皆承當陽君之志也。

歷代詩話庚集目録

唐詩

卷上之上

卷上之中

卷上之下

卷中之上

卷中之中

卷中之下

卷下之上

卷下之中

卷下之下

歷代詩話卷四十六　庚集一

苕谿　吴景旭旦生氏著

唐　詩　卷上之上

烏鰂墨

宋遷《寄試鶯》詩：「誓成烏鰂墨，人似楚山雲。」

吴旦生曰：江東人取烏鰂之墨書契，以給人物，踰年墨消，則一空紙。遷意以盟誓成虚，亦猶此也。《南越記》云：「烏賊魚腹中血正黑，可以書也。世謂烏賊懷黑而知禮。」《古今注》云：「一名河伯度事小史。」《本草》作「白事小史」。《炙轂子》云：「此魚每遇漁舟即吐墨染水令黑，以混其身。」《食物本草》云：「其墨用以書僞券，踰年即脱。此魚自浮水面，烏見以爲死，往啄之，乃卷入水，故謂烏賊。」《呂氏春秋注》引《古月令》云：「九月，寒烏入水，化爲烏則。」《異魚圖贊》云：「烏則之魚，鶨又作鵯，鵯鶋也鳥所變。」《海物異名記》云：「烏鰂八足，集足在口，縮喙在腹，形類鞋囊。其名烏鰂，吸波潠墨，迷射水慝。」《海録碎事》云：「烏蝍有矴，遇風則蚪前一須下矴。一名纜魚。風波稍急，即以其須黏石爲纜。」按：「賊」字作「則」、「鰂」、「蝍」，一也。《説文》又作「鮂鯛」。

《玄散詩話》云：「試鶯以朝鮮厚繭紙作鯉魚函，兩面俱畫鱗甲，腹下令可以藏書，此古人尺素緘魚之遺制也。詳丁集「雙鯉魚」。試鶯每以此遺遷，嘗有詩云：『花箋製葉寄郎邊，江上尋魚爲妾傳。郎處斜陽三五樹，路中莫近釣翁船。』此貞觀中事也。」

爲僧

劉氏《雜志》曰：「徐敬業與駱賓王兵敗，賓王亡命爲僧，往來靈隱寺。宋之問至寺，夜吟『鷲嶺鬱岧嶢，龍宫鎖寂寥』，久無下韵。賓王隔壁朗吟以終篇。之問大駭，質明求見，則遁矣。敬業亦脱去，爲僧于衡山。黄巢既敗，依張全義爲僧于洛陽。嘗繪己像，題詩云：『記得當年草上飛，鐵衣脱盡著僧衣。天津橋上無人識，獨倚闌干看落暉。』人見像，識其爲巢。蓋古今若此脱身者多矣，史豈盡得其實哉！」

吴旦生曰：劉安上仙，而班、馬言以叛伏誅；姚泓緑毛覆體，而寄奴斬一貌類者以立威。史失其實，若此等事，何可具論。按：敬業逃入山，天寶初，有九十餘老僧名住括，正其人也。賓王亦落髮，徧遊名山，因至靈隱耳。葛常之云：「駱集中有《江南送之問》詩、《兖州餞之問》詩，其相習如此，不應相遇靈隱，以爲不相識也。」王弇州云：「年事不甚遠，而駱爲老僧，稱宋少年，決無是理。」則是《唐詩紀事》、《本事詩》等亦如史家多失實邪？

徐、駱恥其聚麀，草檄興師。雖敗，人護脱之。巢，賊耳，可同日語哉？《翦鐙新話》亦引賓王「桂子」之句、黄巢「鐵衣」之句，謂二人者身爲首惡，終能脱禍，可見知術之深。蓋文士不察，並類而提，可勝歎哉。

陸放翁詩：「他年不死君須記，會在天津看落暉。」自注云：「元微之贈老人詩：『天津橋上無人識，獨倚闌干看落暉。』」如《雜志》、《新話》之言，則放翁不應援巢以自喻矣，殊不可解。

地角天涯

駱賓王詩：「地角天涯渺難測。」

吴旦生曰：俗言「天涯海角」，不知成都實有此二石也。賓王以使事入蜀，故及之。按《游宦紀聞》云：「天涯石在中興寺。《耆老傳》言：『人坐其上，則腳腫不能行。』至今人不敢踐履及坐其上。又有天牙石，在大東門，對昭覺寺，高六七尺，有廟。今石市入湯家園。地角石，舊有廟在羅城内西北角，高三尺餘。王均之亂，爲守城者所壞，今不復存矣。欽州有天涯亭，廉州有海角亭，二郡蓋南轅窮途也。」

寶袜

楊升庵曰：「袜，女人脅衣也。盧照鄰詩『倡家寶袜蛟龍被』是也。崔豹《古今注》謂之『腰綵』，注引《左傳》『衵服』，謂日日近身衣也。是春秋之世已有之，豈始于唐乎？」

吴旦生曰：制自文王，以繒爲之，曰腰巾。漢武帝增以四帶，名曰袜肚。靈帝賜宫人蹙金絲合勝袜肚，亦名齊襠，則周初已有之矣。但引「衵服」以證「寶袜」，恐未必然。《留青日札》云：「今之袜胸，一名襴裙。」隋煬帝詩：「寶袜楚宫腰。」謝偃詩：「細風吹寶袜。」蓋寶袜在外，以束裙腰者，視圖畫古美人妝可見。故曰「楚宫腰」、曰「細風吹」者，此也。若貼身之衵，則風不能吹矣。自後而圍向前，故又名合歡襴裙。沈約詩「領上蒲桃繡，腰中合歡綺」是也。其繡帶亦名袜帶。今襴裙在内有袖者曰主腰，領襟之上繡蒲桃花，言其花朵朵如蒲桃也。又觀胡侍《墅談》云：「建炎以來，臨安府浙漕司所進成恭后御衣之目，有粉紅紗袜胸、真紅羅裹肚。」乃知抹胸、裹肚之製，其來不近。世紀楊太真爲禄山爪傷胸乳，爲訶子束胸者，或妄傳矣。

零雨

盧照鄰《送孟學士南遊》詩：「零雨悲王粲，清尊别孔融。」

吴旦生曰：蔣仲舒《箋釋》謂：「本傳及鄴中詩集並無『零雨』之句，豈偶誤用耶？」余按王仲宣《從軍詩》有云：「哀彼東山人，喟然感鸛鳴。」又云：「昔人從公旦，一徂輒三齡。」蓋一詩中再言及此，皆用《豳風》「零雨其濛」事也。鸛鳴之爲雨徵，此《豳風》本意也。箋者失攷。

招魂

沈佺期《三月三日獨坐驩州》詩云：「誰念招魂節，翻爲禦魅囚。」

吴旦生曰：《詩話總龜》引《荆楚記》云：「屈原以五月五日投汨羅而死，人傷之，以舟檝拯焉。故武陵競渡用五月五日，蓋本諸此。」劉夢得云：「今舉檝相和之音皆曰『何在』，蓋所以招屈原也。」詩曰：「湘江五月平隄流，邑人相將浮采舟。靈均何在歌已矣，哀蹤振檝從此起。」今江浙間競渡多用春月，疑非招屈之義。及考沈佺期《三月三日》詩、王績《三月三日》賦，亦云：「新開避忌之席，更作招魂之節。」則以上巳爲招屈之時，其必有所據也。予觀《琴操》云：「介子推五月五日焚林而死，故是日不得發火。」而《異苑》又謂：「寒食始禁煙。」蓋當時五月五日以周正言之爾，今用夏正，乃三月也。屈原以五月五日死，而佺期、王績以上巳爲招魂之節者，亦豈謬邪？

朱子《楚辭辯證》云：「後世招魂之禮，有不專爲死人者，如杜子美《彭衙行》云：『煖湯濯我足，翦紙招我魂。』蓋當時關陝間風俗，道路勞苦之餘，則皆爲此禮以祓除而慰安之也。」近世高抑崇作《送終禮》云：「越俗：有暴死者，則亟使人徧于衢路，以其姓名呼之，往往而甦。」以此言之，又見古人于此誠有望其復生，非徒爲是文具而已也。

北枝

宋之問《度大庾嶺》詩：「淚盡北枝花。」

吴旦生曰：許渾詩：「只應頻看北枝梅。」與延清同意。按：漢梅鋗定百粤，因名梅嶺。後鋗將庾勝兄弟守之，又名大庾嶺，非專以嶺上有梅也。而梅亦有異。《白孔六帖》云：「大庾嶺上梅，南枝落，北枝開，寒暖之候異也。」《天中記》：「兩婦東壁詩：『南枝向暖北枝寒，一樣春風有兩般。』」李嶠《詠梅》詩：「大庾斂寒光，南枝獨早芳。」天啓中錢牧齋詩：「庾嶺梅花千萬樹，春風還在向南枝。」

扈

宋之問詩：「吾君不事瑶池樂，時雨來看農扈春。」

吴旦生曰：延清不侈般樂，而諄及農事。王摩詰《雨中春望》之作云：「爲乘陽氣行時令，不是宸游翫物華。」皆得古詩規箴之義。按：金天氏勤于民事，命春扈以耕稼，召夏扈以芸鋤，秋扈所以收斂，冬扈於焉蓋藏。

《左傳》：「郯子曰：『少皞氏以九扈爲九農正。』」杜預《注》：「扈有九種也：春扈鳻鶞，夏扈竊玄，秋扈竊藍，冬扈竊黄，棘扈竊丹，行扈唶唶，宵扈嘖嘖，桑扈竊脂，老扈鷃鷃。以九扈爲九農之號，各隨其宜，以教人事也。」張衡《東京賦》：「勤致賚于九扈。」薛綜《注》：「九扈，農正，知田事。扈，正也。」按郭璞《注》：「桑扈竊脂，謂好盗脂膏食之，因以爲名。」陸璣《詩疏》：「好竊人脯肉脂及膏，故稱竊脂。」後觀丘光庭辨《爾雅》云：「上文『夏扈竊玄，秋扈竊藍，冬扈竊黄，棘扈竊丹』，豈諸扈皆善爲盗而偷竊玄、黄、丹、藍乎？蓋竊之言淺也。竊玄者，淺黑色也；竊藍者，淺青色也；竊黄者，淺黄色也；竊丹者，淺赤色；竊脂者，淺白色也。今三四月間采桑之時，見有小鳥灰色，眼下正白，俗呼白鴳鳥是也。以其采桑時來，故謂桑扈。」

東山

王丘《東山》詩：「智哉謝安石，攜妓入東山。」

吴旦生曰：王丘，初唐人，扈從明皇，南出鼠雀谷。張説作詩，和者甚衆，皆遜丘作。葛常之謂：「唐推燕、許，而丘不以詩名。觀燕、許之作，慚於丘多矣。」楊升庵謂：「《東山》詩，太白之先鞭也。」按太白有《憶東山》二絶云：「不向東山久，薔薇幾度花。白雲他日散，明月落誰家？」「我今攜謝妓，長嘯絶人群。欲報山東客，開關掃白雲。」

《韵語陽秋》云：「會稽、臨安、金陵三郡皆有東山，俱爲謝安攜妓之所。」按本傳：「初，安石寓居會稽，與王羲之、許詢、支遁遊處，被召不至，遂棲遲東山。」唐裴冕等鑑湖聯句有「興發還尋戴，東山更問東」，此會稽之東山也。本傳又云：「安石常往臨安山中，坐石室，臨濬谷，悠然歎曰：『此與伯夷何遠？』」今餘杭縣有東山，東坡有《游餘杭東西巖》詩，注云：「即謝安東山，所謂『獨攜縹緲人，來上東西山』者是也。」此臨安之東山也。本傳又謂：「及登台輔，於土山營墅，樓館林竹甚盛，每攜中外子姪游集。今土山在建康上元縣崇禮鄉。」《建康事迹》云：「安石於此擬會稽之東山，亦號東山。」此金陵之東山也。

雙頭牡丹

《許彦周詩話》曰：「唐高宗宴群臣，賞雙頭牡丹。賦詩，上官昭容一聯云：『勢如連璧友，心似臭蘭人。』計之必一英奇女子也。」

吴旦生曰：《湘湖故事》載徐仲雅《合歡牡丹》詩：「平分造化雙包去，拆破春風兩面開。」《汴都平康記》載晁無咎《雙頭牡丹》詩：「二喬新獲吴宫怯，雙隗初臨晉帳羞。」《中州集》載黨世傑

《雙頭牡丹》詩：「並肩翠袖初酣酒，對鏡紅妝欲鬬奇。」較之昭容，遜其高雅。

按：昭容名婉兒，西臺侍郎儀之孫，父廷芝。母鄭方妊，夢巨人畀大秤曰：「持此稱量天下。」昭容生踰月，母戲曰：「稱量者豈爾邪？」啞然應。後中宗置修文館學士，使昭容第其甲乙，蓋悉符前夢也。中宗正月晦日幸昆明池，群臣應制賦詩，命昭容選一首爲新翻御製曲。從臣集綵樓下，須臾紙落如飛，各認名懷之，唯沈、宋二詩不下。又移時，一紙飛墜，乃沈詩也。評曰：「二詩工力悉敵。沈落句詞氣已竭，宋云：『不愁明月盡，自有夜珠來。』猶陡健舉。」《龍城録》云：「昭容有文集一百卷行於世。」

歷代詩話卷四十七　庚集二

苆谿　吴景旭旦生氏著

唐詩　卷上之中

罷相

李適之《罷相》詩：「避賢初罷相，樂聖且銜杯。試問門前客，今朝幾箇來？」

吴旦生曰：適之朝退，每邀賓戚談諧。曾賦詩云：「朱門長不閉，親友恣相過。年今將半百，不樂復如何？」後爲林甫所譖罷，故有「門前客來」之句，未免激而露矣。于濆《對花》詩：「花開蝶滿枝，花謝蝶還稀。惟有舊巢燕，主人貧亦歸。」雖當罷官，同一感慨，要有怨而不怒之意。老杜《八仙歌》「銜杯樂聖稱避賢」，乃用適之語。按《史記》石慶上書曰：「願歸丞相侯印，乞骸骨歸，避賢者路。」蓋「避賢」二字出此。今杜本誤作「世賢」，則「世」字犯太宗諱。

絳河

王維《秋宵寓直》詩：「雲消出絳河。」楊升庵曰：「道書，天有九霄：赤霄、碧霄、青霄、玄霄、絳霄、黅霄、紫霄、練霄、縉霄也。絳河即絳霄。」

吴旦生曰：如魏張淵《觀象賦》：「望靈象於九霄。」《注》云：「九霄，九天也。」因引道書以釋之。又《漢武帝内傳》：「王母遣問武帝云：『遠隔絳霄。』」此亦道書之説也。今升庵誤以「雲消」爲「雲霄」，遂引道書，則非。按《初學記》：「天河亦名絳河。」《蠡海集》云：「銀河曰絳河。蓋觀天者以北極爲標準，所仰視而見者皆在北極之南，故稱之曰絳，借南之色以爲喻也。」余甚愛此語。唐彦謙《七夕》詩：「絳河浪淺休相隔，滄海波深尚作塵。」王初《銀河》詩：「閶闔疏雲漏絳津，橋頭秋夜鵲飛頻。」

驅雁

王維《出塞》作頷聯云：「暮雲空磧時驅馬，秋日平原好射鵰。」又結云：「玉靶角弓珠勒馬，漢家將賜霍嫖姚。」

吴旦生曰：王弇州謂：「此律佳甚，非兩『馬』字犯，當足壓卷。然兩字俱實難易。或稍可改者，『暮雲』句『馬』字耳。」余因弇州之語戲欲改之，屢思未屬。一日觀謝廷讚云：「右丞《出塞》重一『馬』字。按：鮑照詩『秋霜曉驅雁』，又『北風驅雁天雨霜』，又《洛陽伽藍記》『北風驅雁，千里飛雲』，然則右丞句爲『驅雁』無疑矣。」余思沙磧自應屬雁，而「馬」字髣髴「雁」字，以致傳訛耳。

積疑之案一旦冰釋，爲之狂叫欲絶。

天幸數奇

王摩詰詩：「衛青不敗由天幸，李廣無功緣數奇。」

吴旦生曰：《西清詩話》：「『不敗由天幸』，乃霍去病，非衛青也。《去病傳》：『其軍嘗先大將軍軍，亦有天幸，未嘗困絶。』意有『大將軍』字，誤指去病作衛青耳。」《齊東野語》云：「《李廣傳》：『廣數奇，毋令當單于。』《注》云：『奇，不耦也。言廣命隻不耦也。數，所角切。奇，居宜切。』宋景文以爲江南本《漢書》『數』乃所具切，『角』字乃『具』字之誤耳。因攷《藝文類聚》馮敬通集『吾數奇命薄』、徐敬業詩『數奇良可歎』、杜詩『數奇謫關塞，道廣存箕潁』、羅隱詩『數奇當自媿，時薄欲何干』、東坡詩『數奇逢惡歲，計拙集枯梧』，觀其偶對，則『數』爲命數，非疏數之數，音所具切明矣。」

漠漠陰陰

郭彦深曰：「王維『漠漠水田飛白鷺，陰陰夏木囀黄鸝』，此用疊字之法，不獨摹景入神，而音調抑揚，氣格整暇，悉在四字中。杜詩『野日荒荒白，江流泯泯清』，亦是上二字揚，下二字抑，情景氣格悉備。李嘉祐翦去『漠漠』、『陰陰』，便索然少味矣。宋人詩話乃謂摩詰用嘉祐句，不知王在盛唐，李在中唐，王安得預竊其句？」

吴旦生曰：嘉祐字從一，上元中刺台州，大曆間刺袁州，則知與摩詰相懸矣。《唐詩紀事》云：「李肇謂：『漠漠水田飛白鷺，陰陰夏木囀黄鸝』之句本嘉祐詩，而集中不見。」據此，豈出好事者造言耶？故王勉夫謂：「以前人詩語而以己意損益之，在當時自有此體。」葛常之謂：「嘉祐詩，摩詰衍之爲七言，而興益遠。」葉石林謂：「好處在添『漠漠』、『陰陰』四字，此乃摩詰爲嘉祐點化，以自見其妙。不然，嘉祐本句但是詠景耳。」三子之言，余猶鄙其失攷。迺李肇以爲好取人章句，王直方以爲是剽竊之雄，不幾爲摩詰詬厲哉？胡苕谿云：「古之詩人，如摩詰竊嘉祐『水田飛白鷺，夏木囀黄鸝』，僧惠崇爲其徒所嘲云：『河分岡勢司空曙，春入燒痕劉長卿。不是師兄多犯古，古人詩句犯師兄。』皆可軒渠一笑。蓋摩詰與惠崇並稱，而又厚誣之，不其慁與？」

詩下雙字極難，須是七言、五言之間除去五字、三字外，精神興致全見於兩字，方爲上妙。《石林詩話》謂：「如老杜『無端落木蕭蕭下，不盡長江滚滚來』、『江天漠漠鳥飛去，風雨時時龍一吟』，荆公『新霜浦溆緜緜白，薄晚林巒往往青』，東坡『浥浥鑪香初泛夜，離離花影欲摇春』。」雪浪齋謂：「如老杜『野日荒荒白，江流泯泯青』、退之『月吐窗冏冏』，此皆字不虚發也。」

藥欄

《資暇集》曰：「今園庭中『藥欄』，『藥』音義與『籞』同。『欄』即『藥』，『藥』即『欄』，猶言圍援，非花藥之欄也。有以『藤架』、『蔬圃』作對，是不知其由，乖之矣。按漢宣帝詔：『池藥未御幸者，假與貧民。』蘇林《注》云：『以竹繩連緜爲禁藥，使人不得往來爾。』《漢書》『闌入宮禁』，字多作草下闌，則『藥欄』作『藥蘭』尤分明也。」

吴旦生曰：漢顧成廟設投光鉤欄，王逸《注》：「縱曰欄，橫曰楯，楯間子曰櫺。欄、楯，殿上臨邊之飾，亦以防人墜墮，今言鉤欄是也。」段國《沙州記》：「吐谷渾於河上作橋，謂之河厲，長一百五十步，句欄甚嚴整。」「句欄」之名始見此。王建《宫詞》：「風簾水殿壓芙蓉，四面句欄在水中。」李義山詩：「簾輕幕重金句欄。」李長吉詩：「蟪蛄弔月句欄下。」宋世以來，始名教坊曰句欄。蓋從上而下爲墜墮，從外而内爲闌入，其義則一。引此證「欄」字愈明。而「藥」之爲「籞」，終未安耳。胡苕谿亦謂引「池籞」爲誤。乃楊升庵引之，謂：「杜甫『乘興還來看藥欄』、王維『藥欄花徑衡門裏』皆不通。」何也？按：唐人詩亦不止是，如庾肩吾詩：「向嶺分花徑，隨階轉藥欄。」李商隱詩：「藥欄日高紅髲鬖。」許渾詩：「竹院晝看筍，藥欄春賣花。」張籍詩：「得錢祗擬還書鋪，借宅常時事藥欄。」多作花藥之欄。

返景

王維《鹿柴》詩：「返景入深林，復照青苔上。」

吴旦生曰：《山海經》：「長留之山，其神白帝，少昊居之。實惟員神磈氏之宫。是神也，主司反景。」按：日西入則景反東照，故曰「反景」。《尚書》：「宅西曰昧谷，寅餞納日。」《周禮注》引《書》云：「度西曰柳谷。」虞翻云：「鄭玄所著《尚書古篆》，『柳』字反以爲『昧』字，訓云：『穀，日出之色。檟，日入之色。』」「穀」字見《説文》，音穀。「檟」，音柳。《注》：「柳之爲言聚也。日將没，兼有餘色，故云柳。」鄭玄云：「五色聚爲柳。」總之，倒景反照，在秋爲多。故西山反景，司之白帝；堯典餞日，屬之仲秋。《説文》：「在上曰反景，在下曰倒景。」《漢·郊祀志》：「谷永云：仙人遑興輕舉，登遐倒景。」《注》謂「在日月上，日月反從下照，故其景倒。」沈休文詩：「一舉凌倒景，無事適華嵩。」魏瓘賦：「凌倒景而將越。」相如賦：「貫列缺之倒景。」此與「返景」異。

夕陽

楊升庵曰：「王維《和韋五郎温泉寓目》詩：『漢主離宫接露臺，秦川一半夕陽開。青山盡是朱旗繞，碧澗翻從玉殿來。新豐樹裏行人度，小苑城邊獵騎迴。聞道甘泉能獻賦，懸知獨有子雲才。』唐至天寶，宫室盛矣。秦川八百里，而夕陽一半開，則四百里之内皆離宫矣。此言可謂肆而隱。奢麗若此，而猶以漢文借露臺之費比之，可謂反而諷。末句欲韋郎效子雲之賦，則其諷諫可知。」

吴旦生曰：元郝天挺《注》：「驪山上有夕陽樓在焉。」金聖歎謂：「一路依渭水迤邐而去，其半道有矗起者，知此爲驪山夕陽樓也。」余喜此説最確，正形容離宫之盛且高，而扈從之臣皆得寓目焉。如升庵所云，乃以夕陽爲殘陽所照，謂彼秦川之迴而夕陽半開，其半爲宫室所掩，故知四百里内皆離宫，是據世本之陋解而言之也。

巴字

王維詩：「天際澄江巴字回。」

吴旦生曰：王聳子超與一友舟行閲詩，友以「水寒巴字急」之句爲無解，同舟者互持之。子超歸爲道此。余謂此李群玉《雲安》詩也，詩中八句皆使雲安實事。按《三巴記》云：「閬水東南流，三折如巴字，故曰三巴。」則群玉詩用此也。如盧綸詩：「浪依巴字息，風入蜀關清。」李遠詩：「杜魄呼名叫，巴江學字流。」白居易詩：「江從巴峽初成字，猨過巫陽始斷腸。」劉敬之詩：「山近衡陽雖少雁，水連巴字豈無魚。」劉暌詩：「山簇劍鋒朝闕遠，水如巴字繞城流。」唐人多用此，偶因摩詰詩載之。

水田衣

王摩詰詩：「乞飯從香積，裁衣學水田。」

吴旦生曰：楊升庵謂：「袈裟，内典作毠毟，蓋西域以毛爲之。又名逍遥服，又名無塵衣，又名水田衣，又名稻畦帔。」陳眉公云：「田衣即山谷所謂稻田衲，王少伯詩『手巾花氎浄，香帔稻畦成』是也。《雪霏録》謂袈裟者，恐非。」余按范鐙有《狀江南十二詠》云：「江南季夏天，身熱汗如泉。蚊蚋成雷澤，袈裟作水田。」蓋天寶、大曆間固有此語。陳養吾云：「『迦羅沙曳』，僧衣也。省『羅曳』字，止稱『迦沙』。葛洪撰《字苑》，添『衣』作『袈裟』。一名忍辱鎧，一名銷瘦衣，一名蓮花服，一名福田衣，一名去穢衣，一名離染服。」

酌

陳無功曰：「王摩詰『酌酒與君君自寬，人情翻覆似波瀾』，上句用鮑明遠『酌酒以自寬』，下句全用陸士衡《君子行》語。」

吴旦生曰：此摩詰《酌酒與裴迪》詩也，其義與明遠異。按《説文》：「酌，盛酒行觴也。从酉，勺。挹取也。」則摩詰所詠「酌酒與君」正得行觴之義。謂飲爲酌，非也。徐鉉言：「杓涸酌。按：杓，科之庚切。枘也。今俗讀作市若切，以爲桮酌之酌，非是。科枘當作斗柄，斗柄爲杓，斗首爲魁。遂加木，轉注作杓，並譌。《楚辭》『圜鑿方枘』，亦『柄』譌也。」楊升庵云：「『枘』字从木从内。《考工記》：『調其鑿枘而合之。』宋玉《九辯》：『圜鑿而方枘兮，吾固知其鉏鋙而難入。』夫枘鑿本相入之物，惟方枘圓鑿則不相入。今去『方圓』字而曰枘鑿不相入，謬矣。甚者寫『枘』字作『柄』字，允可笑也。」余按：升庵此語始於《周易》「坤爲柄」。俞氏云：「『柄』當作『枘』。枘性圜轉而曲，坤性直大而方，故乾圜坤枘相反也。」

閣

《天廚禁臠》曰：「王維《書事》詩：『輕陰閣小雨，深院晝慵開。坐看蒼苔色，欲上人衣來。』舒王詩：『若耶谿上躡莓苔，興盡張帆載酒迴。汀草岸花渾不見，青山無數逐人來。』兩詩皆含不盡之意，子由謂之不帶聲色。」

吴旦生曰：摩詰此絶，集中不載，見於覺範《禁臠》中。舒王有一絶云：「山中十日雨，雨晴門始開。坐看蒼苔文，莫上人衣來。」極意規模之作。摩詰又有「人家在仙掌，雲氣欲生衣」，亦集中所不載，見於董逌畫跋中。

蘇東坡作《病鶴》詩，嘗寫「三尺長脛瘦軀」而缺其一字，使任德翁輩下之，凡數字。東坡徐出其稿，蓋「閣」字也。此字既出，儼然如見病鶴。然東坡此字正善用摩詰「輕雲閣小雨」也。虞伯生《鶴》詩：「鐵石閣身脩足脛，雪霜依骨淺翎毛。」則又用東坡字耳。

三秋

王摩詰詩：「四海方無事，三秋大有年。」

吴旦生曰：《國風》：「一日不見，如三秋兮。」其語始此。按《陰陽五行曆》云：「一時爲三月，一月爲一秋，三月爲三秋。又一月爲三秋，故三月有九秋之名也。」梁元帝《纂要》又有「三冬」、「九冬」之語。劉孝標《答劉之遴書》云：「九冬有隙，三餘暇時。」

八

苑咸《酬王摩詰》詩：「三點成伊猶有想，一觀如幻自忘筌。」

吴旦生曰：西域以∴爲「伊」字，最尊之稱。此謂三點成「伊」也。佛經云：「天華香莫若伊蒲、伊蘭。」蓋尊稱之加以「伊」字，故蒲曰「伊蒲」，伊蒲色即優婆塞，中土譯爲近住。蘭曰「伊蘭」。伊蘭即中土賽蘭香也。以其香無比，故曰伊蘭。陸放翁詩：「伊蒲塞饌分香積，優鉢羅花散道場。」蓋謂此也。按：苑舍人能書梵字，兼達梵音，故摩詰贈云：「蓮花法藏心懸悟，貝葉經文手自書。」舍人以摩詰精禪理，故酬以此詩。即觀「三點成伊」之語，果精通於梵字矣。

棄

《隱居詩話》曰：「孟浩然入翰苑訪王維，適明皇駕至，倉皇伏匿。維不敢隱而奏知。明皇召，使進所業。浩然誦『北闕休上書，南山歸敝廬。不才明主棄，多病故人疏』。明皇曰：『卿自棄朕，朕未嘗棄卿也。』因放歸襄陽。且浩然布衣擱入宫禁，又犯行在所，而止於放歸，明皇寬假之亦至矣，烏在以一『棄』字而議罪乎？」

吴旦生曰：《北夢瑣言》：「孟浩然與李太白交游，玄宗徵李入翰林。孟以故人之分，與有彈冠之望。久無消息，乃入京謁之。一日，玄宗召李入對，因從容説及孟浩然。李奏曰：『臣故人也，見在臣私第。』上令急召賜對，俾口進佳句。孟浩然誦詩曰：『北闕休上書，南山歸敝廬。不才明主棄，多病故人疏。』上意不悦，乃曰：『未曾見浩然進書，朝廷退黜。何不云：氣蒸雲夢澤，波撼岳陽城。』緣是不降恩澤，終於布衣而已。」《唐詩注》又云：「明皇以張説之薦召浩然，令誦所作云云。」《詩話總龜》又云：「浩然謁華山李相不遇，有詩卷卻抛書袋内，譬如『閒看華山來』之句。明皇召李對，説及浩然云云。」《新唐書》又云：「采訪使韓朝宗約浩然偕至京師，欲薦諸朝。會友人至，劇飲懽甚。或曰：『君與韓公有期。』浩然叱曰：『業已飲，遑恤他。』卒不赴。朝宗辭行，浩然不悔也。」余觀所載不一，竊以闌入宫禁或屬未然，而急召私第爲可據信，似《北夢》之言爲長，乃《唐書》及《詩話》俱載王維事。

拜家慶

孟浩然詩：「明朝拜家慶，須著老萊衣。」

吴旦生曰：唐人與親别而復歸，謂之「拜家慶」。盧綸卿詩：「上堂家慶畢，顧與親恩邇。」韓君平詩：「青絲纜引木蘭船，名遂身歸拜慶年。」然觀顔延年《秋胡》詩：「上堂拜嘉慶，入室問何之。」劉履《補注》云：「嘉慶，謂母也。」則其語不始於唐。而晉宋人作「嘉」較雅。

易字

《詩話類編》曰：「高適官兩浙觀察使，過杭之清風嶺，即詩家東山景也。題詩云：『絶嶺秋風已自涼，鶴翻松露溼衣裳。前村月落一江水，僧在翠微開竹房。』厥後高適閲稿，以月落時江水隨潮退，止半江矣，思改『一』字爲『半』字。巡至台州，事竣，復登僧房，索筆改之。僧云：『月前有一官過，稱此詩佳矣，但「一」字不如「半」字，已改易而去。』高適驚問何人，僧曰：『義烏駱賓王也。』古人一字斟酌不苟，其識見之遲速不同耳。」

吴旦生曰：詩之貴有話者，如此等類，皆苦心導引，以教人安字之法。今後生率爾走潁，略不經營。自謂一夕瀟湘，而安否奚辨，只是未曾參究耳。略舉一二，以伸其說。如張乖崖詩：「獨恨太平無一事，江南閒殺老尚書。」蕭楚才改「恨」作「幸」，曰：「天下一統，『獨恨太平』，何也？」李頻《四皓》詩：「龍樓曾作客，鶴氅不爲臣。」方干改「爲」作「稱」，曰：「率土王臣，何言『不爲』也？」齊己《早梅》詩：「前邨深雪裏，昨夜數枝開。」鄭谷改「數」作「一」，曰：「『數枝』非『早』也。」

香界

高適詩：「香界泯群有。」

吴旦生曰：佛寺謂香界，亦謂香阜。江文通詩：「息舟候香阜，悵別在寒林。」嘗按寺曰仙陀，金山也。又曰仁祠，《後漢・楚王元英傳》：「遠黃老之微言，尚浮屠之仁祠。」權載之詩：「逸氣凌顥清，仁祠訪金碧。」又曰寶坊，又曰柰園。《洛陽伽藍記》云：「白馬寺有柰林。」王勃詩：「柰園欣八正。」《風俗通》云：「寺，司也。官府所止，故曰寺。」《石林燕語》云：「東漢以來，九卿官府皆名曰寺，與臺、省並稱。鴻臚其一也，本以待四方賓客。故摩騰、竺法蘭自西域以白馬負經至，舍於鴻臚。既死，尸不壞，因留寺中。遂即鴻臚舊地以爲浮屠之居，名白馬寺。今僧居概稱寺，蓋本此也。」

盡善

《河嶽英靈集》曰：「『高才無貴士』，誠哉是言。曩劉楨死於文學，左思終於記室，鮑昭卒於參軍，今常建亦淪於一尉，悲夫！建詩似初發通莊，卻尋野徑，百里之外，方歸大道。所以其旨遠，其興僻，佳句輒來，惟論意表。至如『松際露微月，清光猶爲君』，又『山光悦鳥性，潭影空人心』，此例十數句並稱警策。然一篇盡善者：『戰餘落日黄，軍敗鼓聲死。今與山鬼鄰，殘兵哭遼水。』屬思既苦，詞亦警絕。潘岳雖云能敘悲怨，未如此章。」

吴旦生曰：常建「清晨入古寺」一章，王維「中歲頗好道」一章，每不過四十字爾，一塵不到，萬慮消歸，直與無始者往來。若看做章句文字，便非聞道之器。此真正「一篇盡善」者也，豈僅稱「警策」而已哉！歐陽永叔極愛「竹徑通幽處，禪房花木深」一聯。按：《又玄集》、《唐詩類選》、《唐文粹》皆作「通」字。熙寧元年，永叔守青州，題廨宇後山齋云：「竹徑遇幽處。」黄山谷極愛「山光悦鳥性，潭影空人心」一聯。余以摘句尋聲，終是後人影響。不意殷進士璠身躋有唐，已有此褊論也。如《弔王將軍墓》一詩，將一「死」字屬「鼓聲」上便妙。《小雅》：「鼓聲淵淵。」《左傳》：「三鼓氣竭。」合兩處觀來，則「鼓聲死」三字模寫欲絶，此真所謂警策句。若云一篇盡美盡善，則未也。

劈頭劈腦喝出「清晨」兩字，次句云「初日照高林」，接得有力。「竹」與「花木」皆從「高林」帶出，而映之以「初日」，雖欲不幽且深，不可得矣。此際聲聞色象，種種銷滅，惟有一寺與入寺者同攝入光影中。佛性、人性、鳥性，無動不静，無二不一，故結言「萬籟此俱寂」，昔人所以美旦氣、快朝來也。自首至尾，總是「清晨」兩字，安得不爲一篇盡善？

西來

岑參《登慈恩寺浮圖》詩：「秋色從西來，蒼然滿關中。」

吴旦生曰：譚友夏評「從西來」：「詩人慣將此等無指實處説得確然。」唐仲言評「西」爲「秋」，非無指實。岑又有「出關見青草，春色正東來」，亦是一證。余觀《三百篇》於華草雲物，變换隻字，便易春秋。要其所指，確有理説，又不止於『遲遲』狀春日之舒，『淒淒』見秋日之慘」而已也。古詩：「塞馬依北風，越鳥巢南枝。」亦有斯旨，唐評故自勝。

高廷禮云：「唐人唱和，多是感激，各臻其妙。如登慈恩塔詩，杜甫云：『高標跨蒼穹，烈風無時休。俯視但一氣，焉能辨皇州。』高適云：『秋風昨夜至，秦塞多清曠。千里何蒼蒼，五陵鬱相望。』岑參云：『秋色從西來，蒼然滿關中。五陵北原上，萬古青濛濛。』是皆雄渾悲壯，可以淩跨百代。」

三車

岑參《赴嘉州尋超禪師》詩：「門外不須催五馬，林中且聽演三車。」

吴旦生曰：對意工穩，一聯而刺史與禪師之義俱攝盡矣。杜詩：「雙樹容聽法，三車肯載書。」宋之問《廣界寺》詩：「莫愁歸路遠，門外有三車。」僧廣宣《隨駕幸興唐觀》詩：「萬乘遊仙宗有道，三車引路本無塵。」按《法華經》：「初，長者以羊車、鹿車、牛車立門外，引誘諸子出離火宅之難，然後但賜諸子大白牛車。」《注》云：「羊車喻聲聞乘，鹿車喻緣覺乘，牛車喻菩薩乘，大白牛車即一佛乘也。」

玄門亦有「三車」，謂穴也。

對起

胡元瑞曰：「七律對起，如杜之『風急天高』，實爲妙絶。而岑參『雞鳴紫陌』、『柳嚲鶯嬌』二起，工麗婉約，亦可諷詠。右丞多仄韵對起，無風味，不足多效。蓋仄起宜五言，不宜七言也。」

吴旦生曰：此論可爲七律長城，但嘉州「雞鳴紫陌」，其音閎壯；「柳嚲鶯嬌」，其音急直。概評婉約，未爲允論。而「嬌歌急管」一起，是嘉州婉約處也。若老杜「清秋幕府」一律八句皆對，極高潔，又極流利，真是僅事耳。《室中語》云：「老杜作八句近體詩，卒章有時而對，然語意皆卒章之辭。今人效之，臨了卻作一景聯，一篇之意無所歸，大可笑也。」

開士

王麟洲曰：「李頎七言律最響亮整肅，忽於《遠公遯迹》詩第二句下一拗體，餘七句皆平正，一不合也；『開山』二字最不古，二不合也；『開山』、『幽居』，文理不接，三不合也；重上二『山』字，四不合也。謂必有誤。苦思得之，曰：必『開士』也。易一字而對仗流轉，盡祛四失矣。後觀郎士元詩：『高僧本姓竺，開士舊名林。』乃知襲用頎詩。」

吴旦生曰：元遺山選《唐詩鼓吹》，載頎此詩。其時中書左丞郝天挺受業於遺山，遂注《鼓吹》十卷。而頎詩首云：「遠公遁迹廬山岑，開山幽居祇樹林。」郝於此下注云：「『開山』疑作『開士』。」則在元初已早有巨眼矣。麟洲苦思乃與腤合邪。

楊升庵謂：「太白詩：『衡嶽有闓士，五峰秀真骨。』按：『闓士』即『開士』也。《海録碎事》直作『衡嶽有開士』。」因引《楞嚴經》云：「十六開士悟圓通。」余按白樂天作《金字經碑》云：「開士悟入諸佛知見，以了義度無邊，以圓教垂無窮，莫尊於《妙法蓮華經》。」陳子良《辨正論序》云：「釋法琳實開士之棟梁，法城之牆塹者也。」《葉和尚讚》：「海英岳靈，誕彼開士。」《注》云：「開衆生信心。」

淺深愁

《容齋一筆》曰：「李頎詩：『遠客坐長夜，雨聲孤寺秋。請量東海水，看取淺深愁。』且作客涉遠，適當窮秋，暮投孤村古寺中，夜不能寐，起坐淒惻，而聞檐外雨聲。其爲一時襟抱，不言可知。而此兩句十字中盡其意態，海水喻愁，非過語也。」

吴旦生曰：前十字意態既盡，無復贅言。衹以取喻掉合，此蓋賦而比也。其淺深不從海水量出，而在前十字中看出，其意自婉。皇甫百泉嘗言：「劉禹錫：『欲問江深淺，應知遠別情。』李太白：『請君試問東流水，别意與之誰短長？』江淹《擬休上人怨别》：『桂水日千里，因之平生懷。』何必長短深淺邪？」蓋禹錫、太白未免直致，而頎正以婉勝也。如退之《宿龍宫灘》詩：「浩浩復湯湯，灘聲抑更揚。」魯直云：「退之裁聽水句尤見工，所謂『浩浩湯湯』、『抑更揚』者，非客裏夜卧飽聞此聲，安能周旋妙處如此邪？」出《韓詩補注》，庶幾與頎相上下。

鳳池

賈至《早朝大明宮呈兩省僚友》詩：「共沐恩波鳳池裏。」岑參和云：「獨有鳳凰池上客。」王維和云：「佩聲歸到鳳池頭。」林甫和云：「池上於今有鳳毛。」

吴旦生曰：賈詩《注》：「晉荀勗爲中書監，除尚書令。人賀之，荀曰：『奪我鳳凰池，何賀耶？』」中書凝邃，以比天上鳳凰池。」余按：賈爲中書舍人，故得稱「鳳池」。而岑爲右補闕，杜爲左拾遺，王則降授中允，所謂「兩省僚友」也，故落句皆及鳳池者，唐中書省有鳳池。時稱中書舍人爲「小鳳」，翰林學士爲「大鳳」，丞相爲「老鳳」。宋人猶襲其稱，張天覺自小鳳拜右揆；又曾公亮在中書，李復圭譏云：「老鳳池邊蹲不去。」

《詞林海錯》云：「唐謂禮部之長曰大儀，員外曰中儀，主事曰小儀。」鄭谷《寄同年趙禮部》詩：「仙步徐徐整羽衣，小儀澄澹轉中儀。」《泊宅編》云：「宋制：直龍圖閣謂之假龍，龍圖閣待制謂之小龍，龍圖閣直學士謂之大龍，龍圖閣學士謂之老龍。」《麈史》云：「或有得直閣，久之不遷而卒，因曰死龍。」

歷代詩話卷四十八　庚集三

苒谿　吴景旭旦生氏著

唐詩 卷上之下

飛燕

《碧谿詩話》曰：「唐宗渠渠於白，豈真樂道下賢，其意急得艷詞媟語以悦婦人耳。白之論撰，亦不過玉樓、金殿、鴛鴦、翡翠等語，社稷蒼生何賴？」

吴旦生曰：觀太白《雪讒詩》，雜引褒、妲以及漢雉、秦毒，似欲發禄山之姦。故一則曰「飛燕昭陽」，再則曰「飛燕新妝」，蚤覘破楊家爲禍水，借花牋檀板送其聲，以冀君之一悟，未必非風人諷刺之義。而侈然倚曲，有辜諷諫，職維君咎。若概以豔詞抹煞，此朱元晦所謂「何曾夢見太白脚板邪」？

换鵝

《紫桃軒雜綴》曰：「黄伯思《東觀餘論》辨《黄庭經》一節，實欠詳審。伯思曰：『《黄庭經》帖爲逸少書。』僕考之非也。按陶隱居《真誥翼真檢》云：『晉哀帝興寧二年，南嶽魏夫人所授，惟有《黃庭經》一篇得存。』蓋此經也。逸少以穆帝升平五年卒，後二年爲興寧二年，此經始降，逸少安得預書之？又按梁虞和《論書表》云：『山陰鏝釀村養鵝道士謂羲之曰：「久欲寫《河上公老子》，縑素已具，無人能書。府君能自屈書兩章，便合群以奉。」羲之爲停半日，寫畢，攜鵝去。』《晉書》本傳亦著是説。然隱居《與梁武啓》又云：『逸少有名之蹟不過數首，《黃庭》、《勸進》、《樂毅》等不審猶有存否？』蓋此啓在著《真誥》前，故未之考耳。而李太白乃有『《黃庭》換白鵝』之句，相習之謬也。伯思自以爲至當矣，不知右軍寫《道德經》換鵝，又寫《黃庭經》換鵝，自是兩番事。而太白詩亦兩見，一云：『右軍本清真，瀟灑在風塵。山陰遇羽客，要此好鵝賓。掃素寫《道德》，筆精妙入神。書罷籠鵝去，何曾別主人。』一云：『鏡湖清水漾晴波，狂客歸舟逸興多。山陰道士如相見，應寫《黃庭》換白鵝。』實互用之也。考《道藏》，《黃庭》有數種，有《内景黃庭》，有《外景黃庭》，又有《黃庭遁甲緣身經》、《黃庭玉軸經》。魏夫人所出乃《内景》一種，係楊真人義之寫。其《外景經》，老君所作，先出行世。右軍所書，兩不相溷也。」

吴旦生曰：獻之帖有云：「劉道士鵝群亦復歸也。」陶穀因據此以跋《黃庭經》云：「山陰劉道士以鵝群獻右軍，乞書《黃庭經》。」此是也。又《仙傳拾遺》云：「山陰道士管霄霞求羲之寫《道德經》，舉紅鵝一雙相贈而去。」觀此則乞書有兩經，換鵝有兩事，且道士姓氏，鑿鑿兩人，又何疑哉？一云：「右軍嘗寫《黃庭經》與王脩。」則《黃庭》又不止一寫矣。羊欣《筆陣圖》云：「右軍年三十七書《黃庭》。書訖，空中有語：『卿書感我，而況人乎？吾是天台丈人。』」虞世南《筆髓》

云：「羲之山陰寫《黄庭經》，感天台神降。」伯思何意而辨《黄庭》非逸少書乎？

新豐酒

李太白詩：「南國新豐酒，東山小妓歌。」

吴旦生曰：陸放翁《入蜀記》：「十六日早發雲陽，過新豐小憩，讀太白此詩。」又唐人詩：「再入新豐市，猶聞舊酒香。」皆謂此，非長安之新豐也。長安之新豐亦有名酒，見王摩詰詩。按：雲陽即丹陽，古所謂曲阿。謝康樂詩：「朝日發雲陽，落日到朱方。」蓋謂此。

接羅

李太白詩：「頭上白接羅。」

吴旦生曰：竇苹《酒譜》云：「接羅，巾也。」《韵釋》云：「白帽也。蓋用白紗作巾耳。」晉人著白接羅歌山簡者，所謂「倒著白接羅《世説》作「籬」，《山簡傳》作「離」」也。南朝雖帝王亦服白紗帽。沈攸之所謂「大事若克，白紗帽共著」也。

《秕言》云：「《爾雅》：『鷺舂鋤。』《注》云：『頭、翅、背上皆有長翰毛。』今江東人取以爲睫攡，名之曰白鷺縗。『睫』與『接』、『攡』與『羅』通。而《世説》獨云『接羅』，今之襴衫也。觀太白詩，則亦以接羅爲白帽，而不以爲襴衫矣。」《蓺林伐山》云：「羽衣毯氉之類。」《群碎録》云：「晉宋用羃籬。」

按：又有白疊巾。《南史》：「高昌國有草，實如繭，其中絲如細纑，名爲白疊子。國人織以爲布，甚輭白。」《漢書》：「公孫述爲馬援置都布單衣。」《東觀》曰：「都作答。」《漢書音義》曰：「答布，白疊布也。以爲巾。」杜子美詩：「光明白氎巾。」又白綸巾。詳見皮詩。皮襲美詩：「白綸巾下髮如絲。」又白帢。音恰。《韵書》：「弁缺四隅謂之帢。」《魏志》注：「魏武帝以天下凶荒，資財乏匱，擬皮弁裁縑帛爲帢。」陳子昂詩：「郗家子弟謝家郎，烏巾白帢紫香囊。」

耐可

李太白詩：「耐可乘流直上天。」

吴旦生曰：《禮記》：「聖人耐以天下爲一家。」《注》云：「『耐』，古能字。」《疏》云：「《説文》：『耐者，鬚也。鬚謂斯下之毛，象形字也。』古者犯罪以髠其鬚，謂之耐罪。故字从寸，寸爲法也。不虧形體，猶堪其事，故謂之耐。古之『能』字爲此『耐』字，取堪能之義。」此義最明。又觀《漢書》：「揚越之人耐暑。」《注》：「與能同。」《漢書》：「漢馬不能冬。」又「能」作「耐」音，蓋古者「耐」、「能」二字通用。田汝成謂杭人言「寧可」曰「耐可」，音如「能可」，因載入《委巷叢談》中，是不知其出經史也。

何燕泉云：「漢碑：『柔遠而邇。』『而』即『耐』字。『耐』，古通『能』。」是也。

雕梅

李太白詩：「珍盤薦雕梅。」

吴旦生曰：《北户録》：「嶺南之梅小於江左，有選大梅刻鏤瓶罐、結帶之類，取棹汁漬之，棹木葉汁。亦甚甘脆。」《瑯琊漫鈔》云：「永嘉閨婦以青梅雕剜脱核，鏤以花鳥，纖細可愛。以手擘之，玲瓏如小盒，闔之復爲梅，謂之梅籃。」田子藝云：「以銅青蜂蜜養之，愈久愈實，而青色如生，亦珍品之最巧者。」

八十一萬歲

李白詩：「天子九九八十一萬歲，歲歲長傾萬壽杯。」

吴旦生曰：《雲笈七籤》云：「混元一始，萬劫至於百成，百成亦八十一萬年而有太初。太初之時，老君從虚空而下，爲太初之師。又自太上生後復八十一萬億八十一萬歲，乃生一炁。」太白詩出此。

黃鶴樓

《後村詩話》曰：「古人服善。太白過黃鶴樓，有『眼前有景道不得，崔顥題詩在上頭』之句。至金陵，遂爲《鳳凰臺》詩以擬之。今觀二詩，真敵手棋也。若他人必次顥韵，或於詩板之旁別著語矣。」

吴旦生曰：徐柏山謂：「李白之擬《黃鶴樓》，正在《鸚鵡洲》一詩，而非止於《鳳凰》之作。」蔡蒙齋因謂：「《鸚鵡洲》詩聯聯與崔顥詩格調同，而語意亦相類。柏山善於讀詩者。」余以《黃鶴樓》氣格蒼渾，莫可端倪。然起聯對而領聯不對，此是偷春體。王弇州議其大乖近體，而不知其本入體也。嚴滄浪取以壓卷，乃所謂絶唱不可和。而《鸚鵡洲》風力猶遜，《鳳凰臺》全弱，何云「敵手棋」邪？舊傳費禕飛升於此，忽乘黃鶴來歸。《蜀志》：禕爲郭循所害，不得其死，安有駕鶴？《述異記》：「荀瓌字叔偉，憩黃鶴樓上，跨鶴騰空。」其説亦誣。《才調集》：「黃鶴，人名也。」益非。按：鄂州城東十里爲黃鶴山，《方輿記》云：「有仙人王子安乘黃鶴過此，因得名。西有石如磯，爲黃鶴磯。後人建樓俯磯上，故名黃鶴樓。」

金聖歎云：「沈佺期詩：『龍池躍龍龍已飛，龍德先天天不違。池開天漢分黃道，龍向天門入紫微。』看他四句中凡下五『龍』字，又下四『天』字，豈不奇絶？後來祇説《鳳凰臺》乃出《黃鶴樓》，我烏知《黃鶴樓》之不先出此耶？其落筆先寫『龍池』二字，三、四承之，便寫一句池、一句龍，已是出色精嚴矣。乃因一、二詳寫玄宗起兵定難，入纘大統。前是『躍龍』，後是『飛龍』。『躍龍』是『先天』，『飛龍』是『天不違』，『龍』外又連用二『天』字者，於是索性亦於三、四中再加『天漢』、『天門』二『天』字，以多添氣色。如此縱横跳躍，彼《鳳凰臺》不足道，正恐《黄鶴樓》殊未抵其一半氣力也。李商隱詩：『杜牧司勳字牧之，清秋一首杜秋詩。前身應是梁江總，名總還曾字總持。』二『牧』字、二『杜』字、二『秋』字、三『總』字、二『字』字，此亦《龍池》、《黄鶴》所濫觴，而今愈益出奇無窮也。又見韓冬郎詩：「岸上花根總倒垂，水中花影幾千株。一株一影寒山裏，野水野花清露時。」便是一對好手也。鄭谷詩：『石城昔爲莫愁鄉，莫愁魂散石城荒。江人依舊棹舴艋，江岸還是飛鴛鴦。』人只知李欲學《黄鶴樓》，何曾知鄭曾學《黄鶴樓》耶？看其一、二照樣脱胎出來，分明鬼偷神卸。吾更賞其三、四『江人』、『江岸』之句，自翻機杼，另出新裁，不甚規摹《黄鶴》，而凡《黄鶴》所有未盡之極筆，反似與他補寫極盡，此真采神妙手。」

水碧金膏

李太白《過彭蠡湖》詩：「水碧或可采，金膏祕莫言。」

吴旦生曰：江淹《擬王徵君》詩：「水碧驗未黷，金膏靈詎緇。」《注》云：「水碧，水玉也。金膏，仙藥也。」謝靈運《入彭蠡湖口作》：「金膏滅明光，水碧輟流温。」《注》云：「水碧，水玉也。此江中有之，然皆滅其明光，止其温潤。」《穆天子傳》：「河伯示汝黄金之膏。」東晳云：「金膏可以續骨。」《山海經》：「堂庭山出水玉，水精也。」《墨子》：「大藥有水脂碧。」李賀詩：「暗佩清臣敲水玉。」

圯

李白《經下邳圯橋懷子房》云：「我來圯橋上，懷古欽英風。」

吴旦生曰：「圯」音怡。《説文》：「東楚謂橋爲圯。」故《史記·留侯世家》但云：「嘗於圯上遇一老父。」則言「圯」不必復言「橋」矣。太白題與詩皆以「圯」、「橋」二字連用，非是。《統志》云：「圯橋在邳州城東南隅。」崔塗《讀留侯傳》云：「偶成漢室千年業，只讀圯橋一卷書。」楊維禎《覽古》云：「諸葛拜牀下，可是圯橋師。」此皆未之攷耳。惟虞集詩：「長跪獻圯下，會期後三年。」乃得本解。

鏡湖

李太白《送友人尋越中山水》詩云：「湖清霜鏡曉，濤白雪山來。」

吴旦生曰：小説家謂軒轅鑄鏡於此，因名鏡湖。非是。按：此湖會稽太守馬臻所開，《輿地志》云：「山陰南湖，縈帶郊郭。白水翠巖，互相映發，若鏡若圖。」王右軍云：「山陰路上行，如在鏡中游。」則「鏡湖」之名亦取此義。天寶三載正月五日，詔賜賀知章鏡湖一曲歸老。其後避廟諱，改稱「鑑湖」。黄山谷所謂「清鑑風流歸賀八」也。

陸放翁詩：「一竿風月老南湖。」自注云：「鏡湖一名南湖。」

識度

王性之嘗爲王彦輔言曰：「王荆公集四家詩，蔡天啓嘗問何爲下太白，荆公曰：『才高而識卑，其中言酒色蓋什八九。』」

吴旦生曰：陸放翁以爲：「此非荆公之言。白樂府外，及婦人者實少；言酒固多，比之陶淵明輩亦未爲過。四家詩不喜白，當自有故。蓋白識度甚淺。觀其詩中如『中宵出飲三百杯，明朝歸揖二千石』、『揄揚九重萬乘主，謔浪赤墀金鎖賢』、『王公大人借顔色，金章紫綬來相趨』、『一別蹉跎朝市間，青雲之交不可攀』、『歸來入咸陽，談笑皆王公』、『高冠佩雄劍，長揖韓荆州』之類，淺陋語至多。又如以布衣得一翰林供奉，此何足道，遂云：『當時笑我微賤者，卻來請謁爲交親。』宜其終身坎壈也。」放翁拈出「識度」二字，不獨太白心折，且爲後來作詩文之鑒。凡人下筆，先立自家身分，始不爲識者所嗤。

鍊字

《鶴林玉露》曰：「作詩要健字撑拄，要活字斡旋。如『紅入桃花嫩，青歸柳葉新』、『弟子貧原憲，諸生老伏虔』，『入』與『歸』字、『貧』與『老』字乃撑拄也。『生理何顔面，憂端且歲時』、『名豈文章著，官應老病休』，『何』與『且』字、『豈』與『應』字乃斡旋也。撑拄如屋之有柱，斡旋如車之有輪。」

吴旦生曰：得「撑拄」之説而通之，即實字可作虚用，如「璇階電綺閣，碧題霜羅幙」之類是也；得「斡旋」之説而通之，即虚字可作實用，如「古牆猶竹色，虚閣自松聲」之類是也。

潘邠老云：「七言第五字要響，如『返照入江翻石壁，歸雲擁樹失山村』，『翻』字、『失』字是響字也；五言第三字要響，如『圓荷浮小葉，細麥落輕花』，『浮』字、『落』字是響字。」余觀七言以第五字爲眼，五言以第三字爲眼，乃一句所著力在此一字，字不響則句不健。《吕氏蒙訓》以爲字字當活，活則字字自響也。曾致堯語李公受：「子詩雖工，而音韵猶啞。」公受初未悟，後得休文所謂「前有浮聲，後有切響」，遂精於格律。杜詩顔嘗言：「少陵《麗人行》：『坐中八姨真貴人。』數目中『八』字最響。覓句下字，當以此類求之。」

賡和

《劉貢父詩話》曰：「唐詩賡和有次韻先後無易，有依韻同在一韻，有用韻用彼韻不必次，今人多不曉。」

吴旦生曰：昔人言和之義有三：蓋依韻和之，謂之次韻；或用其題而韻字同出一韻，謂之和韻，如張文潛《離黄州》詩而和杜老《玉華宫》詩是也；用彼之韻，不拘先後，謂之用韻，如退之《和皇甫湜陸渾山火》是也。然晉宋間何劭、張華、二陸、三謝，答其來意而已，非若後人爲次韻所局也。唐不勝載，姑論老杜。如高適寄杜云：「草玄今已畢，此外更何求？」杜則云：「草《玄》吾豈敢，賦或似相如。」杜寄嚴武云：「何路出巴山，重巖細菊班。」嚴則云：「卧向巴山落月時，籬外黄花菊對誰？」杜送韋迢云：「洞庭無過雁，書疏莫相忘。」迢則云：「相憶無南雁，何時有報章？」杜又云：「雖無南去雁，看取北來魚。」其往來反覆，不過如是也。惟元、白矜尚次韻，至皮、陸而盛。若宋蘇、黄輩，唱一賡十，工拙見矣。

《洛陽伽藍記》：「王肅入魏，舍江南故妻謝氏，而娶元魏帝女。其故妻贈之詩云：『本爲箔上蠶，今爲機上絲。得路遂騰去，莫憶纏緜時。』繼室代答，亦用『絲』、『時』兩韻。」則次韻謂始於元、白，誤也。陳後主集有《宣猷堂燕集》五言曰：「披鉤賦韻，逐韻多少，次第而用。」座有江總、陸瑜、孔範等。後主韻得迮、格、白、赫、易、夕、擲、斥、折、啃字。其詩用韻，與所得韻次前後正同。是先書韻爲鉤，坐客均探，各據所得，循序賦之，正後世次韻類也。但韵以鉤探，非酬和先倡者耳。

薺菜

《侯鯖録》曰：「高力士謫在驩州，詠薺菜詩爲魯直所稱，云：『兩京作斤賣，五谿無人采。貴賤雖不同，氣味故常在。』」

吴旦生曰：李輔國矯制遷明皇西宫。力士竄嶺表，見山多薺，人不解食，故賦詩謂可拾作羹耳。魯直作《食筍》詩：「尚想高將軍，五谿無人采。」是誤以筍爲薺矣。但言詩爲魯直所稱，亦未詳攷。張文潛作《薺羹》詩：「論斤上國無曾飽，旅食江城日至前。常慕藜羹最清好，固應加糝媿吾緣。」乃得力士本意。

《説文》：「薺，草可食也。」《春秋繁露》云：「薺以美冬水氣也。薺，甘味也。乘於水氣故美者，甘勝寒也。薺之言濟，所以濟大水也。」

魚米

田澄《蜀城》詩：「地富魚爲米，山芳桂是樵。」

吴旦生曰：澄，天寶、上元間人。杜子美《贈田舍人》云：「揚雄更有《河東賦》，惟待吹嘘送上天。」蓋澄以舍人奉使入蜀也。俗名沃土爲魚米之地。皮襲美詩：「一斗霜鱗換濁醪。」吴中魚市以斗計，一斗爲二斤半。蓋一以米喻，一以斗計，其義可互通也。

《北户録》載：「劉孝威謝官賜交州米粫四百屈。」詳其言「屈」，豈今之數乎？且前朝短書雜説，有呼食爲「頭」；晉元帝「謝賜功德浄饌一頭」，又「謝齋功德食一頭」，又劉孝威「謝賜果食一頭」。以魚爲「斗」；梁科律：生魚若干斗。茗爲「薄」、爲「夾」；温貢茗二百尺薄，又梁科律：薄茗千夾云云。筆爲「雙」、爲「牀」、爲「枝」；《搜神記》：「益州西神祠祈禱者，持一雙筆。」南朝呼筆四管爲一牀。梁簡文帝答書云：「乍置筆牀。」又云：「寫書筆一枝一萬字。」墨爲「螺」、爲「丸」、爲「枚」；陸云以兄送墨二螺。梁科律：御墨一量十二丸。蔡質《漢官儀》曰：「尚書令僕丞郎月賜隃麋大墨一枚、小墨一枚。」紙爲「番」；錦爲「兩」；王佐云：「錦二兩。」衣爲「裁」；陸倕「謝安城王楚越衣二裁」。沈約有「謝葛衫裁」也。袈裟爲「緣」；簡文帝「蒙惠袈裟一緣」。奴爲「頭」；簡文帝書言：「安城王餉奴子一頭。」麝爲「子」；蠟爲「粫」；麝香如干子，蠟如干粫，齊建武四年事。檳榔爲「口」，胡桃爲「子」。陸倕「謝安城王賜檳榔一千口，并胡桃一千子。」

余因魚爲「斗」，喜段公路之言録之。然於紙爲「番」，獨無引據。因按魏張揖云：「古之素帛，依書長短，隨事裁繙。枚數重沓，即名番紙。故从系，蓋取繒帛之義。」則謂紙爲「番」，以此也。《北户録》云：「張載《紙銘》並稱紙爲番。」《拾遺記》云：「張華著《博物志》四百卷，奏於武帝。詔芟爲十卷，迺賜側理紙萬番，是南越所獻海苔爲之。」又「武帝賜杜預蜜香紙萬番，寫《春秋釋例》。紙微褐色，紋如魚子，極香而堅韌，乃蜜蒙花所成也。」《藝苑巵言》云：「王右軍會稽庫中有紙九萬番，悉以乞謝安。」《孔氏六帖》云：「杜暹補婺州參軍，秩滿歸，吏以紙萬番贐之，暹爲受百番。」《文筆襟喉》云：「蕭穎士夢有人授紙百番，開之，皆是繡花，文思乃大進。」《珍珠船》云：「簡文帝奉紅箋二千番。」《大唐龍髓記》云：「玄宗創集賢院，月給蜀郡麻紙五千番。」《遂昌雜録》云：「宋制：内夫人每日輪流六人侍帝左右，以紙一番書帝起居，封付史館。」《牋紙譜》云：「蜀牋體重，一夫之力，僅能荷五百番。」《唐詩紀事》云：「段成式《與温庭筠雲藍紙》詩：『三十六鱗充使時，數番猶得裹相思。』」東坡《澄心堂紙》詩云：「詩老囊空一不留，百番曾作百金收。」又誠齋所引警句云：「人情似紙番番薄，世事如棊局局新。」景泰中陳用端《寄剡牋》詩：「九萬未充王内史，百番聊贈杜參軍。」

漁父詞

張志和《漁父詞》云：「西塞山前白鷺飛，桃花流水鱖魚肥。」

吳旦生曰：按有兩西塞：一在武昌，一在霅川。故讀此詩者往往誤認之。《經鉏堂志》云：「西塞，郡城南一帶遠山是也。謂之西塞者，下菰城爲屯兵之處，坐西向東故也。」《唐書》：「志和謁顏真卿於湖州，真卿以舟敝漏，請更之。志和曰：『願浮家泛宅，往來苕霅間。』」其時顏公與門客會飲，乃唱和爲《漁父詞》。志和首唱得五首，其第四首有「霅谿灣裏釣魚翁」之句，此屬霅川之西塞無疑。皮日休詩：「西塞山前終日客。」建文初，韓公望《湖州道中》詩：「南潯賈客舟中市，西塞人家水上耕。」《復齋漫録》以志和所詠西塞在武昌，陸放翁《入蜀記》亦言道士磯一名西塞山，即志和所謂「西塞山前」者，不知其皆誤也。如李太白詩：「西塞當中路，南風欲進船。」其在荆楚作，故曰「中路」。薛能詩：「西塞長雲盡，南湖片月斜。」昔臧質敗走南湖，以荷自蔽，即此地。張文潛詩：「已逢娬媚散花峽，不泊囍危道士磯。」蓋西塞最湍險難上，故泊散花洲，洲與西塞相直。按：此乃武昌之西塞耳。

《説文長箋》云：「鱖，居衛切，海中小白魚。長三四寸許，若蟲類者，曰鱖殘，其形潔白。方言謂之麪魚。土人傳言：吴王食鱠吐水中所化，因改作鱠。又一種湖中出者，夏小寸許，秋長盈尺，亦曰殘魚。小者加之美名曰銀魚，皆鱖屬。」楊升庵引《唐韵》：「巨口細鱗有斑文。」《爾雅翼》云：「凡牛羊之屬有肚，故能嚼。魚無肚不嚼，鱖獨有肚，能嚼。」音譙，字一作「鱴」。又引《水經注》云：「巴鄉村有魚，其頭似羊，豐肉少骨，今名水底羊。」亦不知其皆誤也。

歷代詩話卷四十九　庚集四

靑谿　吴景旭旦生氏著

唐詩　卷中之上

琥珀

《冷齋夜話》曰：「韋應物作《琥珀》詩云：『曾爲老茯苓，元是寒松液。蚊蚋落其中，千年猶可覿。』舊説松液入地千年所化，今燒之尚作松氣。嘗見琥珀中有物如蜂。然此物自外國來，地有茯苓處皆無琥珀，不知韋公何以知之。」

吴旦生曰：《通志》云：「虎魄《西域傳》作「虎魄」，《蜀都賦》作「虎珀」中有一蜂，形色如生者，可以拾芥，名靈魄。」又《老君玉策》云：「松脂入地千年作茯苓，茯苓千年作琥珀，琥珀千年作石膽，石膽千年作威喜。」《神仙傳》云：「琥珀一名江珠，今泰山出茯苓而無琥珀，益州永昌出琥珀而無茯苓。」《清異録》云：「琥珀孫，松脂也。」《本草》：「松脂一名松膏，一名松肪。」鄭嵎《津陽門》詩：「孔雀松殘赤琥珀。」《注》云：「世傳孔雀松下有赤茯苓，入土千年則成琥珀。」《廣雅》云：「琥珀生地中，其上及旁不生草。深者八九尺，大如斛。削去皮成琥珀，如斗大。

初時如桃醪，堅凝乃成也。」李長吉詩：「桃醪迎夏香琥珀。」一云：「桃濇入地所化。」又「虎目光入地化物如琥珀」，又「龍血入地所化」。

《金樓子》云：「楓脂入地千歲爲琥珀。」《爾雅翼》云：「楓脂一名白膠香。」李長吉詩：「楓香晚花静。」

《博物志》引《神農本草》云：「雞卵可作琥珀。其法取伏卵鰕黄白渾雜者煮，及尚輭，隨意刻作物件。以苦酒漬數宿，既堅，内著粉中，佳者乃亂真矣。」《通志》云：「有煮青魚枕僞爲之者。」《南蠻記》云：「寧州沙中有折腰蜂，岸崩則蜂出。土人燒治以爲琥珀。兔絲，琥珀苗也。」

晝公

《嬾真子》曰：「『吴興老釋子，野雪蓋精廬』，此蘇州招晝公詩，即皎然也，居於湖。舊説：皎然欲見韋蘇州，恐詩體不合，遂作古詩投之。蘇州一見，大不滿意。繼而皎然復獻舊詩，蘇州大稱賞曰：『幾誤失大名，何不止以所長見示，而輒希老夫之意？』」

吴旦生曰：顧況、劉長卿、丘丹、秦系、皎然之儔，俱與蘇州相倡和，故作詩招之也。皎然姓謝氏，靈運十世孫，字清晝。招之稱「晝公」，字之也。常論僧不當以字行。按：古者生子三日，父名之；二十而冠，父字之，所以表德也。《禮》所謂「冠而字之，敬其名也」。今僧棄父母、屏妻子，已絶子父之道；頭童而不櫛，不可冠，何字之有？魏鶴山云：「古人稱字者最不輕。《儀禮》：子孫於祖禰皆稱字。孔門諸子多稱夫子爲仲尼。子思，孫也；孟子又子思弟子也，亦皆稱仲尼。」羅大經謂：「魯哀公誄孔子亦曰尼父。」周益公謂：「壽皇每稱東坡，唯曰子瞻而不名，蓋重之也。」觀古今士大夫贈僧詩文，每稱其字者，非是。

陳眉公云：「稽山徹上人與道標、皎然齊名，吴人爲之語曰：『餘杭標，摩雲霄；霅谿晝，能清秀；稽山徹，洞冰雪。』」

字訛

韋應物《滁州西澗》詩：「獨憐幽草澗邊行，尚有黄鸝深樹鳴。春潮帶雨晚來急，野渡無人舟自横。」

吴旦生曰：此《太清樓帖》所刻手書也，係蔡元長校鑒，自屬真本。何元朗言：「憐草而行於澗邊，當春深之時。而黄鸝尚鳴，始於性情有關。今本『行』作『生』、『尚』作『上』，則於我了無干涉矣。」楊升庵亦云：「『生』本作『行』，『上』作『尚』，見古法帖。」

歐陽永叔云：「滁州城西乃是豐山，無所謂『西澗』者。獨城北有一澗，極淺，不勝舟，又江潮不至。」胡元瑞謂：「宋人不知詩人遇與立言，大則須彌，小則芥子，寧此拘拘也。」

綵幟

韋應物《酒肆行》云：「銀題綵幟邀上客。」

吴旦生曰：《韓非子》云：「宋人有酤酒者，懸幟甚高，斗概甚平，而酒不售，遂至於酸。」《唐韻》「帘」字注云：「酒家望子。」《容齋二筆》云：「今都城與郡縣酒務及凡鬻酒之肆，皆揭大帘於外，以青白布數幅爲之，微者隨其高卑大小。村店或挂缾、瓢、標、帚、秆。唐人多詠於詩。」

鳧舄猪肝

獨孤及《酬常鄗縣》詩謂：「乘鳧舄，朝天子，卻媿猪肝累主人。」

吴旦生曰：《風俗通》、《後漢書》皆言：葉令王喬有神術，每月朔望，常自縣詣臺朝。帝怪其來數而不見車騎，密令太史伺之。言其至輒有雙鳧從東南飛來。於是候鳧至，舉羅張之，但得隻舄焉。乃詔上方諦視，則四年中所賜尚書官屬履也。每當朝時，葉門下鼓不擊自鳴，聞於京師。喬卒，百姓爲立廟，號葉君祠。祈禱無不應，若有犯，亦能爲祟。帝乃迎取其鼓，置都亭下，無復聲焉。《風俗通》又云：「按《左傳》：『葉公子高忠於社稷，萬民欣戴。白公勝作亂，子西等劫惠王以兵。葉公自葉而入攻，白公奔山而縊。生烹石乞，迎反惠王，退而老於葉。及其終也，葉人立祠。功施於民，以勞定國。』兼茲二事，固祀典之所先也。此乃春秋之時，何有近孝明乎？國家畏天之威，思求讜告，故於上西門城上候望。近太史寺，令丞躬親靈臺，懼有得失，所參之也。何有伺一飛鳧，遂建其處乎？世之矯誣，豈一事哉！」陳晦伯云：「此皆應劭説也。范書愛奇，遺其通義。後人據以爲縣令事，矯誣抑又甚矣。」余觀李君實云：「人知葉令王喬之舃爲雙鳧，不知晉南海太守鮑靚之履爲雙燕。靚爲南海時，葛稚川隱羅浮。靚每密過之，談論達旦始去。而門無車馬之跡，獨雙燕往還。人怪而問之，則其雙履也。以鳧屬令，以燕屬守，特爲拈出，以匄脩詞者。」據此則仙靈幻迹，世所常有。一守一令，徵爲故實，亦韵事也。而執葉公以證葉令之非，殊不必爾。

《東觀漢記》云：「閔仲叔居安邑，家貧，不能得錢買肉。安邑令候之，問諸子何飯食。對曰：『但食豬肝。屠者或不肯與之。』令出敕市，後嘗輒得。仲叔怪問，其子道如此。乃歎曰：『叔豈以口腹累安邑耶！』遂去。」

輕煙

《本事詩》曰：「韓翃閑居將十年，李相勉鎮夷門，又署爲幕吏。時韓已遲暮，同職皆新進後生，不能知韓，舉目爲惡詩。韓邑邑殊不得意，多辭疾在家。唯末職韋巡官者，亦知名士，與韓獨善。一日夜將半，韋叩門急，韓出見之。賀曰：『員外除駕部郎中，知制誥。』韓大愕然曰：『必無此事，定誤矣。』韋就座曰：留邸狀報，制誥闕人。中書兩進名，御筆不點出。又請之，且求聖旨所與，德宗批曰：『與韓翃。』時有與翃同姓名者，爲江淮刺史。又具二人同進，御筆復批曰：『春城無處不飛花，寒食東風御柳斜。日暮漢宫傳臘燭，輕煙散入五侯家。』又批曰：『與此韓翃。』韋又賀曰：『此非員外詩耶？』韓曰：『是也。』是知不誤矣。」

吴旦生曰：《汝南先賢傳》：「太原舊俗，以介子推焚骸一月寒食，世謂禁火起於此。」然按《左傳》但云：「與母偕隱而死。」《史記》但云：「亡入緜上山中。」並無焚骸之説。《異苑》謂：「子推抱樹燒死。晉文伐以製屐，有『悲乎足下』之語。」則誣甚矣。《丹陽記》云：「龍星，木之位也。春屬東方，心爲大火。懼火盛，故禁之。」是以寒食龍忌之禁。所謂禁煙，未必爲子推設也。

按《周書》：「司烜氏仲春以木鐸循火禁於國中。」《注》云：「爲季春將出火也。」今準節氣，寒食是仲春之末，清明是季春之初，則禁火乃周制矣。但周制四時變火：春取榆柳之火，夏取棗杏之火，季夏取桑柘之火，秋取柞楢之火，冬取槐檀之火。今觀《春明退朝録》，唐惟取榆柳火以賜近臣戚里之家，君平詩「煙散侯家」，蓋紀實云。

按《後漢·禮儀志》：「清明騎士傳火。」故君平云「日暮漢宫」也。然觀子美《清明》詩「朝來新火起」，又「家人鑽火用青楓」，皆在寒食三日之後。而君平《寒食即事》乃云「傳燭」、「散煙」，則不待清明而已傳新火，何邪？

按《後漢書·周舉傳》云：「太原郡舊俗，以介子焚骸，有龍忌之禁。至其亡月，咸言神靈不樂舉火，莫敢煙爨，歲多死者。周舉爲刺史，作書置子推之廟，言盛寒去火，殘損民命，非賢者意。今則三日而已，宣示愚民，使還温食。」桓譚《新論》云：「太原民隆冬不火食，爲子推也。」則是寒食乃在冬中，非今二三月間也。《琴操》又謂：「子推燒死，文公令民五月五日不得發火。」其説皆殊。

按《淮南·要略》云：「操舍開塞，各有龍忌。」《注》：「中土以鬼神之亡日忌，北幽、南越皆謂之請龍。」

人參

韓翃詩：「應是人參五葉齊。」

吴旦生曰：《續博物志·高麗人參贊》云：「三椏五葉，背陽向陰。欲來求我，椵樹相尋。」「椵」音賈，木葉似桐甚大，陰廣，參多生其陰。段成式《求人參》詩：「九莖仙草真難得，五葉靈根許惠無？」皮襲美《謝惠人參》詩：「神草延年出道家，是誰披露記三椏？」蘇東坡《次韵正輔》詩：「細斸黄土栽三椏。」皆用贊語也。

《説文》作「人葠」，《字書》作「蓡」，或作「蔘」、「參」。李君實《雜綴》云：「人參，名人蓡。蓡者，漸漬之義，以其得地氣浸漸成長如人形故也。又名人微，亦微漸之意。一名黄參，以其得土膏，土色屬黄。又名人御，以其生有階級。又名鬼蓋，以其生背陽向陰。又有神草、地精、海腴之目，大約標其滋益於人耳。」《海録碎事》云：「天狗，人參也。」《春秋斗運樞》云：「摇光星散爲人參。廢江淮川瀆之利，則摇光不明，人參不生。」按：三月生葉，小花，核黑，莖有毛。九月采根，有頭足手面目如人。亦可收子，於十月下種，如種菜法。生上黨山谷者最良，遼東次之，高麗、百濟又次之。潞州紫團山與太行相連，出參名紫團參，即上黨也。周繇《以人參遺成式》詩：「人形上品傳方志，我得真英自紫團。」

擅場

《國史補》曰：「郭曖尚昇平公主，盛集文士，即席賦詩，公主帷而觀之。李端中宴詩成，有『薰香荀令偏憐小，傅粉何郎不解愁』之句，衆稱絶妙。或謂宿搆，端曰：『願賦一韵。』錢起曰：『請以起姓爲韵。』復有『新開金埒看調馬，舊賜銅山許鑄錢』之句。曖大喜，出名馬金帛爲贈。是會也，端擅場；送丞相王縉之鎮幽朔，韓翃擅場；送丞相劉晏之巡江淮，錢起擅場。」

吴旦生曰：唐人讌集每賦詩，必推一人擅場，此其例也。寶曆中，楊於陵僕射入覲，其子嗣復率兩榜門生迎於潼關，宴新昌里第。諸生翼兩序，元、白在席。楊汝士詩云：「文章舊價留鸞掖，桃李新陰在鯉庭。」元、白覽之失色。汝士歸謂子弟曰：「今日壓倒元、白。」又裴令公居守東洛，宴酣索句。公爲破題，次至汝士，云：「昔日蘭亭無豔質，此時金谷有高人。」白遽裂之曰：「笙歌鼎沸，勿作冷澹生活。」元顧曰：「樂天能全其名。」此二則亦不得不推擅場。皇甫百泉舉高氏晦日林亭會，崔、劉二詩，何足與此。《西齋話紀》：「端之賦錢，乃比鄧通，既非令人，又非美事。」余謂此端之所以譃起也，夫何礙？

柳塘花隖

聖俞曰：「若夫狀難寫之景，含不盡之意，如嚴維『柳塘春水慢，花隖夕陽遲』，則天容時態，融和駘蕩，豈不在目前乎？」

吴旦生曰：陳隨隱亦云：「春物融冶，人心和暢，言不能盡。」余謂此鍊第五字法也。以「慢」字狀春水，「遲」字狀夕陽。滿前化工矣，卻從「柳」、「花」帶出，見全是三春景象。則摹神在「慢」與「遲」，設色在「柳」與「花」，字字雅貼，無可復議。《劉貢父詩話》云：「夕陽遲則繫花，春水慢不須柳。」《漁隱叢話》云：「『春水慢不須柳』，此真確論。但『夕陽遲則繫花』，此論非是。蓋夕陽遲乃繫於隖，初不繫花。」以此言之，則春水漫不必柳塘，夕陽遲豈獨花隖哉？余以論詩拘泥至此，直令千古奇致一齊抹煞，惡極，惡極。

獨眠

顧況詩：「服藥不如獨自眠。」

吴旦生曰：《列仙傳》：「彭祖《姓苑》云：姓籛名鏗。籛音翦。云：『上士别牀，中士異被。服藥百裹，不如獨睡。』」《古今諺》云：「服藥千裹，不如一宵獨卧；服藥千朝，不如獨卧一宵。」顧退翁詩用此也。陸放翁詩：「九十老翁緣底健，一生强半是單棲。」亦此意。《古今説海》云：「包宏齋恢年八十有八，陪祀登拜郊臺。賈秋壑問其必有衛養之術，答曰：『有一服丸子藥，乃不傳之祕。』秋壑欲授其方，徐徐笑曰：『恢喫五十年獨睡丸。』」

按：退翁改字逋翁，志尚疏逸，近於方外。時宰招以好官，翁答詩云：「此身還似籠中鶴，東望瀛洲叫一聲。」遂隱於茅山菖蒲潭石墨池上，年九十卒。吴中皆言翁得道尸解音假去。則獨眠之句，自是神仙種子也。然觀彭鏗進雉羹於堯，後隱雲母山，餐雲母，又爲商大夫。《路史》稱其壽七百六十七歲。胡爲乎更歷四十九妻、五十四子，而究敗道於妖淫晚娶之鄭氏，抑又何説邪？《北史·邢子才傳》云：「邢率情簡素，内行脩謹。與婦甚疏，未嘗内宿。嘗云：『晝入内閣，爲狗所吠。』言畢撫掌大笑。」然於《崔㥄傳》：「㥄寵妾馮氏，長且姣，朝士邢子才輩多姦之。」則所云「内閤狗吠」者何在？殆與老彭之言「獨睡」，同一疑案矣。

郎罷

顧況有詩云：「郎罷别囝，囝别郎罷。及至黄泉，不得在郎罷前。」吴旦生曰：閩中風俗，呼父爲郎罷音擺，呼子爲囝音蹇。退翁作《補亡訓傳》十三章，因唐世多取閩童爲閹奴，故爲哀囝之詞，取此方言以諷焉。山谷《送陳少章住餘杭從蘇公》詩云：「班衣兒嚎真自樂，從師學道也不惡。但使新年勝故年，即如常在郎罷前。」唐子西詩：「兒餒嗔郎罷。」宋子虚詩：「郎罷滕陰老淚潸。」皆用退翁語。

《北史》謂父爲鮮甲。吴人呼父曰爸。音霸，訛而爲拜，平聲。唐小説爹字作奢，或又爲爸音播。《通鑑》：「回紇呼父曰阿多。」

《北史》謂母爲鐵弗。《淮南子注》：「江淮謂母爲社。」《説文》：「江淮之間，謂母曰媞。」《方言》：「南楚瀑洭之間，母謂之媓。」《集韵》：「淮南呼母曰媣，吴俗呼母曰媄，音寐，訛如理。齊人呼曰阿嬭，音迷。字又作娄，又曰嬭，音膩。字又作妳。」《客座贅語》：「留都呼母曰嬤嬤，字或作麽，又作麼。俱音麽。羌人呼母曰毑，音姐。字又作她。閩人曰郎奶。」

《困學紀聞》云：「《集韵》：吴人謂赤子曰䂿犽音鴉牙。《雜記注》：嬰，猶鷖彌也。《孟子音義》：倪，謂緊倪，小兒也。」

萎蕤宛轉

顧況詩：「春樓不閉萎蕤鎖，緑水迴通宛轉橋。」

吴旦生曰：《録異記》：「萎蕤鎖，金鏤相連，屈伸在人。」《詩話類編》云：「唐詩：『望見葳蕤舉翠華。』葳蕤，旗名，鹵簿中有之。」《孫氏瑞應圖》云：「葳蕤，瑞草，王者禮備至則生。」今之字書例解爲草木之狀，未得其原也。

《輿地志》云：「齊文惠太子治玄圃，有明月觀、宛轉橋、徘徊廊。」

麴塵

《西谿叢語》曰：「劉禹錫：『龍墀遥望麴塵絲。』《禮記·月令》：『薦鞠衣於上帝，告桑事。』《注》云：『如鞠塵色。』《周禮》：『内司服鞠衣。』鄭司農云：『鞠衣，黄桑服也。色如鞠塵，象桑葉始生。』」

《漁隱叢話》曰：「鞠者，草名，花色黄。遂以麴塵爲鞠塵，其説非是。」

吴旦生曰：《埤雅》云：「《周官》：『后蠶服鞠衣。』鞠衣，色黄，象鞠。鞠蓋華於陰中，其華則又中之色也。后帥内外命婦而蠶，則使天下之嬪婦取中焉。」則鞠之花色黄，固自無論。如金人劉無黨詩：「麴塵半著鴛鴦繡。」乃專言服色也。今按禹錫句，乃其所作《楊柳枝》辭也。楊巨源亦有「江邊楊柳鞠塵絲」之句，乃是借色字，與太白之「黄金嫩」、荆公之「鵝黄嫋嫋」同意，即作「鞠塵」亦通。況白樂天詩：「晴沙金屑色，春水鞠塵波。」汪彦章詩：「細細鞠塵波。」毛文錫詩：「垂楊低拂麴塵波。」亦可以水言之。吴文可云：「麴塵絲拂晴波暖。」是又柳與水映帶言矣。

餳

《劉賓客嘉話録》曰：「爲詩用僻字，須有來處。宋考功詩：『馬上逢寒食，春來不見餳。』嘗疑此字，因讀《毛詩》鄭《箋》説吹簫處，云即今賣餳人家物。六經惟此注中有『餳』字。後輩業詩，即須有據，不可學常人率爾而道。」

吴旦生曰：《周禮》：「小師掌教簫。」《注》云：「簫，編小竹管，如今賣飴餳者所吹也。」《詩》：「簫管備舉。」鄭《箋》與《周禮注》同。按《釋文》：「餳，夕精反，又音唐。」《方言》：「餳謂之餹。凡飴謂之餳，自關而東，陳、楚、宋、衛之通語也。」《釋名》：「餳，洋也。煮米消爛，洋洋然也。」《樊儵傳》：「三歲獻甘醪膏餳。」《鄴中記》云：「并州之俗，冬至一百五日爲冷節，作乾粥，即今麥餻也。世俗每至清明，以麥成秌，以杏酪煮爲薑粥。俟凝冷，裁作薄葉，沃以餳若蜜而食之，謂之麥糕。」李義山詩：「粥香餳白杏花天。」宋子京詩：「簫聲吹暖賣餳天。」又「客甌餳粥對離中。」歐陽永叔詩：「杯盤餳粥春風冷。」又「多病止愁餳粥冷」。蘇長公詩：「温風散粥餳。」蓋清明、寒食多用之矣。

《韵語陽秋》云：「禹錫《歷陽書事》詩：『湖魚香勝肉，官酒重於餳。』則何嘗按六經所出邪？」

糕

《聞見後録》曰：「劉夢得作《九日》詩，欲用『糕』字。以六經中無之，輒不復爲。宋子京以爲不然，特於《九日》詩中用『糕』字，爲古今絶唱。詩云：『飆館輕霜拂曙袍，糗餈花飲鬬分曹。劉郎不敢題糕字，空負詩中一世豪。』」

吴旦生曰：《周禮》：「籩人羞籩之實，糗餌粉餈。」鄭《箋》云：「二物皆粉稻黍米所爲，合蒸曰餌，餅之曰餈，蓋餌即餻也。」賈佩蘭説：「宮中九月九日食蓬餌，令人長壽。」《方言》：「餌謂之餻，或謂之粢，或謂之餣，或謂之餦，或謂之饨。」《歲時記》：「民間九日餻上置小鹿數枚，號食禄高。」《字學集要》云：「餻亦作糕、餻、粿。」《鶴林玉露》云：「白樂天詩：『移坐就菊叢，餻酒前羅列。』則固已用之矣。劉、白唱和之時，不知曾談及此否？」余因孜樂天詩「宜城酒似餳」、「黏臺酒似餳」、「緑餳黏盞杓」、「如餳氣味緑黏臺」，則禹錫之疑「餳」字，豈唱和時亦未談及邪？

江進之云：「夫詩人者有詩才，亦有詩膽。膽有大有小，每於詩中見之。劉禹錫謂六經無『餻』字，遂不敢用，此其詩膽小也。六經原無『椀』字，而盧玉川茶歌連用七個『椀』字，此其詩膽大也。膽之大小，不可强爲。世有見猛虎而不動，見蜂蠆而卻走者，蓋所稟固然。矯而效之，終喪本色。」

山圍潮打

劉禹錫《金陵五題》自序云：「山圍故國周遭在，潮打空城寂寞迴。淮水東邊舊時月，夜深還過女牆來。」樂天掉頭苦吟，歎賞良久，曰：「石頭詩『潮打空城寂寞迴』，吾知後之詩人不復措辭矣。」

吴旦生曰：張表臣述其自矜云：「餘雖不及，然亦不辜樂天之賞。」則禹錫亦不復許後人措辭矣。觀東坡詩：「山圍故國城空在，潮打西陵意未平。」薩天錫《登鳳凰臺》詩：「千古江山圍故國，幾番風雨入空城。」皆落牙後，正爲浪措辭也。而天錫《招隱首山》又云：「千古江山圍故國，五更風雨入空城。」奈何復自拾其瀋邪？

《唐詩紀事》云：「長慶中，元微之、韋楚客與禹錫會於白樂天之居，各賦金陵懷古。劉無遲意，滿引一揮而成。詩曰：『王濬樓船下益州，金陵王氣黯然收。千尋鐵鎖沈江底，一片降旗出石頭。人世幾回懷往事，山形依舊枕寒流。今逢四海爲家日，故壘蕭蕭蘆荻秋。』白公曰：『四子探驪龍，吾子先得其珠，其餘鱗爪何用耶？』於是罷唱。」

亥

夢得《送人赴絳州》詩：「午橋群吏散，亥字老人迎。」

吴旦生曰：《左傳》師曠釋絳縣老人年數云：「亥有二首六身。」蓋離拆「亥」字點畫而上下之，如算籌縱横。然則二首爲二萬，六身各一縱一横，爲六千六百六十，正合其甲子之日數，迺是七十三年也。楊巨源《送絳州盧使君》詩：「絳老問年須算字，庾公逢月要題詩。」李義山《贈絳臺老驛吏》詩：「過客不勞詢甲子，惟書亥字與時人。」張伯雨《元日》詩：「問年書亥字，獻歲出辛盤。」

《西谿叢語》載絳縣老人云：「臣生之歲，正月甲子朔，四百有四十五甲子矣。其季於今，三之一也。」季者，末也；今，今日也。謂已得四百四十五全甲子，其末一甲子六十日，而今日乃癸未，纔得二十日也。故曰「三之一」。文公之十一年至襄公三十年，通七十四年。以年表考之，文公之十一年歲在己巳，襄公之三十年歲在戊午。今乃云七十三年者，蓋謂襄公之三十年上距文公之十一年，得七十三年也。所謂「亥二首六身」者，《注》云：亥字二畫在上，併三六爲身，如算之六，蓋古之亥字如此。二多寫，故曰二首六身。其下六畫如算子，三箇六數也。所謂下二如身。是其日數則六千六百六旬也，故曰是日數也。且四百四十五甲子合得二萬六千七百日，乃差四十日，則前所謂「其季於今三之一」，謂其末一甲子纔得二十日，故少四十也。且不謂之日而謂之旬者，蓋古以甲子數日，故謂之旬，如今陰陽家所謂甲子旬中、甲午旬中之類是也，與《書》「朞三百有六旬」同。

平淮西

《全唐詩話》載：「劉禹錫曰：柳八駮韓十八《平淮西碑》云：『「左飱右粥」，何如我《平淮西雅》云「仰父俯子」』。韓碑兼有帽子，使我爲之，便説用兵伐叛矣。』自爲詩云：『城中晨雞喔喔鳴，城頭鼓角聲和平。』美愬之入蔡城也，須臾之間，賊無覺者。又落句云：『始知元和十二載，重見天寶昇平時。』以見平淮之年。」

吴旦生曰：《隱居詩話》：「禹錫稱『城中』二句爲盡李愬之美，『始知』二句爲盡憲宗之美。吾不知此句爲何等語。」《野客叢書》云：「禹錫『城中』二句見李愬不動風塵，曉入蔡州，禽捕渠魁如此；『始知』二句見憲宗當德宗姑息藩鎮之後，能毅然削平禍亂，使人復見太平官府如此。此兩聯正得當時之意。」余詳禹錫詩中歸美李愬，其沾沾自喜，或有微意。觀《唐史》云：「退之《淮西碑》多歸裴度功。李愬妻唐安公主不平，訴之於帝，謂愈文不實。遂斷其碑，更命段文昌爲之。」則禹錫之自許有以也。丁用晦《芝田録》云：「有老卒推倒《淮西碑》。」羅隱《石烈士説》云：「石烈士，名孝忠，嘗爲李愬前驅。一日，熟視裴碑，作力推去。」《韵語陽秋》云：「愬之子訟於朝，憲宗使文昌別作。」李義山詩云：「句奇語重喻者少，讒之天子言其私。長繩百尺拽碑倒，麤沙大石相磨治。」則是天子自使人拽倒。

《詩話》：「東坡謫官過舊驛，壁間見有人題一詩云：『淮西功業冠吾唐，吏部文章日月光。千古斷碑人膾炙，世間誰數段文昌。』坡喜而誦之。」余按：此東坡自作，蓋避忌而託之人題耳。坡在翰林，被旨作《上清儲祥宫碑》，哲宗親書其額。紹聖黨禍起，磨去坡文，命蔡元長別撰。則此詩直是坡自況也。

霓裳羽衣曲

《太真外傳》曰：「《霓裳羽衣曲》者，是玄宗登三鄉驛，望女几山所作也。故劉禹錫有詩云：『伏覩玄宗皇帝望女几山時，小臣斐然有感：開元天子萬事足，惟惜當時光景促。三鄉驛上望仙山，歸作《霓裳羽衣曲》。仙心從此在瑶池，三清八景相追隨。天上忽乘白雲去，世間空有秋風詞。』」

吴旦生曰：此曲攸始，載者異辭。如《六一詩話》載王建《霓裳詞》：「弟子部中留一色，聽風聽水作《霓裳》。」不知「聽風聽水」爲何事也？白樂天有《霓裳歌》，亦無風水之説。余觀《西域記》云：「龜兹國王與臣庶知樂者，於大山間聽風水之聲，均節成音。後飜入中國，如《伊州》、《涼州》、《甘州》，皆龜兹至也。」

鄭嵎《津陽門詩》注云：「葉法善引上入月宫。時秋已深，上苦淒冷，不爲久留。歸，於天半間尚聞仙樂。及上歸，記憶其半，遂於笛中寫之。會西涼都督楊敬述進《婆羅門曲》，與其聲調相符。遂以月中所聞爲之散序，用敬述所進曲作其腔，而名《霓裳羽衣法曲》。」《逸史》云：「羅公遠八月十五夜取一枝桂，向空擲之，化爲橋，請上同登。至大城闕，曰月宫。仙女數百，素練寬衣，舞於廣庭。上問：『此何曲？』曰：『《霓裳羽衣》也。』上密記其聲調，諭伶官作《霓裳羽衣曲》。」

《西清詩話》云：「唐有兩《霓裳曲》。開成初，尉遲璋嘗放古作《霓裳羽衣曲》以獻，詔以曲名賜貢院爲題。此自一曲也。是歲榜首李肱所試詩即此題，其詩始言：『開元太平時，萬國賀豐歲。梨園獻舊曲，玉座流新製。』末言：『蓬壺事已空，仙樂功無替。詎肯聽遺音，聖功知善繼。』則亦是祖述開元遺聲耳。此曲世無譜，好事者每惜之。《江表志》載周后獨能按譜求之，徐常侍鉉有《聽霓裳送以詩》云：『此是開元太平曲，莫教編作別離聲。』則江南時猶在也。」

《韵語陽秋》云：「白樂天《答元微之歌》：『蘇州七縣十萬户，無人知是霓裳舞。惟寄長歌與我來，題作《霓裳羽衣譜》。』想其千姿萬狀，綴兆音聲，具載於長歌。惜元集不載，賴有白詩可見一二爾。『虹裳霞帔步摇冠，細纓纍纍佩珊珊』，言所飾之服也。又曰『散序六奏未動衣，中序擘騞初入拍。繁音急節十二徧，唳鶴曲中長引聲』，言所奏之曲也。而《唐會要》謂《破陣樂》、《赤白桃李花》、《望瀛》、《霓裳羽衣》，總名《法曲》。今世所傳《望瀛》，亦十二徧，散序無拍，曲終亦長引聲，亦可髣髴其遺意也。」又曰：「『由來此舞難得人，須是傾城可憐女』，言所用之人也。若曰：『玉鉤欄下香案前，案前舞者顔如玉。』則疑用一人。若曰：『張態率娟君莫嫌，亦疑隨宜且教取。』又疑用二人。然明皇每用楊太真舞，故《長恨詞》云：『風吹仙袂飄飄舉，猶似《霓裳羽衣舞》。』當以一人爲正。」

《夢谿筆談》云：「《國史補》言：『客有以按樂圖示王維，維曰：「此《霓裳》第三疊第一拍也。」客未然，引工按曲，乃信。』此好奇者爲之。蓋《霓裳曲》凡十三疊，前六疊無拍，至第七疊方謂之疊徧，自此始有拍而舞作。故白樂天詩：『中序擘騞初入拍。』『中序』即第七疊也。第三疊安得有拍？但言『第三疊第一拍』即妄也。」

烏衣

《青瑣摭遺》曰：「王榭，金陵人。一日海中失船，泛一木登岸。見一翁一嫗皆衣皁，乃烏衣國也。以女妻之。榭思歸，復乘雲軒泛海。至其家，有二燕棲梁上，榭招止臂上，書小紙繫其尾曰：『誤到華胥國裏來，主人終日苦憐才。雲軒飄去無消息，灑淚臨風幾百回。』來春燕又飛榭身上，有詩云：『昔日相逢真數合，如今睽遠是生離。來春縱有相思字，三月天南無雁飛。』因目榭所居爲烏衣巷。劉禹錫有詩云：『朱雀橋邊野草花，烏衣巷口夕陽斜。舊時王謝堂前燕，飛入尋常百姓家。』」

吴旦生曰：《丹陽記》：「烏衣之起，吴時烏衣營處所也。江左初立，琅邪諸王所居。」《輿地志》：「晉時王導自立烏衣宅。」《世説》：「王公謂：『吾角巾徑還烏衣。』」《金陵舊事》：「謝鯤與族子靈運、瞻、曜、弘微並以文義賞會。居在烏衣巷，謂之烏衣游。」鯤詩云：「昔爲烏衣游，戚戚皆子姪。」據此則禹錫所詠蓋指江左王氏、謝氏二族之盛，第宅丘墟，故有「舊時王謝」之感。若指泛海烏衣事，何以言「尋常百姓」邪？元張思廉《子夜歌》云：「朱雀街頭雨，烏衣巷口風。飛來雙燕子，不入景陽宫。」按：朱雀橋即在烏衣巷口也，故詠金陵者每連舉之，此是禹錫一證。

《野客叢書》云：「『王謝』與『王榭』相類，而又有烏衣之名，或者往往誤焉。張仲均家有陳唯室親染此詩，『謝』字從『言』，蓋此也。」吴曾《漫録》、《藝苑雌黄》所説正合。

輕車

劉夢得《送渾大夫赴豐州》詩：「精兵願逐李輕車。」

吴旦生曰：漢武帝元朔五年，以代相李蔡爲輕車將軍。有功，封樂安侯。乃李廣之從弟，故稱李輕車。鮑照樂府云：「後逐李輕車。」許渾詩：「昔事李輕車。」張光弼詩：「將軍須用李輕車。」《後漢·輿服志》云：「輕車，古之戰車也，不巾不蓋。」《孔叢子》：「巾車命駕。」《注》云：「以衣飾車也。」按《韵會》：「輕，牽正切，疾也。」《左傳·昭公二十五年》注：「左師展欲與公俱輕歸。輕，遣政反。」《漢書》：「發輕騎夜追之。」亦音罄。今唐、元人詩皆作平聲用，似失本旨。

漢壽

劉夢得《漢壽城春望》詩：「漢壽城邊野草春，荒祠古墓對荆榛。」

吴旦生曰：郝天挺注：「城在四川保寧府，今廣元縣。」程篁墩謂：「漢壽，縣名，在犍爲。即今之敘州府。」《禹貢》「潛水」注：「水出岷山之西，東流過漢壽，南流有高山，上合下開，水經其中曰沫水。又複水從漢中沔陽縣南流至梓橦漢壽縣。」《三國史》云：「費禕遇害於漢壽。」又建安五年，曹操表關某爲漢壽亭侯。則是漢壽爲封地，而亭侯爲封爵之通稱也。《會典》稱之爲「壽亭侯」，是誤以「漢」爲國號，而以「壽亭」爲封地矣。《漢志》：十里一亭，十亭一鄉。亭，留會宿之處也。凡封侯，初封亭侯，即秦亭長之遺。

生

宋景文《筆記》曰：「晏元獻常問曾明仲云：『劉禹錫詩「瀼西春水縠紋生」，「生」字作何意？』明仲曰：『作「生育」之生。』丞相曰：『非也。作「生熟」之生，語乃健。』《莊子》曰：『生熟不盡於前。』王建詩：『自别城中禮教生。』」

吴旦生曰：《邵氏聞見後録》：「汪彦章詩：『野田無雨出龜兆，湖水得風生穀紋。』此以『生』對『出』，則作『生長』之生矣。豈不聞元獻之説耶？」升庵亦以元獻之説爲信是。謝脁詩：「遠樹曖芊芊，生煙紛漠漠。」亦然。小謝之句，實本靈運。靈運撰《征賦》云：「坡宿莽以迷徑，覩生煙而知墟。」余觀白樂天詩：「絃生管澀未堪聽。」熊孺登詩：「水生風熟布帆新。」楊廉夫《續匳集》有《詠習舞》云：「十六天魔教已成，背反蓮掌苦嫌生。夜深不管排場歇，尚向鐙前蹋影行。」皆用此「生」字。又蔡敬夫詩：「花心猶怯怯，鶯語乍生生。」其於疊字更峭。

賓鴻

《岧谿詩話》曰：「東坡云：『賓鴻社燕巧相違。』《月令》『來賓』事，常疑人未曾用。及觀劉夢得《秋江晚泊》云：『暮霞千萬狀，賓鴻次第飛。』顧況云：『安得淩風翰，肅肅賓天京。』又『别浦雁賓秋』，更佳。」

吴旦生曰：《月令》：「八月鴻雁來，九月鴻雁來賓。」《周書》：「白露之日鴻雁來，寒露之日又來。」既是一種，何得前後不齊如此？許叔重注：「二雁。」則以仲秋之雁從北地中來，過周雒，南去至彭蠡；季秋之雁亦從北地中來，南之彭蠡。以爲八月來者，其父母也；是月來者，其子也。羽翼稚弱，故在後耳。《禮》云：「仲秋來者爲主，季秋來者爲賓也。」《困學紀聞》云：「《時訓》、《月令》七十二候，雁凡四見：孟春，鴻雁來，《夏小正》曰：『雁北鄉。』《吕氏春秋》、《淮南·時則訓》曰：『候雁北。』《月令注》：『今《月令》「鴻」皆爲「候」，而不言「北」。蓋「來」字本「北」字，康成時猶未誤，故曰：「雁自南方來，將北反其居。」其後傳寫者因「仲秋鴻雁來」，誤以「北」爲「來」。』仲秋，鴻雁來，《吕氏》、《淮南》曰：『候雁來。』季秋，鴻雁來賓，爵入大海爲蛤。《小正》曰：『九月，遰鴻雁。』《吕氏》、《淮南》曰：『候雁來。』高誘、許叔重注，以『候雁來』爲句。賓爵，老爵也。栖宿人堂宇之間，有似賓客，故曰賓爵。季冬，雁北鄉，《小正》在正月，《易説》在二月。《正義》謂：『節氣有早晚。』」

可中

劉禹錫《生公講堂》詩：「高坐寂寥塵漠漠，一方明月可中庭。」吴旦生曰：舊言宋文帝大會沙門，食至良久。衆疑日過中，僧律不當食。帝曰：「始可中耳。」生公曰：「白日麗天，天言可中，何得非中？」遂舉箸而食。禹錫即以生公事詠生公堂也。余又按：僧規以六時經行，曰：幽谷時，寅也；高山時，卯也；日照高山平地時，辰也；可中時，巳也；正中時，午也；鹿苑時，未也。張喬詩「猶向山中禮六時」、劉長卿詩「六時行徑空秋草」是也。則「可中」本出釋語。《洪駒父詩話》云：「山谷至廬山一寺，因舉此詩云：『一方明月可中庭。』一僧率爾云：『何不曰：一方明月滿中庭？』山谷笑去。」

畬田

劉夢得《竹枝辭》云：「銀釧金釵來負水，長刀短笠去燒畬。」

吴旦生曰：「《談苑》：江南人多畬田，先爈爐。爈音飆。爈，縱火燒草也；爐，火燒山界也。俟經雨乃下種。歷三歲，土脈竭，不可復種藝，但生草木，復爈旁山。」《詞林海錯》云：「燒田而種曰畱，故野燒曰畱火。畱音留。」宋西陽王子尚所部鄞縣有畱田。子尚言：「山湖之俗，爈山封水澤，山須爈爐後種。」又夢得適連州，作《畬田》詩：「何處好畬田，團團縵山腹。下種煨灰中，乘陽拆芽蘖。蒼蒼一雨後，苕穎如雲發。」李文饒《嶺南道中》詩：「五月畬田收火米。」則不獨江南爲然矣。

《爾雅》：「一歲曰菑，二歲曰新，三歲曰畬。羊諸反。」《易》曰：「不菑畬。」《説文》：「菑，不耕田也。从艸、甾。」徐鍇曰：「當言从艸、从巛、从田。田不耕則艸塞之，故从巛。巛音災。」則凡三歲而不可復種，蓋取畬之義也。

重用字

夢得《贈樂天》中兩聯云：「雪裏高山頭早白，海中仙果子生遲。於公必有高門慶，謝守何煩曉鏡悲。」

吴旦生曰：夢得自注：「『高山』本高，『高門』使之高，二字爲義不同。」《三山老人語録》云：「樂天寄劉詩有『歎早白無兒』之語，劉以此詩贈之，自注二『高』字。」唐人忌重疊用字，今人則疊用字甚多。楊升庵謂：「此類爲旁犯之例。」謝茂秦謂：「兩聯最忌重字，或犯首尾可矣。子美：『江閣邀賓許馬迎，醉於馬上往來輕。』摩詰：『尚衣方進翠雲裘，萬國衣冠拜冕旒。』二公重字，不害爲大家。」

東坡《送江公著》詩云：「忽憶釣臺歸洗耳。」又云：「亦念人生行樂耳。」自注：「二『耳』義不同，故得重用。」因按古人一字二義，往往重押。如《古詩》：「晨風懷苦心，蟋蟀傷局促。」又云：「音響一何悲，絃悲知柱促。」曹子建《美女篇》：「明珠交玉體，珊瑚間木難。」又云：「佳人慕高義，求賢良獨難。」謝靈運《初去郡》詩：「或可優貪競，豈足稱達生。」又云：「畢娶類尚子，薄遊似邴生。」陸士衡《豫章行》：「泛舟清川渚，遥望江山陰。」又云：「寄世將幾何，日昃無停陰。」江淹《雜體》詩：「韓公淪賣藥，梅生隱市門。」又云：「太平多歡款，飛蓋東都門。」王仲宣《從軍》詩：

「連舫踰萬艘，帶甲千萬人。」又云：「我有素餐責，誠媿伐檀人。」至唐時效此重押者不一，而老杜之詩尤多。

細腰

劉禹錫《蹋歌行》云：「爲是襄王故宫地，至今猶自細腰多。」

吴旦生曰：南楚謂細腰曰嫢音惟。《野客叢書》據傳曰：「楚王好細腰，宫中多餓死。」《荀子》乃曰：「楚王好細腰，故朝有餓人。」《淮南子》亦曰：「靈王好細腰，民有殺食而自飢也。」人君好細腰，不過宫人，豈欲朝臣與國人皆細腰乎？余觀《墨子》載：「靈王好細腰，故其臣皆三飯爲節，脇息然後帶，緣牆然後起。」《韓非子》載：「莊王好細腰，一國皆有飢色。」當時子書不言宫中而言朝與野，率有此謬。今禹錫詩作襄王，亦謬。

豩

《文苑瀟湘》曰：「夢得用字極謹嚴，然其答樂天而有『筆底心猶毒，杯前膽不豩』，豩，呼關反，此何謂也？」

吴旦生曰：《漢皋詩話》：「趙勰有『呑船酒膽豩』之句，禮部韵不收，唐韵亦無。」《西谿叢語》云：「《集韵》在山字韵，音呼關切，頑也。」

元和腳

楊升庵曰：「柳宗元詩：『柳家新樣元和腳。』言字變新樣，而腳則元和也。腳蓋懸鍼、垂露之體耳。」

吴旦生曰：此劉賓客《答柳儀曹》詩，而升庵直以爲柳詩，誤矣。《復齋謾録》云：「子厚《寄劉夢得》詩：『書成欲寄庾安西，紙背應勞手自題。聞道近來諸子弟，臨池尋已厭家雞。』蓋其家有右軍書，每紙背庾翼題云：『王會稽六紙。』其詩謂此也。故夢得有《酬家雞》之贈，乃答前詩也。其中有『柳家新樣元和腳』，人竟不曉。高子勉舉以問山谷，山谷云：『取其字製之新者。』昔元豐中，晁無咎作詩文極有聲，陳無已戲之曰：『聞道新詞能入樣，相州紅纈鄂州花。』蓋相纈織鄂州花也。則『柳家新樣元和腳』者，其亦此類歟？頃見徐仙者效山谷書，而無己以詩紀之曰：『肯學黄家元祐腳。』則知山谷之言無可疑。最後見東坡《柳氏求筆迹》詩：『君家自有元和手，莫厭家雞更問人。』其義相同，但『手』字爲異耳。」

《蔡寬夫詩話》云：「柳子厚書迹，江湘間多有其碑刻，而體不一，或疑有假託其名者。惟南岳彌陀和尚碑最善，大抵規摹虞永興矣。然不知『柳家新樣元和腳』者何如也。」

《天中記》作：「柳公權在元和間書有名，故劉禹錫有此詩。」恐誤。

石鼓

《韵語陽秋》曰：「《左傳》：『周成王蒐於岐陽。』而韓退之《石鼓歌》則曰『宣王』，所謂『宣王憤起揮天戈，蒐於岐陽騁雄俊』是也。韋應物《石鼓歌》則曰『文王』，所謂『周文大獵岐之陽，刻石表功何煒煌』是也。歐陽永叔云：『前世所傳古遠奇怪之事，類多虚誕而難信，況傳記不載，不知韓、韋二君何據而有此説也？』」

吴旦生曰：《帝京景物略》云：「廟門内之石鼓也，其質石，其形鼓，其高二尺，廣徑一尺有奇，其數十，其文籀，其辭頌天子之田。初潛陳倉野中，唐鄭餘慶取置鳳翔之夫子廟，而亡其一。皇祐四年，向傅師得之民間，十數乃合。宋大觀二年，自京兆移汴梁，初置辟雍，後保和殿。嵌金，其字陰，錯錯然。靖康二年，金人輦至燕，剔取其金，置鼓王宣撫家，復移大興府學。元大德十一年，虞集爲大都教授，得之泥草中，始移國學大成門内，左右列矣。」揭曼碩詩：「孔廟頹牆下，周宣石鼓眠。」揭與虞同時，此正大德間詩也。

謂周宣王之鼓，韓愈、張懷瓘、竇臮也；謂文王之鼓，至宣王刻詩焉，韋應物也；謂秦氏之文，宋鄭樵也；謂宣王而疑之，歐陽脩也；謂宣王而信之，趙明誠也；謂成王之鼓，程琳、董逌也；謂宇文周作者，馬子卿也。

據今搨本，則甲鼓字六十一，乙鼓字四十七，丙鼓字六十五，丁鼓字四十七，戊鼓字一十二，己鼓字四十一，庚鼓字八，壬鼓字三十八，癸鼓字六，共三百二十五字存；惟辛鼓字無存者。《金石録》云：「石鼓文，世傳周宣王刻石，史籀書。」《集古録》云：「至於字畫，亦非史籀不能作。」《東觀餘論》云：「筆法如圭璋特達，非後人所能贋作。」

聽琴

《西清詩話》曰：「三吴僧義海以琴名世，六一居士嘗問東坡：『琴詩孰優？』東坡答以退之《聽穎師琴》。公曰：『此袛是聽琵琶耳。』或以問海，海曰：『歐陽公一代英偉，然斯言誤矣。「昵昵兒女語，恩怨相爾汝」，言輕柔細屑，真情出見也；「劃然變軒昂，勇士赴敵場」，言精神餘溢，竦觀聽也；「浮雲柳絮無根蒂，天地闊遠隨飛揚」，言縱横變態，浩乎不失自然也；「喧啾百鳥群，忽見孤鳳凰」，又見脱穎孤絶，不同流俗下里聲也；「躋攀分寸不可上，失勢一落千丈强」，言起伏抑揚，不主故常也。皆指下絲聲妙處，惟琴爲然。琵琶格上聲，烏能爾邪？』」

吴旦生曰：許彦周謂：「『浮雲柳絮無根蒂，天地闊遠隨飛揚』，此泛聲也，謂輕非絲、重非木也；『啾啾百鳥群，忽見孤鳳凰』，泛聲中寄指聲也；『躋攀分寸不可上』，吟繹聲也；『失勢一落千丈强』，順下聲也。」合參二氏，得琴之理，得詩之神。然彦周更沈著矣。

義海又論東坡《聽維賢琴》詩云：「『春温廉折亮以清』，絲聲皆然，何獨琴也。又特言大小絃聲，不及指下之韵。『牛鳴盎中雉登木』，概言宫商耳。八音皆然，豈獨絲也。」以爲坡未知琴。然余觀坡之論中散《琴賦》云：「間遼故音痺，絃長故徽鳴。」所謂「痺」者，猶今俗云敓音鮮聲也。兩絃之間，遠則有敓，故曰「間遼」。「絃鳴」云者，今之所謂泛聲也。絃虚而不按乃可按，故云「絃長而徽鳴」也。此豈未知琴者？

潛蛩

韓退之詩：「幽響泄潛蛩。」

吴旦生曰：「蛩」音拱，又居用切。一作「蛬」。《爾雅》云：「蟋蟀也。」《埤雅》云：「陰陽率萬物以出入，至於悉蟹，能帥陰陽之悉者也。」《詩義問》云：「蟋蟀食蠅而化。」一名趣織。語曰：「趣織鳴，嬾婦驚。」一名蜻蛚。里語云：「蜻蛚鳴，衣裘成。」《方言》：「南楚之間謂之蛀孫。」雜見諸書者，曰吟蛩，曰蛩秋，曰投機，曰紡緯，曰絡緯。袁瓘《秋日》詩：「芳草不復緑，王孫今又歸。」人都不解，施蔭曰：「王孫，蟋蟀也。」

《帝京景物略》云：「秋七八月，游閒人提竹筒、過籠、銅絲罩，詣叢草處、缺牆頹屋處、甎甓土石堆磊處，側聽徐行，若有遺亡。跡聲所縷發而穴斯得，乃掭以尖草。不出，灌以筒水，躍出矣。視其躍狀而佳，逐且捕之。捕得，色辨形辨之。辨審，養之。養得其性若氣，試之。試而才，然後以鬬。」《促織經》曰：「蟲生於草土者，身軟；磚石者，體剛；淺草瘠土者，性和；磚石深阬及地陽向者，性劣。若是者穴辨。凡促織，青爲上，黄次之，赤次之，黑又次之，白爲下。號紅麻頭、白麻頭、青項金翅、金絲額、銀絲額，上也；黄麻頭，次也；紫金黑色，次也。若是者色辨。首項肥，腿脛長，背身闊，上也；不及斯，次；反斯，下也。其號之油利撻、蟹殼青、棗核形、土蜂形、金琵琶、紅沙、青沙、紺色爲一等，長翼、梅花翅、土狗形、螳螂形、飛鈴爲一等，阜雞、蝴蝶形、香獅子爲一等。若是者形辨。養有飼焉，有浴焉，有病用醫焉。鰻魚、稻撮蟲、水蜘蛛、匾擔蟲、溝紅蟲、蟹白、栗黄、米飯，食養也。榨小青蟲汁而糖調之以浴，隨浄甜水以滌，水養也。蟲病而治之，水畔紅蟲，主積食；蚊帶血者，主冷；蛆蜕厠上曰棒槌蟲，主熱；粉青小青蝦，主鬬後；自然銅浸水點者，主鬬損；茶薑點者，主牙損；童便調蚯蚓糞點者，主咬傷；竹蝶，主氣弱；蜂，主身瘕。醫養也。如是，促織性良氣全矣。中則有材焉者，間試而亟蓄其鋭以待鬬。初鬬，蟲主者各内蟲乎此籠，身等色等，合而内乎鬬盆。蟲勝主勝，蟲負主負。勝者翹然長鳴以報其主，然必無負而僞鳴與未鬬而已負走者。其收辨，其養素，其試審也。蟲鬬口者，勇也；鬬間者，智也。鬬閒者俄而鬬口，敵蟲弱也；鬬口者俄而鬬間，敵蟲强也。」閔景賢《觀鬬蟋蟀歌》云：「戰勝長鳴嗚以股，主人奪采盆安堵。保抱小蟲歌大武，指盆笑謂將軍府。」

用韻

《六一居士詩話》曰：「退之工於用韻。蓋其得韻寬則波瀾横溢，泛入旁韻，乍還乍離，出入回合，殆不可拘以常格，如《此日足可惜》之類是也；得韻窄則不復旁出，而因難見巧，愈險愈奇，如《病中贈張十八》之類是也。嘗與聖俞論此，謂譬如善馭良馬者，通衢廣陌，縱横馳逐，惟意所之；至於水曲蟻封，疾徐中節，而不少蹉跌，乃天下之至工也。」

吴旦生曰：《西清詩話》：「秦漢已前，字書未備，既多假借，而音無反切，平仄皆通用。自齊梁後，概拘以四聲，又限以音韻，故士率以偶儷聲病爲工，文氣安得不卑弱？惟陶淵明、韓退之擺脱拘忌，皆取其旁韻用，蓋筆力自足以勝之。」《學林新編》又引此謂：「字有通作他聲押韻者，於古詩則可，若於律詩則謂之落韻耳。」《餘冬序録》乃云：「秦漢已前，韻有平仄皆通用者，古韻應爾，豈爲字書未備。淵明、退之集多用古韻，淵明《下潠田舍》與退之《元和聖德》、《此日足可惜》之類，於古俱是一韻，何旁之有？六一所謂旁韻，就今讀而言，非謂其兼取於彼此也。」

《湘素雜記》云：「世俗相傳，古詩不必拘於用韻。予謂不然，如杜少陵《早發射洪縣南途中作》及字韻詩，皆用緝字一韻，未嘗及外韻也。及觀東坡與陳季常汁字韻，一篇詩而用六韻，殊與老杜異。其他側韻詩多如此。以其名重當世，無敢疵議。至荆公則無是弊矣。其得子固書因寄以及字韻詩，其一篇中押數韻，亦止用緝字一韻，他皆類此，正與老杜合。」《漁隱叢話》云：「黄朝英之言非也。老杜側韻詩何嘗不用外韻，如《戲呈元二十一曹長》未字韻，一篇詩而用五韻；《南池》谷字韻，一篇詩而用四韻；《客堂》蜀字韻，一篇詩而用三韻。其他如此者甚衆。今若以一篇詩偶不用外韻，遂爲定格，則老杜何以謂之能兼衆體也？黄既不細考老杜諸詩，又且輕議東坡，尤爲可笑。六一謂韓退之得韻寬則泛入旁韻，得韻窄則不復旁出。退之用韻猶能如此，孰謂老杜反不能之？是又非黄所能知也。」

訓子

《冷齋夜話》曰：「予嘗熟味退之詩，真出自然，其用事深密，高出老杜之上。如《符讀書城南》詩：『少長聚嬉戲，不殊同隊魚。』又『腦脂蓋眼卧壯士，大招挂壁何由彎。』皆自然也。」

吴旦生曰：《符讀書城南》一章，洪景盧謂：「『一爲公與相，潭潭府中居。不見公與相，起身自犁鋤。』此等語乃是覬覦富貴，爲可議也。」王荆公集四家詩，亦不取此章。王彦輔云：「是詩教子以取富貴，宜荆公之不取也。惠洪不識作詩頭腦，稱其高出老杜之上，非知詩矣。胡不觀東坡之論云：『退之有《示兒》詩：「開門問誰來，無非卿大夫。不知官高卑，玉帶懸金魚。」又云：「凡此座中人，十九持鈞樞。」所示者皆利禄事耳。老杜則不然，《示宗武》云：「曾參與游夏，達者得升堂。」所示者聖賢事也。』余故特標數子，以折惠洪之妄。」

按：退之子昶爲集賢校理。史傳有金根車，秦因殷得瑞山車曰金根車，故用金爲飾，謂之金根車，而爲帝軫立旗竿斿以從水德。漢制：副車黄屋左纛，如金根之制。昶以爲誤，悉改「根」爲「銀」，士林嗤之。豈亦貽謀之過耶？然昶子綰、衮皆擢第，衮爲狀元，此則愜公意矣。

松竹影

《松江詩話》曰：「有《松棚》詩：『采來猶帶煙霞氣，月明滿地金釵細。』可爲佳句。」《野客叢書》曰：「月照松影，但見參差黑影耳，安知其爲金釵？松葉比之金釵者，謂架上月照映則可，不可謂地上之影也。不如曰：『月明滿架金釵細。』前輩謂韓退之『竹影金瑣碎』之語，非直謂竹影，謂竹間之日影耳。以此驗之益信。韓偓詩：『長松夜落釵千股。』此語無病。李涉詩：『疏林透明月，散亂金光滴。』此正退之『竹影金瑣碎』。」

吴旦生曰：沈存中言：「退之《城南聯句》所謂『金瑣碎』者，乃日光，非竹影也。若題中有『日』字則可。」余以聯句詩佳在「碎」字，涉詩佳在「滴」字，二字皆善言影也。然言「滴」則須點出月來，言「碎」則不待點而日光自在，可與解者言之。即《松棚》詩所云「滿地金釵」，亦言影也。蓋以金釵況松，已帶迹象；復云「滿架」，則俚。若論不可謂地上之影，詳察上句，猶是新緑蓊鬱，恐架上亦是一片黑影。

韓致堯詩：「長松夜落釵千股，小港春添水半腰。」自是晚唐手筆。如劉宗起《殘菊》詩：「深夜雪霜金瑣碎，清晨風雨玉離披。」亦自是元人手筆。

《韵語陽秋》云：「沈存中以退之『金瑣碎』句，恨題中無『日』字。然杜子美詩：『老身倦馬河隄永，蹋盡黄榆緑槐影。』亦何必用『日』字？作詩正欲如此。」余據《蘇長公外紀》云：「劉貢父一日問子瞻：『「老身倦馬河隄永，蹋盡黄榆緑槐影」，非閣下之詩乎？』子瞻曰：『然。』貢甫曰：『是日影耶？月影耶？』子瞻曰：『「竹影金瑣碎」，又何嘗説日月也。』」則葛常之謂子美詩，亦誤記矣。《遯齋閑覽》云：「凡物因日有影，苟無日，影何從生？言竹影，即日光在其中矣。如荆公詩『江月入松餘破碎』，亦須藉松影方見月之破碎，卻怪題中無『影』字，可乎？善論詩者，正不應爾。」

鳥名

黄玉林曰：「韓退之詩：『喚起窗全曙，催歸日未西。』『喚起』、『催歸』固是二鳥名。然題曰《贈同遊者》，實有微意。蓋窗已全曙，鳥方喚起，何其遲也；日猶未西，鳥已催歸，何其早也。豈二鳥無心，不知同遊者之意乎？更與我盡情而嘑，早喚起而遲催歸可也。」

吴旦生曰：黄魯直謂：「唤起聲如絡緯，圓轉清亮，偏於春曉鳴，江南謂之春唤。」楊廉夫樂府云：「唤起唤起東方明。」隋煬帝詩：「笑勸上林中，除卻司晨鳥。」「司晨鳥」即唤起也。《史記・曆書》：「百草奮興，秭鳺先滜。」《索隱》云：「一名催歸。」師曠《禽經》：「甌越間曰怨鳥，夜嗁達旦，血漬草木。」華陽風俗名杜鵑。《玉篇》：「布穀也。關西曰巧婦，關東曰鶗鳺。」《金臺集》云：「石誼未娶，聞子規聲，歎曰：『此物催人使歸。』故曰催歸。」

葉天經謂：「鳥名詩起此。」王勉夫謂：「其體自六朝，觀梁元帝嘗有是作，退之非祖此乎？」黄魯直謂之「禽言詩」，梅聖俞亦有「泥滑滑」、「婆餅焦」、「提葫蘆」、「不如歸去」之類是也。

前榮

韓退之《示兒》詩：「前榮饌賓親，冠婚之所集。」

吴旦生曰：《士冠禮》：「設洗直於東榮。」退之取此而爲言也。《漢制攷》云：「榮，屋翼也。即今之摶風。言榮者，與屋爲榮飾；言翼者，與屋爲翅翼。」《夢谿筆談》云：「見人爲文章，多言前榮。榮者，夏屋東、西序之外屋翼也，謂之東榮、西榮。四注屋則謂之東霤、西霤。未知前榮安在？」《藝苑雌黄》云：「如存中之言，則退之亦誤矣。」考王元長《曲水詩序》云：「負朝陽而撫殿，跨靈沼而浮榮。」五臣《注》則以「榮」爲屋檐。檐一名樀，一名宇，即屋之四垂也。又謂之梠，又謂之相。《集韻》云：「屋相之兩頭起者爲榮，其謂之翼，則言櫩宇之張，如翬斯飛耳。」故《禮記》：「升自東榮，降自北西榮。」《上林賦》：「偓佺之倫，暴於南榮。」則所謂「榮」者，東西南北皆有之。故李華《含元殿賦》有「風交四榮」之説。由是而言，則沈存中《筆談》未爲確論。

噤痒

韓退之《鬬雞》詩：「磔毛各噤痒，怒瘿争碨磊。」

吳旦生曰：韓致堯詩：「禁痒餘寒酒半醒。」蓋人之衝寒而肌粟卒起曰噤痒，是皆以俗語入詠耳。《説文》：「痒，寒也，所臻切。」《集韻》：「寒病也，所錦切。」費冠卿詩：「入林寒痒痒，近瀑雨濛濛。」張孟陽詩：「營生生愈痒，愁來不可割。」木華賦：「澎濞灪磙，碨磊山壟。」《注》云：「碨磊，不平貌。」

甜酒

三山老人曰：「唐人好飲甜酒，殆不可曉。」子美云：「人生幾何春與夏，不放香醪如蜜甜。」退之云：「一尊春酒甘若飴，丈人此樂無人知。」

吴旦生曰：王勉夫謂：「以酒比飴蜜，大率醇乎醇者耳，非謂好飲甜酒也。子美句與《巴子歌》同。《巴子歌》曰：『香醪甜似蜜，峽魚美可鱠。』樂天有『户大嫌甜酒，才高笑小詩』之句，正屬退之，非好甜酒矣。」然余觀魯望詩：「酒滴灰香似去年。」樂天詩：「燒酒初開琥珀香。」則似唐人好飲灰酒、赤酒，又何説邪？

香

《漁隱叢話》曰：「退之詩云：『香隨翠籠擎偏重，色照銀盤瀉未停。』櫻桃初無香，退之以香言，亦是一語病。」

吴旦生曰：竹初無香，杜甫有「雨洗涓涓静，風吹細細香」之句；雪初無香，李白有「瑶臺雪花數千點，片片吹落春風香」之句；雨初無香，李賀有「依微香雨青氛氲」之句；雲初無香，盧象有「雲氣香流水」之句。妙在不香説香，使本色之外，筆補造化。而《漁隱》乃病之，我恐此老膏肓正甚。

戀嫪

韓退之詩：「感物增戀嫪。」

吴旦生曰：顔師古：「嫪，居蚪反。」許慎云：「郎到反。」史炤《釋文》：「盧道切。」非。《説文》：「嫪，婟也。」按：倡謂游壻曰婟嫪。秦始皇九年，文信侯詐以舍人嫪毐爲宦者，坐淫誅。故秦俗罵淫曰「嫪毐」，音澇藹，士人之無行者。郭璞《疏》云：「澤虞一名鴛，即婟嫪也。」《聲類》云：「婟嫪，戀惜也。以此鳥戀惜池澤，見人不去，因名婟澤鳥。」

虱

韓退之《瀧吏》詩：「不知官在朝，有益國家否。得無風其間，不武亦不文。仁義飾其躬，巧姦則群倫。」

吴旦生曰：古本「風」作「虱」字解者，誤引步兵褌蝨事。姚令威言：「公孫鞅《靳命篇》云：『國以功授官予爵，則治省言寡；以六蝨授官予爵，則治煩言生。』『六蝨』，曰禮樂，曰詩書，曰修善，曰孝悌，曰誠信，曰貞廉，曰仁義，曰非兵，曰羞戰。國有十二者，上無使農戰，必貧至削。十二者成群，此謂君之治不勝其臣，官之治不勝其民，此謂六蝨勝其政也。」杜牧之云：「彼商鞅者，能耕能戰。能行其法，基秦爲强。曰彼仁義蝨官也，可以置之。」余因觀劉勰云：「韓魏力政，燕趙任權。五蠹六蝨，嚴於秦令。惟齊楚兩國，頗有文學。」退之詩定指此而言。

瀧

韓退之《瀧吏》詩：「南行逾六旬，始下昌樂瀧。」

吴旦生曰：「瀧」音雙，奔湍也。韓子年譜載此詩，又云：「下此三千里，有州始名潮。公以正月十四日去國，行逾六旬，三月幾望矣，遂以二十五日至潮。」則是十許日行三千里，蓋瀧水湍急故也。歐陽文忠云：「《韶州圖經》：『樂昌縣西一百八十里武谿，驚湍急石，流數百里。』按：武水源出郴州臨武縣，其俗謂水湍峻爲瀧。」劉仲章者，前爲樂昌令。予初以韓詩云「昌樂」，疑其誤，乃改從「樂昌」。仲章云：「不然。縣名樂昌，而瀧名昌樂。其舊俗所傳如此，韓詩不誤也。」陸放翁詩：「四方行役男兒事，常笑韓公賦下瀧。」

聯句

《雪浪齋日記》曰：「退之聯句，古無此法，迺自退之開闢也。」

吴旦生曰：詩話皆言聯句自《柏梁》始，則漢時有之，何得以《石鼎聯句》便云退之開闢也？然余攷《泊宅編》云：「聯句起於《柏梁》，非也。《式微》詩曰：『胡爲乎中露。』蓋泥中、中露，衛之二邑名。劉向以爲此詩二人所作，則一在泥中，一在中露。其理或然，此則聯句所起也。」

蠔山

韓退之詩：「蠔相粘爲山，十百各自生。」

吴旦生曰：《本草衍義》：「牡蠣附石而生，磈礧相連如房，故名蠣房。讀如阿房之房。音傍，見《史記》。一名蠔山。初生海畔，才如拳石。四面漸長，有一二丈者。一房内有蠔肉一塊，肉之大小，隨房所生。每潮至，則諸房皆開。有小蟲入，則合之以充腹。」宋翟忠惠《焦山》詩：「僧居蠔山迷向背，佛宇蜃氣成吹嘘。」楊升庵載贊云：「海曲礪房，或名蠔山。眉渠磊砢，牡牝異斑。」

氍毹

韓退之詩：「兩廂鋪氍毹。」

吴旦生曰：《説文》：「氍毹，氈綊之屬。」《海録碎事》云：「氍毹，音瞿輸，亦作毾毹。」《杜陽編》：「新羅進五色氍毹以藉地。」《高帝紀》：「賈人毋得衣罽居例反。」師古《注》云：「罽，織毛，若今氍毹之類。」

「毹」，一作「毤」。《四愁詩》：「美人贈我氈氍毤。」古樂府：「請客上北堂，坐氈及氍毤。」按《周官・掌皮》：「供毳毛爲氈。」氈之異名曰毛席，毲之異名曰毛褥。《通俗文》云：「織毛褥謂氍毤，細者謂之毾㲪。出天竺、大秦等國。毾㲪者，施大牀之前小蹋牀之上，蹋而登牀者。王子猷詣郗雍州，廳事上鋪毾㲪是也。」楊廉夫詩：「桫欏樹子風前落，吹傍恩公舊毾㲪。」自注云：「音榻登。西域毛席，大牀前小榻以上香者。」一云氍毤恐即是渠搜國名，音同而字不同耳。渠搜出《書・禹貢》。

桃笙

《復齋謾録》曰：「東坡論子厚詩『盛時一失貴反賤，桃笙葵扇安可常』，不知『桃笙』爲何物。偶閲《方言》：『簟，宋、魏之間謂之笙。』乃悟『桃笙』，以桃竹爲簟也。按段公路《北户録》云：『瓊州出紅藤簟，《方言》謂之笙，或曰籧篨，又曰行唐。』沈約《奏》彈歙令仲文秀恣横云：『令吏輸六尺笙四十領。』東坡何亦忘此邪？」

吴旦生曰：《方言》「簟」與「笭篖」原分二條。郭璞解「笭篖」云：「江東呼笪，音靼。」《夢谿筆談》云：「趙韓王治第蓋屋，皆以板爲笪，上以方塼甃之，然後布瓦。一云覆舟簟。」則「笭篖」之非簟明矣。《復齋》何得混引？況東坡偶爾見遺，復齋乃欲以一二記憶與之折角邪？余且廣其説於左。

按《說文》：「簟，竹席也。」《釋名》：「簟，簟也，布之簟然平正也。」《尚書·顧命》云：「敷重篾席。」孔安國謂：「桃枝竹。」王伯厚《漢制攷》云：「《周禮》『繅席』、『次席』，《注》：『繅席，削蒲蒻展之，編以五采，若今合歡矣；次席，桃枝席，有次列成文。』《疏》：『漢有合歡席，故舉漢法況之。漢世以桃枝竹爲席，次第列成文章。』」《東觀漢記》云：「馬稜爲會稽太守，詔詰會稽車牛不務堅强，車皆以桃枝細簟。」《山海經》云：「嶓冢之山，嚻水之上，多桃枝竹。」《魏志》云：「倭國有桃枝竹。」《廣州記》云：「廣州有桃枝竹。」《華陽國志》云：「竹木之璝者，有桃支、靈壽。」《荆州記》云：「安城郡，今屬江州，出桃枝席。」《一統志》云：「四川保寧出桃笙，即竹簟。」庾翼《與王公書》云：「今致桃枝簟十枚。」簡文《答湘東王獻簟書》云：「五離九折，出桃枝之翠筍。」庾信《竹枝賦》：「寡人有銅環靈壽，銀角桃枝。」郭璞《江賦》：「桃枝篔簹，實繁有叢。」左思《吴都賦》：「桃笙象簟，韜於筒中。」劉禹錫詩：「月露濡桃笙。」曾文清詩：「霧帳桃笙晝寢餘。」梅聖俞詩：「桃簟冷如冰。」劉少宣詩：「桃笙乘勢獻微涼。」石邦彦詩：「藤牀桃簟多敗績。」成化中洪唯卿詩：「一簾秋水浸桃笙。」天啓中許令則詩：「桃笙煙帳小宗香。」

《中州集》朱師美詩：「葵扇風未來，桃笙汗初浹。」蓋用子厚語也。

《竹譜》云：「桃枝竹皮赤，編之滑勁，可以爲席。」東坡云：「葉如椶，身如竹，密節而實中，犀理瘦骨。」《古雋考略》云：「竹性中虚，桃竹獨實，類於木。」《韵語陽秋》謂之慈竹，言生不離本也，恐非。按《海録碎事》云：「赤玉脂，桃竹也；紫雲蓋，慈竹也。」《晉陽秋》云：「謝太傅鄉人有罷中宿縣詣安，安問歸資，答曰：『唯有五萬蒲葵扇。』安取其中者執之，其價數倍。」「蒲葵」，椶櫚也。李義山詩：「何人書破蒲葵扇。」

趁虚

柳子厚《柳州峒岷》詩：「緑荷包飯趁虚人。」吴旦生曰：舊言聚落相近，期其旦集，交易閧然，其名爲虚。後觀《青箱雜記》云：「嶺南謂村市爲虚。凡市之所在，有人則滿，無人則虚。嶺南村市滿時少，虚時多，謂之爲虚，不亦宜乎？」據此則古語曰：「市朝滿而夕虚。」正此「虚」字也。子厚《童區寄傳》云：「之虚所賣之。」王荆公詩：「花間人語趁朝虚。」黄山谷詩：「人集春蔬好趁虚。」陸放翁詩：「趁虚茶嬾鬬旗槍。」馬虚中詩：「避社燕歸楊柳合，趁虚人散鷺鷥來。」嚴正卿詩：「趁虚人去市橋静，罷釣翁歸谿水清。」至於楊孟載《荷葉》詩：「谿友裁巾幘，虚人作飯包。」乃用子厚語。《青箱雜記》云：「嶺南謂水津爲步，言步之所及也。」《述異記》云：「水際謂之步。吴、楚間謂浦爲步，語之訛耳。」按柳子厚《鐵鑪步志》云：「江之滸，凡舟可涉而上下者曰步。」韓退之《孔戣墓志》：「蕃船至泊步，有下碇之税。」又《羅池廟碑》言：「步有新船。」或改「步」爲「涉」，謬矣。

上虞縣有石駝步，吴中有魚步、龜步，湘中有靈妃步，揚州有瓜步，洪州有觀步，鸚鵡洲對岸有炭步。閩中謂水涯爲谿步。金陵有邀笛步，王徽之邀桓伊吹笛處也；有罾步，即漁人施罾處；有船步，即人渡船處。温庭筠詩：「妾住金陵步，門前朱雀航。」臺城妓詩：「那堪回首處，江步野棠飛。」東坡詩：「蕭然三家步，横此萬斛舟。」成原常詩：「紫步於今無士馬，滄溟何處有神仙。」然則「虚」即所謂墟，「步」即所謂埠也。

楊升庵云：「唐詩：『春雲生嶺上，積雪在囂間。』山凹之地堪爲墟市者曰囂。《説文》：䁱，聲也。氣出頭上，故从㗊、从頁。頁，頭也。牛刀切。今讀作梟，非。《左傳》：『晏子之居近市，湫溢䁱塵。』杜預《注》：『䁱，聲也。』《周禮·司市》之文曰：『禁其鬬䁱。』《注》：『鬬以力争，䁱以口争。交市之地必多争，故禁之。』市之名囂，亦猶後世名市曰墟也。言有人則囂，無人則墟也。」

乛 欸

楊升庵曰：「朱子《辨證》：『柳宗元詩：「欸乃一聲山水緑。」《注》：「欸乃，一本作襖靄。」按：「欸」音靄，「乃」音襖，近日倒讀之，誤矣。』《項氏家説》云：『劉蜕文集有《湘中靄迺歌》，劉言史《瀟湘》詩有「閒歌曖迺深峽裏」。靄迺也，欸乃也，皆一事，但用字異耳。』此雖字音之微，而『襖靄』當作『靄襖』，自朱子始正世俗倒讀之誤；『靄迺』、『欸乃』，自項平菴始正前人混淆之失。」

吴旦生曰：黄山谷謂：「元次山《欸乃曲》，欸音靄，乃湘中節歌聲也。」次山集音注亦云：「棹舟之聲。」《嘯餘譜》云是漁歌，張邦基以爲嶺外之音，非也。《冷齋夜話》作㗒音襖靄，合二字書之，其説益紛。升庵以爲「欸」音靄，「乃」音襖，是矣。據《説文長箋》云：「乃欸，船艣摇曳聲。有《乃欸歌》，譌作乃款，又倒其詞作款乃，謬甚。」然則字當從《説文》，而音即當作襖靄。此柳集注云「一作襖靄」，亦有據也。山谷之於元集亦如之。字作「欸乃」，蓋俗寫之譌。升庵屢證之而實未確考耳。《字彙》云：「篆作乃，象氣出之難也。籀又作𠄎。」

國老

柳子厚詩：「蒔藥閒庭延國老，開尊虚室值賢人。」

吴旦生曰：《埤雅》：「藟，大苦，今之甘草是也。」《杭州小説》：「甘草，市語國老。」然此不可謂市語，確有至理。按《本草》云：「甘草，一名國老，解百藥毒，安和七十二種石，一千二百種草，故號國老之名。」國老者，賓師之稱。蓋藥有一君、二臣、三佐、四使，甘草又其賓師也。故藥罕不用者，雖非其君，而君實宗焉。

《魏志》：「尚書郎徐邈飲醉。問以曹事，邈曰：『中聖人。』因白之太祖，太祖怒。鮮于輔進曰：『平日酒客謂酒清者爲聖人，濁者爲賢人。』」《醉鄉日月》云：「凡酒以色清味重而甜者爲聖，色濁如金而味醇且苦者爲賢。」李太白詩：「醉月頻中聖，迷花不事君。」元遺山詩：「開尊便覺賢人近，污足寧論力士羞。」

高春

柳子厚詩：「空齋不語坐高春。」

吴旦生曰：《淮南子》：「日經於泉隅，是謂高春；頓於連音爛石，是謂下春。」《注》云：「尚未冥，上蒙先春曰上春；將欲冥，下蒙悉春曰下春。」姚令威引此《注》云：「虞淵，地名。高春時始成，民碓春時也。連石，西山名。言將瞑，下民悉春，故曰下春。」李君實云：「治粟者，落杵曰春。日之經天，自日禺中至日晡，皆横過。再向晚，則日影旁射側落，如春者直下其杵。故曰高春、曰下春，言日落之漸次也。」梁元帝詩：「斜景落高杵。」李義山詩：「紅燭近高春。」薛能詩：「隔谿遥見夕陽春。」或云見春米，非也。王僧孺《致仕表》云：「高春之景一斜，不周之風忽至。」

煙樹

柳子厚《别弟宗一》詩云：「欲知此後相思夢，長在荆門郢樹煙。」

吴旦生曰：《墅談》稱：「此詩無一字不佳。」竹坡老人乃謂：「夢中焉能見郢樹煙？」欲易「煙」以「邊」。又以犯第二句「江邊」，而改云：「欲知此後相思處，望斷荆門郢樹煙。」此真癡人前説不得夢也。不知天下夢境極靈極幻，疑假疑真。著一「煙」字綴之，使模黏離迷於其間。以夢爲體，以煙爲用，説出一種相思況味，詩人神行處也。如太白詩：「相思若煙草，歷亂無冬春。」蓋善説相思，無如「煙樹」、「煙草」矣。